W0393027

Créée en 2024, Château d'âmes est une maison d'édition dédiée aux âmes inspirantes : celles qui écrivent nos ouvrages et celles, réelles ou fictives, dont l'énergie imprègne chaque page.

Choisir un livre de notre maison, c'est découvrir un écrin que nous avons voulu raffiné, et ouvrir les portes d'un palais où les mots sont rois.

Nous espérons que ces derniers, dotés du pouvoir de nous faire voyager comme de nous transformer, sauront résonner en vous, créant une rencontre qui vous marquera profondément.

Nous vous souhaitons une agréable lecture.

L'équipe passionnée de Château d'âmes

RÉSEAU ROYAL

TOME 2
RÉVOLUTION

CAMILLE VERSI

RÉSEAU ROYAL

TOME 2
RÉVOLUTION

CHÂTEAU D'ÂMES

Également disponibles
Réseau Royal, tome 1, Camille Versi
Sylphide, Tiphaine Bleuvenn
Le Palais d'Éros, Caro de Robertis
Messages lumineux des sœurs Brontë, Céline Colle
Messages éclairés de Jane Austen, Céline Colle
Messages créatifs de Coco Chanel, Marion Corrales
Messages secrets des book boyfriends, Claire Lévêque et Dalila Benhabib

Titre original : *Réseau Royal - Saison 2*

L'autrice est représentée par Wattpad WEBTOON Studios.

www.editions-chateaudames.com

Route de Florissant, 97 – 1206 Genève – Suisse

ISBN : 978-2-940787-07-4

Couverture (maquette et illustrations) : François-Xavier Pavion
Mise en page : SIR

Avertissement

Ce deuxième tome de *Réseau Royal* est plus sombre que le premier, et comporte notamment des scènes de violence physique et de détresse psychologique susceptibles de heurter les lectrices et les lecteurs les plus sensibles.

Précédemment

Versailles, de nos jours. La Révolution n'a jamais eu lieu ; la France est toujours une monarchie. Mais les technologies, elles, ont évolué de manière semblable à ce que nous connaissons. Lorsque le roi François IV meurt brutalement lors d'une réception, Julie le découvre sur Réseau Royal, le réseau social qui a pris une importance majeure dans la vie de tous. Choquée mais pas surprise, elle reçoit peu après la visite de son oncle, qui lui indique que le temps de passer à l'action est venu. Elle s'introduit à Versailles en tant que servante, et est affectée au service de Catarina, sœur aînée du roi d'Espagne, et de sa cousine Alba, qui viennent d'arriver de Madrid. Les deux jeunes femmes ont leurs propres secrets : si elles ont quitté leur pays, c'est en fuite, l'infante ayant manqué d'être assassinée.

À la mort de François IV, c'est Louis XX, son fils, qui accède au trône – pour lequel il n'est pas préparé. Malgré tout, ses ministres le sollicitent immédiatement, la continuité du pouvoir devant être assurée. Parmi eux, Marc Sallemont, créateur de Réseau Royal, aide Louis à se connecter au compte réservé au monarque sur l'application. Par erreur, Louis fait passer un inconnu, Thomas, au statut Poussière, le plus bas de Réseau Royal – une dégradation qui a des conséquences majeures sur la vie de l'intéressé, lequel perd successivement sa petite amie, son travail et la confiance de ses amis.

Poussé par son Conseil à prendre une première décision qui est censée annoncer symboliquement l'orientation qu'il souhaite donner à son règne, Louis choisit d'écouter son cœur et ordonne le retour à la cour d'Annette de Montaigu, son amour de jeunesse dont son grand-père l'avait séparé par la force. Elle l'aide à surmonter la tourmente émotionnelle qu'il doit affronter, notamment l'enterrement de son père, et son propre couronnement. Cependant, les ministres de Louis ne voient pas d'un bon œil cette relation, peu avisée politiquement : ils préféreraient le voir nouer une alliance avec Catarina. Mais Louis s'en méfie, n'ayant pas oublié la manière dont elle a mis fin brutalement à leur amitié lorsqu'ils étaient adolescents ; de son côté, l'infante conserve bien des secrets, qu'elle a peur de ne pas être en mesure de garder si Louis et elle se rapprochaient.

La situation évolue néanmoins pendant la visite à Versailles du tsar Nikolaï IV. Louis le reçoit initialement avec Annette, laquelle commet un faux pas qui compromet l'alliance franco-russe. C'est Catarina qui aide Louis à redresser la situation, ce qui lui fait prendre conscience que ses sentiments pour Annette relèvent surtout de la nostalgie, et que c'est pour l'infante que son cœur bat réellement. Cependant, malgré le baiser qu'ils échangent, Catarina préfère fuir ce que Louis lui inspire.

De son côté, Thomas obtient un rendez-vous chez Réseau Royal pour plaider sa cause ; c'est Marc Sallemont lui-même qui le reçoit. Ce dernier rétablit le statut du jeune homme sur l'application, et lui révèle qu'il est à la tête d'un complot visant à renverser Louis XX, pour gouverner à sa place. Thomas accepte avec enthousiasme de le rejoindre, avec pour mission d'agiter le pays autant que possible – notamment grâce aux faux comptes sur Réseau Royal que Marc lui donne la possibilité de créer.

À Versailles, Julie – la nièce de Marc – est toujours sous couverture, mais elle éprouve de plus en plus de doutes sur le bien-fondé de sa mission, notamment parce qu'elle s'est rapprochée de Catarina et de sa cousine, et a appris à les estimer. C'est elle qui est en première ligne pour réconforter Alba lorsque Matthieu, le développeur de Réseau Royal dont elle s'est éprise, est emprisonné à la Bastille parce qu'il aurait aidé la reine Kerstin de Brandebourg à hacker la version française de l'application ; Julie a conscience qu'en réalité, le jeune homme a sans doute été désigné comme bouc émissaire par son oncle.

Grâce à une vidéo sous-référencée de la mort de son père, Louis comprend qu'il a été assassiné et qu'un complot se trame contre lui. Pensant que Catarina est en danger également, il le lui annonce, et la demande en mariage. Elle le rejette, et Louis croit comprendre qu'elle souhaite la mort de son frère Felipe pour monter sur le trône à sa place – épouser un roi étranger la contraignant à renoncer à ses droits sur la Couronne espagnole. Cette dispute décide Catarina à quitter la France, mais une bombe explose alors qu'elle allait monter dans l'avion. Elle se réveille à l'hôpital et révèle à Louis que Felipe est atteint de mucoviscidose et qu'il va mourir jeune : elle lutte depuis des années pour empêcher son oncle Alfonso de se débarrasser d'elle, ce qui lui ouvrirait le chemin de la Couronne.

Mais alors qu'ils décident de lutter ensemble pour vivre leur amour, ils doivent faire face à l'agitation qui a flambé dans le pays. Marc Sallemont est en effet passé à la dernière phase de son plan, un soulèvement visant à s'emparer de Versailles : il a ordonné à Julie d'introduire un logiciel espion dans les systèmes de sécurité du château, et à Thomas de rassembler une foule contestataire qui se masse devant le palais. Cependant, quand Julie comprend que son oncle a l'intention de faire exécuter Louis et Catarina, elle le trahit, et leur révèle ce qui se trame contre eux. Matthieu est sorti de prison en urgence pour contrer Marc. Ce dernier a tout juste le temps de conférer des accès d'administrateur à Thomas sur Réseau Royal avant d'être arrêté.

Le lendemain, une manifestation d'une ampleur inédite a lieu devant Versailles, la foule réclamant la démocratie. Les grilles du palais restent cependant fermées. Louis et Catarina réalisent alors qu'ils ne font pas face à un simple complot, mais à une révolution.

Chapitre 1

Louis

Cinq. Quatre. Trois. Deux. Un.

[Vous êtes maintenant en *live* !]

Le message s'affiche une fraction de seconde avant de disparaître, ne laissant plus aucune barrière entre Louis et le gros plan de son visage capturé en direct par la caméra de son smartphone. Il voudrait dégager un air de confiance et de sérénité ; à la place, il ne peut s'empêcher de se trouver fatigué. Il force son sourire à s'élargir avant d'entamer :

— Mes chers sujets…

Instinctivement, son regard est attiré par le compteur en haut à droite de son écran. Le nombre qui s'affiche ne fait que grimper, affolé. Deux cent mille, trois cent mille, cinq cent mille… Autant de Français qui l'observent en direct, rameutés par la notification qu'ils ont tous reçue, les conviant à se connecter immédiatement à Réseau Royal pour écouter ce que leur souverain a à leur dire. Louis a prononcé trois mots seulement, mais les réactions saturent déjà le tchat. Il défile trop vite pour que le roi puisse le lire – il n'essaie même pas, d'ailleurs, tenant à rester concentré sur ce qu'il a à dire. En revanche, des émojis s'élèvent depuis le bas de l'écran, reflets des réactions que ses sujets ont choisi de sélectionner. Des cœurs, des couronnes, des flammes, des étincelles…

À les voir, on pourrait s'imaginer que la France me plébiscite… ou presque.

Louis n'est pas naïf. Ce *live* est censé donner l'illusion à tous qu'ils font face à un souverain proche de son peuple, décidé à communiquer avec eux un peu comme un ami, de manière informelle – d'où le choix de ce cadrage si centré sur son visage, dans sa propre chambre au château de Versailles. La réalité, c'est que son intervention se fait sous haute tension. Face à lui, hors champ, ce sont une dizaine de techniciens qui s'activent, contrôlant la lumière qui l'éclaire, le prompteur sur lequel le discours qu'il va prononcer doit s'afficher, le micro de taille impressionnante qui capte la moindre des variations de sa voix. Dans la pièce attenante, c'est une autre équipe qui est réunie, chargée quant à elle de la modération des messages et des réactions en direct. Louis préfère ne pas penser à ce qu'ils doivent filtrer, tous ces émojis qu'il ne voit pas et qui racontent sans doute une tout autre histoire que ceux qui ne cessent d'éclater sous ses yeux comme un feu d'artifice continu à sa gloire. Les pouces baissés, les visages furieux ou dégoûtés…

L'expression numérique des révoltés qui, hier seulement, vociféraient leur colère devant le château, attendant en vain que ses grilles s'ouvrent…

— DÉMOCRATIE ! DÉMOCRATIE ! hurlait le peuple.

Le complot de Marc Sallemont a échoué. Mais il a beau être sous les verrous, le vent de révolution qui s'est levé à cause de lui souffle toujours librement dans le pays.

Heureusement, les manifestants ont fini par se disperser, sans doute las de s'égosiller, et à la tombée de la nuit, le silence était revenu à Versailles.

Il n'était pas rassurant pour autant. Il me renvoyait en pleine face à quel point l'avenir de la France est incertain. À quel point mon *avenir est incertain…*

Louis était épuisé, mais pas question pour lui de se reposer. Il a retrouvé ses ministres, pour élaborer avec eux une stratégie de réponse à la contestation populaire. D'où son intervention préparée en urgence, pour tenter d'apporter à ses sujets des mots rassurants, des mots qui leur montreront qu'il n'est pas le mauvais roi que Marc a voulu leur dépeindre. Que leur bien-être compte à ses yeux, qu'il saura se révéler à la hauteur des défis de la Couronne et s'élever au-dessus de la situation pour que le pays en ressorte grandi.

Ce serait plus simple si j'en étais moi-même convaincu…

Il a une boule dans la gorge, qui l'empêche de poursuivre son discours. Les phrases sont là, sur le prompteur, mais il a la langue sèche. Le technicien le plus proche lui fait un signe impatient, sans doute agacé par ce silence du plus mauvais effet.

Louis s'en détourne. C'est un autre visage qu'il cherche. Catarina… Le long du mur du fond, près de ses ministres, elle l'observe avec intensité. Leurs regards s'accrochent ; dans les prunelles de l'infante, il lit tous ses encouragements muets, sa confiance en lui aussi, plus profonde que celle qu'il s'accorde à lui-même. Il y trouve la force de faire taire les doutes dans son esprit.

Je suis le souverain légitime de la France. Je dois rester droit pour servir de rempart entre le pouvoir et les ambitieux qui cherchent à le conquérir.

— Hier, vous avez exprimé votre mécontentement d'une manière inédite. Ne croyez pas que je sous-estime le mal-être que vous avez exprimé : au contraire, il est de mon devoir de vous écouter. Vous ne vous sentez pas suffisamment reconnus, et pourtant, je vous l'affirme : je pense à vous, à chacun d'entre vous qui appartenez à la grande famille que représente notre nation. J'ai vos intérêts à cœur, tous autant que vous êtes.

De nouvelles salves d'émojis accompagnent chacun de ses mots. Louis essaie de ne pas se laisser distraire, mais il lui semble qu'il y a de plus en plus d'orange : le symbole des flammes paraît prendre peu à peu le pas sur les autres parmi les réactions. Un effet grégaire comme il y en a souvent sur Réseau Royal.

— Je suis déterminé à ce que nous avancions ensemble vers la prospérité, et je refuserai toujours absolument les discours de haine visant à nous diviser. Au cours des derniers jours, il m'a été fait état d'événements absolument déplorables s'étant produits sur notre territoire. Des agressions, des dégradations, des rassemblements mus par une hostilité excessive… Ceux-ci ne sont pas acceptables. En tant que souverain, je suis garant de votre sécurité. Je m'opposerai fermement à ce que ce pays bascule dans le chaos. Ouvrons le dialogue, oui ; mais croyez en moi, chers sujets, comme moi, je crois en vous pour faire un usage éclairé de votre jugement et de votre raison. Je me tiens disponible pour répondre à certaines de vos questions dès maintenant.

Encore des flammes, toujours plus de flammes pour saluer cette proposition inédite. C'est Catarina qui a suggéré cette idée la veille, au Conseil : prouver la volonté de Louis de se rapprocher de son peuple en poussant jusqu'au bout la logique du *live*. Bien sûr, comme tout le reste de ce direct, ce n'est qu'un jeu d'apparences : les questions auxquelles le jeune roi s'apprête à répondre vont bien émaner de ses sujets, mais n'auront absolument pas été sélectionnées au hasard. L'équipe de modération de la pièce d'à côté est sur les rangs pour les trier sur le volet, et n'envoyer sur son écran que celles pour lesquelles il a une réponse préparée. Le format l'angoisse malgré tout : il aurait préféré limiter autant que possible la part d'inconnu dans son intervention.

Mais je suis le roi. Je n'ai pas le droit d'être lâche.

Un premier rectangle blanc s'affiche au bas de son écran ; une question d'une certaine Éva Jacques :

[Quelles mesures concrètes comptez-vous prendre concernant le pouvoir d'achat ?]

Il réactive son sourire, s'emploie à affirmer qu'il s'agit de l'une de ses priorités et qu'une revalorisation du salaire minimal est à l'étude, tout comme une augmentation des aides de rentrée scolaire et une prime pour tous les employés de la fonction publique. La question suivante porte sur les audiences publiques qu'il accorde mensuellement à Versailles : il déclare qu'il y est plus attaché que jamais, et qu'il ne compte pas se couper du contact avec son peuple, surtout dans un moment comme celui-là.

Ses réponses s'enchaînent : sur l'éducation, le positionnement de la France au sein de la Ligue des royaumes d'Europe, la gestion des administrations locales… Il s'efforce de se montrer toujours optimiste, serein, s'engage à rencontrer personnellement des représentants de divers groupes d'opinion dans les plus brefs délais. Il n'annonce rien de vraiment inédit – en vingt-quatre heures, ses ministres n'ont pas eu le temps de réellement définir une politique pour la suite –, mais il espère que cela suffira à apporter un peu d'apaisement aux esprits échauffés de ses sujets…

Finalement, il ne s'en sort pas si mal. Il se détend de question en question. Son sourire se fait même sincère lorsque, de la part d'une femme au statut Argent, Pétronille Lalande, sa modération fait passer une interrogation pleine de sollicitude, qui le touche :

[Comment allez-vous, Votre Majesté ? N'êtes-vous pas trop ébranlé par les derniers événements ?]

Il hoche la tête avant de répondre :

— Tout d'abord, merci de vous en préoccuper, Pétronille. Je vais bien, vous pouvez le constater. Un peu de fatigue ne m'abattra pas ! Ma détermination à donner le meilleur de moi-même pour gouverner la France comme elle le mérite reste intacte.

Il espère que son clin d'œil de connivence lui attirera des sympathies ; en tout cas, les émojis s'élèvent en nouvelles gerbes au bas de son écran. Il est presque au bout de la durée prévue pour son *live* : quelques minutes encore. Peut-être une ou deux questions auxquelles répondre, pas plus. Il inspire en attendant la suivante.

[Où est Marc Sallemont ?]

Son souffle se bloque. Il blêmit ; rien qu'une seconde, mais la caméra de son smartphone est impitoyable : l'instant a été capturé, diffusé en direct sur tous les téléphones du pays.

Qu'est-ce que c'est que cette question ?

Elle n'aurait pas dû être posée : elle faisait partie de la liste de celles que son Conseil avait sciemment décidé de laisser de côté. Comment a-t-elle pu passer les filtres de modération ? Erreur d'inattention d'un membre de l'équipe ? Ou bien malveillance active ? Les techniciens sont censés avoir été triés sur le volet, mais un traître à la Couronne peut s'être glissé parmi eux, indétectable.

D'un coup, cela dissipe brutalement les illusions auxquelles Louis s'était pris malgré lui à croire. Non, les Pétronille ne sont pas majoritaires dans le pays ; ce n'est pas la bienveillance qu'il inspire, mais la haine. S'imaginer le contraire, c'est se voiler la face…

Il n'a aucune réponse préparée concernant le sort de Marc, mais il est inconcevable qu'il ne s'exprime pas : ce serait pire que mieux. Du coin de l'œil, il distingue ses ministres en train de s'activer, paniqués. Pierre de Chantilly a l'air de griffonner quelque chose sur un carnet, probablement pour tenter de lui faire lire quelque chose en urgence afin de l'orienter, mais Louis est lucide : il n'a pas le temps d'attendre ses indications. Alors il décide d'improviser, à partir du discours officiel que son Conseil avait envisagé de diffuser un peu plus tard, quand la tension dans le pays serait un peu retombée :

— Malheureusement… nous sommes sans nouvelles de Marc Sallemont depuis vingt-quatre heures, ainsi que de sa femme Cécile et de sa fille Marie. Je ne vous cache pas que j'en suis très inquiet, et je crains qu'ils n'aient pu être molestés dans les troubles d'hier. Soyez assurés que tous les moyens sont mis en œuvre pour découvrir ce qui leur est arrivé. En attendant, mon équipe ministérielle est réduite à cinq conseillers : Pierre de Chantilly, Valérie de Noailles, Anne de Mortemart, mon oncle Jean de Berry et monseigneur le cardinal d'Avignon. Quant à la présidence de Réseau Royal, Julie Morleux, la nièce de Marc Sallemont, la reprendra par intérim.

Louis se fend d'un rictus crispé. Dans le fond de la pièce, ses ministres n'ont pas l'air trop catastrophés par sa performance : c'est déjà ça. Et Catarina hoche la tête doucement, ce qui l'aide à retrouver son calme.

En revanche, le bas de son écran est devenu un brasier. Les émojis flamme ont noyé tout le reste, se déversant depuis le tchat en un flux continu qui, paradoxalement, fait courir un frisson glacé le long de son échine.

Car d'un coup, il n'y perçoit plus la marque de soutien que son équipe de modération y voit sans doute. Mais un message bien plus acide, seule expression de contestation à laquelle son peuple en est réduit puisque toutes les autres lui sont étouffées. Non le feu de l'enthousiasme, mais une promesse, menaçante.

Celle d'un incendie qui viendra bientôt brûler ma couronne… et moi avec.

Thomas

— … et il ne me reste plus qu'à vous remercier de m'avoir écouté aujourd'hui. Ensemble, clamons-le : vive la France !

Brûlant de colère, Thomas a encore le temps de bombarder le *live* de Louis XX d'une salve de flammes avant que la vidéo ne se coupe.

Vive la France ? Pas la tienne, en tout cas. Pas celle de l'injustice et du pouvoir inique, pas celle qui dépérit à l'ombre de ta Couronne… Celle-là sera bientôt mise à bas, et le peuple en reconstruira une nouvelle sur ses cendres.

Le jeune homme inspire, pose sur son bureau son smartphone à l'écran devenu noir, puis se laisse aller en arrière dans son fauteuil. Aussi insupportable qu'il ait été pour lui d'observer en direct ce souverain qu'il abhorre se pavaner et prétendre que la situation est sous contrôle au mépris de l'évidence, une part de lui jubile. Quatre mots, quatre petits mots, et l'assurance de Louis XX, ignoble d'aveuglement, s'est fendillée. Thomas ne l'a pas ratée, sa pâleur lorsqu'il a découvert sa question à l'écran, la manière dont les mots se sont confondus dans sa bouche au moment d'improviser une réponse.

Où est Marc Sallemont… Tu ne t'attendais pas à ce qu'on te demande des comptes face au pays tout entier, hein, cher souverain ?

Le cœur de Thomas, emballé par sa propre hardiesse, n'a toujours pas retrouvé son rythme normal. Il ne pouvait pas accepter que Louis XX s'en tire avec un discours si lisse, et des interrogations si manifestement passées à travers le filtre de la censure pour ne conserver que les plus aseptisées. Alors il a pris sa décision : employer les pouvoirs que le fondateur de Réseau Royal lui a laissés sur l'application avant son arrestation précipitée pour se fendre d'un coup d'éclat en son nom. En quelques secondes, il a basculé de son propre compte sur l'un de ceux qu'il a créés en masse ces dernières semaines, lorsqu'il se donnait corps et âme dans la bataille en ligne pour pousser les Français à l'insurrection. Il a tapé sa question, puis il a utilisé l'interface secrète à laquelle il a désormais accès pour lui attribuer la validation censée être délivrée par l'équipe de modération, ainsi que le rang de priorité maximale afin qu'il soit certain qu'elle serait plaquée sous le nez de Louis XX.

Il n'étouffera pas cette affaire, oh, non. Il est fini, le temps où les rois se contentaient de faire disparaître toute opposition gênante. Les ombres se lèvent, et elles demandent réparation.

Quand Thomas y réfléchit, il ne voit que deux destins possibles pour Marc Sallemont, aussi révoltants l'un que l'autre : ou bien il a été jeté au fond d'une geôle anonyme pour y croupir, oublié de tous, ou bien il est déjà mort, abattu comme un chien malgré tout ce qu'il a fait au service de la France. Le jeune homme et son mentor avaient leurs désaccords, mais ce qui est certain, c'est qu'imaginer la manière dont Marc a été brutalisé le révulse. Il se souviendra toujours que c'est lui qui a redonné un sens à son existence, en le tirant de l'ostracisme dans lequel il avait plongé lorsque Louis XX l'avait réduit au statut Poussière ; mais surtout en lui proposant d'œuvrer avec lui à l'avènement d'une société plus juste.

Je continuerai ce combat pour lui. Malgré la peur, malgré les difficultés.

Il lui faudra trouver les ressources pour se remobiliser ; rassembler le mouvement contestataire dont la tête pensante a été tranchée avec l'arrestation de Marc. Il lui faudra aussi louvoyer pour éviter que le pouvoir royal ne le prenne pour cible à son tour. Mais il s'en sent capable ; plus encore, il a le sentiment qu'un courant plus puissant que lui le transcende, celui des héros nés pour infléchir la trajectoire de l'Histoire ; que tout le reste de son existence n'était qu'un prélude à ce moment où il révélera enfin sa vraie valeur.

Prends garde, Louis XX, car ton heure a sonné… Et maintenant, voici venir la mienne.

Julie

Clac. Clac. Clac.

Le hall de Réseau Royal est noir de monde, et pourtant, il y règne un silence pesant, dans lequel chacun des pas de Julie cingle beaucoup trop fort, ses talons heurtant le sol poli foulée après foulée. Une part d'elle, naïve, ne peut s'empêcher de se dire que s'ils faisaient un peu moins de bruit, juste un peu, alors l'attention dirigée vers elle serait moins vivace.

Mais elle sait que ce n'est qu'illusoire. Tous ces regards seraient braqués sur elle quoi qu'il arrive. Ces yeux scrutateurs, dubitatifs, impitoyables, couvrant tout le spectre de la curiosité à l'hostilité.

Ma vie entière, je l'ai passée dans l'ombre, d'abord de l'hôtel particulier de mon oncle, puis des couloirs de Versailles. Brusquement… me voilà projetée sur le devant de la scène.

Le cœur battant, elle essaie de se répéter que ce n'est qu'un rôle de plus à jouer. Elle a troqué l'uniforme des servantes du château, cette robe couleur crème à liserés rouges derrière laquelle elle se dissimulait pour espionner, contre un autre, celui de la femme d'affaires. Ce matin, deux de ses anciennes collègues se sont présentées à la chambre qu'elle occupe depuis les événements qui ont bouleversé sa vie et le destin du pays. Elles lui apportaient un tailleur blanc de créateur, qu'elles l'ont aidée à enfiler – ce que la jeune femme a trouvé incongru, après des mois à occuper leur place, assistant Catarina et Alba avec leurs tenues. Elles ont ensuite coiffé ses cheveux en un chignon élégant, destiné à lui donner un port de tête altier, et l'ont maquillée : avec sa bouche pourpre bien dessinée et le noir autour de ses yeux, Julie semble avoir pris cinq ans en quelques minutes.

Quand elles se sont retirées, face à son miroir, elle a contemplé son reflet. Oui, il lui semblait s'être coulée dans l'apparence de son nouveau personnage. Prête à prendre la place de son oncle à la tête de l'entreprise qu'il a créée. Déterminée, exempte de tiraillements et de peurs.

À l'intérieur, Julie est loin de ressentir une telle assurance.

Surtout que d'un coup, ce sont des dizaines d'employés de Réseau Royal qui me jugent…

Il y a quelques instants, lorsqu'elle a passé les portes du bâtiment à la façade miroitante, escortée par les agents de sécurité que le pouvoir royal a mandatés pour l'accompagner depuis Versailles, les murmures qui bruissaient dans le hall se sont immédiatement tus. Et maintenant, Julie avance péniblement vers les hôtesses debout devant le comptoir d'accueil – prévenues de son arrivée, bien sûr, et rangées en ligne parfaite –, aux prises avec une sensation d'oppression qu'elle ne parvient pas à dissiper. Ses mains sont moites, ses membres fébriles ; dans son estomac, son repas de midi lui fait savoir qu'il pourrait bien se désolidariser de cette tension extrême. Malgré tout, elle continue à mettre un pied devant l'autre, comme en apesanteur.

— Mademoiselle Morleux, bienvenue, la salue l'une des hôtesses lorsqu'elle arrive à leur hauteur. Nous vous attendions. Laissez-moi vous guider jusqu'à votre bureau.

— Je vous remercie.

Changement de cap. À présent, Julie emboîte le pas de l'employée vers le fond du hall, là où quatre ascenseurs mènent vers les étages supérieurs. La foule est encore plus dense de ce côté, massée le long des murs. Dans les prunelles de tous ces gens, la jeune femme n'a aucun mal à lire les conclusions qu'ils sont en train de tirer.

Elle a été parachutée là. Elle ne sera pas à la hauteur.

Comment pourrait-il en être autrement, alors que Julie n'a pas le moins du monde été préparée à se retrouver à la tête d'une entreprise de l'envergure de Réseau Royal ? Ce sont Louis XX et ses ministres qui ont décidé de la placer là, parce qu'elle est la plus proche par le sang de Marc Sallemont après sa famille immédiate qui a été arrêtée en même temps que lui. Elle n'a rien demandé ; on ne l'a pas même consultée. La décision lui a été annoncée comme un ordre, catégorique. L'ironie de la situation ne lui échappe pas : elle qui n'alimentait presque pas son profil sur l'application se retrouve à devoir en présider l'avenir. Bien sûr que cela donne à ses nouveaux employés de quoi être sceptiques.

Mais cette présomption d'incompétence reste moins difficile à affronter que l'autre accusation qu'elle entend criée par le silence.

Traître.

Tous ces gens vénéraient son oncle : il avait bâti Réseau Royal lui-même à partir de rien, et son charisme lui valait l'admiration générale. Une loyauté que Julie connaît bien, pour avoir été habitée par elle des années durant. Marc Sallemont a éveillé dans son âme un sens de la justice qui est son moteur…

Et qui, au bout du compte, l'a poussée à le dénoncer au pouvoir royal. Parce que le chaos dans lequel il était prêt à plonger la France pour servir ses fins l'effrayait ; parce qu'elle ne pouvait se résoudre à être complice de l'exécution de Louis XX et de ses proches qu'il prévoyait. Son plan était arrêté ; tout était prévu, à quelques heures de son accomplissement.

Tout s'est effondré à cause d'*elle*.

Elle voudrait être persuadée qu'elle a fait le bon choix, que ses convictions sont suffisamment brûlantes pour calciner ses doutes. Mais ces deux derniers jours, reléguée dans une chambre de Versailles comme autrefois au grenier de l'hôtel particulier de son oncle, elle a passé un peu trop de temps en tête à tête avec elle-même. Et si, adolescente, son isolement ne faisait que lui permettre de renforcer sa certitude que les sacrifices qu'elle était en train d'effectuer étaient justifiés, nécessaires pour contribuer à construire une société nouvelle, cette fois, elle était perdue entre trop de souvenirs contradictoires pour atteindre une telle paix.

Bien sûr, nul parmi les employés de Réseau Royal ne peut savoir ce qu'elle a fait exactement ; de cela, seuls Louis XX et une poignée d'autres sont au courant. Mais Julie ne s'illusionne pas : la thèse de la « disparition mystérieuse » de Marc Sallemont et de sa famille, ils n'y croient probablement pas, sans compter que certains de leurs collègues ont également été arrêtés au cours des derniers jours. De là à supposer que cette nièce dont ils n'ont jamais entendu parler, propulsée à la tête de l'entreprise avec le soutien du roi, est pour quelque chose dans son sort funeste, il n'y a qu'un pas – qu'ils ont raison de franchir.

Les locaux de Réseau Royal ont été investis par la police dès que le souverain a été prévenu du complot qui se tramait contre lui ; les entrées filtrées afin de ne laisser accéder au bâtiment que l'équipe réunie en urgence pour contrer les plans de Marc. Cependant, il n'était pas possible de maintenir une telle mesure d'urgence sur le long terme ; la majorité des employés a été autorisée à reprendre le travail ce matin. Seuls ceux dont l'implication directe dans le complot a pu être prouvée ont été suspendus ; là encore, Julie a une part non négligeable de responsabilité. À Versailles, des agents des services secrets l'ont longuement interrogée afin qu'elle révèle tout ce qu'elle savait à ce propos. Des noms, des adresses… Ils voulaient des détails aussi précis que possible afin d'éradiquer les mauvaises herbes qui avaient pris racine dans le sol français.

Je ne leur ai livré que des bribes : même avec moi, mon oncle ne se départait jamais de sa prudence. Mais cela a dû suffire pour leur permettre de recouper des informations et déclencher des interpellations. Un autre fardeau qui alourdit ma conscience…

Il n'empêche que les employés qui sont là, qui la fixent en ce moment même, sont *a minima* des sympathisants des idées de Marc, même si tous n'avaient pas été mis au fait de la conspiration qu'il tissait dans le plus grand secret. Lorsqu'ils l'observent, ils voient une jeune femme à la solde de Versailles. Une *ennemie*.

Fendant toujours la foule à la suite de l'hôtesse qui la guide, Julie sent sa tête se courber, accablée par le poids des accusations qu'elle perçoit, jetées sur elle par tous ces regards qui la dévorent. Sa nuque la démange, ses orteils se crispent au bout de ses escarpins.

Elle visualise la délivrance qui l'attend quand, dans quelques secondes, l'un des ascenseurs s'ouvrira et qu'elle pourra s'y précipiter, pour se cacher enfin.

Mais alors que les cabines ne sont plus qu'à quelques mètres, elle réalise que si elle agit de la sorte, prenant la fuite à la première confrontation, ce n'est pas seulement une bataille qu'elle aura perdue : ce sera la guerre. Toutes les idées préconçues que ses employés ont formées à son propos seront confirmées : jamais elle ne gagnera leur respect.

Elle a beau partager leurs doutes, elle doit les affronter la tête haute.

C'est un jeu de rôle, c'est tout. Si je ne le montre pas, personne ne peut voir que je suis terrifiée.

Le cœur au bord des lèvres, elle pivote sur elle-même, se force à balayer le hall des yeux. À soutenir un regard, puis un deuxième, à se laisser consumer par l'attention focalisée sur elle. Puis, d'une voix aussi forte qu'il lui est possible de mobiliser, elle déclare :

— Bonjour à tous. Je suis Julie Morleux et, comme vous le savez, en l'absence de mon oncle Marc Sallemont, c'est moi qui vais prendre la direction de Réseau Royal. Je me réjouis à l'idée de travailler avec vous, même si j'aurais préféré avoir l'occasion de le faire en des circonstances plus heureuses. J'ai hâte de faire votre connaissance à tous ; en attendant, je vous souhaite une très bonne journée.

Seul le silence lui répond. Aucun applaudissement, aucun murmure d'approbation. Les visages restent aussi fermés qu'avant son allocution.

Je peux presque entendre tous ces yeux hurler que je ne suis pas la bienvenue ici… Mais tant pis. Je persévérerai. C'est cela, ou me laisser couler.

Jugeant inutile de s'attarder dans le hall, Julie fait signe à l'hôtesse qu'elle est prête à la suivre vers les étages supérieurs. Et bientôt, les portes de l'ascenseur se referment sur elle, lui accordant enfin la liberté de laisser échapper un soupir.

Catarina

— Son Altesse Royale Catarina de Borbón y de Glücksborg, infante d'Espagne, princesse des Asturies, de Gérone et de Viane, duchesse de Montblanc, comtesse de Cerbère et dame de Balaguer !

Les haut-parleurs discrètement intégrés aux colonnes de la galerie des Glaces ont porté l'annonce de l'arrivée de Catarina d'un bout à l'autre de la majestueuse salle de réception. Nombreux sont les courtisans qui se tournent dans sa direction, désireux de se montrer sous leur meilleur jour face à une princesse de son rang. Depuis sa naissance, elle a été traitée avec de tels égards ; toutes ces attentions glissent sur elle sans l'interpeller outre mesure.

Il n'empêche que ce soir, le bruissement qui suit mon entrée est d'une ampleur inédite.

Parce que les nobles, au fait de sa relation privilégiée avec Louis, parient sur l'échéance à laquelle elle deviendra leur reine ? Parce que c'est sa première apparition publique depuis l'attentat qui l'a visée alors qu'elle s'apprêtait à quitter la France pour la Russie ? Ou parce que son apparence leur pose question – ses manches longues et son col haut, étonnamment stricts par rapport à la mode de la cour, mais dissimulant les cicatrices qui strient désormais la partie supérieure de son corps ?

Elle a beau les avoir masquées, impossible pour elle de les oublier. Sous le tissu de sa robe, elles pulsent, douloureuses, de pair avec la migraine sourde qui s'est logée dans ses tempes. Quant à son pas, il est mal assuré : le choc abrupt qui l'a projetée contre le bitume de l'aéroport de Roissy lui a valu un traumatisme crânien, qui lui cause des vertiges et des nausées. C'est elle qui a pris la décision de quitter l'infirmerie de Versailles : les médecins, eux, lui enjoignaient de prendre davantage de repos.

Mais je ne peux pas me le permettre. Je ne peux pas laisser entrevoir la moindre faiblesse : mon oncle ne sera que trop heureux de l'exploiter.

Et puis, en ces temps troublés, la monarchie doit paraître solide, qu'elle soit de France ou d'ailleurs.

Alors elle avance vers le centre de la galerie des Glaces, impériale. Tant pis si les tiraillements de sa peau lui donnent envie de grimacer ; elle sourit, sereine. Tant pis si le moindre de ses pas est un calcul pour ne pas perdre son équilibre ; elle maintient son port de tête altier.

Droit devant elle, son regard est fixé sur celui qui lui donne la force de maintenir son cap. Celui pour qui son cœur bat, à qui son être tout entier est aimanté.

Louis…

Il l'attend, la contemplant comme si d'un coup tout le reste ne comptait plus, comme si Versailles s'était vidé par magie et qu'ils étaient les deux seuls à partager cet instant. Quand les haut-parleurs ont annoncé son arrivée, il a aussitôt mis fin à la conversation dans laquelle il était plongé, et il lui consacre maintenant toute l'attention de ses yeux bleus semblables à deux lacs où Catarina vient puiser une lumière qui la désaltère. C'est le roi de France ; mais c'est avant tout l'homme qu'elle aime, celui qui connaît, comme elle, tous les sacrifices imposés par le pouvoir, et qui pourtant a su garder une humanité qu'elle admire. Celui à qui elle veut lier son destin, envers et contre tout ; celui qui la rend plus forte et pour lequel elle est prête à se battre.

Lorsqu'elle arrive devant lui, elle s'incline, comme le veut l'étiquette – malgré leur relation dont tous autour d'eux se doutent, ils sont convenus de ne pas l'étaler en public. Cependant, immédiatement, sa main est sur la sienne pour la relever ; et si l'infante ressent un frisson, ce n'est plus de douleur : l'électricité qui vient de la traverser est un courant chaud, dont elle se gorge.

— Rina… murmure Louis.

La pulpe du bout de ses doigts repose sur les siens ; les convenances imposeraient qu'il s'en tienne à cet effleurement, mais lui non plus ne semble pas prêt à s'y résoudre. Il porte sa main à ses lèvres ; c'est seulement ensuite qu'il consent à la relâcher. Son regard glisse sur son visage, sur son corps que Catarina sait amaigri.

— Tu es sûre que tu te sens suffisamment en forme pour affronter la cour ? s'inquiète-t-il. Je ne voudrais pas que…

— Mais oui, ça va. Je suis debout, tu le vois bien.

L'infante assortit son affirmation d'un sourire, mais il n'a pas l'air de suffire à convaincre Louis ; son expression reste soucieuse.

— J'aimerais vraiment pouvoir rester à tes côtés… lui glisse-t-il.

— Moi aussi. Mais nous avons nos devoirs à remplir, l'un comme l'autre. Des courtisans à saluer, à rassurer…

— Je sais. Il n'empêche que celle que je veux, c'est toi.

— Et mon cœur t'appartient, où que je sois.

Les deux jeunes gens s'autorisent un dernier instant de proximité, les yeux dans les yeux, avant de se saluer d'une inclinaison de la tête, jouant la comédie de la cour pour tous ceux qui les observent. Louis s'est à peine détourné qu'il est assailli par une nuée de nobles qui guettaient la première occasion d'échanger quelques mots avec lui. Pour ce qui est de Catarina, c'est une présence familière qui se glisse à ses côtés.

— Il a raison. Tu aurais dû prendre plus de repos avant de reparaître en public.

L'infante se tourne vers sa cousine. Alba a les sourcils froncés, et semble pratiquement prête à traîner Catarina par le col jusque dans leurs appartements, au mépris des convenances.

— Ne rien laisser paraître et continuer à avancer, c'est l'histoire de ma vie.

Alba ne répond rien.

Parce qu'il n'y a rien à dire de plus. Je suis une princesse. Je n'ai pas d'autre choix.

Toujours est-il qu'elle se plante à la droite de Catarina, son bras prêt à jaillir pour la rattraper en cas de perte d'équilibre, et qu'elle penche la tête comme pour la mettre au défi de la déloger. Loin d'en être agacée, l'infante est touchée par sa prévenance.

Sans elle, je me serais effondrée il y a bien longtemps… Maintenant, faisons face aux curieux.

Elles ont à peine fait quelques pas qu'une femme d'une soixantaine d'années, élégante dans sa robe jaune pâle à col bateau, vient les saluer : Isabelle de Chantilly, l'épouse du ministre.

— Votre Altesse Royale… Votre Excellence…

— Madame la duchesse.

— C'est un plaisir de vous revoir à la cour. Après ce qui vous est arrivé, nous avons tous eu si peur…

— Je vous remercie de votre sollicitude. Comme vous pouvez le constater, je suis remise de mon… indisposition. Et vous, comment allez-vous ?

Isabelle hausse les épaules.

— Je ne vous ferai pas l'affront de prétendre que tout va bien. Comment serait-ce possible, au vu des troubles récents ? La situation de ce pays m'inquiète, comme beaucoup ici.

— Pas tous, manifestement… intervient Alba, acide.

Catarina suit son regard. Près de l'une des fenêtres de la galerie des Glaces, de celles offrant la plus belle vue sur les jardins du palais, un groupe de jeunes nobles rit aux éclats, se serrant pour entrer tous dans le cadre d'un selfie que l'un d'entre eux est en train de prendre.

Et qui finira sur Réseau Royal dans quelques minutes, à n'en pas douter, avant d'être propulsé par les algorithmes de l'application tout en haut du fil d'actualité de centaines de Français.

Si peu de temps après la manifestation historique devant les grilles de Versailles, comment une telle publication sera-t-elle perçue ? Sous les yeux de tous s'étaleront les ors de la fête, l'insouciance affichée par ces aristocrates. Dans son intervention en *live*, Louis a affirmé qu'il prenait au sérieux les revendications populaires, et qu'il s'efforcerait de les écouter, mais pourra-t-il réellement être pris au sérieux alors qu'en parallèle, des preuves que rien n'a changé entre les murs du château pourront être brandies ?

Je n'en veux même pas à ces jeunes-là : sans doute est-ce l'une de leurs premières invitations au château, et leur joie est sincère. Ils ne sont pas les seuls à s'afficher ainsi : des smartphones, j'en ai vu flasher des dizaines depuis que j'ai rejoint cette soirée. Ils ne font que montrer la vérité : en apparence, la cour reste la même…

Cela fait partie de la stratégie décidée par le Conseil de Louis : pour rassurer la noblesse, et montrer que le pouvoir royal n'est pas ébranlé par la contestation populaire, le cérémonial de Versailles doit rester inchangé, avec ses réjouissances quotidiennes et ses paillettes.

Au fond, si je suis ici et non à l'infirmerie, c'est pour des raisons similaires : je suis moi-même l'un des rouages de ce vaste engrenage…

Désabusée, Catarina se détourne du petit groupe et reporte son attention sur Isabelle de Chantilly.

— Comment va Pierre ?

— Il donne le meilleur de lui-même pour épauler notre souverain et remplir son rôle de ministre. Je sais que c'est important pour lui aussi bien que pour la France, mais je ne peux m'empêcher d'être soucieuse : mon mari approche des soixante-dix ans, à présent. Je ne sais combien de temps encore il sera capable de soutenir le rythme qu'il s'impose…

— Sa santé vous préoccupe donc ?

— Oh, pas spécifiquement. On ne lui a diagnostiqué aucune maladie, si c'est là le sens de votre question. C'est juste que… je ne voudrais pas qu'il s'use prématurément.

Les lèvres d'Isabelle s'étirent en un sourire triste. Catarina voudrait lui offrir quelques mots de réconfort… mais la vérité, c'est qu'elle est bien placée pour savoir à quel point le jeu du pouvoir peut planter ses griffes jusque dans la chair même des individus.

La discussion se prolonge encore un instant sur la famille du couple, avant que la duchesse ne s'éloigne, bien vite remplacée par un autre interlocuteur. La comtesse de Pardiac, le webenant d'EasyShare, la marquise de Causans… Ils sont nombreux à se presser pour saluer Catarina, lui offrir leurs sympathies, et parfois oser plaider l'une ou l'autre de leurs causes personnelles.

— Vous me feriez une immense faveur si vous pouviez évoquer la question du château de Pontivy à Sa Majesté… tente même un certain François de Porhoët très explicitement. Vous conviendrez comme moi qu'un tel bijou architectural ne mérite pas de dépérir entre les mains de mon cousin qui le gère si mal !

Oui, c'est sûr : pour eux tous, ma relation avec le roi ne fait plus l'ombre d'un doute.

Elle sert au plaidant une réponse vague qui ne l'engagera à rien ni dans un sens ni dans l'autre, de celles qu'elle est exercée à forger depuis des années. Si elle est déterminée à soutenir Louis dans la tourmente que traverse la France, elle est bien décidée à se garder de se mêler des conflits entre aristocrates.

Dieu sait qu'ils sont chronophages, et parfois bien futiles…

Alors que la soirée se prolonge et que le tourbillon des courtisans autour d'elle ne s'apaise pas, elle sent sa migraine devenir de plus en plus virulente, aiguillonnée par la fatigue ; c'est pire lorsque progressivement, le volume de la musique diffusée par les haut-parleurs enfle, tandis que les lumières de la galerie des Glaces se tamisent. Nombre de nobles dansent, à présent ; les conversations devenant de plus en plus difficiles à soutenir, Catarina décide de s'accorder une pause. Une main levée, un sourire aux lèvres, elle prend congé des derniers courtisans qui l'ont abordée et fait signe à l'un des valets, chargé d'un plateau de rafraîchissements, de les rejoindre, Alba et elle. Elle s'en tient à un jus de fruits, préférant éviter l'alcool au vu de son état de fatigue. Tandis qu'elle boit avec délectation à la coupe de cristal dont elle s'est saisie, sa cousine la prévient :

— Je vais me retirer. Matthieu vient d'arriver au palais, je file le rejoindre.

— Tu as bien raison. Salue-le pour moi.

— Ne t'attarde pas, s'il te plaît, Rina… Tu t'es déjà bien montrée à la cour ce soir. Ne tire pas sur tes forces.

— Je serai raisonnable. Je termine mon verre et je rentre dans mes appartements, je te le promets.

Alba lève un index comme pour mettre au défi sa cousine de manquer à sa parole ; Catarina soupire, puis lui envoie un baiser. Une fois seule, avant d'être de nouveau assaillie, elle sort son portable de sa poche et consulte d'un coup d'œil les notifications qui lui sont arrivées depuis qu'elle a fait son entrée dans la galerie des Glaces.

L'une d'elles lui glace immédiatement le sang.

C'est un message d'Alfonso.

[Ton roitelet a été très clair : toi et moi sommes ennemis désormais. Bien. Apprête-toi à en payer les conséquences. Tu es morte pour l'Espagne.]

Mon Dieu… L'attentat ne lui a donc pas suffi ?

Son oncle a déjà essayé de la tuer il y a quelques jours, à Roissy ; même si elle n'a aucune preuve formelle qu'il est derrière l'attentat, cela ne fait pas le moindre doute à ses yeux. Une part d'elle, celle qui a conservé encore un peu de naïveté, espérait que l'appel que Louis lui a passé, affirmant qu'elle était désormais sous la protection de la France, lui aurait offert un peu de répit. Il n'en est rien ; au contraire, Alfonso semble plus furieux que jamais.

Les cicatrices de Catarina la démangent, rappel de ce qu'il est capable de faire. Mais ce n'est pas seulement pour sa vie qu'elle a peur : c'est aussi pour son frère, resté à Madrid à la merci de ce régent qui tient les rênes de leur pays à sa place.

Alfonso parle de conséquences… mais lesquelles ? Que s'apprête-t-il encore à m'arracher ?

La galerie des Glaces semble se mettre à tourner autour de l'infante. Sa main tremble ; elle manque de lâcher sa coupe désormais vide. C'est avec peine qu'elle la repose sur le plateau d'un valet qui passe par là ; gênée par les lumières stroboscopiques et la foule des courtisans qui s'agite, la privant de repères visuels, elle peine à conserver son équilibre alors qu'elle se fraie un chemin jusqu'à la sortie la plus proche. C'est un accès privé, qui donne sur une antichambre desservant les appartements de Louis d'une part, et les siens d'autre part ; les gardes en poste de part et d'autre des portes en activent l'ouverture dès qu'ils l'aperçoivent. Elle s'astreint à se tenir droite sur quelques mètres encore, le temps de se mettre hors de vue des courtisans, mais ensuite, elle s'autorise à tituber, la tête prise dans un étau et…

— Rina !

Elle se retourne. Louis est derrière elle, paniqué. Il s'approche d'elle à grands pas ; elle est heureuse que nul autre ne soit autour d'eux, parce que lorsqu'il la rejoint, aucune force au monde n'aurait pu l'empêcher de s'effondrer dans ses bras. Elle le sent qui la serre contre lui, ses paumes soutenant son dos ; sa joue vient reposer contre son épaule.

— Non, tu ne vas pas bien… souffle-t-il.

Ce n'est pas une question : c'est un constat, que Catarina n'a plus la force de nier. Elle pleure malgré elle, ses larmes mouillant le tissu bleu-gris de la veste de costume de Louis ; et elle s'en veut de sa faiblesse, de son corps qui la trahit, de ces migraines, de ces nausées et de ces vertiges.

Le jeune homme la guide jusqu'au sofa le plus proche, l'aide à s'y asseoir.

— Je t'ai vue quitter précipitamment la galerie des Glaces… déclare-t-il, catastrophé. Mais je ne pensais pas que c'était si grave.

— Tu n'aurais pas dû me suivre. Les courtisans l'auront remarqué, et demain, cela alimentera les rumeurs de tout Versailles.

— Je m'en fiche, Rina. Qu'ils se disent entre eux que je suis fou amoureux de toi. C'est la vérité, et en fait, j'aime autant que tout le monde le sache. C'est ce qu'on s'est promis, tu te rappelles ? Que désormais, on se battrait pour vivre notre amour. Quoi qu'il arrive, on trouvera des solutions pour continuer à avancer, ensemble, et on sera là l'un pour l'autre. Évidemment que ça commence par quitter un stupide bal pour être près de toi si tu ne te sens pas bien.

La main de Catarina presse celle de Louis, glissée dans la sienne. Oui, elle a cessé de lutter contre elle-même à ce sujet : elle l'aime, et elle ne veut plus se priver des sentiments qu'ils partagent. Des difficultés les attendent, à commencer par l'éloignement le jour où elle devra retourner en Espagne pour y lutter pour sa propre cause.

Mais nous gérerons au jour le jour, en temps voulu. En nous alliant, plutôt qu'en essayant de tenir l'autre à distance.

— Est-ce qu'il s'est passé quelque chose ? continue-t-il à l'interroger.

Sans un mot, elle déverrouille son portable et le lui tend, le message d'Alfonso s'affichant toujours sur l'écran. Il le parcourt en quelques secondes, et son visage se crispe de colère.

— Il est abject.

— Malheureusement, je n'ai pas la force de le combattre en ce moment…

Même si, pour contrecarrer ses plans, il me suffit de rester en vie : cela seul l'empêche de prendre ma place dans l'ordre de succession au trône d'Espagne. Mais j'aimerais faire plus, tellement plus… Me battre contre l'usage inique qu'il fait du pouvoir qu'il a usurpé.

— Cela reviendra. Chaque chose en son temps, Rina. Tu ne peux pas exiger l'impossible de toi-même.

Les doigts de Louis effleurent son front, apaisants. Enveloppée par son étreinte, bercée par sa voix, l'infante ferme les yeux, cédant enfin à l'épuisement contre lequel elle a poussé son corps toute la soirée.

JULIE

Au dernier étage de l'immeuble occupé par le siège de Réseau Royal, Julie est assise derrière le bureau qui était il y a une semaine encore celui de Marc Sallemont, et qui est désormais le sien.

Le fauteuil en cuir rembourré est d'un confort exceptionnel ; la table aux lignes parfaitement épurées semble avoir été choisie par un architecte d'intérieur spécialement pour sublimer la pièce. Quant aux larges baies vitrées, elles permettent d'envahir les lieux d'un flot de lumière, en plus d'offrir une vue imprenable sur les toits du sud de Paris.

Mais je ne me sens pas à l'aise ici. Loin de là.

Si elle doit jouer un rôle en tant que chef d'entreprise, cet endroit est à peu près aussi accueillant pour elle qu'un décor, froid et superficiel. Elle se sent comme une petite fille en exploration dans une pièce réservée aux grandes personnes : l'espace autour d'elle lui semble trop vaste, trop solennel.

Il rappelle quel titan était mon oncle, dans ses réussites comme dans ses échecs. Et moi… je suis juste une naine.

Pour autant, Julie est décidée à faire de son mieux. À *essayer*. La veille, elle n'a guère eu le temps que de faire le tour des locaux, guidée par l'hôtesse chargée de lui faire la visite du bâtiment. C'est aujourd'hui que sa mission commence réellement. Une voiture dépêchée par le gouvernement l'a ramenée de Versailles ce matin encore ; pendant tout le trajet, elle s'est exhortée à garder la tête haute quoi qu'il arrive, comme elle a réussi à le faire face à ses employés réunis dans le hall. Elle a des lacunes, mais elle apprendra ; elle veut se donner autant qu'elle le peut, tenter de faire une différence à cette nouvelle position où le destin l'a placée.

Mais par où commencer ? Que faire ? Je n'ai aucune idée de la manière dont on dirige une entreprise, surtout de cette taille. Est-ce qu'il faut que je commence par rencontrer les chefs de service ? Par lire des rapports sur le fonctionnement interne ? Par…

Une sonnerie la fait soudain sursauter : celle du téléphone fixe posé sur le coin de son plan de travail. Quand elle décroche, une voix masculine résonne dans son oreille :

— Bonjour, mademoiselle Morleux. Je suis Armand, votre assistant.

Julie prend note pour elle-même qu'elle devra bloquer un créneau dans la journée pour rencontrer et apprendre à connaître cet homme qui, selon toute vraisemblance, sera en relation étroite avec elle.

— Bonjour, Armand, le salue-t-elle poliment.

Apparemment surpris par cette marque de considération, il laisse passer un instant avant de poursuivre :

— Mme Lambrou est arrivée pour votre rendez-vous.

Julie ignore qui est cette dame, et savait encore moins qu'elle était censée la rencontrer ce matin.

On verra bien ce qu'elle attend de moi, je suppose…

Ravalant son appréhension, elle carre ses épaules et déclare :

— Très bien. Faites-la entrer.

— Tout de suite, mademoiselle.

Quelques secondes plus tard, la porte du bureau s'ouvre sur une femme d'une cinquantaine d'années, les cheveux coupés au carré. Son pas est décidé, son expression sévère. Si Julie avait peur de ne pas savoir comment l'accueillir, il semblerait que cette crainte soit sans objet : la nouvelle arrivante a visiblement une idée très claire de la manière dont leur discussion doit se dérouler.

— Bonjour, mademoiselle, la salue-t-elle. Je me présente : Agnès Lambrou, directrice adjointe de cette entreprise.

Elle tend une main ferme devant elle ; Julie se lève pour la saisir.

— Enchantée.

— Comment s'est passée votre installation ? On vous a fait visiter les locaux hier, m'a-t-on dit.

La jeune femme hésite. La vérité, c'est qu'elle a perçu l'hostilité avec laquelle les employés de Réseau Royal l'ont accueillie, mais elle n'est pas certaine d'avoir envie d'en parler, surtout à quelqu'un qu'elle vient tout juste de rencontrer.

Il semblerait cependant que sa réponse n'intéresse pas vraiment Agnès. Cette dernière enchaîne en effet avant que Julie n'ait pu prononcer le moindre mot :

— Je vois qu'on vous a installé un nouvel ordinateur. C'est bien. Comme vous vous en doutez certainement, toutes les affaires personnelles de Marc Sallemont ont été saisies pour une fouille approfondie par les services de police. Avec un peu de chance, elles nous livreront de quoi débusquer avec précision les traîtres au sein de cette entreprise.

Ces quelques phrases suffisent à mettre Julie en alerte. Par ses propos, Agnès se range résolument dans le camp du pouvoir royal. Cela la surprend : en tant que directrice adjointe, elle devait occuper des fonctions élevées au sein de Réseau Royal, au plus proche de son oncle. La jeune femme se serait attendue à ce qu'elle partage ses convictions, ou du moins qu'elle soit attristée par son arrestation.

D'ailleurs… comment est-elle au courant de ce qui est arrivé à Marc ?

La seule explication logique s'impose à elle.

— Vous venez d'être nommée, vous aussi ?

Agnès hausse un sourcil.

— En effet. Jusque-là, j'étais l'une des collaboratrices de Valérie de Noailles au sein du ministère des Finances. Nous nous sommes rencontrées à l'École royale d'administration, elle et moi.

Secouant la tête, elle prend place dans l'un des fauteuils qui font face à celui de Julie.

— Bon, inutile de nous attarder là-dessus. Beaucoup de travail nous attend. Continuer à faire tourner cette entreprise correctement tout en veillant à la ramener dans le droit chemin ne sera pas une mince affaire. Je vais avoir besoin de votre coopération la plus totale. Regardez encore cette question sur Marc Sallemont qui a outrepassé les équipes de modération lors de l'intervention en *live* de Sa Majesté avant-hier… Lamentable. Nous allons devoir retrouver qui est en cause, et sévir. Le mieux dans un premier temps serait que vous prononciez un discours pour clarifier qu'une attitude exemplaire est requise de chacun désormais. J'ai déjà commencé à en rédiger les grandes lignes.

— Attendez…

Agnès parle vite. Ses phrases s'enchaînent, saccadées. Pour se ménager une ouverture, Julie n'a pas eu d'autre choix que de l'interrompre.

— Je pensais plutôt essayer de gagner la confiance de tous, ajoute-t-elle. Convaincre ces gens de travailler avec moi, au lieu de me placer d'emblée en opposition avec eux. Cela me semblait un meilleur calcul sur le long terme.

— Vous êtes trop naïve. La mauvaise graine reste de la mauvaise graine, aussi patiemment qu'on l'arrose.

— J'aimerais tout de même me laisser une chance de leur tendre la main.

Agnès roule des yeux, agacée… mais lorsqu'elle les repose sur Julie, perçants, c'est presque pire.

— Mademoiselle, je crois qu'il y a méprise. Vous ne pensez tout de même pas que *vous* allez réellement diriger cette entreprise ?

La jeune femme se sent rougir.

Si… En fait, je croyais que c'était dans ce but qu'on m'avait placée à sa tête.

— Sa Majesté n'avait pas d'autre choix que de vous en attribuer la responsabilité en nom, puisque vous êtes la plus proche parente de Marc Sallemont, assène Agnès. Mais nul n'attend de vous que vous soyez davantage qu'une figure de proue. Vous serez le visage de Réseau Royal, vous serrerez des mains et distribuerez des sourires pour afficher à tous la voie à suivre. Pour ce qui est de la gestion quotidienne, c'est moi qui en ai été chargée.

— Mais…

— C'est ainsi que cela se passe dans beaucoup d'entreprises d'intérêt national : vous en avez conscience, n'est-ce pas ? France Énergie, la CFF, Agrisol… Leurs patrons ont tous été nommés là à titre honorifique. Beaucoup de ces postes offrent une position sociale aussi enviable que des lettres de noblesse. Réjouissez-vous : avec une société de l'envergure de Réseau Royal, vous avez gagné un ticket d'or pour la vie mondaine.

Julie se sent vaguement écœurée. Oui, diriger l'entreprise l'effrayait : ne pas se montrer à la hauteur la terrifiait. Mais découvrir qu'elle n'aura pas même la possibilité de faire ses preuves la contrarie. Ce qui l'habite depuis des années, c'est la volonté d'être utile, d'œuvrer à l'avènement d'un monde meilleur. Et maintenant…

Ce qu'on attendrait de moi, ce serait de me pavaner, de n'être plus qu'une enveloppe vide… Je ne sais pas si je suis capable de m'y résoudre.

— Et puis, regardez-vous, poursuit Agnès, acerbe. Vous avez, quoi ? Pas même vingt ans. On m'a briefée sur votre profil : vous n'avez aucune notion d'économie, aucune expérience du monde de l'entreprise. Même avec toute la bonne volonté du monde, vous ne pourriez que courir au désastre.

— Je crois que vous oubliez que sans Mlle Morleux, c'est la France entière qui aurait sombré dans le chaos.

Agnès se retourne brusquement, tandis que Julie lève le regard vers celui qui vient de parler. C'est un jeune homme, grand, aux membres allongés. Il a fait irruption dans le bureau ; cependant, malgré son intervention hardie, il ne paraît pas à l'aise face aux deux paires d'yeux soudain braquées sur lui. Il passe une main dans ses cheveux bruns, avant d'ajouter :

— Matthieu Guillemin, directeur technique… Enfin, depuis trois jours seulement. Je venais me présenter à ma nouvelle directrice : Mlle Morleux, donc.

Il fait quelques pas et passe délibérément devant Agnès pour serrer la main de Julie.

— Je suis désolé, j'aurais aimé trouver un moment pour te croiser hier, mais mon équipe et moi étions toujours absorbés par les vérifications d'urgence pour assurer la sécurité de Versailles. C'est un plaisir de te rencontrer enfin : comme tu t'en doutes, quelqu'un m'a beaucoup parlé de toi.

Sur ce, Matthieu se fend d'un clin d'œil. Julie n'a aucun mal à comprendre à qui il fait référence : Alba, qu'il a enfin retrouvée après son embastillement injuste.

Se tournant vers Agnès, il poursuit à son intention :

— Voyez-vous, madame…

— Lambrou.

— Vous parlez de Julie comme si elle faisait partie des ennemis que vous avez à mater, mais c'est grâce à son acte de courage à *elle* que nous avons encore un roi à défendre. Alors si j'étais vous, je ne la traiterais pas si vite comme quantité négligeable. Je suis convaincu qu'elle a encore en elle de quoi nous surprendre tous.

Agnès fulmine. Redressant le menton, une moue méprisante étirant ses lèvres, elle lâche :

— C'est ce que nous verrons. En attendant, moi, j'ai des ordres du gouvernement à faire appliquer. Mais nous voulons tous les trois œuvrer dans la même direction, n'est-ce pas ? Alors puisque vous êtes là, prenez place, monsieur Guillemin, et discutons ensemble de ce qu'il convient de faire.

Matthieu tire un fauteuil ; il s'est à peine assis que déjà, Agnès s'est remise à parler – de priorités, de mesures d'urgence et de réorganisation des services à mener. Elle est semblable à un train lancé à toute vitesse, que rien ne pourra faire dérailler.

Mais face à elle, Julie n'est plus seule désormais. Et la seule présence amicale de Matthieu, de quelqu'un qui a l'air – enfin ! – de croire en ses capacités lui donne l'espoir de ne pas être broyée au passage.

Louis

— La contestation ne s'éteint pas.

Ce constat de Pierre de Chantilly a retenti au sein du cabinet du Conseil. Nul ne s'en émeut, ni les cinq ministres présents, ni Catarina, ni Louis.

Cette conclusion, chacun de nous l'a déjà tirée. La foule devant Versailles s'est dispersée, mais tous les incidents qui nous ont été signalés à travers le pays, tous les messages postés sur Réseau Royal nous le prouvent.

L'entendre admettre à voix haute fait mal au jeune roi. Avec l'arrestation de Marc Sallemont, il espérait que la situation s'améliorerait d'elle-même, une fois celui qui tirait les ficelles du complot hors jeu. Il n'en est rien : la protestation populaire a pris une vie propre.

Savait-il qu'il avait mis en mouvement un engrenage qui continuerait à tourner, avec ou sans lui ? Depuis la geôle où je l'ai fait emprisonner, se délecte-t-il des troubles qu'il a causés, en attendant que son heure revienne ?

Pour tous, les derniers jours ont été éprouvants, et les traits des cinq ministres subsistants de Louis sont tirés.

Aucun ne cédera à la fatigue, pourtant. Chacun d'entre eux a conscience du caractère crucial des moments que nous traversons, et est prêt à repousser ses limites pour le bien de la France.

Louis l'est également ; tout comme Catarina. Il lui coule un regard inquiet : il lui a proposé de siéger à son Conseil désormais, bien sûr, parce qu'il ne veut plus se passer de son point de vue si souvent plein de sagesse. Une offre qu'elle a acceptée sans hésitation. En même temps, il a constaté de ses yeux à quel point sa santé est encore fragile, et il sait que pour l'épauler, elle est capable d'aller jusqu'à refuser de s'écouter.

Je devrai rester vigilant, et lui rappeler si je la sens s'épuiser que la France est mon fardeau, pas le sien. Le seul à être contraint de laisser toutes ses forces dans le combat qui s'annonce, c'est moi…

— Nous pouvons remercier Marc pour ce cadeau empoisonné… soupire Anne de Mortemart.

— L'urgence, c'est de trouver le moyen de faire revenir l'ordre, ajoute le cardinal d'Avignon. Je pense que nous en avons tous conscience.

— Mais comment ?

Cette question de Louis n'est accueillie que par le silence.

Parce que mes conseillers ont beau être bien plus expérimentés que moi, eux aussi sont désemparés face à une situation comme celle que nous traversons : ils n'en ont jamais connu de telle.

— Le plus important, c'est que vous retrouviez la confiance du peuple, Votre Majesté, finit par avancer Jean de Berry. De manière générale, je crois que nous pouvons proscrire dans un premier temps toutes les décisions qui nuiraient à votre image. Augmentation des taxes, prises de position sur des sujets polémiques, tout cela devra être ajourné jusqu'à ce que la situation dans le pays se présente sous un jour plus favorable. Vous devrez aussi mener des actions symboliques pour prouver votre bonne volonté. Prendre le temps de rencontrer les représentants des groupes les plus virulents, par exemple.

— La situation est grave, mais elle n'est pas si sombre, l'appuie Pierre de Chantilly. Oui, à Paris, les esprits se sont échauffés, mais la province vous reste largement favorable. Vous pouvez vous appuyer sur les régions pour reconstruire votre popularité. Vous êtes jeune : cela joue en votre faveur. C'est quelque chose dont nous pourrons jouer.

— Détourner l'attention générale de la politique pourrait également être une bonne chose, propose Valérie de Noailles. En ce moment, nombre de vos sujets ne s'intéressent sûrement à la politique que parce que c'est ce dont certains de leurs amis font une montagne sur Réseau Royal. Donnez-leur autre chose pour alimenter leurs conversations, et ils cesseront de grossir les rangs des contestataires.

Louis surprend le regard de sa ministre passant de l'infante à lui-même.

Elle essaie de suggérer qu'un mariage royal pourrait avoir cet effet… Mais Catarina ne peut pas m'épouser, pas tant qu'elle résistera aux manigances de son oncle, et je ne lui ferai subir aucune pression à ce propos.

Soudain, Anne de Mortemart attire l'attention générale en frappant sa paume contre la table du Conseil.

— Vous savez aussi bien que moi que cela ne suffira pas. Si le peuple est mécontent, il trouvera toujours matière à cristalliser son insatisfaction. Ces mesures que vous évoquez exigent un travail de longue haleine ; or, du temps, nous n'en avons pas. Laisser le pays dans un état d'agitation comme celui qu'il connaît en ce moment est dangereux. Nous devons le ramener au calme, et vite, en nous attaquant à la racine du problème.

— La racine du problème ? répète Louis.

— Marc Sallemont était peut-être le chef de file du mouvement de révolte qui s'est dressé contre vous mais, après son arrestation, certains de vos sujets se sont fait un plaisir de reprendre son flambeau. Les critiques véhémentes que certains d'entre eux se permettent de faire à votre égard sont intolérables. Il faut que nous coupions les têtes dissidentes qui se dressent encore dans le pays.

Le jeune roi grimace en entendant cette dernière phrase.

— Couper des têtes ? Vous ne parlez pas au sens littéral, j'espère, madame de Mortemart.

— Et pourquoi pas, Votre Majesté ? À situation exceptionnelle, mesures exceptionnelles. Nous ne pouvons pas nous permettre de laisser croire à vos sujets qu'ils peuvent librement critiquer votre politique. Nous devons rétablir l'ordre. Nous avons été indulgents bien trop longtemps, et voyez où cela nous a menés ! Évidemment, je ne vous conseille pas d'ordonner un bain de sang, mais faire quelques exemples me semble indispensable pour rappeler à tous que le roi de France doit être respecté.

Louis perçoit la logique qui sous-tend les propos d'Anne. Il n'est plus aussi naïf qu'au début de son règne. Il a bien conscience qu'il ne lui suffit pas d'être aimé pour assurer sa couronne : il doit aussi être craint. Il a déjà ordonné la mort d'un homme : celle de Jonathan Vasseur, le chef du groupe de hackeurs qui avait réussi à prendre pour quelques instants le contrôle de son compte sur Réseau Royal.

Mais cette exécution, la seule dont je suis responsable, me pèse encore sur l'âme…

— Je ne proposais pas cela de gaieté de cœur, s'explique la ministre. Mais vous devez voir la réalité en face, Votre Majesté :

nous sommes dans une situation désespérée. Je ne suis pas sûre que nous ayons le choix des moyens pour nous en sortir.

— Nous avons toujours le choix, Anne, réagit Pierre de Chantilly. Il faut juste être prêts à en assumer les conséquences.

— Et celui-ci appartient à Sa Majesté, conclut le cardinal d'Avignon. Au fond, la question ici est de savoir quel souverain il souhaite être, quelle voie il souhaite emprunter. Celle, périlleuse, de la reconstruction lente, où la moindre erreur peut nous renvoyer au point de départ… Ou celle d'une répression que nous savons tous difficile à ordonner, mais dont l'efficacité serait incontestable. Voyez comment Henry d'Angleterre ou Kerstin de Brandebourg tiennent leurs royaumes d'une main de fer.

— La violence n'a jamais servi les rois, intervient Catarina. Un peuple mécontent finit toujours par se montrer plus fort que celui qui l'opprime.

Elle pose sur Louis des yeux où se lit clairement ce qu'elle espère : qu'il aura la force d'emprunter le chemin le plus difficile. Qu'il luttera pour conserver son humanité un peu plus longtemps au lieu de laisser l'étau du pouvoir le broyer.

Elle a raison : je ne veux pas être ce type de monarque. Je ne veux pas que l'Histoire se souvienne de moi comme de Louis le Sanglant. Si je deviens un tyran, comment pourrais-je prétendre que les revendications démocratiques de mes sujets ne sont pas justifiées ?

— Mon choix est d'ores et déjà fait, affirme-t-il. Nous ne ferons pas couler le sang. Quoi qu'il nous en coûte.

Autour de la table du conseil, tous inclinent la tête pour prendre acte de sa décision, même Anne de Mortemart : elle garde les lèvres pincées, mais ne proteste pas.

Louis quant à lui ressent une bouffée de peur face à ce silence soudain.

Oui, je sais qui j'aimerais être. Mais la réalité me l'autorisera-t-elle, c'est une tout autre question…

Chapitre 2

Thomas

[Marc Sallemont : tous les éléments qui laissent penser que sa disparition a été commanditée.]

Thomas esquisse un sourire en voyant repasser cette publication sur son fil d'actualité. Cette fois-ci, c'est Liam Archer, le célèbre humoriste, qui l'a repostée sur Réseau Royal. Avant lui, ce sont des dizaines de personnalités qui lui ont déjà donné de la visibilité, de partage en partage ; nombre d'entre elles ont également ajouté un émoji flamme à leur nom d'utilisateur pour afficher clairement dans quel camp elles se placent.

Voilà : de nouveau, c'est moi qui mets en branle les rouages de l'Histoire.

Car cette infographie percutante, aux couleurs vives, ornée d'une photo de l'ex-ministre regardant l'horizon, c'est Thomas qui l'a préparée – mettant à profit toutes les compétences de communicant qu'il déployait dans son ancien métier. Il y a consacré deux bonnes heures, avant de la mettre en ligne sur Réseau Royal via l'un des faux profils dont il dispose, et de la diffuser plus largement en en activant d'autres. Désormais, la voici partout sur l'internet français, accusatrice.

Louis XX ne gagnera pas cette bataille : son peuple ne sera pas dupe de ses manigances. Il a eu beau tenter de nous servir des mots pleins d'inquiétude dans son intervention, et placer la nièce de Marc à la tête de son entreprise, il suffit d'un peu de lucidité pour percer ses écrans de fumée.

Cette Julie Morleux… Thomas l'a détestée dès qu'il a posé les yeux sur les images d'elle qui ont été diffusées sur les sites d'information relatant sa prise de fonction. Il lui trouve quelque chose de faux, sans compter qu'il n'a aucun doute quant au fait qu'elle soit une ennemie.

Si elle a été nommée là, c'est qu'elle soutient le pouvoir royal. Accepter de fermer les yeux sur le destin de son oncle pour s'élever elle-même… Quel genre de personne faut-il être pour tomber aussi bas ?

À supposer qu'elle soit bien celle qu'elle prétend… Son profil Réseau Royal pratiquement vide laisse planer le doute, tout comme le fait que nul n'ait entendu parler d'elle avant que le souverain ne mentionne son existence.

Il est tout à fait possible que sa filiation avec Marc ne soit rien d'autre qu'un mensonge. Je crois Louis XX et ses ministres parfaitement capables de recourir à des subterfuges de ce genre.

Ces arguments, ainsi que d'autres, Thomas les a exposés dans sa publication ; désormais, il ne lui reste plus qu'à espérer qu'ils feront leur chemin aussi largement que possible.

C'est en bonne voie… Parce que la vérité a cela de puissant qu'elle est très difficile à étouffer.

Satisfait de lui-même, il décide de s'accorder une pause. Quittant son fauteuil – dans lequel il est installé, les yeux rivés à son ordinateur, depuis plus de quatre heures –, il passe dans la petite cuisine de sa maison de Saint-Cloud pour s'y servir un verre d'eau.

Lorsqu'il retourne à son poste, l'esprit carburant déjà à la recherche d'une nouvelle manière d'alimenter le climat critique général, une notification sur Réseau Royal attire son attention.

[Nathan Pommeraye veut vous envoyer un message.]

Il est intrigué : habituellement, c'est lui qui contacte des inconnus, et non l'inverse. Mais il accepte l'invitation, curieux de savoir ce que ce Nathan lui veut. Quelques mots s'affichent alors sur son écran.

[Bonjour, Thomas. Vous étiez au rassemblement devant le palais de Versailles il y a trois jours.]

Aussitôt, il sent une sueur froide dévaler son échine. Son premier réflexe est de se dire qu'il a été rattrapé par les services secrets, et que c'est pour l'interroger qu'on le contacte. Mais bien vite, il écarte cette hypothèse.

La police ne procède pas de cette manière. S'ils avaient quelque chose à me reprocher, ils viendraient directement chez moi, ils n'emploieraient pas Réseau Royal. Non, il doit s'agir d'autre chose.

Il jette un regard rapide au statut de Nathan.

C'est un Argent, comme moi…

Il est en train de se demander comment il a pu l'identifier lorsqu'un deuxième message apparaît :

[Nous avions un ami commun, dont la *marque* est encore vive dans mon esprit.]

Il suffit d'une fraction de seconde à Thomas pour comprendre ce que son interlocuteur est en train de lui dire à mots couverts : lui aussi était en relation avec Marc Sallemont. Dans sa réponse, il préfère cependant rester laconique, sur ses gardes :

[Bonjour. En effet, dans le mien également.]

[Lui et moi collaborions étroitement, depuis de nombreuses années. Après votre rencontre à tous les deux, il m'avait fait savoir qu'il avait recruté une personne bien implantée dans le milieu artistique, pour gagner des célébrités à la cause que nous défendons. Quelques recoupements ces derniers jours m'ont permis de remonter jusqu'à vous.]

Thomas serre les dents. Il n'aime pas cette idée. D'abord parce que si ce Nathan a été capable de le trouver, c'est qu'il n'a pas couvert ses traces aussi efficacement qu'il l'aurait voulu, et que des agents gouvernementaux pourraient faire de même. Ensuite parce que cette dissymétrie d'informations lui déplaît.

Marc avait prévenu Nathan de mon existence, mais pas l'inverse. Pourquoi ? Ne lui avais-je pas prouvé que j'étais digne de sa pleine confiance ? Je comprends bien que pour limiter les conséquences d'une éventuelle trahison, il devait cloisonner au maximum ses alliés… mais j'aurais cru qu'il nous traitait tous à égalité. Et qu'au vu de mes succès, il me considérait comme l'une de ses recrues les plus valeureuses. Son second, même.

Au cours des jours qui ont précédé l'émeute devant Versailles, Thomas s'est senti puissant : à la tête du réseau qu'il s'était construit, il jetait des idées dans les esprits et les observait se répandre dans le pays tout entier. Il se voyait comme un chef d'orchestre menant l'opinion du bout de sa baguette, un marionnettiste tirant les ficelles du grand corps du peuple.

Sauf que l'existence de Nathan me montre que mon rôle dans le soulèvement a sûrement été bien moins crucial que je ne le croyais. Nous étions plusieurs à agir ; si cela avait été nécessaire, Marc aurait pu se passer de moi. La révolution aurait pu se passer de moi.

Ce constat laisse un goût amer dans sa bouche. Il a beau se dire qu'au fond, plus ils seront à unir leurs forces pour combattre la monarchie, plus ils auront de chances d'être victorieux, il ne parvient pas à se réjouir de l'existence de ce Nathan.

Et de combien d'autres comme lui ? Car il n'est sans doute pas le seul à avoir été impliqué dans le complot, et à considérer que le réel héritier du combat de Marc Sallemont, c'est lui.

Avec aigreur, il tape :

[Que me voulez-vous ?]

[Vous êtes méfiant, je le vois bien. Vous avez raison. Sachez que vous pouvez me répondre sans crainte ici. Effacer des messages privés qui pourraient nous incriminer aux yeux du gouvernement fait partie des prérogatives sur Réseau Royal que Marc Sallemont a eu le temps de me laisser avant d'être arrêté.]

En guise de preuve, Nathan supprime sa réponse précédente. Loin de rasséréner Thomas, cela l'agace davantage : ses pouvoirs, ses précieux pouvoirs sur Réseau Royal dont il se sert comme d'un atout majeur pour ses manœuvres… Eux non plus ne lui sont pas exclusifs.

Piqué dans son orgueil, il efface à son tour le message de Nathan, avant de lui écrire :

[Que croyez-vous ? Moi aussi, j'en ai la possibilité.]

À toute allure, il improvise :

[Je sais parfaitement qui vous êtes, Nathan Pommeraye. Notre ami commun avait envisagé son emprisonnement potentiel, et nous avions préparé ce scénario ensemble. J'avais sa confiance, et il m'a formé pour lui succéder. Il n'est plus là, mais ses plans sont maintenant les miens. Je ne jugeais pas prudent de vous

contacter dans l'immédiat, mais puisque vous vous manifestez… Voyons ensemble de quelle manière nous allons pouvoir avancer.]

Trois points de suspension dansent dans la fenêtre de discussion, allant et venant, indiquant que Nathan hésite sur la manière de réagir. Thomas se crispe, espérant que son coup de bluff passera. Il l'a déployé sans prendre le temps de pleinement réfléchir à ce qu'il faisait, parce que l'idée de se soumettre de nouveau à une hiérarchie après avoir goûté à l'ivresse de la puissance lui paraissait insupportable.

Peut-être était-ce trop hardi ? Cependant, ne dit-on pas qu'une assurance sans faille permet de crédibiliser n'importe quel discours ?

Lorsque la réponse de Nathan lui arrive enfin, le soulagement l'envahit.

[Cela ne m'étonne pas de la part de notre ami qu'il ait anticipé le pire. C'était un visionnaire, et s'il vous avait accordé sa confiance, je ne peux que faire de même.]

Thomas roule des yeux, ébahi par la naïveté de son interlocuteur, même si elle sert ses intérêts. Mais bien vite, c'est un sourire qui étire ses lèvres.

Je n'étais peut-être pas le seul, mais je leur montrerai à tous que j'étais le meilleur. C'est moi qui prendrai la suite de Marc Sallemont, c'est moi qui saurai rassembler les forces éparses du soulèvement. Je me détacherai du lot, et la figure de proue de la révolution… ce sera moi.

Louis

— … et pour cette raison, nous exigeons un service civique obligatoire des nobles un jour par semaine dans les usines du pays, afin de les reconnecter aux réalités de la vie de la majorité des Français, en compensation des privilèges que la naissance leur a accordés aléatoirement.

Louis soupire intérieurement. Voilà une heure qu'il est coincé en réunion avec les représentants de la Ligue des travailleurs, une organisation que les rois qui l'ont précédé voyaient d'un très mauvais œil et ont songé régulièrement à interdire.

Mais à qui, moi, je viens d'accorder une avancée historique en leur permettant de me rencontrer…

C'est la conséquence de la ligne de conduite qu'il a choisie de tenir pour tenter d'apaiser les troubles dans le pays : renvoyer au peuple une image d'ouverture, celle d'un monarque capable d'écouter toutes les revendications, plus que jamais pertinent pour tenir son rôle de guide de la nation face aux défis induits par la modernisation de la société. Cela passe par des actions symboliques de ce type, en attendant que des mesures plus concrètes soient mises en œuvre.

Contrairement à ce que la majorité semble croire au vu des messages postés sur Réseau Royal, les lois ne se changent pas en un claquement de doigts. Elles doivent être mûrement réfléchies, chacune de leurs implications doit être soigneusement pesée : c'est un processus qui peut prendre plusieurs mois.

Face aux discours des cinq hommes et femmes installés autour de lui, il se dit cependant que cette vision des choses va avoir du mal à s'imposer dans la population.

La plupart des transformations qu'ils réclament sont irréalistes. Ils voient chaque problème par le prisme des seules classes ouvrières, et ne veulent pas se rendre compte que les situations sont plus complexes que ce qu'ils décrivent.

La femme qui était en train de parler se tait et fixe Louis, attendant visiblement une réponse de sa part. Cela ne l'arrange pas : il aurait préféré qu'elle continue son discours et lui évite de réagir précisément à ses propositions.

Car que puis-je faire ? Je ne peux pas donner mon réel sentiment, à savoir que ses idées sont bien trop extrêmes, et je ne peux pas non plus mentir avec de fausses promesses, car j'en paierai forcément le prix au bout du compte.

Après quelques secondes employées à choisir précautionneusement ses mots, il finit par déclarer :

— Les nobles remplissent un rôle important au sein de notre société : ils garantissent l'administration des territoires à un niveau local, une mission qui accapare une portion certaine de leur temps pour être menée à bien. Elle pâtirait de la mesure que vous proposez.

— Oh, allons donc ! s'exclame l'un des représentants. Combien d'aristocrates s'occupent réellement de leurs terres ? Ils délèguent quasiment tous cette tâche à des subalternes ! La majorité mène une existence parfaitement oisive, vous le savez bien !

L'homme assortit sa tirade d'un regard hargneux à ce qui l'entoure. Louis a pourtant veillé, avec ses ministres, à recevoir ces cinq invités dans l'un des salons les moins ostentatoires de Versailles : le salon des Jeux, une pièce plutôt intime donnant sur la cour royale. Mais ses boiseries blanches et ses dorures pourtant fines semblent suffire à provoquer l'irritation de ses interlocuteurs, lesquels, il faut en convenir, paraissent incongrus avec leurs chemises simples en lin et leurs pulls en grosse maille dans ce décor.

— Il n'y a qu'à ouvrir Réseau Royal pour s'en rendre compte, renchérit une femme en joignant le geste à la parole, dégainant son téléphone hors de sa poche. Nous sommes bien placés pour savoir à quoi ressemble leur vie, parce qu'elle nous est plaquée sous les yeux dès que nous nous connectons. Vos ancêtres pouvaient nous cacher la vérité, mais désormais, elle s'étale sous le regard de tous.

Elle fait défiler les photos, accusatrice. Une jeune femme, au statut Platine, posant au bord d'une piscine avec la légende « #ChillDays ». Un marquis relatant sa visite en Perse, chez le khan d'Ourmia, pour y sélectionner personnellement de nouveaux pur-sang pour son écurie. Un groupe de nobles, prenant la pose à Versailles même lors d'une soirée.

— Et pourtant, vous continuez à favoriser l'aristocratie, gronde la femme. Même un homme d'excellence comme Marc Sallemont a dû lutter des années pour être considéré à égalité ne serait-ce qu'avec le dernier des baronnets ! Et où est-il, maintenant, hein ?

Louis serre les poings sous la table pour se forcer à garder son calme. Une tâche que l'évocation de son ex-conseiller rend encore plus difficile.

Comment se fait-il que lui ait réussi à convaincre tant de gens qu'il était la solution à leurs problèmes ? Quelle était cette magie qui lui attirait toutes les sympathies ? Serait-il même capable de me le dire ?

Ces réflexions, il est contraint de les garder pour lui. Il ne doit pas perdre contenance, même si les propos de ses interlocuteurs se font virulents : il a conscience qu'ils guettent le moindre geste de colère de sa part pour le discréditer sitôt sortis du château. Alors, conservant une voix aussi posée que possible, il répond :

— Malheureusement, je l'ignore, tout comme vous. Pour ce qui est du reste, il me semble important de nous garder d'accusations non étayées par des statistiques précises. Si vous avez le sentiment que l'aristocratie manque à ses devoirs, il pourrait être bon de mener une enquête détaillée afin de déterminer si la réalité est conforme à la perception négative que vous en avez. N'oubliez pas que ce que vous voyez sur Réseau Royal est biaisé : les utilisateurs ont tendance à y documenter davantage les moments exceptionnels de leur vie plutôt que leurs occupations quotidiennes, plus banales.

Bon… Une enquête, cela n'engage à rien. Pourvu qu'ils s'en satisfassent, cela me permettrait de gagner du temps.

— Qui nous garantira que cette investigation sera menée de manière objective ?

— Des rapporteurs indépendants pourront être désignés. Contrairement à ce que vous semblez croire, je ne cherche pas à protéger la noblesse à tout prix, mais à gouverner au mieux la France. S'il s'avère que l'aristocratie ne remplit pas son rôle social, il m'importe de le savoir afin de prendre les mesures adéquates.

Mesures que je ne pourrai pas décréter, au risque de me mettre à dos l'élite de ce pays… Enfin, avec un peu de chance, la seule perspective d'une enquête effraiera quelques nobles et leur rappellera de remplir avec un peu plus de sérieux leurs devoirs.

Hargneux, l'homme qui fait face à Louis lance :

— Vous cherchez à gagner du temps, mais jamais vous ne ferez quoi que ce soit contre vos précieux aristocrates, n'est-ce pas ?

La respiration du jeune roi se bloque.

Mais pour qui se prend-il ?

En même temps, il ne peut que reconnaître que son interlocuteur a raison : il a simplement exprimé dans des termes un peu plus abrupts ce que lui-même était en train de penser.

Il reste muet, incapable de trouver que rétorquer.

— Est-ce que vous vous rendez compte que pendant que vous mettez tout en œuvre pour protéger la noblesse, il y a des familles qui doivent compter leurs dépenses au centime de franc près et qui se retrouvent quand même à découvert dès le 10 du mois ? Des jeunes qui n'ont pas d'autre choix que de se contenter d'un seul repas par jour ? Des gens qui ont le corps cassé par le labeur mais qui sont contraints de se traîner au travail jusqu'à soixante-quatre ans et au-delà ? Pas besoin de mener une enquête là-dessus, c'est la réalité. C'est *ça*, le prix du système que vous défendez, et ce prix, *nous* devons le payer. Qu'est-ce que vous comptez faire pour y changer quoi que ce soit, hein, à part nous servir de belles paroles ?

— Arnaud, s'il te plaît.

C'est l'une des autres représentantes qui a interrompu l'intéressé : même elle semble s'être rendu compte qu'il est allé trop loin. Tendue, elle se tourne vers Louis en ajoutant :

— Je vous prie d'excuser l'écart de langage de mon camarade, Votre Majesté. Il se laisse facilement emporter… Soyez assuré que nous avons conscience de la main que vous nous avez tendue en nous permettant de vous exposer nos propositions.

Louis acquiesce sans rancune apparente, et la discussion reprend son cours pour une demi-heure encore.

C'est seulement lorsqu'il a pris congé des cinq hommes et femmes que, se retrouvant seul, il s'autorise un profond soupir. Cela fait plusieurs jours que des leaders d'opinion divers et variés défilent face à lui : Élias de Nantes, le duc de Bretagne, figure emblématique de la communauté LGBT ; Alix Terrier, déléguée générale des étudiants des universités de Paris ; Sami Benguesmia, recteur de la Grande Mosquée de Paris… Et bien d'autres encore. L'objectif ? Qu'ils affirment à ceux qui les écoutent que Louis a leur cause à cœur, et qu'il y a de l'espoir pour eux s'il reste sur le trône.

Tout cela pour les dissuader de rejoindre le mouvement de rébellion… Voire de le quitter, s'ils s'étaient déjà laissé séduire.

Mais le jeune roi ne se fait pas d'illusions. Il a conscience qu'il ne pourra jamais satisfaire pleinement tous ces gens : pour ne pas froisser d'autres acteurs dans le grand jeu politique, ou tout simplement parce que leurs revendications sont irréalistes. Il ne flanche pas, pourtant. Parce qu'il fait de son mieux. Parce qu'il s'en voudrait de ne pas essayer de redresser la situation. Parce qu'il n'est pas seul, aussi : derrière lui, ses ministres se donnent corps et âme pour l'épauler.

C'est la voie qu'il a décidé d'emprunter. Celle qui l'oblige à faire face à la vérité, même si elle est difficile à accepter.

Il se sert un verre d'eau tout en regardant sa montre. Il lui reste cinq minutes avant son prochain rendez-vous. L'avant-dernier de cette journée qui n'en finit pas. Fermant les yeux, il se force à se détendre et à se composer de nouveau un visage de souverain sûr de lui : le seul qu'il peut se permettre d'arborer en ces temps troublés.

Catarina

— Vingt-trois mille likes sur ta dernière vidéo… Je suis tellement jalouse ! Moi, je n'ai dépassé les dix mille qu'une fois, et je n'ai jamais réussi à recommencer.

— Le plus important, c'est de comprendre l'algorithme de Réseau Royal pour le mettre à profit. Poster au pic de connexion de ton audience, optimiser ton accroche dans les trois premières secondes de ton contenu, réserver tes bonus de visibilité de statut pour les utiliser sur tes vidéos les plus virales… Quelques ajustements de stratégie, et je suis certaine que ton profil explosera lui aussi. Tu es la fille unique du duc de Fleury, évidemment que ta vie a le potentiel pour générer des vues !

Catarina fait tourner l'ombrelle argentée qui orne son thé glacé en soupirant. Être coincée là, à entendre des courtisans comparer leurs profils sur Réseau Royal alors qu'au même moment, entre les murs du château, Louis et ses ministres luttent pour rétablir la situation en France la frustre. Elle voudrait avoir une action concrète, se sentir utile. Mais non : elle est condamnée à sourire et à plaisanter comme si au-delà des grilles de Versailles, rien n'avait changé.

Je n'ai pas le choix : je ne peux pas accompagner Louis dans les rendez-vous qu'il enchaîne, ce serait mal perçu. Et nous avons convenu tous les deux que puisqu'il sera très pris par ces rencontres, ma présence auprès des nobles de sa cour lui permettra de garder un œil sur leur moral.

Elle espère que tout se passe bien pour lui, qu'il parvient à tenir bon devant les membres de la Ligue des travailleurs auxquels il fait face en ce moment même, et qui sont probablement à l'affût de la moindre occasion pour le déstabiliser. En attendant, elle est là, assise sur l'un des bancs du bosquet de la Colonnade dans le jardin du palais, à faire mine d'être ravie de participer à cet après-midi musical ultra sélect organisé par Eugène de Bourgogne, un cousin de feu

François IV. Des coussins de soie colorés sont disposés un peu partout, des rafraîchissements sont servis par des valets en poste derrière une table couverte d'une nappe blanche, et un quatuor à cordes se produit sur une petite estrade – même si, comme toujours dans ce genre de divertissements, rares sont ceux qui écoutent vraiment les morceaux, la priorité des invités étant de nouer des discussions qui leur permettront d'élargir leur réseau et leur influence.

Elles sont si creuses… Je n'en peux plus.

Ne pouvant supporter d'entendre ses voisines un instant de plus, Catarina prétexte de vouloir piocher sur les présentoirs de douceurs pour s'en éloigner. Alba lui emboîte le pas ; il lui suffit d'échanger un regard avec elle pour comprendre qu'elle aussi est arrivée au bout de sa patience pour ces futilités. Prenant son bras, sa cousine se penche pour lui glisser à l'oreille :

— Quand je pense que pendant ce temps, Matthieu s'épuise chez Réseau Royal…

— Toi aussi, tu te sens un peu vaine ici, n'est-ce pas ?

Alba hoche la tête, avant de s'emparer d'un macaron à la fleur d'oranger.

— Au moins, dis-toi que la corporation des couturiers te bénit, Rina. Tu es la meilleure chose qui leur soit arrivée depuis des années.

L'infante roule des yeux. C'est vrai : depuis qu'elle a fait son retour à la cour les bras et le cou couverts afin de dissimuler ses cicatrices, de plus en plus d'aristocrates ont fait évoluer leur garde-robe pour l'imiter.

— Je voudrais pouvoir faire autre chose que de lancer des modes… soupire-t-elle.

— Un pas après l'autre. N'oublie pas qu'avant tout, tu dois te préoccuper de retrouver ta pleine santé.

— Si je l'ai perdue, c'est à cause d'Alfonso… J'aimerais au moins me dire que je lutte pour le mettre en échec.

— Tu es vivante : c'est une victoire permanente que tu remportes sur lui. Comment vas-tu, aujourd'hui ?

Catarina hausse les épaules.

— Je ne me plains pas.

Alba la dévisage avec circonspection.

— On sait toutes les deux que si tu l'as décidé, tu prétendras que tout va bien quelle que soit ta situation réelle, alors ça ne veut rien dire.

— Pas de nausée, pas de vertiges non plus si je prends garde à ne pas faire de mouvement brusque de la tête.

— Et les migraines ?

— J'ai un peu mal, mais ça va, ça reste sous contrôle.

— Ménage-toi, Rina. Vraiment. Je sais que prendre du repos te semble une capitulation intolérable, mais la cour se remettra de ton absence. Et puis, ce n'est pas comme si nous avions une action essentielle ici…

C'est au moins ça. Confinée dans ma chambre, j'étoufferais encore plus dans la culpabilité de ne pas en faire assez…

L'infante croque à son tour dans un macaron à la rose avant de lâcher :

— Raison de plus de ne pas t'inquiéter pour moi. Ce n'est pas ici que je risque de me fatiguer, tu en conviendras…

Mais alors qu'elle se compose de nouveau un visage impénétrable et repart en direction d'un autre groupe d'invités, elle peste intérieurement en réalisant que son pas n'est pas aussi assuré qu'elle le voudrait… Heureusement, à peine s'est-elle approchée de cette grappe de nobles qu'ils s'empressent de s'écarter pour lui ménager une place assise sur leurs bancs, ravis qu'elle leur accorde cette marque de faveur.

— Je ne crois pas que nous nous soyons déjà rencontrés, lui dit le jeune homme à sa gauche. Je suis Benoît de Jarzé, le filleul de Pierre de Chantilly.

— Enchantée. Vous venez donc d'arriver à la cour ?

— D'y revenir seulement. J'ai passé plusieurs mois à celle d'Autriche. Versailles est magnifique, mais après y avoir passé toute mon enfance, j'avais envie de voir autre chose. Je suppose que vous êtes bien placée pour le comprendre, vous qui nous rendez visite depuis Madrid.

Pour toute réaction, Catarina se contente d'un sourire poli.

Si je suis en France, ce n'est pas pour voir du pays, mais parce que ma vie était menacée en Espagne… mais cela, nul ne peut le savoir.

— À vous entendre, on pourrait croire que ce palais est une prison, fait-elle remarquer.

— Avec des barreaux dorés, assurément. En tant qu'adolescent, ils m'ont souvent pesé. C'est un monde à part, où on attend de chacun qu'il demeure scrupuleusement sur le chemin tracé pour lui. Un monde pris dans l'ambre, où tout se répète à l'infini jour après jour. Tenez : je suis persuadé que si feu le roi Louis XIV revenait parmi les vivants pour visiter son château, il ne le trouverait que peu changé. Il lui faudrait s'habituer aux smartphones, guère plus.

— En était-il autrement à Vienne ?

— Non, bien sûr. Ce sont simplement d'autres coutumes qui s'y déploient.

La suite, Benoît se penche pour la glisser en confidence à l'oreille de Catarina :

— L'un dans l'autre, je ne suis pas persuadé que les manifestations récentes soient une mauvaise chose. Je condamne les débordements lamentables qui les ont accompagnées, mais si elles avaient le mérite de nous pousser à nous remettre en question par certains aspects, la société pourrait finalement en sortir grandie.

— Et qu'espéreriez-vous obtenir, monsieur de Jarzé ?

Songeur, Benoît laisse dériver son regard sur ce qui les entoure, que Catarina contemple avec lui : les hautes parois végétalisées du bosquet de la Colonnade, ses arches formant un cercle parfait, sa fontaine centrale au jet d'eau parfaitement constant.

— Une vie qui en soit vraiment une et non celle d'un oiseau mécanique dans sa cage, je suppose, finit-il par déclarer. Juste un peu de liberté…

Louis

— Le dîner sera servi dans un quart d'heure dans le salon des Porcelaines.

— Très bien. Merci, Gauthier, vous pouvez disposer.

Le valet de Louis s'incline avant de quitter sa chambre, emportant le costume que le jeune roi a porté dans la journée pour le déposer au pressing du château.

Que je me présente au repas avec les habits dans lesquels les courtisans m'ont vu plus tôt constituerait une négligence qui les choquerait...

Louis n'a jamais compris leur fascination pour son jeu de fourchette. Les intrigues pour faire partie des quelques élus à être autorisés à assister à un repas simple comme celui-là font rage, quotidiennement. À leurs yeux, la moindre de ses activités est un événement...

Puisqu'il est prêt plus tôt que prévu – grâce à son rendez-vous avec les représentants de la corporation des enseignants qui s'est terminé en avance –, il prend la direction de l'antichambre qui sépare ses appartements de ceux de Catarina pour glaner quelques instants en privé avec elle. Il en a besoin : c'est encore une journée éprouvante qu'il a traversée, où il a dû faire bonne figure face à des interlocuteurs à l'attitude variant de la défiance à l'hostilité franche.

Je veux ses bras. Son amour. Ses lèvres, même si c'est juste le temps d'un baiser, pour oublier tout le reste.

Mais il n'a pas même le temps d'atteindre sa porte : son téléphone vibre contre sa cuisse. « Maman », lit-il sur l'écran une fois l'appareil extrait de sa poche.

Ce n'est pas la première fois que Georgia de Windsor essaie de l'appeler depuis l'émeute devant le château de Versailles. Mais jusque-là, ils se sont toujours ratés : il n'allait décrocher ni en pleine réunion du Conseil, ni pendant l'un des multiples rendez-vous qui occupent désormais son planning. Il ne peut donc laisser passer cette occasion.

— Bonjour, mère, la salue-t-il en prenant l'appel.

— Ah, Louis, je parviens enfin à te joindre ! Comment vas-tu ?

Le jeune homme entend aussitôt à la voix de Georgia qu'elle est inquiète.

Ce qui n'est pas étonnant : comme toutes les capitales d'Europe, Londres a les yeux braqués sur la France en ce moment, et ma mère doit être d'autant plus angoissée que c'est vers moi que sont dirigés les poings hargneux.

— Tu te doutes que j'ai connu des jours meilleurs.

— Oui, forcément. Tous ces gens qui s'époumonaient, tous ces cris réclamant la démocratie… Ils me font froid dans le dos. Tu tiens le coup ?

— Il le faut bien…

Louis préfère ne pas trop en dire, même si c'est à sa mère qu'il est en train de parler. Il a conscience que chacun de ses mots, Georgia est susceptible de les répéter à son grand-père, le roi Henry XII d'Angleterre. Pour tous les sujets qui ont trait à la politique, il doit aborder cette discussion comme s'il s'agissait d'une rencontre diplomatique officielle.

— Mes ministres et moi prenons la situation avec tout le sérieux qu'elle mérite, affirme-t-il en s'efforçant d'afficher une façade d'assurance. Même si nous avons été pris au dépourvu par la trahison de Marc Sallemont, nul doute que nous parviendrons rapidement à apaiser les troubles.

— Je n'en reviens pas que vous n'ayez pas su détecter sa traîtrise bien plus tôt.

Aussitôt, Louis se crispe.

Nous y voilà… aux reproches.

— Plus facile à dire qu'à faire. Il cachait bien son jeu.

— Pourquoi a-t-il voulu te renverser ? Le sais-tu ? As-tu pu le lui demander ?

— Non, je n'ai pas encore eu l'occasion de lui parler.

Il le faudra, parce que moi aussi, je veux comprendre. Mais la priorité dans l'immédiat, c'est de combattre le chaos qu'il a déclenché. Et puis, je dois aussi admettre qu'une part de moi est terrifiée par ce que Marc pourrait me renvoyer en pleine face.

— Sûrement, il y a dû y avoir des signes ? insiste Georgia. Des indices qui auraient pu te mettre sur la voie ? Henry est très préoccupé de tout ce qui se passe en France. Nous ne pouvons nous empêcher de nous dire que tu aurais pu faire plus pour éviter tout cela. Encore maintenant, nous te trouvons laxiste. Toutes ces personnes qui te critiquent ouvertement… Tu devrais ordonner leur arrestation, et mettre fin à cette mascarade. J'ai vu ces flammes que tes sujets ajoutent à leur nom sur Réseau Royal. Ordonne que le compte de ces dissidents soit désactivé sur-le-champ et pioches-en quelques-uns pour faire des exemples. Je te garantis que le calme reviendra très vite.

C'en est trop. Louis se sent déjà suffisamment coupable de tout ce qui arrive à la France ; et depuis plusieurs jours, il voit défiler devant lui des représentants de divers groupes d'opinion qui l'accusent plus ou moins explicitement de tous les maux du pays. Il est au bord de l'implosion nerveuse ; il n'a pas besoin qu'on l'enfonce davantage.

— Excuse-moi de vouloir écouter mon peuple plutôt que de le massacrer, maman, rétorque-t-il, acerbe. Pour ce qui est de Marc… c'est mon père qui l'a nommé au Conseil, ce me semble. À l'époque, *tu* étais reine de France. As-tu vu quoi que ce soit à ce moment-là ? As-tu agi ?

— François ne m'impliquait pas dans les affaires du gouvernement, tu le sais bien.

— Et à sa mort, la première chose que tu m'as demandée, c'est de repartir à Londres au plus vite. Tu n'as pas envisagé un seul instant de rester pour me soutenir, moi, ton fils unique, qui venait d'être propulsé sur un trône sans y être préparé. Alors je n'accepterai aucun reproche de ta part sur ce que j'ai fait ou non pour arrêter

Marc Sallemont. Je suis peut-être le roi, mais je refuse d'être tenu comme unique responsable dès qu'un problème survient dans mon pays. Que chacun se regarde dans un miroir avant de me jeter la première pierre.

— Louis, calme-toi. Je voulais juste…

Le jeune roi n'entend pas la fin des justifications de sa mère, car il met brusquement fin à leur appel.

Si elle veut dresser la liste de mes erreurs passées, qu'elle le fasse seule. Moi, j'ai un avenir à sauver.

Julie

Un parapheur est ouvert devant Julie, des liasses de feuilles agrafées en débordant. Il y a là peut-être une cinquantaine de documents réunis, leurs petits caractères agglutinés leur donnant une apparence on ne peut plus rébarbative.

Et, trop souvent, les termes techniques à l'intérieur me susurrent eux aussi qu'il serait bien plus aisé de ne pas m'entêter à lire tout cela…

La jeune femme sait ce qu'Agnès Lambrou attendrait d'elle : simplement déposer sa signature dans les cadres où elle est requise. Ne pas se poser autant de questions : passer une demi-heure à tout valider à la chaîne, puis occuper le reste de sa journée en dehors de Réseau Royal, en laissant à sa directrice adjointe les coudées franches. Mais Julie ne veut pas s'y résoudre.

C'est mon nom que j'inscris là, chaque fois. Ma responsabilité que j'engage. Je veux au moins savoir quelles mesures on prend en mon nom. Malgré ce que j'ai fait à mon oncle, je lui dois de prendre au sérieux l'œuvre de sa vie qui est entre mes mains désormais.

Alors elle s'entête à lire tous les documents qu'on lui présente ; tout comme le soir, une fois que la voiture dépêchée par le gouvernement l'a ramenée à Versailles, elle passe plusieurs heures dans sa chambre à éplucher des manuels d'économie qu'elle a demandé qu'on lui livre, pour tenter d'absorber un peu des notions dont elle aurait besoin si on la laissait occuper réellement le poste auquel on l'a nommée.

Ce qu'Agnès ignore, c'est que je n'ai pas peur de l'ennui. Après plusieurs années passées recluse chez mon oncle pour me préparer à la mission d'infiltration à laquelle il me destinait, il m'est devenu familier… et je sais le tourner à mon avantage.

Elle est en train d'essayer de se concentrer sur un rapport financier dont les colonnes se confondent sous ses yeux, tentant de comprendre la signification concrète de chaque ligne derrière les intitulés qui lui paraissent pour la plupart obscurs, lorsqu'on frappe à la porte de son bureau.

— Entrez !

Elle redresse la tête. Un instant plus tard, c'est Matthieu qui apparaît face à elle et lui adresse un sourire amical.

— Bonjour, Julie. Je ne t'ai pas croisée de la journée, alors je me suis dit que j'allais prendre un moment pour venir te saluer.

En réponse, la jeune femme hoche la tête, un peu crispée. Voilà qui la renvoie à une pointe de culpabilité : en dehors de la visite des locaux qu'elle a menée à son arrivée, elle a passé le plus clair de son temps depuis sa prise de poste au dernier étage du bâtiment, réservé à la direction. Elle pourrait se voiler la face et prétendre que c'est parce que l'étude des documents qu'Agnès lui demande de signer l'absorbe tout entière ; mais la vérité, c'est qu'elle n'ose pas se mêler à ses employés – même si elle sait qu'elle le devrait. Elle se souvient encore de la froideur avec laquelle ils l'ont accueillie lorsqu'elle leur a fait face dans le hall de Réseau Royal, si bien qu'elle repousse autant qu'elle le peut le moment où elle devra affronter de nouveau leurs reproches muets.

— Comme tu peux le voir, je suis ensevelie sous les bilans comptables, soupire-t-elle en désignant les documents étalés devant elle d'un geste vague. Captivant, n'est-ce pas ?

— Cela n'en a pas vraiment l'air…

— Et toi, comment vas-tu ? Est-ce que tes débuts en tant que directeur technique se passent bien ?

Matthieu hausse les épaules.

— Oh, ma foi… Ça ne peut qu'aller mieux que pendant mon emprisonnement à la Bastille, hein ? J'ai retrouvé ma liberté, Alba, mon innocence a été prouvée… Après ce que j'ai traversé, voir le positif dans toutes les situations est facile.

— Mais chez Réseau Royal, ta position n'est pas aussi assurée que tu le voudrais, comprend Julie en lisant entre les lignes.

L'expression de Matthieu se fait penaude. Il passe ses doigts dans ses cheveux bruns, puis vient s'asseoir dans l'un des fauteuils vacants, las.

— Non, en effet. Sa Majesté m'a fait un grand honneur en me nommant directeur technique de cette entreprise, mais c'est un énorme challenge à relever. Sans me vanter, je suis un bon développeur – excellent, même. Me retrouver à la tête de l'ensemble de l'équipe… Cela demande d'autres compétences, et je ne suis pas certain de les avoir. Des capacités en management, du charisme… C'est loin d'être facile de les mobiliser, surtout alors que les trois quarts de mes subordonnés me font bien sentir qu'ils se méfient de moi.

— À qui le dis-tu…

Matthieu souffle et prend sa tête entre ses mains avant de reprendre :

— Le plus dur, c'est de les entendre parler de Marc Sallemont. Ils l'adulent tous : à les écouter, on croirait qu'ils évoquent un saint plutôt qu'un homme. C'est sûr, il avait ce quelque chose en plus qui entraînait tous ceux qui l'entouraient à le suivre. C'était ça, sa grande force, ça qui m'a moi-même fasciné quand j'ai été embauché chez Réseau Royal. Mais on parle quand même de quelqu'un qui n'a eu aucun scrupule à me faire envoyer en prison pour couvrir ses arrières !

La souffrance dans la voix de Matthieu est palpable. Julie est bien placée pour comprendre l'ambivalence qu'il évoque, et qui l'a amenée à trahir son oncle.

Il y avait une face sombre aux idéaux qu'il disait défendre... et en même temps, il n'est pas non plus le complotiste ambitieux et sans scrupule qu'Agnès voudrait y voir.

La priorité de la directrice adjointe est claire : éradiquer l'influence de Marc Sallemont sur Réseau Royal au plus vite. Dans les documents que Julie a dû signer, il y en a qui commandaient la remise des logs des discussions des employés de l'entreprise aux services secrets ; des ordres de licenciement, aussi, pour ceux à propos desquels une enquête initiale a fait émerger trop de doutes. Cette purge, la jeune femme n'est pas en mesure de s'y opposer : sa propre position n'est pas assez assurée pour cela.

La seule chose que je me refuse à céder, c'est ma voix...

Son regard est attiré par trois feuilles posées à l'extrémité de son bureau, auxquelles elle jette des coups d'œil en coin depuis qu'elle les a repoussées là il y a deux jours. C'est un texte rédigé par Agnès, parfaitement limpide en comparaison des autres documents que lui amène quotidiennement son parapheur. Un discours, que la directrice adjointe voudrait que Julie prononce devant ses salariés rassemblés.

L'« ordre », la « discipline » en sont des thèmes phares, tout comme les promesses de représailles en cas de velléités de rébellion. J'appellerais tous les employés à accorder désormais leur pleine et entière loyauté à la Couronne, en proclamant mon attachement aux valeurs monarchiques et à la famille de Bourbon...

L'opinion de la jeune femme est nette.

Je ne peux pas dire ça.

Ce serait plus simple : elle se coulerait définitivement dans le rôle de marionnette qu'Agnès aimerait la voir jouer. Mais elle n'est pas prête à se trahir ainsi, même si elle doit en payer le prix.

La vérité, c'est que j'ai beau avoir trahi mon oncle… sur beaucoup de points, j'étais en accord avec lui. Et je veux continuer à croire que la réalité est plus complexe qu'une division binaire du monde en deux camps.

Elle se cache derrière des prétextes de timidité pour gagner du temps ; au vu de la piètre opinion qu'Agnès semble avoir d'elle, sa directrice adjointe n'a aucun mal à accepter cette explication.

Mais je ne parviendrai pas à la tenir indéfiniment… Alors je rassemble mes forces, et j'observe, en attendant de déterminer comment je pourrai réussir à dévier le cours des événements.

— Nous réussirons à trouver notre place, affirme-t-elle à Matthieu, avec plus d'assurance qu'elle n'en ressent réellement. Elle est difficile à construire… mais nous y parviendrons. Nous les surprendrons tous : c'est toi qui me l'as dit, rappelle-toi.

Le jeune homme se redresse légèrement sur son siège.

— Au moins, nous pouvons compter l'un sur l'autre, c'est déjà ça… Nous avons un sacré costume à endosser, tous les deux.

Ils échangent un regard. De chair et de sang, Marc Sallemont était déjà une figure formidable ; mais maintenant que c'est avec son ombre qu'ils sont aux prises, c'est un tout autre combat qui s'annonce.

Dans ce bureau qui était le sien il y a quelques jours encore, Julie sent soudain un courant d'air la traverser, comme si son oncle était là, l'observant, et se riant de ses efforts pour se montrer à sa hauteur.

LOUIS

Louis est crispé, la tête rejetée en arrière et les yeux fermés sur la banquette en cuir de la voiture dans laquelle il a pris place il y a une demi-heure environ. D'autres véhicules, remplis de gardes du corps, encadrent le sien, mais le convoi ne roule pas avec sirènes hurlantes et policiers à moto comme lors de ses déplacements habituels en tant que souverain, afin de conserver une certaine discrétion sur sa destination.

Pour la première fois depuis près d'une semaine, ce n'est pas dans l'un des salons de Versailles qu'il va passer sa journée, face à ces représentants populaires innombrables qui l'ensevelissent sous les revendications.

Non. C'est une épreuve encore plus terrible qui l'attend.

Il est en route pour Lardy ; une toute petite prison, gérée par une section de ses services spéciaux parmi les plus secrètes. Une prison dans laquelle sont incarcérés les détenus dont l'identité ne doit pas filtrer auprès du grand public.

La prison dans laquelle est retenu Marc Sallemont…

Enfin, il a décidé de lui faire face. Pour comprendre son geste. Pour affronter directement les reproches qu'il lui crachera au visage, les réfuter, et faire la paix avec eux.

Ça, c'est la théorie. Car en réalité, Louis ne peut s'empêcher d'appréhender l'entrevue.

Et si je craque ? Et si je quitte Lardy avec un doute profond sur la légitimité de mon règne ?

Le jeune roi sait que son ex-ministre n'aura pas besoin de semer les graines de cette hésitation en lui : elles s'y trouvent déjà, enfouies profondément dans le terreau de son âme.

Il y a en moi une petite voix qui saisit la moindre occasion pour me murmurer que je ne suis pas à la hauteur de la tâche qui est la mienne, que je ne suis pas à la hauteur de mes ancêtres, ces rois illustres qui se sont succédé sur le trône de France. Marc m'a côtoyé suffisamment pour connaître cette fragilité. Et si la discussion prouvait que c'est lui, le grand homme, et que je ne suis qu'un tyran ?

Il change de position sur sa banquette, mal à l'aise, et rouvre les yeux pour tenter de trouver un peu d'apaisement dans le spectacle de la route qui défile. Mais vite, bien trop vite, sa voiture quitte la voie rapide. La ville de Lardy se dessine derrière sa vitre, suivie par les grilles successives qui protègent l'entrée de la prison. Louis a la bouche terriblement sèche lorsqu'elles s'ouvrent devant lui ; et bien que l'habitacle dans lequel il se trouve soit parfaitement chauffé, il frissonne.

Lorsqu'il sort de sa voiture, il est accueilli par un militaire haut gradé. Il se concentre sur les précisions que ce dernier lui donne comme à une planche de salut, son dernier répit avant de plonger dans des eaux hostiles.

— Nous avons installé M. Sallemont dans une salle d'interrogatoire. Nous l'avons menotté, mais si jamais il tentait de s'en prendre à vous malgré cela, plusieurs de nos agents se tiendront prêts à intervenir.

Louis secoue la tête.

— Ce ne sera pas nécessaire. Je préfère que personne ne soit témoin de notre conversation.

Si je défaille, si je m'emporte, si je ne parviens pas à garder la tête haute, je préfère que nul ne le voie.

— Mais, Votre Majesté… Il y va de votre sécurité !

— Marc Sallemont ne constitue pas une menace de ce genre. Placé derrière un ordinateur, il a prouvé qu'il pouvait faire des ravages, mais se libérer de l'entrave de menottes pour me sauter à la gorge dépasse assurément ses capacités.

Malgré sa désapprobation évidente, le militaire hoche brièvement la tête. Quelques minutes se passent encore, au cours desquelles Louis est conduit à travers le dédale des couloirs de la prison, puis son guide s'arrête devant une lourde porte en métal que rien ne distingue de ses voisines.

— C'est ici. Souhaitez-vous entrer tout de suite, Votre Majesté ?

— Oui, s'il vous plaît.

À quoi me servirait d'attendre davantage, sinon à faire augmenter mon stress ?

Le militaire tape un code sur un boîtier et, un instant plus tard, la porte s'ouvre devant Louis. Il prend une ultime inspiration et avance de quelques pas. Il a un léger sursaut quand le lourd battant se referme derrière lui… mais ce n'est rien face au courant électrique qui le traverse lorsqu'il croise le regard vif et perçant de l'homme assis au fond de la pièce.

Marc Sallemont, le ministre que j'admirais le plus parmi mes conseillers, pour s'être élevé si haut grâce à ses seules capacités… Marc Sallemont, le traître à cause de qui j'ai bien failli perdre mon trône.

— Ah, Louis… ironise-t-il en voyant le roi approcher. Je me disais bien que tout le tohu-bohu de ce matin devait annoncer votre visite.

Désignant d'un léger mouvement de la tête la chaise qui lui fait face, il ajoute :

— Je vous en prie, prenez place. Je suis désolé : ma nouvelle demeure ne dispose pas des fauteuils confortables auxquels vous êtes habitué. Il faudra vous contenter de conditions plus spartiates.

— Ça ira.

Piqué dans son orgueil, Louis met un point d'honneur à ne pas répondre à l'invitation de Marc. Il s'avance bien jusqu'à la chaise libre, mais il ne s'assied pas : il se contente de rester debout derrière elle en s'appuyant des deux mains sur son dossier, surplombant ainsi son interlocuteur… ce qui n'intimide pas le moins du monde ce dernier.

Ah, s'il pouvait ravaler son sourire en coin…

— Alors, pourquoi êtes-vous venu ? demande-t-il, prenant le jeune roi de vitesse. Pour vous délecter de votre victoire ? Félicitations, dans ce cas : vous avez déjoué mes plans.

— À vrai dire, si je voulais me complaire dans l'autocongratulation, votre présence n'aurait pas été nécessaire.

L'ex-ministre lui lance un regard intrigué. Louis prend le temps de contourner sa chaise et de s'y asseoir avant de poursuivre :

— Je viens surtout pour essayer de comprendre. Pourquoi ce complot, Marc ? Pourquoi mettre en danger la position que vous aviez réussi à atteindre, l'œuvre de votre vie tout entière ? Votre plan a été mûri pendant de longues années ; vous n'avez pas hésité à en passer par le meurtre de mon père pour le mettre en œuvre. Qu'est-ce qui motivait de tels efforts, de tels risques ?

Aussitôt, le visage de Sallemont perd toute trace d'amusement. C'est d'une voix on ne peut plus sérieuse qu'il répond, du tac au tac :

— Parce qu'il y a des choses plus importantes que ma seule ambition personnelle. La France mérite d'être débarrassée de son système de gouvernement archaïque. De vous, Louis. Je n'ai rien contre vous personnellement, mais vous le savez bien vous-même : vous n'avez rien à faire à la tête d'un pays.

Ah, la voilà, l'attaque que je redoutais…

Mais peut-être parce qu'il avait prévu cette accusation, Louis ne se laisse pas déstabiliser. Au contraire, il trouve immédiatement les arguments pour contrer Marc :

— Quoi que vous pensiez de moi, vous ne pouvez jeter le même discrédit sur mon père. De l'avis général, c'était un excellent souverain. Estimiez-vous vraiment, avec une certitude absolue, que vous feriez mieux que lui en le remplaçant sur le trône ?

L'ex-ministre ouvre la bouche pour parler, mais Louis lève une main autoritaire pour l'en empêcher.

— Vous parlez d'un « système de gouvernement archaïque » mais, en réalité, vous souhaitiez le conserver. Votre objectif, c'était de me prendre ma couronne, et non de réformer l'exercice du pouvoir. Vous vous cachez derrière de beaux discours pour justifier vos actes, des discours si efficaces qu'ils vous ont attiré beaucoup de partisans, mais moi, je pense qu'en réalité, c'est une ambition débordante qui vous a motivé.

Marc hausse les épaules.

— D'accord. Vous avez raison, peut-être ne suis-je pas entièrement désintéressé. J'ai toujours été un joueur, et j'ai fait tapis pour remporter la mise de mon existence. Mais vous n'avez pas la moindre idée de la manière dont je comptais diriger la France une fois que le pouvoir aurait été mien. La monarchie peut avoir bien des visages, et j'aurais été un roi fort différent de vous. J'ose croire qu'avec moi, la société serait enfin devenue plus juste.

— Oui, nous aurions été très différents… D'abord parce que ma couronne, je la tiens de mes ancêtres ; vous, vous l'auriez ramassée dans mon sang. Vous vouliez que je meure, ne le niez pas.

— Pour aller de l'avant malgré les difficultés, il aurait fallu retirer au peuple toute tentation de revenir à l'ordre ancien. Encore une fois, n'y voyez rien de personnel.

La voix de Marc est détachée, comme s'il parlait de son dernier repas ou de la météo plutôt que de l'assassinat de Louis. Le jeune roi a envie de se lever et d'envoyer valdinguer sa chaise pour laisser éclater sa fureur.

Si encore c'était un inconnu qui me faisait face… Mais non. Marc me connaît depuis plus de dix ans, depuis que je suis adolescent. Il connaissait mon père, il en était proche. Pourtant, planifier froidement nos meurtres ne lui a posé aucun problème. Y a-t-il seulement des gens qu'il voit autrement que comme des pions ?

Louis sent ses ongles s'enfoncer dans la chair de ses paumes. Mais il parvient à se contenir, et retourne contre Sallemont son arme de prédilection en adoptant son ton ironique favori :

— Drôle de façon de concevoir la justice. Elle aurait sans doute fini par se retourner contre vous. Savez-vous ce que le peuple s'est mis à hurler lors de l'émeute devant les grilles de Versailles que vous avez commanditée ? « Démocratie », voilà ce que tous ces gens répétaient. Alors voyez-vous, je crois que vous avez lancé quelque chose que vous auriez vous-même été incapable d'arrêter. Vous avez enseigné aux Français à haïr les rois : ils ne vous auraient pas davantage accepté que moi.

Louis croyait que cette révélation aurait frappé Marc de stupeur, mais au contraire, il éclate d'un gros rire, incontrôlable. Étonné, le jeune homme le fixe en silence, attendant qu'il reprenne son calme. Enfin, après un long moment, l'ex-ministre s'essuie les yeux et lâche :

— Ainsi, le destin est en marche… Vous vous tenez devant moi en pensant avoir gagné, *Votre Majesté*, mais vous n'avez remporté qu'une maigre bataille. À l'heure des comptes, c'est moi qui entrerai victorieusement dans l'Histoire.

Il marque une pause, puis regarde Louis droit dans les yeux et reprend :

— Qu'avez-vous donc dit pour justifier mon arrestation ? Pas la vérité, je présume, cela aurait été pour vous un terrible aveu d'échec. Non, j'imagine que vous avez dû opter pour l'un des mensonges préférés d'Anne de Mortemart : la « disparition mystérieuse ». Je me trompe ?

Louis ne dit rien, mais son expression suffit visiblement à confirmer les soupçons de son ex-ministre.

— Oui, c'est ce que vous avez dû raconter… Que je m'étais volatilisé du jour au lendemain, et que vous étiez terriblement inquiets, vos conseillers et vous… Combien de temps pensez-vous donc que le peuple sera dupe ? Des gens savent ce qui s'est réellement passé, j'ai eu le temps de les prévenir. Combien de temps avant qu'ils ne diffusent l'information ? Combien de temps avant que je ne devienne un martyr ? Dans deux siècles, c'est moi qu'on glorifiera, alors qu'on se réjouira de votre chute, à vous, le dernier des rois.

Un froid glacial s'empare de Louis. Le futur que Marc décrit, il l'a déjà envisagé, mais ce dernier semble si sûr de lui que ses propos sonnent comme une prophétie inéluctable. Se levant d'un bond, il réplique fermement, comme si cela pouvait conjurer le mauvais sort :

— Peut-être. En tout cas, cet avenir, vous ne le connaîtrez jamais. Vous croyez avoir gagné, vous me l'avez dit, mais la réalité, c'est que vous êtes dans un cachot alors que moi, je suis encore libre d'agir.

Estimant que son ex-ministre n'a plus rien à lui apprendre, Louis fait volte-face pour se diriger vers la sortie de la salle d'interrogatoire.

Dans son dos, Marc éclate à nouveau de rire.

Chapitre 3

Julie

— Bonjour, mademoiselle Morleux.
— Votre Majesté.

Julie se redresse de la révérence qu'elle avait effectuée en entrant dans le bureau de Louis. Ils n'ont pas été en présence l'un de l'autre depuis le jour où il lui a annoncé qu'il comptait la nommer à la tête de Réseau Royal.

Il a l'air fatigué ; mais sans doute me trouve-t-il changée, lui aussi. La dernière fois qu'il m'a vue, je portais l'uniforme des servantes de Versailles. Désormais, je fais tout pour avoir l'apparence de la femme d'affaires en laquelle il a voulu me transformer.

Elle ne s'attendait pas à être convoquée en sa présence ce matin ; elle était en train de terminer de brosser ses cheveux roux avant de rejoindre la voiture qui la transporte chaque jour au siège de son entreprise, quand un valet a frappé à la porte de sa petite chambre au palais, et lui a annoncé que le roi souhaitait la voir. Elle l'a suivi à travers le château, depuis le Grand Commun où elle est logée – après les révélations qu'elle a faites concernant Marc, elle a été déplacée des quartiers des domestiques jusqu'à ce bâtiment occupé majoritairement par les logements des courtisans. Derrière son guide, elle a emprunté la passerelle en verre menant à l'aile du Midi, puis rejoint le corps central où se situent les appartements royaux, avant d'être introduite dans le bureau privé du souverain.

Sur le trajet, elle s'est étonnée que Louis la fasse venir si tôt – il était à peine huit heures. Mais à présent qu'elle se trouve devant lui, elle se l'explique davantage.

Je serais surprise qu'il dorme correctement en ce moment. Il a le visage cerné.

Il lui fait signe de prendre place face à lui, avant de lui demander :

— Comment allez-vous ? Vous accommodez-vous de vos nouvelles fonctions à la direction de Réseau Royal ?

— Je fais de mon mieux pour me montrer à la hauteur de la tâche.

— Mme de Noailles m'a indiqué avoir nommé une adjointe à vos côtés pour vous aider à assumer vos responsabilités. Agnès Lambrou, je crois ?

— C'est cela. En effet, elle m'apporte une expérience dont je ne dispose pas.

Julie a un goût amer dans la bouche en prononçant ces mots. Elle a conscience que s'imaginer présider seule aux destinées de Réseau Royal, cela aurait été présumer de ses compétences. Cependant, elle aurait cru que son opinion compterait tout de même ; à la place, Agnès lui impose décision sur décision, la reléguant au statut de simple signataire.

Mais le roi n'est pas la personne à qui je dois m'en plaindre ; c'est lui qui l'a mise en poste. Il savait ce qu'il faisait. À ses yeux, je reste la nièce d'un traître, même si je l'ai dénoncé au bout du compte.

— Puis-je me permettre de vous demander des nouvelles de Son Altesse Royale l'infante Catarina ? ose-t-elle plutôt. Lorsque je l'ai quittée, elle se remettait à peine de l'attentat dont elle a été la victime.

— Elle a quitté l'infirmerie du palais et fait son retour à la cour, répond Louis, le regard voilé. De là à dire qu'elle est complètement remise… Elle se plaint encore de migraines fréquentes, malheureusement.

— Vous m'en voyez attristée.

— Je me doute. Je sais que vous aviez noué des liens particuliers avec elle lorsque vous étiez à son service.

Louis soupire, alors que le silence retombe sur le bureau. Julie attend patiemment. Elle se doute que le roi ne l'a pas convoquée pour échanger ce genre d'informations d'ordre général : il doit y avoir une raison précise à sa demande.

Pourquoi ne l'aborde-t-il pas immédiatement ? Hésite-t-il ? Dans ce cas, ne devrais-je pas avoir peur de ce dont il va être question ?

Tendue, elle lisse nerveusement le tissu de sa jupe de tailleur gris pâle. Quelques secondes de plus, et enfin, le souverain assène :

— J'ai une requête à vous présenter, mademoiselle Morleux.

Un ordre, donc.

— Je vous écoute.

— Vous logez à Versailles depuis votre prise de fonction chez Réseau Royal. Il s'agissait là d'une solution décidée dans l'urgence, mais qui ne peut se prolonger sur le long terme.

— Bien sûr, je comprends tout à fait.

Julie ne voit aucun inconvénient à déménager, au contraire : ses trajets quotidiens entre le palais et son entreprise pèsent lourdement dans ses journées, sans compter que cela ne doit pas améliorer l'opinion que ses employés ont d'elle.

Et puis, ayant été servante ici, je suis bien placée pour savoir à quel point les suites au château sont convoitées par la cour. Que le roi veuille récupérer la chambre qui m'a été attribuée est logique.

— Je peux m'arranger pour trouver un appartement rapidement, propose-t-elle. Avec votre appui, il ne devrait pas m'être trop difficile de…

— Non, mademoiselle Morleux, ce n'est pas ce que je vous suggérais.

De nouveau, Louis paraît mal à l'aise, et laisse passer un instant avant de déclarer :

— Votre oncle disposait d'un hôtel particulier. J'aimerais que vous vous y installiez.

— Oh.

Julie reste abasourdie tandis que le roi se justifie :

— Si vous avez accédé à la direction de Réseau Royal, c'est parce que vous étiez sa plus proche parente. Il est cohérent que vous jouissiez de l'ensemble de ses biens.

— Ce n'est pas nécessaire. Je ne demande rien, je peux très bien me contenter de…

— Je le sais. Mais c'est une question d'image. Marc Sallemont et sa famille ont disparu, officiellement. Les décisions qui s'imposent doivent être prises en cohérence.

— Cela signifie donc qu'ils ne reparaîtront pas ?

Louis soupire.

— J'ai vu votre oncle hier. La question de son devenir est… complexe. Il est certain qu'en cas de procès public, il aurait le charisme nécessaire pour remettre de l'huile sur le feu de la contestation populaire. Ce n'est pas quelque chose que la France peut se permettre en ce moment.

— Vous m'aviez promis que vous n'ordonneriez pas son exécution sans jugement…

— Et je ne l'ai pas fait. Il est retenu à la prison de Lardy, sous haute surveillance, en attendant que la tempête qu'il a soulevée s'apaise quelque peu.

Une tempête, c'est aussi ce que cet échange avec le roi vient de réveiller chez Julie. Malgré tous ses efforts pour ne rien laisser paraître, elle ne peut s'empêcher de trembler sur sa chaise, et elle est presque certaine d'avoir blêmi. En elle, la culpabilité qui ne l'a pas quittée depuis le jour où elle a fait le choix de trahir son oncle rugit. S'il est en prison, avec sa tante et sa cousine, c'est à cause d'*elle*. Elle a déjà du mal à tenir cette vérité à distance lorsqu'elle évolue au sein des locaux de Réseau Royal ; si elle est contrainte d'occuper l'hôtel particulier des Sallemont, là où leur empreinte est perceptible dans chaque pièce, ce sera pire. Ce sera un fardeau auquel elle sera confrontée chaque jour. Chaque matin en se réveillant, chaque soir en se couchant.

Mais peut-être est-il cohérent que le destin me punisse de la sorte, pour s'assurer que ma conscience n'oubliera jamais ce que j'ai fait…

— Je ne peux pas laisser son spectre gagner la partie… soupire soudain Louis, terriblement las. J'ai besoin de lui ôter toute possibilité de me hanter. Inoccupée, la demeure de votre oncle commence déjà à se transformer en sanctuaire. La préfecture de police m'a averti que des anonymes viennent y déposer des fleurs, des portraits… J'ai l'espoir que si vous investissez les lieux, votre présence permettra d'exorciser les fantômes qui s'attardent. Vous êtes son héritière ; ce n'est pas qu'une question de biens matériels. Aidez-moi à remplacer le passé par l'avenir.

Dans le regard du jeune roi, c'est une pointe de terreur que Julie perçoit, et l'espace d'un instant, elle se demande ce que Marc a bien pu lui dire la veille pour que leur conversation l'ait laissé si affecté. Elle réalise aussi qu'elle n'a pas le choix : Louis ne paraît pas en mesure de tolérer un refus de sa part.

Je dois me résigner à courber l'échine, même si la perspective de ce qui m'attend me glace… mais peut-être puis-je au moins obtenir quelque chose en retour.

— Je comprends, se force-t-elle à articuler malgré son mal-être. Je ferai de mon mieux en ce sens.

— Excellent.

Cette exclamation de Louis trahit son soulagement. Mais Julie n'en a pas terminé.

— Si je puis me permettre, cependant, Votre Majesté…

— Parlez. Je vous écoute.

— Vous souhaitez renforcer mon identification à mon oncle, je l'ai compris. Pour cela, toutefois, il faut que la voix avec laquelle je m'exprimerai soit bien la mienne. Que vous me laissiez une latitude dans mes prises de position afin qu'on y sente… eh bien, *moi.*

— Ce n'est pas le cas actuellement ?

Les lèvres de la jeune femme se plissent.

— Pour le moment, j'ai surtout gardé le silence. Mais Mme Lambrou a rédigé des ébauches de discours pour moi, et je suis réticente à l'idée de les prononcer. Si je dois prendre la parole, je préférerais que ce soit en mes propres termes. J'espère que vous le comprendrez.

Louis laisse échapper un rire bref, cynique.

— Oui, je le comprends très bien… Voyez-vous, au début de mon règne, j'ai eu moi-même ce genre de tensions avec mes propres ministres, qui auraient beaucoup aimé pouvoir mettre leurs propres mots dans ma bouche. Je sais la souffrance que cela représente… Vous avez donc mon soutien pour refuser de vous exprimer de toute manière qui vous serait inconfortable.

— Merci, Votre Majesté.

— Mais, mademoiselle Morleux…

Le souverain marque une pause. La fatigue semble être revenue l'assaillir au grand galop, et il y a de l'amertume dans sa voix lorsqu'il poursuit :

— Vous vous rendrez compte bientôt qu'être personnellement responsable de chacune des conséquences de vos paroles est tout aussi pesant, si ce n'est plus. Je vous souhaite que cet apprentissage vous soit moins douloureux qu'il l'a été pour moi…

Louis

— Du côté du Brandebourg, les nouvelles sont malheureusement tout aussi préoccupantes. Kerstin, profitant de la faiblesse actuelle de la France, multiplie les déclarations qui nous dénigrent, et il semblerait qu'elle ait recommencé à placer ses pions auprès d'autres souverains européens pour mettre en avant son propre candidat à la Couronne de notre pays : Frédéric de Magdebourg, le fils bâtard de votre grand-père. Il aurait été reçu dans le courant de la semaine dernière à la Cour royale des Pays-Bas.

Louis secoue la tête, blasé. Cela fait plusieurs minutes que Jean de Berry aligne les mauvaises nouvelles quant à la situation internationale de la France. Si aucun camouflet diplomatique flagrant n'a été infligé, les signaux qui s'additionnent sont sans appel : les cours d'Europe cherchent à prendre leurs distances avec lui.

La situation houleuse que nous affrontons ici les inquiète, d'autant qu'elle semble avoir inspiré des mouvements de contestation au-delà de nos frontières. Il y a eu des manifestations au Danemark, en Saxe, au Portugal… Mais au lieu de faire front commun dans ce moment difficile, les autres souverains me traitent comme un pestiféré. Ne comprennent-ils pas que c'est le moment ou jamais de nous entraider, de montrer la sérénité des monarchies ?

— Plus alarmant encore, Henry XII d'Angleterre lui-même serait prêt à tendre une oreille favorable au Brandebourg, poursuit Jean de Berry. D'après mes informations, l'ambassadeur de Kerstin à Londres s'est rendu à Buckingham Palace avant-hier. L'alliance matrimoniale contractée entre feu mon frère le roi François IV et Georgia de Windsor a longtemps garanti que l'Angleterre nous serait d'un soutien sans faille face aux manœuvres de ce type, mais je crains que cette époque ne soit révolue.

Louis se crispe. De ce dernier développement, il se sent personnellement responsable.

Je suis pratiquement sûr que ma mère m'a appelé pour me sonder sur demande de mon grand-père, et qu'apprendre que je ne souhaitais pas réprimer les troubles dans mon pays par la violence lui a déplu... Henry me fait payer mon refus d'employer la force impitoyable que lui n'a aucun scrupule à mobiliser.

— Y a-t-il quoi que ce soit que nous puissions faire pour contrecarrer les manœuvres de Kerstin ?

— Malheureusement, pas grand-chose de plus que ce que nous faisons déjà. Le plus efficace pour faire taire les craintes de nos voisins européens serait de prouver de manière éclatante que la France a retrouvé sa stabilité, mais si nous avions une solution pour y parvenir facilement, nul doute que nous l'aurions déjà mise en œuvre.

— Bien. Merci pour votre exposé. Continuez à gérer la situation internationale au mieux. Lorsque nous aurons redressé la barre en matière de politique intérieure, nous serons bien contents d'avoir réussi à conserver un réseau d'alliances aussi solide que possible.

Le ministre incline légèrement la tête. Le Conseil touche à sa fin ; il a été morose d'un bout à l'autre. Avant l'intervention de Jean de Berry, Pierre de Chantilly a détaillé les incidents qui émaillent encore le pays, ne paraissant pas vouloir s'apaiser : nobles pris à partie, dégradations, mouvements de foule spontanés...

La France est en ébullition depuis l'émeute devant Versailles et, malgré tous nos efforts, la température ne redescend pas...

— Y a-t-il encore une question que nous devons aborder avant de lever la séance ? demande Louis, las. Un sujet à propos duquel vous auriez besoin que je prenne une décision ?

Aussitôt, Anne de Mortemart intervient :

— Oui, Votre Majesté. Il y a quelque chose.

— De quoi s'agit-il ?

La ministre pince les lèvres et le dévisage longuement avant de lâcher :

— Marc Sallemont. Vous l'avez vu hier, la direction de la prison de Lardy en a informé mes équipes.

Louis hoche la tête.

— En effet, je l'ai rencontré. Je voulais tenter de comprendre les raisons qui l'ont poussé à me trahir.

Un frisson parcourt son échine lorsqu'il se remémore leur discussion, et des bribes de phrases retentissent insidieusement dans sa tête.

« Des gens savent ce qui s'est réellement passé... »

« Combien de temps avant que je ne devienne un martyr ? »

« On se réjouira de votre chute. »

Sous la table, le jeune roi serre les poings.

Je m'étais pourtant juré que je ne me laisserais pas hanter par ces menaces...

— L'entretien a-t-il été éclairant ?

— Éprouvant, surtout. Je ne suis toujours pas pleinement certain de ce qui l'a motivé à agir comme il l'a fait. Ambition dévorante ou réelles convictions ? Un mélange des deux, sans doute.

Un silence général accueille cette déclaration. Puis Anne reprend :

— J'espère que vous finirez par faire la paix avec vous-même sur ce qui s'est passé, Votre Majesté. Mais une question beaucoup plus terre à terre se pose à propos de Marc Sallemont : il faut que vous preniez une décision quant à son devenir.

— Il est emprisonné à Lardy. C'est un sort qu'il mérite, je pense.

— Ce n'est pas une solution viable sur le long terme. Certes, il est gardé par les services spéciaux, et ses geôliers sont normalement tenus au silence sur l'identité des criminels qu'ils gardent par des clauses de confidentialité. Mais nous ne pouvons pas nous faire d'illusions : il est impossible de conserver un secret comme celui-là pendant des années. Des fuites finiront forcément par se produire.

— D'autant que le sort de Marc Sallemont préoccupe vos sujets, Votre Majesté, intervient Pierre de Chantilly. Il a toujours été très apprécié des Français et, depuis sa « disparition », il ne fait que gagner en popularité. Les rumeurs qui circulent s'approchent dangereusement de la vérité, et elles ne font qu'enfler. S'il venait à être confirmé que vous avez délibérément menti au peuple, cela serait désastreux pour votre image. Quoi qu'il arrive, vous devez maîtriser le timing des révélations. Celle de sa trahison, et le procès qui s'ensuivra.

— Mais je ne peux pas lui donner la possibilité de faire entendre sa voix de nouveau. Vous le connaissez, vous savez l'éloquence qui est la sienne. Il parviendrait à plonger définitivement ce pays dans les flammes.

La perspective terrifie Louis, encore plus maintenant qu'il a fait face à un Marc dont le masque était tombé. Instinctivement, il cherche le regard de Catarina ; elle lui sourit tristement.

Elle, elle aurait la force d'entrer dans l'arène pour mener ce combat. Pas moi.

— Alors il y a une seule autre option, Votre Majesté, cingle Anne. Le faire disparaître définitivement. Dans le plus grand secret.

Louis déglutit, face à ses ministres qui restent silencieux.

Encore une décision dont je dois assumer seul le poids. Je n'y suis pas prêt…

Il sent son Conseil divisé. Anne est déterminée ; le cardinal d'Avignon, résigné. Pierre a la tête baissée, fixant ses doigts qui parcourent machinalement le rebord de la chemise cartonnée posée devant lui. Jean fronce les sourcils, Valérie a la lèvre qui tremble. Quant à Catarina, elle secoue la tête lorsque leurs yeux se trouvent, imperceptiblement.

Oui, elle sait que je n'ai pas la carrure de sortir d'une confrontation publique la tête haute. Mais elle sait aussi qui je suis. Qui j'aimerais parvenir à rester, malgré la peur. Un souverain qui a réussi à conserver son humanité, et non un tyran qui fait assassiner des gens sous le manteau de l'obscurité…

Il se remémore également la discussion qu'il a eue avec Julie un peu plus tôt dans la journée : la jeune femme à qui il doit d'avoir conservé son trône ; qu'il a contrainte, pour tout remerciement, à endosser un rôle dont elle ne voulait pas ; et à qui il va désormais imposer de vivre dans la demeure même de celui dont elle a causé la chute, parce qu'il n'est pas assez courageux pour affronter son ombre lui-même.

Elle ne s'est pas plainte, n'a pas protesté, mais a tenu à lui rappeler une seule chose : sa promesse de ne pas exécuter son oncle sans jugement. Il est le roi ; s'il revenait sur sa parole, elle n'aurait rien à y redire.

Mais ma conscience, elle, me le reprocherait.

— Je conçois que la situation ne puisse pas se prolonger éternellement, finit-il par déclarer. Mais… je ne suis pas prêt à prendre une décision. Pas encore.

Louis voit à l'expression d'Anne de Mortemart qu'elle n'est pas satisfaite, qu'elle aurait préféré qu'il fasse un choix rapide. Cependant, elle finit par hocher brièvement la tête.

Et le jeune roi a la désagréable impression d'entendre l'écho du rire de Marc Sallemont résonner à ses oreilles.

Thomas

Calé sur son canapé, les jambes croisées sur sa table basse, Thomas boit son café du matin en regardant le journal télévisé. Il savoure presque autant les images qui défilent que sa boisson chaude ; elles montrent que les troubles dans le pays ne se sont pas apaisés, loin de là. Il observe des jeunes encagoulés agitant des fumigènes, la façade taguée d'un hôtel de ville, des slogans peinturlurés sur une rame de métro. Le présentateur minimise la situation en évoquant « de l'agitation dans les banlieues », mais le simple fait que les événements soient mentionnés aux informations suffit à prouver la perte de contrôle du gouvernement : sous François IV, jamais la censure n'aurait permis que de telles séquences vidéo passent à la télévision nationale.

Thomas fixe le visage en apparence neutre du journaliste avec un petit sourire.

Tu gardes une impassibilité de façade, mais je sais ce que vous pensez, toi et ta chaîne : vous vous réjouissez des changements qui sont en train d'avoir lieu, et vous les appuyez à votre échelle, en les relatant…

Le jeune homme est bien placé pour le savoir : la veille, avançant ses pions sur Réseau Royal, il a pris contact avec l'un des collègues de cet homme, mettant à profit l'un des faux comptes dont il dispose. Il ne l'a pas choisi au hasard ; auparavant, il a étudié plusieurs profils d'employés de la chaîne, comparant leurs publications pour déterminer lequel serait le plus susceptible de se montrer réceptif à son approche. Il a commenté l'une de ses photos récentes pour attirer son attention et créer un prétexte pour nouer le dialogue ; puis, en privé, il l'a sondé afin de confirmer qu'il était bien sensible à la contestation populaire. C'est seulement ensuite qu'il a abattu ses cartes.

Je lui ai révélé que malgré la disparition de Marc Sallemont, nous étions un groupe entier déterminé à poursuivre son œuvre ; un groupe que je dirige. Je lui ai proposé de nous rejoindre, d'œuvrer de l'intérieur pour orienter le journal télévisé pour lequel il travaille dans la voie de la révolte. Son enthousiasme a été immédiat. Les images passées ce matin ne sont qu'un début. Bientôt, la chaîne se risquera à émettre des critiques ouvertes de la monarchie, j'en suis pratiquement certain.

Thomas esquisse un sourire en reprenant une gorgée de café. Sa technique est bien rodée à présent : depuis plusieurs jours, il se démène pour identifier et gagner à sa cause autant de personnes situées à des postes d'influence qu'il le peut.

Nathan m'a permis d'en prendre conscience : c'est ma capacité à me constituer un réseau que Marc Sallemont avait décelée chez moi. Il est temps de rebondir, de poursuivre mon œuvre… Mais cette fois, en mon nom propre.

Piqué dans son orgueil par la découverte qu'il n'est pas le seul à avoir reçu des pouvoirs sur Réseau Royal de la part de son mentor, il est décidé à ne plus se laisser surprendre. À ses nouveaux alliés, il se présente d'emblée comme le nouveau leader du mouvement révolutionnaire.

Je le mérite : pour mener le peuple en colère, il faut une figure charismatique, et capable de déployer une réflexion stratégique. Deux qualités que je sais posséder.

Le journal enchaîne sur un reportage à propos de la préparation du couple star de la valse moderne française, Garance de la Tullaye et Isidore de Beaumont, aux championnats du monde de leur discipline qui auront lieu très bientôt à Réval, au bord de la Baltique. Pas le moins du monde intéressé par leurs arabesques et portés, Thomas éteint sa télévision, puis dépose sa tasse désormais vide sur la table basse. Du travail l'attend : il est temps qu'il s'y mette.

Il ouvre Réseau Royal ; dès qu'il se connecte à son compte personnel, il reçoit un message de Nathan :

[Pas mal, non ? J'ai terminé le montage cette nuit.]

Y est jointe une vidéo mêlant des séquences – qui leur ont été transmises par un sympathisant – montrant Julie Morleux quittant le château de Versailles pour monter dans une voiture gouvernementale, des captures d'écran de son compte Réseau Royal vide, et des comparaisons de son visage avec celui de Marc Sallemont. Le tout est accompagné d'une voix off – générée par intelligence artificielle pour éviter tout risque d'identification par la police – mettant en doute l'identité réelle de cette jeune femme qui se prétend la nièce de l'ex-ministre, et concluant sur l'interrogation que Thomas voudrait voir embraser le pays.

Où est Marc Sallemont ? Ou plus exactement, quel sort le pouvoir royal lui a-t-il réservé ?

Cette question, il sait que c'est sa meilleure arme pour déstabiliser Louis XX. Son atout face à ses mensonges.

Il ne pourra les maintenir indéfiniment. Je ne le laisserai pas faire. Et quand la vérité éclatera, j'ose croire que sa couronne lui sera arrachée par le souffle de l'explosion.

Le rendu global de la vidéo est très convaincant, comme tout ce que produit Nathan : Thomas s'est vite rendu compte que si Marc Sallemont l'avait recruté, c'est sans aucun doute pour son aisance technique pour ce genre de réalisations. Il lui envoie un pouce levé, qu'il double d'une brève réponse :

[Parfait. J'ai hâte de voir ça en ligne. Monte le compte à partir duquel tu vas poster au statut Or, il faut que tu obtiennes la meilleure visibilité possible.]

Cela augmente le risque que les manœuvres auxquelles ils se livrent en ligne soient repérées, et que leurs accès clandestins aux fonctions d'administration soient coupés, mais Thomas est prêt à le prendre. Il a conscience que ces privilèges ne dureront qu'un temps : les équipes royales finiront forcément par les désactiver. Et puis, hors de sa connaissance, les autres héritiers à qui Marc Sallemont a transmis ses pouvoirs en font sans doute usage également, peut-être à mauvais escient. Alors il préfère les utiliser à leur plein potentiel pour lui-même tant qu'il en dispose encore.

Bientôt, les messages que Nathan et lui viennent d'échanger s'effacent : son allié a dû les supprimer, pour éviter que la moindre trace compromettante ne subsiste. Satisfait, Thomas bascule sur l'un de ses faux comptes, prêt à se concentrer sur la mission qu'il s'est fixée pour la matinée. Si son réseau est bien implanté dans le milieu artistique, dans lequel il a travaillé, il a conscience d'être encore faible au sein des rouages de l'État, dans les administrations.

Je dois diriger mes efforts de recrutement en ce sens, c'est la priorité. Les propres fonctionnaires de Louis XX, ceux sur lesquels il s'appuie pour exercer concrètement son pouvoir, doivent l'abandonner.

Patiemment, il ouvre un par un les profils de tous les employés de la mairie de Paris qu'il trouve – l'organisme sur lequel il a décidé de se focaliser dans un premier temps. Avec l'habitude, il sait quels signaux rechercher : l'émoji flamme accolé au nom de l'utilisateur, le contenu partagé en stories, les abonnements à certaines personnalités clés – Liam Archer ou Claire Tarlier, par exemple.

Thomas navigue de candidat en candidat, avant de jubiler devant son téléphone.

Bingo…

Florian Grandier, sur lequel il s'est arrêté, coche tous ces critères ; il est même allé jusqu'à reposter sur son fil certaines des publications récentes créées par Thomas.

Il est mûr pour écouter ce que j'ai à lui dire…

Sans attendre, le jeune homme ouvre une fenêtre de messagerie, et se prépare à déployer ses arguments pour gagner un nouveau soutien à sa cause.

[Bonjour. Je ne peux m'empêcher de constater que comme beaucoup d'entre nous, vous n'êtes pas dupe des discours officiels concernant Marc Sallemont – et il est absolument révoltant que notre gouvernement ait orchestré sa disparition de la sorte. Mais même s'il n'est plus parmi nous… les idées pour lesquelles il se battait devraient continuer à être défendues, ne pensez-vous pas ?]

Louis

Les lèvres de Catarina, douces et chaudes contre les siennes. Entrouvertes, mêlant son souffle au sien, en un léger soupir qui est une symphonie à ses oreilles.

Ses cheveux noirs, soyeux entre ses doigts, une rivière dans laquelle il voudrait se noyer et qui est en même temps l'une des seules choses capables de le maintenir à flot.

Son odeur d'œillets, enivrante, qu'il voudrait garder près de lui même lorsque ses journées l'arrachent aux bras de l'infante ; cette odeur qui est si rapidement devenue un foyer pour son âme.

Et ses yeux, sombres et brillants à la fois. La douceur de sa peau. La vulnérabilité dans ses sourires, qu'elle ne laisse entrevoir qu'à moi seul. Les courbes de son corps, si parfaites, trouvant si facilement leur place contre le mien. Même ses cicatrices, témoins de sa force et des combats qu'elle ne cesse de remporter… J'aime tout d'elle ; je l'aime, c'est tout. Et par miracle, elle m'aime en retour.

Louis embrasse Catarina à en perdre haleine, à en perdre la raison, à oublier où finissent ses contours et où commencent les siens. Elle l'a rejoint dans sa chambre, le ballet de la cour ayant enfin trouvé sa conclusion pour la journée. C'est l'une des seules perspectives qui l'aident à tenir en ce moment : celle de la retrouver le soir venu, de se libérer enfin du poids de ses devoirs pour laisser son amour emplir son cœur. Il le savoure d'autant plus que longtemps, l'infante a lutté contre les sentiments qui les attiraient irrémédiablement l'un vers l'autre ; et qu'il a failli la perdre définitivement dans l'attentat qui la visait.

Je crains encore qu'elle me soit arrachée ; cela me terrifie même plus que les menaces qui pèsent sur mon trône. La Couronne est censée être ma raison de vivre, mais Catarina, elle, est devenue ma raison de continuer à espérer.

Ils sont nus sous ses draps, laissés exsangues par la passion qui les a consumés mais incapables de rompre leur étreinte ; et Louis n'attend rien tant que de s'endormir le nez tout contre la nuque de celle qu'il aime, enfin un peu moins seul dans ce monde où les visages hostiles semblent lui cracher des reproches quelle que soit la direction dans laquelle il se tourne.

Mes ministres que je déçois réunion du Conseil après réunion du Conseil… Les nobles de ma cour qui me flattent par-devant, tout en s'indignant par-derrière que je ne sois pas en mesure de régler le moindre de leurs problèmes… Les représentants du peuple que je reçois et qui m'adressent reproche sur reproche…

Il n'y a qu'auprès de Catarina qu'il parvient à tenir tout cela à distance. À redevenir un homme, rien qu'un homme ; cela, paradoxalement, parce qu'elle est l'une des uniques personnes à savoir ce que signifie que d'avoir du sang royal dans les veines.

Il la sent soudain se tendre sous lui ; il se redresse aussitôt sur ses coudes, alarmé. Même lorsque son corps près du sien emplit tous ses sens, il reste attentif à la moindre de ses réactions – ce d'autant plus qu'il sait sa santé fragile.

— Tout va bien ? s'inquiète-t-il.

L'index de Catarina effleure tendrement sa pommette.

— Maintenant, oui. J'ai eu un léger étourdissement, mais il est tout de suite passé.

Cela suffit à décider Louis à basculer sur le côté. L'infante ne cesse de minimiser son état, il en a conscience… Il préfère s'en tenir à ce qu'il pressent.

— Mieux vaut maintenant que demain après-midi, ajoute-t-elle sur un ton faussement léger.

— Demain après-midi ?

— J'ai demandé une entrevue avec le duc de Gerona.

— L'ambassadeur d'Espagne en France ?

— Lui-même.

Catarina s'étire avant de poursuivre :

— Mon oncle cherche à m'isoler pour détruire tout soutien que mon peuple pourrait me réserver. Il voudrait m'intimider pour que j'abandonne la lutte de moi-même. Qu'il en vienne aux menaces me prouve une chose : au fond, il a peur de moi. J'ai tenté de faire profil bas pour éviter qu'il ne s'en prenne à moi, et il a cherché à m'assassiner malgré tout. Alors je vais contre-attaquer. Essayer d'étendre mon influence comme je le peux. Rencontrer les personnalités espagnoles de haut rang qui résident actuellement en France me semble un bon début.

— Tu es sûre que tu es en état de leur faire face ? Si ton corps te lâche face à eux, tu risques de…

— Ça ira. Je me forcerai à tenir le coup quoi qu'il arrive.

La voix de Catarina s'est faite mordante. Ses yeux se détournent, et elle passe une main sur son front avant de reprendre :

— Je n'en peux plus d'aller d'événement de cour en événement de cour, à ne faire rien d'autre que de me forcer à servir des sourires. J'ai besoin d'agir, Louis, sinon je vais exploser. Et puis, il n'y a pas que moi qui suis en jeu. Il y a l'Espagne tout entière, et Felipe… Si Alfonso a tenté de se débarrasser de moi, combien de temps avant qu'il ne décide de s'en prendre à lui aussi ?

Le jeune roi reste inquiet, mais il y a une telle fêlure dans le ton de l'infante qu'il comprend à quel point se dresser pour mener ce combat lui est vital.

Je serai derrière elle. Parce que c'est ce que nous sommes, maintenant : plus forts, ensemble.

Il se penche pour déposer un baiser sur son front, et souffle :

— Ma guerrière…

Catarina sourit faiblement, avant de laisser un index se perdre parmi les mèches dorées de Louis.

— Et toi… As-tu réfléchi à la décision que tu dois prendre concernant Marc Sallemont ?

Le nœud de l'angoisse se resserre de nouveau autour de sa poitrine. Il se laisse retomber sur son propre oreiller, lourdement.

— Je n'y arrive pas, soupire-t-il. Je n'arrive pas à trouver le courage de trancher.

— Je sais que c'est difficile. Son procès sera long et éprouvant. Il t'adressera les pires attaques, saura choisir ses mots pour te faire douter. Mais tu parviendras à tenir bon, j'en suis certaine. Tu as déjà réussi à déjouer sa tentative pour te faire chuter, tu t'en souviens ?

Elle l'affirme avec une telle confiance que, l'espace d'un instant, Louis se met à y croire lui aussi.

Et puis, alors qu'ils glissent vers le sommeil, l'obscurité étendant son voile sur la chambre, son assurance s'effrite de nouveau.

Cette nuit-là, ni le souffle régulier de Catarina ni son parfum floral emplissant ses narines ne lui suffisent pour vaincre la terreur rampante qui a pris ses quartiers dans son âme…

Catarina

[L'Espagne, toujours près de mon cœur où que j'aille.]

Catarina vérifie une dernière fois la photo qu'elle vient de prendre avant de la publier sur son compte Réseau Royal. Épinglée à sa poitrine, une broche représente les armoiries de son pays natal, s'accordant harmonieusement avec la soie bordeaux de l'élégant tailleur-pantalon qu'elle porte au-dessus d'un col roulé aux mailles métallisées. Sur le cliché, elle regarde au loin, comme la figure tournée vers l'avenir qu'elle aimerait incarner aux yeux de son peuple.

Poster ce genre d'images sur le réseau social, voilà l'un des seuls moyens dont elle dispose pour continuer à exister dans l'esprit des Espagnols, pour contrer les mensonges que son oncle répand sur son compte : que la Cour de France lui tournerait la tête au point qu'elle en oublie son pays, qu'elle a renoncé à Madrid. Une part d'elle se dit que ces messages sont bien dérisoires, mais elle continue à lutter, selfie après selfie.

Aujourd'hui cependant, ce n'est pas seulement pour les yeux de ses compatriotes – par écrans interposés – qu'elle a soigné son apparence. Elle s'apprête à se rendre à son rendez-vous avec le duc de Gerona, et elle tient à lui faire une impression marquante ; paraître à la hauteur des ambitions qu'elle entend afficher.

Relevant les yeux sur son miroir, elle tourne la tête de gauche à droite, lentement, pour vérifier la coiffure que Gloria, l'une de ses nouvelles servantes, lui a faite il y a quelques minutes. Son chignon strict est parfaitement en place, emprisonnant chacune de ses mèches sombres.

Son menton se redresse imperceptiblement lorsqu'elle croise le regard de son reflet.

Il est brillant, déterminé. C'est celui d'une femme forte, pas d'une accidentée de la vie.

À son grand soulagement, Catarina s'est réveillée en forme ce matin. Pas de nausées, pas de pertes d'équilibre. Juste un mal de tête léger, mais elle s'en accommodera ; jour après jour, elle apprivoise un peu plus les séquelles de son traumatisme crânien.

Je prends mon état ce matin comme un signe du destin. Une manière pour l'Univers de m'encourager et de m'indiquer que j'emprunte la bonne voie.

Une dernière inspiration profonde, et elle se lève. Il est temps qu'elle rejoigne la voiture qu'elle a commandée et qui doit l'emmener à Paris, à l'ambassade d'Espagne. Après avoir signalé au chauffeur via l'application dédiée qu'elle sera au point de rendez-vous dans moins de cinq minutes, elle se met en route à travers les couloirs de Versailles. Elle file, décidée à se concentrer sur le rendez-vous qui l'attend, et rien que sur ce rendez-vous.

Mais elle n'y parvient pas. Confiante dans ses capacités aujourd'hui, elle a choisi de mettre des talons hauts. Cependant, ils lui imposent un effort plus important que d'ordinaire pour maintenir son cap.

Elle plisse le front. Qu'importe. Face au duc de Gerona, elle sera assise. Elle n'aura pas à s'en préoccuper.

Elle poursuit son chemin, déterminée, malgré l'inconfort. Sous ses pas, ses talons claquent en un bruit sec.

Trop sec.

Contre le marbre de l'un des escaliers qu'elle emprunte, ils paraissent résonner à ses oreilles comme des coups de feu, réveillant une vrille familière, aiguë, au niveau de ses tempes.

Déstabilisée, elle s'appuie lourdement contre la rampe à sa gauche. Le monde lui paraît tanguer soudain. Un vertige. Il devrait passer, mais ici, dans cet escalier où ses repères visuels sont bouleversés, elle a du mal à le chasser. Elle a l'impression de basculer vers l'arrière ; instinctivement, sa main se crispe un peu plus pour agripper la balustrade, et elle ploie brusquement la nuque pour ficher son regard au sol.

Elle comprend son erreur sur-le-champ. La douleur explose sous son crâne, déchaînée par ce faux mouvement.

Non… Mon Dieu, non… pas maintenant…

Les suppliques qu'elle adresse au ciel de toute la force de son esprit n'ont aucun effet. La migraine la foudroie, impitoyable, lancinante. Elle a mal, si mal… La douleur irradie jusque dans ses dents. Elle s'efforce de respirer profondément pour la combattre, sans succès. Les jambes tremblantes, elle s'affale presque contre la rampe pour se laisser glisser tout contre et s'asseoir sur l'une des marches de l'escalier. Tant pis si cela salit la soie de son tailleur, tant pis si un valet de Versailles risque de la découvrir dans une posture si peu digne de son rang. Tout ce à quoi elle peut penser en ce moment, c'est à l'aiguille qui semble vouloir lui percer le crâne de part en part, et à la nausée qui s'empare d'elle.

Dans un sursaut, elle parvient à trouver la force d'extraire les pieds de ses chaussures et de les jeter au loin. Puis elle reste de longues minutes recroquevillée sur elle-même, les paupières résolument closes comme si cela pouvait empêcher ses larmes de couler.

— Non… non… non… répète-t-elle inlassablement d'une voix brisée.

Au bout de ce qui lui paraît une éternité, elle a vaguement conscience que des pas se précipitent vers elle, qu'on s'agenouille sur la marche en dessous de la sienne et qu'on l'appelle doucement.

— Votre Altesse Royale… Votre Altesse…

Mais Catarina est partie trop loin pour répondre, trop loin de ce titre et de toutes les responsabilités qu'il implique, arrachée au présent par la souffrance implacable qui a refermé ses griffes sur elle et dont les vagues s'écrasant contre ses tempes semblent autant de cris de victoire…

Julie

Sur la banquette arrière de la voiture dans laquelle elle a pris place, la main de Julie tressaute contre sa cuisse.

Le moment fatidique est venu. Ce n'est pas un chauffeur dépêché par le gouvernement qui est venu la chercher, mais l'un des membres de son tout nouveau personnel. Elle ne rentre pas au château de Versailles, mais à l'hôtel particulier de son oncle.

J'y ai vécu trois ans après la mort de mes parents, cachée, à me préparer pour la mission secrète qui m'attendait. Pourtant, ce déménagement ne me fait pas du tout l'effet d'un retour à la maison.

Depuis l'arrestation de ses occupants, la bâtisse est restée inviolée : immanquablement, des détails, des objets, des meubles rappelleront à la jeune femme ceux qui constituent la seule famille qui lui reste, la renvoyant à sa trahison.

J'ai peur que les murs ne m'accusent, ne me crient que c'est à cause de moi que leurs maîtres légitimes sont en prison…

Julie frissonne et pose son front contre la vitre froide de la portière à sa droite. De l'autre côté, les avenues de Paris défilent devant ses yeux un peu trop vite à son goût. La voiture arrivera à destination dans quelques instants seulement, à présent. Elle n'y est pas encore prête.

Mais je ne pourrai jamais l'être, je crois.

Enfin, elle reconnaît la rue dans laquelle se dresse la demeure des Sallemont. De loin, elle distingue sur le trottoir devant cette dernière des taches colorées qui l'intriguent ; alors que le véhicule se rapproche, elle constate qu'il s'agit de couronnes de fleurs posées çà et là. Au moment où la voiture s'arrête en attendant que les portes automatiques donnant sur la cour intérieure de l'édifice ne s'ouvrent, Julie a le temps de lire quelques-uns des bandeaux en gros caractères qui les accompagnent.

« Nous n'oublierons pas. »

« Mort pour la démocratie. »

« À Marc Sallemont, notre martyr. »

Elle déglutit. Son chauffeur lui jette un regard par le rétroviseur et, remarquant sûrement son trouble, lui assure :

— Nous nous chargerons de nettoyer cela, mademoiselle.

Mais même si ces fleurs sont balayées, le message qu'elles transmettent restera…

Julie sent soudain la voiture redémarrer, alors que son chauffeur entreprend les manœuvres pour se garer dans la cour intérieure. Quelques instants plus tard, elle est debout sur les pavés beiges devant le perron, et son regard s'élève le long du haut mur percé de larges fenêtres qui lui fait face. Dans son dos, elle entend le portail se refermer. Un bruit qui lui donne la désagréable impression qu'on l'enferme en ces lieux. Rassemblant son courage, elle se remet en mouvement et gravit les marches de pierre menant à l'entrée. À l'intérieur l'attendent, le dos bien droit, les deux employés de maison dont elle dispose désormais en plus de son chauffeur : un cuisinier et une gouvernante. Elle n'en voulait pas plus : avec une multitude de gens à son service, elle se serait sentie gênée.

Tous les deux viennent d'être recrutés : Louis XX a ordonné à son intendance de s'en charger pour moi. Il estimait plus prudent de choisir des personnes sûres plutôt que de garder des serviteurs dont nous ignorions l'étendue de la fidélité à mon oncle… et qui, pour la plupart, ont sûrement été jetés dans une geôle non loin de la sienne.

Julie prend quelques minutes pour échanger avec ses nouveaux domestiques, avant de les congédier vers leurs quartiers. Même si elle appréhende ce moment, elle veut être seule pour renouer avec la maison. Elle avance vers les profondeurs de la demeure, à pas lents, dans un silence brisé seulement par les craquements du parquet sous ses pieds.

Un salon d'angle. Dans ce fauteuil bleu, elle se le rappelle, sa tante Cécile avait l'habitude de s'asseoir lorsqu'elle désirait lire après le dîner. Sur le mur d'en face, des selfies de Marie encadrés et accrochés au mur font retentir à ses oreilles la voix sonnante de sa cousine.

Une salle à manger. Son tapis est toujours marqué d'une tache plus sombre là où, à neuf ans, en visite chez son oncle, elle a renversé du jus de raisin. Elle retrouve l'endroit instinctivement, se baisse pour l'effleurer.

Un bureau ; celui de Marc. Ici, les souvenirs qui lui reviennent sont brûlants. Elle revoit son oncle, debout, lui parler de l'avenir qu'il voyait pour la France. Elle le regardait alors avec des yeux brillants d'admiration, prête à tout pour le suivre. Bien loin d'imaginer qu'elle finirait par le trahir.

Oui, les lieux lui paraissent hantés ; et quand elle pose la main sur la rambarde en bois ancien de l'escalier menant au dernier étage, elle sent le nœud dans sa gorge se resserrer. Elle n'a pas réellement vécu dans la partie inférieure de la demeure : elle n'y est passée que brièvement après la mort de ses parents. Ensuite, Marc lui a demandé de se faire oublier du monde, et c'est au grenier qu'elle s'est terrée.

Là-haut, elle a vécu des heures pleines d'ennui et de rêves. Les fantômes qui l'y attendent, ce ne sont pas ceux des Sallemont ; c'est celui de la jeune fille qu'elle était alors. Elle la contemple depuis les ombres, jugeant ses choix, celle qu'elle est devenue. Son tailleur de femme d'affaires, son expression qu'elle ne peut garder autrement qu'impassible. Ses idéaux pour la conservation desquels elle lutte, et qui lui paraissent chaque jour glisser un peu plus entre ses doigts.

Elle est arrivée sur le palier à présent ; poussant une porte de bois peinte en rouge foncé, elle pénètre dans un débarras où des meubles entreposés là dorment sous les draps qui les recouvrent. Sans s'attarder dans cette pièce peu engageante qui était destinée à donner le change si jamais d'indésirables curieux s'aventuraient au grenier, elle se dirige vers une armoire adossée au mur qui lui fait face. Elle ouvre les battants, entre, puis pose la main sur la poignée de la porte qu'elle dissimulait. Elle sent son cœur tambouriner dans sa poitrine au contact du métal sur sa paume, et c'est après avoir pris une grande inspiration qu'elle pénètre dans la chambre qui l'a abritée pendant trois ans.

Rien n'a changé dans cette pièce. Elle aurait pu tout aussi bien être partie la veille, si la poussière qui s'est accumulée partout ne trahissait pas la durée de son absence. Sur sa table de chevet, ses livres s'empilent encore tels qu'elle les a laissés ; son vieux poster de Myr.I.Am orne toujours le mur au-dessus de son bureau ; et dans son lit, ses draps n'ont même pas été retirés.

Personne n'a dû pénétrer ici depuis le matin où mon oncle est venu m'annoncer qu'il était temps pour moi de rejoindre Versailles.

Julie se souvient parfaitement de ce moment-là. Elle n'avait pas dormi de la nuit, bien trop choquée par les images qu'elle avait vues en direct sur Réseau Royal : le roi François IV, s'effondrant raide mort en pleine réception à Versailles. La jeune femme savait que Marc prévoyait de le tuer : il s'agissait d'un adversaire d'une tout autre trempe que Louis XX, de plus d'expérience et au sens politique aiguisé ; de plus, la confusion du changement imprévu de souverain devait créer un climat troublé favorable aux conspirateurs. Mais elle pensait qu'elle serait prévenue du jour où ce tournant aurait lieu.

Lorsque j'en ai fait la remarque à mon oncle, il m'a réprimandée pour ma curiosité en me disant que l'information ne se livrait pas à la légère… Et sans doute pense-t-il désormais qu'il aurait dû me faire encore moins confiance, s'il a compris que c'est moi qui l'ai livré.

Julie jette un regard circulaire à la petite chambre. Habituée qu'elle est devenue aux ors de Versailles, elle n'en perçoit qu'avec plus d'acuité l'austérité de la pièce dans laquelle elle se trouve.

Elle n'est pas plus avenante qu'une cellule de prison…

Elle se représente tous ceux qui, par sa faute, se retrouvent aujourd'hui incarcérés : Marc Sallemont, mais aussi sa femme et sa fille ; certains de ses anciens domestiques ; le marquis de Cramayel et sa famille ; les employés de Réseau Royal dont l'implication dans le complot a pu être prouvée ; et sûrement d'autres encore, dont Julie ignore l'identité.

Et moi… je m'en tire avec la liberté et le pardon du souverain.

Saisie d'une sueur froide, elle pivote brusquement et quitte la chambre, s'empressant de regagner l'étage inférieur.

CATARINA

Allongée sur son lit, le dos soutenu par une pile de coussins, Catarina fixe le vide depuis de longues minutes. Sa chambre est plongée dans l'obscurité : quand le médecin principal du château de Versailles a quitté la pièce afin de la laisser se reposer, il a éteint toutes les lumières en partant. La terrible douleur qui a transpercé le crâne de l'infante tout à l'heure a disparu, contrée par un traitement médicamenteux musclé, mais ce n'est pas pour autant qu'elle se sent bien. Il l'a plongée dans un état brumeux ; au-delà de ça, elle a l'impression d'être vidée, brisée, et surtout, elle est terrifiée à l'idée que sa migraine puisse revenir.

Mon Dieu, si seulement je m'étais précipitée en arrière lorsque l'alarme de voiture a retenti cet après-midi-là, à l'aéroport de Roissy. Si seulement je m'étais trouvée plus loin de la bombe lorsqu'elle a explosé…

Catarina sait qu'elle en demande trop, qu'elle a déjà de la chance qu'un événement inattendu ait ralenti son pas. Qu'elle est passée à un cheveu du trépas, et qu'elle devrait s'en réjouir plutôt que de déplorer les séquelles qu'elle subit. Mais elle ne peut pas s'en empêcher. Depuis qu'elle est enfant, elle est habituée à pouvoir compter sur elle-même, elle a confiance en la résistance tant de son esprit que de son corps. Sentir ce dernier la trahir la déstabilise. La douleur est partie, mais pas son envie de se recroqueviller sur elle-même et d'éclater en sanglots.

Je ne le ferai pas. Je ne m'apitoierai pas sur mon sort. Je suis Catarina de Borbón y de Glücksborg, infante d'Espagne, princesse des Asturies, de Gérone et de Viane, duchesse de Montblanc, comtesse de Cerbère et dame de Balaguer, fille du feu roi Fernando VIII et sœur du roi Felipe VII, et je suis plus forte que tout ceci.

Comme toujours, la répétition de ses titres agit sur elle comme un mantra qui l'apaise, au moins un peu. Ce n'est pas vanité de sa part ou attachement excessif à ces épithètes qu'on lui accole : c'est plutôt qu'ils lui rappellent toutes les responsabilités qui sont les siennes ainsi que les défis qu'elle a été formée à affronter.

Mais c'étaient des challenges d'ordre politique. Me confronter à mes propres limites, je n'ai jamais appris à le faire. On m'a enseigné à être indulgente face à la maladie de mon frère, mais je ne peux pas contempler mes faiblesses avec la même compassion. Je ne dois pas me laisser aller, je n'en ai pas le droit.

L'échec laisse un goût amer dans sa bouche. Elle devait rencontrer le duc de Gerona à Paris, et elle n'a pas été capable de mettre un pied hors du château de Versailles.

Je ne sais même pas si quelqu'un l'a prévenu que je ne viendrai pas au rendez-vous. Il se pourrait très bien qu'il soit en train de pester contre mon incapacité à respecter mes engagements, et que j'aie à jamais perdu son respect.

Déprimée par cette pensée, Catarina roule sur le côté et enfouit sa tête sous un oreiller. Elle le sait, ce qu'elle devrait faire si elle était plus forte : se lever, récupérer son portable et appeler l'ambassadeur pour lui expliquer la situation. Mais elle ne s'en sent pas capable. Elle craint qu'à l'instant où le téléphone fera entendre ses bruits stridents à son oreille, la bête tapie au fond d'elle ne se réveille.

Elle soupire. Elle est d'un tempérament plutôt indépendant mais, en cet instant, elle se sent seule. Perdue et loin de chez elle. Amère, elle se fait la réflexion que cela fait près de dix ans qu'elle n'a plus connu la sensation de se trouver à la maison : depuis la mort de son père.

Louis m'apporte du réconfort, mais je ne suis même pas dans la chambre que nous partageons… Les valets qui m'ont retrouvée dans l'escalier où je me suis effondrée m'ont raccompagnée dans celle qui est officiellement la mienne, et m'ont allongée sur ce lit, où je n'ai pas passé la moindre nuit depuis des jours. Ce matelas, ces oreillers, ces draps ne me sont plus familiers.

Elle n'a pas osé leur demander de la mener plutôt aux appartements royaux ; parce qu'elle n'était pas en état d'émettre de telles protestations, en tout premier lieu. Parce que Louis et elle veillent encore à garder un vernis d'apparences sur leur relation, aussi. Et puis, elle se serait sans doute sentie mieux en respirant l'odeur de l'homme qu'elle aime, qui imprègne sa couche, c'est vrai ; mais elle a honte d'elle-même, et même si Louis n'ignore rien des problèmes de santé qu'elle rencontre, elle ne veut pas voir de la pitié dans ses yeux lorsqu'il la regarde. Certes, il n'y en avait pas lorsqu'elle lui a dévoilé son corps malgré ses cicatrices et ses blessures, il n'y en a jamais lorsqu'il la serre contre lui la nuit et qu'elle s'offre à lui dans toute sa vulnérabilité, mais elle ne veut pas prendre le risque que l'amour qu'il lui porte s'estompe, remplacé par de la compassion.

Sans compter qu'en ce moment, il a besoin de pouvoir s'appuyer sur moi. Pas que je l'entraîne vers le bas…

Alors, seule dans une chambre qui lui est devenue étrangère, plongée dans la pénombre, elle attend. Que sa détermination finisse par lui revenir. Que le souffle qui l'anime habituellement recommence à la pousser vers l'avant. Que…

— Rina ?

La tête toujours coincée sous son oreiller, elle n'avait pas entendu la porte de ses appartements s'ouvrir. Péniblement, elle se redresse, pour découvrir Alba debout à quelques mètres d'elle, le regard plein de sollicitude.

— Oh, ma pauvre, comment vas-tu ? lui demande-t-elle en se précipitant vers elle.

— Chut… réplique l'infante en fronçant les sourcils. Ne parle pas si fort.

Ce n'est pas que les bruits la font souffrir, mais ils semblent résonner un peu trop dans son esprit engourdi.

— Pardon… Je suis désolée.

— Pas grave.

Sa cousine grimpe sur son lit et vient s'étendre doucement auprès d'elle. Elle pose sa main sur son épaule et commence à lui caresser le bras, lentement. Plusieurs minutes s'écoulent ainsi dans le silence, puis elle lui chuchote :

— Gloria m'a envoyé un message pour me dire que tu avais été saisie par une migraine terrible au sortir de ta chambre. J'ai accouru aussi vite que j'ai pu.

— Où étais-tu ?

— À Paris, avec Matthieu. Je devais passer la soirée chez lui.

— Tu n'aurais pas dû revenir pour moi. Tu as été privée de lui pendant tant de mois, tu mérites de…

— Arrête ça. Tu perds ton énergie à protester.

En effet, Catarina n'en a plus assez. La vérité, c'est qu'elle a envie d'être un peu égoïste ce soir. De profiter de la présence de sa cousine, qui est l'une de ses seules ancres depuis si longtemps.

— Est-ce que ça va mieux maintenant ? l'interroge Alba.

— Un peu. Mais je me sens tellement… exténuée.

— J'imagine. Repose-toi. Ne t'oblige pas à lutter contre le sommeil parce que je suis là.

Catarina le voudrait, mais la proposition est trop tentante. Elle sent la fatigue gagner du terrain en elle, et les ténèbres de l'inconscience l'emporter.

Sa dernière pensée avant de sombrer, c'est qu'elle n'a même pas demandé à Alba de contacter le duc de Gerona avant de lâcher prise…

Thomas

Les yeux de Thomas s'ouvrent brusquement dans le noir.

Il est un peu plus de deux heures du matin, il n'y a pas un bruit dans sa maison de Saint-Cloud… et pourtant, *quelque chose* l'a réveillé. Un pressentiment, qui le laisse en alerte malgré l'immobilité qui l'entoure.

Son cœur bat, il se retourne sous ses draps et tend le bras pour allumer sa lampe de chevet, écoutant le silence. Il entend une voiture solitaire, lointaine, qui doit arpenter l'une des rues de son quartier ; le bourdonnement de son chauffe-eau dans la salle de bains sur son palier. Non, décidément, il n'y a rien d'anormal en dehors de sa respiration un peu trop profonde.

Il s'est presque convaincu qu'il a dû faire un mauvais rêve, qu'il n'a plus qu'à se rendormir, quand la poignée de la porte de sa chambre s'abaisse.

Oh, putain…

Il bondit en position assise, aiguillonné par la panique – sans vraiment de plan sur ce qu'il compte faire, juste mû par un réflexe instinctif. Il n'a pas le temps de faire quoi que ce soit de plus, plonger vers son téléphone ou tenter de se cacher. Déjà, deux silhouettes ont jailli dans la pièce, et l'une d'elles s'est précipitée sur lui, lui assénant un coup à la gorge et le plaquant contre son matelas pour l'immobiliser.

— Je n'ai… pas d'argent, crachote-t-il malgré sa trachée douloureuse.

Il réfléchit à toute allure.

Mauvaise stratégie.

Si ces cambrioleurs s'en prennent à ses possessions matérielles, qu'il en soit ainsi : une télévision, il peut s'en racheter une. Ce qu'il doit protéger à tout prix, ce sont ses secrets. Ses accès privilégiés à Réseau Royal, ses conversations clandestines depuis ses faux comptes. Il faut qu'il trouve le moyen de dissuader ces intrus d'emporter son portable, son ordinateur.

Heureusement, ils ne peuvent pas se douter ce que j'y dissimule. Ils…

— Oh, nous ne sommes pas là pour ça, lâche soudain celle des deux silhouettes qui est restée debout. Nous voulons juste discuter un peu avec vous, Thomas Grisons.

C'est une voix de femme qui vient de s'adresser à lui ; il ne s'y attendait pas. Et si les propos pourraient paraître rassurants, il y a quelque chose dans la manière dont ils sont prononcés qui renforce l'angoisse du jeune homme. Quelque chose de corrosif, la menace voilée que cette « discussion » pourrait basculer à tout moment.

La pression que l'autre intrus lui impose se relâche quelque peu. Thomas tente d'en distinguer les traits, sans succès : son visage est dissimulé par une cagoule, comme celui de sa compagne. Tout juste note-t-il que ses yeux sont d'un bleu très clair, glacé.

— Drôle de manière de procéder, réplique-t-il, décidé à ne pas laisser filtrer sa peur.

— Plus sûre que la vôtre. Contacter des gens à l'aveugle sur Réseau Royal pour leur parler de complot et de sédition, c'est d'une imprudence rare. Je suis surprise que la police ne soit pas déjà remontée jusqu'à vous.

— Je prends mes précautions.

— En utilisant de faux comptes, oui, nous sommes au courant. Il n'est pas difficile de vous retrouver malgré tout.

La femme a mentionné la fonctionnalité avec un détachement tel que Thomas en déduit qu'elle en dispose également. Ce qui ne peut s'expliquer que d'une seule manière : elle aussi faisait partie du réseau de Marc Sallemont.

Au moins, nous sommes dans le même camp…

Du moins, c'est ce que sa raison lui permet de conclure. L'attitude de son interlocutrice lui donne une tout autre impression : elle paraît le considérer avec une hauteur qui suinte d'hostilité.

— J'étais curieuse, d'où cette petite visite, poursuit-elle. Qui êtes-vous donc, vous qui vous prétendez l'héritier de Marc Sallemont ? Son second, même, à vous lire. Chargé par lui de reprendre le flambeau de sa lutte… Vous ne reculez devant aucun mensonge, n'est-ce pas ?

— C'est la vérité. Je…

— Allons, allons. Servez cette fable à ceux qui sont assez crédules pour la gober. Nous savons tous les deux que vous n'étiez rien qu'un pion pour Marc.

Thomas déglutit, amer. Cela, il l'a déjà compris quand Nathan l'avait contacté ; s'il avait réussi à retourner la situation dans sa discussion avec lui, il pressent qu'il n'y parviendra pas face à cette femme et son acolyte.

— Il avait besoin de gens comme vous pour relayer son message auprès du peuple, échauffer son indignation, ajoute-t-elle. Mais moi, j'étais bien plus que cela. Son bras armé. Vous étiez dans la foule le jour de l'insurrection devant Versailles ; moi, je me chargeais de la coordination du commando qui aurait dû se rendre maître du roi sitôt les grilles du château ouvertes. Sa tyrannie aurait dû s'achever de *ma* main.

Il y a une délectation dans la voix de la femme qui fait frissonner Thomas. Il n'éprouve aucune sympathie pour Louis XX, loin de là, et il est conscient que la révolution en marche lui réserve probablement un sort funeste. De là à parler de son assassinat avec une telle onctuosité, il y a un pas, qu'il n'a pas encore franchi.

Il croise le regard inhumainement clair de l'autre intrus, et sent tous ses muscles se tendre de nouveau. Il s'était un peu relâché, estimant que face à des personnes partageant ses convictions, il n'était pas en danger… Il n'en est plus si certain désormais.

— Vous avez échoué, fait-il remarquer.

— Non : je n'ai pas eu la possibilité d'agir. Nous avons été trahis. Par la propre nièce de Marc, j'en suis pratiquement certaine. Il est arrêté avec sa femme et sa fille, mais elle est bombardée à la tête de Réseau Royal ? Cela m'apprend tout ce que j'ai besoin de savoir.

La femme secoue la tête avant de soupirer :

— Ah, Marc… J'ai toujours pensé que cette partie de son plan était bien trop rocambolesque. Infiltrer cette gamine à Versailles et compter sur son intervention pour faire tomber les systèmes de sécurité du château… Je lui ai répété de nombreuses fois que c'était une erreur, mais il n'a jamais voulu m'entendre. Il avait pour cette fille une faiblesse qui a fini par provoquer sa perte. Parfois, il était un peu trop confiant pour son propre bien dans sa capacité à inspirer une loyauté absolue.

— Vous l'avez soutenu, pourtant. Vous étiez prête à faire de lui votre roi.

— Oui, parce qu'il était le seul susceptible d'être accepté par le peuple. Le temps de cheminer au-delà, vers la démocratie. Et parce que, malgré ses défauts, il s'agissait d'une personnalité exceptionnelle… dont vous êtes bien présomptueux d'oser vous réclamer.

— Je ne connaîtrai pas de repos tant que Louis XX n'aura pas chuté, clame Thomas, vexé de cette accusation. C'est mon unique objectif.

— Alors rejoins-nous, siffle l'autre homme. La nuit est encore jeune : tu pourrais nous montrer ce que tu as dans le ventre dès maintenant.

Il détache quelque chose de sa ceinture et le tend à Thomas. Ce dernier ne peut réprimer un mouvement de recul lorsqu'il s'aperçoit qu'il s'agit d'un pistolet, la lumière de la lampe de chevet se reflétant sur son canon d'acier.

La femme laisse échapper un petit rire face à sa réaction.

— C'est bien ce que je pensais. Tout juste bon à se donner de l'importance, caché derrière son écran. Aucune utilité pour nous.

Elle adresse un rapide signe de la tête à son acolyte, qui s'écarte du lit tout en remettant son arme dans son étui.

— Crois-tu donc que les débordements à travers le pays sont spontanés ? reprend-elle, à l'intention de Thomas. Qu'ils sont une heureuse coïncidence pour déstabiliser le pouvoir ? Non : ils sont le fruit de *mon* travail. De *ma* coordination. Et si tu n'es pas prêt à te salir les mains pour entrer dans l'action concrète… alors nous n'avons plus rien à nous dire.

Elle pivote pour quitter la chambre, son compagnon lui emboîtant le pas. Assis dans son lit, Thomas sent son cœur si erratique que ses battements l'assourdissent.

— Attendez ! s'exclame-t-il malgré tout.

La femme se retourne. Son acolyte, l'air blasé, s'adosse au chambranle de la porte en jouant avec un rectangle de plastique qu'il a tiré de sa poche.

Un briquet, me semble-t-il.

— Que prévoyez-vous de faire ? les interroge-t-il. Quel est votre plan ?

— Je ne suis pas Marc. Je ne commettrai pas l'erreur de le révéler à la légère.

— Mais tu entendras très bientôt parler de nous à nouveau, sois-en certain.

En prononçant ces quelques mots, l'homme a fait jouer la roulette du briquet, en tirant une flamme qui éclaire ses yeux de glace d'une lueur inquiétante.

L'instant d'après, il a disparu, la femme avec lui, laissant Thomas seul… avec sa peur et ses questions.

Chapitre 4

Louis

— La mairie de Saint-Cloud a été incendiée cette nuit, annonce Anne de Mortemart, lugubre. Les pompiers ont réussi à maîtriser le feu, mais pas avant qu'il ne ravage le bâtiment.

— Sommes-nous certains qu'il s'agit d'un acte criminel ? demande Valérie de Noailles.

Pour toute réponse, la chancelière se contente de hausser un sourcil blasé.

Bien sûr que c'est un acte criminel. Encore une preuve que le mécontentement de mon peuple ne s'estompe pas…

Sur sa tablette, la ministre fait défiler des images que ses services lui ont transmises : un véritable brasier, maelström de flammes dévorant la nuit, crevant le bâtiment par toutes les fenêtres.

— Chaque jour, la parole dans les médias ou sur internet semble se libérer un peu plus, gronde Anne. Maintenant, voilà que les opposants à la Couronne basculent dans le vandalisme le plus répugnant, comme s'ils se croyaient intouchables. Les limites que des générations de rois avaient défendues sont repoussées étape après étape, et rien de ce que nous faisons ne semble être efficace pour enrayer cette progression. Nous devons empêcher ces gens de saper peu à peu les fondements de votre autorité, Votre Majesté. C'est notre responsabilité.

Louis soupire. Il connaît le point de vue de sa chancelière : depuis le début des troubles qui agitent le pays, elle ne cesse de prêcher pour qu'une politique intransigeante soit appliquée. Des arrestations massives, une censure ferme… Mais bien que le danger qui menace son trône le terrifie, Louis rechigne à en venir à de telles extrémités.

Est-ce illusoire d'espérer que je finirai par convaincre tous ces gens de la légitimité de mon pouvoir, plutôt que de museler leur parole ?

Pourtant, il a encore en tête les hurlements du peuple. Ce mot prohibé, « démocratie », repris en chœur par des milliers de voix.

Je me souviens de mes tremblements en entendant ces cris, et j'ose à peine imaginer ce qui se serait passé si les grilles de Versailles s'étaient ouvertes, comme les émeutiers l'attendaient…

Il montre de la clémence pour des gens qui n'en auraient eu aucune à son égard, il en a conscience. Mais la peur ne l'a pas acculé au point de lui arracher son humanité.

Pas encore, du moins.

— Qui voudriez-vous que nous arrêtions, Anne ? soupire-t-il. Nous avons déjà mis Marc Sallemont et sa famille derrière les barreaux, ainsi que tous les employés de Réseau Royal contre lesquels nous avons pu trouver des éléments incriminants. Et si la police prend en flagrant délit des délinquants comme ceux qui ont allumé cet incendie, ils seront traités avec la plus grande sévérité. Préconisez-vous que nous jetions en prison tous ceux qui ont eu un mot de trop contre moi ?

— À situation exceptionnelle, mesures exceptionnelles.

— Personne ici ne souhaite déclencher un bain de sang, intervient le cardinal d'Avignon. Mais il y a sûrement des meneurs qui pourraient être identifiés, et servir d'exemples pour tenir les autres en respect.

— Pas plus tard qu'avant-hier, par exemple, Claire Tarlier a posté sur Réseau Royal une nouvelle vidéo dans laquelle elle s'insurge contre la prétendue injustice de notre société, clame Anne. Voilà une jeune femme qui mériterait d'être mise face aux conséquences de ses actes ! Pourtant, nous la laissons parler sans réagir !

— La question est épineuse… soupire Pierre de Chantilly. S'en prendre à elle pourrait faire basculer dans l'opposition sa communauté de fans, qui l'aime et la suit depuis des années. Je ne suis pas certain que nous y gagnerions.

— D'autant que l'exemple parfait, nous l'avons, déclare Jean de Berry. Marc Sallemont… Nous en revenons toujours au même problème : faut-il s'en prendre aux figures adulées du peuple si elles fautent ? Tant que nous n'aurons pas pris de décision claire à ce sujet, nous ne pourrons pas fixer de ligne de conduite ni avancer.

Tous les ministres se tournent vers Louis, pressants. Ils attendent de lui qu'il fasse un choix, il le sait. Un procès public, ou une exécution dans le plus grand secret. Mais il ne parvient pas à trancher, tiraillé par la terreur. Et Catarina n'est même pas là pour lui apporter un peu d'apaisement, encore alitée à la suite de la crise de migraine terrible qui l'a foudroyée.

Il ferme les yeux un instant pour reprendre contenance. Quand il les rouvre, l'attente exprimée par les visages de ses conseillers n'a pas varié.

Ils comptent sur moi… et je vais les décevoir de nouveau.

— Je n'ai pas encore pris de décision, avoue-t-il.

Voyant Anne de Mortemart secouer la tête, le cardinal d'Avignon se renfoncer dans son fauteuil, et Pierre de Chantilly pincer légèrement les lèvres, il se sent obligé d'ajouter :

— Mais bientôt. Je vous le promets…

Thomas

— Que prévoyez-vous de faire ? Quel est votre plan ?

— Je ne suis pas Marc. Je ne commettrai pas l'erreur de le révéler à la légère.

— Mais tu entendras très bientôt parler de nous à nouveau, sois-en certain.

La flamme du briquet. Des yeux de glace. Un poids sur la trachée de Thomas. L'éclat de sa lampe de chevet sur le canon du pistolet.

La femme est de retour juste à côté de lui, près de son lit. Il n'est pas certain de la voir, mais sa voix, corrosive, est nette à son oreille :

— C'est bien ce que je pensais…

Le briquet devient brasier, et Thomas n'est plus chez lui. Il est dans la rue, en train de courir, mais face à lui, c'est la mairie de Saint-Cloud qui brûle, et où qu'il se tourne, le feu se referme sur lui.

— Tout juste bon à se donner de l'importance, caché derrière son écran…

Thomas se réveille en sursaut, haletant. Il est couvert d'une sueur froide ; constater qu'il est bien dans sa chambre, paisible, ne suffit pas à le rassurer. Depuis que la femme et son acolyte s'y sont introduits, il sait que tout sentiment de sécurité qu'il peut y ressentir n'est qu'illusoire.

Ils sont venus une fois ; rien ne les empêcherait de recommencer…

Leur discussion l'a laissé asphyxié. Nauséeux. Être saisi ainsi, dans son lit, en situation de vulnérabilité, est l'expérience la plus humiliante qu'il ait jamais vécue. Jour après jour, à force d'heures passées sur Réseau Royal à se nouer des contacts, il avait le sentiment d'être devenu puissant. Le rouage majeur de la révolution en marche, le chef d'orchestre de la contestation populaire.

Un quart d'heure volé à la nuit, et ces deux inconnus ont réduit cette image qu'il se construisait de lui-même à néant.

Il a entendu le mépris dans la voix de cette femme, les reproches à peine voilés qu'elle lui a adressés. Son dédain pour son action en ligne, face à ce qu'elle-même – et les siens, ce groupe nébuleux dont il ignore les contours – accomplit sur le terrain.

Comme si tous mes efforts étaient vains. Anecdotiques.

Cela le met en colère. Il ne peut accepter d'être balayé de la sorte, renvoyé à une insignifiance qui lui est insupportable. Il a goûté au sentiment de n'être plus rien pendant les semaines qu'il a passées, injustement, au statut Poussière ; cela a éveillé en lui une faim que rien ne peut éteindre, pas même la peur.

Je lui prouverai, à cette femme, que je ne suis pas la quantité négligeable qu'elle a cru voir en moi. Qu'elle a fait une erreur en me jugeant si vite.

Son esprit est trop tourmenté pour qu'il espère se rendormir dans l'immédiat. Il se passe une main dans les cheveux en soupirant, puis se lève et descend dans sa cuisine pour s'y faire couler un verre d'eau. Il le boit les yeux perdus à travers la fenêtre, contemplant la rue où les premières lueurs bleutées du matin font lentement leur apparition. Dans son esprit, sa conversation avec l'inconnue tourne une fois de plus.

Elle pense que je suis trop lâche pour agir autrement que derrière mon écran ? Que je n'ai pas le cran de faire davantage ? Je vais lui montrer, moi, ce dont je suis capable…

Mais il sera plus intelligent qu'elle. Non, il ne s'abaissera pas à la violence dont elle semble avoir fait son fer de lance. Il créera quelque chose de plus puissant. L'incarnation des voix qu'il pousse à se lever en ligne, la manifestation concrète des discours qu'il a aidé à faire émerger. Un mouvement pacifiste, mais implacable ; qui tirera sa force justement du fait que le souverain ignorera comment le gérer, car toute répression paraîtrait l'acte d'un tyran.

Finalement, peut-être cette femme m'a-t-elle rendu un service en m'aiguillonnant. Pour mériter de me dire l'héritier de Marc Sallemont, je dois être capable de me montrer visionnaire : je le serai. Je deviendrai plus grand que les défis sur ma route.

L'angoisse rampe toujours en lui, impossible à chasser. Il sait être pris entre deux périls, celui d'être arrêté par la police royale et celui, plus nébuleux, représenté par l'inconnue. Pourtant, c'est son orgueil qui est le plus fort : il est capable d'étrangler ses terreurs pour se mettre aux commandes, dans un sursaut qui fouette son sang et fait crépiter le bout de ses doigts.

Déterminé à présent, il a hâte d'agir ; il est presque frustré que l'heure ne tourne pas plus vite, qu'il soit encore trop tôt pour qu'il puisse contacter les personnes qui lui seront utiles pour mener à bien ses projets.

À commencer par Florian Grandier, l'employé de la mairie de Paris qu'il a gagné à sa cause il y a quelques jours à peine. Initialement, Thomas a été déçu lorsqu'il a compris qu'il travaillait au département des sports, qui lui paraissait d'un intérêt stratégique limité. Désormais, alors qu'un plan prend forme dans son esprit, il perçoit tout le potentiel de ce sympathisant.

Il contrôle l'attribution des infrastructures à travers toute la capitale. Or, pour ce que je projette, je vais avoir besoin d'espace. De beaucoup d'espace… Un gymnase, au moins. Ou peut-être des courts de tennis…

L'esprit en ébullition, il abandonne son verre vide dans son évier puis, tout relent de son cauchemar désormais derrière lui, il passe dans son bureau pour attendre que le matin arrive et avec lui, l'aurore de son nouveau rêve.

Catarina

Si le médecin de Versailles savait que Catarina est de nouveau debout, il le désapprouverait probablement.

Mais il ne peut critiquer ce qu'il ignore, n'est-ce pas ?

Elle n'a pas le choix : elle doit reprendre sa lutte. Sa récente crise de migraine l'a empêchée d'honorer son rendez-vous avec le duc de Gerona ; elle a conscience que chaque jour supplémentaire qui passe est noté par l'ambassadeur comme preuve de sa faiblesse. Elle ne peut pas le laisser imaginer qu'elle est diminuée, pas alors que c'est tout le contraire qu'elle s'efforce de prouver.

Cette fois, elle a rejoint la voiture qu'elle a commandée sans encombre. Elle a renoncé aux talons hauts, leur préférant le confort de chaussures plates. Installée sur la banquette arrière du véhicule, elle tire machinalement sur ses manches gris perle, qui dissimulent les cicatrices sur ses bras. Elle ne veut leur laisser aucune place dans la discussion qui l'attend.

Durant le trajet, elle reste plongée en elle-même, concentrée, affûtant les arguments sur lesquels elle compte s'appuyer. Elle inspire et expire régulièrement, maîtrisant sa respiration. Et quand sa voiture se gare devant le bel immeuble en pierre de taille qui est le siège de l'ambassade d'Espagne en France, elle s'en extrait sans le moindre tremblement, barrant à toute pensée anxiogène l'accès à son esprit.

Un membre du personnel averti de sa venue l'accueille et la fait monter jusqu'au deuxième étage, devant une porte en bois massif qu'il ouvre pour elle. À l'intérieur de la pièce, Gerona l'attend, assis derrière un bureau en olivier. Il se lève en la voyant, incline rapidement la tête et le buste.

— Monsieur le duc.

— Votre Altesse Royale… Prenez place, je vous en prie.

Catarina s'assied sur la chaise tendue de tissu vert d'eau que l'ambassadeur lui désigne. Elle est à peine installée qu'il attaque :

— Alors, pourquoi désiriez-vous me voir ?

— Mon séjour à Versailles se prolongeant, il me semble important de nouer des liens plus étroits avec ceux qui jouent un rôle de premier plan pour le rayonnement de l'Espagne dans ce pays.

Gerona se fend d'un demi-sourire.

— Je suis flatté que vous estimiez mon travail digne de considération.

— J'ai tout à fait conscience de la mission complexe qu'est celle d'un ambassadeur. Soyez assuré que je la considère à sa juste valeur.

— Je suppose que si vous souhaitez vous attirer mon soutien, c'est en vue du rôle de reine de France que vous assumerez bientôt ?

— Vous savez bien que non.

Le ton de Catarina s'est fait incisif, ce qui lui vaut un haussement de sourcil de la part du duc.

— Parlons franchement, Gerona, reprend-elle. Vous faites partie des maisons aristocratiques les plus puissantes de notre royaume. Vous occupez des fonctions politiques au plus proche des hauts sommets de l'État depuis des années. Je suppose donc que vous n'ignorez rien de la situation de mon frère… n'est-ce pas ?

L'ambassadeur n'hésite qu'un instant avant d'admettre :

— Je suis au fait de son état de santé, oui.

— Alors vous savez aussi pourquoi je n'épouserai pas Louis. Quel dessein, plus large, je prépare dès aujourd'hui. Je représente l'avenir de l'Espagne, et je réserverai toujours à notre pays la première place dans votre cœur.

— Oh, voyons… Personne ne vous le demande.

Catarina est choquée que Gerona se permette de rouler des yeux en réaction à ses propos. Un manquement flagrant à l'étiquette… qui, de sa part, ne peut être qu'un calcul.

— Excusez-moi ? réplique-t-elle, glaciale.

L'ambassadeur soupire, avant de planter son regard dans le sien.

— Si vous vouliez réellement servir l'Espagne, vous marier en France serait la meilleure chose que vous puissiez faire. Vous offririez à notre royaume une alliance solide et, en renonçant à vos droits à la Couronne, vous permettriez une transition du pouvoir sans heurts le jour où votre frère succombera à sa maladie, afin que monte sur le trône un souverain bien plus compétent que vous ne le serez jamais.

— Mon oncle a tenté de m'assassiner ! gronde Catarina, furieuse.

— Le régent agit dans l'intérêt supérieur de notre pays. Je ne peux que le soutenir en ce sens.

L'infante se lève brusquement, horrifiée. Face à elle, Gerona arbore une expression d'une indifférence révoltante, confirmant l'hypothèse à laquelle elle se refusait à croire depuis l'attentat dont elle a été victime.

Ce sont les équipes de l'ambassade qui ont placé la bombe sous la passerelle de mon avion. Cet homme a activement cherché à me tuer.

— Tranquillisez-vous, vous pouvez vous rasseoir, lui lance-t-il, blasé. Vous ne risquez rien aujourd'hui. Vous savez comme moi que s'il vous arrivait quoi que ce soit en ces lieux, ce serait du plus mauvais effet.

Mais Catarina reste debout, les jointures blanchies autour du dossier de son fauteuil. Une pointe de mal de tête lui est revenue, éveillée par la rage pure qu'elle ressent.

— Comment pouvez-vous soutenir un homme capable de faire couler le sang de sa propre nièce ?

— L'Europe traverse des bouleversements sans précédent. Tous ces mouvements de rébellion… Ils risquent d'ébranler le continent. Cela me préoccupe, bien entendu, tout comme la majorité des Grands d'Espagne. Pour résister dans la tourmente, le pays a besoin à sa tête d'un homme fort, et non…

L'ambassadeur laisse sa phrase en suspens, mais Catarina la complète sans mal.

D'une femme.

— J'ai été formée en vue de l'exercice du pouvoir directement par mon père, feu le roi Fernando VIII, rappelle-t-elle.

— Vous n'étiez qu'une enfant. D'ailleurs, même maintenant, vous n'êtes guère plus que cela. Notre régent, lui, gouverne le royaume depuis dix ans.

— En écrasant le peuple ! En déséquilibrant dangereusement la balance de la société à force d'accorder privilège sur privilège à ceux qui en ont déjà !

— On voit le résultat des politiques laxistes chez nos voisins. Mater la vermine est une nécessité si on ne souhaite pas qu'elle s'étende à la manière d'une infection.

Ces propos révoltent Catarina au point de la rendre muette de colère, ce qui laisse l'occasion à Gerona d'ajouter sur un ton mielleux :

— Je reconnais bien dans vos protestations l'idéalisme outrancier de votre sexe. Le régent vous a permis de suivre des études politiques, mais vous ne devez pas vous méprendre : à la tête de notre pays, vous ne parviendriez qu'à le faire foncer droit vers la catastrophe, par inexpérience autant que par manque de détermination face aux décisions difficiles que requiert l'exercice du pouvoir. Alors je vous le répète : rendez les armes. Cessez de chercher à barrer la route de votre oncle par entêtement et orgueil excessif. Mettez un terme à vos insinuations ridicules dans vos publications sur Réseau Royal. Acceptez la Couronne de France. Les deux royaumes ne s'en porteront que mieux.

— Jamais.

Le dos droit, Catarina recule vers la porte du bureau de l'ambassadeur ; face à ses prises de position aussi abjectes, elle n'a plus rien à lui dire.

Tout juste, avant de quitter la pièce, lui lance-t-elle :

— Vous m'accusez de manquer de détermination. Vous ne pouvez vous tromper davantage. Rien ne m'empêchera de continuer à me battre. Même pas pour moi : pour ce peuple que vous qualifiez si cavalièrement de « vermine », et qui mérite mieux qu'un usurpateur tout juste bon à s'accrocher au pouvoir par la violence.

Sur ce, elle pivote et pousse la porte en bois massif, la tête haute.

Mais, pendant tout le trajet qui la ramène à Versailles, elle tremble encore du contrecoup de cet échange qui l'a laissée exsangue.

Julie

— Madame Lambrou.

— Mademoiselle Morleux.

Le signe de tête que les deux femmes s'échangent alors qu'elles se croisent dans le couloir du dernier étage de Réseau Royal est tout juste poli, dépourvu de la moindre chaleur.

Ce qu'il y a entre nous n'est qu'un statu quo. *Aucune de nous n'apprécie l'autre.*

Agnès a besoin de Julie pour approuver ses décisions à la tête de l'entreprise, puisque c'est elle qui en est la directrice en nom ; à l'inverse, Julie a conscience qu'elle manque de l'expérience nécessaire pour pouvoir se passer de cette adjointe tout droit sortie des équipes de Valérie de Noailles. Mais depuis que, forte de l'approbation de Louis XX, elle lui a rendu son discours en lui affirmant qu'elle ne le prononcerait pas, leurs relations se sont tendues.

Agnès m'a menacée d'appeler le gouvernement pour faire pression sur moi ; elle ne m'en a jamais reparlé ensuite, cependant. Je suppose que le roi lui a confirmé le soutien qu'il m'apportait, et qu'elle le digère mal.

Docile, Julie a passé le début de sa matinée à signer les documents qui lui avaient été présentés ; en passant devant le bureau d'Armand, elle lui dépose le parapheur afin qu'il s'occupe de les répartir à qui de droit. Puis elle prend l'ascenseur, et descend de deux étages.

Une prise de conscience s'est lentement imposée à elle : si elle veut être plus aux yeux de ses employés qu'un pâle substitut de son oncle, elle doit se montrer à eux. Cesser d'être terrifiée par le rôle qui lui a été imposé, et le prendre à bras-le-corps.

Je dois les comprendre, apprendre à les connaître. C'est seulement ainsi que je deviendrai capable de tracer ma propre voie.

Les portes de la cabine s'ouvrent. L'étage auquel elle vient de descendre, contrairement à celui qu'occupent les bureaux de la direction, est aménagé comme un large plateau. Un *open space* pourvu de dizaines de postes de travail, derrière lesquels sont installés des dizaines d'employés.

Ce qui signifie que, d'un coup, ce sont des dizaines de paires d'yeux qui se posent sur elle.

Julie se force à sourire, même si son expression est crispée. Peut-être n'a-t-elle pas choisi l'option la plus facile pour une première immersion dans les services de Réseau Royal ; mais rencontrer les développeurs lui paraissait une priorité, eux dont Marc était particulièrement proche, eux qui détiennent le vrai pouvoir sur le code de l'application.

— Bonjour… tente-t-elle prudemment.

Elle balaie les visages du regard, essayant d'en trouver un qui se montrerait un peu moins hostile. Une porte d'entrée, à partir de laquelle elle pourrait nouer le dialogue. Mais toutes les expressions sont fermées, méfiantes.

Bravement, elle fait un pas en avant malgré tout. Elle se doit d'*essayer*.

Ces fronts plissés ne se dérideront pas si je baisse les bras, au contraire…

— Julie ! entend-elle soudain.

Elle pivote, pour découvrir Matthieu qui s'approche d'elle. Voir que lui au moins lui sourit l'emplit d'un soulagement immédiat.

— Qu'est-ce qui t'amène à cet étage ? embraie-t-il. Une envie soudaine de découvrir le monde fascinant de l'algorithmique ?

— Eh bien, à vrai dire, c'est un peu ça. J'aurais aimé en apprendre un peu plus sur la manière dont vous travaillez concrètement.

— Vaste programme ! Pas de souci, je suis certain que tout le monde ici est prêt à prendre un peu de son temps pour te concocter une petite visite guidée des différentes équipes qui composent notre effectif. Le mieux, je pense, ce serait que tu commences avec, hum… Jana ?

Interpellée, une femme d'une quarantaine d'années dont une mèche est teinte en rose redresse la tête.

— Jana est l'une de nos *leads* sur la section *data*, précise Matthieu.

— Les bases de données, c'est bien ça ? avance Julie.

— Tout à fait, confirme Jana. Leur architecture, leur gestion en lecture et en écriture, leur redondance…

— Au vu de la quantité d'utilisateurs de Réseau Royal, je me doute qu'il doit s'agir là d'un travail titanesque.

— C'est sûr que nous avons fort à faire. Mais si nous avons choisi de rejoindre une équipe comme celle-là, c'est parce que nous aimons tous relever des défis techniques comme ceux qui se présentent à nous au quotidien.

Plusieurs des voisins de Jana appuient ses propos de hochements de tête approbateurs. Julie sent l'ambiance se détendre imperceptiblement : oui, ces gens se méfient d'elle… mais avant tout, ils sont passionnés par leur travail. Maintenant que celui-ci se retrouve au centre de la conversation, ils paraissent tout de suite plus ouverts.

— Pouvez-vous m'en dire un peu plus ? Qui fait partie de votre équipe, pour commencer ?

— Oh, nous sommes nombreux, pouffe Jana. Une bonne partie de cet étage, en fait. Allez, la team *data*, on salue notre directrice !

Elle a crié pour se faire entendre ; en réponse à son appel, c'est une forêt de bras qui se lèvent.

— Ce n'est pas pour rien que dix étages entiers sont réservés aux développeurs, glisse Matthieu à Julie, amusé de sa réaction ébahie. Après ça, il faudra que tu rencontres l'équipe sécurité, l'équipe *back end*, l'équipe *front end*, l'équipe mobile…

— C'est bien pour ça que je suis là.

Jana lui faisant signe de la rejoindre, Julie prend place à côté d'elle ; aussitôt, elle est plongée dans un cours accéléré de gestion de la donnée, et des solutions techniques mises en place dans ce but chez Réseau Royal. Elle ne comprend pas tout à ce que son interlocutrice lui raconte, loin de là, mais elle s'efforce d'enregistrer autant d'informations que possible, et de ne jamais décrocher. Parce qu'elle est persuadée que comprendre au mieux le fonctionnement de l'application lui sera crucial si elle veut prétendre la diriger ; mais aussi parce qu'elle se sait observée. Autour d'elles, l'ensemble des développeurs scrute ses réactions. Ils la jaugent, la jugent ; elle saisit les coups d'œil qu'ils lui glissent, les sent picoter sa nuque.

Qu'ils fassent donc, et qu'à la fin de la journée, ils notent tous les efforts que j'ai fournis...

Après Jana, c'est à Pierre-Henri, de l'équipe *back end*, que Matthieu la mène, à l'étage du dessous ; puis à Idriss de l'équipe *front end*, Romuald de l'équipe recherche... Julie doit admettre être un peu groggy de toutes les nouvelles têtes qu'elle découvre, des masses d'explication qui lui sont fournies. Même à midi, elle ne prend pas vraiment de pause, décidant de descendre à la cantine de l'entreprise avec Chiara de l'équipe UX pour prolonger leur conversation.

Alors que l'après-midi se termine, elle est fière d'elle. Cette immersion parmi ses employés exige beaucoup d'elle, mais elle a le sentiment qu'elle lui permet d'avancer dans la bonne direction, de commencer à nouer ces connexions dont elle a désespérément besoin pour être acceptée.

Je recommencerai demain, après-demain, et le jour d'après encore. Autant de temps qu'il le faudra pour comprendre les rouages internes de cette entreprise.

Après avoir pris congé d'Amrit, son dernier interlocuteur, elle fait une pause aux toilettes de l'étage avant de regagner son propre bureau. Elle s'apprête à sortir de sa cabine quand soudain, elle capte des bribes de conversation de la part de deux femmes à l'extérieur, en train de se laver les mains.

— Tu as vu ? Morleux se décide enfin à sortir de sa tour d'ivoire.

— Oui... Mais bon, ça ne trompera que les naïfs. Elle est complètement à la botte de Louis XX, c'est évident. Pas étonnant qu'elle ait été propulsée à la tête de notre entreprise du jour au lendemain : elle n'est là que pour faire ses quatre volontés…

— La nièce n'arrive pas à la cheville de l'oncle, c'est sûr.

— La nièce ? Tu y crois vraiment, à cette histoire ? Sérieusement, tu savais que Marc en avait une avant que cette Julie n'apparaisse, toi ?

— Non…

— Ouais, moi non plus. C'est un peu trop inespéré, on est bien d'accord ? Marie Sallemont, elle, on la voyait partout. Il me semble un peu trop facile pour le roi d'avoir tiré de son chapeau une héritière qui lui soit parfaitement dévouée, au moment même où les sondages sur Réseau Royal commençaient à montrer que Marc était bien plus populaire que lui. Maintenant, elle fait son petit tour des services pour essayer de nous amadouer, mais moi, je ne suis pas dupe. Elle n'en a rien à foutre de nous, elle veut juste nous endormir. Lui faire confiance serait une erreur.

Le bruit du sèche-mains couvre la suite de la discussion. Mais même lorsqu'il se coupe, et que les deux femmes quittent les toilettes, Julie reste dissimulée dans sa cabine.

En fait, elle s'est rassise sur le siège rabattu derrière elle, éteinte.

Je me félicitais à l'instant des progrès que j'avais effectués… mais je m'illusionnais. Rien n'a changé.

D'ailleurs, si elle est honnête, elle ne peut même pas blâmer ces deux femmes de leurs réticences.

Je veux que tous ces gens aient confiance en moi, mais moi-même, le puis-je ? La traître qui a causé la chute du chef qu'ils admiraient… c'est bien moi.

Nauséeuse, il lui faut un long moment pour trouver la force de se relever de ces toilettes. Et c'est la tête basse et le cœur lourd qu'elle regagne son bureau au dernier étage de l'immeuble.

Catarina

Dépitée après son entrevue avec le duc de Gerona, Catarina n'a pas trouvé le courage de se mêler à la cour ce soir. Elle est rentrée de Paris fatiguée, reprise de vertiges ; sans compter que dans la voiture, elle a été écœurée par une nouvelle loi annoncée par son oncle Alfonso, qui va interdire la construction de logements sociaux à proximité des domaines des nobles en Espagne.

Et c'est pour maintenir un homme comme celui-là au pouvoir que les aristocrates sont prêts à abandonner tout sens moral. À me sacrifier, littéralement…

Pris par ses propres rendez-vous, Louis a trouvé malgré tout le temps de lui envoyer un message pour lui demander comment l'entretien s'était passé.

[**Mal…**]

Épuisée, elle a préféré ordonner à l'intendance que son dîner lui soit servi dans ses appartements. Elle n'a pas appelé ses servantes pour se changer, privilégiant sa tranquillité. Elle a défait elle-même sa coiffure et retiré ses bijoux, avant d'enfiler une tenue confortable : un pantalon ample et un pull doux rose poudré. Maintenant, installée dans un fauteuil, elle lit un peu… jusqu'à ce qu'on frappe à la porte de sa chambre.

Elle n'est pas surprise de découvrir Louis sur le palier lorsqu'elle ouvre.

Ce ne pouvait être que lui… Qui d'autre aurait été autorisé par les gardes en faction devant mes appartements à s'avancer sans être annoncé ?

Ils n'ont pas besoin de mots pour se comprendre. À son visage aux traits tirés, Catarina devine que celui qu'elle aime a également traversé une journée éprouvante, à affronter représentants sur représentants qui exigent de lui plus que ce qu'il peut leur donner ; à être tiraillé quant au sort à réserver à Marc Sallemont, aussi, sujet à propos duquel ses ministres ne cessent de le presser. Mais c'est surtout l'inquiétude qui domine dans son expression – pour elle.

Il l'attire contre lui, la serre fort. Elle savoure ce contact, tandis que ses épaules se mettent à trembler.

— C'était si terrible que ça ? souffle-t-il à son oreille.

— Affreux. Le duc de Gerona s'est montré abject. Il a admis à mots couverts qu'il avait organisé la tentative d'assassinat qui m'a visée, et il n'en éprouvait aucune honte.

Lorsque Louis s'écarte de Catarina, ses poings sont contractés.

— Je vais le chasser de ce pays. Il ne remettra plus jamais les pieds sur le sol français.

— Il ne fait que se plier aux volontés du régent. Alfonso le remplacerait par un autre, et rien n'aurait changé.

— Tu es trop clémente...

Le jeune roi tend la main, prend celle de l'infante entre les siennes. Son pouce caresse sa paume tandis qu'il porte ses doigts à ses lèvres pour y déposer un baiser léger.

Catarina n'aime pas le pli soucieux entre ses sourcils. Elle se rappelle ceux qu'ils étaient autrefois ; l'adolescent optimiste et insouciant dont elle est tombée amoureuse il y a des années.

Nous avons tant changé... et le pouvoir continue à nous broyer peu à peu, chaque jour un peu plus.

Elle se sent craquer, glisser vers un puits de désespoir dont elle parvient à rester éloignée d'ordinaire. Ses yeux s'humidifient ; d'une voix fragile, elle avoue :

— J'ai peur de ne jamais revoir Felipe... Que malgré tous mes efforts, toute l'injustice de la situation, mon oncle gagne la partie et me balaie au bout du compte.

— Hé... Tu es plus forte que ça, nous le savons tous les deux. Bien sûr qu'il essaie de te mettre à terre : tu lui fais peur. Et il a bien raison de trembler.

Les paroles pleines de confiance de Louis parviennent à arracher un faible sourire à Catarina. De la lumière revenue dans ses yeux azur, il annonce alors, espiègle :

— Je t'ai préparé quelque chose pour te remonter le moral. Est-ce que tu es prête à me suivre ?

— Toujours.

Elle se délecte de la tendresse dans les coins de sa bouche qui se redressent, avant qu'elle ne vienne voler un effleurement à la sienne. Puis, sa fatigue oubliée, elle se laisse guider à travers le château. Ils n'empruntent que des couloirs méconnus et des passages dérobés, afin de ne croiser aucun importun ; finalement, ils s'arrêtent devant une porte close. Une agréable excitation s'empare de Catarina ; elle retient son souffle quand Louis pousse lentement le battement et l'invite à avancer d'un geste de la main. Elle fait quelques pas en avant, et se fige presque aussitôt, émerveillée.

C'est... magnifique.

La pièce dans laquelle elle vient de pénétrer est une petite bibliothèque, l'une des rares de Versailles à taille humaine, chaleureuse et confortable. Son charme habituel est rehaussé par la manière dont elle a été réaménagée pour la soirée : partout, des gerbes de roses blanches montent à l'assaut du plafond pour s'y entrecroiser et y former une voûte féerique. Des chandeliers de diverses hauteurs supportent des dizaines de bougies, qui éclairent la pièce d'une lueur chaude et qui répandent un parfum sucré et apaisant. Au centre du cercle qu'ils forment, un tapis rond et moelleux invite à la détente, tout comme les coussins vert pâle et crème qui le jonchent.

— C'est si beau... murmure Catarina à Louis, qui vient de la rejoindre.

— Je n'ai que peu de mérite, tu sais. Je n'ai rien installé moi-même : j'ai juste donné quelques ordres, et l'intendance s'est chargée du reste.

— Je m'en doute. Mais c'est l'intention qui compte et… je n'arrive pas à croire que tu aies planifié cette surprise pour moi alors que tu as tant de choses à gérer en ce moment.

— Tu le mérites. Sans toi, je me serais effondré il y a bien longtemps. Alors si je peux te rendre la pareille dans un jour où tu en as besoin… c'est sans hésitation.

— Je t'aime.

À l'aveu de l'infante, le jeune roi répond par un long baiser, dans lequel elle sent tout le reste se dissoudre. Ses paumes chaudes caressent ses joues, sa nuque ; leurs lèvres dansent un ballet qui fait virevolter son âme. Elle perd ses propres mains sous le col de sa chemise, avide du contact de sa peau, assoiffée de l'amour qu'ils partagent.

Bientôt, ils sont allongés parmi les coussins, blottis l'un contre l'autre. Ainsi, toute proche de Louis, enveloppée par son odeur, Catarina se sent guérir.

Pas physiquement, bien sûr. Mais les plaies que ma discussion avec Gerona avait creusées en moi, sa présence les referme.

— J'ai quelque chose pour toi, lui souffle-t-il au bout d'un long moment.

Catarina se redresse, intriguée. Louis, lui, roule sur le côté et se lève pour aller chercher un écrin oblong que l'infante n'avait pas vu jusqu'alors, dissimulé qu'il était au pied de l'un des bouquets de roses. Il le dépose délicatement entre ses mains, avant de l'encourager à l'ouvrir. Ce qu'elle fait lentement, le cœur battant.

À l'intérieur de la boîte reposent, sur un coussin de satin blanc, deux pendentifs identiques retenus chacun par une chaîne d'argent : deux perles véritables, que l'éclat des bougies fait chatoyer avec élégance.

— C'est juste un petit quelque chose pour te rappeler que quoi qu'il arrive, je serai toujours à tes côtés – en pensée. Et que tu habites les miennes, à chaque heure du jour et de la nuit. Nous sommes liés, toi et moi, indéfectiblement.

— C'est parfait. Vraiment. Merci…

Leurs regards se trouvent, éclairés par les sentiments qu'ils partagent. Louis s'empare de l'un des deux colliers dans l'écrin ; sans hésitation, Catarina retire son pull afin qu'il puisse l'accrocher à son cou sans difficulté.

Malgré les dizaines de bougies qui réchauffent la pièce, elle frissonne lorsque l'air caresse son corps. Elle n'est plus qu'en débardeur, et les cicatrices laissées par ses brûlures s'étalent sur son épiderme, boursouflées, disgracieuses.

Mais c'est avec une infinie douceur que Louis s'agenouille derrière elle et ramène ses cheveux sur l'une de ses épaules. Il fait glisser la chaînette en argent sur sa peau, qui se couvre de chair de poule, avant de l'attacher et de déposer un baiser sur le fermoir comme pour le sceller à jamais. Il déboutonne ensuite sa chemise, se retrouvant torse nu ; c'est au tour de l'infante d'accrocher son pendentif.

— Quoi que l'avenir nous réserve, nous l'affronterons ensemble désormais, murmure-t-il alors qu'elle l'enlace et se presse contre son dos.

— Je te le promets…

Julie

En ce samedi après-midi, Julie n'est pas chez Réseau Royal – même la directrice de l'entreprise a droit à des week-ends. À la place, n'ayant nulle part où aller, elle n'a pas quitté l'hôtel particulier des Sallemont, et elle s'est aventurée dans une pièce dont elle avait pris soin de garder les portes closes jusque-là : la chambre qui était celle de Marc et Cécile.

Si elle s'est risquée à l'intérieur en dépit des fantômes qui y sont encore plus prégnants qu'ailleurs, c'est avec un objectif précis :

fouiller le meuble dans lequel sa tante rangeait, dans des albums et des boîtes à chaussures, toutes les photos de la famille.

Ironiquement, même si son mari a fondé le réseau social qui a changé les habitudes de la France entière, elle n'a jamais cessé de faire imprimer les souvenirs qu'elle souhaitait garder, plutôt que de se contenter d'en conserver une trace numérique.

Ce que Julie voulait trouver, c'étaient des preuves. Des éléments tangibles témoignant de son enfance et de son adolescence, de son appartenance à la famille Sallemont. De quoi contrer les accusations d'imposture qui circulent à son propos en ligne, et qu'elle a surprise de ses propres oreilles échangées par ses salariés.

J'ai mes torts, nombreux. Bien assez pour qu'on s'abstienne de m'en accoler de nouveaux…

Elle pensait qu'il s'agirait d'une mission commando. Filer à la commode, extraire quelques clichés choisis des tiroirs, repartir. Elle ne voulait pas s'attarder, se laisser happer par un passé sur lequel elle a violemment claqué la porte quand elle a dénoncé son oncle à Louis XX.

Mais la voilà encore, trois heures plus tard, assise en tailleur à même le sol de la chambre, un capharnaüm de boîtes, d'albums et de photos éparses répandu autour d'elle. Ce qui prédomine en elle, c'est l'écœurement ; pourtant, c'est plus fort qu'elle. Elle ne parvient pas à s'arracher à ces fenêtres sur ce qui n'est plus.

À partir du moment où elle a ouvert un premier classeur et qu'elle s'est trouvée nez à nez avec le visage souriant de ses parents, elle a craqué. Il s'agissait d'une vieille photo, datant d'au moins vingt ans, prise à un anniversaire de sa grand-mère Sallemont – décédée quand elle avait sept ans. Benoît et Wanda Morleux, tout juste mariés, paraissaient saisis en plein échange d'une plaisanterie ; il y avait des étincelles dans les yeux de sa mère, et de l'admiration dans ceux que son père posait sur elle.

À leurs côtés, au second plan, il y avait Marc. Il n'avait pas encore fondé Réseau Royal alors ; il n'était qu'un étudiant terminant son cursus, et sa posture était empreinte d'une gaucherie que sa fulgurante ascension jusqu'aux plus hauts sommets de l'État ne tarderait pas à chasser. Il riait lui aussi, mais pas de cette manière de titan dont Julie se souvient : sur le papier glacé, il lui paraissait plus vulnérable. Plus sincère, aussi.

J'ai du mal à imaginer cette version de lui-même planifiant froidement la mort d'un homme, fût-ce un roi. J'aurais pensé qu'il s'en insurgerait avec moi ; que nous aurions pu être alliés, jusqu'au bout.

Elle s'est mise à tourner les pages des albums, frénétiquement. Comme si cela pouvait lui permettre de déterrer cette autre version de son oncle. La vérité sous ses postures. La réponse à ces questions qui la hantent.

Qui ai-je condamné ? Le monstre que je croyais l'avoir vu devenir, ou bien le martyr que Réseau Royal reconstruit à partir de son souvenir ?

Les images se sont succédé, muettes, mais pas exemptes de reproches. Un tourbillon auquel, au fil du temps, d'autres figures se sont jointes.

Ma tante. Marie. Elles aussi paient le prix de ma décision.

Julie détestait sa cousine ; cependant, face aux réminiscences de l'enfant qu'elle était, elle ne peut s'empêcher de se sentir mal. La manière dont elle s'était déguisée pour improviser un défilé dans le jardin l'été de ses cinq ans ; sa fierté, rayonnante, le jour de son premier prix dans une compétition d'équitation.

La jeune femme ne parvient pas à s'en détacher, boulimique de sa culpabilité qui la ronge mais qui enflerait davantage si elle cherchait à la tenir à distance.

Et puis il y a… elle.

Bien moins exubérante que Marie : elle a toujours été une petite fille timide. Souvent, sur les photos de famille, elle se cache entre les jambes de ses parents ; ou alors, elle lit dans un coin de l'image, trop sérieuse pour son âge. Elle aurait voulu dénicher une photo en gros plan avec son oncle, un moment de complicité immortalisé, qu'elle aurait pu plaquer sous le regard de ses détracteurs ; elle n'en trouve aucune. Jamais Marc ne paraît lui manifester une attention particulière : plus les années passent, plus il se métamorphose en l'homme d'affaires toujours dans la maîtrise de lui-même qu'elle connaissait le mieux. Il n'a pour elle ni sourires ni gestes affectueux. Aucun signe de ce lien que Julie estimait exister entre eux, celui de leurs convictions partagées, au nom duquel elle a accepté de sacrifier ses années d'adolescence pour disparaître aux yeux du monde et se préparer en vue de la mission que Marc avait fixée pour elle.

Bientôt, elle disparaît pour de bon de toutes ces images – en même temps que ses parents. La vie des Sallemont paraît cependant continuer comme à l'accoutumée. Son oncle est honoré par le roi, continuant d'amasser gloire et distinctions, Cécile toujours à ses côtés ; Marie devient une jeune femme vers laquelle la France entière tourne ses yeux. Il y a également des scènes plus intimes : des moments familiaux, des tranches de vie quotidienne…

De ceux-là aussi, j'ai été exclue, recluse dans mon grenier.

Elle fouille les photos, encore et encore. Trop de choses remuent en elle en même temps que ces clichés. De la tristesse, de la colère, de…

— Mademoiselle ?

Elle pivote vers la porte de la chambre. Sa gouvernante se tient sur le seuil, hésitante.

— Un visiteur est là pour vous. Un certain M. Guillemin. Il dit que vous l'attendez.

Oh…

C'est vrai, Julie a demandé à Matthieu s'il pouvait passer chez elle cet après-midi, pour l'aider à remplir son profil Réseau Royal avec les photos qu'elle comptait rassembler avant son arrivée. Ironiquement, bien qu'elle ait été nommée à la tête de l'application, elle l'a très peu utilisée par le passé, et la perspective d'avoir quelqu'un à ses côtés pour l'épauler la rassurait.

J'ai sollicité l'aide de Matthieu comme un service personnel : j'ai conscience que cela dépasse là le cadre de ses fonctions au sein de l'entreprise. Mais je n'ai personne d'autre vers qui me tourner… Personne en qui j'aie confiance pour me montrer de la bienveillance, en tout cas.

— Faites-le monter, ordonne-t-elle à son employée.

Cette dernière s'éclipse silencieusement, et Julie contemple avec amertume le fouillis qui l'entoure. Elle s'en veut d'avoir été si peu efficace dans ses recherches : rien n'est prêt. Elle n'a rien décidé concernant ce qu'elle doit mettre en ligne. Arrivée au point de rupture, elle sent ses mains se mettre à trembler, et sa vision se brouiller.

Même ça, je n'en suis pas capable…

— Julie ?

Elle tourne la tête de nouveau, et distingue Matthieu à travers le voile humide de ses larmes. Elle a honte de ce qu'elle doit renvoyer, assise ainsi au milieu du fatras, les yeux rouges, les cheveux à peine brossés, vêtue d'un tee-shirt et d'un pantalon de jogging qui faisaient partie des affaires qu'elle a retrouvées dans sa garde-robe d'adolescente.

Pas vraiment celle que je m'astreins à être jour après jour chez Réseau Royal…

— Julie, qu'est-ce qu'il y a ? s'inquiète-t-il.

Elle le voit enjamber les boîtes de photos ouvertes pour la rejoindre, posant les pieds où il peut pour ne rien déranger. Elle voudrait se lever, l'accueillir un peu plus dignement, mais il est déjà accroupi à côté d'elle avant qu'elle n'ait trouvé la force de se redresser.

— Je ne sais même pas qui il était… sanglote-t-elle.

La main de Matthieu se pose dans son dos, consolante, et les phrases suivantes sortent d'elle par vagues :

— Marc… Je l'ai trahi, et je ne suis même pas capable d'être certaine de qui était cet homme que j'ai condamné. Pendant des années, il a été mon modèle, et puis je l'ai jeté en pâture à ceux que je lui avais juré que je combattrais avec lui. J'ai passé mon adolescence enfermée dans le grenier de cette maison, à préparer mon infiltration, et…

— Attends, quoi ?

Matthieu l'a coupée, horrifié. Il la dévisage, incrédule, avant de répéter :

— Il t'a *enfermée dans le grenier* ? Pendant *des années* ?

Julie secoue la tête.

— C'était ma décision à moi aussi. Je croyais en la cause qu'il défendait. J'y crois toujours, d'ailleurs. C'était un sacrifice nécessaire et…

— Je suis désolé, mais quelqu'un qui est prêt à exiger autant d'une adolescente est un sale type. Tu étais influençable, et il en a profité. Comme moi, il m'a recruté chez Réseau Royal en me promettant monts et merveilles, il m'a incité à lui faire confiance… avant de livrer mon nom aux forces royales sans aucun remords pour couvrir ses propres traces.

— Mais il avait cette force intérieure en lui… cette vision d'une autre société possible, qu'il a su me faire aimer…

— Les deux ne sont pas incompatibles.

Lentement, Matthieu se penche pour rassembler des photos qui ont volé hors de leur album, pour les ranger précautionneusement dans une boîte. Pendant ce temps, à ses côtés, Julie renifle.

— J'ai peur de ne pas réussir à trouver ma place, souffle-t-elle, la voix rendue rocailleuse par les pleurs. Tous ces gens qui placent tant d'attentes contradictoires en moi… Agnès Lambrou, qui voudrait que je sois la parfaite petite soldate à son service. Le roi, qui aimerait que je m'incarne en l'héritière de mon oncle juste pour pouvoir faire taire son esprit. Les employés de Réseau Royal, qui ne sont prêts à accepter rien d'autre qu'un hommage total à Marc…

Elle est déchirée entre tous ces masques qu'on cherche à plaquer sur son visage, elle qui apprend encore tout juste à se connaître elle-même. Qui n'a vu du monde que quatre murs et la vision que lui en dépeignait cet homme qui était tout son univers, pendant beaucoup trop longtemps. Qui est censée devenir une figure de proue, montrer la voie à ceux qui se tournent vers elle, alors qu'elle n'est même pas certaine du cap vers lequel elle veut se diriger.

— Je ne sais pas ce qu'une vie normale est censée être, conclut-elle, abattue.

— C'est sans doute pour ça que tu es extraordinaire.

Julie cherche le regard de Matthieu, se raccrochant à ces quelques mots si pleins de réconfort.

— Tu le penses vraiment ?

— Bien sûr, affirme-t-il en haussant les épaules. Dans ta position, la plupart des gens auraient cédé sous la pression et se seraient coulés dans l'un des moules présentés pour eux. Toi, tu continues à lutter pour devenir… eh bien, toi-même, je suppose.

Il soupire, avant de balayer les albums qui les entourent d'un large geste du bras et d'ajouter :

— Je ne sais pas qui était vraiment Marc Sallemont, moi non plus. Encore moins que toi, certainement. Mais ce dont je suis certain, c'est qu'il n'était pas toutes ces versions de lui que tant de gens essaient de construire depuis qu'il a disparu. Cette idée de lui, plutôt qu'une personne de chair et de sang. Et toi non plus, tu n'es pas seulement la fille qui l'a trahi. Tu vas devoir accepter que tu es plus que ça, si tu veux continuer à avancer.

Les yeux de Julie retombent sur la toute première photo, celle de ses parents où son oncle apparaît en arrière-plan. Ces fantômes du passé lui paraissent murmurer encore à ses oreilles.

Un bruissement auquel elle coupe court soudain.

Matthieu a raison : je ne peux pas les laisser me submerger. Ce qui est fait est fait : ce qu'il reste devant moi, c'est l'avenir.

En silence, elle se penche pour continuer le mouvement qu'il avait amorcé : ranger les photos éparses, fermer toutes ces boîtes qui dégorgent.

Et si des larmes piquent encore ses yeux, elle les sent progressivement sécher.

Thomas

Alors que l'obscurité commence à tomber sur Paris, c'est l'euphorie qui envahit Thomas peu à peu. Il s'est accroché à l'élan qui l'a porté à la suite de la discussion avec la femme sans visage qui s'est introduite chez lui, aiguillonné par ses reproches ; il n'a rien lâché, tirant toutes les ficelles dont il disposait pour faire aboutir son projet.

Celui d'un lieu où les opposants à la monarchie pourraient se réunir et porter leurs voix. Cette inconnue pensait que je n'avais pas le cran de quitter le confort de mes écrans ? Eh bien, me voilà, prêt à la détromper. Prêt à porter la lutte pour ma cause encore plus loin.

Voilà : ce soir, le Tennis Club ouvre pour la première fois ses portes. Le nom est anodin en apparence : quiconque le lirait rapidement supposerait qu'il s'agit d'une association de sportifs tout à fait ordinaire. Cela fait partie de la stratégie de Thomas : il souhaite que les autorités s'inquiètent le plus tard possible de ses agissements, et il est nécessaire pour cela qu'il s'entoure d'apparences anodines.

Mais pour les initiés, cette dénomination prendra bientôt une connotation tout autre…

Le court réquisitionné pour l'occasion, le plus à l'ouest parmi ceux du jardin du Luxembourg, se remplit peu à peu. Il le doit à ses relations avec Florian Grandier, qu'il a travaillé au corps jusqu'à ce qu'il lui cède cette faveur – il a dû se montrer persuasif, l'homme craignant les potentielles représailles malgré sa volonté d'aider la cause révolutionnaire.

Finalement, je lui ai permis de rejeter tous les risques sur moi en permettant qu'il prétende avoir été abusé sur les réels desseins du Tennis Club si jamais les autorités se retournent vers lui. Je ne suis pas certain que ce mensonge suffise à ce qu'il échappe aux poursuites, mais qu'importe. J'ai obtenu ce que je souhaitais : le reste n'est plus de mon ressort.

En passant en revue les divers lieux possibles, ils se sont arrêtés sur celui-ci, du fait de sa position centrale à Paris, facilement accessible à tous ceux qui souhaiteraient s'y rendre ; de son cadre prestigieux aussi.

Je dois prouver à tous que la voie que j'entends ouvrir est tout aussi respectable que celle dans laquelle nous nous engluons avec Louis XX. Pour cela, les apparences sont primordiales.

Déjà, une cinquantaine de personnes se sont présentées à l'entrée du court : pour la plupart, il s'agit de membres de son réseau qu'il a rameutés via Réseau Royal. Il sourit : jusqu'ici, tout se passe comme il l'espérait. Passant de groupe en groupe, il tend l'oreille et se réjouit des bribes de conversation qu'il entend :

— … révolté par la manière dont Louis XX a traité le cas Jonathan Vasseur…

— … ai monté un collectif de création d'affiches, vous pouvez suivre ma page ici…

— Il faut lancer une pétition pour exiger l'entrée de roturiers au Conseil d'État !

Tous sont encore dans l'expectative, il le sent. Attendant de voir si cette réunion à laquelle ils se sont laissé attirer par curiosité va tenir ses promesses.

Ils ont raison : il manque encore d'un souffle à la soirée. Mais réjouissez-vous, tous autant que vous êtes : je suis là pour l'insuffler.

Malgré son impatience, il se force à attendre encore quelques minutes, le temps que le court de tennis continue de se remplir. Il note les regards que nombre des participants jettent au cadre recouvert d'un drap posé sur un trépied dans un angle du terrain, et jubile.

Votre curiosité est piquée, oui… Plus que quelques instants, et vous saurez tout.

Enfin, sentant son heure venue, il frappe dans ses mains en réclamant le silence – qu'il obtient rapidement. Les regards de tous qui se braquent sur lui l'électrisent alors qu'il prend la parole :

— Amis, camarades… Si nous sommes ici ce soir, c'est pour manifester un espoir ; notre espoir qu'une autre société soit possible. Une société de liberté et d'égalité, soucieuse des mérites de chacun et non de sa naissance. Cet espoir, nous sommes nombreux à le devoir à un homme. Ce soir, il me semble que nous devons avant tout honorer sa mémoire. Il était intègre, profondément bon, et il n'a pas hésité à s'engager pour défendre ce qu'il croyait juste, au péril de sa vie. Vous l'avez compris, je veux parler de Marc Sallemont.

D'un geste théâtral, Thomas tire sur le tissu à côté de lui, dévoilant le portrait du fondateur de Réseau Royal, qu'il a fait imprimer sur toile spécialement pour l'occasion.

— Vous avez entendu la version officielle : il aurait « mystérieusement disparu ». Mais nous savons tous la vérité : Marc Sallemont n'est pas en fuite. C'est un martyr, que le roi a muselé lorsque sa voix s'est faite trop dérangeante à son oreille. Il a versé son sang pour ses idées… mais Louis XX doit comprendre une chose : il a beau l'avoir fait taire, nous, nous ne nous tairons pas. Il était l'un de nous, et j'en fais la promesse : à travers nous, il renaîtra. Sa voix sera pour toujours la mienne. La *nôtre*. Elle hantera notre souverain, où qu'il aille, quoi qu'il fasse, car elle n'est pas portée par une seule bouche. Elle est clamée par un peuple entier, que ni la peur ni le danger n'arrêteront.

À ces mots, Thomas sort d'une de ses poches un briquet et un lumignon, qu'il allume d'un geste rapide. Puis il le dépose solennellement au pied du portrait, en le couvrant de sa main pour que le vent ne souffle pas la flamme – ce qui serait du plus mauvais effet. Il se relève ensuite, fait face à l'assemblée, et tend le bras vers un carton rempli de bougies similaires stocké dans un coin du court.

— Si, pour vous aussi, la justice et l'égalité ne sont pas que des mots, si vous êtes là parce que vos convictions sont profondes et ne peuvent être étouffées, alors je vous invite à faire la même promesse que moi. À jurer de ne pas trouver de repos jusqu'à ce que la lutte lancée par Marc Sallemont soit victorieuse. Parmi vous, qui sont les braves ? Qui sont les vrais défenseurs de leurs valeurs ? Avancez-vous, et montrez au monde que vous êtes fiers de vos opinions !

Thomas balaie l'assistance d'un regard perçant, s'arrêtant brièvement sur chacun comme s'il le mettait au défi de faire ce à quoi il vient de l'inciter. Cela fonctionne : une première femme fait un pas en avant et se dirige vers le carton de lumignons, suivie par un homme, puis un autre, et encore un autre… Un par un, les rebelles s'agenouillent devant le portrait de Marc Sallemont et déposent leur flamme à côté de la sienne. C'est bientôt une flaque de lumière qui s'étend devant le visage du fondateur de Réseau Royal.

Quand les derniers révolutionnaires se relèvent, le jeune homme reprend la parole :

— Ce feu que nous avons embrasé ce soir ne s'éteindra pas. Soir après soir, il brûlera en ces lieux, invitant tous les gens de bien à venir débattre devant lui, jusqu'à recouvrir la France entière. Et vous, mes amis, serez-vous là ? Reviendrez-vous demain, et après-demain, et tous les jours s'il le faut jusqu'à ce que nous soyons vainqueurs ?

Sous le regard de Marc Sallemont, l'assemblée n'ose donner une autre réponse qu'un « oui » unanime et exalté.

— Longue vie au Tennis Club ! crie Thomas. Vive la démocratie !

— Longue vie au Tennis Club !

— Vive la démocratie !

Alors que les acclamations continuent à retentir en écho à la sienne, Thomas, grisé, renverse la tête et se sent possédé par un rire qui le secoue de soubresauts.

Et il lui semble presque, à travers ses larmes d'hilarité, que le portrait de Marc prend une expression triomphante lui aussi.

Louis

— Une agitation d'un nouveau type nous a été signalée à Paris, gronde Anne de Mortemart. Depuis quelques jours, un groupe de gens se réunit sur l'un des courts du jardin du Luxembourg. Ils se font appeler le Tennis Club.

Louis réprime un soupir. Il se doutait avant même de pénétrer dans le cabinet du Conseil que ce matin, il allait devoir faire face à la colère d'Anne de Mortemart. Ils sont seuls, pour l'entretien particulier qu'il lui accorde chaque semaine – comme à chacun de ses ministres – afin de discuter des problématiques spécifiques de son portefeuille. Bien sûr, elle profite de ce temps de parole privilégié pour lui décrire une vision accablante de l'état de la France. Tenter de l'amener à céder, à accepter le sursaut sécuritaire qu'elle appelle de ses vœux. Sous son ton composé, exigé par le respect de l'étiquette, l'irritation qui coule dans ses veines se perçoit aisément.

Épuisé, Louis a bien du mal à s'imposer comme garde-fou face à ses assauts.

— Que font-ils ? demande-t-il.

— Ils discutent. D'idées subversives. La démocratie, le bien-fondé de notre système social, des réformes économiques envisageables…

— Beaucoup d'autres le faisaient déjà sur Réseau Royal.

— Parce que la censure n'a pas fait son œuvre. Maintenant, les voix dissidentes osent s'exprimer sur la place publique, ne cherchant même plus à se cacher.

— Je sais que vous voudriez que je fasse arrêter tous ces gens, Anne. Mais je ne le peux pas. D'après ce que vous me décrivez, ce… Tennis Club me semble pacifique. Intervenir me placerait dans une position que j'aurais du mal à défendre.

— Vous êtes le chef des armées, Votre Majesté. Vous n'avez pas besoin de l'amour de vos sujets pour rester au pouvoir. S'ils vous craignent, cela suffit.

— Je connais votre opinion : vous l'avez exprimée maintes fois en Conseil d'État, et je vous remercie pour cela. Mais le pouvoir ne se justifie pas lui-même. Si je ne puis convaincre mon peuple du bien-fondé de la monarchie, quelle est ma légitimité ?

— Vous n'avez pas à la prouver. Vous *êtes* légitime, quoi que quiconque en pense. Et si vous échouez à agir en conséquence… c'est à ce moment que vous en paierez le prix. Voyez plutôt.

D'un geste rapide, Anne ouvre un fichier sur sa tablette, avant de la tendre à Louis. Ce qu'il découvre sur l'écran lui fait l'effet d'un coup de bélier en plein sur les remparts de son esprit.

Entouré de lumière, le visage hiératique de Marc Sallemont ressemble aux tableaux de saints produits par les grands maîtres de la peinture à travers les âges. Ce n'est plus celui d'un homme ; c'est celui d'un héros. D'un demi-dieu, aux pieds duquel les fidèles réunis ont déposé leurs bougies en offrande et à qui ils rendent hommage dans un silence vibrant.

Il serre et desserre ses phalanges nerveusement, tandis que sa ministre poursuit :

— Voilà le plus inquiétant avec ce Tennis Club. Ils se permettent de contester ouvertement la version officielle du destin de Marc, et affirment que c'est nous qui l'avons fait disparaître. Ce n'est pas un cas isolé. À travers le pays, ce… traître semble gagner jour après jour de plus en plus de popularité. Les serviteurs de Julie Morleux reportent que des bouquets de plus en plus nombreux sont déposés devant les portes de son hôtel particulier, les appels à témoignage visant à le retrouver sont moqués sur Réseau Royal… Chaque heure qui passe augmente le risque que la vérité sur son sort éclate au grand jour. Il est peut-être même déjà trop tard. Vous devez prendre une décision, Votre Majesté. Vous savez aussi bien que moi que vous ne pouvez plus la retarder.

Louis se crispe. Anne a raison : il est au pied du mur. Voilà des jours qu'il se dérobe : mais la vérité est là, bouillonnante. Semblable à un geyser en train de rassembler ses forces avant d'exploser. Cet hommage que les membres du Tennis Club n'hésitent plus à adresser à leur idole malgré tous les risques le lui prouve : il est à court de temps. Il doit choisir, avant que le destin ne le fasse à sa place et n'opte pour la pire des options : la révélation qu'il sait très bien où se trouve son ministre depuis tout ce temps. Qu'il le garde dans une geôle parce qu'il n'a le courage ni de l'en extirper pour l'affronter, ni d'abattre sur lui le couperet auquel sa trahison l'a condamné.

Le rire de Marc lorsqu'il est allé lui rendre visite à la prison de Lardy résonne à ses oreilles, tout comme les ultimes paroles qu'il a prononcées.

« Dans deux siècles, c'est moi qu'on glorifiera, alors qu'on se réjouira de votre chute, à vous, le dernier des rois. »

Il imagine son ancien ministre, impérial à la barre des accusés, cracher ce genre de formules à la face de ses juges, asséner au peuple des affirmations que les esprits échauffés ne seraient que trop prompts à s'approprier. Sur l'écran de la tablette, son portrait le nargue, semblant le mettre au défi de le rejoindre dans l'arène des titans où il agite déjà son épée. Capable de le transpercer de ses mots, de l'écarteler vif sans qu'aucune goutte de sang coule.

Louis est lucide sur son propre courage : il n'est pas de ces cœurs dont la hardiesse ne se dément jamais. Il n'est pas comme Catarina, qu'aucun péril ne semble pouvoir abattre.

Je ne suis qu'un homme ordinaire. Lâche.

À cet instant, il comprend que sa décision est prise. Ce n'est pas celle qui correspond à ses convictions, aux idéaux pacifistes qu'il vient pourtant de défendre face à sa ministre. Mais c'est la seule qu'il se sent capable de prendre. Celle que la peur lui dicte.

Est-ce cela, être roi ? Recevoir la couronne avec des rêves de justice, et être condamné à devenir un tyran pour pouvoir la garder ?

Au fond, Marc l'a déjà mis mat.

— Très bien, déclare-t-il, résigné. Qu'il en soit ainsi : faites le nécessaire pour qu'il ne revienne plus jamais me troubler.

Anne l'observe longuement d'un air grave avant de lui répondre :

— Ce sera fait, Votre Majesté.

Chapitre 5

Julie

— Bonjour, mademoiselle Morleux.

Le ton de Louis est grave. Julie ignore pourquoi il l'a convoquée à Versailles ce matin ; tout ce qu'elle sait, c'est qu'alors qu'elle s'apprêtait à monter à l'arrière de sa voiture pour que son chauffeur la conduise chez Réseau Royal, elle a reçu l'ordre de passer au château par un message direct du souverain.

Je ne pensais même pas qu'il avait mon numéro… Que se passe-t-il ?

— Votre Majesté, répond-elle, précautionneusement, dans l'expectative.

Le souverain serre le poing, le décrispe, repose sa paume à plat sur la table. Silencieusement. La tension qui paraît l'habiter augmente celle qu'elle-même ressent. Une hypothèse naît dans son esprit, qu'elle s'est refusée à envisager durant tout le trajet qui l'a menée jusqu'ici ; qu'elle est même incapable de formuler tout à fait.

Le temps s'étire, encore plusieurs secondes. Puis, lentement, Louis XX déclare :

— On m'a montré les modifications que vous avez apportées à votre profil sur Réseau Royal.

— Ah. Oui, en effet.

Julie se détend un peu.

Ce n'est donc que ça...

Malgré l'état dans lequel l'exploration des albums de sa tante l'avait plongée, elle a fini par sélectionner quelques-unes de ses photos d'enfance à mettre en ligne, avec l'aide de Matthieu. Des clichés destinés à attester publiquement son lien avec Marc Sallemont.

Elle conçoit que cela puisse interpeller le roi, et réalise qu'elle aurait peut-être dû le consulter avant de prendre une telle initiative.

— Vous m'avez demandé d'assumer pleinement notre filiation, se justifie-t-elle. C'est ce que je fais.

— J'en comprends la nécessité, et je vous en remercie.

Julie ose détailler le visage de Louis. Il paraît s'être montré sincère dans ces derniers mots, et son expression est pensive. Elle ne parvient pas à déterminer à quoi il pense, mais ce qui est certain, c'est qu'il ne semble pas sur le point de lui faire des reproches. Cela secoue ce qu'elle croyait avoir deviné des raisons de sa présence ici.

S'il ne m'a pas fait venir pour me sermonner d'avoir déterré ces images... alors quoi ?

L'anxiété qui avait défait son emprise sur elle la reprend. Elle appréhende la prochaine question de Louis, qu'il lui pose d'un ton las :

— N'est-ce pas difficile pour vous ? De devoir avancer dans l'ombre d'un tel homme ?

Elle repense aux photos étalées devant elle dans la chambre de Marc et Cécile. À la manière dont elle a fondu en larmes devant Matthieu.

Dans le regard du jeune roi, elle voit l'éclat de celles qui pourraient si facilement le baigner. Elle comprend alors que la question ne lui est pas vraiment destinée : ce qu'il cherche, c'est du réconfort, pour lui-même.

— C'est notre lot à tous… murmure-t-elle.

De l'autre côté de son bureau, Louis prend une profonde inspiration puis, déterminé, il noue ses yeux aux siens et lui avoue :

— Julie, je voulais que vous sachiez… Marc… Préparez-vous à ne jamais le revoir.

Son souffle se coupe. La voilà, l'hypothèse qu'elle fuyait. Le souverain n'en dit pas plus, mais ses mots tout comme la tourmente au fond de ses prunelles suffisent à révéler à la jeune femme tout ce qu'elle a à savoir.

Mon oncle… Il l'a condamné à mort.

Elle ne devrait pas être si surprise par cette annonce. Elle a conscience que telle est la punition habituellement réservée à ceux qui se rendent coupables de haute trahison.

Pourtant, au moment où elle a dénoncé le complot de Marc à Louis XX, ce dernier lui avait assuré qu'il n'ordonnerait pas son exécution sans procès. Naïvement, elle l'avait cru.

Il semble cependant que les rois ont tous les pouvoirs, sauf celui de faire des promesses.

— Vous m'aviez dit que…

Sa voix s'étrangle avant qu'elle ne parvienne à la fin de sa phrase. Le souverain lui adresse un demi-sourire désolé.

Coupable.

Machinalement, Julie plaque ses paumes moites contre ses cuisses, comme si elle pouvait nettoyer par ce geste la souillure dont elle vient de prendre conscience.

Désormais, il est avéré que j'ai le sang de ma famille sur les mains.

Il y a une boule dans sa gorge, mais elle la contient. Un entrelacs de tristesse, d'amertume, de déception. Mais surtout de colère, contre elle-même.

Elle a trahi Marc parce qu'elle n'était pas prête à ce qu'il l'utilise pour commettre des actes contraires à ce que sa morale lui dictait.

Parce que, malgré l'admiration qu'il lui inspirait, elle ne souhaitait pas être une marionnette entre ses mains.

Elle réalise que tout ce qu'elle a fait, c'est transmettre ses baguettes pour qu'un autre la manipule. Elle a fait confiance à Louis, mais en bout de course, il a pris sa décision seul.

Il l'observe avec espoir. Comme s'il attendait son pardon. Comme si selon toute probabilité, elle allait le lui accorder.

Pourquoi ? Parce que je suis si silencieuse qu'on ne s'imagine pas que je puisse élever une voix discordante ? Parce que le poids que mon oncle faisait peser sur les épaules de Louis est si lourd qu'il estime que je ployais moi aussi ?

C'est vrai : une part d'elle se hait de l'admettre, mais elle est soulagée. Car cette condamnation signifie qu'elle non plus n'aura pas à faire face aux conséquences de ses actes – hors du tribunal de son esprit, du moins.

Cela restera un regret qu'elle n'effacera jamais.

Ses ongles s'enfoncent dans la chair de ses paumes. À cet instant, puisqu'elle ne peut compter sur personne d'autre, c'est à elle-même qu'elle arrache une promesse : celle de tracer sa propre voie désormais. Quoi qu'il en coûte, quels qu'en soient les risques.

Sinon, à défaut de payer le prix de mes propres erreurs, j'écoperai de celui des fautes que d'autres auront commises.

Elle a conscience qu'elle ne peut contrarier Louis ; il est le roi, et elle un fétu de paille. Alors, d'un ton qui ne tremble presque pas, elle finit par articuler :

— J'entends ce que vous dites, Votre Majesté.

— C'est à l'avenir que nous devons penser désormais.

— Le passé est mort. Je l'ai bien compris.

Face à elle, Louis hausse un sourcil, manifestement surpris de l'acidité soudaine qui s'est invitée dans son ton.

Mais il ne la retient pas lorsqu'elle se lève, s'incline, et prend congé de lui.

Louis

— Je ne savais pas que tu devais voir Julie ce matin.

Louis redresse la tête, brusquement tiré de ses pensées. Depuis que la jeune femme a quitté son bureau, il est resté paralysé, prisonnier du tourbillon de ses émotions.

Il savait qu'affronter Julie serait une épreuve. Il n'a d'ailleurs pas été capable de la regarder droit dans les yeux au moment de lui dire la vérité ; qu'il lui a révélée par périphrases. Parce que, au fond, il a du mal à assumer la décision qu'il a prise il y a trois jours, seul avec Anne de Mortemart, rattrapé par la panique et l'angoisse. Les dés du destin sont jetés ; il n'y a pas moyen de les rattraper. Il connaît l'efficacité de sa ministre, se souvient de son insistance à ce qu'il fasse un choix. Il n'a aucun doute quant au fait qu'elle a donné les ordres fatidiques sitôt qu'ils se sont quittés.

Il ne lui a pas demandé confirmation que l'inévitable est accompli. Que Marc est mort, exécuté dans sa geôle. Comme un enfant se cache les yeux pour prétendre que ce qui l'effraie n'est plus là, il a le sentiment que s'il reste dans le déni, alors rien n'aura changé. Que le monde est toujours le même.

Que mes mains ne viennent pas de se souiller une nouvelle fois de sang.

Cependant, malgré son courage défaillant, il estimait que c'était son devoir de faire venir Julie pour se montrer honnête avec elle ; sans déléguer cette tâche difficile à l'un de ses subordonnés. Il a conscience de ce qu'il lui doit, sait qu'il mérite le ressentiment qu'il a senti derrière son ton composé. Après avoir été en dessous de tout, c'est encore le moins qu'il pouvait faire.

Leur discussion l'a secoué. La force pleine de tension contenue qui émanait d'elle l'a renvoyé à ses propres manquements, à sa propre lâcheté. En la nommant à la tête de Réseau Royal alors qu'elle n'a jusque-là connu que l'ombre, il s'attendait qu'elle se renferme sur elle-même, peinant à assumer le rôle auquel il l'a bombardée – d'où la nomination d'Agnès Lambrou à ses côtés, pilotée par Valérie de Noailles. Pourtant, à chacune des fois où il l'a vue depuis, elle paraît s'affirmer davantage.

Pas dans ses mots ; dans son regard. Il y luit de l'acier là où je m'attendais à trouver des larmes.

D'autres yeux qu'il a du mal à soutenir, ce sont ceux de Catarina. Debout au seuil de son bureau, elle l'observe, un sourire sur les lèvres. Il n'y perçoit que de la tendresse.

Parce qu'elle ne sait rien de ce que j'ai décidé concernant Marc. Je n'ai pas encore trouvé la force de le lui dire.

Chaque fois qu'il le voudrait, les mots expirent dans sa bouche, pâteux. L'amour de l'infante est l'un des piliers dont il a besoin pour tenir debout. Il subira un coup de bélier quand elle connaîtra la vérité, et cela l'effraie, plus encore que sa confrontation avec Julie.

Alors il étire le temps pendant lequel il peut en profiter encore, même s'il repose sur un mensonge. Et que le poids de son silence laisse sur sa langue un goût de cendres.

— Je l'ai croisée qui s'en allait alors que je te rejoignais, poursuit Catarina. Nous avons juste eu le temps d'échanger quelques mots, mais elle m'a eu l'air… étrange. Elle va bien ?

— Je ne la connais pas autant que toi. Cela dit, avec tous les bouleversements qu'elle a subis récemment, il n'est pas si étonnant qu'elle soit secouée.

— C'est vrai… Vous avez parlé de la situation chez Réseau Royal, je suppose ?

Louis détourne le regard et élude la question.

— Les employés y regrettent toujours Marc Sallemont… comme partout ailleurs.

Catarina franchit la distance qui les sépare. Sa paume, douce, se pose sur sa main au-dessus de son bureau.

— Raison de plus pour agir rapidement, affirme-t-elle. Tu dois leur montrer son vrai visage, le mettre publiquement face à ses crimes. Tant qu'il en est encore temps.

Non, mon amour… L'heure a déjà sonné. Je suis désolé : je ne suis pas aussi fort que tu le voudrais…

Instinctivement, Louis tourne son poignet pour saisir celui de l'infante entre ses doigts et le caresser lentement. Il voudrait l'espace d'un instant remonter le temps ; ne pas prendre peur face à Anne, au moment d'envisager un affrontement avec Marc. Disposer, en cette discussion funeste, de la confiance en lui que Catarina lui communique à cet instant.

Mais même pour un roi, certaines choses demeurent du domaine de l'impossible…

Et une fois de plus, il laisse passer le moment sans se libérer du poids qui écrase son cœur.

Thomas

Comme tous les soirs, Thomas se penche pour déposer une bougie allumée sous le portrait de Marc Sallemont.

En se redressant, il croise le regard figé de celui qui était son mentor, et sourit.

Alors… Pas mal, ce que j'ai accompli en ton nom, hein ?

Il a suffi de quelques jours pour que le Tennis Club prenne une ampleur à la hauteur de tous les espoirs de Thomas. Déjà, il a dû s'arranger avec Florian Grandier pour pouvoir utiliser deux courts du jardin du Luxembourg au lieu d'un ; et il s'attend à devoir négocier pour un troisième très bientôt.

Le peuple brûle de colère. Il suffisait de lui donner un espace pour qu'il s'exprime.

Au début, il a craint que la police royale ne vienne mettre un terme brutal à l'aventure, mais leur passivité soir après soir l'a convaincu que son pari était le bon : Louis XX n'osera pas s'en prendre à une initiative pacifique.

D'autres souverains l'auraient sans doute fait. Mais depuis le début, il prétend ignorer les cris de son pays plutôt que de les affronter. Qu'il ne compte pas sur moi pour cesser de hurler…

Thomas se doute bien que des agents infiltrés du gouvernement doivent se mêler aux révolutionnaires. Tant qu'ils ne passent pas à l'action, il n'en a cure, cependant.

Qui sait ? En laissant traîner leurs oreilles, peut-être se laisseront-ils convaincre par les thèses discutées ici…

Alors qu'il se recule, le jeune homme contemple la mer de flammes aux pieds de Marc Sallemont d'un œil satisfait.

Vraiment, l'effet visuel est marquant : les photos ne cessent d'être partagées sur Réseau Royal. La pression sur notre souverain ne retombe pas, et c'est exactement ce que je cherchais à accomplir.

Il s'écarte pour aller se servir un verre de bière au buffet dressé dans un coin du court de tennis – les rassemblements se prolongeant, ils sont de plus en plus structurés, des bonnes volontés se chargeant de rendre les réunions conviviales afin d'inciter un maximum de monde à revenir. Il balaie ce qui l'entoure des yeux : de nombreux petits groupes sont en pleine discussion animée. Les esprits s'échauffent, chaque jour davantage : peu à peu, les langues se délient et les débats deviennent de plus en plus passionnés et audacieux. Cela l'emplit d'une profonde fierté.

Voilà : j'ai prouvé que j'étais capable d'agir au-delà des écrans, ce me semble. J'espère ne plus jamais avoir à essuyer ce reproche… Allez, entrons dans la danse, maintenant.

La tête haute, il en vient à la partie de chaque réunion du Tennis Club qu'il préfère : le moment où il se mêle à la foule. Il apprécie de mesurer le feu qui anime chacun de ses interlocuteurs ; surtout, il savoure les murmures qui bruissent dans son dos quand il navigue de conversation en conversation. Il ne cherche pas spécialement à se mettre en avant, mais les habitués l'ont bien identifié : l'âme de ces soirées, c'est *lui*. Le créateur de ces rendez-vous quotidiens, l'homme qui a osé braver le pouvoir en place. Certains des regards qu'il surprend posés sur lui sont aussi pleins d'admiration que ceux auxquels le portrait de Marc Sallemont a droit. Il savoure ce traitement particulier qu'on lui accorde : il estime l'avoir amplement mérité.

Cette place, c'est moi qui me la suis construite. J'ai pris des risques pour monter ce Tennis Club. Qu'ils soient reconnus n'est que justice.

Ce soir encore, il a matière à jubiler. Les profils de ceux à qui il adresse la parole sont variés : il y a des enseignants fatigués du système éducatif qui favorise inlassablement les établissements réservés aux enfants de la noblesse, des féministes particulièrement révoltées par la perpétuation du patriarcat induite par le mode de vie aristocratique, des ouvriers d'une usine de la banlieue parisienne qui ont entamé une grève dès le soulèvement devant les grilles de Versailles et entendent la tenir tant que Louis XX n'aura pas accédé aux revendications qui lui ont été présentées par la Ligue des travailleurs…

— Vous savez ce qui est le plus insupportable ? clame l'un d'eux – Olivier Boyard, s'est-il présenté à Thomas un peu plus tôt. C'est que tout se passe comme si nos histoires n'avaient pas la même valeur. Comme si les états d'âme des nobles, de notre roi étaient d'une importance primordiale, que nous devions les ménager, alors que nous autres ne serions qu'une masse indistincte…

— Nous sortirons de l'anonymat, mon ami, lui assure le jeune homme en posant une main sur son épaule. Demain, ce seront nos noms qui seront gravés dans les tablettes de l'Histoire.

La formule lui vaut un hochement de tête approbateur, qu'il note avec plaisir.

Je deviens plutôt bon à ça : trouver les mots précis qui vont s'inscrire durablement dans la mémoire de mon interlocuteur.

Un peu plus tard, c'est à deux employés de Réseau Royal qu'il parle – deux développeurs, qui ont côtoyé Marc Sallemont, même s'ils ne faisaient pas partie de ses proches. Thomas n'est pas étonné qu'ils amènent leur discussion sur le sujet de sa prétendue disparition.

— Que pensez-vous qu'ils lui aient fait ? souffle le premier d'entre eux, un certain Karim.

Il a baissé instinctivement le ton pour aborder cette question subversive ; et son murmure se fait plus ténu encore lorsqu'il ajoute :

— Le roi est-il allé jusqu'à ordonner sa mort ? Après tout ce qu'il a fait pour la France ?

— En seriez-vous réellement surpris ? réplique Thomas. C'est le roi. La couronne est d'acier sous les apparences de l'or. Il est cruel, parce que c'est son unique solution pour défendre l'illégitimité de sa position.

— Demain, nous te vengerons, Marc, clame Adrien, l'autre développeur.

Thomas les quitte, satisfait de leurs poings serrés et de la détermination qu'ils affichent. Lui-même ne se fait plus d'illusions : il est persuadé que son mentor a trouvé sa fin quelque part dans les recoins d'une prison royale. Étonnamment, il n'en est pas aussi affecté qu'il l'aurait cru.

Pour nous tous qu'il a laissés derrière lui, Marc n'est plus une personne : c'est une idée. Et les idées, elles, ne peuvent pas être tuées.

Son sang a eu beau couler, c'est désormais autre chose qui pulse dans ses veines : ce sont toutes ces lumières allumées soir après soir à sa mémoire. Son souffle, arraché à ses poumons, est celui qui anime les membres du Tennis Club soir après soir.

Et son souvenir n'acceptera jamais de se cantonner à une tombe pour laisser Louis XX en paix.

Catarina

Ce matin, le compte royal espagnol a posté une photo de Felipe, en visite à Cordoue.

Jamais Catarina n'aurait pensé devoir se raccrocher à ces publications trop rares pour avoir des nouvelles de son frère. Et pourtant la voilà, son smartphone serré dans sa main crispée, à en détailler chacun des pixels, comme si dans l'interstice entre eux pouvaient se lire toutes les nouvelles que l'image ne lui donne pas.

Comment va-t-il ? Les médecins parviennent-ils à tenir sa maladie en respect ? Alfonso lui fait-il payer le prix de ma rébellion ?

Felipe est souriant sur le cliché, la main levée sur le balcon de l'hôtel de ville. Mais sa sœur est bien placée pour savoir que cela ne veut rien dire : pour les membres des familles royales, se forger une expression enjouée est une seconde nature. Il lui semble qu'il a encore grandi depuis la dernière fois qu'elle l'a vu, à Londres : cela lui rappelle douloureusement le temps qui s'écoule loin de lui. Tous ces moments dont leur séparation les prive, et qui ne leur seront jamais rendus.

Il me manque. Il me manque tellement...

Elle voudrait être là, près de lui, le serrer dans ses bras et ébouriffer ses cheveux aussi noirs que les siens. Écouter son rire, son timbre si attachant ; et même sa toux, si caractéristique de la mucoviscidose qui l'affecte et indissociable de chacun des souvenirs qu'elle a de lui.

N'importe quoi pourvu que ce soit un peu de lui.

Avant l'attentat, elle pouvait encore lui parler de temps à autre au téléphone, quand Alfonso daignait le lui passer. Désormais, elle est même privée de cela. « Tu es morte pour l'Espagne », lui a écrit son oncle ; ce sont les derniers mots qu'elle a reçus de sa part.

Peut-être s'attend-il à ce qu'elle revienne vers lui en rampant, une fois que la peur aura fait son œuvre. Elle ne s'y abaissera pas, jamais ; d'autant moins maintenant qu'elle s'imagine le duc de Gerona lui rapportant la conversation qu'ils ont eue récemment. La manière si désinvolte dont il a évoqué la tentative d'assassinat qu'il a contribué à orchestrer la révulse encore.

Il n'empêche que poursuivre mon combat a une conséquence : Alfonso me prive de tout contact avec Felipe. Cela me fait si mal…

Son frère est aussi attaché à elle qu'elle l'est à lui. Elle se doute qu'il doit demander à son oncle de l'appeler, de pouvoir discuter avec elle. Quels prétextes lui donne-t-il pour refuser d'accéder à ses requêtes ? En invente-t-il seulement ?

Felipe est roi, mais Alfonso lui a confisqué le pouvoir, du fait de son âge. Face à lui, il n'a pas plus d'influence que n'importe quel autre enfant.

Le cœur lourd, elle se résout à cesser de contempler la photo après l'avoir gratifiée d'un like – pâle substitut pour tout l'amour qu'elle voudrait adresser à son petit frère. Elle ne peut s'attarder encore à l'observer : elle est attendue pour assister au match d'exhibition que Gabin Marvail et Théo Batelot, deux des meilleurs joueurs de tennis français, s'apprêtent à donner sur l'un des courts du château pour divertir les nobles en résidence.

Encore l'un de ces événements destinés à prétendre que tout va bien… Plus personne n'y croit, mais tout le monde joue le jeu, moi incluse.

Le pas de l'infante manque d'entrain alors qu'elle se met en marche. Son moral est bas aujourd'hui : à cause de son éloignement de Felipe qu'elle ressent avec particulièrement d'acuité, mais pas seulement. C'est un tout, un magma gluant constitué de ses migraines qui ne veulent pas s'estomper, de l'échec cuisant de sa tentative d'approche du duc de Gerona, d'inquiétude pour Louis aussi.

Il est distant depuis quelques jours. Comme si quelque chose le rongeait de l'intérieur… Je peux le comprendre : les pressions qu'il subit quotidiennement sont immenses. Et je sais que la décision qu'il doit prendre concernant Marc Sallemont l'obnubile particulièrement.

Catarina voudrait l'aider, mais c'est un fardeau dont elle ne peut le décharger ; c'est le sien, en tant que souverain. Tout juste peut-elle le conseiller, en espérant que cela l'aidera à cheminer vers le choix qu'elle estime le bon.

Elle en est là de ses réflexions, morose, quand elle débouche dans la galerie des Glaces depuis l'antichambre qui dessert ses appartements et ceux de Louis – retenu, lui, en entretien particulier avec Pierre de Chantilly. Elle doit la traverser pour rejoindre les jardins du palais ; bien sûr, nombre de courtisans se doutant de son itinéraire, ils sont nombreux à l'attendre l'air de rien, profitant de tomber sous sa vue pour s'incliner devant elle afin de lui présenter leurs respects. Aucun n'ose l'aborder, cependant. Son expression lugubre doit les en dissuader.

Jusqu'à ce qu'elle sorte du château devant le parterre d'eau, du moins.

— Votre Altesse Royale.

Elle se tourne. Cette voix l'a interpellée immédiatement, car elle est teintée d'un accent qu'elle partage.

Un accent espagnol.

Les traits de l'homme qui vient de l'approcher lui sont vaguement familiers, sans qu'elle parvienne à l'identifier précisément. Âgé d'une petite soixantaine d'années, il est de taille moyenne, et si l'éclat de sa moustache est terni par les fils grisonnants qui l'ont prise d'assaut, celui de son regard, lui, n'est en rien terni. La courbette qu'il a réservée à Catarina est profonde, respectueuse de son rang ; elle lui fait signe de se relever sur-le-champ.

— Puis-je solliciter la faveur de vous escorter jusqu'aux courts de tennis ? lui demande-t-il.

— Je vous l'accorde.

Il lui offre son bras, sur lequel elle vient s'appuyer – un geste normalement de pure courtoisie, mais qu'en ces temps où son équilibre est incertain, elle accentue plus que d'ordinaire.

— Je suis le comte de Fondao, se présente-t-il. J'ignore si vous vous souvenez de moi : voilà des années que nous ne nous sommes pas croisés.

Fondao...

Ce nom permet à Catarina de fouiller sa mémoire ; suffisamment pour qu'elle en extraie quelques bribes d'informations.

— Vous étiez un ami de feu le roi Fernando VIII, n'est-ce pas ?

— En effet. Sa mort a été un tel gâchis... Il ne se passe pas une semaine sans que j'aie une pensée pour lui. Mais à qui le dis-je ? Vous aussi, vous le regrettez, plus amèrement encore que moi. C'était un homme que j'estimais, mais c'était votre père.

Les lèvres de l'infante s'étirent en un sourire triste. L'aiguillon de ce deuil qu'elle porte depuis plus de dix ans pique son humeur déjà assombrie d'une manière particulièrement douloureuse.

— Le meilleur dont j'aurais pu rêver...

— Je m'en doute. L'affection qu'il avait pour vous était manifeste. Sa confiance, aussi. Il voyait déjà en vous une fantastique souveraine pour l'Espagne.

Catarina tourne vivement la tête vers le comte à ces mots. Ils pourraient sonner comme une énième flatterie de cour, mais dans le contexte de son affrontement avec Alfonso, ils représentent bien plus que cela ; et l'étincelle pétillante dans les yeux de Fondao lui prouve qu'il les a choisis en toute connaissance de cause.

Il veut me signifier qu'il est au fait de la maladie de Felipe... et qu'il désapprouve les manigances de mon oncle pour m'évincer du trône.

— Je fais partie de ceux qui estiment qu'à la mort de Fernando VIII, c'est un conseil qui aurait dû être mis en place pour diriger l'Espagne, qui vous aurait épaulée jusqu'à votre majorité, poursuit-il. Vous auriez alors pu assumer la régence pour votre frère, comme votre père l'a toujours souhaité. Vous comprendrez facilement pourquoi ces vues m'ont rapidement rendu indésirable à Madrid...

Bien sûr. L'une des priorités d'Alfonso, cela a été de museler toute voix susceptible de critiquer sa prise de pouvoir.

— Qu'avez-vous fait alors ?

— J'ai voyagé, à travers l'Europe.

— Et vous voici maintenant établi en France.

— Depuis peu. Voilà quelques années que j'avais posé mes valises à la cour des Pays-Bas. Je n'étais pas certain que j'en repartirais un jour – sinon peut-être pour regagner notre patrie, en des temps plus favorables.

— Qu'est-ce qui vous a décidé à changer d'avis ?

Le gravier de l'allée crisse sous les pas du comte et de l'infante alors qu'ils longent le bosquet des trois fontaines. D'autres nobles les suivent, mais à suffisamment de distance pour que leur conversation demeure privée ; Catarina a le réflexe de s'en assurer d'un coup d'œil à intervalles réguliers.

— Les courants du destin, pour partie, lui répond Fondao. Il est manifeste qu'ils se sont mis à souffler à travers le continent entier, et que nous sommes à l'aube de bouleversements majeurs. Mais surtout… vous, Votre Altesse Royale.

— Moi ?

Les doigts de l'infante se sont resserrés autour de l'avant-bras du comte. Amusé de sa réaction, ce dernier déclare :

— Eh bien, oui, vous. Pour quiconque sait observer, un constat se fait de plus en plus clair : une voix s'est dressée pour contester l'emprise que le régent exerce sur le pays. Vous exprimez votre détermination à servir l'Espagne dans chacune de vos interventions publiques, dans chacune de vos publications sur Réseau Royal. Quand on connaît votre situation, et celle de votre frère, c'est une marque de courage nette. Je voulais être près de vous et vous apporter, dans la mesure de mes moyens, l'appui que je n'ai pas pu vous procurer il y a dix ans.

— Pourquoi ? En souvenir de mon père ?

— Oui, mais pas seulement. Voilà un certain temps que je vous observe… Je dois avouer que ce que je vois me plaît beaucoup.

Fondao marque une pause avant d'ajouter :

— Le régent a toujours gouverné d'une façon autoritaire, s'appuyant sur l'image d'innocence enfantine de votre frère pour cacher la violence de sa politique. Il s'est assuré le soutien de la haute aristocratie en la favorisant dans chacune de ses mesures, et maintenant que le peuple gronde, il n'hésite pas à recourir à une répression brutale. Je suis de ceux qui le déplorent, et qui rêveraient d'une autre voie. Une voie que vous pourriez ouvrir.

— N'estimez-vous pas justement qu'en des temps comme ceux-là, c'est un homme fort qu'il faut à la tête du pays ?

Catarina a répété, amère, les mots que le duc de Gerona lui a renvoyés au visage lorsqu'elle s'est rendue à l'ambassade d'Espagne ; elle ne les a pas encore digérés, d'autant qu'elle pensait qu'ils exprimaient un sentiment général partagé par l'ensemble de la noblesse du royaume.

D'un coup, les propos de Fondao ravivent en elle la lueur d'espoir qui vacillait.

— Au contraire, affirme-t-il. Cela me semble une vision bien court-termiste, la meilleure manière de renforcer le ressentiment en incarnant tout ce que le peuple reproche à la monarchie. Il nous faut une figure d'apaisement, capable d'écouter et de comprendre. Je pense que vous pourriez être celle-là. La reine qui guérira la Couronne de ses maux.

Ils ont atteint les courts de tennis des jardins de Versailles, à présent. Ils sont au pied des tribunes ; leur séparation est imminente, pour que Catarina rejoigne le carré réservé aux proches du souverain et à ses invités d'honneur, tandis que le comte prendra place plus à l'arrière. Il n'a le temps de lui glisser que quelques mots de plus alors que la rumeur du public déjà installé couvre presque leurs paroles :

— N'abandonnez pas : c'est ce que je souhaitais vous dire aujourd'hui. Votre combat en vaut la peine, et nous sommes nombreux, dans l'ombre qui nous est imposée, à attendre avec impatience le jour où vous dresserez votre étendard.

Délicatement, Fondao porte la main de l'infante à ses lèvres, avant de s'éclipser après une dernière révérence.

Julie

— J'ai une excellente nouvelle !

Rarement Julie a vu Agnès Lambrou aussi guillerette. Dans son tailleur bleu pastel, elle jubile alors qu'elle dépose la pochette cartonnée qu'elle transporte sur le bureau de la jeune femme.

Rien à voir avec mon humeur à moi…

Plusieurs jours ont passé, mais elle rumine encore sa discussion avec Louis. Ce moment où elle a compris que l'ordre fatidique avait été donné, que son oncle avait été condamné à mort. C'est une souillure qu'elle n'effacera jamais.

Elle ne peut pas s'en ouvrir à Agnès, bien sûr, et elle n'en a nulle envie : elle la regarderait probablement avec indifférence avant de lui renvoyer que Marc Sallemont n'a eu que ce qu'il méritait, que c'était un traître et que c'est justement leur mission d'expurger les gens comme lui des effectifs de Réseau Royal.

C'est vrai, il fallait l'arrêter, car il s'apprêtait à faire basculer la France dans le chaos. J'en ai pris la responsabilité. Pour autant, le sort qui lui a été réservé ne me réjouit pas, loin de là.

Elle force un vague sourire, neutre, à prendre place sur ses lèvres, avant de se caler un peu mieux contre le dossier de son fauteuil et d'affirmer à sa directrice adjointe :

— Eh bien, je vous écoute. Dites-moi tout.

Qui sait, peut-être est-ce une nouvelle de nature à me réjouir moi aussi…

Agnès joint les doigts de ses deux mains, tapotant leurs bouts entre eux, puis annonce :

— Pauline Zalewski vient de m'appeler. Voyez-vous de qui il s'agit ?

— La responsable de l'unité chargée des aspects techniques de la modération sur l'application. Je suis au courant, oui.

La directrice adjointe marque un temps d'arrêt, surprise de la réponse du tac au tac de Julie.

Eh oui : au cas où tu l'aurais manqué, j'ai passé des journées entières à apprendre à connaître le personnel de cette entreprise récemment. J'ai déjeuné avec Mme Zalewski pas plus tard que mardi, d'ailleurs.

Julie ne s'est pas trouvé beaucoup d'affinités avec elle, cela dit : il est manifeste que c'est une monarchiste pure et dure, et c'est d'ailleurs Agnès qui a ordonné qu'elle soit nommée à la tête de son service rapidement après son arrivée – l'ancien responsable faisant partie des employés jugés trop proches de Marc qui ont été remerciés.

Pas étonnant qu'en cas de nouvelle importante, elle ait le réflexe de se tourner d'abord vers mon adjointe... J'ai bon espoir de gagner progressivement la confiance des autres chefs de secteur, cependant, et de cesser peu à peu d'être traitée comme quantité négligeable.

— Son équipe et elle travaillaient d'arrache-pied ces derniers temps pour identifier les sources des... incidents fâcheux que Réseau Royal a connus, reprend Agnès. Leurs efforts ont enfin porté leurs fruits. Ils ont réussi à identifier la *back door* qui avait été laissée dans le code afin de permettre la création de faux comptes, et l'ont désactivée. C'est une excellente nouvelle pour la paix sociale.

— Absolument.

— Je n'en ai pas encore informé Sa Majesté. Souhaitez-vous que nous l'appelions ensemble ?

— Non, je vous laisse ce plaisir.

L'expression de Julie s'est faite pincée. Oui, cette avancée la réjouit : elle est convaincue que les débats d'idées devraient se faire à visage découvert et ne pas s'appuyer sur de telles ruses manipulatrices, quel que soit le fond des propos défendus. Mais après sa dernière visite à Versailles, il lui faudra du temps pour se retrouver en présence de Louis XX sans ressentiment.

Si j'y arrive un jour… En attendant, qu'Agnès se gorge de ce succès auquel, si je suis honnête, elle a plus œuvré que moi.

— Y a-t-il autre chose que vous vouliez voir avec moi ? demande-t-elle.

Il est rare que sa directrice adjointe se présente ainsi à son bureau : habituellement, elle l'ignore autant qu'elle le peut, surtout depuis qu'elle a refusé de prononcer le discours qu'elle avait écrit pour elle. Elle se contente de lui transmettre le parapheur plein des documents pour lesquels elle requiert sa signature.

Peut-être est-elle simplement de bonne humeur aujourd'hui… mais elle n'a toujours pas ouvert la pochette cartonnée qu'elle a apportée.

Justement, Agnès s'en saisit, et en extrait plusieurs papiers qu'elle tend à Julie.

— Vous avez sans doute entendu parler du mouvement séditieux qui se réunit depuis quelque temps à Paris, au jardin du Luxembourg.

— Le Tennis Club, oui.

Les médias gouvernementaux évitent soigneusement d'en parler autrement que par des allusions mais, sur Réseau Royal, ces réunions trouvent de plus en plus d'écho : sans consignes officielles de la part de Louis XX, les équipes de modération n'en restreignent pas la visibilité – alors que sur bien d'autres sujets, Agnès leur a imposé la plus grande sévérité, appliquant scrupuleusement toutes les demandes émanant d'Anne de Mortemart.

Julie, pour sa part, ignore qu'en penser.

D'un côté, je partage nombre des opinions que ces gens expriment… De l'autre, la manière dont ils exploitent l'image de mon oncle me met très mal à l'aise.

Elle est bien placée pour savoir que le vrai Marc était différent de la quasi-divinité qu'ils sont en train d'en faire. Qu'il était sur le point de s'emparer du pouvoir pour lui-même, par la violence. Elle se débat trop avec son souvenir écrasant, teinté de sa propre culpabilité, pour considérer d'un œil bienveillant toute personne cherchant à instrumentaliser son aura.

— J'ai demandé à l'équipe de Pauline de m'extraire les données de localisation récentes de tous les employés, déclare Agnès. Cela me semblait une excellente occasion d'identifier des éléments corrompus dans nos effectifs. Je ne me suis pas trompée : plusieurs de nos salariés se sont rendus à ce Tennis Club au cours des derniers jours. En voici la liste.

Julie baisse le regard sur les feuilles entre ses mains. La première présente des noms, en colonne ; peut-être une vingtaine. Elle en relève machinalement plusieurs.

Adrien Kelvin... Adella Clarence... Karim Brahimi...

— Bien évidemment, ils ne peuvent pas rester parmi nous après avoir démontré un manque si flagrant de loyauté, poursuit la directrice adjointe. Je vous ai donc préparé leurs ordres de licenciement. Il ne vous reste plus qu'à les signer.

Julie écarte la liste, la posant sur son bureau. Derrière, elle trouve un premier document froid, cinglant. Le motif indiqué pour justifier la décision est laconique : « Faute grave – antipatriotisme ».

Elle n'a pas besoin de réfléchir plus d'un instant pour prendre sa décision.

— Je ne le ferai pas.

— Je vous demande pardon ?

Julie plaque une main sur la liste avant d'affirmer :

— Jusqu'à preuve du contraire, ces gens n'ont rien fait de mal. Juste rêvé d'un monde différent. Je ne les punirai pas pour ce motif.

— Vous semblez oublier que vous n'avez pas le choix. Vous avez été nommée à la tête de Réseau Royal pour remplir une mission : ramener l'entreprise dans le giron de la Couronne.

— Non : ça, c'est la vôtre. Moi, c'est parce que je suis la nièce de Marc Sallemont que je suis là.

Toute la légèreté dans l'attitude d'Agnès s'est dissipée. Elle contemple désormais Julie entre ses paupières étrécies, déjà fulminante.

— Vous restez aux ordres du roi. S'il lui vient aux oreilles que vous refusez de concrétiser ces licenciements, nul doute qu'il vous y contraindra.

— Vous devez l'appeler pour lui annoncer qu'il n'est plus possible de créer de faux comptes sur Réseau Royal : profitez-en pour lui en parler, allez-y. Demandez-lui ceci de ma part : jusqu'où compte-t-il devenir le souverain qu'il m'avait promis qu'il ne serait pas ?

Le cœur battant, Julie affronte les éclairs dans les prunelles d'Agnès. En sortant du bureau de Louis XX, elle s'est juré que désormais, elle tracerait sa propre voie ; qu'elle ne ferait confiance à personne pour appliquer sa propre boussole morale. Ce sont des vies, littéralement, qui sont en jeu. Elle jouera toutes les cartes à sa disposition pour atteindre son objectif.

Elle se sait en position de réussir. Le roi a déjà désavoué sa directrice adjointe, la soutenant dans son conflit concernant le discours qu'elle a rejeté. Agnès le sait, raison pour laquelle elle n'osera peut-être pas risquer un nouveau bras de fer.

Mais même si elle s'y décidait… Louis XX n'était pas serein au moment de m'annoncer la décision qu'il a prise concernant mon oncle. S'il est bien l'homme sensible que j'avais cru entrevoir, celui que Catarina me dépeignait… il se sent une dette envers moi. J'ai l'intention d'en exiger le paiement non pour moi, mais pour ceux que la monarchie pourrait briser comme des fétus.

Elle a trahi une fois, et son choix a eu des conséquences indélébiles. Elle ne pourra jamais les rattraper, mais elle peut veiller à ce que cela n'altère pas ses convictions. Elle veut rester une jeune femme avide de justice, prête à se battre pour la faire triompher ; non une lâche.

Agnès doit sentir sa détermination, car brusquement, elle se lève. D'un geste, elle récupère sa liasse de documents, et crache :

— Soit. Si vous voulez jouer un jeu dangereux, faites. Mais ne vous plaignez pas ensuite si la partie vous explose à la figure.

Elle fait claquer l'élastique de sa chemise cartonnée et ajoute, acide :

— Je ne vous comprends pas. Pourquoi protéger ces gens ? Ils vous détestent, et vous le savez. Je suis certaine que vous avez entendu ce qu'ils murmurent à votre propos dans les couloirs de cette entreprise.

— Justement. Mieux vaut éviter de transformer ce qui n'est encore que des rumeurs en certitudes, non ?

La remarque vaut à Julie un nouveau coup d'œil orageux de la part d'Agnès… avant que cette dernière ne tourne les talons et ne quitte le bureau en tempête.

THOMAS

Tous les soirs, Thomas fait l'aller-retour jusqu'à Paris pour être présent au Tennis Club ; mais ses journées sont bien remplies elles aussi.

Il y a sur Réseau Royal un bouillonnement énorme que je peux exploiter… et je ne m'en prive pas.

Dès son réveil, il s'installe devant son ordinateur, un café à la main – il a bien besoin de ce shoot d'énergie. Cette nuit encore, il a mal dormi : depuis l'intrusion dont il a été victime, le moindre bruit inhabituel le réveille, et il passe ensuite de longues minutes à tourner et à retourner dans son lit, trop anxieux pour retrouver le sommeil.

Mais cette femme s'illusionnait si elle croyait m'intimider. Au contraire, elle m'a rendu plus déterminé que jamais à montrer ce que je vaux.

Lorsqu'il ouvre son compte Réseau Royal, il constate que plusieurs messages l'y attendent – comme toujours. Le nom de l'expéditeur du premier le fait grimacer – sa mère.

[Thomas, ton père et moi t'avons vu à la télé, dans un reportage sur le Tennis Club. Nous sommes très inquiets. Donne-nous des nouvelles, s'il te plaît.]

Il ferme la fenêtre de conversation sans répondre.

Typique de mes parents, ça.

Il n'a pas renoué avec eux depuis son passage au statut Poussière : il ne leur a jamais pardonné leur attitude à ce moment.

Là, c'est encore pareil. Tout ce qui compte à leurs yeux, ce sont les apparences. Que leur fils rentre dans le rang. Eh bien, qu'ils forment la famille parfaite avec Clément, qui n'hésite pas à tomber dans la flagornerie pour faire venir les nobles dans son restaurant, lui. Moi, ce sont tous les Français que je veux inviter à ma table.

Cependant, quand il ouvre le message suivant, son agacement est bien vite balayé alors qu'il lit ce que Nathan Pommeraye lui a écrit ; remplacé par des préoccupations bien plus pressantes.

[La création de faux comptes a été désactivée… Merde, mec, les pompiers sont sur nos traces.]

« Les pompiers », c'est le nom de code qu'ils emploient pour parler du gouvernement, afin d'éviter que leurs messages ne soient captés par la modération de Réseau Royal – même s'ils prennent le soin de les supprimer dès qu'ils les ont lus.

Nathan a joint une capture d'écran, qui montre la page – sommaire, mais fonctionnelle – qu'ils utilisaient jusqu'alors ; elle affiche désormais une erreur 404. Thomas ne se risque pas à la consulter lui-même pour confirmer les propos de son allié : ce dernier n'a aucune raison de lui mentir, et il se méfie des potentiels traqueurs qui pourraient avoir été installés sur l'interface.

[**Ceux qui sont déjà en place n'ont pas été supprimés,** indique également Nathan. **Mais ce n'est sans doute qu'une question de temps.**]

Un rapide tour de vérifications sur Réseau Royal permet à Thomas de le confirmer ; et de constater qu'il est encore en mesure d'éditer les informations de n'importe quel compte ainsi que son statut – pour l'instant. Il n'est pas naïf : il partage le constat de Nathan. Bientôt, tous les privilèges qui leur ont été transmis par leur mentor avant son arrestation seront éradiqués.

La perspective l'angoisse moins qu'on pourrait le croire. Il s'attendait depuis longtemps à cette conclusion ; il est même inespéré qu'elle ait été retardée aussi longtemps. Il trouvera d'autres manières de rebondir – comme il l'a fait avec le Tennis Club.

Et puis, ce qui est une mauvaise nouvelle pour moi est aussi un coup dur pour les autres héritiers du réseau de Marc. Eux non plus ne disposeront plus de pouvoirs spéciaux… et j'aurai donc moins à les craindre.

Il s'étire et termine son café en trois grandes gorgées. Il va avoir du travail aujourd'hui, plus encore qu'il ne se l'imaginait ; mais le courant électrique qui le traverse est excitant.

C'est un sourire qui étire ses lèvres alors que ses doigts volent au-dessus de son clavier pour taper une réponse à Nathan.

[Oui, nous allons devoir leur dire adieu… alors autant préparer un bouquet final digne de ce nom, n'est-ce pas ?]

Catarina

[Nous demandons que la direction des administrations locales ne soit plus corrélée aux titres de noblesse, mais soumise à un test d'évaluation des compétences.]

[Nous demandons qu'un compte rendu sur l'emploi des impôts payés par les Français soit publié annuellement.]

[Nous demandons un strict minimum de 50 % de ministres d'origine roturière au sein du Conseil d'État.]

Ces revendications, ainsi qu'une cinquantaine d'autres, sont projetées sur le grand écran déployé sur un mur pour l'occasion. Catarina, Louis et ses ministres les contemplent avec gravité depuis plusieurs minutes déjà, sous les commentaires furieux d'Anne de Mortemart qui a demandé l'organisation de cette réunion d'urgence.

— Mesurez-vous le scandale ? Ces statuts ont été vus sur tout Réseau Royal ! Ils sont apparus dans l'après-midi, et ont aussitôt bénéficié de la visibilité maximale, parce qu'ils ont été postés depuis un compte Diamant ayant pris le nom de « Tennis Club » ! C'est un outrage au moins aussi grave que l'usurpation des privilèges royaux que Kerstin de Brandebourg s'était permise… Pire, même. Au moins Kerstin est-elle souveraine en son propre pays, alors que là… C'est un crime de lèse-majesté !

L'échelon Diamant est le plus élevé sur Réseau Royal, juste en dessous de celui réservé au monarque ; c'est celui dont Catarina dispose en Espagne et qui, en France, n'est attribué qu'à une dizaine de membres de la famille proche de Louis. Ceux qui en jouissent disposent de la possibilité de promouvoir certains de leurs contenus via une notification envoyée à l'ensemble des utilisateurs de leur espace géographique : de cette manière, ceux qui se cachent derrière le Tennis Club ont garanti que leur coup d'éclat aurait l'impact le plus retentissant possible.

Une manœuvre audacieuse de leur part… mais efficace, c'est certain.

— Je ne comprends pas, déclare Louis en se tournant vers Valérie de Noailles. Il me semblait pourtant qu'Agnès Lambrou nous avait annoncé que la fonctionnalité de création de faux comptes avait été désactivée…

— Elle me l'a reconfirmé. Mais il doit rester des niches dans le code de Réseau Royal qui n'ont pas été détectées.

— Se sentant acculés, les rebelles ont préféré mordre… soupire Pierre de Chantilly.

— Nous devons prouver à vos sujets qu'une telle attitude n'est pas acceptable, une bonne fois pour toutes, clame Anne de Mortemart.

Elle enchaîne en listant ses préconisations : la dispersion immédiate du Tennis Club dans le jardin du Luxembourg, l'arrestation massive de ses meneurs, la rétrogradation de statut sur Réseau Royal de toute personne ayant interagi avec les revendications qui ont été postées. Catarina ne l'écoute que d'une oreille ; les réunions du Conseil auxquelles elle a assisté lui ont rapidement permis de cerner que la chancelière prône systématiquement une ligne dure pour le gouvernement, et ses positions n'ont rien pour la surprendre. À la place, ce sont sur les statuts projetés au mur que l'infante concentre son intérêt, les relisant en tentant de faire abstraction du ton vindicatif qu'ils revêtent.

Cette idée d'attribuer la direction des administrations locales en fonction des résultats d'un test de compétence est-elle si mauvaise, par exemple ? Certes, les nobles incarnent la terre dont ils portent le nom, mais il est de notoriété publique que beaucoup en délaissent la gestion, et l'efficacité avec laquelle sont traitées les affaires courantes varie fortement d'une circonscription à l'autre. Donner la priorité aux aristocrates pour s'en occuper s'ils en manifestent le désir et prouvent qu'ils en ont la capacité, mais transmettre dans le cas contraire la nomination d'intendants à la Couronne, ne serait-ce pas une avancée vers un fonctionnement plus sain du royaume ?

Elle n'est affectée que par un léger fond migraineux aujourd'hui, qui n'empêche pas les idées de jaillir dans son esprit. Si bien que lorsque Anne se tait enfin, attendant la confirmation de Louis pour distribuer ses ordres de répression aux services qu'elle dirige, l'infante déclare :

— Une autre voie est possible, me semble-t-il.

Les regards de tous se tournent vers elle. Bien que Louis lui ait offert une place à son Conseil, il est rare qu'elle s'impose ainsi dans les débats : elle n'oublie pas sa place de princesse étrangère.

Mais c'est trop important. Je ne peux pas laisser la France basculer dans les mêmes travers sanglants que mon oncle en Espagne sans rien dire.

Elle a encore en tête les propos que le comte de Fondao lui a adressés. L'espoir qu'elle pourrait représenter une autre voie pour la monarchie. Elle n'est pas en mesure de l'incarner dans son propre pays, mais si elle peut convaincre Louis de s'y engager à ses côtés, elle est prête à se battre.

N'est-ce pas pour cela qu'il tient à ma présence à ses côtés, d'ailleurs ? Parce que, ensemble, nous pourrons rester ceux que nous voulons être, plutôt que ceux que la Couronne cherche à faire de nous.

Elle trouve le regard de celui qu'elle aime. Dans ses yeux bleus, elle lit de la curiosité, et de la confiance. Un apaisement qu'elle sait être l'une des seules à lui procurer. Cela l'encourage à poursuivre :

— Nous en avons déjà discuté ici : l'emploi de la violence contre ce Tennis Club ne ferait qu'attiser la colère populaire. Eux représentent une menace identifiée, mais nous savons qu'il y en a d'autres, plus diffuses, qui nous guettent. Les groupuscules qui incendient les bâtiments officiels, par exemple. Nous risquerions de les renforcer en donnant des raisons à plus de Français de les rejoindre.

— Et que voudriez-vous que nous fassions face à ces revendications ridicules ? réplique Anne de Mortemart. Rien ?

— Non : les écouter.

Cette suggestion lui vaut un roulement d'yeux de la part de la ministre. Cela ne la dissuade pas de poursuivre :

— Je sais ce que vous pensez : qu'il ne s'agit que d'illuminés qui ne méritent pas une telle attention. Vous avez raison, pour partie : un certain nombre des mesures dont ils demandent la mise en place sont irréalistes. Mais pas toutes. Cibler les points contre lesquels leur colère est dirigée serait, à mon avis, extrêmement utile pour avancer sur le chemin de la concorde.

Catarina sent le scepticisme qui émane de la part des ministres. Les membres du Tennis Club sont des démocrates, et cela suffit à ce que le Conseil considère le moindre de leurs propos avec répugnance.

Mais Louis, lui, m'écoute. Et c'est pour lui que je parle.

— Ce qui revient le plus dans le discours de ces gens, c'est qu'ils se sentent oppressés par une élite qui ne se préoccupe pas d'eux, et que les possibilités d'ascension sociale sont trop limitées, insiste-t-elle. Il est possible de leur tendre la main afin de leur montrer qu'il n'en est rien. Par exemple, ils ont raison de pointer que depuis l'arrestation de Marc Sallemont, il n'y a plus ici de ministre d'origine roturière. Sans aller jusqu'à la parité qu'ils évoquent, il devrait être possible de trouver un homme ou une femme dont les compétences rendraient la nomination pertinente. De même, au niveau local, il est de notoriété publique que certaines administrations voient leur fonctionnement entravé par l'incompétence des aristocrates placés héréditairement à leur tête. Envisager une formation des nobles à leurs responsabilités politiques ou bien un contrôle de leurs capacités montrerait que l'État a pris en main le problème.

— Si nous leur accordons cela, ils demanderont toujours plus ! s'insurge Anne de Mortemart. Nous ne pouvons pas laisser croire à ces gens que leurs revendications ont une quelconque forme de légitimité. Ce serait mettre le doigt dans un engrenage incontrôlable.

Le roi ne doit pas céder à la démagogie : on a vu les effets désastreux de cette dernière aux États-Unis.

— Le souverain est pourtant là pour écouter son peuple. Si celui-ci gronde, c'est l'expression d'un mal-être profond, sur lequel il importe de se pencher.

— Un mal-être profond ? répète la chancelière, dubitative. C'est surtout Marc Sallemont qui a semé la pagaille dans les esprits !

— Raison de plus pour le confronter publiquement au plus vite dans un procès. Cela permettra de le mettre face à ses contradictions, et de convaincre le peuple qu'il n'était pas l'homme providentiel que trop de gens prétendent faire de lui.

La remarque de Catarina est accueillie par un silence lourd de la part du Conseil. Elle observe les ministres l'un après l'autre sans comprendre : tous paraissent soudain extrêmement gênés ; sauf Anne de Mortemart, qui relève la tête avec hauteur.

Qu'y a-t-il ? Je conçois que la question du sort de Marc Sallemont provoque toujours des tensions ici… mais cette fois, c'est différent. L'atmosphère est bien plus… poisseuse.

L'infante se tourne vers Louis. Il ne la regarde plus ; il en semble incapable.

Elle assemble les pièces du puzzle, sans oser y croire, juste avant qu'il ne lui avoue dans un filet de voix honteux :

— Catarina… Il n'y aura pas de procès.

— Sa Majesté a pris la décision qui s'imposait, affirme Anne. Marc Sallemont a été puni pour ses crimes.

— Il a été exécuté dans l'ombre…

— Sa Majesté n'a pas à rendre de comptes lorsqu'elle abat l'épée de la justice sur les traîtres.

L'infante laisse la ministre savourer la victoire de ses idées ; c'est sur Louis que toute son attention reste focalisée. Et lui est bien moins assuré que sa chancelière.

— Je ne pouvais pas vivre avec sa menace qui me hantait… souffle-t-il. Je n'y arrivais plus.

— Et pour ce qui est de sa femme, de sa fille ? De la famille de Cramayel qui a été arrêtée en même temps que lui ? Ont-ils été mis à mort, eux aussi ?

— J'ai ordonné qu'ils soient répartis anonymement entre les quartiers de haute sécurité des différentes prisons du pays.

Catarina est abasourdie. Déçue, aussi.

Oui, je savais que Louis marchait au bord d'un gouffre. Que sa terreur menaçait de le tirer vers la chute. Mais je pensais qu'il pourrait se raccrocher à moi... et j'ai échoué à le retenir.

Elle ravale le goût d'amertume qui a envahi sa bouche alors qu'elle revoit plusieurs événements récents sous un jour différent. La culpabilité accrue qu'elle sentait chez Louis, la manière dont il a ordonné à Valérie de Noailles de travailler sur une baisse des impôts...

Je ne comprenais pas cette manœuvre qui ressemblait bien à une manière d'acheter une remontée dans l'esprit du peuple, en contraignant à une coupe drastique dans bon nombre de budgets de l'État... C'était en fait un aveu de la faiblesse qui l'avait saisi par ailleurs.

Les coups que ces prises de conscience successives lui portent la laissent paralysée sur son siège, incapable de reprendre pied dans les débats du Conseil – que, sentant probablement la tension ambiante, Jean de Berry a redirigés sur un tout autre sujet, celui de la situation à la cour de Berlin, où Kerstin de Brandebourg a réitéré plusieurs déclarations hostiles à la France. Louis non plus ne les écoute pas : c'est vers elle qu'il reste tourné. Sur son visage, l'infante peut lire toute sa tension, ses angoisses ; ses regrets aussi.

Je n'ai aucun mal à croire que la décision qu'il a prise lui pèse ; je connais son cœur, et je sais qu'il est déchiré.

Mais le résultat est le même : il a condamné Marc à mort.

Et j'ai bien peur que, ce faisant, ce ne soit son propre destin qu'il ait scellé.

Chapitre 6

Thomas

Évidemment, les publications dans lesquelles Thomas détaillait les revendications du Tennis Club ont été supprimées dans les minutes qui ont suivi leur envoi à l'ensemble des utilisateurs de Réseau Royal ; et avec elles, ce faux compte parmi les quelques-uns dont il dispose encore, qu'il avait monté au statut Diamant pour l'occasion. Sans surprise, les équipes de l'application ont dû s'activer car, quelques heures plus tard, ce sont également ses accès permettant de modifier à sa guise les informations de tout profil qu'il a perdus.

Mais je ne m'attendais pas à autre chose : je savais que le temps avant qu'ils ne me soient retirés était compté… Alors j'ai préféré les utiliser une dernière fois avec panache, quitte à avancer de quelques jours l'inévitable.

Car malgré toutes les mesures prises par le gouvernement pour l'étouffer, son opération est un succès. Quelques minutes, cela a suffi pour que des dizaines de captures d'écran de ses revendications soient effectuées. Les posts originaux ont beau être supprimés, ses idées, elles, sont débattues d'un bout à l'autre de Réseau Royal, incontrôlables.

En conséquence, la popularité du Tennis Club a explosé. Ce sont maintenant cinq courts au jardin du Luxembourg qu'il occupe chaque soir : ce qui n'était à l'origine qu'un rassemblement de taille modérée est devenu une foule ; au centre de laquelle, toujours, s'étend la flaque de lumière en hommage à Marc Sallemont.

Le gouvernement ne paraît pas prêt à nous expulser. Je vois bien que les agents de police sont de plus en plus nombreux à patrouiller près de nos grilles, mais ils ne font pas mine d'intervenir. Et plus le temps passera, plus cela leur sera difficile.

Il déambule de groupe en groupe, écoutant avec plaisir les conversations qui, comme il l'espérait, tournent principalement autour de son récent coup d'éclat. On débat ses propositions, on se demande si le roi les prendra en considération ou au contraire les ignorera ; et on salue le courage de la personne anonyme qui a osé défier le pouvoir de la sorte. Il savoure les qualificatifs qu'il entend employer.

Il a visé si juste... Notre porte-parole à tous... Un héros.

Il est en train de passer près de deux jeunes femmes qui discutent lorsqu'il entend soudain l'une d'elles s'exclamer :

— Oh, putain, Jess, tu as vu ça ?

Sur ce, elle brandit son téléphone sous le nez de son amie, qui écarquille les yeux.

— Waouh, c'est un truc de malade ! Ça devient vraiment sérieux pour le Tennis Club, là.

Sa curiosité piquée, Thomas s'approche d'elles.

— Qu'est-ce qui se passe ? Vous avez l'air d'être retournées.

— C'est Louis XX qui va l'être, plutôt, lui répond la première des deux filles, extatique. Regardez.

Elle lui tend son écran. Il suffit d'un coup d'œil à Thomas pour reconnaître le logo rouge et blanc de SocialWeb – le réseau social concurrent de Réseau Royal développé par les États-Unis. Contrairement à son homologue européen, SocialWeb ne comporte pas de système de statuts : tous les internautes y sont égaux. Comme beaucoup de curieux, Thomas s'y était créé un compte il y a deux ou trois ans, au moment de son lancement en France, séduit par la perspective d'un espace débarrassé des privilèges massifs accordés à la noblesse. Il s'en était vite désintéressé, cependant : à l'époque, SocialWeb était truffé de problèmes de traduction et de petits bugs. Il était bien moins fluide à utiliser que Réseau Royal, la fierté du secteur numérique français, rodé par des années de fonctionnement et de développement. Mais il paraît avoir été refondu : l'interface lui semble bien plus agréable que dans ses souvenirs.

Je me souviens aussi qu'il y avait eu une campagne massive de prévention de la part du gouvernement, nous alertant sur le risque de voir nos données volées par les Américains… Ironique, quand on sait à quel point le moindre de nos faits et gestes sur Réseau Royal est surveillé par Louis XX.

Au-delà de ces considérations, c'est la notification pointée par son interlocutrice qui attire toute son attention.

[**Le président Terrence Dickson a posté un nouveau statut.**]

Sur SocialWeb, le chef de l'État est le seul à avoir conservé un compte au rang différent, ainsi que la possibilité de promouvoir du contenu auprès de tous les autres utilisateurs. Ce qu'il a choisi de mettre en avant aujourd'hui laisse Thomas sans voix. C'est une capture d'écran des revendications qu'il a rédigées, accompagnée d'un message sans équivoque.

[**Total soutien aux combattants de la liberté qui continuent à faire entendre leur voix face à l'iniquité du gouvernement versaillais.**]

D'un coup, le cœur du jeune homme s'emballe. Même la notoirement francophobe Kerstin de Brandebourg ne se permet pas de publier des propos aussi virulents.

C'est une reine, elle aussi. Les souverains d'Europe se haïssent mais, plus que tout, ils se couvrent les uns les autres. Ils crèvent tous de peur que la situation en France ne s'étende à tout le continent. Les États-Unis, eux, représentent la lueur d'espoir du monde, la seule démocratie forte face aux systèmes politiques ancestraux.

Il a conscience du caractère historique de la prise de position de Dickson. Le rayonnement du Tennis Club a dépassé les frontières ; il brille maintenant à l'international. Le soutien du président américain est plus précieux que tous ceux que Thomas a travaillé à s'attirer ces dernières semaines, auprès de célébrités issues du monde de la musique ou du cinéma.

Dickson est un réel allié politique, qui a sans doute les moyens de faire beaucoup pour nous aider s'il le souhaite. Les Américains ont de l'argent, beaucoup d'argent, des services secrets, une expérience précieuse des relations internationales... C'est un grand pas en avant que nous ferions s'ils acceptaient de mettre tout cela au service de ma cause.

Ce n'est pas impossible. L'aversion des États-Unis pour la France est ancienne : chacun méprise le système politique de l'autre. La chute de la monarchie versaillaise permettrait sans aucun doute à Dickson de voir son pays prendre une tout autre place sur l'échiquier mondial.

Peut-être qu'en ce moment même, son cabinet réfléchit à des manières d'aider ma cause !

Aux anges, Thomas rend son téléphone à celle qui le lui avait tendu, en la remerciant. Ils partagent le même sourire extatique.

— Je savais bien que j'avais raison de migrer vers SocialWeb, clame-t-elle. Je m'y sens dix fois mieux que sur Réseau Royal, et maintenant que je sais que le président américain soutient notre combat, c'est clair que je ne reviendrai jamais en arrière.

Son amie et elle continuent à discuter avec enthousiasme tandis que le jeune homme s'éloigne, gagnant un coin plus tranquille du court de tennis où il se trouve. Là, il sort son propre portable, et ouvre de nouveau SocialWeb – il n'a jamais désinstallé l'application, même s'il a cessé de l'utiliser. Il s'y reconnecte rapidement ; heureusement pour lui, il n'a pas oublié le mot de passe qu'il s'y était choisi. Puis il retourne sur le profil de Terrence Dickson. Il a besoin de relire sa publication, de s'imprégner de ses mots d'encouragement qu'il boit comme du petit-lait. Avec fébrilité, il like le message. Il sait bien que ce geste sera noyé dans la masse, mais tout de même, il tient à marquer son soutien. Et il a l'espoir superstitieux que cet appel ténu lui attirera l'attention du grand homme.

Pour l'instant, il ignore qui je suis, il ne connaît pas mon nom. Mais demain, peut-être, je me tiendrai face à lui en tant que leader d'une France renouvelée, démocratique.

Thomas réprime un sourire. Il n'a aucun mal à s'y voir déjà, échangeant avec Dickson d'égal à égal. Ou mieux encore.

De président à président…

Catarina

— Catarina de Borbón, infante d'Espagne… Les œillets ne sont pas les seules belles plantes qui poussent à Madrid, il faut croire.

La remarque de Christian XI de Danemark, prononcée sur un ton grivois, suffit à ce que la jeune femme se sente écœurée devant son écran.

Sa réputation de débauché n'est plus à faire… Mais je ne m'attendais pas qu'il tombe dans les sous-entendus dès les premiers mots que nous échangerions.

C'est elle qui a sollicité cet appel, dans l'optique de nouer une alliance internationale potentielle. Sa mère, la reine Josefine, appartenait en effet à la famille royale danoise avant son mariage avec Fernando VIII ; c'est une cousine de Christian XI. Ce qui signifie que Catarina a du sang des souverains Glücksborg coulant dans ses veines ; elle en porte même le patronyme.

Aux yeux des monarques européens, cela signifie quelque chose… et puisque cela fait partie des rares atouts dont je dispose, je compte bien le jouer.

Elle se préparait à cet entretien dans l'optique de rappeler cet état de fait à Christian, afin de se garantir son soutien face à Alfonso quand le temps de la confrontation ouverte viendrait ; elle espérait même aller au-delà, le convaincre de rallier à sa cause ses voisins scandinaves. Mais face à son attitude graveleuse, elle en vient à se demander si elle désire vraiment s'attirer une sympathie comme celle-là.

Dans son fauteuil au palais de l'Amalienborg, le souverain danois est avachi, ne prenant pas la peine de masquer le verre rempli d'un liquide ambré qu'il tient à la main. Derrière lui, droite et crispée, sa fille et héritière Thyra le contemple d'un regard vide – sans intervenir.

Si son père ose se comporter ainsi face à une princesse étrangère, je n'ose imaginer quelle conduite il adopte loin des regards… Pas étonnant qu'elle n'ait plus l'énergie de s'en offusquer.

— J'espère que ça suit dans ta jolie caboche, en revanche, ajoute Christian. Ce serait du gâchis que tu sois aussi timbrée que ta mère.

— Ma mère n'est pas folle, réplique aussitôt Catarina.

Elle doit se mordre l'intérieur de la lèvre pour s'empêcher de protester davantage, jusqu'à se faire mal. Sous son bureau, ses mains se sont mises à trembler, d'un coup.

— Oh, à d'autres. Elle en tenait déjà une couche lorsqu'elle vivait encore à Copenhague. Toujours à chialer pour un rien et à plomber l'ambiance avec sa mine d'enterrement. Bien sûr que les Espagnols ont fini par l'enfermer en « maison de repos ». Ce sont eux qui en avaient besoin, à force de se la coltiner.

La vérité, c'est que Josefine de Danemark souffre de dépression grave ; raison pour laquelle, très vite, elle n'a plus été en mesure de supporter le tourbillon permanent de la cour.

Raison pour laquelle, aussi, elle a toujours été une grande absente dans la vie de Catarina.

L'infante n'aime pas penser à elle ; la plupart du temps, elle se comporte comme si elle avait eu un seul parent, son père. Sa mère, elle ne l'a que très peu vue, et quasiment pas depuis que son oncle a pris le pouvoir à Madrid. Il n'empêche qu'elle ne supporte pas qu'on en parle comme Christian est en train de le faire.

Elle était fragile : c'en est une de plus que la Couronne a broyée. Elle mérite de la compassion, pas du mépris.

Avec un petit sourire, le souverain danois prend une gorgée de sa boisson, avant de lâcher comme un bon mot :

— Très malin de la part de mon père, ça, d'affaiblir l'Espagne sur plusieurs générations en se débarrassant de nos produits un peu trop consanguins. Franchement, on sous-estime la valeur stratégique de l'inceste.

Il éclate de ce qui est un mélange de rire et de gargouillement d'ivrogne. Catarina, elle, s'est raidie ; derrière son père, Thyra paraît elle aussi d'une rigidité extrême.

Mais aucune des deux ne dit rien. L'infante est si choquée que cela la paralyse ; sans compter qu'aussi scandaleux que soit son comportement, Christian demeure un roi.

Il a tous les droits, peut se permettre de proférer les pires insanités sans que personne ait la légitimité pour le remettre à sa place. Mon Dieu, des monarchies comme celles-là méritent-elles d'être sauvées de la tourmente qui a envahi l'Europe ?

— Bon, venons-en au fait, reprend-il. J'ai d'autres obligations qui m'attendent cet après-midi. Pourquoi voulais-tu me parler exactement, mademoiselle Catarina ?

Elle serre les dents, ravalant son indignation, et commence à expliquer :

— Comme vous le savez, Votre Majesté, en tant que sœur aînée du roi Felipe VII, je suis la première sur la ligne de succession au trône d'Espagne. Il me paraissait pertinent de discuter des liens qui unissent nos deux couronnes, dans l'optique d'une…

— Pff… Encore du charabia politique. Je savais que ça allait finir comme ça. Pas de temps à perdre avec ces conneries.

Sous les yeux ébahis de l'infante, Christian s'est levé. Désignant son fauteuil, il fait signe à sa fille de s'y installer à sa place, ponctuant son geste d'un claquement de langue.

— Thyra. Tu gères.

Sur ce, il sort du champ de la webcam, sans même prendre la peine de saluer Catarina. Cette dernière voit la Danoise tourner lentement la tête, nerveuse, suivant probablement son père du regard alors qu'il quitte la pièce. Une porte claque et, bientôt, un silence tendu tombe entre elles.

— Je suis désolée pour ça… finit par souffler Thyra. Père a… ses humeurs.

C'est le moins qu'on puisse dire.

Les deux jeunes femmes se connaissent un peu : elles n'ont que quelques années d'écart, et se sont croisées plusieurs fois par le passé à la Ligue des royaumes d'Europe. Thyra était également venue à Madrid donner une conférence dans l'université où Catarina a suivi ses études de sciences politiques. Non qu'elles aient pu discuter à ce moment-là : Alfonso avait accepté que l'infante suive un cursus là-bas, parce qu'il avait conscience qu'il ne pourrait justifier d'en priver celle qui était censée être l'héritière de la Couronne d'Espagne, mais il veillait à ce qu'elle ne puisse en profiter pour nouer le moindre lien.

J'étais escortée en permanence par deux gardes du corps à sa botte, qui tenaient à distance tous les autres étudiants, ainsi que les professeurs et les intervenants que j'aurais pu chercher à gagner en tant qu'alliés. Cela a été pour moi une période bien solitaire… Mais j'ai tenu, parce que je savais qu'il était crucial que j'acquière ces connaissances si je voulais prétendre gouverner mon pays un jour.

— Je ne vais pas pouvoir t'être d'un grand secours, malheureusement, poursuit Thyra. Je ne peux prendre une seule décision sans l'aval de mon père.

— Je comprends.

En réalité, c'est la Danoise qui semble avoir besoin d'aide – non politique, mais simplement morale. Assise tout au bord de son fauteuil, elle tremble, semblant sur le point de fondre en larmes.

— J'ai peur, Catarina, avoue-t-elle soudain.

Son regard est tourmenté, rappelant à l'infante les ombres qui s'agitent si souvent dans celui de Louis.

— Le peuple gronde dans les rues de Copenhague, et mon père… il s'en fout. Il continue à agir exactement comme avant, à multiplier les outrages, même. Nos sujets le haïssent, mais il se comporte comme si c'étaient eux qui étaient exécrables d'oser le critiquer. Et tout cela, cette rancœur accumulée, cette colère… C'est ce que moi, je vais recevoir en héritage. S'il reste seulement un trône pour que je monte dessus…

Thyra essuie ses pommettes qui se sont baignées de larmes, en écarte ses cheveux blond-roux.

— Il va tous nous faire tuer, couine-t-elle. Et nous l'aurons bien mérité.

— Ne dis pas ça…

— Le taire n'y changera rien. C'est la vérité.

Malheureusement, Catarina n'a pas le cœur à la contredire. Elle a vu les images en provenance de Copenhague, les manifestations qui y sont bien plus virulentes qu'en France. Christian XI inspire une telle détestation à ses sujets qu'elle ne peut affirmer à Thyra que tout ira bien, que les Danois n'oseront pas s'en prendre à lui – ni à elle, par dommage collatéral.

— Comment fait Louis ? reprend la princesse. Pour résister à la pression, pour garder le cap malgré la tempête ?

Il ne l'a pas fait.

C'est la réponse qui s'est imposée à Catarina, pleine d'amertume, alors que le souvenir de ce Conseil où elle a découvert sa décision concernant Marc Sallemont s'impose à elle. Elle lui en veut encore : de s'être engagé sur ce chemin qu'elle déplore, mais aussi de le lui avoir tu.

Parce qu'il a honte de son choix, je le sais. Mais il est fait, et il ne pourra plus jamais revenir en arrière.

C'est une seule erreur, cependant ; lourde de conséquences, et ayant causé la mort d'un homme. Pour autant, face à Thyra, l'infante réalise combien d'autres il aurait pu commettre. Avec quelle facilité, à la manière d'un Christian XI de Danemark ou d'un Henry XII d'Angleterre, il aurait pu fermer son cœur et ordonner purement et simplement le massacre de ses sujets.

Une vie prise annule-t-elle toutes celles qu'il s'est efforcé de préserver ? Sa volonté d'essayer d'agir différemment ?

Elle ne se convaincra jamais que son choix était le bon. Cependant, des dizaines d'autres l'attendent, et il danse en permanence au bord d'un précipice. Sans elle, sans son soutien, c'est sa terreur qui prendra le dessus, encore et encore. Alors elle doit trouver la force de lui pardonner. Parce qu'elle l'aime, et qu'elle croit qu'il est capable du meilleur. De se relever après avoir trébuché.

Elle lui tendra la main, plutôt que le dos que tant d'autres lui présentent.

— Nous sommes ensemble, répond-elle à Thyra. Nous pouvons nous appuyer l'un sur l'autre pour ne pas nous effondrer.

— Je vous envie. Il y a des jours où j'ai juste envie de tout envoyer valser et de hurler de frustration, parce qu'à Copenhague, personne ne m'écoute.

La Danoise sourit faiblement avant d'ajouter :

— Continuez à tenir bon, s'il vous plaît. Quand je reçois des nouvelles de France, quand je vois que vous tentez autre chose, je me sens un peu moins seule… Pour ce que ça vaut, sache que si je monte sur le trône du Danemark, mon soutien t'est acquis, Catarina.

Si mon royaume a encore un avenir, c'est aux côtés de personnes comme toi que j'ai envie de l'écrire.

— Tu pourrais agir dès maintenant. T'opposer à la politique de ton père.

Thyra secoue la tête.

— Je n'ai pas le moindre poids. Il ne me considère pas mieux que n'importe qui d'autre.

Machinalement, elle rejette ses cheveux en arrière ; c'est là que Catarina distingue les marques bleues qui étaient dissimulées jusque-là dans son cou. Des marques de doigts.

Et elle comprend alors, avec horreur, qu'il n'y a pas que le peuple danois que la violence de Christian XI étrangle.

Julie

— MM. Kelvin, Griot et Ferland sont dans votre salle d'attente, mademoiselle Morleux. Ils vous attendent.

— Bien. Faites-les entrer, Armand.

Julie a la main qui tremble en reposant le combiné du téléphone. L'entrevue qui va avoir lieu, elle la redoute. Ces hommes qu'elle a convoqués, tous les trois développeurs, font partie de ceux qui lui sont le plus hostiles au sein de son entreprise : leurs noms étaient sur la liste qu'Agnès lui a présentée récemment, celle des salariés qui s'étaient rendus à une réunion du Tennis Club et qu'elle aurait voulu licencier. Elle ne pouvait pas rencontrer l'ensemble des personnes mentionnées sur le document, mais elle a recoupé diverses informations pour identifier ceux qui étaient le plus susceptibles d'être des leaders d'opinion au sein de Réseau Royal : en interrogeant Matthieu et en lui demandant de se renseigner auprès des différents chefs d'équipe sous ses ordres, mais aussi en consultant leurs publications récentes. Elle a retenu ces trois-là parce qu'ils se sont risqués à partager des critiques mettant en doute sa propre légitimité : ce sont des adversaires parmi les plus tenaces qu'elle pourrait affronter. Elle a l'espoir qu'ils répercuteront ensuite leur discussion à leurs collègues, et que si elle parvient à infléchir l'image qu'ils ont d'elle, c'est celle de l'effectif tout entier qu'elle verra évoluer.

Elle n'est pas à l'aise à l'idée de les confronter, loin de là ; mais elle se dit que c'est ce que son oncle aurait fait.

Il aurait pris le problème à bras-le-corps et aurait su retourner l'opinion de ses opposants en discutant avec eux entre quatre yeux.

Pour gagner les loyautés, Marc savait montrer à chacun qu'il était important : Julie en a fait l'expérience en personne. Il rendait ses partisans fiers d'eux-mêmes, et ils étaient ensuite prêts à le suivre où qu'il les mène. Elle a sa persévérance, sa soif de justice aussi ; ce qu'il lui reste encore à accomplir, c'est de parvenir à toucher le cœur des gens. Est-ce que cela peut s'apprendre ? Elle craint que cela ne soit difficile, surtout avec une nature aussi réservée que la sienne.

Mais je dois essayer. Je n'ai pas le choix. Si je ne parviens pas à montrer à mes employés que je peux être à sa hauteur, tant de ses idées que de son aura, ils ne m'accepteront jamais ; ils se laisseront séduire par les sirènes de tous ceux qui se prétendent ses héritiers.

Elle a la bouche sèche, consciente des enjeux de la discussion qui s'annonce. Il n'est plus temps de revenir en arrière, cependant : déjà, les trois développeurs entrent dans son bureau et prennent place en face d'elle. Elle les jauge rapidement : le premier, sa barbe blonde soigneusement taillée, vêtu d'un sweat bordeaux, l'observe avec une méfiance qu'il ne cherche pas à dissimuler. Le deuxième, brun, les deux premiers boutons de sa chemise en lin ouverts, la considère avec désinvolture. Quant au dernier, arborant un tee-shirt orné du logo de *Crypt Breaker* – un jeu vidéo culte des années 1990 –, il reste absolument impassible, ses yeux verts balayant le bureau.

Ils ignorent la raison de leur convocation : je ne voulais pas leur laisser le temps de se préparer. Je m'apprête à les affronter seule : je me réserve au moins l'avantage de la surprise.

— Bonjour, messieurs, déclare-t-elle une fois qu'ils sont installés. Je suis ravie de vous rencontrer personnellement. Il est de notoriété publique que vous déplorez la disparition de mon oncle, et c'est de cela que je souhaite vous parler.

Julie entre directement dans le vif du sujet, même si elle sent le sang battre à ses tempes. Tant pis : elle se fait violence.

C'est ainsi que Marc aurait procédé : il ne se serait pas caché derrière des circonlocutions, il aurait attaqué d'emblée. Une manœuvre destinée à montrer sa bravoure et à gagner le respect de ses interlocuteurs.

Les trois hommes la dévisagent avec des expressions étonnées ; elle poursuit :

— Je ne peux que louer la fidélité que prouve votre attitude. En revanche, il m'a semblé que cette tristesse allait de pair avec des incertitudes concernant ma prise de fonctions chez Réseau Royal. J'avais à cœur d'en discuter de vive voix avec vous afin de les dissiper.

Julie a réussi à débiter cette tirade avec fermeté, et elle est récompensée de ses efforts : ses employés affichent désormais des grimaces gênées.

Bien. Ils sont aussi mal à l'aise que moi à présent. Nous voici sur un pied d'égalité.

— En effet, nous ne vous connaissons pas, commence prudemment Loïc Griot. Comprenez qu'avec le peu de temps qui s'est écoulé depuis votre arrivée à la direction de l'entreprise, il nous soit difficile de vous estimer autant que Marc Sallemont, qui a monté Réseau Royal à partir de rien il y a des années de cela.

— Évidemment. Néanmoins, il me semble que vous ne vous contentez pas d'adopter cette posture de réserve à mon égard, mais que vous versez déjà dans la critique.

Adrien Kelvin, qui s'est rembruni à mesure que son collègue parlait, éclate :

— Arrêtez vos simagrées : vous savez bien pourquoi. On a beau ne pas faire partie de l'équipe dédiée à la modération, on discute avec les collègues. On sait que depuis que vous êtes arrivée, on leur a ordonné de durcir la censure comme jamais auparavant. Comment voulez-vous que nous avalions que Marc et toute sa famille se sont mystérieusement évaporés du jour au lendemain, et que vous êtes une nièce providentiellement sortie de nulle part pour reprendre Réseau Royal, comme par hasard en ramenant le site dans le giron du gouvernement ? Ça va, votre conscience ne vous tourmente pas trop ?

Bien sûr que si. Mais ce sont mes *doutes. Je ne les partagerai pas avec vous.*

Julie fait taire cette voix intérieure et garde un visage neutre alors qu'elle regarde Adrien droit dans les yeux.

— Croyez-le ou non, je suis bien la fille de la sœur de Marc, Wanda Sallemont.

— Elle non plus, nous ne l'avions jamais vue avant votre apparition. Nous n'avions jamais entendu parler d'elle.

— Sans doute parce qu'elle est morte lorsque j'étais encore adolescente.

— Toutes mes condoléances.

Dans la bouche de son employé, ces trois mots sont teintés davantage d'ironie que de compassion. Julie pourrait se justifier, prendre du temps pour expliquer que ses parents désiraient une vie paisible et se sont toujours tenus éloignés des mondanités auxquelles Marc était souvent convié. Mais elle préfère rester silencieuse. Ainsi, elle a la dignité pour elle.

— Pour ce qui est de ma prétendue obéissance au gouvernement, reprend-elle, le simple fait que vous soyez dans ce bureau et non dans une geôle royale devrait vous prouver qu'elle n'est pas aussi absolue que vous le pensez. Tenez, voyez.

Elle saisit les documents devant elle et les jette de l'autre côté de son bureau, face à ses trois employés. Ils s'en saisissent, dubitatifs, et leurs yeux s'écarquillent lorsqu'ils comprennent de quoi il s'agit.

Leurs ordres de licenciement, ceux-là mêmes qu'Agnès m'a apportés il y a quelques jours.

— Vous proférez de belles paroles, et vous nous virez ! crache Adrien.

— Regardez mieux, réplique Julie. Que manque-t-il sur ces feuilles, dites-moi ?

Une seconde se passe, avant qu'elle n'ajoute :

— Ma signature. Croyez-moi, Mme Lambrou a beaucoup insisté pour que je l'appose. Mais contrairement à ce que vous imaginez, je ne suis pas votre ennemie. Je suis plutôt l'unique raison pour laquelle vous avez encore un travail aujourd'hui.

Le regard des trois hommes vogue entre les documents et elle ; elle profite de leur stupéfaction pour asséner :

— Je sais que vous vous êtes rendus au Tennis Club ; c'est la raison pour laquelle on voudrait que je considère que vous êtes désormais indésirables au sein de nos effectifs. Ce n'est pas mon point de vue. Je ne vous blâmerai jamais de vouloir réfléchir par vous-mêmes. Je refuse de vous juger avant de vous connaître ; j'aurais espéré que vous me retourniez cette faveur.

— Tout ça pour nous faire arrêter sitôt que nous vous aurons livré le fond de notre pensée, grommelle Adrien.

— Estimez-vous vraiment que j'aie besoin de ça ? Bon nombre de vos collègues manquent déjà à l'appel, et nous savons tous les quatre où ils sont. Si je voulais me débarrasser de vous, je ne perdrais pas de temps à réunir des preuves : je me plaindrais de votre traîtrise, et cela suffirait. Je vous garantis que Mme Lambrou se ferait un plaisir de faire remonter mes doléances en haut lieu. Ce que je cherche à gagner, je vous le répète, ce ne sont pas des armes contre vous, c'est votre respect ; ou du moins autre chose que de l'hostilité aveugle.

— Je vous l'ai dit dès que vous avez commencé à nous interroger : nous ne vous connaissons pas, réplique Loïc. Nous avons besoin de temps pour déterminer quel genre de personne vous êtes.

— Cela me convient. Tout ce que je vous demande, c'est de m'adresser vos reproches directement si vous en avez, s'ils sont fondés sur plus que des on-dit et des préjugés. Je vous avoue en avoir assez de lutter contre des rumeurs.

Julie soutient le regard de ses trois employés, les mettant au défi de lui lancer en pleine face les accusations qu'ils ne doivent pas se priver de colporter.

C'est ma conviction : les idées doivent s'affronter en pleine lumière. Raison pour laquelle malgré tous nos différends, je me réjouis du fait que sous les ordres d'Agnès, les fonctionnalités cachées dans le code de Réseau Royal pour influer artificiellement sur les débats s'amenuisent.

Adrien et Loïc demeurent silencieux ; mais leur collègue, Robin Ferland, qui était resté en retrait de la conversation jusque-là, relève le gant qu'elle vient de leur lancer.

— Vous voulez savoir pourquoi nous n'avons pas confiance en vous ? Parce qu'il nous faut plus que des paroles pour nous convaincre que vous êtes la digne héritière de votre oncle – ou des documents brandis sous notre visage qui pourraient facilement avoir été forgés. Il nous faut des actes. Des engagements. Rendez-les indéniables, et nul ne pourra plus vous accuser de jouer double jeu.

Il l'observe avec hauteur, comme s'il doutait de sa capacité à s'acquitter du défi. Julie se redresse sur sa chaise, le cœur battant.

Je comprends. Ce qu'il leur faut, c'est un symbole. Quelque chose de marquant, qui leur montrera sans l'ombre d'un doute que je suis plus que la marionnette au service du gouvernement qu'ils voient en moi ; cette marionnette que je ne veux plus être.

— Très bien, déclare-t-elle. Je vous entends : vous aurez votre preuve.

Elle n'est pas encore sûre de ce que cela sera, mais elle en est certaine : elle va la trouver. Pour ses employés… mais aussi pour elle-même.

Louis

— « Total soutien aux combattants de la liberté qui continuent à faire entendre leur voix face à l'iniquité du gouvernement versaillais »... Les messages de Dickson sont indignes, s'irrite le cardinal d'Avignon.

— Il est irresponsable de poster publiquement ce genre de choses, l'appuie Pierre de Chantilly. La bonne santé des relations internationales nécessite un certain respect dans la manière dont les chefs d'État s'adressent les uns aux autres.

— Soyez assurés que Sa Sainteté le pape interviendra pour demander à ce président inconscient de modérer ses propos.

— Malheureusement, je doute que ce soit efficace, même si nous apprécierons les efforts de Clément XVII, bien sûr, soupire Jean de Berry. L'influence du Vatican sur les États-Unis est très limitée, étant donné qu'il s'agit d'un pays de tradition protestante. Le saint-père ne joue pas sur eux le même rôle régulateur que sur les royaumes d'Europe.

Et puis, le mal est fait.

Louis en a assez de l'avalanche de mauvaises nouvelles qui se déversent sur lui, Conseil après Conseil. Du visage défait et grave de ses ministres, du sentiment d'impuissance que ces réunions lui laissent immanquablement. Il a l'impression d'être pris dans une réaction en chaîne, où chaque pierre qui l'écrase en entraîne bientôt une autre dans sa chute.

Si, au début de son règne, il se sentait dépassé et incompétent face à toutes les questions débattues face à lui, désormais, son malheur est d'un peu trop bien les comprendre ; assez pour réaliser à quel point la situation ne fait que s'aggraver.

Que faudrait-il pour que je redresse la barre, hein ? À quel moment aurai-je le sentiment que mes efforts servent à quelque chose ?

— Malheureusement, Dickson perçoit probablement les troubles qui nous secouent actuellement comme une ouverture pour lui, poursuit Jean. En tout cas, plusieurs signes me poussent à affirmer qu'il tourne désormais un regard très attentif vers la France. Il vient de révoquer le mandat de l'ambassadeur qui était présent jusque-là sur notre sol pour le remplacer par l'un de ses proches : John Lawrence. Il s'est fendu au cours des derniers mois de sorties incontestablement hostiles aux monarchies européennes…

— Vos équipes le surveilleront de près, je suppose ? s'enquiert Louis.

— Bien sûr. De toute façon, pour l'instant, nous n'avons pas mieux à faire. Réagir aux propos de Dickson ne ferait que nous abaisser à son niveau et leur donner plus de retentissement encore qu'ils n'en ont eu.

— Nous essayons de vous établir comme une figure d'apaisement, renchérit Pierre. Concentrons nos efforts en ce sens. À ce titre, il me semble que vous avez bien avancé sur la nouvelle répartition des budgets de l'État, Valérie.

— Absolument. Mes équipes et moi-même avons établi un modèle de financement prédictif qui réduirait la contribution des foyers français d'une centaine de francs en moyenne.

— Cela reste peu… soupire Louis.

Il aurait voulu pouvoir faire une déclaration plus spectaculaire : il a peur qu'on ne l'accuse de n'accorder à son peuple que des miettes…

— Il est difficile de rogner davantage nos budgets de fonctionnement, rétorque la duchesse de Noailles. Pour produire une diminution des impôts comme celle que je vous expose, j'ai dû prévoir des économies partout où je l'ai pu – en veillant à ce que les conséquences de la réduction des attributions de fonds publics soient aussi peu visibles que possible par le peuple, en tout cas à court terme. J'ai tenté d'éviter la fermeture de classes dans les écoles, de centres de santé, la baisse des diverses allocations… J'ai pris là où je l'ai pu : la rénovation de certaines infrastructures attendra, les subventions accordées au milieu culturel seront bien plus faibles à compter de ce jour… J'ai fait de mon mieux, mais je ne peux pas réaliser l'impossible. Et nous devons garder conscience que nous nous créons une dette dont l'avenir viendra nous exiger paiement.

— J'ai confiance en vos compétences et en celles de vos subordonnés, répond Louis. Je ne doute pas que vous avez fait tout votre possible pour proposer un projet aussi ambitieux que vous le permettaient les réalités du fonctionnement de l'État. Examinons en détail vos propositions, voulez-vous ?

La ministre hoche la tête et fait passer à chacun de ses collègues un dossier réunissant tableaux de données, colonnes de chiffres et listes à puces. Pendant les deux heures qui suivent, le Conseil d'État révise ses calculs et prévisions. Certains sont corrigés, mais la majorité est validée : l'objectif de Louis est de rendre ces mesures effectives aussi rapidement que possible, aussi aucun de ses ministres ne fait-il entrave au projet.

— Sommes-nous bien d'accord ? demande-t-il lorsqu'ils sont arrivés au bout des documents à examiner. Puis-je annoncer dès demain une baisse des impôts prévue pour la fin du mois ? Serons-nous en mesure de tenir cet engagement ?

— Il reste encore quelques points en suspens, mais ils seront réglés d'ici là si nous en faisons tous une priorité, confirme Pierre.

— Bien. Alors programmons d'ores et déjà une intervention de ma part sur Réseau Royal.

Les ministres hochent la tête. Sur tous les visages, Louis lit de la fatigue après près de trois heures de discussion ; lui-même doit lutter pour conserver sa concentration.

— Espérons que tout se passera comme nous l'espérons, et qu'aucune conséquence fâcheuse ne découlera de la voie dans laquelle nous nous engageons…

C'est Catarina qui vient de murmurer ces quelques mots ; comme ses conseillers, elle paraît exténuée, une main posée sur sa tempe. Il sent aussi l'incertitude qui émane d'elle, la même qui teinte leurs relations depuis ce Conseil funeste où il lui a avoué avoir ordonné l'exécution de Marc Sallemont. Les choix qu'elle aurait faits sont différents, il en a conscience. Concernant le fondateur de Réseau Royal, et maintenant concernant cette baisse des impôts qui, il l'espère, lui apportera un regain de popularité immédiat dont il a bien besoin.

Parce qu'elle est plus forte que moi, et a le courage d'emprunter des chemins difficiles là où je me montre lâche…

Une pointe vrille le cœur de Louis. Il a mal de sentir l'infante si lointaine depuis plusieurs jours, à ses côtés et pourtant distante. Doucement, il lève sa main pour la poser entre ses pectoraux, à l'endroit où, sous ses vêtements, repose la perle qui représente le lien entre eux. Il s'y raccroche tout en formulant une prière muette.

S'il te plaît, Rina, pardonne-moi, car j'ai besoin de ton amour pour rester debout. Où que nous emmènent nos différends politiques… pourvu que rien ne vienne jamais séparer nos cœurs.

Catarina

— J'ai conscience des difficultés que nombre d'entre vous rencontrent dans leur vie quotidienne, et croyez-moi : j'y suis sensible. Je n'ai pas d'autre priorité que de permettre à chacun de se construire une existence digne et prospère. J'ai entendu vos voix ; il m'a donc semblé important de recentrer la politique menée par mon gouvernement sur l'essentiel : vous. Votre pouvoir d'achat, votre compte en banque à la fin du mois. Pour cette raison, je tenais à vous annoncer aujourd'hui une refonte de notre système d'imposition, lequel devrait peser moins lourdement sur les ménages les plus modestes, tout en continuant à permettre aux plus fortunés de jouir du fruit de leur esprit d'entreprise et de la justesse de leurs investissements héréditaires.

Pris entre les feux croisés des projecteurs braqués sur lui, Louis sue sous l'effet de la chaleur ; de là où elle est, Catarina peut voir les gouttes de transpiration perler sur son front. Il poursuit, bravement, le discours que ses ministres l'ont aidé à rédiger, donnant tout ce qu'il peut pour être convaincant. Ses phrases sont animées, ses yeux bleus trouvent régulièrement la caméra comme pour regarder son peuple en face à travers les centaines de milliers d'écrans sur lesquels son image s'affiche en ce moment même.

Il fait de son mieux, c'est certain ; dans l'éloquence qu'il s'efforce de déployer comme dans les mesures qu'il décrète. Son entrevue désastreuse avec Christian de Danemark a permis à Catarina de réaliser que c'est loin d'être le cas de tous les souverains d'Europe.

C'est une bonne personne, je l'ai toujours su. Celui qui sèche mes larmes de ses baisers, qui illumine mon monde de ses sourires ; cela me déchire qu'ils soient de plus en plus rares.

Mais ce n'est pas assez. Dans la partie obscure de la chambre de Louis où le dispositif pour son passage en *live* sur Réseau Royal a été installé une fois de plus, l'infante suit les réactions en direct à son allocution sur son propre téléphone. Elles sont loin de constituer le plébiscite unanime qu'il espérait – trop naïvement – susciter. Bien sûr, les messages les plus mis en avant parmi ceux qui ne cessent de défiler au bas de son écran lui apportent un soutien sans équivoque ; mais cela n'a rien d'étonnant quand on sait que l'algorithme de l'application valorise tout contenu produit par les comptes aux statuts le plus élevé – et que dans un événement comme celui-ci, les équipes de modération au sein de l'entreprise dirigée par Julie Morleux sont sur le qui-vive.

Évidemment qu'une fille de marquis au statut Or va qualifier Louis de « GOAT des rois », ou qu'un vicomte au statut Platine va affirmer qu'il est « le visionnaire qu'il nous faut »…

Mais il suffit de gratter un peu plus dans la masse des réactions pour se rendre compte que ce n'est là qu'un mince vernis. Catarina en lit quelques-unes au hasard, attristée.

[Lilas Jacquemin – statut Terre : On essaie de nous endormir pour une poignée de francs…]

[Simon Garlin – statut Bois : De belles paroles, mais en vrai, il n'en a rien à faire de nous.]

[Rebecca Dolic – statut Cuivre : Des revendications claires tournent partout sur Réseau Royal, et c'est tout ce qu'il en retient ???]

Cela, c'est sans compter tous ceux qui se contentent de poster des émojis flamme sur le *live* ; ce simple pictogramme qui est devenu le symbole muet du mécontentement populaire.

Catarina ne peut pas totalement donner tort à ces gens. Elle est déçue qu'aucun des ministres de Louis n'ait pris davantage de temps pour se pencher sur le fond des publications répandues partout sur l'internet français par le Tennis Club. À ses yeux, il aurait été indispensable de s'interroger sur les raisons profondes expliquant le mal-être d'une fraction si importante de la population française.

Tant pis si ces réflexions sont difficiles à mener, si elles mettent en lumière des failles de notre système social que nous préférerions ne pas voir. Face à une révolte, il est nécessaire de comprendre les causes qui l'ont fait naître.

Mais tant de messages parmi ceux qu'elle lit manquent de nuances, ne pouvant aboutir qu'à tendre encore plus les débats… Le roi est présenté comme un saint ou comme un monstre, la monarchie comme une bête ignoble ou comme la seule voie de salut pour les nations.

Malheureusement, je crains que plus le temps passera, plus les deux visions deviendront irréconciliables, et alors…

Alors, elle ne sait pas. Elle répugne à envisager jusqu'où la situation pourrait dégénérer. Elle a mal à la tête à cause des contrastes de lumière trop importants dans la pièce, la chaleur l'indispose

– surtout avec les manches longues qu'elle porte – et en s'asseyant un peu plus tôt, elle a failli rater son siège, saisie d'un vertige. Ses propres problèmes se rappellent à elle, cruellement ; ce jour fait partie de ceux où elle ne se sent plus assez forte pour porter le poids de l'avenir de l'Europe sur ses épaules.

Elle est fatiguée.

Elle éteint son téléphone, ne se concentrant plus que sur Louis, et lui seul. Il en arrive à la fin de son discours ; sa voix a pris cette douceur qui touche si facilement son cœur mais qui, elle le craint, ne suffira à pénétrer celui de ses sujets.

— Ce jour comme tous les jours, mon unique préoccupation est de servir le royaume. De *vous* servir. Je crois qu'ensemble, nous pouvons continuer à le construire, les mains tendues les uns vers les autres. Parce que nous l'aimons, clamons-le : vive la France !

Son expression se fige sur un sourire. Aucune séance de questions n'est prévue cette fois-ci : le Conseil a estimé que l'exercice était devenu trop risqué. Un instant plus tard, le voyant indiquant qu'il était en direct s'éteint. Aussitôt, son visage s'affaisse : l'abattement qui l'envahit serre la poitrine de Catarina. Tandis que les techniciens l'applaudissent et commencent déjà à s'affairer pour ranger le matériel du *live*, il se lève, ne se préoccupant pas d'eux, et rejoint le coin de la pièce où l'attendent l'infante, Valérie de Noailles et Pierre de Chantilly.

— Comment étais-je ? demande-t-il d'une voix lasse.

— Très bien, Votre Majesté, répond sa surintendante des finances.

— Si vous voulez bien m'excuser…

Louis présente son bras à Catarina, qui s'appuie sur lui. Laissant le tumulte de la chambre royale derrière eux, ils rejoignent les appartements de l'infante, là où ils pourront trouver un peu d'intimité. La porte s'est à peine refermée derrière eux qu'il répète, désabusé :

— Comment étais-je ? Vraiment ?

— On sent que tu es sincère dans tes paroles.

— Mais ?

— Mais j'ignore si cela suffira.

Les épaules de Louis s'affaissent. Ses mains passent dans ses cheveux blond doré, et il soupire :

— Je suis désolé, Rina. Désolé de ne pas réussir à être celui que tu voudrais que je sois…

— Hé…

Doucement, elle a posé ses doigts sur son avant-bras, pour l'arrêter avant qu'il ne torture ses mèches davantage.

— C'est toi que je veux. Toi que j'ai toujours voulu. Tel que tu es.

À ces mots, Louis la saisit et la serre contre lui. Fort. Ses paumes glissent dans son dos, remontent sur sa nuque. Sa bouche vient chercher la sienne, avide. Il l'embrasse comme un noyé cherchant son dernier air, comme si elle était l'ultime goutte d'eau dans un désert aride. L'amour et le désir crépitent entre eux ; ce qu'il reste de plus beau dans leurs existences. Ce qui continue à les porter même alors que l'étau du monde cherche à les broyer.

Leur étreinte aurait pu se prolonger toujours ; mais soudain, Catarina titube, déséquilibrée. Louis la retient, agrippant ses bras par réflexe. Elle voudrait sourire pour détourner son attention, mais il a déjà compris.

— Tu fais une rechute.

Ce n'est pas une question ; c'est une affirmation. À ses yeux, c'est vrai que c'est ce à quoi cela doit ressembler : n'ayant pas subi de crise majeure depuis quelque temps, l'infante préfère prétendre qu'elle va parfaitement bien désormais, qu'elle n'a plus aucun symptôme. La vérité, c'est qu'ils sont toujours là, diffus ; qu'ils ne l'ont jamais réellement quittée, mais qu'elle les masque parce qu'elle refuse de les laisser l'entraver.

Elle détourne le regard. Louis ne lâche pas l'affaire, cependant.

— Tu dois retourner voir le médecin du château si tu ne te sens pas bien.

— Ça ira… C'est juste une longue journée.

— Rina, s'il te plaît… Si tu ne le fais pas pour toi, fais-le pour moi.

Une pointe de douleur qui lui vrille brusquement le crâne l'empêche de protester davantage.

— Je te le promets, capitule-t-elle.

Cette fois, le baiser que Louis dépose sur son front n'est plus une soif, mais une source pleine de douceur qui vient verser un peu de baume sur les plaies invisibles qu'elle porte encore en elle.

Thomas

Thomas croit au destin. Ou plus exactement, il croit en sa propre destinée. Encore plus depuis qu'il a commencé à s'engager pour la cause révolutionnaire. Chaque fois qu'il a connu un revers, les événements l'ont rapidement remis en selle. Avec du recul, il réalise maintenant que nombre de ses malheurs étaient nécessaires pour qu'il progresse.

Si je n'étais pas tombé du jour au lendemain au statut Poussière, aurais-je réussi à me détacher des illusions de la société dans laquelle nous vivons ?

Aujourd'hui, la perte de ses accès étendus sur Réseau Royal, même s'il l'a précipitée pour pousser partout sur l'application les revendications qu'il a rédigées, le met en difficulté.

Mais si l'Univers veut que je réussisse, il m'enverra un signe.

C'est l'esprit baignant dans cet optimisme teinté d'amertume qu'il se promène ce soir de groupe en groupe sur les courts du jardin du Luxembourg. L'intervention récente de Louis XX concernant la baisse des impôts qu'il prévoit pour le mois prochain est sur toutes les lèvres ; ici, personne ne s'en satisfait.

Ce n'est que du vent. Ce qu'il nous faut, c'est un changement bien plus profond. Structurel.

— Pensez-vous que vous pourriez creuser pour essayer d'obtenir des documents détaillant les coupes budgétaires qui vous ont été imposées ? Transmettez-les-moi, cela pourra servir plus tard. Par SocialWeb, si vous ne pouvez pas vous déplacer jusqu'à Paris. Ce sera plus sûr.

— Bien sûr. Tout pour la cause.

Erika, l'habituée du Tennis Club avec qui il était en train de parler, lui serre la main pour sceller leur accord. Elle habite en Normandie, mais cela fait plusieurs fois qu'elle fait l'aller-retour depuis Rouen où elle réside pour assister à l'une des soirées au jardin du Luxembourg. « Je me reprocherais de rester tranquillement chez moi alors que l'histoire est en train de se faire », lui a-t-elle dit une fois où il la félicitait de son investissement. Elle travaille dans l'administration régionale, et elle vient de l'informer du revers de la médaille des belles annonces que vient de faire Louis XX : que les services publics se voient imposer un étranglement financier pour pouvoir soutenir la politique du souverain.

C'était à prévoir… Mais nous tiendrons des comptes, et le moment voulu, nous le mettrons face à ses manigances de boutiquier.

Erika lui a promis de lui faire passer toutes les preuves sur lesquelles elle pourra mettre la main attestant de la réalité de la situation dans son service ; là où probablement, sur Réseau Royal, tous les témoignages se verront supprimés par la modération. Sans les accès privilégiés qu'il a perdus, Thomas ignore comment il pourra orchestrer un nouveau buzz comme celui qu'il a causé il y a quelques jours ; il trouvera un moyen de monter un autre coup d'éclat, cependant, il en est persuadé.

Il me faut juste un peu plus de réflexion, et peut-être de chance.

Laissant Erika, il poursuit sa déambulation sur le court de tennis. À peine a-t-il fait quelques pas qu'un autre interlocuteur se présente à lui. Un homme d'une quarantaine d'années, qu'il n'a encore jamais vu.

— Bonjour… Êtes-vous bien Thomas Grisons ?

— Oui, c'est moi.

— On m'a dit que c'est vous qui coordonnez ces réunions.

— En effet. À qui ai-je l'honneur ?

— Denis Albani, surveillant à la prison de Chassieu.

Thomas se fend d'un hochement de tête bref. Il a déjà entendu le nom de cet endroit, dans la banlieue de Lyon, régulièrement médiatisé à la suite de l'un ou l'autre procès qui conduit un criminel derrière ses barreaux.

— Vous venez de loin, note-t-il.

— Il me semblait important de trouver quelqu'un à qui parler de vive voix.

Il y a dans le ton de ce Denis un mystère qui lui gagne toute l'attention de Thomas.

À première vue, il n'a pas l'air homme à s'enfiévrer facilement… Pour qu'il prenne autant de précautions, c'est qu'il doit avoir quelque chose de brûlant à me révéler.

— Que se passe-t-il ?

L'homme jette un coup d'œil autour d'eux pour vérifier que personne n'est à portée d'oreille avant de prendre une profonde inspiration et de se lancer.

— Vous le savez sans doute, Chassieu dispose d'un quartier de haute sécurité où sont emprisonnés des gens… dangereux. Des barons de la drogue, des seigneurs de la pègre, des dissidents à tendances terroristes… S'ils sont mis là, « au tombeau », comme on dit entre nous, c'est qu'on considère comme risqué qu'ils échangent ne serait-ce qu'avec les autres prisonniers, ou même leurs gardiens. Ils sont sédatés la plupart du temps pour leur ôter la capacité de parole.

— C'est barbare ! s'exclame Thomas.

Denis hausse les épaules.

— Comparé à ce que ces gens ont pu faire avant d'être capturés, franchement, ce n'est pas cher payé. Ces prisonniers, ce ne sont pas des tendres. En temps normal…

Thomas hausse un sourcil, intrigué par ces derniers mots que le surveillant a soufflés.

— Il y a un peu plus d'une semaine, mes collègues et moi, on est restés stupéfaits lorsqu'un nouveau détenu nous a été transféré. *Une* détenue, plus exactement. C'est assez rare qu'on ait des femmes au tombeau, mais en plus, celle-là, elle avait la vingtaine, et clairement pas la gueule de nos clients habituels. C'était le style jolie fleur délicate. Elle semblait sortir d'un magazine plutôt que du monde du crime. Pourtant, elle venait de la prison militaire de Lardy, où ils rigolent encore moins que chez nous. Bref, j'étais intrigué, surtout que son visage me disait quelque chose. Je n'arrivais pas à mettre un nom dessus, et ça m'a taraudé pendant plusieurs jours. Il a fallu que ma gamine me montre quelque chose sur son compte Réseau Royal pour que je fasse le lien. Cette fille… c'est elle.

Denis a sorti son téléphone, et le place sous le nez de Thomas, allumé sur une photo qu'il identifie lui aussi parfaitement. En fait, peu de Français ignorent l'identité de la femme aux yeux envoûtants qui lui adresse un sourire charmeur de l'autre côté de l'écran.

La personnalité la plus suivie du royaume. Disparue récemment dans des circonstances mystérieuses, en même temps que son père. Que je pensais morte, probablement exécutée le soir même de son arrestation. Mais qui est encore en vie, dans une geôle de la métropole lyonnaise ; une geôle dont elle pourrait être tirée.

Il en murmure le nom avec délice, le faisant rouler sur sa langue en même temps que toutes les promesses qu'il apporte pour le brasier de la révolution.

— Marie Sallemont…

Chapitre 7

Louis

— Voilà un mois jour pour jour que j'ai fait l'annonce publique d'une baisse des impôts, déclare Louis à son Conseil. Il me semble que le moment est venu de tirer un bilan de la manœuvre. Valérie, si vous voulez bien commencer…

La duchesse de Noailles hoche la tête brièvement avant de déclarer :

— Eh bien, comme nous nous y attendions, nous avons dû imposer des restrictions drastiques sur nombre de dépenses en conséquence de cette baisse de nos budgets. Je dois avouer que mes équipes sont particulièrement sollicitées : à tous les niveaux de l'administration, on nous fait remonter des plaintes, et nous avons plusieurs arbitrages à gérer, parfois épineux. Mais nous ne nous attendions pas à autre chose : nous maîtrisons la situation du mieux que nous le pouvons au jour le jour.

— En revanche, en ce qui concerne l'opinion, la stratégie semble plutôt porter ses fruits, enchaîne Pierre de Chantilly. Nous avons mis en place des mesures préventives pour que les récriminations évoquées par Valérie ne soient pas relayées par les médias, et bloquées autant que possible sur Réseau Royal. Si bien que votre popularité paraît stabilisée, si on en croit les derniers sondages. Ce n'est pas encore une hausse… mais après la dégradation rapide qu'elle a connue à la suite de la manifestation devant Versailles, c'est déjà un début.

— Cela se ressent aussi du point de vue de la sûreté publique, confirme Anne de Mortemart. Les incidents sont toujours trop nombreux, mais la logique d'escalade qui prévalait s'est enrayée. Pour ce qui est du Tennis Club, que nous surveillons de près, ils vivotent sans se renouveler ; j'ai le sentiment qu'ils ont perdu l'énergie de monter des coups d'éclat comme ces revendications qu'ils avaient osé poster en ligne. Et les rapports m'indiquent que la fréquentation quotidienne au jardin du Luxembourg est en baisse.

— Excellente nouvelle, commente le cardinal d'Avignon. C'est logique, quand on y réfléchit : vous leur avez coupé l'herbe sous le pied en prouvant que vous étiez bel et bien prêt à tendre la main aux Français, Votre Majesté. Leur position s'en est trouvée affaiblie.

Louis examine avec circonspection ses ministres rassemblés autour de lui.

Oui, c'est bien du soulagement que je lis sur leur visage… Se pourrait-il que nous ayons réussi à surmonter la crise ? À éteindre les feux de cette rébellion qui semblait prête à brûler toujours ?

Le jeune roi aimerait y croire, s'autoriser à se détendre quelque peu, mais il n'y parvient pas ; pas encore. Il a conscience qu'il est trop tôt pour crier victoire : les esprits ont été échauffés au cours des dernières semaines, et une étincelle suffirait à les embraser de nouveau.

Je reste scruté par mon peuple. Un faux pas de ma part pourrait mettre à bas le fragile équilibre que mes ministres et moi avons réussi à rétablir…

— L'amélioration de notre situation intérieure nous a également permis de reprendre l'ascendant sur la scène européenne, complète Jean de Berry. Certains de nos voisins comptaient profiter de notre position de faiblesse pour servir leurs propres intérêts – le Brandebourg en première ligne, évidemment. Nos ambassadeurs ont œuvré à rétablir celles de nos alliances qui menaçaient de se déliter. Le prochain sommet de la Ligue des royaumes d'Europe, à Lisbonne, devrait nous permettre de nous en assurer définitivement. Le mouvement de contestation ayant essaimé dans le continent sera à l'ordre du jour, mais nous devrions éviter d'y être pointés comme bouc émissaire.

— Ce rôle sera plutôt dévolu au Danemark, n'est-ce pas ? avance Pierre.

— En effet. La diffusion récente de photographies du roi en compagnie de prostituées a eu un grand retentissement là-bas, et Copenhague est au bord de l'explosion. Cela préoccupe l'ensemble des monarchies, bien sûr : même si nous convenons tous que Christian XI est un grossier personnage, la chute d'une seule Couronne serait une mauvaise nouvelle pour tous.

— Il ne pourrait s'en prendre qu'à lui-même, commente Catarina, acide. Il voudrait que son peuple le chasse qu'il ne se comporterait pas autrement.

— Je ne suis peut-être pas le mieux placé, mais si je le croise à Lisbonne, j'essaierai de lui enjoindre la modération, déclare Louis. Un effort collectif parviendra peut-être à lui faire entendre raison…

Sur un ton qui n'avait pas été aussi détendu depuis plusieurs semaines, les ministres en viennent ensuite à discuter d'affaires courantes, qui avaient été négligées depuis le début de l'insurrection. Tout cela a un air de retour à la normale que le souverain savoure.

Et dire que je trouvais les réunions du Conseil ennuyeuses lorsque j'ai accédé au pouvoir… Maintenant, je me réjouis de trouver celui-ci paisible.

La séance est sur le point d'être levée lorsque le téléphone de Pierre de Chantilly sonne. Tous se tournent vers lui avec des expressions étonnées : ce n'est pas son genre d'oublier de couper son portable lorsqu'il souhaite ne pas être dérangé. Lui-même fronce les sourcils et marmonne :

— Je suis désolé, mais l'appel vient de mon chef de cabinet via la ligne d'urgence. Je dois le prendre, c'est forcément important.

Il décroche et lâche :

— Oui ?

Inquiets, Louis, Catarina et les autres ministres sont suspendus à ses lèvres tout au long de la conversation téléphonique qui suit : ils n'en perçoivent que des bribes, Pierre ne faisant pas basculer son interlocuteur sur haut-parleur.

Lorsqu'il met fin à l'appel, son visage est grave. Tout comme l'est sa voix tandis qu'il annonce :

— Votre Majesté, un drame vient de se produire.

— Que se passe-t-il ?

— C'est le pont Guillaume-et-Mathilde, celui qui relie Le Havre à Honfleur… Il s'est effondré.

Pendant quelques secondes, un silence horrifié s'installe dans la salle du Conseil ; miroir de la terreur glaciale qui a saisi Louis aux tripes. Il demeure incapable de trouver ses mots, choqué par l'énormité de la nouvelle.

Comment peut-il s'être effondré ? C'est l'un des fleurons du génie technologique français ! Un ouvrage d'art que le monde nous envie, depuis près de quarante ans !

Anne de Mortemart est la première à reprendre ses esprits. Factuelle, elle demande :

— Combien de morts ?

— C'est trop tôt pour faire le compte. Nombre de voitures sont tombées dans la Seine. Mais la catastrophe a été coûteuse en vies humaines ; de cela, nous pouvons déjà être sûrs. La première estimation parle d'une centaine de victimes au moins. Attendez… mon chef de cabinet vient de m'envoyer des photos.

Pierre de Chantilly tourne son téléphone pour que tous puissent voir son écran. Les images sont accablantes. Là où deux pylônes se dressaient auparavant fièrement au-dessus de la baie, il n'y en a plus qu'un, branlant, la moitié de ses câbles sectionnés ; la pointe de l'autre surnage tristement dans le fleuve. Quant au tablier supportant les voies de l'autoroute, il en manque une large section en son centre, les bords restants déchiquetés, le béton fissuré à nu. On distingue quelques véhicules à l'arrêt, maigres taches de couleur.

Leurs propriétaires sont ceux qui ont eu de la chance… D'autres ont plongé tout droit vers les flots.

— Malheureusement, elles commencent déjà à tourner sur Réseau Royal… soupire le ministre. Et…

— … les gens cherchent un responsable à la catastrophe, comprend Louis. Non : il est déjà tout trouvé dans leur esprit.

Moi.

Le sourire que lui adresse Pierre de Chantilly est contrit.

De nouveau, le jeune roi balaie du regard les visages de ceux qui l'entourent. En quelques secondes, tous semblent avoir vieilli de dix ans. Des larmes perlent au coin des yeux de Valérie de Noailles ; Jean de Berry serre les poings à s'en faire blanchir les articulations ; Catarina a porté la main à sa poitrine. Mais chacun d'eux garde la tête haute.

Car malgré ce revers terrible, ni eux ni moi n'avons le droit de baisser les bras. Il nous faut braver la tempête, une fois de plus.

D'un signe de tête, il ordonne à tous de reprendre place autour de la table. La lueur d'espoir qu'il croyait entrevoir à l'horizon a disparu, noyée dans la Seine en même temps que le pont Guillaume-et-Mathilde.

Et cette fois, il se demande si ce n'est pas le coup de trop qui le fera couler lui aussi.

JULIE

Les employés de Réseau Royal attendent d'elle une prise de position symbolique, Julie le sait. Des actes, et non des paroles : voilà ce que Robin Ferland lui a réclamé. La preuve que l'héritage de Marc Sallemont compte pour elle, qu'elle n'est pas juste une fille sortie de nulle part que le gouvernement a placée là pour exécuter ses volontés.

Ce qu'elle devait faire, elle l'a su très vite, mais il lui a fallu un mois pour se préparer. Remplir des documents administratifs, fournir des justificatifs, déposer un dossier. Un processus long, au cours duquel elle a eu plusieurs fois l'occasion de douter.

Parce qu'elle s'apprête à tenter de récupérer une partie de l'admiration qu'inspire son oncle alors qu'elle est la cause de sa chute.

Parce qu'en agissant comme elle compte le faire, elle adhérera publiquement à la thèse qui fait de lui un martyr, alors même que le souvenir qu'elle garde de lui est bien plus contrasté.

Parce qu'elle ignore quelle sera la réaction de ceux dont elle est suffisamment proche pour que leur avis compte à ses yeux : Matthieu ; Alba et Catarina, aussi, même si elle n'a presque plus eu de contacts avec elles depuis qu'elle a quitté le château de Versailles.

Parce qu'elle s'apprête à défier ouvertement Louis XX, enfin, et qu'il pourrait y avoir des conséquences.

Mais je n'ai pas le choix. Je dois avancer, m'affirmer. Je ne tracerai pas mon chemin avec des peurs.

Enfin, il y a quelques jours, elle a reçu un courrier de l'administration lui indiquant que sa requête avait été acceptée. Elle a rendez-vous ce matin pour finaliser le processus à la subdélégation de Nevers, sa ville natale ; elle s'est absentée de Réseau Royal pour vingt-quatre heures afin de faire le déplacement. Assise sur une chaise en plastique dans un couloir, elle attend qu'on veuille bien la recevoir, tendue. Pendant tout le mois qui s'est écoulé, elle s'est attendue à ce qu'Agnès Lambrou débarque dans son bureau en furie, ou à recevoir un message abrupt du service qu'elle a contacté lui indiquant que sa requête était rejetée. Mais rien n'est venu.

J'ai eu de la chance, sans doute : mon dossier a dû circuler entre les mains d'agents qui n'ont pas prêté une attention particulière à mon identité.

Tout de même, elle n'écarte pas la possibilité que l'employé qui va la recevoir refuse de lui délivrer les documents qu'elle attend, au dernier moment.

Je suis pourtant si proche du but… Si on avait voulu m'arrêter, cela se serait produit plus tôt, non ?

Une alerte d'actualité fait vibrer son portable dans sa main. Elle la consulte machinalement, constate qu'il est question du pont Guillaume-et-Mathilde.

Encore un embouteillage monstre à son péage, sans doute.

Elle n'a pas le temps d'en lire davantage, car à cet instant, on l'interpelle.

— Mademoiselle ? C'est à vous.

Relevant la tête, Julie découvre debout à l'entrée de la salle d'attente une jeune femme souriante au carré blond parfaitement soigné et aux formes généreuses. « Alicia », d'après son badge. Elle la salue d'un signe de tête puis la rejoint. Il est presque étrange pour elle de ne pas entendre ses talons claquer sur le sol tandis qu'elle avance : voilà plusieurs semaines qu'elle a adopté l'uniforme de la femme d'affaires, tailleur et escarpins. Or, pour son déplacement à Nevers, elle a opté pour une tenue beaucoup plus passe-partout : jean, chemisier et bottines confortables. Ironiquement, elle ne se sent pas plus à l'aise pour autant. Ces habits sont pourtant tirés de sa garde-robe personnelle, de ceux qu'elle revêt lors des longs week-ends qu'elle passe seule dans l'hôtel particulier où on l'a contrainte à résider, en tête à tête avec les manuels d'économie qu'elle se force à ingurgiter pour mieux comprendre, semaine après semaine, le fonctionnement de Réseau Royal. Mais elle a l'impression de les avoir enfilés aujourd'hui uniquement pour dissimuler le fait qu'elle est en réalité la directrice d'une des entreprises les plus importantes de France.

C'est toujours un masque… et je m'apprête à en ajouter un autre à ceux derrière lesquels je me dissimule, alors que je peine encore à déterminer qui je suis au fond.

Une fois qu'elles sont installées dans le bureau d'Alicia, sur deux chaises couvertes d'un tissu bleu rêche, l'employée annonce :

— Inutile de faire durer le suspense plus longtemps. Votre demande a été acceptée par l'administration, mademoiselle. Vous avez bien apporté votre carte d'identité ?

Julie hoche la tête et sort de son sac à main le document demandé, qu'elle pose devant elle. Son interlocutrice le récupère puis saisit une paire de ciseaux et coupe le rectangle plastifié en petits morceaux, qu'elle jette ensuite dans la poubelle. Enfin, elle déverrouille un tiroir et fouille un instant à l'intérieur avant de s'exclamer :

— Ah, voilà votre dossier !

Elle dépose devant elle une pochette en carton, qu'elle ouvre. À l'intérieur, une nouvelle carte d'identité. Identique à celle qui vient d'être détruite, à un détail près.

Un détail qui change tout.

— Je vous laisse vérifier si tout est en ordre, indique-t-elle à Julie.

Cette dernière s'exécute, lisant attentivement les informations mentionnées en caractères serrés sur le fond à fleurs de lys ivoire de la carte. Sa date et son lieu de naissance, sa taille, la couleur de ses yeux, son nom…

Mon Dieu, mon nom.

Bien sûr, elle s'attendait à ce qu'elle allait découvrir – c'est d'ailleurs dans ce but qu'elle a entrepris toutes ces démarches depuis un mois –, mais le voir écrit noir sur blanc lui fait tout de même un petit effet. Elle déglutit, et il lui faut trois bonnes secondes pour parvenir à affirmer :

— C'est tout bon, il n'y a pas d'erreur.

Alicia lui sourit en réponse puis sort un formulaire de sa pochette en carton.

— Je vais maintenant vous demander de remplir l'accusé de réception.

Elle tend un stylo à Julie, qui l'attrape du bout des doigts avant d'apposer sa signature aux endroits que l'employée lui désigne. Quand cela est fait, Alicia récupère le papier, souffle dessus pour faire sécher l'encre, puis déclare d'un ton enjoué :

— C'est fait ! Votre changement de nom est maintenant officiel, mademoiselle Julie…

Le sourire de l'employée s'élargit au moment où elle prononce le patronyme fatidique :

— … Sallemont.

Louis

Louis se tient debout, le dos droit, tandis que l'orgue de la cathédrale Notre-Dame du Havre égrène des notes funèbres. Tout de noir vêtu, il s'efforce de présenter une expression aussi digne que possible tandis que l'hommage aux victimes de l'effondrement du pont Guillaume-et-Mathilde suit son cours. En ces heures de deuil national, il est le visage de la France, et doit conserver à ce titre un subtil équilibre entre affliction et retenue. Une tâche difficile au vu de la multitude de préoccupations qui l'assaillent.

Il y a d'abord, bien sûr, la pensée de toutes ces vies ayant pris tragiquement fin à cause de l'accident. Cent trente-quatre, d'après les derniers calculs.

C'est le drame le plus meurtrier en France depuis plus de cinquante ans, les journaux le répètent en boucle.

Si le peuple aurait pardonné à Louis un tsunami, un tremblement de terre ou même un attentat au bilan tout aussi lourd, il ne le peut pour l'effondrement. Comme le roi le craignait, c'est lui qu'on pointe du doigt comme responsable de la catastrophe : bien vite, des documents de l'administration régionale ont fuité, concernant le rééquilibrage du budget de l'État. On y lisait clairement que pour effectuer des économies, les sommes dédiées à l'entretien et à la surveillance du pont devraient être réduites drastiquement.

Bien sûr, ce n'est pas un seul mois de négligence qui a conduit à son effondrement : son manque d'entretien était ancien, remontant au règne de Louis XIX. Des alertes parvenaient régulièrement au gouvernement, et sa rénovation faisait partie des projets que Pierre de Chantilly envisageait d'entreprendre – sans se douter de l'urgence qu'il y avait à la lancer. Cela ne fait aucune différence dans l'opinion publique : aux yeux des Français, Louis est maintenant un assassin.

Tous mes efforts pour redonner de la stabilité au pays depuis l'émeute devant Versailles ont été réduits à néant…

En quelques heures, la vidéo d'une rescapée est devenue virale sur Réseau Royal : on y voit la jeune femme, couverte d'hématomes, raconter qu'elle vient de perdre ses deux enfants dans l'accident, puis embrayer en invectivant directement le souverain :

— Honte à toi, Louis XX ! Honte à toi qui a préféré tes économies à la vie de mes fils ! Honte à toi qui a leur sang sur les mains !

Les émotions qui se dégagent de ses paroles sont insoutenables, et elles ont fait leur œuvre : depuis deux jours, les messages descendant le gouvernement en flammes sont légion sur l'internet français. Le hashtag #HonteAToi est partout, largement en tête des tendances. Anne de Mortemart a fait transmettre à Julie l'ordre d'en limiter la propagation autant que possible, mais toutes les tentatives des équipes de modération de Réseau Royal ont échoué.

Sous la pression, Valérie de Noailles a bien failli baisser les bras : s'accusant du désastre, elle a présenté sa démission à Louis. Ce dernier l'a refusée.

La réorganisation des budgets qu'elle a supervisée, je l'ai validée, tout comme l'ensemble de mes ministres. Il est hors de question que je laisse ma surintendante porter seule la responsabilité de ce qui s'est passé. Ce serait une solution pour détourner les critiques de ma personne, mais je me refuse à l'employer. Je veux être un roi qui assume les conséquences de ses actes. Même les plus terribles.

Il soupire. Il s'agit là de vœux pieux, plus faciles à formuler qu'à tenir. En réalité, il est terrorisé. Incapable d'imaginer comment il va surmonter cette nouvelle crise. Ses perspectives sont si effrayantes que son esprit rechigne à les envisager : c'est avec l'énergie du désespoir qu'il se concentre sur l'hommage aux victimes en train de suivre son cours, car même cet éloge funèbre est plus supportable à ses yeux que les jours sombres qui l'attendent. Cependant, la musique de l'orgue finit par expirer, et lorsque sa triste mélodie est remplacée par le silence, Louis sait qu'il est temps de faire de nouveau face au monde. Accablé, il va serrer la main de l'évêque ayant officié pendant la cérémonie, puis prend la tête du cortège qui s'apprête à sortir de la cathédrale.

Au moins, Catarina n'est pas là pour assister à ça… Je ne voulais pas m'inquiéter pour elle en plus de tout le reste, alors j'ai préféré lui demander de rester à Versailles.

En avançant vers les lourds battants de bois qui ferment le bâtiment, il sent que quelque chose ne va pas. Il y a dans l'air… un murmure. Une clameur anormale, là où les épais murs de pierre devraient protéger le lieu sacré de toute intrusion sonore. Il tourne la tête à droite, à gauche, mais il est trop tard. Devant lui, les portes de l'édifice s'ouvrent.

Il se retrouve face à eux. La foule. Des centaines de Français ont envahi le parvis de la cathédrale, contenus avec peine par les forces de l'ordre. Du haut de la volée de marches qui mènent à Notre-Dame du Havre, Louis a une vue plongeante sur tous ces gens rassemblés.

Ce qui veut dire qu'ils le repèrent immédiatement lorsqu'il s'avance à l'air libre.

Aussitôt, c'est le chaos. Des centaines de gorges se mettent à crier leur colère, à hurler leur haine.

— Assassin !

— Honte à toi !

Louis reste hébété face à la virulence du déferlement qu'il affronte. Il croyait avoir subi le pire en découvrant les messages qui le pointaient du doigt sur Réseau Royal, mais être percuté en direct par la rage de ses sujets est cent fois plus difficile à supporter.

Même l'émeute devant Versailles ne m'avait pas fait cet effet. À l'époque, c'est à la Couronne que je représentais que la foule en voulait ; désormais, c'est moi personnellement que le peuple déteste.

— Votre Majesté, nous allons vous évacuer par l'arrière de la cathédrale. Un hélicoptère a été appelé.

Louis tourne la tête vers son chef de la sécurité, qui s'est penché pour murmurer ces quelques mots à son oreille. Privé de volonté, il hoche la tête et se laisse entraîner. Les cris en provenance de l'esplanade le suivent tandis qu'il disparaît à l'intérieur du lieu de culte.

— Honte à toi ! Honte à toi ! Honte à toi ! scandent les gens tandis que la police s'emploie à refermer les portes de l'édifice.

Chacun de leurs mots se plante dans l'esprit du jeune roi à la manière de poignards, ouvrant dans son âme une faille béante qui, il le sait, ne se refermera jamais.

Catarina

Les espoirs de Louis ont sombré dans la Seine avec le pont Guillaume-et-Mathilde.

Depuis qu'il est rentré du Havre, il n'est plus le même. Quelque chose s'est brisé en lui, Catarina le sent.

Il y a un deuil qui lui souille l'âme. Cette catastrophe, tous ces gens morts dans la tragédie, c'était la goutte de trop pour lui. Il s'en sent responsable, et il a sombré définitivement dans l'abîme qui menaçait de l'engloutir.

Il est silencieux, trop silencieux. Lors des réunions du Conseil d'État, lorsqu'il se mêle à ses courtisans, et même quand ils sont seuls tous les deux… La joie de vivre en lui semble envolée. Il est hanté, par cent trente-quatre fantômes. Catarina les perçoit dans ses yeux, étouffant l'étincelle qu'elle y voyait auparavant toujours briller. Même ses baisers n'ont plus goût de lumière mais de sel.

La nuit est tombée sur Versailles. Quelle heure est-il ? Deux heures, peut-être trois heures du matin. Catarina dormait profondément lorsqu'elle a été réveillée par un pressentiment étrange. Bien vite, elle a constaté que Louis n'était plus présent à ses côtés dans le grand lit de la chambre royale. Elle s'est redressée, et elle n'a pas mis longtemps à le repérer : debout, dos à elle, il se tenait dans l'une des alcôves donnant sur la cour de marbre, appuyé aux boiseries.

Quelques minutes ont passé, et il n'a toujours pas bougé. L'infante non plus. Assise sur le matelas, elle le couve d'un regard triste.

Impuissante à trouver de quelle manière l'aider.

Face à un problème politique, aussi complexe soit-il, elle trouve toujours un moyen de rebondir, d'imaginer une solution. Même face à la menace permanente de son oncle Alfonso, elle n'a jamais baissé les bras. Mais force lui est de constater qu'elle est bien moins douée pour réparer les humains que les faux pas diplomatiques.

Le cœur serré, elle saisit la perle qui pend à son cou, et la presse dans sa paume. Comme si par ce geste, elle pouvait transmettre de la force à celui qu'elle aime via le bijou jumeau qu'il porte.

Les minutes passent. Louis ne fait toujours pas mine de se tourner, de revenir vers le lit. Elle ne peut se résigner à le laisser ruminer seul ; rejetant les couvertures, elle pivote pour se lever et le rejoindre. Elle ne fait cependant que trois pas : brutalement, un vertige la prend, et elle doit se retenir au pilier du baldaquin pour ne pas tomber. Appuyée contre la colonne de bois sculpté, elle s'efforce de reprendre son souffle sans le moindre bruit.

Je ne veux pas alerter Louis... Il a bien assez de problèmes à gérer en ce moment. Je ne veux pas en plus qu'il s'inquiète pour ma santé.

Les yeux mi-clos, l'infante lutte contre l'embryon de migraine qui picote ses tempes. Elle a revu le médecin du palais, à plusieurs reprises. Il n'a fait que lui confirmer ce dont elle se doutait : le traumatisme crânien dont elle a été victime l'a affectée, durablement. Elle se leurrait en s'imaginant qu'elle pourrait en guérir vite : se débarrasser complètement de toutes séquelles sera un jeu de patience.

Je déteste ça. Je déteste cette épée de Damoclès qui pèse au-dessus de moi, de ne plus pouvoir être sûre de rien, pas même de mon propre corps. Je déteste ne pas être aussi forte que je le voudrais...

Elle serre les dents, encaissant la douleur. Si elle était seule, elle se serait recouchée le temps que la crise passe. Sauf qu'elle ne lutte pas seulement pour elle-même, mais aussi pour l'homme qu'elle aime. Alors elle se redresse, s'ordonne de sourire, de faire comme si tout allait bien, puis elle s'avance pas après pas jusqu'à Louis.

Louis

Louis sent une main se poser sur son épaule, délicatement. Il se tourne, et esquisse un faible sourire lorsqu'il croise le regard plein de sollicitude de Catarina. Il a passé deux heures à chercher le sommeil en vain, si bien qu'il a fini par renoncer et quitter son lit.

Les mêmes images tournent en boucle dans son esprit, comme chaque nuit depuis qu'il est rentré du Havre.

Cette femme, ensanglantée, m'accusant d'avoir assassiné ses deux enfants. Des blocs de béton émergeant de la Seine, près desquels on repêche des voitures écrasées. Et surtout, ces visages pleins de haine tournés vers moi.

Il voudrait les oublier, mais il ne peut pas s'en détacher. Lorsqu'il s'est levé, il a sorti son téléphone et il a ouvert son fil Réseau Royal. Blessé par toutes ces publications détaillant la tragédie sous tous les angles, mais comme poussé par un sentiment d'obligation de toutes les absorber, les unes après les autres. Parce qu'il se sent responsable, et que même si cela le déchire, il a besoin de savoir exactement quel poids il porte désormais sur ses épaules. De lire les mots qu'on écrit sur lui, de contempler celui qu'il est désormais. De…

— Tu te fais du mal.

La voix de Catarina est attristée. Ses yeux sont tournés vers son écran ; il ne lui a fallu qu'un instant pour comprendre ce qu'il était en train de faire. Doucement, elle récupère le portable dans sa main ; il la laisse le prendre sans résistance. Elle l'éteint, puis le pose sur la commode la plus proche.

— Ça ne va vraiment pas, hein ? reprend-elle.

Que peut-il lui répondre ? Il ne veut pas l'inquiéter en lui avouant la vérité, à savoir qu'un séjour en enfer lui paraîtrait préférable à ce qu'il traverse, mais il ne souhaite pas non plus lui mentir. Alors il opte pour un euphémisme :

— Non, pas vraiment. Rien d'étonnant, au vu des circonstances.

— Tu veux en parler ?

Louis soupire. Il aura beau parler et parler et parler, aucun mot ne pourra réparer les erreurs qu'il a commises, les mauvais choix dans lesquels il s'est égaré. Il n'est pas un homme ordinaire dont les décisions ne concernent que lui-même : les conséquences de chacun de ses actes sont incommensurables. Insoutenables, même.

— Je ne saurais pas par où commencer… soupire-t-il.

— Essaie. Juste… dis-moi ce que tu as sur le cœur. Je suis là pour toi.

Catarina lève la main pour poser ses doigts contre sa joue. Il sent leur contact contre sa pommette ; ce qui, il y a peu de temps encore, aurait suffi à balayer sa peine.

Lorsqu'ils atteignent sa bouche, Louis les embrasse, mais sa gorge reste sèche.

Ses sentiments pour l'infante sont intacts. Mais pour la première fois, ils ne suffisent plus à combler les crevasses de son cœur.

Elle plonge son regard dans le sien sans ciller, ses prunelles sombres luisant dans la pénombre. Encore une fois, elle l'impressionne.

Comment fait-elle pour se montrer toujours si droite, si forte ? Elle semble ne jamais flancher. Lui arrive-t-il de trébucher parfois ?

Il réfléchit. Soupire de nouveau. Puis se lance :

— Je me sens… pris au piège. Je suis le roi, je devrais avoir tous les pouvoirs, façonner le monde selon mes souhaits, mais c'est l'inverse qui se produit. J'ai l'impression d'être en cage. Prisonnier du poids de mes erreurs, de mes propres limites…

— Tu as commis des fautes, et tu en paies le prix, mais tout n'est pas perdu. Tu gardes le pouvoir de prendre des décisions qui changeront la face de ce pays. Tu as toujours voulu être un souverain différent, je le sais. Il y a de nombreux travers dans lesquels tu n'es pas tombé, alors que d'autres monarques s'y sont précipités. Tu conserves la volonté de faire mieux : cela compte pour quelque chose. Il n'est jamais trop tard pour réinventer le champ des possibles.

— Mon peuple me crachera au visage si j'essaie de lui tendre la main, à présent.

— Peut-être, au début. Ensuite… ils finiront par comprendre. Par te voir comme moi je te vois, Louis. Un homme bon, qui se préoccupe sincèrement d'eux. C'est ce que tu *es*, ce qu'ils ne peuvent pas te retirer.

Le jeune roi observe Catarina avec attention. Inlassablement, elle lui prodigue ce conseil : celui de l'ouverture et du dialogue.

Lorsque les revendications du Tennis Club ont été publiées, elle est la seule dans mon entourage qui s'y est vraiment intéressée, qui les a écoutées pour essayer d'en tirer des enseignements. Sa ligne de conduite ne varie jamais : elle prête toujours l'oreille à toutes les voix qui s'expriment autour d'elle avant de prendre la moindre décision.

Sa voix se brise alors qu'il avoue :

— J'ai si peur, Rina…

— De quoi ?

— Que si je fais des efforts maintenant, ils ne soient pas suffisants. D'avoir raté ma chance, et d'être condamné.

L'infante vient se coller à lui, attire sa tête contre son épaule. Son souffle caresse son oreille alors qu'elle lui murmure :

— Peut-être as-tu raison, peut-être que les dés de l'avenir sont déjà jetés. Ou peut-être pas. S'il y a une chance que la situation s'améliore, tu n'as pas le droit d'abandonner. Je ne te laisserai pas faire.

Elle vient chercher ses lèvres. Leur baiser est lent, empreint du silence de la nuit et de la lourdeur de l'air immobile. Un bouche-à-bouche, où Catarina tente de lui insuffler l'oxygène qui lui manque. De le guérir par l'amour et le désir.

Il le sent alors, ce mince filin qui continue à le relier à l'espoir. Cette ligne de vie qui court jusqu'au fond du puits sans étoiles qui l'a avalé.

Et il se surprend à y croire encore, grâce à elle. Juste assez pour la laisser le ramener au lit, fermer les yeux, et s'abandonner au sommeil.

Juste encore un peu.

Jusqu'au prochain coup du sort.

JULIE

Julie Sallemont, directrice.

Les lettres sont gravées, élégantes, au centre d'une plaque dorée neuve qui resplendit. Elle a été installée de bonne heure en remplacement de celle qui se trouvait jusque-là sur la porte du bureau de la jeune femme, avant l'arrivée de cette dernière à l'entreprise. Maintenant qu'elle y fait face, elle l'observe sans oser la toucher, de peur de laisser une trace de doigts malvenue sur sa surface brillante. C'est pourtant une tentation à laquelle elle doit résister, comme si explorer les sillons et les creux de ces trois mots pouvait leur donner davantage de réalité dans son esprit.

Ce n'est qu'un nom. Rien qu'un nom.

Un sésame dont elle a besoin pour clamer à ses employés qu'elle est plus que le pantin qu'ils se représentent. Une manière pour elle d'accepter de se confronter à l'héritage si complexe de son oncle, empreint d'admiration et de culpabilité.

Cela ne définit pas qui je suis au fond. Cela ne me condamne pas à devenir comme lui. Ce nom, c'était aussi celui que portait ma mère, avant. Et ils étaient si différents…

Son visage s'impose à elle, encadré de ses longs cheveux. Pas encore noyé par les brumes de l'oubli malgré les années qui se sont écoulées depuis sa mort. Elle a une pensée pour son père, aussi, dont elle vient d'abandonner le patronyme parce que « Morleux » était chargé de moins de poids symbolique que « Sallemont ». Lui aussi, elle a le sentiment de l'avoir trahi.

Mais c'est une autre Julie que je dois construire aux yeux du monde. Une figure qui pourra inspirer, dont la parole sera écoutée. Je sais qu'il aurait compris.

— Ainsi, ce n'était pas qu'une rumeur.

La jeune femme pivote en direction de la voix. C'est Matthieu qui vient de s'adresser à elle ; elle ne l'avait pas entendu remonter le couloir de l'étage de direction. Son ton est résigné, même si elle y sent aussi une pointe d'amertume.

— Des développeurs m'ont dit que tu avais changé ton identifiant sur Réseau Royal, et que ton adresse mail était en train d'être modifiée. Je ne voulais pas y croire avant de l'avoir constaté de mes propres yeux.

— C'est pour ça que je me suis absentée récemment. Pour terminer les démarches à la subdélégation de Nevers.

Lorsque Julie se tait, Matthieu ne lui répond pas immédiatement. Le silence entre eux est tendu.

Lui ne partage pas la fascination générale qui entoure mon oncle, au contraire. Il ne lui pardonnera jamais de l'avoir fait jeter à la Bastille alors qu'il était innocent.

— Ce n'était pas quelqu'un de bien, nous le savons tous les deux, finit-il par déclarer. Pas l'espèce de saint que le Tennis Club veut faire de lui.

— J'en ai conscience. Mais ce n'est pas parce que c'est juste une image qu'elle n'a pas de réalité. Et j'ai besoin de me l'approprier. Je fais de mon mieux pour rencontrer les employés de cette entreprise, mais ça ne peut pas suffire à ce qu'ils m'acceptent. Ils sont si nombreux : je ne pourrai jamais les voir tous… Sans compter que bien souvent, cela ne suffit pas à dissiper leur défiance.

— Alors tu as choisi de prendre un raccourci.

Julie hoche la tête, tandis que Matthieu soupire.

— S'il te plaît, dis à Alba que je n'ai aucune intention de renier son amitié, ou celle de Catarina, plaide-t-elle. C'est juste… quelque chose que je dois faire.

— Il se trouve qu'elle sait très bien qu'il est des moments où le cœur, la raison et le devoir se trouvent tiraillés. Elle comprendra.

L'expression de Matthieu s'est faite plus douce. Julie sourit faiblement, soulagée. Mais son directeur technique n'en a pas terminé.

— S'il y a quelqu'un qui peut insuffler autre chose à ce nom, c'est toi. Fais en sorte de l'employer comme une marche pour t'élever plus haut plutôt que de te laisser enfermer par lui, c'est tout ce que je te souhaite.

Ils échangent un regard, et Julie se sent un peu mieux de ne plus lire d'hostilité dans ses prunelles.

Je n'ai pas perdu son soutien en espérant gagner celui de mes employés. Il a su comprendre les motivations qui m'animaient, continue à me voir comme davantage qu'une…

— Traître !

La vocifération d'Agnès Lambrou leur est parvenue depuis l'ascenseur dont elle vient de sortir. Elle fonce vers eux, furieuse, ayant commencé à crier dès qu'elle a aperçu Julie.

— Protéger des gens qui s'étaient manifestement rendus coupables de félonie, c'était une chose, crache-t-elle. Mais ça ! C'est une déclaration de guerre à l'encontre du gouvernement. Vous allez tomber, espèce de salope, et maintenant. Il est hors de question que vous restiez un jour de plus à la tête de cette entreprise.

Elle se plante devant la jeune femme à ces derniers mots, suffisamment proche pour lui postillonner au visage. Bouillante de rage.

Elle voudrait m'écraser ; elle s'en sent le droit et le devoir. Elle ne l'a pas.

Julie maîtrise les tremblements qui menacent de la saisir en plantant ses ongles dans ses paumes. Pour dissimuler sa peur, elle convoque l'un de ses masques, celui de la directrice qu'elle a dû apprendre à devenir. Si bien que son ton est assuré lorsqu'elle réplique :

— Aux dernières nouvelles, vous n'avez pas le pouvoir de me destituer : vous n'êtes que mon adjointe. Ma subordonnée. *Je* prends mes propres décisions, et tant que le roi ne trouve rien à y redire, je vous prierai de bien vouloir vous plier à la voie dans laquelle *je* choisis de m'engager.

— Vous jouez sur les mots. Vous allez être virée dans la matinée, et ce sera bien fait pour vous.

— Je ne comprends pas. Qu'est-ce qui justifierait que Sa Majesté agisse ainsi ? Il me semble qu'il déplore, comme nous tous, la disparition inexpliquée de Marc Sallemont. Pourquoi s'offusquerait-il que je rende hommage à cet oncle que je chérissais ? À moins que je n'aie raté une déclaration récente de sa part racontant une autre histoire ?

Julie baisse la voix pour être certaine que nul autre qu'Agnès et Matthieu n'entendra ce qui va suivre.

— Il nous a imposé une réalité : je ne fais que m'y plier. Vous comprendriez que je n'ai pas d'autre choix que d'agir ainsi s'il vous importait réellement que je parvienne à prendre la place à laquelle on m'a installée. *Moi*, et pas vous. Sur ce, si vous le voulez bien, je vais devoir vous laisser. J'ai des rendez-vous à honorer, parce que je suis déterminée à effectuer le travail qu'on attend de moi. Exactement ce que Sa Majesté m'a demandé, en somme.

Sur ce, elle s'éloigne vers les ascenseurs, la tête haute. Agnès paraît si estomaquée qu'elle ne la retient pas.

Elle n'a que quelques secondes pour souffler dans la cabine vide alors qu'elle descend à un étage inférieur. Ce n'était là que la première confrontation, inévitable, qu'elle trouvait sur sa route : elle s'apprête à présent à faire face à une autre.

Matthieu me l'a confirmé, la nouvelle de mon changement de nom s'est répandue comme une traînée de poudre au sein des effectifs. Maintenant… il est temps de déterminer quelle réaction elle va susciter.

Les portes s'ouvrent sur l'un des plateaux réservés aux développeurs. Elle doit retrouver des représentants de l'équipe sécurité pour faire un point sur les fonctions cachées dans le code de Réseau Royal qu'ils sont chargés de traquer. Elle s'avance en retenant son souffle, comme toujours, intimidée par les regards qui se braquent peu à peu sur elle. Des chuchotements bruissent ; elle s'y est habituée. Elle a accepté qu'ils s'élèvent inéluctablement chaque fois qu'elle tente de se mêler aux employés.

Mais ils ont quelque chose de différent aujourd'hui. Une chaleur, là où elle ne percevait jusque-là qu'une réserve glacée.

Par hasard, son regard tombe sur une figure familière : Robin Ferland, à son poste de travail. L'un des trois hommes à qui elle a évité le licenciement, et qu'elle a reçus il y a un mois. C'est lui qui s'était montré le plus virulent, exigeant d'elle des actes en plus des paroles qu'elle lui prodiguait.

Son expression a changé du tout au tout. Il lui sourit, désormais, et elle le sent sincère. Reconnaissante, elle incline la tête vers lui. Un geste qu'elle n'a pas calculé, mais dont les conséquences sont immédiates. Aussitôt, il se met à frapper dans ses mains.

À m'applaudir ?

Incrédule, Julie voit l'ensemble des employés du plateau suivre le mouvement. Elle reste hébétée face à ce déferlement de soutien auquel elle ne s'attendait pas. Elle s'immobilise, plus déstabilisée par ces vivats inédits qu'elle ne l'aurait été par un accueil dubitatif de plus.

Les paumes crépitent par dizaines, elle y répond par des saluts maladroits. Cette fois, personne ne semble lui tenir rigueur de sa gêne.

Je suis l'une des leurs, à présent : j'ai enfin gagné ce titre. Au moins jusqu'au jour où ils apprendront ce que j'ai fait à mon oncle, et pourquoi je me retrouve en position d'endosser son nom en premier lieu…

Louis

— Merci de vous être libérée du matin pour l'après-midi afin de m'accorder cet entretien, madame Névé. J'ai conscience que votre planning est bien plein, et je mesure l'effort que vous avez fourni.

— Ce n'est rien, Votre Majesté. Tout ce que je fais, c'est à votre service. Vous avez besoin de moi, je me rends disponible. Tout le reste est secondaire.

L'intendante de Versailles fait face au roi dans le bureau privé de ce dernier, sérieuse et concentrée, comme à son habitude. Ses cheveux retenus en un chignon strict, un carnet et un crayon à la main, elle est l'image même de l'efficacité.

Ce pourquoi elle excelle à son poste. Elle gère toute la domesticité du château d'une main de maître.

— J'aurais une requête à vous soumettre, déclare Louis. J'aimerais que vous vous chargiez d'un recrutement pour moi.

— Bien entendu, Votre Majesté. À quel poste ?

— Je souhaiterais embaucher un *community manager.*

Sophie Névé ne fait aucun commentaire : elle est bien trop professionnelle pour cela. Elle se contente d'absorber l'information en hochant la tête.

Elle aurait de quoi s'étonner, pourtant : au début de mon règne, une des premières décisions que j'ai prises, c'est de renvoyer celui qui était au service de mon père. Je ne supportais pas qu'un autre que moi s'exprime en mon nom sur Réseau Royal, je désirais ce contact direct avec mes sujets. Mais… je n'y arrive plus.

Il en a pris douloureusement conscience depuis l'effondrement du pont Guillaume-et-Mathilde : peu à peu, se connecter sur son profil est devenu une épreuve pour lui. Il y cherchait du réconfort, l'amour des Français : il n'y trouve plus que des crachats qui le blessent. La modération du site a beau filtrer les messages qui y sont postés pour supprimer les plus injurieux, ceux qui restent lui font si mal… Ils le critiquent, le prennent à partie, le roulent dans la boue. À la moindre de ses publications, ils trouvent quelque chose à redire. Même maintenant qu'il poste de moins en moins, dégoûté et trop pris par les impératifs de la Couronne, les commentaires demeurent, spontanés, emplis de reproches.

Il est arrivé au bout de ses forces : il ne peut plus le supporter. Catarina lui en a fait prendre conscience : en continuant à les consulter, il se laisse emporter dans une spirale mortifère. Aujourd'hui, il décide d'en sortir ; tant pis si cela a un goût de renoncement.

Je voulais montrer un moi authentique aux Français, profiter de Réseau Royal pour me livrer à eux tel que je suis... Mais il faut croire que je ne serai jamais assez pour eux. Quoi que je publie, ils se sont déjà fait leur idée de moi. Alors je quitte la partie.

— Avez-vous une idée de profil en tête ? lui demande la Névé.

— Pas vraiment. Je m'en remets à vous. Vous connaissez le style de mes publications : quelqu'un qui en respectera l'esprit général.

— Un candidat plutôt jeune, donc. Recontacter M. Valmaire, le *community manager* de feu le roi François IV, aurait été une possibilité, mais il a un ton très institutionnel qui ne vous conviendra pas, je pense. Sans compter qu'il est très satisfait de son nouveau poste auprès du prince de Conti.

— En effet.

Et encore : Louis est si écœuré des torrents bourbeux qui ne cessent de se déverser dans ses commentaires qu'il en est arrivé à un point où tout cela lui est égal.

Plus jeune, j'imaginais que Réseau Royal permettait d'abattre toutes les barrières. Je rêvais une version de la monarchie accessible à tous, que les murs du château de Versailles cesseraient de dissimuler. C'était juste une illusion... Être roi n'a toujours été qu'une question d'image : nul ne se préoccupe de savoir qui le souverain est réellement. Mes ancêtres l'avaient bien compris : que sait-on réellement des personnes qu'ils étaient, au-delà de leurs portraits chargés de symboles et de leurs statues de marbre ? Ce n'est là que la toute dernière itération de cette vaste comédie.

— Souhaitez-vous qu'il vous suive dans votre quotidien ? Si vous désirez conserver un ton intime, cela pourrait être une bonne solution.

— Non, je ne préfère pas.

Assez de ce tumulte. J'ai bien peu de moments qui m'appartiennent encore : je veux les conserver.

— Pensez-vous que la personne que vous recruterez pourrait se mettre en relation avec Gauthier pour obtenir du contenu ? enchaîne Louis. Mon valet serait en mesure de se charger de prendre quelques photos discrètement, en plus de ses fonctions.

— Il est envisageable de le former dans ce but, en effet.

Cela ne posera pas de difficultés : les désirs du roi sont des ordres et ce qu'il doit reconnaître à Gauthier, c'est au moins la dévotion la plus complète à ses fonctions – même s'ils n'ont jamais été en mesure de tisser des liens d'amitié.

— Alors, c'est décidé, tranche-t-il. Proposez-moi des noms au plus vite. Réglons cela rapidement.

— Je reviendrai vers vous avant la fin de la semaine, Votre Majesté.

— Merci, madame Névé. Vous pouvez disposer.

L'intendante se lève et s'incline avant de quitter la pièce.

Thomas

Assis au volant de la voiture anonyme qu'il a louée pour la journée, Thomas est parfaitement immobile et silencieux, fixant la pâture déserte à quelques mètres devant lui. Il est garé sur le bas-côté d'une route secondaire mal entretenue au fin fond de l'Isère ; pour venir en cet endroit reculé, il a dû cahoter sur ce qui n'était bien souvent qu'un chemin de terre. Qu'importe : il a encaissé les secousses. Aujourd'hui, il y a plus important que son confort personnel.

Aujourd'hui, si tout se déroule selon son plan… il libérera Marie Sallemont.

Depuis un mois, Thomas est tendu vers cet unique objectif, ce coup d'éclat qui permettrait d'exposer définitivement tous les mensonges de Louis XX. Il a déjà fait fuiter les documents exposant les coupes budgétaires effectuées par le gouvernement dans l'entretien du pont Guillaume-et-Mathilde, ceux qu'Erika de l'administration régionale de la Normandie lui avait transmis : ceux-ci ont attisé la colère contre le souverain, amenant le pays encore plus près de l'explosion.

Mais ce n'est pas encore assez. Trop de gens préfèrent continuer de croire que tout ceci n'est qu'une suite de regrettables coïncidences, que notre souverain mérite notre indulgence. Ils se trompent, et je le leur prouverai.

Thomas n'a rien d'un combattant. Il en a conscience, et ne s'est pas risqué un seul instant à imaginer une évasion spectaculaire, digne des blockbusters qui attirent les foules au cinéma. Attaquer Chassieu, parvenir jusqu'à la cellule de Marie et l'en tirer à grand renfort d'échanges de tirs, ce n'est là qu'un scénario fantasmé : il n'a jamais touché d'arme de sa vie.

Non, ses atouts résident ailleurs. Ce qu'il manie à la perfection, c'est la capacité de persuasion. C'est elle qu'il a mise à profit pour arriver à ses fins.

À l'origine, Denis Albani, le surveillant employé au quartier de la sécurité où est retenue Marie Sallemont, souhaitait se cantonner à un rôle d'informateur. Sensible aux thèses révolutionnaires, il était venu au Tennis Club transmettre ce qu'il savait à Thomas, et avait l'intention de s'en tenir là. Mettre en branle un processus qui amènerait à un scandale, mais se laver les mains de la suite.

Je n'allais pas le laisser faire. Il m'était trop précieux.

Thomas est resté en contact étroit avec lui, lui écrivant régulièrement sous tous les prétextes possibles – pour s'enquérir de l'état de santé de Marie, notamment. Il en a profité pour attiser son hostilité vis-à-vis du gouvernement, et le pousser à se scandaliser toujours plus du fait que Louis XX retienne ainsi une jeune femme innocente. Les questions sont venues ensuite : sans doute, il devait y avoir d'autres agents de Chassieu partageant son opinion. Denis ne pouvait-il pas les identifier ? Entrer en contact avec eux ? Leur proposer d'agir, concrètement, pour mettre un terme à cette situation révoltante ?

Cela a été un travail de longue haleine. Trop d'insistance, et Thomas aurait risqué que Denis coupe toute relation avec lui, apeuré. Pas assez, et rien n'aurait progressé. Il a déployé des trésors d'argumentation et d'éloquence pour amener son interlocuteur jusqu'au point de non-retour.

Jusqu'à ce qu'il accepte de tout risquer pour la cause...

Encore maintenant, Thomas n'est pas certain qu'il ne se sera pas laissé saisir par des remords de dernière minute – ou que le plan qu'ils ont élaboré ensemble n'aura pas échoué. Son cœur bat à ses tempes alors qu'il scrute le ciel, attendant à tout moment le signe qui attestera qu'il est arrivé à ses fins.

C'est d'abord un bruit qu'il entend. Un bourdonnement, ténu initialement, mais qui suffit à ce qu'il sorte de sa voiture pour se poster, debout, à la lisière du champ. Le bruit enfle, progressivement, alors qu'un point sombre apparaît dans le bleu moutonné de blanc.

Un hélicoptère.

Seconde après seconde, Thomas en distingue un peu mieux le profil fuselé. Le grondement des pales se fait assourdissant ; l'engin est au-dessus du champ désormais, amorçant sa descente. Il brasse l'air, couchant les herbes, levant un vent contre lequel le jeune homme doit s'arc-bouter.

Enfin, les rotors se coupent. Le silence, soudain, est déstabilisant. Un oiseau pépie non loin alors que la porte s'ouvre. Denis saute à terre, tendu ; Thomas le rejoint à grands pas.

— Vous l'avez ? lance-t-il.

— Oui. Nous avons dû neutraliser un collègue qui a cherché à se greffer à notre détachement à la dernière minute, mais en dehors de ça, le plan s'est déroulé comme nous l'espérions.

Il s'agissait de retourner l'administration contre elle-même. Un complice d'Albani a falsifié la réception d'un ordre de la première présidente du Parlement de Grenoble, demandant que la détenue n° 6971 lui soit emmenée. C'est également une équipe acquise à la cause qui a été chargée du transport – moins le collègue qui vient d'être mentionné et qui, Thomas le suppose, est actuellement assommé quelque part dans la prison, pour l'empêcher de donner l'alerte. Au lieu de prendre la direction annoncée, c'est vers ce champ reculé que l'hélicoptère a été conduit – un brouilleur de signal GPS préalablement mis au point par Nathan Pommeraye ayant été fourni aux conspirateurs afin de masquer leur destination aux enquêteurs qui pourraient chercher à le traquer.

Eh oui : le quartier de haute sécurité est paré à résister à toute tentative de prise d'assaut issue de l'extérieur. Mais nul ne s'attendait à ce qu'il soit rongé de l'intérieur, et voilà ce qui le rendait vulnérable.

— Transférons-la rapidement, décrète Thomas. Plus vite nous serons en chemin, mieux ce sera.

Denis hoche brièvement la tête avant de se retourner vers l'hélicoptère. Un instant plus tard, l'un de ses deux collègues restés à l'intérieur manœuvre vers lui le corps d'une femme inerte, qu'il réceptionne dans ses bras.

Marie Sallemont…

Elle est encore endormie, sous l'effet des drogues qui lui étaient administrées en continu à Chassieu ; la tête ballotte contre l'épaule d'Albani. Ses cheveux blonds, emmêlés, sont en piteux état ; sa tenue de prisonnière, jaune, est informe autour d'elle. Elle n'a plus grand-chose à voir avec l'influenceuse que tout Réseau Royal admirait ; et pourtant, Thomas ne peut détacher son regard d'elle. Elle conserve une certaine beauté dans sa vulnérabilité même, un magnétisme qui lui noue le ventre.

Elle représente bien davantage que sa seule personne à présent : l'espoir de tout un peuple…

Et si elle est libre, c'est grâce à *lui.*

C'est bien beau d'incendier des mairies pour prétendre agir, mais qui fait changer le monde concrètement, hein ?

Il ouvre la portière arrière de sa voiture pour que Denis dépose Marie sur sa banquette ; ensemble, ils prennent le temps de la caler aussi confortablement qu'ils le peuvent en vue du trajet qui les attend.

Même si, au vu de ce qu'elle a subi ces dernières semaines, quelques secousses ne sont que peu de choses…

Déjà, l'hélicoptère redécolle : le pilote est désormais chargé de le faire disparaître, aussi loin que possible du point de rendez-vous. Ensuite, son acolyte et lui doivent se fondre dans la nature.

Ils ont sacrifié leur vie entière au nom de cette opération de libération. Je ne l'oublierai pas.

Albani, quant à lui, l'accompagnera à Saint-Cloud ; Marie désormais installée, il prend place à l'avant, tandis que Thomas se rassied derrière le volant et met le contact. C'est le dernier écueil qui les attend : rallier la région parisienne sans être arrêtés.

Le gouvernement peut encore remettre la main sur leur captive, la renvoyer en prison dans le plus grand secret. Et alors, je ne donnerais pas cher de ma peau…

Tant pis : le risque en vaut la peine. C'est l'un de ces moments où Thomas a conscience qu'il y a plus que lui-même en jeu ; où il doit se transcender en héros pour défier l'ordre du monde, ou accepter que ce dernier le broie.

Jamais. J'ai parcouru trop de chemin pour m'arrêter là.

Alors qu'il manœuvre la voiture le long du chemin de terre qu'il a parcouru à l'aller, ses yeux se tournent régulièrement vers le rétroviseur central ; vers Marie, qu'il a tant lutté pour délivrer, enfin près de lui. Malgré les risques qu'ils encourent toujours, une tendresse inattendue s'empare de son cœur, et il ne peut réprimer le sourire euphorique qui étire ses lèvres.

J'avais déjà emmené la révolution loin, très loin. Mais maintenant, avec le pouvoir du nom Sallemont à mon service… Qui pourra l'arrêter ?

Chapitre 8

Thomas

Sous ses paupières closes, les yeux de Marie Sallemont s'agitent : Thomas les voit rouler depuis plusieurs minutes déjà. Sa respiration, qui était paisible, s'est faite plus saccadée ; plusieurs fois, elle a gémi, en une plainte inarticulée mais qui prouve l'essentiel.

Elle est en train de se réveiller.

Dès qu'ils ont atteint Saint-Cloud, Thomas et Denis l'ont installée dans sa chambre d'amis – l'ayant sortie de la voiture sous le couvert de la nuit. Voilà près de vingt-quatre heures qu'ils se relaient à son chevet –, Thomas assurant l'essentiel de ces vigies, et ne laissant Albani à sa place que lorsqu'il ne peut faire autrement que de prendre une pause.

Nous tenons à ce que Marie ne soit pas seule lorsqu'elle ouvrira les yeux. Et j'aimerais vraiment que le premier visage qu'elle découvrira soit le mien.

C'est imminent, à présent. Plus rien ne pourrait le faire se lever de la chaise en rotin sur laquelle il est assis ; son regard est rivé sur le visage de la jeune femme. Plus tôt, délicatement, il a passé une serviette mouillée sur son front, ses joues, afin de la rafraîchir : il est décidé à prendre soin d'elle.

Elle a traversé l'enfer. C'est terminé, maintenant.

Il hésite à prendre sa main dans les siennes, pour lui faire sentir qu'elle n'est plus seule. La guider lentement à la conscience par un contact amical. Il n'ose pas, cependant : même s'il se sent déjà un instinct farouchement protecteur envers Marie, il n'oublie pas qu'elle ne le connaît pas. Il préfère s'assurer qu'il ne l'effraiera pas : s'éveiller après des semaines d'inconscience dans une maison inconnue sera déjà un choc pour elle.

Alors il se contente de l'observer. Patiemment.

Qu'elle prenne tout le temps qu'elle veut pour revenir parmi nous. Je l'attendrai.

Ses paupières papillonnent de plus en plus. Il la voit prendre une respiration un peu plus profonde que les autres, qui dégénère en quinte de toux. C'est cela qui achève de la tirer du sommeil ; l'instant d'après, ses yeux sont ouverts. Ils contemplent péniblement ce qui les entoure, brumeux.

Thomas est fier de constater que c'est sur lui qu'ils s'arrêtent. La poitrine gonflée, il se penche en avant et déclare doucement :

— Bonjour, Marie.

Son front se plisse. Elle doit être migraineuse : Denis a prévenu Thomas que c'était là un des effets secondaires des drogues utilisées en prison pour conserver les prisonniers inconscients. Mais elle a l'air d'avoir compris ce qu'il vient de dire. Il ne la brusque pas alors qu'elle s'y prend à plusieurs fois pour articuler en retour :

— Bon… jour.

Sa voix est éraillée, pâteuse. Manifestement, elle peine encore à maîtriser les muscles de sa mâchoire.

— Un peu d'eau ? Tu dois être assoiffée.

Elle acquiesce d'un mouvement à peine perceptible. Thomas se saisit de la carafe posée sur la table de chevet et remplit un verre à demi. Il l'approche de la bouche de Marie ; trop faible, elle ne fait pas mine de le saisir. Lentement, il écarte les mèches de cheveux perdues de chaque côté de son visage, puis place une main sur sa nuque pour l'aider à boire. Elle prend trois gorgées, maladroitement, de l'eau coulant de ses lèvres pour mouiller la tenue jaune de prisonnière que Thomas et Denis ne se sont pas risqués à lui retirer.

— Que… croasse-t-elle.

— Que t'est-il arrivé ? devine le jeune homme.

Elle confirme d'un petit signe de la tête. Thomas repose le verre, se rassied sur sa chaise, puis soupire :

— Le complot de ton père a échoué, tu dois t'en souvenir. Tu as été arrêtée en même temps que lui à Cramayel, et tu es détenue dans les prisons royales depuis tout ce temps. Sous sédatifs, pour éviter que tu ne parles à quiconque. Parce que Louis XX a choisi de tenir secret ton destin réel, ainsi que celui de ta famille. Officiellement… vous avez juste disparu, et il prétend s'inquiéter de votre sort.

Il marque une pause pour laisser à Marie le temps d'intégrer les informations qu'il vient de lui donner. De longues secondes se passent avant qu'elle ne souffle :

— Mes parents ?

— Malheureusement, j'ignore ce qu'ils sont devenus. Vous n'étiez pas retenus ensemble. J'ai pu te faire libérer de la prison de Chassieu où tu avais été placée, mais je n'ai pas retrouvé leur trace. Je suis désolé.

Les prunelles de Marie s'humidifient. Malgré son état comateux, elle paraît avoir tiré les déductions qui s'imposent : ses chances de les revoir un jour sont extrêmement faibles.

— Nous les vengerons, je t'en fais la promesse, reprend-il.

Elle lui jette un regard perdu, semblant réaliser seulement maintenant qu'ils ne se connaissent pas.

— Je m'appelle Thomas. Thomas Grisons, précise-t-il. Je connaissais bien ton père : j'étais son bras droit dans sa lutte pour renverser la tyrannie inique dans laquelle nous vivons. Si Louis XX s'imaginait que faire arrêter ton père suffirait à faire taire toute contestation, il se trompait. Nous sommes de plus en plus nombreux à être déterminés à faire éclater la vérité. J'ai fondé un mouvement qui prend de l'ampleur, le Tennis Club. Nous sommes plusieurs dizaines à nous rassembler chaque soir à Paris autour du portrait de Marc, pour faire entendre notre voix, en plus d'actions plus… délicates, dirons-nous. Comme celle qui a permis de te rendre la liberté.

— Merci…

— Mais de rien, voyons. Lorsqu'on a un minimum de sens de la justice, c'était la seule manière possible d'agir.

La tête de Marie dodeline, et Thomas capte le coup d'œil qu'elle jette au verre d'eau. Il l'aide à boire quelques gorgées supplémentaires. Quand elle reprend la parole après cela, sa voix est légèrement plus claire :

— Louis XX… Il doit payer pour ce qu'il m'a fait. Il faut… lui arracher le pouvoir.

Sa main est tendue, posée sur le drap. Cette fois, Thomas ose s'en saisir.

— Nous le ferons, affirme-t-il. Ensemble.

— Ensemble…

Déjà, les paupières de Marie menacent de se fermer de nouveau. Rien d'étonnant : il faudra encore plusieurs jours pour que les résidus de drogue dans son organisme se dissipent totalement. Thomas ne lutte pas pour la maintenir consciente : elle mérite ce repos, après tout ce qu'elle a subi.

Patience : bientôt, nous accomplirons de grandes choses, elle et moi. La France n'est pas prête pour le tremblement de terre qui accompagnera son retour…

Louis

— *Disparu ?* Comment peut-elle avoir *disparu*, comme ça ?

Il est rare que Louis hausse la voix en Conseil d'État. Il ne veut pas être de ces rois qui maltraitent leurs ministres : il sait tous les sacrifices que ces derniers consentent pour le servir.

Lorsqu'on a le pouvoir absolu, il est trop facile de devenir colérique, d'exploser à la moindre contrariété parce que nul n'ose plus nous dire « non ». Mon père a veillé à m'éduquer de manière que je garde les pieds sur terre, heureusement.

Malgré tout, aujourd'hui, il est furieux. Face à lui, c'est Anne de Mortemart qui se tient, les lèvres pincées.

Elle a au moins la décence de paraître mal à l'aise. Elle le peut : c'est une catastrophe qu'elle vient de m'annoncer.

— Il semblerait qu'une mutinerie se soit produite parmi les surveillants de la prison de Chassieu, indique-t-elle. Plusieurs d'entre eux se sont coordonnés pour faire sortir Marie Sallemont du quartier de haute sécurité… et malheureusement, nous en avons perdu la trace.

— Vous n'avez aucune idée de l'endroit où elle peut être désormais ?

— Mes équipes sont mobilisées pour la rechercher, bien sûr. Nous avons retrouvé l'hélicoptère qui a été employé pour son transport dans le massif des Bauges, abandonné. La boîte noire ne nous a livré aucune information supplémentaire : elle semble avoir été piratée.

— En somme, Marie s'est volatilisée…

Le silence d'Anne de Mortemart donne à Louis la terrible confirmation qu'il craignait.

— Probablement pas pour longtemps, malheureusement… soupire Catarina.

Les ministres se tournent vers elle. Il suffit d'un instant pour que Pierre de Chantilly comprenne où elle veut en venir.

— Il est presque certain que ce sont les rebelles qui ont organisé son évasion. Pour eux, cachée, elle n'a pas d'intérêt. Ce n'est pas pour elle-même qu'ils l'ont libérée : c'est pour le symbole qu'elle représente. Ils vont la brandir pour étayer leurs accusations à votre encontre, Votre Majesté.

— Alors nous n'avons pas le choix, décrète Louis. Nous devons la retrouver avant qu'ils ne passent à l'action.

— Ce serait l'idéal. Mais le temps file, et je crains que nous n'en manquions. Dès que Marie apparaîtra de nouveau en public, nous serons pieds et poings liés. L'arrêter de nouveau, ce sera prouver que nous étions responsables de sa disparition à l'origine…

— Il faudra nier, avance le cardinal d'Avignon. Ce sera notre seule solution.

Louis hausse un sourcil, attendant qu'il développe.

— Vous ne pouvez pas admettre avoir menti, Votre Majesté. Or, si vous dites la vérité, alors c'est que c'est cette femme qui affabule. Nous affirmerons qu'il ne s'agit pas de la réelle Marie Sallemont, mais d'une imposture.

— Mais nous croira-t-on ?

— Préférez-vous avouer à votre peuple que vous avez fait tuer Marc ? Après tout ce temps ?

Louis pense aux hommages au fondateur de Réseau Royal qui circulent sur l'application, à ces bougies toujours plus nombreuses allumées soir après soir au pied de son portrait au Tennis Club, dont il voit les photos s'accumuler. La réponse s'impose à lui.

Non, je ne peux plus changer de cap. Je suis trop engagé maintenant.

— Mieux vaut tard que jamais, tente malgré tout de plaider Catarina. Plus nous nous enfonçons dans le mensonge, et plus l'explosion d'une révélation de la vérité serait dévastatrice.

— Nous n'en sommes pas encore là, affirme Anne de Mortemart. Il est encore possible que mes équipes parviennent à retrouver Marie avant qu'elle n'ait eu l'occasion de se montrer publiquement. Et alors, la catastrophe sera évitée. Il faudra cependant prendre des… mesures afin d'écarter tout risque de nous retrouver dans la même situation une seconde fois.

En d'autres termes, faire assassiner Marie, elle aussi…

Louis déglutit. Ordonner la mort de Marc, c'était une chose : l'homme était un traître. Mais sa fille…

Elle était au courant du complot, c'est tout. Il n'a pas été établi qu'elle y a pris une part active. Aux yeux d'Anne, cela suffit à en faire une coupable, certes. Pas aux miens : j'aurais voulu l'épargner. C'est cette magnanimité que je risque de payer très cher.

— J'en déduis que nous ne prendrons pas de mesures vis-à-vis de Julie… Sallemont ? déclare Valérie de Noailles.

Louis soupire. Ce changement de nom dont la jeune femme n'a prévenu personne est encore une preuve de l'aura subsistante de son ex-ministre.

— Au nom de quoi pourrions-nous agir ? réplique-t-il, amer. Ce serait pire que mieux.

Il n'empêche que je ne m'attendais pas à ce coup-là. Je pensais que Julie me serait loyale. Mais ça… c'est un couteau planté dans mon dos.

— N'oublions pas que c'est grâce à elle que le complot de son oncle a été déjoué, rappelle Catarina. Elle aussi doit composer avec son héritage complexe. Je la connais : je pense qu'elle fait simplement de son mieux pour s'approprier le rôle qui est désormais le sien, avec les possibilités qui s'offrent à elle.

— Agnès Lambrou se plaint de son manque de coopération.

— Agnès Lambrou manque de souplesse, nous le savons tous, réplique Jean de Berry. Sa Majesté a raison : nous n'avons pas de base pour destituer Mlle Sallemont. D'autant qu'avec Marie dans la nature, une autre représentante de la famille nous apportant son soutien pourrait se révéler un atout précieux.

— Si elle corrobore la thèse de l'imposture, cela aidera grandement à l'étayer, déclare le cardinal d'Avignon.

— Qu'il en soit ainsi, tranche Louis. Anne, tenez-moi au courant de tout nouveau développement concernant Marie. Je n'ai pas besoin de vous rappeler à quel point la retrouver est une urgence nationale.

La chancelière hoche la tête gravement. Le jeune roi balaie son Conseil du regard, conscient qu'une fois de plus, il vacille au bord du gouffre.

Peut-être reste-t-il l'espoir que je n'y chute pas... mais il est mince. Et je crois bien qu'à présent, je dois me préparer au pire.

Catarina

— Nous en avons terminé, Votre Altesse Royale. Vous pouvez reprendre place.

Suivant l'invitation du docteur Legris, le médecin en chef du château de Versailles, Catarina se rassied dans le fauteuil qui fait face à son bureau. Il vient de l'examiner, comme il le fait chaque semaine depuis que l'infante a consenti à programmer des rendez-vous réguliers avec lui. Pour conclure son check-up, il lui a fait faire quelques allers-retours d'un bout à l'autre de la pièce, afin d'évaluer son équilibre.

Cette fois, je n'ai pas vacillé. C'est bon signe, forcément...

— Vous me confirmez que vos vertiges semblent refluer ? demande-t-il, la main au-dessus du dossier de la jeune femme ouvert devant lui.

Il a la meilleure des protections anti-piratage : je crois que personne d'autre que lui ne serait capable de déchiffrer les notes qu'il prend...

— Oui, c'est ce dont j'ai l'impression, déclare Catarina.

— Bon. Nous devons rester prudents, mais nous allons essayer de réduire la dose de médicaments que vous prenez. D'autant que vous n'avez plus aucune nausée, n'est-ce pas ?

— En effet.

— Et pour ce qui est des migraines ?

L'infante grimace. C'est là que le bât blesse.

— J'en ai encore assez souvent, surtout en fin de journée.

— Lesquelles sont bien remplies, si je ne m'abuse.

Inutile qu'elle prenne la peine de confirmer : en quelques rendez-vous seulement, le docteur l'a bien cernée. Elle est physiquement incapable de se résigner à prendre du repos.

Pas alors que la situation en France est si incertaine… Pas alors que les nouvelles en provenance de l'Europe entière sont si inquiétantes.

La voie de la répression, c'est celle qu'ont choisie nombre de monarques. Malgré tout, les troubles subsistent. Le tsar Nikolaï IV, pourtant rompu à l'exercice du pouvoir, multiplie les discours, qui ne sont pas efficaces pour calmer son peuple. Kerstin de Brandebourg, toujours bravache, s'entête à multiplier les déclarations hostiles à la France, dans l'espoir de rediriger la colère de ses sujets. Au Vatican, le pape ne cesse de répéter l'importance de l'ordre social, sans pour autant être entendu.

Ce qui me fait le plus mal au cœur, c'est la situation en Espagne… Mon pays.

Elle est toujours privée de contacts directs avec son frère, mais elle voit de quelle manière Alfonso l'instrumentalise pour dissimuler la brutalité de sa propre politique. Depuis toujours, ce sont sur les élites qu'il s'appuie pour gouverner ; il les a donc impliquées dans la lutte contre les revendications populaires. Les Grands se sont vu confier des compétences judiciaires étendues, et ils n'hésitent pas à arrêter et à mettre en prison par dizaines les contestataires.

Ainsi, c'est par la peur que la situation est contrôlée ; mais la stabilité dont se vante publiquement mon oncle est artificielle. Dans le secret du cœur des sujets sur lesquels il règne au nom de mon frère, le ressentiment grandit.

Prise dans ses pensées, Catarina pousse un long soupir. Legris griffonne quelque chose sur sa feuille en secouant la tête, puis commente :

— En tant que médecin, il m'est impossible d'approuver les efforts que vous fournissez. Même si, en tant que sujet du roi de France, je ne peux que les saluer. Il se murmure au palais que vous êtes la voix de la raison au sein de son Conseil.

— Ce sont les courtisans qui disent cela ?

— Non, vous vous en doutez bien. Plutôt tous les autres. Les serviteurs de Sa Majesté, comme moi.

Le docteur relève les yeux de son dossier avant d'ajouter :

— Êtes-vous surprise que nous soyons au courant ? Les murs des châteaux ont des oreilles. Les grands n'ont pas de secrets pour leurs domestiques, c'est bien connu.

J'en ai conscience. C'est pour cette raison que je ne commets jamais l'erreur de relâcher ma vigilance.

— Et alors, que se dit-il ? s'enquiert Catarina. Vous avez commencé à vous exprimer : allez donc jusqu'au bout de votre pensée.

Le médecin la considère un instant, pesant ses paroles.

— Un souverain éclairé prendrait sûrement la mesure des revendications populaires et essaierait de les écouter vraiment, finit-il par avancer. Il devrait prendre conscience que le peuple du XXIe siècle n'est plus celui du Moyen Âge : qu'il est éduqué et capable de faire lui-même ses propres choix.

— C'est pourtant ce qui se passe aux États-Unis, et tous les observateurs s'accordent pour dire que la situation politique y est bien trop instable pour le bien du pays.

— Deux siècles de recul sur le modèle américain devraient permettre d'éviter de reproduire les mêmes erreurs en Europe. Un système de société harmonieux reste à inventer.

— N'êtes-vous donc pas monarchiste, monsieur Legris ?

Catarina a posé cette question sans animosité. Son interlocuteur se sent suffisamment en confiance pour lui livrer ses convictions profondes : elle ne souhaite pas le braquer.

De manière générale, je pense que nul ne devrait être blâmé pour user de sa capacité de réflexion. Faire taire la critique artificiellement ne l'a jamais rendue moins légitime.

— Je suis surtout bien placé grâce à ma fonction pour savoir que le fardeau du pouvoir est trop lourd pour les épaules d'une seule personne. Voyez comme vous vous épuisez alors que vous n'êtes même pas reine de France… Voyez comment Louis est devenu si morose, en quelques mois à peine. Ses check-up sont parlants. Il a perdu du poids, sa tension est bien plus élevée qu'auparavant… La Couronne broie les gens, et François IV en avait conscience. Peu de gens sont au courant, mais il était sous antidépresseurs, depuis des années. Beaucoup lui reprochent de ne pas avoir suffisamment formé son fils… mais moi, je pense qu'il savait très bien ce qu'il faisait. Il voyait que Louis était encore plus fragile que lui, et il a agi par amour, pour le préserver autant qu'il le pouvait. Alors pour répondre à votre question, Votre Altesse Royale… J'ignore si je suis démocrate, mais non, je ne suis pas monarchiste. Pour un régime aussi centré autour d'un seul homme, je le trouve bien trop inhumain.

— De tels propos pourraient suffire à vous faire accuser de trahison.

— Est-ce ce que vous estimez, Votre Altesse Royale ? Que je vous trahis ?

Non : c'est un homme profondément attaché au serment d'Hippocrate auquel il se soumet, jusque dans ses implications extrêmes…

— C'est bien ce que je pensais, reprend Legris. Je continuerai à faire mon devoir, comme vous continuerez à faire le vôtre. L'un et l'autre, nous n'envisageons pas d'autre voie.

Une dernière signature au bas de son document, et il se lève pour raccompagner Catarina à la porte de son cabinet – et donner à sa secrétaire le formulaire qu'elle se chargera ensuite de transmettre à l'intendance, détaillant le traitement ajusté que les services du château devront désormais se charger de lui administrer.

Quant à l'infante, elle remonte dans ses appartements avec davantage à méditer.

Julie

Julie a toujours été plus à l'aise dans l'ombre que dans la lumière.

Mais aujourd'hui, je n'ai plus d'autre choix que de m'avancer sous le feu des projecteurs.

Prendre le nom de son oncle n'était qu'une première étape : cela lui a valu la sympathie de ses employés. Cependant, elle ne peut pas s'arrêter là. Elle doit construire sur cette base, s'attirer définitivement leur respect.

Ne pas dissimuler mon changement de cap ; l'assumer pleinement.

Cette fois, elle ne fuit plus la foule : c'est elle qui l'a convoquée. Ce soir, le hall de l'entreprise est bondé en attendant qu'elle paraisse. Cachée derrière un tissu tendu, c'est avec nervosité qu'elle voit la foule s'amasser devant la petite estrade qui a été montée face aux ascenseurs.

Ils sont si nombreux… et ils sont tous là pour moi. Je n'ai jamais parlé devant un si large public. Et si je perdais mes moyens ? Si je n'en étais pas capable ?

Elle n'a plus le choix, de toute façon. Si elle se défilait maintenant, elle perdrait toute la crédibilité que les derniers jours lui ont permis d'acquérir.

Il y a du courage en moi, je le sais. Assez pour oublier mes angoisses si la situation l'exige.

Elle jette un regard à sa montre. Vingt heures. C'est le moment.

Elle fait signe qu'elle est prête aux techniciens cachés avec elle dans les coulisses improvisées puis, respirant profondément, elle écarte les pans du tissu noir qui la dissimulait jusque-là. Le brouhaha ambiant cesse instantanément lorsqu'elle apparaît, ce qui la met mal à l'aise : d'un coup, elle ressent tout le poids des attentes qui pèsent sur ses épaules.

Ses talons claquent contre l'estrade tandis qu'elle s'avance vers le pupitre qui a été installé pour elle. Les micros qui y sont attachés ont été réglés à la hauteur de sa bouche il y a trois heures, mais elle ne peut s'empêcher de les toucher pour les réajuster, pour gagner encore quelques instants de répit.

Elle lève les yeux. Elle n'aurait pas dû. La multitude de regards qui la dévisagent l'intimide.

Tu n'as pas le choix. Tu n'as plus le choix.

C'est en se répétant ces deux phrases qu'elle trouve la force d'entrouvrir les lèvres et de lâcher :

— Bonjour à tous…

Sa propre voix la peine : elle est faible, mal assurée.

Elle n'a pas le droit de l'être. Celle de mon oncle était puissante, ferme. Ce soir, j'affirme que je suis son héritière. Il est de mon devoir de lui ressembler.

Elle se reprend pour poursuivre, cette fois avec davantage de conviction :

— Merci d'être si nombreux à avoir fait le choix de rester après votre journée de travail que je sais longue pour m'écouter.

Trêve de circonlocutions : il lui faut entrer dans le vif du sujet. Elle va s'engager en des eaux périlleuses, contrainte qu'elle est de naviguer entre les attentes révolutionnaires de bon nombre de ses auditeurs et les engagements qu'elle a pris auprès du gouvernement.

Autant dire que je n'ai pas beaucoup de marge de manœuvre…

— Je ne vais pas me perdre en préambules. Si je voulais m'adresser à vous ce soir, c'est pour vous parler de ma décision récente de changer de nom, pour prendre celui de ma mère. Qui était aussi celui de mon oncle.

L'assistance semble apprécier la simplicité pour laquelle Julie a opté : les visages sont plutôt approbateurs. Encouragée, elle continue :

— Je ne souhaitais pas initialement me justifier de ce choix, qui m'appartient. Néanmoins, au vu des nombreuses réactions qu'il a suscitées parmi vous, j'ai estimé qu'il était de mon devoir de vous livrer quelques éléments afin que vous compreniez le cheminement qui m'a amenée à effectuer cette démarche.

Voilà, Julie. Continue ainsi. Dis les choses comme tu les penses. Tous ces gens sentiront ta sincérité.

Enfin, celle-ci est toute relative. Car à partir de maintenant, elle doit enjoliver les motivations qui l'ont poussée, cacher ses élans opportunistes pour se concentrer sur un idéalisme qu'elle a perdu peu à peu depuis qu'elle a quitté le grenier où elle vivait recluse dans la demeure des Sallemont.

— Vous vous en doutez, je souhaitais avant tout honorer mon oncle, qui m'a aidée à me construire, notamment après le décès de mes parents que j'ai perdus très jeune. Je lui dois beaucoup de celle que je suis, et je voulais rendre cela manifeste. Mais Marc Sallemont n'était pas n'importe qui, et j'ai parfaitement conscience que mon choix est bien plus qu'une marque de considération privée. Par ce geste, je voulais aussi vous prouver, à vous, employés de Réseau Royal, que je ne suis pas votre ennemie. Beaucoup d'entre vous entretenaient un lien particulier avec le fondateur de cette entreprise, je le sais ; partageaient les convictions qui étaient les siennes, aussi bien pour cette société que pour le pays tout entier.

Julie ne peut pas se permettre d'être plus précise : impossible pour elle d'évoquer publiquement les opinions révolutionnaires de son oncle alors que Louis XX s'efforce de nier tout lien entre la disparition de son ministre et les troubles qui secouent la France.

Ce que je dis suffit cependant : ceux qui savent ont forcément compris à quoi je faisais allusion.

— Ces convictions sont aussi les miennes, affirme-t-elle.

Cela, c'est une révélation. Julie l'assume.

L'heure est venue. Je dois cesser de me cacher, et montrer qui je suis. Ou du moins, qui je voudrais être.

Laissant planer trois secondes de silence, elle balaie la foule du regard. L'assistance entière a les yeux braqués sur elle, attendant sans le moindre murmure qu'elle continue à se livrer.

— Ma position à la tête d'une entreprise aussi importante que Réseau Royal me donne le devoir de prendre du recul sur mes actes et de les effectuer en connaissance de cause. J'ai conscience que beaucoup d'entre vous m'ont accusée de n'être qu'un pantin masquant une gouvernance de cette compagnie par le pouvoir de Versailles ; c'est faux. J'ai ma propre volonté, mon libre arbitre. Croyez-vous qu'autrement je serais devant vous ce soir ?

Sa voix s'est échauffée sur ces derniers mots. Elle se rend compte que la nervosité qui l'habitait au moment où elle avançait vers le micro a disparu. Son propre discours l'a transcendée, balayant les peurs qui l'habitaient.

Étonnant, quand on sait à quel point je craignais de débiter des paroles mensongères à tous ces gens rassemblés là. Il faut croire que les vérités au fond de moi ne sont pas si sombres.

— Je suis votre alliée, clame-t-elle. Je veux vous écouter et porter vos voix là où cela peut faire la différence, comme mon oncle avant moi. Surtout, je veux que le nom « Sallemont » reste synonyme de convictions et d'envie de les défendre. Désormais, Marc n'est plus là, et c'est moi qui vous reste. Moi qui suis là pour vous. Moi qui souhaite avancer avec vous. Moi, Julie… Sallemont.

Elle hoche brièvement la tête pour signifier qu'elle en a terminé et, aussitôt, la tension qui la portait disparaît, la laissant tremblante. Saisie de frissons, elle se retient discrètement au pupitre devant elle pour conserver son équilibre.

Devant elle, la foule reste silencieuse un instant, galvanisée elle aussi. Communiant avec la jeune femme dans ce qui les rapproche :

le respect enfin gagné, l'espérance partagée en un avenir commun, le deuil du disparu aussi. Puis c'est un tonnerre d'applaudissements qui explose, assourdissant. Julie rosit, lève la main maladroitement en plusieurs saluts. Elle bat ensuite en retraite vers les coulisses, rattrapée par son naturel timide : elle ne tient pas à prolonger son exposition aux regards plus longtemps que nécessaire. Elle garde le dos droit ainsi qu'une démarche assurée jusqu'à ce qu'elle soit cachée aux yeux de son public, mais dès que le tissu noir tendu au fond de l'estrade la dissimule, elle accuse le contrecoup de la nervosité qui l'habitait. Elle se met à trembler, à rire doucement de soulagement, et elle doit s'appuyer au dossier d'une chaise placée là.

J'ai réussi…

Elle ne réfléchit plus : elle savoure simplement l'instant. Car elle est heureuse : elle a si peu connu le succès jusque-là que la sensation l'enivre.

Un claquement de mains lent s'élève soudain sur sa gauche. Elle se tourne : c'est Agnès Lambrou qui s'avance vers elle.

— Bravo, lui lance-t-elle.

Ce ne sont pas de réelles félicitations, Julie le sent : le ton de sa directrice adjointe est chargé d'acidité et d'ironie.

— C'était votre plan depuis le début, n'est-ce pas ? Faire évincer votre oncle, puis prendre sa place après avoir endormi le gouvernement pour gagner sa confiance ?

— Bien sûr que non…

Même si la jeune femme avait voulu se justifier, Agnès ne lui en aurait pas laissé la possibilité. Une moue dégoûtée déformant son visage, elle crache :

— Quoi que vous complotiez, ce sera sans moi. Je ne resterai pas associée à votre traîtrise un jour de plus : je m'en lave les mains. J'attendais votre discours pour vous laisser une dernière chance de vous amender, mais vous avez dépassé les bornes. Vous trouverez ma démission sur votre bureau demain matin à la première heure.

Julie se contente de lui renvoyer un regard torve.

Pense-t-elle m'annoncer une mauvaise nouvelle ? Que je vais déplorer son départ, la supplier de rester ?

Ce qui est certain, c'est qu'en l'absence d'Agnès, elle fera face à un énorme défi concernant la gestion quotidienne de l'entreprise.

Mais je trouverai le moyen de le relever. Je nommerai d'autres personnes sur lesquelles je pourrai m'appuyer. Qui me porteront plutôt que de m'enfermer.

— Eh bien, au revoir, alors, lâche-t-elle.

Agnès ouvre la bouche, la ferme, comme si elle se retenait de lui balancer une dernière remarque cinglante. Mais elle finit par s'éloigner à grands pas sans un mot de plus.

— Bon débarras, entend Julie derrière elle.

Cette voix-là est beaucoup plus amicale : c'est celle de Matthieu. Elle lui insuffle aussitôt une chaleur qui se répand dans ses veines alors qu'elle pivote vers lui. Après les montagnes russes d'émotion qu'elle vient de vivre, pouvoir laisser tomber son masque face à un allié est un réel soulagement.

— Tu as été impressionnante. Je tenais à venir te le dire moi-même.

— Merci…

— Si après cela, quiconque questionne encore ta légitimité, j'en serais très surpris. Nous savons tous les deux quelle est mon opinion à propos de Marc Sallemont… mais si son fantôme peut te permettre de consolider ta position, tant mieux.

Ils échangent un sourire, et l'euphorie qui s'est emparée de Julie enfle encore.

— Je suis sûr que ton discours va avoir un retentissement plus large qu'entre les murs de cette entreprise, reprend Matthieu. J'ai vu des employés te filmer : ils ont posté les vidéos sur Réseau Royal, c'est certain. Tu veux qu'on regarde ce qu'ils en disent ?

La jeune femme acquiesce, et son directeur technique sort son téléphone de sa poche. Mais à peine a-t-il ouvert son application qu'il blêmit, le regard braqué sur l'écran.

— Quoi ? panique Julie. Ils me descendent en flammes ?

Une part d'elle-même n'en est pas surprise.

J'aurais dû m'y attendre. Cela ne pouvait être aussi facile. Un nom changé à l'état civil ne suffit pas à s'acheter des loyautés…

Mais Matthieu secoue la tête.

— Non, ça n'a rien à voir avec toi. Enfin… pas directement.

— Montre-moi.

Julie a parlé un peu plus sèchement qu'elle l'aurait voulu, aiguillonnée par l'inquiétude. La pâleur soudaine de son directeur technique ne lui dit rien qui vaille.

Que s'est-il encore passé ? Une autre mairie incendiée ? Un autre pont effondré ? Un…

Sa respiration se coupe quand, Matthieu ayant incliné son écran, elle se trouve nez à nez avec un visage qu'elle connaît bien : celui de sa cousine. C'est une photo qui vient d'être postée sur son compte Réseau Royal, avec les paramètres de visibilité réglés au maximum. Ses traits sont plus creusés que dans le souvenir de Julie, mais cela ne l'empêche pas de regarder l'objectif de la caméra avec détermination, sa tête savamment inclinée comme elle a toujours su le faire pour mettre en valeur son beau visage.

Le décor autour d'elle est plongé dans la pénombre, à l'exception d'une flaque de lumière que Julie reconnaît d'un coup d'œil : c'est la mer de bougies allumées au pied du portrait de Marc Sallemont, au Tennis Club.

Seuls quatre mots accompagnent la publication. Ils suffisent à ce qu'un frisson d'effroi parcoure le dos de la jeune femme.

[**Je suis de retour.**]

Et avec elle… toutes les vérités que je me suis efforcée de réécrire.

Thomas

— Voilà, c'est posté.

Marie a un petit sourire en montrant son écran à Thomas. Il n'a aucun mal à reconnaître qu'elle est une spécialiste de l'influence : la photo qu'elle vient de prendre est parfaite. Déjà, les likes s'accumulent au bas de la publication, accompagnés de commentaires qui fusent : des exclamations surprises, des émojis feu… et des questions, surtout.

Celles-ci ne vont pas tarder à trouver leurs réponses. C'est tout l'objet de notre présence ici ce soir.

Il ne pouvait envisager qu'un endroit pour la révélation publique du destin de Marie : le Tennis Club. Son post sur Réseau Royal n'est qu'un avant-goût, une manière pour eux de s'assurer que Louis XX ne pourra pas étouffer ce qui s'apprête à se passer.

La foule au jardin du Luxembourg est plus dense que jamais ; elle a connu un sursaut après l'effondrement du pont Guillaume-et-Mathilde, mais ce soir, la fréquentation bat de tout autres records. Depuis deux jours, Thomas fait courir le bruit qu'un événement historique se prépare. Nombreux sont ceux qui se sont déplacés pour ne pas le manquer, même s'ils ignorent encore de quoi il va être question.

La rumeur commence à se répandre : j'ai vu aux yeux écarquillés de plusieurs personnes que nous avons croisées qu'elles ont reconnu Marie. Nous ne devons plus tarder à nous avancer sur le devant de la scène, si nous voulons que l'effet de surprise joue encore à son plein potentiel.

— Tout va bien ? s'enquiert-il auprès de sa compagne. Tu tiens le choc ?

Jour après jour, son organisme élimine les drogues qui la maintenaient éveillée en prison ; malgré l'envie dévorante de Marie de passer à l'action, Thomas a patienté jusqu'à ce qu'elle soit pleinement remise pour l'emmener au Tennis Club. C'est finalement elle qui lui a signifié qu'elle ne souhaitait plus attendre, brûlant de révéler la vérité au peuple de France.

— Bien sûr, clame-t-elle en rejetant sa chevelure blonde en arrière. Comment pourrait-il en être autrement ? Ce que tu as organisé ici… c'est galvanisant.

Elle rive ses yeux aux siens, la bouche entrouverte. Thomas réprime un sourire empli de fierté. Il est encore tendu, craignant que le gouvernement n'intervienne à la dernière minute pour les intercepter, mais cette inquiétude se dissipe de seconde en seconde, remplacée par l'excitation du moment.

Si les services secrets avaient retrouvé notre trace, c'est à Saint-Cloud qu'ils seraient venus nous arrêter. Ils doivent être au courant de notre présence ici depuis quelques minutes – je ne suis pas suffisamment naïf pour m'imaginer qu'ils ne surveillent pas le Tennis Club –, mais il est trop tard pour eux. Marie vient de poster sur Réseau Royal : ils ne peuvent plus étouffer la vérité.

Il trépigne malgré tout. Plus tôt la situation aura été catalysée, et mieux ce sera : il aura l'esprit tranquille. Heureusement, à cet instant, il capte la main levée de Denis Albani, qui lui fait signe tout près du portrait de Marc Sallemont, un micro branché à des enceintes à la main. Prenant la main de Marie, il la guide à travers la foule, et s'empare de l'appareil que son complice lui tend.

Il a à peine toussoté que les conversations se taisent : il lui a suffi d'un rien pour obtenir l'attention générale, et que tous les regards se braquent sur lui.

— Bonsoir à tous. Mon nom est Thomas Grisons ; certains d'entre vous me connaissent déjà, d'autres ont entendu parler de moi, d'autres encore ignorent totalement qui je suis. J'étais un proche de Marc Sallemont avant qu'il ne lui arrive malheur, et c'est moi qui suis à l'origine de cet espace de débat démocratique proposé tous les soirs au jardin du Luxembourg.

Il ponctue ses propos d'un large geste de la main englobant les courts de tennis autour de lui. Il sait qu'il vient de franchir un cap en prononçant ces mots : il a jeté au loin toute couverture, affichant son identité réelle ainsi que ses connexions avec le fondateur de Réseau Royal.

Le moment est venu. Je suis pratiquement sûr que les agents du gouvernement m'ont déjà identifié comme un révolutionnaire. Je ne veux pas leur laisser la possibilité de me condamner au même sort que Marc. Mon statut de dissident doit empêcher Louis XX de me faire disparaître sans clamer au pays entier qu'il n'est rien d'autre qu'un tyran sanguinaire.

Et puis, tout ce que Thomas a fait pour la cause révolutionnaire – la création du Tennis Club, l'évasion de Marie –, il refuse que tout autre que lui s'en attribue la gloire.

— Depuis plusieurs semaines que nous nous réunissons ici, poursuit-il, nous avons pu constater au quotidien l'incompétence de notre souverain, Louis XX. Si seulement il avait pu s'en tenir aux égarements d'ivrogne du début de son règne… mais non ! Ses lacunes ont eu tout récemment une issue tragique : l'effondrement du pont Guillaume-et-Mathilde. Combien de pères, de mères, de frères, de sœurs et d'enfants ont péri dans la catastrophe ? Ces vies auraient pu être épargnées, si la France ne ployait pas sous le joug de la monarchie ! Si le roi n'avait pas voulu réaliser des économies déplacées pour acheter l'opinion de son peuple, plutôt que d'accorder les mesures de bon sens que nous réclamons, et qui ont été censurées lorsque nous avons tenté de les poster sur Réseau Royal !

Face à Thomas, la foule s'est échauffée : il sait qu'il a touché la corde sensible en évoquant le drame meurtrier qui a frappé le pays. Les images choc du pont détruit tournent encore en boucle aux actualités, entretenant un climat propice à l'indignation.

Le regard dur tandis que bien des yeux parmi ceux des gens réunis au Tennis Club s'humidifient, il continue :

— Ce n'est pas tout ! Non content d'être un incapable, le roi de France est également un menteur. Vous rappelez-vous tous ses beaux discours larmoyants au moment de la prétendue disparition de Marc Sallemont ? Comédie que tout cela ! Louis XX savait très bien où était passé son ministre ainsi que sa famille ; et pour cause : c'est lui qui avait signé leur ordre d'arrestation.

À ces mots, un murmure parcourt l'assistance ; Thomas laisse ses paroles faire leur effet avant d'asséner :

— Nous étions nombreux ici à douter, depuis le début, de la version officielle que le gouvernement a voulu nous servir. Mais la majorité du peuple de France a le malheur de croire à la bonne foi de ceux qui le dirigent. Aujourd'hui cependant, le temps des mensonges est terminé. Mesdames et messieurs, amis de la liberté et de la justice, nous avons ce soir parmi nous une personne dont le récit vous ouvrira les yeux sur le vrai visage de ceux qui accaparent le pouvoir dans ce pays. Je vous prie de réserver votre meilleur accueil à… MARIE SALLEMONT !

Des acclamations explosent dans la foule tandis que Thomas tend le bras pour désigner son invitée, qui s'avance en pleine lumière. Un sourire forgé par des dizaines de *lives* sur Réseau Royal plaqué sur les lèvres, Marie se saisit du micro que Thomas lui passe. D'une voix parfaitement claire, elle déclare :

— Bonsoir à tous. Votre enthousiasme et votre sympathie à mon égard me font chaud au cœur, vraiment. Surtout après ce que j'ai vécu…

Ces quelques mots mystérieux suffisent à lui gagner la pleine attention de l'assistance ; instantanément, tous les auditeurs se retrouvent suspendus à ses lèvres. Elle laisse planer quelques secondes d'un silence plein de suspense avant de se mettre à raconter :

— Thomas vous l'a déjà dit : Louis XX vous a menti quant au sort qui a été réservé à mon père, à ma mère ainsi qu'à moi-même. Loin de nous évaporer de notre plein gré, nous avons subi un traitement horrible. Inhumain. Il est temps que vous découvriez la vérité, peuple de France !

Incisive, éloquente, Marie passe en revue tout ce qui a été tu au cours des derniers mois à propos de Marc Sallemont : son combat de l'ombre pour une société plus juste, son engagement de tous les instants, son arrestation surprise à la veille du jour prévu pour la révolte, sa détention dans une prison de haute sécurité...

— C'est là que j'ai aperçu mon père pour la dernière fois, affirme-elle. Un jour, à travers la vitre grillagée de la porte de ma cellule, je l'ai vu passer, encadré par deux agents pénitentiaires. Il n'est jamais revenu. On ne m'a même pas laissé lui dire au revoir, à moi, sa fille unique...

Marie embraie sur son transfert dans un autre établissement, sur les drogues dont on a bourré son organisme pour la priver de la parole, l'empêcher de clamer haut et fort qui elle était et ce qu'elle savait. À ce point de son récit, la foule est émue aux larmes, ressentant avec intensité toutes les émotions que la jeune femme cherche à faire passer dans son histoire.

— Dans les rares moments où une lueur de conscience parvenait à faire son chemin dans mon esprit maintenu dans l'obscurité, le désespoir m'envahissait, assène-t-elle. J'étais persuadée que j'étais condamnée à demeurer jusqu'à la fin de mes jours dans cet état de demi-vie pire que la mort. Mais il y a une justice en ce monde, et elle n'a pas manqué de faire son œuvre. On s'est battu pour moi, on m'a tirée de la réclusion sordide dans laquelle j'avais été jetée. Ma liberté, je la dois à un homme, auquel j'aimerais que vous réserviez une ovation extraordinaire. Il s'est exprimé devant vous il y a dix minutes à peine. Je vous en prie, chers amis, remerciez de ma part par vos applaudissements mon sauveur : Thomas Grisons !

D'un coup, c'est le tumulte. Des centaines de paumes claquent les unes contre les autres, des cris résonnent de toutes parts. Incrédule, Thomas fixe Marie : il ne s'attendait pas qu'elle le mette ainsi en avant à la fin de son discours.

Mais je ne peux que m'en réjouir...

— THO-MAS ! THO-MAS ! THO-MAS ! se met-on à scander.

Il reprend le micro et tente de dire quelques mots, mais c'est peine perdue : les ovations sont bien trop fortes. Alors il se contente de saluer la foule, exalté.

J'ai tant travaillé pour arriver là… Je voulais qu'on me reconnaisse, que mes efforts soient payés de retour. Voilà qui dépasse mes espérances.

Il savoure les exclamations pendant de longues minutes, baignant dans la reconnaissance générale qui s'exprime. C'est seulement lorsqu'un calme relatif est revenu qu'il porte de nouveau le micro à ses lèvres pour déclarer :

— Comme moi, le traitement qui a été réservé à Mlle Sallemont, la fille d'un grand homme ayant tant fait pour la France, vous révolte, n'est-ce pas ?

— Oui ! rugit la foule.

Elle est échauffée à présent, et il suffit que Thomas glisse un peu de véhémence dans son ton pour qu'elle réagisse au quart de tour.

— Nous ne pouvons pas accepter que de telles exactions soient commises dans ce pays, reprend-il. Nous ne pouvons plus accepter qu'un gouvernement capable de les commettre nous dirige ! Aujourd'hui, nos yeux se sont ouverts sur la vraie nature de Louis XX et de son entourage ; aujourd'hui, mes amis, il est temps de cesser de nous contenter de nous réunir en ces lieux chaque soir pour débattre. Le Tennis Club n'était qu'une première étape : maintenant que nous avons mûri nos idées, affûté nos voix, il nous faut désormais les faire entendre, et surtout les faire appliquer. Luttons pour la démocratie, et structurons-nous afin d'agir efficacement ! Pour cela, élisons un président à notre tête, chargé de nous représenter et d'organiser les actions afin qu'elles aient l'impact le plus important possible.

— Bien parlé ! s'exclame quelqu'un dans les premiers rangs.

Thomas balaie l'assistance d'un regard perçant. Le moment crucial est arrivé : dans ses plans, c'est lui que l'assistance choisissait comme chef à cet instant, à l'unanimité, mais la caractéristique première du vote du peuple, c'est qu'il est libre et imprévisible…

Cependant, il n'est pas seul pour plaider sa cause. Marie lui fait signe qu'elle souhaite reprendre le micro ; il le lui rend volontiers. D'une voix que l'émotion rend légèrement suraiguë, elle déclare :

— Il me semble qu'il y a un seul nom qui s'impose. Celui d'un homme qui, dans l'ombre, en a déjà fait énormément pour notre cause. Celui d'un homme sans qui la flamme révolutionnaire aurait pu s'éteindre après l'arrestation de mon père, et qui a lutté pour la conserver vivace. Celui d'un homme enfin qui a démontré son courage et son dévouement en se mettant lui-même en danger pour venir m'arracher aux griffes de mes geôliers. Chers amis, cet homme, vous l'avez deviné, c'est Thomas Grisons. Qui d'autre peut se prétendre plus à même que lui de nous défendre face à l'iniquité de Louis XX, de nous représenter avec une conviction inébranlable et un remarquable oubli de soi ? Qui ?

Thomas jette un rapide coup d'œil à la foule. Si quiconque souhaite présenter sa candidature, c'est maintenant qu'il doit agir, ou bien se taire à jamais ; mais Marie a été si éloquente que toute personne qui se risquerait à élever la voix à ce moment se verrait taxée de présomption.

Je peux la remercier : je crois bien que la partie est gagnée sans le moindre combat.

Se composant un air modeste, le jeune homme scrute ostensiblement la foule, comme s'il était réellement à la recherche d'un opposant prêt à se mesurer à lui. À sa grande surprise, quelqu'un se décide à bouger : Denis Albani s'avance pour saisir le micro. Thomas peste intérieurement.

Je ne m'attendais pas à ce que l'opposition vienne de lui…

Mais il retrouve bien vite le sourire lorsque son allié se met à parler :

— Je ne peux qu'appuyer les propos de Mlle Sallemont. Nul autre que Thomas n'est plus qualifié pour prendre la tête de notre mouvement, et c'est sans hésitation que je lui accorde mon vote.

— Moi aussi ! crie quelqu'un dans l'assistance.

— Et moi aussi !

— Moi !

Le tumulte s'empare de la foule ; Denis s'attelle néanmoins à rétablir le silence.

— Votre enthousiasme fait plaisir à voir, déclare-t-il, mais il nous faut procéder par ordre. Puisque aucun autre candidat que Thomas ne semble se dégager, nous allons faire simple : que ceux qui souhaitent qu'il devienne notre chef lèvent la main !

Il est inutile de compter les voix : c'est une véritable forêt de bras qui se dresse à cet instant. L'issue du vote est manifeste, éclatante.

Un grand sourire aux lèvres, Thomas récupère le micro que lui tend Denis.

— Merci à tous de votre confiance ! s'exclame-t-il. Je suis honoré que vous me l'accordiez. Vous pouvez être assurés que je ferai tout mon possible pour défendre la cause en laquelle nous croyons tous, et que j'utiliserai les nouveaux pouvoirs décisionnels que vous m'avez accordés à bon escient dans ce but.

Sur ce, il rend le micro : plutôt que de se lancer dans un autre discours, il préfère se plonger dans la foule, serrer des mains, récolter félicitations et encouragements.

Je tirais déjà les ficelles du mouvement dans l'ombre ; désormais, j'en suis le dirigeant officiel. Le peuple me veut et l'a exprimé. Je suis le seul à être légitime pour m'exprimer en son nom. J'ai vaincu : l'héritage de Marc Sallemont est mien. Qui osera encore me le disputer ?

LOUIS

La nuit est tombée sur Versailles. Les étoiles se reflètent sur la surface paisible du Grand Canal. Il n'y a pas un bruit, juste le clapotis de l'eau contre les margelles de pierre. Louis est assis tout près du bord, à même la terre, dans l'obscurité. Tant pis pour le costume qu'il porte. D'un coup, il a eu besoin de ce silence. Non comme une simple envie : comme une nécessité absolue.

Ce n'était pourtant qu'une soirée de plus à la cour, que rien ne distinguait des autres. Des nobles réunis dans la galerie des Glaces, de la musique, la lumière dévalant des lustres faisant briller les dorures.

Et les conversations. Si creuses.

Comme toujours, les aristocrates se sont pressés pour échanger quelques mots avec lui. Des compliments débordant de flagornerie. Ce qui était sur toutes les lèvres ce soir, c'est la réapparition de Marie Sallemont : comme le Conseil d'État l'avait décidé si jamais les services secrets ne parvenaient pas à remettre la main sur elle avant qu'elle ne s'exprime publiquement, la gendarmerie nationale s'est immédiatement fendue d'un communiqué laconique mettant en garde les Français contre cette prétendue scandaleuse usurpation d'identité. Le compte du souverain, lui, est resté silencieux.

Pourquoi aurais-je dit quoi que ce soit ? Je n'ai pas à donner de l'importance aux imposteurs…

Louis sait que son peuple ne le croit pas, sans même avoir besoin de consulter Réseau Royal. Il plaint Floriane, sa toute nouvelle *community manager*, que Sophie Névé lui a présentée il y a quelques jours et qui vient de prendre ses fonctions. Une petite femme, pétillante avec ses habits colorés et ses cheveux noirs mi-longs, qu'il sentait ravie de l'opportunité qui lui était offerte. Par son enthousiasme, elle avait presque réussi à dissiper le dégoût que l'application en était venue à lui inspirer.

Voilà qu'elle a déjà à gérer un torrent de boue. Des messages injurieux par dizaines, qui doivent se déverser dans ma boîte privée.

Il ne l'a pas contactée pour s'enquérir de ce qu'il en était réellement. Égoïstement, il préfère ne pas savoir. Il a besoin de se protéger.

Paradoxalement, l'attitude des courtisans l'a heurté tout autant. Tous ont tenu à lui assurer leur soutien face aux « infâmes mensonges de cette Marie Sallemont autoproclamée ». À lui répéter qu'il agissait de la seule manière possible. À lui offrir leur admiration et leur entière dévotion.

Peu à peu, Louis s'est senti de plus en plus oppressé, sa poitrine serrée. Chaque discussion lui ôtant un fragment supplémentaire de sa capacité à respirer. Jusqu'à ce qu'il finisse hoquetant, prisonnier des griffes d'une panique incontrôlable.

Alors il a pris la direction de ses appartements, faisant signe aux gardes en poste qu'il comptait simplement y faire un arrêt bref dans ses toilettes privées. À la place, il a emprunté l'un des escaliers menant à l'étage inférieur, a rejoint la galerie basse du rez-de-chaussée, et s'est précipité dans les jardins du palais à travers l'une des portes ouvertes. Il s'est enfoncé dans la nuit, seul, laissant le tumulte derrière lui.

C'est après plusieurs minutes de marche qu'il s'est effondré, au bord de l'eau. Des larmes ruisselant sur ses joues.

Je n'y arrive pas. Je n'y arrive plus.

Il rejette la tête vers le ciel, aspirant l'air nocturne à grandes goulées. Il est perdu, ne sachant plus ce qui est le pire : devoir affronter les conséquences de ses actes, ou bien que tous autour de lui agissent comme si tout allait parfaitement bien dans le meilleur des mondes.

Il y a une seule personne qu'il veut voir en cet instant : Catarina. Celle dont l'amour parvient encore à tenir toutes les parties de lui ensemble. Lorsqu'il se sent un peu mieux, il extrait son téléphone de la poche de sa veste. Il n'est pas surpris qu'elle ait remarqué son absence : elle lui a déjà envoyé un message. Il en a d'autres également, de ses ministres, de nobles divers, mais il ne les consulte pas. Il n'y a qu'elle qui compte.

[**Où es-tu ?**]

[**Au bord du Grand Canal, du côté gauche,** lui répond-il rapidement. **J'ai fui la fête, je n'en pouvais plus.**]

[**J'arrive.**]

Il ferme les yeux, se force à inspirer et expirer lentement, dans une tentative pour regagner définitivement la maîtrise de lui-même. Cela dure de longues minutes peut-être. Lorsqu'il rouvre les paupières, il distingue une silhouette en robe longue à une centaine de mètres de lui, s'avançant à pas pressés dans sa direction. Il se lève, prêt à accueillir celle qu'il aime malgré la honte qu'elle le trouve dans un état si déplorable – une fois de plus.

Mais bien vite, il fronce les sourcils. Il ne reconnaît pas la démarche de Catarina. En effet, il ne lui faut que quelques instants de plus pour identifier Anne de Mortemart.

Une chape de plomb lui tombe sur les épaules.

Ne peut-on pas me laisser tranquille ? Une heure, rien qu'une heure ?

— Votre Majesté, le salue-t-elle en arrivant devant lui.

— Comment avez-vous su où me trouver ? réplique-t-il, amer.

N'aviez-vous pas compris que je désirais être seul ?

— L'application de géolocalisation sur votre téléphone. J'aurais préféré éviter d'en arriver là, croyez-moi, mais je n'avais pas le choix. Il s'agissait d'une urgence.

Comme toujours.

Qu'y a-t-il cette fois ? Quel autre drame vient de frapper la France ? Il ne l'avait pas immédiatement remarqué dans la pénombre ambiante, mais Anne a l'air bouleversée. Elle respire trop vite – un peu comme lui juste une demi-heure plus tôt. Il entend son souffle, erratique ; cela ravive toutes ses angoisses.

Anne ne perd jamais la maîtrise d'elle-même. Pour qu'elle en arrive là, qu'a-t-il bien pu se passer ?

— Votre Majesté, je suis désolée…

La gorge de Louis se noue. Il voudrait tourner le dos, s'enfoncer dans la nuit comme s'il avait la possibilité de fuir ainsi le nouveau problème qui va forcément lui tomber dessus. Mais c'est impossible.

Je suis pris au piège.

— Anne… l'invite-t-il à parler, d'une voix tremblante.

La ministre soupire une dernière fois, puis annonce sur un ton si factuel qu'il en devient tranchant :

— Des révolutionnaires affirment avoir retrouvé la dépouille de Marc Sallemont. Ils l'ont déterrée. Les images tournent sur Réseau Royal.

Ces mots donnent l'impression à Louis qu'une voiture le percute.

Mais la semi-remorque est encore à venir.

— Le corps qu'ils exhibent… Il est mutilé, poursuit Anne. Il porte la trace de multiples sévices.

Elle marque une pause avant de formuler l'évidence :

— Votre Majesté, ils vous accusent d'avoir torturé Marc, et de l'avoir assassiné.

Chapitre 9

Louis

— « Torturé » ? Comment ça, « torturé » ?

L'accusation d'avoir assassiné Marc Sallemont, Louis l'encaisse. Difficilement, mais il y parvient. Parce qu'elle est justifiée.

Je ne suis pas fier de mon choix aujourd'hui, mais je dois l'assumer. J'ai demandé qu'on fasse disparaître mon ex-ministre, je ne le nie pas. Je suis prêt à en subir les conséquences.

Qu'on lui reproche d'avoir fait torturer Marc, en revanche… Louis ne peut l'accepter. Il n'a jamais ordonné qu'on le fasse souffrir. Une exécution, certes, mais propre. Sans douleur.

Son estomac se tord de dégoût. Il pourrait vomir, là, à même la terre, pour évacuer cette nausée terrible qui l'a saisi.

Anne a blêmi un peu plus. Du bruit la dispense cependant de répondre immédiatement : des pas qui font bruisser l'herbe du parterre sur lequel ils se trouvent. C'est Catarina qui accourt. Louis voit son regard passer de lui à sa ministre, et il sent sa surprise de ne pas le découvrir seul.

— Tu n'arrives pas la première, lâche-t-il, amer. Les problèmes m'ont retrouvé d'abord…

Elle vient se coller à lui, glisser sa main dans la sienne. Déjà, ses doigts pressent sa paume.

Elle ne sait pas de quoi il s'agit, mais elle est là pour moi…

Cela permet à Louis de rassembler assez de forces pour se tourner de nouveau vers sa conseillère et lui lancer :

— Eh bien, allez-y, Anne, poursuivez. Dites-moi comment il se fait que le corps de Marc Sallemont a ressurgi alors que vous m'aviez garanti qu'il disparaîtrait définitivement, et pourquoi il porte des traces de sévices.

— Je n'ai pas voulu cela, je vous l'assure. Il devait être traité avec dignité !

Les protestations de la ministre n'apaisent pas Louis, au contraire. Sa voix est trop aiguë, son exclamation désespérée. Un terrible doute saisit le jeune roi.

Me ment-elle ? Ou bien elle-même ne parvient-elle pas à accorder sa confiance pleine et entière au récit de ses équipes ?

Ces dernières semaines, il est lui-même devenu un expert pour déguiser la vérité. Il sait à quel point il est facile de réécrire la réalité, de tisser une autre histoire, plus valorisante, plus arrangeante. Il ne s'attendait pas à être pris à son propre jeu.

Qu'ai-je fait, réellement ? Quelles conséquences exactes l'ordre que j'ai donné a-t-il eues ?

— Alors comment expliquer ce qui vient de se produire ? demande-t-il.

— Nous ne le savons pas vraiment, déclare Anne. Le corps de Marc… Nous l'avons enterré anonymement dans une fosse commune, là où nous pensions que personne ne le retrouverait. Bien sûr, il est possible que quelqu'un ait réussi à le pister. Toutefois… cela semble peu probable. L'hypothèse que privilégient vos services secrets pour le moment, c'est que ce cadavre est un faux. Celui d'un sosie de Marc, qui aurait été maquillé pour laisser croire à de la torture. Les photos qui circulent sur Réseau Royal ne présentent pas traces de retouches, mais il est difficile d'en analyser les détails pour évaluer l'authenticité du sujet.

— Vous êtes en train de me dire que vous êtes incapable de déterminer si oui ou non c'est bien le corps de Marc Sallemont qui a été retrouvé ?

Anne reste silencieuse.

C'est une réponse en soi.

— Sait-on qui a posté ces images ? intervient Catarina.

— Elles n'ont pas été mises en ligne sur Réseau Royal directement, mais via un hébergeur suisse, par une entité qui se fait appeler « Front Agora ». Seul un message laconique les accompagne : « Il sera vengé. » Nous allons faire une demande officielle à la Confédération pour essayer d'identifier qui peut se cacher derrière cette nouvelle organisation mais, au vu de la politique habituelle de neutralité menée par Berne, notre espoir qu'elle aboutisse est mince. Nous sommes aveugles, malheureusement.

— Ce Front Agora pourrait-il être lié au Tennis Club ?

— Cela a été ma première supposition mais, d'après mes agents infiltrés, ses instances dirigeantes paraissent avoir été prises par surprise autant que nous. Marie Sallemont ainsi que leur tout nouveau président, Thomas Grisons, ont semblé découvrir les images en direct tout à l'heure. Bien sûr, ils pourraient jouer la comédie, mais étant donné… l'audace dont ils font preuve en temps normal, il s'agirait d'un changement étonnant dans leurs méthodes.

— Et le corps ? Où est-il exactement ?

— Les photos ne permettent pas de le distinguer précisément. Dans une église, semble-t-il : il a été disposé sur l'autel à la manière des gisants, et entouré de cierges. Mais si on considère le nombre de lieux de culte en France, cela pourrait être n'importe où dans le pays.

Louis a laissé Catarina et Anne échanger sans réagir, abattu par ce flot de nouvelles informations inquiétantes. Lorsque leur discussion se tarit, il se passe la main sur le front, épuisé, avant de soupirer :

— J'imagine que le scandale est déjà total...

— Oui, Votre Majesté. Ce Front Agora est très bien organisé. Le lien a été partagé simultanément par plusieurs comptes sur Réseau Royal et, par un jeu de partages croisés, il a gagné en visibilité en quelques minutes à peine – avant que toute alerte ne soit donnée.

— Très bien. J'en ai assez entendu. Nous reparlerons de tout cela demain.

Hésitante, Anne ne semble pas décidée à vouloir bouger.

— Vous pouvez disposer, ajoute le jeune roi rageusement. Laissez-nous seuls.

— Nous allons tout nier en bloc, bien entendu, affirme-t-elle. Comme nous l'avons fait pour Marie.

Il la foudroie du regard. Elle s'incline, puis se met en mouvement à travers l'obscurité pour regagner le château. Louis reste debout au bord du Grand Canal, devenu un océan sombre : un nuage masquant les étoiles, elles ne s'y reflètent plus.

Catarina se presse un peu plus contre lui, l'enserre entre ses bras.

— Louis... murmure-t-elle à son oreille.

Il ne peut rien faire d'autre que de sangloter contre elle, ses larmes baignant la dentelle de sa robe.

Jusqu'où vais-je chuter ? Comment se fait-il que chaque fois que j'ai l'impression de toucher le fond, celui-ci se dérobe, m'entraînant plus profond encore ? Suis-je, depuis tout ce temps, en train de creuser ma tombe ?

Il sent ses pensées l'entraîner dans une spirale d'images incontrôlables, insoutenables. Elles se déchaînent, se mêlant à celles qui le hantent déjà depuis l'effondrement du pont Guillaume-et-Mathilde ; la trace de mort qu'il laisse dans son sillage, sa légende noire là où il se rêvait auréolé d'un halo doré.

Un cadavre à moitié décomposé qu'on sort de terre… Des plaies figées, couvrant un corps raidi… Un squelette au rictus ironique enfin, riant et riant et riant encore de ma bêtise et de ma folie…

Marc Sallemont entrevoyait-il tous les événements qui découleraient de son arrestation lorsque Louis est venu lui rendre visite dans sa cellule à Lardy ?

Il était persuadé d'avoir gagné… Et s'il avait eu raison ? S'il n'y avait jamais eu d'autre issue que celle-là : lui, devenant un martyr, et moi, condamné à n'être qu'un tyran ?

Catarina

Comment trouver les mots ? Comment retenir ensemble les morceaux d'un cœur qui se brise ?

Catarina tient Louis contre elle, tentant d'absorber comme elle le peut sa douleur et son désarroi. Elle ne soutenait pas sa décision de faire exécuter Marc Sallemont, mais cela, sa descente aux enfers… Elle la bouleverse, au plus profond d'elle-même. Louis est celui qu'elle aime, celui dont elle a toujours admiré la lumière. Jour après jour, elle la voit s'éteindre un peu plus, soufflée par les bourrasques du destin, les vents tourbillonnants qui balaient les sommets du pouvoir. Elle voudrait la préserver, mais elle en est incapable.

Comme Louis ne peut rien face aux défaillances de mon corps. Nous sommes plus forts ensemble… mais pas invincibles. Et qu'il est difficile de voir l'autre souffrir…

Le noir règne autour d'eux ; certaines des allées des jardins de Versailles sont éclairées, mais ils en sont écartés. Au loin, les fenêtres du château sont illuminées : dans la galerie des Glaces, la fête doit se poursuivre, les courtisans toujours dans une ignorance bienheureuse du nouveau coup du sort qui s'est abattu sur leur souverain ce soir. Même d'ici, en tendant l'oreille, l'infante peut capter quelques notes de musique égarées.

— Je ne veux pas y retourner, Rina, souffle Louis. Pas encore.

— Alors, n'y allons pas.

Ils tournent le dos au palais et s'enfoncent un peu plus profondément dans les ténèbres. Là où, ce soir au moins, on ne les retrouvera plus. Dans l'obscurité que perce seulement la clarté de la lune, Catarina ne distingue plus les traits de celui qu'elle aime. Elle sent juste sa main dans la sienne, entend ses pas, sa respiration qui s'est faite lourde mais qui n'est plus hachée par les sanglots. Ils quittent le bord du Grand Canal, rejoignent le couvert des arbres. Là, après la rangée taillée au cordeau qui dessine la perspective visible depuis les fenêtres du château, la nature est plus libre. L'infante peine cependant à progresser sur le sol inégal, d'autant qu'elle porte toujours la robe longue qu'elle avait revêtue pour la soirée. Elle ne se préoccupe pas vraiment du fait qu'elle s'accroche aux brindilles – il y a plus important en ce moment, et le dressing à sa disposition est pléthorique, de toute façon. Mais elle a du mal à conserver son équilibre, devant se retenir à plusieurs reprises à Louis pour ne pas tomber. Si bien que, sans se concerter, ils finissent par s'arrêter auprès d'un saule dont les feuilles tombent en rideau jusqu'au sol. Le jeune homme les écarte, et l'infante le suit en dessous. Ils s'asseyent dos au tronc, à même la terre. Enfin dans ce qui pourrait ressembler à une bulle, l'illusion d'être hors du monde et des blessures qu'il leur inflige.

En un autre temps, ils auraient grimpé pour se percher ensemble sur une branche. Ils ne parviennent plus qu'à se blottir l'un contre l'autre, épuisés.

— Est-ce que tu parviens encore à rêver ? demande soudain Louis.

La question prend Catarina par surprise. Elle n'a pas de réponse immédiate à fournir. Avec tristesse, le jeune homme ajoute :

— Pas moi. J'ai l'impression que tout ça, ce n'est qu'un long cauchemar, et que je n'en vois pas le bout.

L'infante pèse ses mots avant de déclarer :

— Je ne sais pas… mais je continue à espérer. Je ne peux pas faire autrement : je ne peux pas accepter de me résigner à l'idée que mon oncle continue à maltraiter le peuple d'Espagne, ou qu'il me privera de Felipe à jamais. Je ne peux pas accepter que l'Europe coure vers la violence et le sang, devant mes bras baissés. Je ne peux pas accepter que la vie nous arrache l'un à l'autre. Et je n'ai pas envie que ce ne soit qu'un rêve. Je veux croire que c'est ce qui nous attend au bout du chemin, que chacun des pas que nous faisons nous emmène dans cette direction. Je continuerai à avancer vers ce phare, en tout cas, même si ça signifie m'écorcher les mains pour ramper après une énième chute.

— Tu es plus forte que moi.

Louis caresse la pulpe du bout de ses doigts en faisant ce constat.

— Tu as toujours aimé ça, toi… La politique, poursuit-il. Sentir le poids de la destinée de ton peuple sur tes épaules, tu le vois comme un honneur et une responsabilité, pas comme un fardeau.

— Ce n'est pas facile pour moi pour autant.

— Je sais bien, Rina.

Il embrasse son front avant d'ajouter :

— Je n'ai jamais eu d'autre choix que de devenir roi, et je fais tellement d'erreurs… Lorsqu'on a posé la couronne sur ma tête, mes ambitions étaient simples : rester une bonne personne malgré son poids, et être heureux. Je déteste qu'elle me ronge de l'intérieur comme elle le fait. Parfois, je voudrais juste… tout plaquer. J'en suis arrivé à un point où ça m'est presque égal, tout ça. Je sais quel est mon devoir, mais j'aimerais n'être hanté que par les choix d'un homme ordinaire. Quelle carrière choisir, où passer mes prochaines vacances… Quels prénoms donner à mes enfants.

Il renifle. L'infante serre sa main alors qu'il chuchote :

— J'ai échoué dans tout le reste, mais ça, je veux y rêver encore, Rina… Me dire que ce qui appartient à nous deux uniquement, je ne le foirerai pas aussi. T'aimer, et continuer à te donner le meilleur de mon cœur alors que le monde s'effondre.

— Tu le fais, je te le garantis. Et tu as beau trouver que ton horizon est sombre… Tu restes ma lumière.

Elle pivote pour se placer face à lui, ses doigts s'enfonçant entre ses mèches blondes, et elle l'embrasse. Leur baiser est semblable à un radeau dans un naufrage, la dernière planche de salut avant les abysses. Louis le lui rend avec désespoir : elle sent ses mains agrippant ses épaules, son dos, sa taille. Elles descendent sur ses cuisses, trouvent le bas de sa robe remonté sur ses jambes pour s'immiscer dessous, la guider plus près de lui. Elles parcourent sa peau nue, en explorant chaque centimètre – à l'exception de l'endroit, au mollet droit, où l'étui d'un couteau est fixé. Une arme dont elle ne se sépare plus depuis la première des tentatives d'assassinat que son oncle a menées à son encontre, à Madrid, lorsqu'elle avait manqué d'être poignardée dans sa chambre ; et à laquelle elle n'avait survécu que parce que, réveillée par le pas du meurtrier, elle avait réussi à détourner son bras avant de l'étourdir d'un coup de lampe à la tempe.

Une preuve de plus que Louis et moi avons été contraints de perdre notre innocence, quelque part entre les complots qui nous ont emportés.

Une autre s'étale bientôt alors que l'infante dénoue les rubans qui retiennent le haut de sa robe. Les cicatrices qui parcourent son corps, le sillonnant de marques indélébiles. Reflet de celles que Louis, pour sa part, porte à l'âme.

Il embrasse ses blessures dans le silence de la nuit ; elle fait de son mieux pour panser les siennes par son amour. Leurs cœurs battent à l'unisson sous ce saule, leurs souffles mêlés.

Donnant l'un à l'autre encore une raison de respirer.

Julie

Julie est rentrée à son hôtel particulier depuis deux heures déjà lorsque son téléphone sonne – ce qui n'arrive pratiquement jamais, tant elle mène une vie solitaire en dehors de son travail. Elle met en pause le podcast qu'elle était en train d'écouter en mangeant son dîner tardif, puis décroche après avoir vérifié l'identité de la personne qui l'appelle – Ronan Topor, le responsable du département de la modération sur Réseau Royal. Un service qu'Agnès avait gardé sous sa coupe jusque-là, tant il est stratégique pour le pouvoir royal.

Mais à la suite de sa démission, c'est moi qui me retrouve en première ligne.

— Allô ?

— Mademoiselle Sallemont… Je suis désolé de vous déranger si tard, mais nous avons une urgence.

— De quoi s'agit-il ?

— Je crois qu'il vaudrait mieux que nous en discutions de vive voix, si cela vous est possible. Pouvons-nous nous rejoindre au bureau ?

La requête, étonnante, pousse Julie à hausser un sourcil.

Mais je n'ai pas mieux à faire, et Ronan ne me paraît pas du genre à s'affoler pour un rien – il n'aurait pas été placé à la tête d'un département aussi stressant que celui de la modération sinon.

— Je me mets en route tout de suite, déclare-t-elle.

— Si je peux vous donner un conseil… N'ouvrez pas Réseau Royal avant d'être arrivée.

— Que se passe-t-il ? Ne faut-il pas que je me rende compte de la situation au plus tôt pour…

— Vraiment, mademoiselle, c'est à vous que je pense. Vous ne devriez pas voir ça seule.

— Très bien. Je fais au plus vite. À tout à l'heure.

Elle raccroche, le cœur battant, et abandonne son repas pour se mettre en quête de son chauffeur. Quelques minutes plus tard, elle est installée sur la banquette arrière de sa voiture. La curiosité la dévore, mais elle tient bon et suit le conseil de son employé : elle ne consulte pas son téléphone. En revanche, les hypothèses fusent dans son esprit, emballées. Elles tournent autour d'une seule théorie : Marie s'est dressée pour réclamer sa vengeance. Depuis le moment où elle a réapparu, Julie s'attend au pire. Que sa cousine se tourne vers elle pour lui demander des comptes, qu'elle l'accuse publiquement d'être une traîtresse. Que, ses petits secrets mis au jour, ses employés lui tournent le dos, furieux qu'elle ait tenté de les berner concernant son implication réelle dans la chute de son oncle.

Les deux matins qui ont suivi, elle s'est rendue au siège de Réseau Royal la gorge nouée par l'angoisse, pressentant que le jour qui s'ouvrait serait celui où elle devrait payer sa dette à la vérité. Jusque-là, rien n'a éclaté, mais cela ne pouvait pas durer toujours. Elle a eu Valérie de Noailles au téléphone dès le soir de la réapparition de Marie : la ligne de conduite qui lui a été communiquée est claire.

Le gouvernement a décidé de tout nier. Je suis donc censée agir, moi aussi, comme si je ne reconnaissais pas ma propre cousine.

La surintendante des finances l'a affirmé : Marie étant dans l'incapacité de prouver son identité, elle ne pourrait réclamer de prendre la tête de Réseau Royal. En tout cas, le roi ne le permettrait jamais.

Puis elle a raccroché, comme si c'était si simple, comme si elle avait tout dit. Sans me livrer les clés pour soutenir un mensonge si éhonté.

Les employés de Réseau Royal ont côtoyé personnellement sa cousine, qui se rendait régulièrement sur le lieu de travail de son père. Ils connaissent la vérité, quoi que le pouvoir en dise. Julie s'attendait à ce qu'ils dénoncent vivement l'imposture.

J'ai beau avoir tenté de tendre la main vers eux… Si ce que j'ai fait est révélé au grand jour, ils ne pourront plus jamais voir en moi que leur ennemie.

Ce n'est pas ce qui s'est produit, cependant. Nul n'a questionné le visage neutre qu'elle s'est efforcée d'arborer. Pour autant, elle n'a jamais relâché sa vigilance : elle se doutait que ce n'était là que le calme avant la tempête.

La voilà qui éclate ce soir. Il ne peut en être autrement.

Qu'a fait Marie exactement ? Jusque-là, elle s'est cantonnée à se montrer au Tennis Club. Elle pourrait avoir livré des révélations bien plus explosives.

M'avoir traînée dans la boue…

Julie va bientôt être fixée : sa voiture la dépose devant l'entrée principale du bâtiment de son entreprise. Elle s'en extrait et marche vers les portes vitrées. Dans le hall, malgré l'heure tardive, deux hôtesses sont de garde. Ronan Topor est là également, l'attendant près de leur comptoir.

— Merci d'être venue aussi vite, l'accueille-t-il sans perdre de temps en salutations. Montons directement à l'étage de la modération, si vous le voulez bien.

Julie se contente d'acquiescer, nerveuse. La cabine s'élève en quelques secondes. Lorsqu'ils en sortent, Ronan propose :

— Installons-nous dans mon bureau. Vous serez mieux assise.

L'anxiété de la jeune femme monte en flèche, d'autant qu'elle a capté sur elle les regards désolés des employés de l'équipe de nuit. À peine la porte les séparant du plateau refermée sur Ronan et elle, elle s'enquiert :

— Dites-moi, maintenant. Que se passe-t-il ? Pourquoi autant de mystères ?

L'homme soupire avant de lui avouer, enfin :

— Nous luttons contre la diffusion de nouvelles images choquantes sur Réseau Royal. Des images que vous pourriez trouver personnellement… extrêmement perturbantes.

— Je vous écoute.

— Il s'agit censément du cadavre de votre oncle… torturé.

Les yeux de Julie s'écarquillent. En effet, Ronan a bien fait de lui conseiller de s'asseoir : elle ne parvient pas même à garder le dos droit. La voyant pâlir, il ajoute aussitôt :

— Nous avons alerté le gouvernement au plus vite. Il nous a indiqué que le corps exhibé n'est pas celui de Marc Sallemont. Il n'empêche que l'effet sur le site est le même. Nous sommes présentement en train de lutter pour éviter la diffusion des photos, mais c'est un combat que nous perdons. Elles ne cessent d'être repostées, sous d'autres formes : captures d'écran, montages… Il semble que nous soyons face à des gens qui savent exactement quelles sont les failles de nos algorithmes. Une organisation inconnue, nommée Front Agora.

Julie hoche la tête par automatisme, assommée. Le sang bat à ses tempes, et elle se sent submergée par tout ce que Ronan est en train de lui dire. Il a beau lui avoir assuré que les photos qui circulent sont des fausses, elles la renvoient à la vérité qu'elle est l'une des rares à connaître.

Mon oncle a bien été exécuté et, oui, son corps inerte gît quelque part. À cause de moi.

Sa culpabilité rugit. Ses mains tremblent sur ses cuisses, et la commissure de ses yeux s'humidifie. Son interlocuteur attend sans doute d'elle la réaction d'une directrice capable de tracer un cap face à cette crise rencontrée par l'entreprise mais, à cet instant, elle n'est plus qu'une jeune femme de vingt ans pour qui ce fardeau est bien trop lourd.

— Vous faites au mieux, je le sais, parvient-elle seulement à couiner. Merci pour vos efforts.

— C'est notre métier.

Ronan lui adresse un sourire compatissant avant d'ajouter :

— Souhaitez-vous voir les photos, afin de vous rendre compte de la situation exacte ?

Julie ouvre la bouche, mais elle se sent étranglée soudain. Elle ne parvient plus à prononcer le moindre mot. Prendre cette responsabilité, oui, ce serait son devoir. Sauf qu'elle ne s'en sent pas capable : tout son corps se rebelle à cette idée. La voilà, sa limite. Elle ne pourra pas la franchir.

Je dois me protéger. Éviter de me briser.

— Ça ira, souffle-t-elle. Je vous fais confiance.

Ronan hoche la tête sans insister.

— Puis-je vous demander d'adresser quelques mots à l'équipe ? enchaîne-t-il. C'est une grosse soirée qui attend tout le monde, éprouvante, et vos encouragements seraient les bienvenus.

— Évidemment. Je resterai dans les locaux pour vous soutenir aussi longtemps que nécessaire.

Malgré ses jambes flageolantes, elle fait mine de se relever pour s'acquitter immédiatement de la tâche, mais son interlocuteur l'arrête.

— Prenez votre temps, ce n'est pas à quelques minutes près. Restez ici aussi longtemps qu'il le faudra pour vous remettre du choc, et rejoignez-nous quand vous serez prête. Je serai sur le plateau, avec mes subordonnés.

Julie se laisse retomber en arrière, reconnaissante de ce répit. Ronan parti, elle s'emploie à respirer profondément, en se concentrant sur son souffle pour reprendre la maîtrise de ses émotions, et endiguer la marée d'anxiété qui s'écrase vague après vague contre son esprit. Elle ferme les yeux, lutte pour trouver l'apaisement.

Elle y est presque parvenue lorsque soudain, son téléphone sonne.

Ramenée à l'instant présent par le bruit qui lui paraît assourdissant dans le silence du bureau, elle rouvre les paupières d'un coup et décroche sur-le-champ, pour le faire taire. Elle déglutit lorsqu'elle entend la voix qui la salue à l'autre bout du fil.

— Bonsoir, mademoiselle Sallemont. Ici Anne de Mortemart.

— Bonsoir, madame la ministre…

— Vos équipes vous ont mise au courant des photos qui circulent sur Réseau Royal en même temps que moi, je suppose ?

La chancelière entre directement dans le vif du sujet, sans chercher à ménager Julie.

— Oui… soupire cette dernière.

— Bien. Je vais avoir besoin de votre aide.

— Toutes mes équipes sont déjà sur le pont pour lutter contre la propagation des images, je peux vous l'assurer.

— Je n'en doutais pas. Mais ce n'est pas de cela qu'il est question. Je ne fais pas appel à la directrice de Réseau Royal, mais à la nièce de Marc.

Julie se glace. Un terrible pressentiment la saisit, qu'Anne ne tarde pas à lui confirmer :

— Vous êtes sa plus proche parente… qu'il m'est possible de contacter, du moins. J'aimerais que vous observiez ces photos, et que vous m'indiquiez si oui ou non vous reconnaissez votre oncle.

— Mais… on m'a dit que vous aviez déjà établi que ce n'est pas lui !

— Non, ce n'est pas son corps. Probablement.

Devant le silence de Julie, la ministre ajoute :

— Je souhaiterais effectuer toutes les vérifications à ma portée. Cela ne vous prendra que quelques instants.

— Je… je…

— Mademoiselle Sallemont. C'est un ordre direct de la Couronne.

Il n'y a pas la place pour le moindre refus dans le ton d'Anne. Il est tranchant, tel le couperet qui s'abattra sur Julie si elle se risque à protester. Bouleversée, la jeune femme n'a pas la force d'oser élever la voix. Le cœur au bord des lèvres, elle éloigne le téléphone de son oreille, ouvre Réseau Royal. Il lui suffit d'un instant pour trouver les photos : des inconnus bien intentionnés – ou pas – se sont chargés de les envoyer directement sur sa messagerie privée.

Son doigt lui paraît engourdi alors qu'elle appuie dessus pour les afficher en plein écran. Son regard, voilé, a du mal à faire le point, mais certains détails la frappent, s'imprimant dans ses souvenirs au fer rouge, pour toujours.

Un visage tuméfié.

Des bras striés de plaies, comme s'ils avaient été fouettés à maintes reprises.

Des paupières fermées, collées par le sang coagulé.

— Alors, mademoiselle Sallemont ? Quel est votre avis ?

La voix d'Anne est incisive. Julie lutte pour se concentrer sur sa mission : identifier, ou non, le cadavre qu'elle observe. Plus vite elle y parviendra, plus vite elle sera libérée de ce calvaire.

Mais force lui est de constater qu'elle n'arrive pas à trancher.

Certains détails sont discordants. Le corps allongé là lui paraît plus petit que Marc ne l'était ; cela pourrait être un jeu de lumière, cependant. Ses cheveux n'étaient pas si ondulés ; ce grain de beauté sur sa pommette, Julie ne l'avait jamais remarqué. D'autres en revanche font couler une sueur froide sur sa nuque. La forme de l'oreille, la manière dont une veine saille sous la peau du dos de sa main…

— Mademoiselle Sallemont ?

— Je ne sais pas !

Julie a crié, autant en réaction à l'insistance de la ministre que pour chasser le fantôme qui semble soudain se dresser face à elle, accusateur.

— Je ne sais pas… répète-t-elle, la voix lourde de sanglots ravalés.

— Vous n'identifiez pas formellement votre oncle, donc, conclut Anne. Très bien : voilà ce qui corrobore ce que nous pensions. Ce… Front Agora s'est abaissé à un grossier stratagème pour tenter de déstabiliser notre roi. Je lui transmettrai votre confirmation. Merci, mademoiselle. Je vous laisse à vos tâches de ce soir, que je sais lourdes à assumer.

Un instant plus tard, elle a raccroché.

Julie bondit aussitôt et fonce hors du bureau de Ronan, vers les toilettes les plus proches, incapable de maîtriser plus longtemps la nausée de dégoût qui l'a saisie. Penchée au-dessus d'une des cuvettes, elle vomit la moitié de repas qu'elle avait ingurgitée avant d'être rappelée chez Réseau Royal en urgence ; puis, après de nouveaux spasmes, c'est une bile acide qui brûle sa trachée. Jusqu'à ce que, épuisée, elle se retrouve assise à même le sol carrelé de la cabine dans laquelle elle s'est retranchée, les larmes aux yeux.

La porte des toilettes s'ouvre quelques secondes plus tard seulement.

— Mademoiselle Sallemont ?

Julie laisse aller sa tête en arrière, renifle.

Non… Quoi, encore ?

— Ici, croasse-t-elle malgré tout, consciente qu'il est vain qu'elle cherche à se cacher.

C'est bientôt Adrien Kelvin qu'elle voit apparaître devant elle, et s'accroupir à son niveau.

— Qu'est-ce que vous faites là ? soupire-t-elle.

— J'ai été mobilisé pour ajuster en direct les algorithmes de modération face au défi de ce soir. Je vous ai vue passer en courant, alors je suis venu vérifier si tout allait bien.

— Vous me détestez, rappelle-t-elle. Vous pensez que je ne serai jamais à la hauteur de mon oncle.

— Vous avez su me faire changer d'avis.

Il sort un paquet de mouchoirs de sa poche et en donne un à Julie. Elle en tamponne son visage humide en murmurant :

— Ils m'ont forcée à regarder les images, Adrien…

— Nous nous en doutions. Ronan nous avait avertis qu'il souhaitait vous préserver, mais cela n'aura pas suffi.

— Vous vouliez me protéger ? Moi ?

— Ne le faites-vous pas pour nous ?

— Ma cousine est de retour. Vous pourriez vous tourner vers elle, plutôt.

Julie ne cherche même plus à nier l'identité de Marie : elle sait que face à ceux qui l'ont côtoyée, c'est inutile. À sa grande surprise, cependant, Adrien ne saisit pas la perche qu'elle lui tend.

— C'est vous qui avez fait vos preuves, pas elle. C'est vous que nous voulons. Nous la connaissons, vous savez. Il est clair depuis longtemps que même si le sang de Marc coule dans ses veines, elle n'est pas issue du même moule que lui, contrairement à vous. Allez, venez, maintenant. Il faut vous débarbouiller, et vous serez mieux installée dans un fauteuil confortable.

Il tend la main pour aider Julie à se relever. Elle la saisit et, bientôt, elle est de nouveau sur pieds.

Titubante, mais debout.

Thomas

— Ce n'est pas mon père.

Marie est catégorique. Elle n'a eu besoin que d'un coup d'œil avant de faire cette affirmation. Bref, très bref ; une fraction de seconde à peine.

Ils étaient en chemin pour rentrer du Tennis Club, à l'arrière d'un taxi, lorsque Thomas est tombé sur les photos du corps de Marc en consultant Réseau Royal, puis, très vite, sur un communiqué des services de police mettant en garde contre « des images falsifiées » circulant actuellement sur le site. Étant donné que les mêmes formulations ont déjà été utilisées, à peu de choses près, après la libération de Marie, il n'y apporte qu'un crédit limité.

Il a attendu qu'ils arrivent chez lui, au calme, pour expliquer la situation à la jeune femme. Aussitôt, elle a voulu voir les photos, qu'il vient de lui montrer. Elle est blanche à présent, et bien moins assurée lorsqu'elle ajoute :

— Ce n'est pas lui, j'en suis certaine. Ça ne peut pas être lui. Non !

Mais cela ressemble davantage à une volonté de nier la réalité à tout prix qu'à une certitude étayée sur des bases concrètes.

— Je ne le reconnais pas… souffle-t-elle.

— Je te crois.

Que puis-je dire d'autre ? Elle ne mérite pas que je la force à se confronter à un traumatisme de plus.

Il pose son téléphone sur sa table basse et comble la distance qui le sépare de Marie pour passer un bras autour de ses épaules. Elle a besoin de soutien et de chaleur humaine : il est disposé à les lui fournir.

Lui n'est pas si ébranlé. Il connaissait mal Marc Sallemont, même s'il clame le contraire au Tennis Club pour profiter de son aura. Il serait incapable de dire si ces images sont mensonge ou vérité. Par ailleurs, il en a déjà vu de bien plus violentes dans les séries télévisées qu'il a streamées au fil des années.

Sans compter que cela fait bien longtemps que je suis persuadé que Marc a été exécuté par le gouvernement. La surprise, c'est plutôt que le roi ait gardé Marie en vie.

En fait, il est assez satisfait que la jeune femme préfère se voiler la face. Parce que, déjà, il a commencé à réfléchir aux implications de la diffusion de ces photos. Il devrait s'en réjouir : la question du sort du fondateur de Réseau Royal est le levier qu'il a employé depuis son arrestation pour aiguillonner la contestation populaire. Il n'a aucun doute quant au fait qu'elle va flamber à la suite de ce nouveau rebondissement, d'autant que ce dernier viendra corroborer le récit de Marie. Cependant, il lutte, depuis des semaines, pour imposer le Tennis Club comme fer de lance du mouvement révolutionnaire. Pour être plébiscité à sa tête, pour se positionner comme le héraut de la France secouant le joug de Louis XX. En un instant, un nouveau joueur vient d'entrer dans la partie. Ce Front Agora, dont il ne sait rien ; mais dont il pressent déjà qu'il doit le craindre. Ces gens ne sont pas des amateurs, en témoigne l'onde de choc qu'ils ont réussi à provoquer dans le pays. Il n'a fallu que le temps du trajet ramenant Thomas et Marie à Saint-Cloud pour que la France se scandalise. Réseau Royal s'est couvert de messages indignés ; des *sit-in* silencieux se sont organisés devant les tribunaux de toutes les grandes villes. Trop rapidement pour qu'ils soient totalement spontanés.

J'ai passé des jours à préparer l'évasion de Marie dans l'espoir de provoquer un mouvement du même genre ; nul doute que ceux qui ont déterré le cadavre de son père ont agi avec des moyens semblables aux miens…

Thomas déteste l'idée que quelque part, tapis dans l'ombre, des rivaux sont prêts à lui disputer la place qu'il s'est tant battu pour conquérir.

Ils ont un avantage sur moi : ils savent qui je suis, mais moi, j'ignore qui ils sont. Comment lutter contre des brumes ?

Ce n'est pas tout à fait exact : le jeune homme a une hypothèse concernant l'identité de ses concurrents. Cette femme à la voix tranchante, qui s'est introduite chez lui en pleine nuit pour lui cracher des propos de mépris. Son allié aux yeux de glace dans lesquels se reflétait la flamme d'un briquet. Il les croyait avalés par l'obscurité dans laquelle ils se fondaient, sous les radars depuis l'incendie de la mairie de Saint-Cloud. Peut-être n'étaient-ils en réalité qu'en train d'affûter leurs armes.

Ce genre de personnes, je les imagine bien aller troubler le repos d'un défunt pour servir leurs buts…

Jusqu'où sont-ils prêts à aller ? Quelle violence se préparent-ils à faire déferler sur la France ? Thomas sent qu'il n'a pas fini d'entendre parler d'eux, et il les craint. Il ne peut s'empêcher de lire le timing de leur publication comme une contre-attaque à son propre coup d'éclat avec la libération de Marie.

Comme une manière de me dire que la fille n'est que le lot de consolation, puisque eux ont su retrouver la trace du père…

— Je ne le reverrai jamais, n'est-ce pas ? murmure soudain la jeune femme.

La détresse dans sa voix serre le cœur de Thomas. Il pèse le pour et le contre l'espace d'une seconde, mais opte finalement pour l'honnêteté.

— Probablement pas.

Marie hoche la tête comme pour encaisser le coup.

— Il savait que ça pouvait arriver, déclare-t-elle au bout de quelques secondes. Qu'il prenait d'énormes risques en montant un complot contre Louis XX. Il avait conscience que s'il venait à tomber, ma mère et moi en paierions sans doute le prix avec lui, mais il a tout de même tenté d'assurer ses arrières, et les nôtres. Il se doutait que Réseau Royal lui serait confisqué, tout comme sa fortune. C'est pourquoi il a créé des comptes… secrets. Hors de France. Grâce à des montages financiers, il a fait disparaître des radars une partie de ses revenus pour créer des réserves monétaires où ma mère et moi pourrions puiser si nous nous retrouvions en difficulté.

— Combien a-t-il réussi à sauver ?

— Je ne sais pas exactement. Quelques millions, peut-être. Avant… Avant, je ne m'intéressais pas aux chiffres.

— Tu as les accès à ces comptes ?

— Oui. Mon père m'a fait apprendre par cœur la procédure pour me connecter à l'interface de gestion.

Un silence suit cette réponse de Marie. Thomas n'ose pas lui poser la question qui lui brûle les lèvres : quel usage entend-elle faire de tout cet argent ?

Il serait décisif pour le mouvement démocratique, mais ce n'est pas un fonds que Marc Sallemont a créé pour défendre ses convictions : il voulait que ces placements assurent l'avenir de sa famille. C'est à sa fille, et à sa fille seule, de décider ce qu'elle souhaite en faire…

Mais comme souvent, il fait bien d'espérer. Le regard brillant, Marie se tourne vers lui et annonce :

— Je désire en mettre une partie à ta disposition pour t'aider à développer le Tennis Club, Thomas. Tu m'as sauvée, je veux te soutenir en retour.

— Merci. Ta générosité va changer la face de ce mouvement.

Il jubile. Déjà, il calcule quelles actions il va pouvoir entreprendre avec cet argent. Financer le développement d'antennes du groupe dans d'autres villes, renforcer l'attrait de celle de Paris, s'imposer encore plus comme un acteur majeur sur le nouvel échiquier politique qui se dessine. Reprendre l'avantage sur le Front Agora avant qu'il n'ait pu capitaliser sur le scandale causé par sa publication.

C'est un nouvel horizon qu'il entrevoit. Il le savoure par avance.

— Peut-être pourrions-nous regarder où en sont ces comptes ? suggère Marie. Puis-je utiliser ton ordinateur ?

— Bien sûr.

Ils se lèvent pour passer du salon au bureau de Thomas. Ils sont seuls dans sa maison : après la révélation publique de l'identité de la jeune femme, Denis Albani est resté à leurs côtés vingt-quatre heures de plus, jusqu'à ce que le danger d'une descente des forces de police royales leur semble passé. Ensuite, il a regagné la région lyonnaise.

Il a accepté de me servir d'agent de liaison là-bas. Je projetais déjà d'y ouvrir un nouveau Tennis Club mais, avec des fonds, cela nous permettra d'accélérer le mouvement.

Marie, elle, n'a pas fait mine de vouloir s'installer ailleurs.

Cela se comprend : après tout ce qu'elle a vécu, sans doute recherche-t-elle une certaine stabilité. Je suis celui qui l'a tirée des griffes de ses bourreaux : bien sûr qu'elle se sent davantage en sécurité auprès de moi.

La situation convient bien à Thomas : garder un œil sur les faits et gestes de la jeune femme lui semble important. Ainsi s'assure-t-il qu'elle demeure proche de lui, qu'elle n'envisage pas d'apporter son soutien à un autre. Elle est un prix convoité : il ne la laissera pas s'échapper. Il a conscience que s'il a été élu si facilement à la tête du Tennis Club, c'est parce qu'elle a vanté ses louanges. Il ne compte pas laisser quiconque lui arracher cet avantage… surtout maintenant qu'il s'assortit d'une contrepartie financière.

Il est exalté alors que son invitée s'assied dans son fauteuil de bureau, attendant avec impatience de découvrir ce que Marc lui a laissé. Elle ouvre une nouvelle fenêtre internet puis, laissant courir ses doigts sur son clavier, elle tape une adresse absconse, composée d'une vingtaine de chiffres et de lettres sans signification. Elle passe ensuite trois étapes d'authentification avant d'accéder à une page au design minimaliste.

— Eh bien, nous y voilà… soupire-t-elle.

Elle fait glisser sa souris vers le bouton «Synthèse» qui s'affiche sur le côté de l'écran. Thomas retient son souffle.

Tous les plans de Marc Sallemont ont été déjoués… Celui-là l'a-t-il aussi été ? En menant son enquête, le gouvernement français a pu retrouver des traces de ses manipulations financières et mettre la main sur ses économies secrètes, même si elles ont été placées à l'étranger.

Il s'exhorte à la prudence, se prépare confusément à être déçu face à des comptes déjà tombés à zéro.

Il n'en est que plus stupéfait face à la somme qui s'affiche. Cinq… Six… Sept… Il ne rêve pas, c'est bien un montant à huit chiffres qu'il lit.

Sa bouche s'entrouvre malgré lui devant l'énormité de cette découverte. Tandis qu'il se laisse étourdir par les nouvelles perspectives qui s'ouvrent au mouvement de révolte, Marie lève vers lui un regard amusé.

Comme si elle était fière d'avoir réussi à l'impressionner.

Catarina

La cour de Versailles paraît clairsemée.

Un observateur extérieur ne s'en rendrait probablement pas compte : les nobles sont toujours nombreux à se promener dans la galerie des Glaces ou à discuter par petits groupes en espérant la sortie de Louis du cabinet du Conseil – où il est enfermé ce matin avec Jean de Berry pour une visioconférence avec plusieurs autres souverains de la Ligue des royaumes d'Europe, afin de convenir d'une réaction commune à la situation de plus en plus préoccupante au Danemark.

Le roi Christian XI, loin de faire profil bas face à la colère de son peuple, multiplie les déclarations provocantes… et c'est l'image des monarchies dans leur ensemble qu'il salit.

La veille encore, la foule en colère s'est rassemblée devant l'Amalienborg, le palais royal danois, pour balancer des fruits et des légumes sur sa façade. « *Rådne som kongen* », criaient-ils. « Pourris comme le roi. »…

En France, la tension n'est pas aussi palpable, mais depuis la publication des photos du prétendu cadavre de Marc Sallemont, l'angoisse s'est emparée de l'aristocratie. Le message du Front Agora qui les accompagnait, « Il sera vengé », en préoccupe beaucoup. Depuis quelques jours, il y a une recrudescence de départs censément fortuits pour des domaines de province, sous prétexte de prendre un peu de repos. Pour l'instant, ces fuites restent minoritaires : la plupart des nobles en résidence à Versailles ont dû batailler ferme pour obtenir leurs entrées au château, et ne sont pas près de les abandonner de sitôt.

Il n'empêche : une cour qui perd des courtisans est une cour qui va mal.

Chaque absence a beau être aussitôt masquée par une nouvelle invitation émise par l'intendance du palais – les listes d'attente gérées par la Névé sont interminables –, le phénomène n'en est pas moins inquiétant. Pour l'œil averti de l'infante, il est manifeste qu'il y a moins de nobles présents ce matin qu'il le faudrait.

— Triste matinée… souffle Alba à son oreille alors qu'elles s'avancent.

Elle est parvenue aux mêmes conclusions, évidemment…

— Tâchons de nous montrer rassurantes. Beaucoup nous observent comme des porte-parole de Louis.

Sa cousine acquiesce brièvement. Le roi va mal, nombreux sont ceux qui se le murmurent. Nul ne peut manquer ses traits creusés, les cernes sous ses yeux. Le combat de Catarina, c'est de prétendre qu'il n'y a là aucun motif d'inquiétude, qu'il s'agit simplement des marques de la fatigue liées à l'intensité de la période qu'ils traversent. Peu de gens ont conscience qu'en réalité, le mal-être de Louis est bien plus profond que ce simple épuisement.

Tant que je serai à ses côtés, je m'efforcerai de l'empêcher de tomber. Je serai forte pour nous deux.

Sans se concerter, les deux princesses se séparent : leur action sera plus efficace ainsi, leur permettant de parler à un maximum de monde. Comme toujours, les sollicitations sont nombreuses pour Catarina. Elle s'efforce de répondre à chacun avec un mot poli ou un sourire. On la complimente sur sa robe aux motifs noirs et dorés, on lui propose de l'inviter à telle ou telle soirée privée dans un hôtel particulier de Paris… Rien que le babillage habituel des courtisans.

Dans ce tourbillon, son attention est cependant attirée lorsqu'on la salue avec un accent espagnol.

— Votre Altesse Royale.

— Monsieur le comte.

Elle a reconnu Fondao, incliné devant elle. Elle lui manifeste son intérêt en acceptant le bras qu'il lui présente. Reconnaissant ce signal implicite, le reste des nobles bat en retraite – même si Catarina sent leurs regards qui restent posés sur elle, guettant une nouvelle ouverture.

— Comment allez-vous ? lui demande le comte.

— Comme les circonstances me le permettent.

— Ah… C'est notre lot à tous, malheureusement. J'imagine que, vous aussi, les nouvelles d'Espagne vous affligent ?

— Il ne pourrait en être autrement.

L'expression de l'infante s'est assombrie. Ce matin encore, les informations émanant de Madrid l'ont attristée. Comme en France, des *sit-in* silencieux se sont organisés devant les tribunaux des grandes villes, dans un mouvement qui transcende les frontières et dépasse la simple question du sort de Marc Sallemont pour se transformer en une exigence universelle de justice.

Dans la capitale, Alfonso a fait charger les manifestants par la police, jusqu'à les disperser à coups de matraque. Ailleurs dans le pays, les Grands ont imité son exemple dans leurs fiefs.

Il a eu l'audace d'assortir cela d'une vidéo angélique de Felipe postée sur Réseau Royal, réclamant la paix avec sa douceur d'enfant…

Catarina déteste la manière dont son oncle manipule l'image de son frère pour servir ses intérêts, l'accapare pour mener sa politique empreinte de brutalité. Elle ne peut rien y faire, simplement lancer ses messages sur son propre profil, vagues pour éviter qu'Alfonso n'estime qu'elle a franchi la ligne rouge et ne décide de totalement la censurer. Autant de bouteilles à la mer dans un océan hostile.

— Si vous le voulez bien, j'aimerais vous présenter quelqu'un, reprend Fondao. La marquise de Moratalla est de passage à Versailles. Vous le savez sans doute, sa fille aînée a épousé Enrique Jimenez, l'un des hommes d'affaires les plus influents de notre pays, dont la famille a fait fortune dans l'import-export d'huile d'olive. Je me suis dit que cela serait une connexion intéressante pour vous.

— En effet. Je vous remercie de votre initiative. Menez-moi à elle, j'aurai plaisir à la rencontrer.

Ce n'est pas la première fois que le comte se propose ainsi comme intermédiaire pour me permettre de nouer des liens avec des compatriotes de sa connaissance – dont je manque cruellement, Alfonso m'ayant tenue recluse autant qu'il l'a pu pour éviter précisément cela : que je développe des alliances. Fondao a tenu sa promesse : il s'est mis à mon service. Ce que nous sommes en mesure d'accomplir ici, à Versailles, n'est que bien peu de choses… Mais cela me donne au moins le sentiment de ne pas baisser les bras.

Le comte l'entraîne à travers la galerie des Glaces jusqu'à un groupe de trois femmes en train de discuter face aux jardins.

— Dolorès, ma chère ! interpelle-t-il l'une d'entre elles. Permettez-moi de vous introduire à Son Altesse Royale l'infante Catarina de Borbón.

Aussitôt, les trois femmes se fendent d'une profonde révérence.

— C'est un honneur de me trouver en votre présence, Votre Altesse Royale, déclare la marquise une fois qu'elle s'est relevée. Voici mes deux dernières filles, Ester et Marta.

Les intéressées se courbent de nouveau. Elles paraissent jeunes, quinze et dix-huit ans peut-être, et elles dissimulent mal leur excitation de rencontrer leur princesse.

— Tout le plaisir est pour moi, répond Catarina. Retrouver une portion de notre pays en ces terres étrangères ne manque jamais de me réchauffer le cœur. Je voue à l'Espagne un amour sans bornes, que la distance est impuissante à étouffer.

— Il est vrai que l'Europe regorge de beautés, mais qu'elles pâlissent face à l'éclat de notre patrie, renchérit la marquise.

— Dolorès a voyagé à travers le continent ces six derniers mois, indique Fondao.

— Je désirais élargir les horizons de mes deux cadettes.

— Versailles est donc la dernière étape de votre périple ? suppose Catarina. Combien de temps comptez-vous y demeurer ?

Les traits de la dame de Moratalla se crispent, même si elle tente de le masquer par un mouvement de main désinvolte.

— Oh, je suis juste de passage…

Elle n'a pas besoin d'en dire plus pour que l'infante comprenne ce qu'elle pense réellement.

Elle aussi, les événements récents en France l'ont inquiétée… et elle préfère ne pas s'attarder là où ils risquent de se déchaîner.

— Nous nous arrêtons simplement à Versailles sur notre chemin pour gagner Biarritz, ajoute-t-elle.

— Biarritz ? répète Catarina, surprise.

— Oui : mon gendre possède un domaine là-bas. La ville est charmante, idéalement située pour ses affaires ; en France, mais non loin de la frontière espagnole. Sans compter qu'elle allie la douceur d'une cité balnéaire à une vie mondaine appréciable. Nous sommes nombreux à y disposer d'un pied-à-terre. C'est idéal pour bénéficier d'un peu de calme, si difficile à trouver ces temps-ci, sans sacrifier toute sociabilité.

Il est vrai que l'Aquitaine fait partie des régions où les troubles ont été les plus modérés jusque-là : l'infante se souvient de l'avoir entendu dire en Conseil d'État. Elle imagine bien l'attrait qu'un tel repli sur l'entre-soi peut avoir aux yeux d'aristocrates cherchant à se protéger.

Puis-je en blâmer la marquise ? Elle a ses enfants auxquels penser. Ce n'est pas à elle qu'on demande du courage.

— J'espère que vous y passerez un séjour agréable, réagit-elle, avenante. J'apprécie moi-même grandement la mer. Je vous souhaite d'en profiter pleinement.

— Nous n'y manquerons pas, Votre Altesse Royale.

La marquise et ses filles s'inclinent, sentant que le temps que l'infante était décidée à leur allouer touche à sa fin. Catarina prend congé d'elles, les laissant aux bons soins de Fondao, et pivote pour balayer du regard la galerie des Glaces. Son attention accroche un nouvel arrivant d'importance : Pierre de Chantilly. Elle le rejoint en quelques pas.

— Votre Altesse Royale.

— Monsieur de Chantilly.

Côte à côte, ils contemplent la ruche des courtisans qui bourdonne. D'une voix qu'elle garde basse pour éviter que leur conversation ne soit surprise par des oreilles indiscrètes, l'infante lui glisse le constat qui lui apparaît très nettement depuis la mise en ligne des photos prises par le Front Agora :

— Ils sont de plus en plus nombreux à prendre la fuite.

— Il ne fallait pas s'attendre à autre chose. Je plaide coupable : moi non plus, je ne me sens pas serein. Il y a une tension dans le pays qui ne me dit rien qui vaille. J'ai moi-même conseillé à mon filleul de se retirer dans son domaine angevin.

— Benoît de Jarzé, n'est-ce pas ? Je l'avais croisé il y a quelque temps.

— C'est cela même.

— Vous n'incitez pas votre propre famille à montrer l'exemple.

— Cela, c'est mon fardeau. Ceux que j'aime, je préfère les éloigner de tout danger, autant que je le peux.

Catarina ose un coup d'œil plus long au ministre. La fatigue marque ses traits, comme ceux de Louis. Il ne ménage pas ses efforts pour tenter de redresser la barre du navire français, l'infante a pu le constater depuis qu'elle siège au Conseil. Fort d'une expérience politique de plus de vingt ans, Pierre excelle à trouver des idées efficaces pour parer aux problèmes que rencontre le gouvernement au quotidien.

Mais c'est avec tristesse que j'ai découvert qu'il est démuni face à la vague de contestation qui s'est emparée de la France. Contrairement à Louis, il ne se laisse pas abattre : il est trop pragmatique pour cela. Il échoue cependant à voir plus loin, à chercher de nouvelles voies hors de sa zone de confort. Comme les autres, il pense d'abord aux manières d'estomper les symptômes de la colère populaire, plutôt que d'en traiter les causes.

L'impuissance qu'elle ressent face à son incapacité à détourner la France du chemin mortifère sur lequel elle s'est engagée envahit soudain Catarina d'une bouffée de colère. Elle hésite un instant, triturant du bout des doigts l'ourlet de ses manches longues. Mais ce geste nerveux ne suffit pas à canaliser la rage désabusée qui s'agite en elle, et elle ne peut s'empêcher de lâcher abruptement :

— Pierre, n'en avez-vous pas assez de parer au plus urgent ?

Le ministre tourne la tête vers elle, un sourcil haussé.

— Que voulez-vous dire, Votre Altesse Royale ?

— Comment comptez-vous guérir la France du mal-être profond qui s'est emparé d'elle ? Ne vous méprenez pas, j'admire votre dévotion au service de la nation. Mais j'ai l'impression que dans un navire qui coule, nous nous contentons d'écoper l'eau, plutôt que de chercher à colmater les failles.

L'infante se sent gênée par ce qu'elle vient de dire. Elle apprécie Pierre de Chantilly, et elle a conscience que les propos qu'elle lui a tenus à l'instant pourraient le braquer. Il ne semble cependant pas prendre la mouche, et hausse les épaules d'un air blasé.

— Je crois que je ne suis pas fait pour cette époque, malheureusement. Je suis l'homme d'un monde ancien… Lorsque j'ai été fait ministre par Louis XIX, nul n'imaginait que la monarchie pourrait un jour vaciller. Des certitudes ont façonné mon cadre de pensée… et j'ai du mal à m'en extraire. Les protestations actuelles me sidèrent. Je n'arrive pas à les comprendre. Cela fait plus de vingt ans que je travaille à faire de mon pays ce qu'il est aujourd'hui. Vous me connaissez : vous savez que j'ai mis toute mon âme dans cette tâche, que j'ai sincèrement essayé d'œuvrer pour le bien du peuple. Et voilà maintenant qu'il vient hurler que j'avais tout faux, que les rois et leurs serviteurs sont des tyrans, des égoïstes, des pourritures à éliminer. Alors que puis-je faire ? Pas renier tout le travail que j'ai déjà effectué, certainement ; si j'avais su comment l'accomplir mieux, je l'aurais fait. Si c'est moi, le problème, si c'est ma manière de penser… Comment puis-je m'en sortir ?

Pierre de Chantilly fixe Catarina droit dans les yeux en concluant cette tirade, avant de se fendre d'un sourire triste.

— Je suppose que je suis trop vieux pour gérer une révolution, conclut-il.

À cet instant, la montre connectée à son poignet flashe. Il consulte rapidement le message qu'il vient de recevoir, puis indique à l'infante :

— Jean de Berry m'informe que la visioconférence de Louis est terminée. Sa Majesté suggère que le Conseil se réunisse immédiatement pour discuter de ce qui a été débattu. M'accompagnerez-vous ?

— Bien sûr.

Ils se mettent en route à travers le flot de courtisans, rejoignant les portes derrière lesquelles le brillant de Versailles laisse la place à la gravité et à l'austérité de l'exercice du pouvoir.

Elles se referment derrière eux avec un grincement de caveau.

Louis

Louis est debout près de l'une des fenêtres du cabinet du Conseil, ayant saisi les quelques minutes de battement avant l'arrivée de l'ensemble de ses ministres pour prendre une pause. Jean de Berry, n'ayant pas quitté son siège, rassemble les notes qu'il a prises pendant la visioconférence avec les souverains européens ; l'écran qu'ils ont utilisé pour la mener est toujours déployé, allumé sur l'interface par laquelle l'appel international a été passé.

Pierre de Chantilly et Catarina viennent de faire leur apparition, par la porte reliant les lieux à la galerie des Glaces. Le jeune roi les salue d'un geste de la tête bref. Ils s'installent dans leurs fauteuils attitrés ; Louis ne les rejoint pas encore, profitant des rayons du soleil qui caressent son visage tant qu'il n'est pas contraint de s'y arracher. Il les entend s'enquérir auprès de Jean à propos de la réunion, en quelques mots avant qu'un compte rendu plus détaillé ne soit fait à l'ensemble des ministres.

Sans surprise, nous condamnons tous l'attitude de Christian, mais nul d'entre nous ne sait comment trouver les mots pour lui faire comprendre qu'il doit en changer…

Bientôt, Valérie de Noailles, Anne de Mortemart et le cardinal d'Avignon rejoignent également le Conseil, depuis leurs bureaux situés dans une autre aile du palais. Ils sont au complet, à présent ; il est temps pour Louis de siéger. Il prend sa place en bout de table, lourdement, et lâche :

— Des nouvelles fraîches avant que Jean et moi n'entamions le débrief ?

Valérie et Avignon secouent la tête, désabusés. Pour ce qui est d'Anne, elle déclare :

— Rien, malheureusement. Mes équipes sont mobilisées pour tenter de retrouver la trace du Front Agora, sans succès. Comme je vous l'ai indiqué, nous n'avons pas fait d'avancée significative depuis que Julie Sallemont nous a formellement confirmé que le cadavre qui a été déterré n'était pas celui de son oncle.

— Et pour ce qui est de Marie Sallemont ?

— Nous surveillons étroitement ses faits et gestes ainsi que ceux de son allié, le président du Tennis Club. Il semblerait qu'ils cherchent à établir des antennes du mouvement dans d'autres villes de France : ils ont pris des contacts à Lyon et à Lille. Nous restons vigilants, bien sûr, pour tenter de leur couper l'herbe sous le pied avant qu'ils ne puissent réellement s'implanter. Nous étudions toutes les stratégies possibles pour les écraser.

Louis hoche la tête, machinalement ; mais Catarina, elle, élève la voix :

— Est-ce vraiment ce qu'il convient de faire ?

Son ton est déjà échauffé. Face à ce Conseil que les drames ont progressivement privé d'énergie, elle trouve la force de se dresser et de plaider :

— Depuis le début des troubles qui émaillent le pays, cela a toujours été votre ligne de conduite : les nier. Les étouffer, chercher à détourner les yeux. Jour après jour, l'échec de cette politique est de plus en plus manifeste. Quand vous déciderez-vous à changer de paradigme ? J'en discutais justement avec Pierre ce matin : le monde change. Il ne reviendra jamais à celui que nous avons connu. Ne trouvez-vous pas que vous avez passé trop de temps à vous illusionner en espérant le contraire ? La vérité, voyez-la en face : nous sommes pris dans un engrenage où chaque erreur en entraîne de nouvelles, aux conséquences toujours plus tragiques. L'effondrement du pont Guillaume-et-Mathilde, la libération de Marie Sallemont, et maintenant ces menaces du Front Agora… L'ardoise devient bien trop lourde. Quelle sera la prochaine étape ? Vous savez à quel point je déplore qu'en Espagne, mon oncle fasse couler le sang pour maintenir la paix. Louis, tu ne voulais pas en arriver là, tu l'as toujours affirmé. S'il te plaît, saisis ta dernière chance de changer de cap, avant qu'il ne soit trop tard.

— Un pays ne se gouverne pas avec de bonnes intentions, cingle Anne de Mortemart. Si nous n'agissons pas, nous perdrons le contrôle.

Catarina ne lui prête aucune attention : c'est vers Louis que son regard est braqué. Pour lui que ses mots continuent de couler :

— Tu ne veux pas devenir un tyran. Alors refuse la fatalité. Sois le symbole de l'ouverture. Change l'Histoire. Invite Thomas Grisons à Versailles, puisque le peuple l'a élu. Ce qui anime les révolutionnaires avant tout, ce n'est pas la haine : c'est l'espoir d'un monde meilleur. Leurs critiques, ce sont nos défis à relever. Nos injonctions à nous dépasser. Tu ne souhaites pas tomber, encore et encore. Alors relève la tête. Porte la couronne plus haut. Je t'en conjure…

Sa voix est implorante. Ce n'est pas seulement pour la France qu'elle le supplie, Louis le sent. C'est aussi pour lui.

Parce qu'elle est en première ligne pour constater à quel point la situation me pèse. À quel point elle est en train de me détruire, choc après choc. Je n'ai pas eu le choix : à ma naissance, mon destin a été noué à celui de mon royaume. C'est moi qu'elle veut sauver, en même temps que lui.

Les ministres restent silencieux ; même Anne, bien que son expression renfrognée signe clairement tout ce qu'elle voudrait exprimer. Ils ont dû sentir que le moment imposait qu'ils se mettent en retrait ; ou peut-être reconnaissent-ils que la situation les a poussés au bout de leurs compétences, projetés dans une *terra incognita* où ils se perdent peu à peu tout autant que Louis.

Ce dernier est écorché jusqu'à l'âme. Les cordes de son harmonie interne sont effilées, menaçant de se briser. Il n'y a que Catarina qui parvient encore à lui faire entrevoir un sens. Il ne l'a pas écoutée lorsqu'il s'est agi de décider du destin de Marc Sallemont, la peur ayant eu raison de lui. La terreur imprègne encore les fibres de son être, mais il en assez de vivre gouverné par elle. Il veut la secouer enfin, s'en libérer. Il a pris son courage à deux mains.

Il s'apprête à prendre la parole pour annoncer sa décision lorsque, soudain, l'écran toujours déployé à l'extrémité du cabinet du Conseil s'anime.

— Jean, vous n'aviez pas mis fin à la visioconf…

Louis ne termine pas sa phrase. Ce qui vient d'apparaître n'a rien à voir avec l'ambiance feutrée d'un autre palais européen. C'est un lieu plongé dans la pénombre. On distingue uniquement une silhouette au visage dissimulé par une cagoule, dont la voix – celle d'une femme, semble-t-il au jeune roi – est glaciale alors qu'elle déclame :

— Bonjour, Votre Majesté. Nous sommes le Front Agora.

Jean s'est précipité sur son ordinateur, essayant de couper l'appel. Mais l'entité doit avoir pris la main sur l'appareil, car ses efforts restent vains.

— Nous sommes venus vous dire que nous en avons assez. Depuis des semaines, vous vous cramponnez au pouvoir en faisant la sourde oreille aux cris de votre peuple ; depuis des siècles, les vôtres tiennent la France sous un joug inique. Vous prétendez vouloir le bien de tous, nous tendre la main. Nous savons qu'il n'en est rien. Vous avez montré votre vraie nature en mettant à mort Marc Sallemont, après l'avoir torturé. Sa souffrance, ce sera la vôtre. Vous n'entendez que ce langage : nous le parlerons aussi. Abdiquez, et emportez la pourriture dans votre sillage, tous ces nobles qui oppressent la société. Votre temps est révolu. Si vous ne voulez pas l'admettre, alors nous vous forcerons à ouvrir les yeux.

Sous les yeux médusés du Conseil, la caméra pivote. C'est maintenant une autre silhouette cagoulée qu'elle montre, tenant contre elle, couteau sous la gorge, un jeune homme épouvanté que Louis reconnaît aussitôt, pour le côtoyer à la cour depuis sa plus tendre enfance : Benoît de Jarzé.

— Nous sommes déterminés. Il est l'heure pour la peur de changer de camp. Tant que vous refuserez de quitter votre trône, nous continuerons la lutte. Vous aurez sur les mains le sang de ceux que vous êtes prêts à sacrifier au nom de votre Couronne. Alors réfléchissez bien, Votre Majesté… Roi des assassins.

Les yeux de Benoît se révulsent ; il tente de se débattre, d'échapper à l'étreinte de celui qui le tient captif.

Sans succès. Le couteau plonge dans la chair de son cou, et lui tranche la gorge.

Des gouttelettes rouges éclaboussent la caméra, juste avant que la caméra ne se fige. Pierre de Chantilly pousse un cri primal, inhumain. Déchirant.

Louis quant à lui reste paralysé, son regard s'emplissant de larmes. Il trouve celui de Catarina, bouleversée elle aussi, mais également résignée.

Comment pourrais-je céder à de telles personnes ? Comment pourrais-je leur laisser l'impression que leur violence a payé, qu'elle m'a contraint à négocier ? C'est impossible. Ce me serait insupportable. Je me refuse à écouter des meurtriers. Il ne nous reste plus qu'à accepter cette terrible vérité : la France est désormais en guerre civile…

Chapitre 10

Louis

Tout de noir vêtu, Louis ferme derrière lui la porte de sa chambre. S'apprêtant à prendre des minutes de repos trop peu nombreuses avant de recevoir Sophie Névé, l'intendante de Versailles, qui a demandé à lui parler en urgence.

Il rentre tout droit du pays angevin, où il a assisté à l'enterrement de Benoît de Jarzé. Il a effectué l'aller-retour en hélicoptère, afin d'être éloigné aussi brièvement que possible de Versailles : il tenait à rendre ce dernier hommage au jeune homme avec lequel il partageait tant de souvenirs d'enfance. Il a pris la parole lors de la cérémonie, évoquant leur passé commun. Les leçons de danse qu'ils prenaient d'un même précepteur en vue de leur entrée à la cour, et comment ils étaient plus préoccupés de trouver des moyens d'y échapper que d'apprendre les pas. La cabane qu'ils avaient construite dans le parc du château, et que des serviteurs s'étaient chargés de renforcer de clous une nuit, de peur qu'elle ne s'effondre sur eux. La soif de voyage enfin qui avait envahi Benoît à mesure que les années s'écoulaient.

Il rêvait de mener une vie bien remplie… La voilà qui s'est arrêtée brutalement, à cause de moi. C'est lui qui a été assassiné, mais c'est contre moi que ses meurtriers sont en guerre.

Louis voudrait punir ce crime atroce qui a endeuillé toute sa cour, Pierre de Chantilly en tête. Mais il se retrouve impuissant. Le Front Agora n'a laissé aucune trace derrière lui. Pas d'ADN que la police scientifique pourrait utiliser, pas d'indice sur leur identité dans les métadonnées de la vidéo avec laquelle ils ont piraté l'ordinateur de Jean de Berry et qu'ils ont également diffusée largement sur Réseau Royal, comme les prétendues photos du corps de Marc Sallemont avant elle… Ils sont aussi insaisissables que des ombres.

Je ne peux pas les arrêter, je ne suis pas en mesure d'empêcher qu'un nouveau drame ne se produise. Je suis démuni face à leur violence. Et pourtant… ma priorité désormais, c'est d'arrêter ceux qui se croient autorisés à commettre de tels actes, qu'aucune idéologie ne justifie. Si le temps du dialogue revient, ce sera quand je serai assuré que mes interlocuteurs n'apporteront pas de couteau de boucher à la table des négociations.

Louis soupire. L'enterrement de cet après-midi l'a secoué, mais il restera debout. Ferme. Prêt à faire le nécessaire pour préserver son pays du chaos.

Le bon côté ne peut être celui des assassins qui font couler le sang des innocents. Voilà pourquoi il m'est interdit de baisser les bras. Je suis le dernier rempart qui protège la France de ces gens.

Aussi, il fait une dernière fois craquer sa nuque puis envoie un message à la Névé pour la prévenir qu'il descend la voir dans son bureau, comme elle lui a demandé. Quelques minutes plus tard, il se trouve face à elle ; son visage préoccupé n'augure rien de bon. Louis n'en est même plus surpris : il ne s'attendait pas à autre chose.

— Votre Majesté, merci d'avoir accepté de m'accorder cet entretien, commence l'intendante.

— C'est normal. Je suis à votre écoute. Que se passe-t-il ?

— Je crains de rencontrer des difficultés à maintenir une qualité de service optimale au palais pour quelque temps. Je fais malheureusement face à une importante vague de démissions au sein de la domesticité. À la suite de… de…

La Névé bredouille, semblant réticente à évoquer explicitement les événements des derniers jours.

— À l'assassinat de Benoît de Jarzé, finit-elle par compléter, de la tristesse dans la voix. De nombreux employés du château ont pris peur. Rares sont ceux qui osent me l'avouer, mais le résultat est le même : au nom de parents souffrants, de volonté de changement et j'en passe, les lettres de démission affluent sur ce bureau. Et je ne dispose pas d'assez de candidats à la hauteur pour pallier toutes ces défections.

— Après les nobles, les valets et les servantes fuient Versailles à leur tour…

L'exhibition du corps sans vie de Marc Sallemont avait commencé à pousser les courtisans hors du palais, mais le mouvement s'est accéléré depuis le meurtre. Le fait que Benoît a été assassiné justement lorsqu'il a quitté l'entourage du roi ne semble pas décourager les départs.

Sans doute ceux qui s'en vont pensent-ils qu'ils seront plus en sécurité s'ils se font oublier un moment. Et puis, certains organisent leur propre défense : Valérie de Noailles m'a dit que la demande de vigiles et de milices privées croît d'heure en heure. Voilà au moins un secteur de l'économie qui profite du chaos ambiant…

— Certains des démissionnaires m'ont confié avoir reçu des menaces, révèle la Névé.

— De mort ?

— Oui. Ils ont reçu des mots les accusant d'être des collaborateurs de l'oppresseur, ce genre de choses. J'ai pu parcourir plusieurs de ces lettres : elles sont révoltantes. Sur Réseau Royal également, ils subissent des pressions importantes. Les messages ont beau être moins… graphiques, ils sont très nombreux, et leur accumulation confine au harcèlement. Malheureusement, ils n'ont pas les moyens de s'en protéger. Les barrières de modération renforcées ne s'appliquent qu'à partir du statut Argent, or la majorité de notre domesticité oscille entre les statuts Cuivre et Bois.

Cela explique pourquoi Gauthier semble soucieux ces derniers temps, lui qui me présente habituellement une face impassible en toutes circonstances… Pour que même lui se trouve ébranlé, quelles horreurs doit-il affronter lorsqu'il se connecte à son profil ? Je me suis détaché du mien… mais tout le monde n'a pas ce loisir.

— J'en toucherai un mot à Julie Sallemont, déclare Louis. Quant à vous, parlez à Anne de Mortemart. Des forces de l'armée peuvent être affectées provisoirement ici si nécessaire. La protection de ceux qui décident de rester, nobles comme serviteurs, doit être une priorité.

— Cela va sans dire, Votre Majesté. Par ailleurs, soyez assuré que je ferai tout mon possible pour que votre cour pâtisse le moins possible des turbulences que nous traversons.

— Je n'en doute pas. Mais s'il y a quoi que ce soit que je puisse faire pour vous rendre la tâche plus facile, n'hésitez pas à me prévenir.

La Névé secoue la tête en laissant échapper un faible éclat de rire.

— Oh, Votre Majesté… Ma tâche n'est rien à côté de la vôtre.

THOMAS

Cette nuit encore, du sang a coulé. Du sang bleu.

Du sang de noble.

Le Front Agora a fait une nouvelle victime. Une femme, cette fois. La fille d'un baron, Anneliese de Candé. Elle avait dix-neuf ans seulement et nul n'avait entendu parler d'elle avant son assassinat. Le lendemain du meurtre de Benoît de Jarzé, elle a eu l'imprudence de poster publiquement un message incendiaire contre « l'arrogance d'une poignée de Poussière prêts à mettre le pays à feu et à sang parce qu'ils refusent d'accepter que le mérite des meilleurs est récompensé ».

Elle l'a payé de sa vie. Son assassinat n'a pas été filmé, lui, mais un message, rouge sur fond noir, a circulé sur Réseau Royal, signé par le Front Agora. Juste quelques mots.

[Tic, tac, Votre Majesté. Le temps file.]

L'ambiance au Tennis Club est électrique. Ces deux meurtres coup sur coup l'ont fracturé, entre ceux que ce déploiement de violence horrifie et ceux qui estiment que ce n'est que justice, agacés par les constants privilèges dont les nobles bénéficient, éreintés par des années d'une vie difficile, révoltés par l'effondrement récent du pont Guillaume-et-Mathilde ainsi que par les tortures subies par Marc Sallemont. Thomas comprend leur colère ; il a cependant conscience qu'il ne peut absolument pas se permettre de le laisser entendre. Il se doute que tout soupçon d'apologie du meurtre entraînerait son arrestation immédiate, popularité ou non. Louis XX a beau sembler réticent à ordonner une répression sévère comme certains de ses voisins, il demeure une ligne qu'il ne laissera pas franchir.

Mais ce n'est pas la seule raison pour laquelle le jeune homme se sent inquiet. Ses soupçons ont été confirmés : le Front Agora est dirigé par la femme qui s'était introduite chez lui de nuit. Il a reconnu sa voix sur la vidéo du meurtre de Benoît de Jarzé ; jamais son timbre acide n'a quitté ses cauchemars. Il la devine capable de tout ; or, il suppose que le roi ne pliera pas face aux menaces.

Alors jusqu'où ira-t-elle ? Que pourra-t-elle déchaîner sur la France, si ces assassinats ne sont qu'un début ?

C'est sur cette question qu'il médite alors que Marie et lui quittent le Tennis Club, après encore une soirée à faire battre le cœur du mouvement. Contrairement à ce que Thomas aurait pu craindre, les risques ne dissuadent pas les Français d'y affluer toujours plus nombreux. Pour un que la peur entrave, ce sont dix autres dont le courage s'éveille, qui veulent devenir des acteurs de l'Histoire en marche, d'autant qu'il fait jouer à plein son réseau de célébrités pour s'assurer un large soutien. Rien qu'aujourd'hui, ils ont participé à une interview en direct sur le *live* de Liam Archer. Thomas ne doute pas qu'elle sera partagée largement dans les prochaines heures.

Même si elle n'a rien d'aussi marquant que les images choc propagées par le Front Agora… Au moins puis-je me poser comme une solution démocratique raisonnable face à leur violence, si je relève le défi d'éviter l'amalgame entre eux et moi.

Pour l'heure, il avance, pensif, ses pas et ceux de Marie crissant sur les graviers de l'allée du jardin du Luxembourg qu'ils remontent. Alors qu'elle est à ses côtés, il ne peut empêcher son regard de dériver sur elle, l'ange de la révolution qu'elle devient soir après soir. La courbe de son cou que dévoilent ses cheveux attachés en queue-de-cheval, la grâce de ses longs cils recourbés.

Ils évoluent côte à côte du matin au soir, dans sa maison de Saint-Cloud comme au Tennis Club. Jour après jour, il doit admettre que sa proximité le trouble. C'est une belle femme ; une très belle femme, même. Il n'y a jamais été aveugle, et…

— Je pourrais être plus utile à la cause, tu sais.

Les mots de Marie ont jailli dans le silence. Thomas fronce les sourcils tandis qu'elle ajoute :

— Réseau Royal. C'est à moi que la direction aurait dû revenir, pas à ma cousine. Elle a trahi mon père, j'en suis certaine. C'est une vipère. Elle a toujours cherché à me supplanter auprès de lui. Et maintenant, elle est parvenue à ses fins.

La jeune femme serre les poings, furieuse. Thomas a été surpris lorsqu'elle lui a confirmé que Julie était bien celle qu'elle prétendait être – c'est l'une des premières questions qu'il lui a posées après sa libération. Il s'attendait à ce qu'elle dénonce une imposture, qu'il aurait ensuite amplement relayée en ligne.

Cela a beau ne pas être le cas, cela ne change rien, au fond : si Louis XX a accepté de placer là cette fille, c'est qu'il l'estime dans son camp. Marie a donc raison : il y a un fort risque que sa cousine ait causé la chute de Marc…

Malheureusement, il n'y a pas grand-chose qu'ils puissent y faire, pour l'instant. Pas alors que le souverain retourne la vérité et affirme que Marie ment à propos de son identité. De plus en plus de Français ont beau la croire, cela ne le fera pas plier ; surtout pas, puisque cela équivaudrait à un aveu de culpabilité.

Thomas pose une main compatissante sur l'épaule de la jeune femme avant de lui souffler :

— Je sais, c'est rageant. Mais le gouvernement verrouillera toute possibilité de récupérer ce qui te revient de droit. C'est aussi pour cela que nous nous battons. Pour qu'il chute, et que justice te soit rendue au bout du compte.

— C'est l'héritage de mon père… gémit Marie.

Impuissant, Thomas voit le regard de la jeune femme se perdre dans le vague, ses mains s'agiter d'un tremblement. Elle est happée par les souvenirs qui la hantent, il le sait : des réminiscences de ses longues semaines d'incarcération, des bribes nostalgiques de sa vie d'avant. Elle se montre rarement si vulnérable ; habituellement, elle affiche une brûlante volonté de revanche. Une dureté que son séjour en prison a forgée. Là où il s'est senti un élan de compassion pour Benoît de Jarzé et Anneliese de Candé malgré leur appartenance à des camps opposés, Marie a accueilli la nouvelle de leur mort avec indifférence.

Son cœur s'est asséché en même temps que le sang de ses parents a été répandu. Toutes les gouttes qui suivent ne rattraperont jamais ce massacre originel à ses yeux.

Thomas a compris que, dans ces crises de mélancolie, il ne peut pas grand-chose pour elle, sinon la soutenir de sa présence.

Doucement, il lui prend la main et la serre. Elle a cessé de marcher ; il se met face à elle. Une larme roule sur sa pommette ; il l'essuie du bout de l'index. Ce geste semble parvenir à arracher la jeune femme aux ombres qui l'assaillent : elle cligne plusieurs fois des paupières, plongeant son regard dans le sien.

Sa bouche s'entrouvre. Dans ses prunelles, le désarroi devient une supplique. Une chaleur l'envahit. Son doigt glisse, laissant place à sa paume contre la joue de Marie. Il apprivoise les courbes de son visage, commence à se pencher lentement, hypnotisé.

C'est alors que des bruits de pas précipités sur leur droite attirent leur attention.

— Il est là !

Thomas s'écarte de Marie, paniqué. Ce sont quatre policiers royaux qui foncent vers eux, matraques au clair.

Non… Ils ne peuvent pas s'en prendre à moi ; le peuple ne leur pardonnerait jamais !

Mais les quatre hommes ne semblent pas avoir reçu le mémo, ou bien ne pas s'en préoccuper.

— Cours ! ordonne-t-il à Marie.

Ils sont hors de vue du Tennis Club ; il leur faut rejoindre la grille du jardin du Luxembourg, dans l'espoir que les policiers n'oseront pas les molester là où des témoins pourront les surprendre. Thomas file à toutes jambes… mais il n'est pas un grand sportif, loin de là. Quelques mètres, et il s'essouffle déjà. Il refuse cependant de ralentir, conscient du danger sur ses talons. La détermination le pousse : il voit la sortie se profiler, il est certain qu'il parviendra à l'atteindre même si…

— NON !

Un cri, et un bruit de chute. Il jette un coup d'œil par-dessus son épaule. Marie est au sol : elle a trébuché sur une racine. Elle ne se relèvera pas à temps : les policiers fondent sur elle.

Thomas pourrait encore s'enfuir, la laisser à son sort. Il ne s'y résout pas.

— Je suis là…

C'est tout ce qu'il a le temps de dire en s'accroupissant près d'elle. L'instant d'après, il est tiré en arrière.

— Ça, c'est pour Anneliese et Benoît, connard !

Et alors les coups commencent. Ils pleuvent sur ses épaules, sur son dos, dans son ventre.

— Président de rien du tout. Tu aurais dû rester à ta place, sale merde !

— THOMAS !

— Retiens-la. On ne touche pas aux femmes.

— Mange la poussière, traître à la Couronne !

Les mots lui parviennent péniblement à travers le feu d'artifice de douleur qui éclate à chaque semelle qui frappe son corps, à chaque matraque qui le heurte. Tant bien que mal, il s'efforce de protéger son visage ; pour le reste, il ne peut plus rien. Il subit, au supplice, au son des hurlements de Marie et de ses propres gargouillements. Pendant des secondes qui pourraient aussi bien être des heures tant elles lui paraissent interminables.

— Merde, du monde arrive. On se casse.

Ces deux phrases, un dernier coup, puis plus rien. Quatre paires de bottes s'éloignent en courant sur les graviers. Thomas reste au sol, prostré ; une masse informe de souffrance.

— Thomas !

La voix de Marie est suraiguë, déformée par l'angoisse. Il sent qu'elle tombe à genoux près de lui, que sa main trouve la sienne, fraîche contre sa peau devenue si brûlante et poisseuse.

— Thomas…

— Je suis là… parvient-il à répéter, sifflant entre ses dents serrées, dans une tentative pour apaiser la jeune femme.

Elle se penche sur lui, et de sa joue tombe une larme qui s'écrase contre sa pommette, avant de rouler pour laisser sur sa lèvre fendue la trace d'un goût de sel.

Julie

Julie n'est pas revenue à Versailles depuis le jour où Louis XX l'a convoquée pour lui annoncer, à demi-mot, qu'il avait ordonné la mort de son oncle. Elle n'avait aucune envie de remettre un pied au palais, de plus en plus lié dans son esprit à un passé dont elle s'efforce de se détacher.

Mais on ne refuse pas une convocation du roi.

Dans l'antichambre où elle attend d'être introduite en sa présence, elle tapote nerveusement de la pointe du pied le tapis sous ses semelles, crispant et décrispant ses phalanges. Ce n'est pas que le souverain l'intimide : elle en a vu assez à son propos pour savoir qu'il ne s'agit que d'un homme comme les autres. Mais entre la loyauté des employés de Réseau Royal qu'elle essaie de gagner et l'évasion de sa cousine, elle sait que le jeu qu'elle mène est complexe. Elle a peu de latitude pour abattre ses cartes correctement ; elle craint qu'un ordre malvenu, auquel elle ne pourra pas se soustraire, ne mette à bas ses efforts. Elle a déjà reçu celui de mettre en place des mesures de modération renforcées autour des profils des domestiques travaillant à Versailles, liste à l'appui : celui-là, ses équipes y œuvrent en ce moment même.

Il correspond à leurs valeurs… Mais que ferai-je si Sa Majesté me demande d'imposer quelque chose qui les heurte ?

Elle respire profondément, comme elle a appris à le faire à force de face-à-face avec ses salariés, tandis qu'un valet la guide jusqu'au bureau du souverain. Il lui en ouvre la porte ; un instant plus tard, c'est Louis XX qui la salue, installé dans son luxueux fauteuil.

— Ah, je vous attendais. Prenez place, je vous en prie, mademoiselle…

Sa phrase se meurt tandis qu'il bute sur le nom de famille à employer. Julie comprend sans mal qu'il répugne à l'appeler par celui qui est le sien désormais : « Sallemont. » Trop lié au souvenir de son oncle qu'il a fait exécuter – la raison même pour laquelle elle l'a pris.

Il ne m'a pas réprimandée à ce sujet ; cela ne veut pas dire qu'il l'a accepté avec le sourire.

— Bonjour, Votre Majesté.

Elle s'efforce, pour sa part, de garder un ton neutre. Son ressentiment vis-à-vis des manquements du roi et la compassion qu'elle ne peut s'empêcher d'éprouver face à son air exténué, elle les ravale. Elle est une dirigeante elle aussi, à présent, même si elle préside à bien moins de destinées qu'un monarque. Elle se comportera comme telle.

— Vous le savez, deux pertes tragiques ont endeuillé la France récemment, reprend Louis. Celles de Benoît de Jarzé et d'Anneliese de Candé.

Il est contraint de le préciser car, entre nous, c'est un autre spectre qui flotte…

— Ils ont été attaqués par un groupuscule révolutionnaire violent, le Front Agora, en raison de leur appartenance à la noblesse. Malheureusement, il semble probable que ces terroristes ne s'arrêteront pas là. Nous ne savons pas où ils frapperont ensuite, mais les équipes d'Anne de Mortemart ont tenté d'identifier les cibles les plus probables. Vous devez vous en douter, vous en faites partie.

Julie hoche la tête. Effectivement, elle n'est pas surprise : les accusations d'usurpation sont légion à son propos depuis qu'elle a été nommée à la tête de Réseau Royal. Avec la radicalisation dans laquelle le pays est en train de basculer, elle n'a pas de mal à imaginer que les insinuations pourraient se transformer en attaques.

— C'est pourquoi je souhaite décider avec vous du dispositif de protection qui va être mis en place pour vous préserver du danger, poursuit Louis. Des forces de la police d'État peuvent être détachées à vos côtés. Je vous dois au moins ça, je crois…

Un faible sourire, contrit, étire ses lèvres. Julie est étonnée : elle ne s'attendait pas à ce que le jeune roi reconnaisse le tort qu'il lui a fait, même implicitement.

— J'ai pensé que je pouvais affecter un détachement de quinze hommes à votre protection ; vous trouverez ici le détail de leurs ordres de mission, conclut-il. Cela vous semble-t-il convenir ? Si cela ne suffit pas à ce que vous ayez l'esprit tranquille, n'hésitez pas à me le dire.

Le regard de Julie tombe sur le document qu'il lui tend. Il y a des horaires, des roulements, l'ordre souligné de ne jamais la perdre de vue. Elle se représente entrant chez Réseau Royal ainsi flanquée de policiers, affirmant à ses employés qu'elle est attachée à tracer sa propre voie en leur présence… et sa réponse fuse.

— Non, cela ne me convient pas.

Louis fronce les sourcils.

— Dans ce cas, je peux vous proposer…

— Je ne souhaite pas de protection de la part du gouvernement.

— Pardon ?

Face à l'expression ébahie du jeune roi, Julie affirme :

— Je n'ai pas eu le choix lorsque vous m'avez nommée à la tête de Réseau Royal. Nous nous en doutions tous : nombre des employés qui composent l'entreprise n'étaient… pas particulièrement bien disposés à votre égard. J'ai dû lutter pour gagner leur confiance. Faire mes preuves à de nombreuses reprises pour qu'ils acceptent que je ne suis pas leur ennemie. Que je suis bien la nièce de Marc Sallemont.

Ce nom fait tomber un silence glacé sur le bureau. Louis a frissonné, Julie l'a vu.

— Je ne peux pas m'afficher maintenant comme ostensiblement protégée par vous, ajoute-t-elle. Cela ne fera que raviver la méfiance à mon égard, celle-là même qui fait de moi une cible. Je dois continuer à paraître aussi indépendante que possible, c'est cela qui me préservera du danger.

— Vous devez réaliser que c'est potentiellement votre vie qui est en jeu ici. Êtes-vous prête à la risquer sur ce pari ? N'avez-vous pas peur ?

Si. Bien sûr que si.

Les images des meurtres perpétrés par le Front Agora l'ont horrifiée, sans compter que le traumatisme d'avoir été contrainte à faire face aux photos du corps de son oncle a imprimé son esprit au fer rouge. Elle les revoit beaucoup trop facilement lorsqu'elle ferme les yeux, en tremble si elle se hasarde à leur laisser un empire trop important sur elle. Et elle se représente aisément qu'on force les portes de son hôtel particulier pour mettre la main sur elle.

Mais ce n'est pas le désir de préservation qui m'anime. J'ai déjà tant sacrifié ; je peux bien aller plus loin encore et me mettre moi-même dans la balance.

— Nous traversons une époque terrifiante, se contente-t-elle de répondre.

— N'y a-t-il rien que je puisse faire pour vous ? Parlez ; j'écouterai votre requête.

Comme vous avez écouté celle de garantir un procès équitable à mon oncle ?

Julie muselle son acidité : elle ne la mènera à rien. Louis se sent coupable, c'est manifeste : c'est le moment idéal pour elle d'en obtenir quelque chose en compensation.

Sauf que je ne veux rien pour moi-même… Juste un monde où la justice régnerait ; mais ce monde, il s'est révélé aussi impuissant à le faire advenir que mon oncle.

— Pour moi, non, finit-elle par déclarer. Cependant, puisque vous avez des forces de protection à affecter… je peux vous demander de rediriger certains des hommes que vous souhaitiez attacher à mes pas aux côtés de Matthieu Guillemin. Lui aussi sera une cible, si sa relation avec la princesse Alba vient à être connue du grand public. Vous conviendrez qu'ils ont tous les deux trop souffert pour risquer que le malheur ne les frappe de nouveau.

L'Espagnole lui a écrit après la diffusion de la première vidéo du Front Agora, celle montrant le corps – ou non – de Marc Sallemont. Juste quelques mots, pour lui exprimer qu'elle pensait à elle en cette période difficile. Ils ont suffi à toucher Julie, si peu habituée à ce qu'on se préoccupe d'elle. Et au quotidien, chez Réseau Royal, Matthieu lui est d'un appui précieux.

Je n'ai jamais eu d'amis, mon oncle m'ayant privée de mon adolescence en m'enfermant dans son hôtel particulier pour me préparer à ma mission. Ils sont ce qui s'en rapproche le plus. Non, je ne veux rien pour moi-même… mais pour eux, peut-être puis-je quelque chose.

— Il fait partie de la liste que nous avons établie, lui aussi, déclare le roi. Catarina m'en voudrait si je laissais le moindre chagrin affliger sa cousine. Mais votre sollicitude est louable. Une autre faveur, alors ?

— Non, Votre Majesté. Sinon de continuer à gouverner… pour le bien de votre peuple.

Julie s'est levée en prononçant ces paroles, se préparant à se retirer. Elles pourraient sonner comme une formule creuse, mais la jeune femme a laissé sciemment une touche de défi y suinter. Une incitation pour Louis à faire mieux.

S'il le peut encore…

Thomas

Thomas grimace alors qu'il s'installe à son bureau. Il a beau prendre des antidouleurs, chacun de ses mouvements lui est inconfortable. Il ne s'en sort pas si mal, pourtant : deux côtes fêlées, une lèvre fendue, et de nombreuses ecchymoses. Aucun dégât permanent : il peut s'en estimer heureux.

Si des membres du Tennis Club n'avaient pas entendu les cris de Marie, j'ignore où ces quatre policiers se seraient arrêtés…

Ses alliés l'ont accompagné à l'hôpital le plus proche, où de longues heures se sont écoulées avant qu'il ne soit pris en charge. Il est au statut Argent : il aurait dû bénéficier d'une priorité aux urgences. Les infirmières ont cependant prétendu que plusieurs nobles étaient présents, requérant l'attention immédiate des médecins.

Je crois surtout que je suis tombé sur des royalistes, et que j'ai payé mon identité de ma souffrance…

Il n'ose pas imaginer le calvaire qu'il aurait enduré s'il avait vécu une pareille mésaventure du temps où il avait été rétrogradé au statut Poussière. Il en aurait eu pour la nuit à patienter sur une chaise en plastique inconfortable dans une salle d'attente de l'hôpital jusqu'à ce qu'un interne daigne se pencher sur son cas, c'est certain.

Son reflet dans le miroir n'a rien de glorieux. Il a le visage tuméfié, violacé par endroits.

Il ne s'est pas privé de le montrer à tous sur Réseau Royal, évidemment.

Quitte à avoir été molesté… autant que cela me serve.

Dès qu'il s'est senti en état de le faire, il a tourné une vidéo avec l'aide de Marie, pour raconter ce qui lui était arrivé et condamner le déchaînement de brutalité de la part des policiers dont il a croisé la route. Elle a fait plusieurs centaines de milliers de vues – et le nombre augmente encore.

Qu'ils voient tous ce que je risque pour la cause.

Les messages affluent également sur son compte. De soutien, pour la majorité. Quelques-uns prétendent qu'il l'a bien cherché, qu'il aurait mérité pire après avoir attisé la haine de l'aristocratie qui a conduit aux meurtres de Benoît de Jarzé et d'Anneliese de Candé. Il les a supprimés sans le moindre état d'âme.

Ils confondent tout. Moi, je sais que je n'ai rien à me reprocher. Je suis la victime ; je suis dans le camp des oppressés, non des oppresseurs.

Sa mère a essayé de lui écrire, aussi ; une fois de plus. Catastrophée par la vision de ses blessures.

[Si tu me lis, arrête de te mettre en danger, Thomas, s'il te plaît. Tu vas finir par te faire tuer !]

[Je suis vivant, non ? a-t-il renvoyé, agacé. **Tu devrais être fière que ton fils soit un héros plutôt que de limiter mes ambitions.]**

Peut-être lui a-t-elle répondu, mais il refuse sciemment d'aller vérifier. Il a mieux à faire. D'autres contacts bien plus intéressants à entretenir. Des gens qui se proposent d'agir concrètement au service de la cause, et dont il doit aiguiller les bonnes volontés au mieux.

C'est l'objectif qu'il s'est fixé ce matin : consulter autant de messages qu'il lui sera possible. Tous, il n'y parvient déjà plus : cela a quitté le champ de l'humainement faisable.

Ce qui, en soi, est une excellente nouvelle pour la cause…

Il est en train de faire défiler sa longue liste de mails avant de se connecter à son compte Réseau Royal lorsque l'un d'eux attire son attention.

[John Lawrence vous a envoyé un nouveau message sur SocialWeb.]

John Lawrence… Il reconnaît ce nom immédiatement, et le fait qu'il lui ait écrit via SocialWeb dissipe tout doute qu'il aurait pu avoir ; si bien que, toute douleur balayée par la décharge d'adrénaline qui le traverse, il se précipite pour en lire plus sans la moindre hésitation.

[Bonjour, monsieur Grisons.

Je suis John Lawrence et j'ai l'honneur d'être l'ambassadeur des États-Unis d'Amérique actuellement en poste à Paris.

Mon président et moi-même suivons de près le mouvement que vous représentez, et nous tenons à vous adresser nos plus sincères vœux de rétablissement à la suite de l'agression honteuse dont vous avez été victime. Il nous semble que, grâce au vote de vos pairs, vous êtes le seul interlocuteur légitime apte à parler au nom du peuple français aujourd'hui. C'est pourquoi j'aimerais vous rencontrer afin que nous puissions discuter des possibilités de rapprochement entre nous.

Je vous laisse m'indiquer les dates et horaires auxquels vous seriez disponible pour vous rendre dans les locaux de mon ambassade ; je m'adapterai à vos impératifs.

Pour des raisons évidentes de confidentialité, je vous saurai gré de ne pas diffuser publiquement ce message, et de ne pas chercher à me contacter informatiquement par un autre biais que celui de SocialWeb, seul service qui nous garantit que les données que nous échangeons ne tomberont pas en de mauvaises mains.

Respectueusement,
John Lawrence]

Thomas reste quelques instants estomaqué devant ce qu'il vient de lire. Puis un sourire vient étirer ses lèvres : un sourire empli de fierté à l'idée d'être reconnu par le dirigeant de l'un des pays les plus puissants du monde.

— Marie ! appelle-t-il, euphorique.

Ce triomphe, il ne veut pas le vivre seul ; il a besoin de le partager. La jeune femme accourt, depuis sa chambre attenante.

— Regarde ! lui intime-t-il aussitôt en désignant son écran.

Elle se penche par-dessus son épaule pour lire, toute proche de lui. Il pourrait s'écarter, mais il ne le fait pas. Savourant bien au contraire le contact ténu de son corps qui l'électrise.

— C'est incroyable ! s'exclame-t-elle, les yeux brillants, lorsqu'elle a parcouru l'ensemble du message.

— Je vais lui répondre tout de suite. Inutile de le faire attendre.

Marie fait mine de se relever. Il la retient, tenant à ce qu'elle demeure à son côté alors qu'il tape quelques lignes rapides, qu'il n'a pas besoin de peser bien longtemps.

[Monsieur Lawrence,

Merci de votre message, qui m'honore. Je serai ravi de venir vous rencontrer à votre ambassade ; seriez-vous disponible lundi prochain, autour de quinze heures ?

Vous pouvez compter sur moi quant à la confidentialité de nos échanges.

Cordialement,

Thomas Grisons]

Lorsqu'il appuie sur le bouton d'envoi, Marie effleure son épaule, laissant s'attarder son index plus longtemps que nécessaire. Réveillant en lui un feu grondant que le succès incontestable que représente le mail de l'ambassadeur attise encore plus haut.

— Tu tombes, mais tu te relèves aussitôt, déclare-t-elle, émue.

— Toujours.

C'est le sens de l'Histoire. Le destin qui fait son œuvre…

CATARINA

Il y a bien longtemps, Catarina s'est fait la promesse qu'elle ne s'abaisserait jamais à supplier son oncle. Il pourrait l'écraser, la couper du monde ; briser ses rêves et malmener ses espoirs pour le pays : cette satisfaction-là, elle la lui refuserait.

Je me suis juré qu'il ne me verrait pas autrement que la tête haute, en aucune circonstance.

Elle s'est tenue à cette ligne de conduite pendant des années. Mais sur ce champ-là aussi, elle a fini par rendre les armes.

Je n'en peux plus. Rester sans nouvelles directes de mon frère m'est insupportable. Je n'arrive plus à supporter cela, en plus de tout le reste.

La monarchie française est en train de s'effriter sous ses yeux ; Louis tient à peine debout, accablé par les drames. Elle ignore de quoi demain sera fait, si sa longue lutte a encore un sens. Tout ce qu'elle sait, c'est que chaque jour qui passe est un grain de plus retiré au sablier de Felipe, à son temps compté par la maladie ; chaque jour qui passe loin de lui, elle ne le rattrapera jamais.

C'est pour son bien qu'elle s'est éloignée. Pour le protéger car, tant qu'elle vivra, Alfonso ne pourra se risquer à s'en prendre à son neveu sans lui livrer, à elle, la couronne qu'il convoite. Il n'empêche qu'elle souffre de cette distance, surtout alors que les troubles s'intensifient en Europe. Les meurtres d'aristocrates continuent à endeuiller la France, impunis : après Benoît de Jarzé et Anneliese de Candé, c'est un baron du Nord qui a péri. Nicolas de Bailleul, lui aussi assassiné par le Front Agora. Devant un tel déferlement de violence, Catarina sent sa raison vaciller. Son frère est un roi et non un nobliau de campagne ; les mesures de protection autour de lui sont sans commune mesure. Malgré tout, plusieurs fois, elle s'est réveillée en sueur, hantée par la vision de ce que des révolutionnaires habités par une vision extrême de leur cause pourraient lui faire s'ils mettaient la main sur lui. Un cauchemar nourri par les réminiscences de ce qu'elle-même a subi : le coup de poignard qui lui a été porté en pleine nuit dans sa chambre même au sein du palais royal madrilène, l'explosion sous ses pieds à l'aéroport de Roissy…

Que le moindre mal puisse être fait à Felipe lui brise le cœur. Plus le chaos étend ses griffes sur le continent, plus cette terreur lui paraît prendre des contours concrets. Alors dans un moment de faiblesse, elle a fini par écrire un message à Alfonso.

[Que me faudrait-il faire pour gagner le droit de parler à mon frère ?]

La guerre est ouverte entre eux. Le régent hait Catarina, et ne s'en cache plus.

Mais il place ses intérêts au-dessus de tout, même de sa haine.

Comme l'infante l'espérait, elle a reçu une réponse :

[Condamne publiquement la *Pelota Amarilla*, et j'y réfléchirai.]

Son premier instinct a été de refuser le marché. La *Pelota Amarilla*, ou « Balle jaune » en espagnol, c'est le mouvement cousin du Tennis Club qui s'est développé de l'autre côté des Pyrénées malgré les persécutions et la répression.

Juste des gens qui voudraient exprimer leur espoir d'un monde meilleur…

Si Catarina avait été reine, elle les aurait reçus. Aurait tenté de gouverner en leur réservant une oreille bienveillante.

Alfonso, lui, fait charger leurs regroupements dès qu'ils prennent la moindre ampleur…

Malgré tout, pour qu'il lui fasse cette requête, elle devine que le mouvement est une épine dans son pied qu'il ne parvient pas à arracher. Les contestataires sont de plus en plus nombreux, malgré les risques.

Il n'acceptera jamais de l'admettre, mais il a besoin d'aide pour les faire taire.

Elle aurait aimé être plus forte. Retourner cette information à son avantage, et poster la déclaration exactement inverse sur Réseau Royal ; tendre la main au mouvement. Mais cela aurait signifié renoncer définitivement à tout espoir de parler à Felipe. Égoïstement, elle ne peut pas s'y résoudre. Alors, malade de son propre choix, elle a composé la publication fatidique.

[La Couronne mérite le respect. Je condamne fermement les traîtres à notre nation qui entendent la souiller.]

Elle a ensuite envoyé le lien à son oncle, sans autre commentaire. C'était il y a cinq minutes ; à présent, recroquevillée dans un fauteuil de sa suite à Versailles, la main crispée autour de son téléphone, elle attend, pleine d'angoisse et de prières mêlées.

Lorsqu'elle entend la sonnerie qui lui annonce un appel, elle saute sur le bouton vert dans la seconde.

— Bonjour, ma chère nièce, lui débite une voix mielleuse. Tu vois : je tiens parole.

— Passez-moi Felipe, réclame-t-elle, cassante. J'ai fait ce que vous m'avez demandé.

— Ce message si vague, si tiède ? Voyons, j'attendais mieux.

— C'est tout ce que vous aurez.

— Allons, allons. Dans ma grande bonté, je consens à t'accorder un peu d'attention malgré tes trahisons répétées, et c'est ainsi que tu me remercies ? J'en déduis que tu n'as toujours pas renoncé aux prétentions qui sont les tiennes. Mais je te comprends, d'une certaine manière. Au vu de la situation actuelle en France, moi aussi j'hésiterais avant de lier mon destin à celui de son roi.

L'infante serre les dents. La voix seule d'Alfonso suffit à la hérisser.

— Ah, Rina… Quelle ingratitude.

— Rina ? C'est Rina qui est au téléphone ? Passez-la-moi, mon oncle.

La jeune femme a fermé les yeux, des larmes de soulagement les ayant envahis en un instant. D'un coup, toute l'hostilité qui l'habitait a été balayée, remplacée par de l'amour. Après tant de semaines sans l'entendre, elle a reconnu le timbre de Felipe, et c'est la seule chose sur laquelle elle se concentre.

— Que fais-tu là ? crache Alfonso. Je t'avais demandé de ne pas me suivre.

— Je suis le roi. Passez-moi ma sœur, c'est un ordre.

Catarina retient sa respiration. Son oncle va-t-il faire fi de la demande de Felipe ?

Il en serait capable. Il voit mon frère comme un outil pour justifier son propre pouvoir ; il ne respecte pas son autorité. En même temps, il a des apparences à conserver…

Un calcul qu'Alfonso doit avoir fait de son côté également… Et qui bascule en sa faveur, car elle l'entend bientôt déclarer, guindé :

— Bien sûr, Felipe. La voici.

Quelques instants plus tard, une exclamation enthousiaste jaillit du portable :

— Rina ! Cela fait tellement longtemps ! Comment vas-tu ?

Il pose la question sans la moindre once de tension, ce qui fait grimacer l'infante – une fois de plus.

Est-il seulement au courant de l'attentat qui m'a prise pour cible, ou notre oncle le lui a-t-il caché ?

Préférant éviter de mettre de l'huile sur le feu de peur qu'Alfonso ne trouve un prétexte pour reprendre le téléphone, elle se contente de répondre :

— Tout va bien, ne t'inquiète pas. Et toi ?

— Les médecins ont commencé un nouveau traitement. Il a l'air plus efficace que les précédents.

— C'est fantastique ! Dis-moi tout ! Qu'ont constaté les médecins ? Tes symptômes ont reculé ? Est-ce que les soins que tu dois suivre sont lourds ?

— Je ne connais pas tous les détails scientifiques. L'essentiel, c'est que je tousse beaucoup moins, et je ne vomis presque plus. Bon, pour mon pancréas, les docteurs ne peuvent pas faire de miracle, mais ils réussissent à limiter la casse. En tout cas, ils affirment que je réagis bien mieux que ce qu'ils pensaient à tout ce qu'ils me donnent. C'est encore trop tôt pour déterminer si les résultats sont durables, mais ils commencent à me dire qu'ils ont de bonnes raisons d'être optimistes.

Catarina étouffe un sanglot de joie, émue. Que l'étau de la maladie desserre son emprise autour de son frère, c'est ce qu'elle a toujours voulu, plus que n'importe quel trône. Une guérison de Felipe l'en priverait définitivement, mais elle est prête à l'accepter cent fois.

Je l'aime plus que tout le reste.

— Je suis vraiment, vraiment contente pour toi. Je ne te souhaite que d'aller mieux. Tu le sais, hein ?

— Oui, bien sûr ! Mais je ne veux pas encore parler d'hôpitaux : dis-moi plutôt comment se passe ton séjour en France ! Tu n'es pas trop secouée par tout ce qui s'y passe ?

Elle soupire.

— Je ne te cache pas que la situation est difficile, Feli…

— Je te connais. Je suis sûr que tu dois faire tout ton possible pour aider Louis XX.

— Évidemment !

Un silence. Puis Felipe murmure :

— Tu me manques, Rina. Cela fait des mois que tu es partie, et nous avons si peu l'occasion de nous parler…

— Tu me manques à moi aussi. Je te jure qu'il ne se passe pas une journée sans que je pense à toi.

— Tu es la meilleure sœur que j'aurais pu avoir.

— Et toi le meilleur des petits frères. Je te promets que je ne t'oublie pas, jamais.

Catarina espère que le haut-parleur est activé, et que ces paroles de réconfort viennent sonner comme une menace aux oreilles d'Alfonso. Ce doit être le cas, car c'est soudain sa voix qu'elle entend à l'autre bout du fil :

— Malheureusement, je vais devoir couper l'appel. Felipe et moi sommes attendus pour remplir nos obligations envers l'Espagne.

Bien sûr… Tu veux surtout écourter la discussion autant que possible.

Après tout ce temps, autant de mesquinerie de la part de son oncle n'étonne plus Catarina. Profitant des dernières secondes qui lui restent, elle lance :

— Je t'aime, Felipe !

— Je t'aime aussi, Ri…

Elle n'entend même pas son surnom en entier : Alfonso a raccroché avant.

Il lui faut de longues minutes pour parvenir à se redresser, les larmes coulant sur ses joues, le cœur à la fois pansé et meurtri une fois de plus.

THOMAS

Une fois arrivé devant l'ambassade des États-Unis à Paris, Thomas prend quelques secondes pour lever la tête et admirer l'imposant bâtiment de pierres beige qui le surplombe.

Il n'y a pas à dire, même à l'étranger, les Américains savent démontrer leur prestige.

Cela ne fait même pas une semaine que le jeune homme attend l'entretien convenu pour ce jour, mais il a l'impression qu'il patiente depuis une éternité. Il place tant d'espoirs dans cette rencontre avec John Lawrence… Rêves fous et craintes d'être déçu se sont succédé dans son esprit depuis que la date lui a été confirmée par l'ambassadeur, sans qu'il sache lesquels deviendront réalité aujourd'hui. Il croit en sa bonne étoile, mais tout de même, il ne peut s'empêcher de ressentir une certaine appréhension.

— Tu viens ? lui dit Marie. Il est presque l'heure.

Thomas se ressaisit et emboîte le pas à la jeune femme, posant une main possessive au bas de son dos. Il l'a conviée au rendez-vous, bien entendu : c'est en tant que président du Tennis Club qu'il a obtenu cet entretien avec Lawrence, mais il a parfaitement conscience que le soutien sans équivoque de la fille de Marc Sallemont ne peut que contribuer à asseoir sa légitimité. Aux États-Unis aussi, où l'esprit d'entreprise est très valorisé socialement, le fondateur de Réseau Royal est une figure respectée.

L'une des seules auxquelles la démocratie américaine accorde une quelconque valeur, en fait.

Ensemble, ils se présentent à la grille de l'ambassade, qui est ouverte pour eux. Ils en remontent l'allée du jardin privatif, et accèdent à un hall où le personnel se confond en salutations à leur égard. Certains employés bloquent sur son visage, que les hématomes colorent toujours. Il soutient leur regard avec hauteur. Il a conscience qu'il n'a pas l'apparence policée dont les sommets des négociations internationales doivent avoir l'habitude, mais il ne compte pas avoir honte des coups qu'il a pris au service de sa cause.

Au contraire : je les transformerai en médailles d'honneur.

Toute cette sollicitude plaît à Thomas : elle contraste avec l'indifférence que le gouvernement français ne cesse de lui manifester. Enfin, il se sent reconnu à sa juste valeur.

N'est-il pas scandaleux que Louis XX n'ait jamais envisagé ne serait-ce que de me rencontrer, alors que je suis la voix de son peuple ? Ici, on ne me réserve pas ce mépris odieux, au contraire.

Marie et lui sont conduits immédiatement au bureau de Lawrence, sans passer par une quelconque salle d'attente. Le diplomate s'y tenait prêt à les accueillir ; c'est avec effusion qu'il serre leurs mains.

— Mademoiselle Sallemont, quelle agréable surprise ! s'exclame-t-il tandis que Thomas parcourt du regard la pièce cossue dans laquelle il vient de pénétrer.

Un tapis moelleux recouvre le sol ; des bibliothèques garnies de volumes reliés tapissent les murs ; des sièges Louis XV sont disposés de part et d'autre d'une table à pattes de lion.

L'ambassadeur a des goûts classiques… Ironique, quand on sait qu'il représente l'un des pays les plus avant-gardistes de la planète.

Lawrence invite ses hôtes à s'asseoir, puis entame directement la discussion :

— Merci d'avoir accepté de me rencontrer aussi rapidement. Je suis convaincu que le Tennis Club et les États-Unis ont beaucoup à apporter l'un à l'autre.

— C'est aussi ce que je pense, affirme Thomas.

— Le président Terrence Dickson estime que la lutte pour répandre les lueurs de la démocratie dans le monde entier doit être une priorité de la politique de notre pays. Si l'obligation morale de combattre l'obscurantisme a parfois été négligée par ses prédécesseurs à la Maison-Blanche, il ne compte pas, pour sa part, s'y dérober.

— C'est admirable de sa part, intervient Marie.

Et providentiel pour la cause révolutionnaire française.

— Je vous l'ai déjà dit dans le message que je vous ai adressé : c'est pour discuter des modalités éventuelles d'une alliance que je vous ai fait venir aujourd'hui, reprend Lawrence.

Thomas hoche la tête.

— Sur le principe, le Tennis Club serait prêt à nouer un tel lien. Néanmoins, comprenez que je ne puisse engager mon mouvement tant que j'ignore les tenants et aboutissants de votre proposition.

— Cela va de soi.

Lawrence sourit. Loin de paraître froissé par la prudence affichée par son interlocuteur, il semble apprécier sa franchise.

— Mon pays est prêt à s'impliquer largement pour soutenir votre lutte pour la démocratie. Financièrement, en premier lieu. Pour réussir, votre mouvement aura besoin d'argent, de beaucoup d'argent ; vous pourrez compter sur les fonds américains pour financer vos opérations.

L'ambassadeur a lancé ces quelques phrases comme un appât, attendant que Thomas y morde. Mais grâce à la prévoyance de Marc Sallemont, le Tennis Club n'est pas autant dans le besoin qu'il le pense sans doute. Si bien que le jeune homme conserve une expression peu impressionnée pour répliquer :

— Nous ne sommes pas venus ici pour mendier : nous disposons de nos propres ressources.

Bien sûr, Thomas trouverait toujours le moyen d'employer des fonds supplémentaires, mais il pressent qu'il ne doit pas laisser paraître que quelques billets suffiraient à l'acheter. Il ne se transformera pas en mercenaire, en pion manipulable par le plus offrant. Il est venu ici pour trouver un allié et non pour se vendre.

— Passons donc à la deuxième manière dont nous pourrions appuyer votre cause : SocialWeb, reprend Lawrence sans se démonter.

— Votre réseau social ?

— Tout à fait. Nous comptons le mettre à votre disposition afin que vous puissiez bénéficier d'une manière sûre de communiquer ; j'imagine que les précautions que vous devez prendre pour vous préserver des espions de votre gouvernement qui sévissent sur Réseau Royal vous handicapent fortement… Nous vous promettons de mettre tout en œuvre pour vous garantir la confidentialité sur notre site. Ce n'est pas tout : nous vous accorderons, à vous, monsieur Grisons, ainsi qu'aux personnes de confiance que vous nous indiquerez, des pouvoirs d'administration sur le réseau, afin de vous permettre de mieux coordonner votre mouvement.

Cette proposition pourrait sembler secondaire aux yeux de beaucoup, mais pas pour Thomas : il a pu mesurer l'impact de telles fonctionnalités quand il en bénéficiait encore sur Réseau Royal. Percevant sans doute la lueur d'intérêt qui s'est allumée dans ses yeux, l'ambassadeur poursuit :

— Puisque nous sommes sur le sujet de la sécurité… Vos mésaventures récentes nous ont choqués, bien entendu. Je déplore les marques que vous en portez encore.

Son regard s'attarde sur les ecchymoses de Thomas, qui redresse le dos.

— Face à l'adversité croissante, vous avez tout lieu de craindre pour votre intégrité physique. Notre intervention directe sur le territoire français doit rester… discrète, et nous ne pourrions agir nous-mêmes pour influer sur la situation politique. En revanche, assurer votre protection personnelle est de l'ordre de l'envisageable. Nous pourrions repousser les attaques isolées qui vous viseraient de nouveau et, en cas d'une manœuvre plus officielle de la part du gouvernement de Louis XX, vous exfiltrer vers notre sol.

— Je vous en saurais gré, à titre individuel, déclare Thomas. Cependant, même si j'en suis le président, le Tennis Club ne se réduit pas à moi seul.

— Il n'empêche que si vous avez l'esprit libéré des préoccupations concernant votre sécurité, vous aurez plus de latitude pour agir, et c'est votre mouvement tout entier qui en bénéficiera.

C'est vrai… mais je veux plus. Un peu d'argent, trois boutons sur un site internet et quelques gardes du corps ne me suffiront pas. C'est à l'ambassadeur des États-Unis que je parle ! Il doit être en mesure de me donner davantage.

— Est-ce donc tout ? lâche-t-il.

— Que voudriez-vous obtenir, monsieur Grisons ? Dites-le-moi, et nous verrons si mon pays est en mesure de vous le fournir.

Ah… Ça y est, nous parlons vraiment.

— Vos services secrets. Ils sont connus pour être les plus performants du monde. Nous aurons besoin de leur appui.

— Dans quels objectifs ?

— Le peuple de France est derrière moi ; mais aujourd'hui, nous ne pouvons avoir qu'une action interne. Si nous nous coordonnons, il nous serait possible de déstabiliser le gouvernement de Louis XX sur les plans à la fois national et international.

— Nous avons des impératifs diplomatiques à respecter, rappelle Lawrence.

— Bien entendu. À vous de les mettre en balance face aux idéaux que vous prétendez défendre, cependant.

La phrase sonne comme un défi. L'ambassadeur l'accueille sans s'en émouvoir.

— Il y a autre chose, poursuit Thomas. Le Tennis Club est aujourd'hui le mouvement le plus légitime pour parler au nom du peuple français ; le seul à le faire à visage découvert. D'autres groupuscules existent, cependant, aux méthodes bien plus… radicales.

— Vous pensez au Front Agora.

Thomas acquiesce… avant de cingler, saisi par une arrière-pensée qui le glace :

— Vous n'êtes pas en relation avec eux, n'est-ce pas ?

— Non. Pour nous aussi, ils se révèlent insaisissables.

— C'est un problème.

Lawrence l'observe longuement, un léger sourire à la commissure des lèvres. Thomas s'en veut de lui avoir livré un levier d'action en perdant la maîtrise de son ton, mais c'est plus fort que lui : chaque fois qu'il repense à ces deux silhouettes qui se sont introduites chez lui en pleine nuit, un restant de terreur l'aiguillonne.

— Je me doute que vous devez déjà mener une enquête à leur sujet, reprend-il. Si elle aboutit, j'aimerais que vous m'en donniez les conclusions. J'ai besoin de connaître l'identité de mes adversaires.

— Vos adversaires ? Ne luttez-vous pas vous aussi pour aboutir à la chute de la monarchie ?

En effet… Mais le monde nouveau qui doit advenir ensuite, je veux que ce soit le mien.

— Certainement, monsieur Lawrence, vous ne pouvez imaginer nouer une alliance durable avec des gens aussi instables que ceux-là ?

— Je ne peux cautionner la brutalité dont ils font preuve, c'est vrai.

— Alors nous sommes d'accord. Si vous mettez la main sur des éléments concluants concernant le Front Agora et ses dirigeants, vous me les livrerez.

— Fort bien.

Lawrence se laisse aller contre le dossier de son fauteuil, entrecroisant les doigts de ses mains jointes.

— Vous aurez notre soutien sur tous ces plans, monsieur Grisons.

Thomas jubile, avant que l'ambassadeur n'ajoute, la voix tranchante :

— Il convient cependant que vous preniez certains engagements vous aussi.

Les mâchoires du jeune homme se carrent.

C'était trop beau. Non, contrairement à ce qu'ils professent, les États-Unis ne souhaitent pas nous aider par seul amour de la cause…

— À quoi pensez-vous ?

— Bientôt, les cartes de l'Europe seront redistribuées ; c'est ce que vous et moi espérons, en tout cas. Au sein de ce nouvel équilibre, la France aura pris une place de premier plan. Il ne sera que justice que les États-Unis deviennent le partenaire privilégié de votre nation régénérée. Il viendra sans doute un temps où vous serez en position de nous faire bénéficier de votre amitié, monsieur Grisons. Ce jour-là, nous entendons que vous vous souveniez grâce à qui votre combat aura pu progresser.

Autrement dit, accepter son aide, ce serait contracter une dette… dont il exigera le paiement un jour ou l'autre.

Le regard de l'ambassadeur s'est fait perçant. Quant à Thomas, sa bouche s'est asséchée.

Je n'aime pas l'idée de signer un pacte sans savoir à quoi il m'engage… Mais ai-je le choix ?

Il se rappelle les paroles que la femme de l'ombre lui a lancées quand elle était chez lui. Que ses actions ne valent rien, que ce sont elle et les siens qui représentent l'essence de la lutte pour la démocratie. Cela lui fait mal de l'admettre, mais les coups d'éclat récents du Front Agora menacent d'éclipser le Tennis Club. C'est d'eux que Réseau Royal bruisse, eux qui sont en train de s'imposer comme ceux que le roi craint.

Si je ne rebondis pas… je risque d'être balayé. Il me faut des alliés pour prendre encore en envergure, c'est une nécessité. Les conséquences, je les affronterai plus tard. Et puis, seront-elles si désastreuses ?

Les États-Unis sont les pionniers de la liberté dans le monde. Le flambeau qui donne de l'espoir aux peuples opprimés depuis plus de deux siècles.

Sans doute, nos aspirations resteront alignées longtemps après que la révolution que je porte aura triomphé…

— Je suis un homme d'honneur, clame-t-il. Vous pouvez compter sur moi.

Le sourire de Lawrence s'étire.

— Parfait, dans ce cas. Nous sommes d'accord sur le principe ; bien entendu, des détails resteront à régler, mais nous aurons tout le loisir de le faire plus tard. Pour l'heure, chers amis, je vous propose de trinquer.

Il se lève et s'approche d'une armoire vitrée dans un coin de son bureau, dont il tire une bouteille.

— Du *rye whisky* de Virginie, explique-t-il. Nous n'avons pas le savoir-faire de votre pays en matière de vin, mais nous avons tout de même de quoi nous défendre.

Il verse du liquide ambré dans trois verres, avant d'en tendre un à chacun de ses deux invités.

— À l'amitié entre nos deux nations, déclare-t-il.

— Et à la future République française, ajoute Thomas d'une voix vibrante de conviction.

Un instant plus tard, les verres s'entrechoquent, scellant définitivement leur alliance.

Chapitre 11

Louis

— *Frigivet fra kongen ! Frigivet fra kongen !* crie la foule danoise déchaînée.

« Libérés du roi… »

Louis observe, horrifié, l'écran de son téléphone, sur lequel défilent des images de Copenhague en proie au chaos. Devant l'Amalienborg, des milliers de personnes hurlent non pas leur colère, mais leur joie.

Car ce matin, le roi Christian XI a été assassiné.

L'acte est celui d'un individu isolé et déterminé, qui a été arrêté sitôt son crime commis ; des jours durant, il a guetté le moment propice pour viser le souverain, et lorsqu'il l'a vu sortir du château, il a saisi sa chance. Il a visé juste, à la tête ; les gardes du corps du monarque n'ont rien pu faire.

Le régicide constitue un crime qui devrait remplir tous les cœurs d'effroi ; mais après des semaines de contestation, après tous les scandales que Christian XI a accumulés, les Danois se réjouissent de l'assassinat plutôt que de le condamner, et clament leur soulagement d'être libérés du fardeau d'un chef d'État plus préoccupé de ses prostituées que des affaires politiques.

Louis n'a jamais apprécié son homologue danois, qui incarnait toutes les dérives possibles de la monarchie ; il n'empêche que ces réactions à sa mort dépassent son entendement.

Qu'un fanatique ait fomenté son assassinat, passe encore ; mais que le peuple soutienne cet acte sanglant, voilà qui me choque.

Tout respect pour la monarchie, toute compassion semblent cependant avoir disparu, enterrés aux cris de « *Frigivet fra kongen* » qui ne se taisent pas.

Terrée au fond de l'Amalienborg, la fille de Christian, Thyra de Danemark, devrait se préparer à devenir reine. Louis peine à s'imaginer ce qu'elle doit ressentir. Lorsque son propre père est mort, tout aussi brutalement, il a subi un choc terrible ; toutefois, à l'époque, la France était encore apaisée. Il avait peur du trône sur lequel il allait devoir s'asseoir, mais il n'avait pas de doutes sur sa solidité.

Thyra, elle, ignore s'il y aura encore une couronne pour elle ne serait-ce que demain. Car dans les rues de Copenhague, les Danois paraissent décidés à ne pas se contenter de la mort du souverain qu'ils haïssaient. Jamais plus ils ne veulent subir ce joug, et ils sont des milliers à appeler une démocratie de leurs vœux.

Leurs clameurs sont contagieuses. Sur Réseau Royal, la mort de Christian XI a échauffé les esprits davantage, ajoutant à la tension électrique qui s'est emparée du pays.

Du sang a déjà coulé chez nous. Celui de Benoît de Jarzé, d'Anneliese de Candé, de Nicolas de Bailleul. Le prochain sur la liste… ce pourrait être le mien. Le Front Agora le verserait sans remords, il l'a déjà prouvé.

Louis éteint son téléphone. Il en a vu bien assez ; écouter la foule crier encore et encore sa colère ne lui servira à rien. Il attend Jean de Berry d'ici une dizaine de minutes – quand il aura terminé son appel avec d'autres ministres des pays de la Ligue des royaumes d'Europe – pour évaluer les conséquences de l'événement sur le plan international. Pour évoquer à demi-mot, aussi, ce qui se passerait si jamais il lui arrivait malheur.

Ce serait alors lui, mon oncle, qui monterait sur le trône… Nous n'en avons jamais parlé car, au vu de mon âge, il paraissait hautement improbable que la couronne lui soit un jour transmise. Ce n'est plus si exclu à présent.

Déjà, il a vu Anne de Mortemart pour renforcer les mesures de sécurité autour de lui.

Mais dans les rangs des militaires aussi, le mot de « démocratie » se chuchote… S'ils se retournent contre nous, il n'y a rien que nous pourrons faire.

Il ne les contrôle plus autant qu'il le faudrait – dans un sens comme dans l'autre. Il a été horrifié d'apprendre que des policiers avaient outrepassé leurs ordres pour passer à tabac Thomas Grisons, le président du Tennis Club. Il ne peut réprouver cet acte de violence, au risque de crédibiliser le mouvement, mais se voit donc contraint d'en endosser la responsabilité.

Et voilà comment je me retrouve mis au rang de tous les autres monarques, ceux qui ont choisi la voie de la répression. Malgré moi, par la force du destin.

Il se force à respirer. Il a conscience qu'il doit garder l'esprit clair. Se raccrocher à la raison plutôt qu'aux émotions pour prendre les décisions qui s'imposent. Mais il n'est pas maître de ses pensées. Elles le tourmentent, insidieuses. Impitoyables. L'assaillant de visions morbides dont il ne parvient pas à se défaire.

Le pont Guillaume-et-Mathilde, brisé. Benoît, égorgé sous ses yeux.

La nécropole royale de Saint-Denis.

Une sueur froide parcourt son dos. Il ne l'a que peu visitée, mais elle lui a fait une impression durable : c'est là que sont enterrés la majorité des souverains de France depuis Dagobert Ier.

Là où mon père a trouvé sa dernière demeure il y a quelques mois de cela, dans un tombeau de marbre noir.

Louis le sait, l'emplacement qui sera un jour le sien est réservé. Inévitablement, il finira par venir reposer à côté de tous les rois qui l'ont précédé ; après une vie au service de son pays, un sommeil éternel lui sera accordé tandis que ses descendants continueront à porter le fardeau du pouvoir, génération après génération.

Cette crypte obscure, je ne pensais m'y coucher que dans plusieurs décennies… Se pourrait-il que mon propre peuple m'y pousse bien plus tôt que prévu ?

Ses frissons s'intensifient. Il n'a que vingt-cinq ans, et il se déteste de déjà se sentir vaciller au bord de son propre tombeau. Au-delà de sa tâche de souverain, il voudrait vivre encore, aimer, rire et profiter d'instants de bonheur dont le mouvement révolutionnaire en cours dans le royaume l'a privé. Pourtant, il visualise avec une douloureuse acuité son corps inerte allongé sur la pierre froide. Comme si c'était l'unique destin qui l'attendait.

— *Frigivet fra kongen…* murmure-t-il. Le peuple ne peut-il se libérer qu'en se débarrassant de moi ?

Seul le silence lui répond.

Catarina

La notification arrive sur le portable de Catarina alors que Gloria, l'une de ses suivantes, est en train de la coiffer en vue du dîner à Versailles.

[Alfonso de Borbón a commencé une diffusion en direct.]

Elle s'est affichée sur tous les téléphones connectés au Réseau Royal espagnol, comme chacun des statuts que le régent choisit de promouvoir de la sorte. L'infante n'a nulle envie de se trouver face au visage de son oncle, nulle envie d'entendre sa voix, mais elle appuie sur le lien qui accompagne le message malgré tout.

Quoi qu'il manigance… j'ai besoin de le savoir. J'ai besoin de me confronter directement à ce que je combats.

Alfonso s'exprime assez rarement en ligne ; qu'il le fasse signifie forcément qu'il a calculé cette manœuvre.

Tandis que les doigts de Gloria s'activent pour tresser les cheveux de Catarina, cette dernière grimace, son oncle emplissant son écran. Il a choisi un cadrage semblable à celui que Louis a employé pour ses dernières interventions en direct : intimiste. S'arrêtant juste en dessous de sa poitrine, et montrant, en arrière-fond, l'une des tentures du palais royal. Quant à sa voix, elle adopte un ton de confidence bien éloigné de l'emphase qu'il insuffle habituellement à ses discours.

— Chers sujets du royaume d'Espagne. Celui qui s'adresse à vous aujourd'hui, c'est autant votre régent qu'un homme. Depuis de nombreuses années, un secret pèse sur mon âme, et sur la dynastie royale tout entière.

Non…

Déjà, Catarina a compris ce qui va suivre, mais elle reste choquée, incapable d'accepter qu'après si longtemps, Alfonso s'apprête à jeter au vent tous les sacrifices qui ont été faits pour préserver ce qu'il s'apprête à révéler.

Non… Il veut parler d'autre chose, sans doute.

— Ce secret, je l'ai gardé de nombreuses années en mémoire de mon frère, feu le roi Fernando VIII, qui m'avait demandé de le conserver. Mais je n'y arrive plus. Il m'est trop difficile de vous dissimuler la vérité, de masquer mon chagrin jour après jour pour accomplir mon devoir comme si aucune crainte pour l'avenir n'assombrissait mon horizon. Ce que la période actuelle nous révèle, c'est que la transparence et l'honnêteté constituent le fondement du pacte qui lie un peuple à son dirigeant. Alors voilà : je vous ouvre mon cœur, je vous livre l'angoisse qui me ronge depuis tant de temps. Pas pour moi : pour Felipe VII, mon neveu, votre souverain bien-aimé. Malheureusement, ce dernier est gravement malade, atteint de mucoviscidose.

— Non !

Cette fois, c'est à haute voix que Catarina s'est exclamée. Gloria n'a pas fini de nouer sa dernière tresse, mais elle se retourne vers elle et lui ordonne :

— Laissez-moi, s'il vous plaît.

La servante s'incline et s'éclipse en quelques secondes, laissant l'infante seule avec son téléphone qui n'en finit pas de diffuser la voix mielleuse de son oncle, lancé à présent sur toute la prétendue tristesse qu'il ressent. Catarina, elle, tremble d'une fureur comme elle en a rarement ressenti. Elle est blême, les poings serrés. Si son père, feu le roi Fernando VIII, a pris le soin de dissimuler la maladie de Felipe, c'était pour le bien de l'Espagne : il savait que l'annonce de la faible espérance de vie de son héritier risquait de provoquer des troubles dans le pays, des inquiétudes quant à l'avenir de la monarchie. Un affaiblissement de cette dernière. C'est pourquoi il a toujours préparé Catarina à exercer le pouvoir un jour, et avait établi avec elle la manière d'agir quand Felipe finirait par succomber.

Dans le contexte actuel, cependant, les monarchies ont désespérément besoin de se montrer sympathiques.

Quoi de mieux qu'un enfant malade pour cela ?

Le fait que le ton d'Alfonso dégouline de pathos et de sentimentalisme, si éloignés de la cruauté qu'il n'hésite pas à manifester d'ordinaire, témoigne de ces arrière-pensées.

Je trouve ça… petit. Mon frère mériterait qu'on parle de son état avec dignité, pas qu'on l'instrumentalise pour assurer le pouvoir de quelqu'un d'autre. Il a treize ans, maintenant : il aurait été tout à fait capable de faire cette annonce lui-même, d'ailleurs.

Mais le régent n'a cure de Felipe, raison pour laquelle il la lui a usurpée.

C'est son image personnelle qu'il veut renforcer. Pour se poser en oncle aimant – et me dépeindre, moi, comme la sœur qui a quitté le pays en laissant son frère malade derrière elle. Il renforce sa position présente… et prépare déjà ses manœuvres futures.

Avec tristesse, l'infante est contrainte de constater que la stratégie de son oncle semble porter ses fruits. Dans les commentaires du *live*, les messages de sympathie affluent, rageants. Elle brûle de poster elle-même, accusatrice.

Mais à quoi cela servirait-il ? Juste à me faire passer pour une princesse impulsive, insensible. Je donnerais tout le matériau nécessaire à mon oncle pour me décrédibiliser encore plus… Et pourquoi donc ? Maintenant que le secret est éventé, rien ne permettra jamais de revenir en arrière.

— Rina…

La jeune femme pivote sur le siège devant sa coiffeuse. Alba vient d'entrer dans sa chambre, par la porte de communication la reliant à la sienne ; à son visage défait, Catarina devine qu'elle a vu l'intervention d'Alfonso, elle aussi.

— Je le déteste, lâche-t-elle d'une voix blanche. Je le déteste tellement…

— Il n'a aucune dignité. Mais ça, on le savait déjà…

Sa cousine se serre pour s'asseoir à ses côtés, avant d'ajouter :

— Qu'est-ce que tu vas faire, maintenant ?

— Un communiqué pour reconnaître la situation moi aussi, je suppose. Je n'ai pas le choix : je ne peux pas lutter pour tenter de faire croire qu'Alfonso ment, et je suis contrainte de le soutenir. Si je me tais, il m'accusera d'être insensible. Cela dit, nous le connaissons toutes les deux. Il cherchera tous les moyens de tourner ce que j'écrirai contre moi, c'est certain.

— Tu aimes sincèrement Felipe, contrairement à lui. Notre peuple le sentira.

La main de Catarina se crispe autour de celle d'Alba. Un sanglot s'invite dans sa gorge alors qu'elle murmure :

— Il va mieux, pourtant. C'est ça, le pire. Il a entamé un nouveau traitement qui semble efficace. Maintenant, Alfonso va vouloir exploiter autant qu'il le pourra sa maladie, au lieu de consacrer toutes ses forces à la combattre.

Notre père voulait que Felipe ait une vie aussi normale que possible… Et maintenant qu'un espoir se profile enfin, notre oncle le lui arrache.

— Ton frère est résilient, autant que toi, affirme Alba. Il s'adaptera.

Nous n'avons pas le choix. Il est le roi d'Espagne, je suis sa sœur, et nous devrons être plus forts que tout ceci, une fois de plus…

Thomas

Le tenir à la gorge. Ne plus le lâcher.

Louis XX est proche du point de rupture, Thomas le sent. L'assassinat de Christian XI de Danemark a eu un effet retentissant sur toutes les consciences : désormais, ce que tous ne faisaient qu'imaginer confusément a basculé dans la réalité.

Oui, il est possible pour un peuple de se libérer de son roi. Un claquement de doigts, les étoiles qui s'alignent… et c'en est fini de son joug.

La monarchie est *fragile*, c'est ce que tous ressentent désormais. Bien différente du pilier millénaire essentiel à la nation que les souverains ont tenté de dépeindre siècle après siècle.

Un château de sable que la mer menace.

Thomas s'apprête à déchaîner sur elle toute la force de la marée en furie. Il est en relation étroite avec John Lawrence depuis qu'ils sont convenus d'une alliance entre les États-Unis et le Tennis Club

– laquelle doit rester nécessairement secrète, pour le moment du moins. Ils ont mis au point une action coordonnée, visant à effriter les soutiens qu'il reste encore au roi au sein de la population.

Les monarques se targuent d'être les garants de la stabilité dans leur pays… Il est temps de retourner contre eux leurs propres failles.

Il est tard, mais il ne parvient pas à se résoudre à aller se coucher, parcouru par une excitation qui ne retombe pas depuis sa visite à l'ambassade américaine. À la place, il relit l'un des articles qu'il a rédigés ces dernières heures, un sourire aux lèvres. Le titre seul est déjà parlant : « Pourquoi la guerre avec le Brandebourg est probable ». Il a mobilisé son réseau de contacts pour qu'ils se tiennent prêts à le diffuser à divers points stratégiques de Réseau Royal. Pour ce qui est de SocialWeb, John Lawrence lui a assuré que l'application agirait comme une caisse de résonance pour donner à la rumeur une ampleur aussi large que possible ; jusqu'à ce que le président américain lui-même en vienne à la commenter.

Et alors, elle gagnera un écho si retentissant qu'il n'importera pas qu'elle soit bâtie sur du vent.

Pas exactement, à la vérité : les messages agressifs que Kerstin de Brandebourg a publiés il y a à peine quelques mois n'ont jamais été oubliés en France, sans compter que son post avec le statut Royal qu'elle avait réussi à usurper avait eu l'effet d'un petit tremblement de terre. Si bien que nul n'aura de mal à imaginer qu'elle pourrait encore avoir des velléités belliqueuses.

Elles affoleront ceux des Français qui se maintenaient en dehors de la révolte. La terreur est le plus puissant des aiguillons, et j'entends bien l'exploiter à plein. Kerstin va-t-elle profiter de la faiblesse politique du pays pour tenter une invasion ? Vont-ils être mobilisés ? La bombe nucléaire va-t-elle être utilisée ? Vont-ils mourir ?

Il espère aussi prendre le Front Agora de court par ce développement qu'ils n'auront pas anticipé.

Ils n'ont pas le monopole de la peur et, contrairement à eux, je compte l'utiliser intelligemment, d'une manière qui ralliera de nouvelles forces à ma cause plutôt que de les repousser.

Il est en train de faire une dernière retouche à son article, en affinant la conclusion pour la parer d'une formule percutante tout en massant sa nuque raidie par des heures passées en pleine concentration, lorsqu'il entend des pas à l'entrée de son bureau. Il se tourne ; il la pensait couchée, mais c'est pourtant Marie qui se tient sur son seuil, timidement. Elle est déjà prête pour la nuit, en nuisette et les cheveux tressés.

— Toujours en train de travailler pour la cause, constate-t-elle.

— Toujours.

— Le mouvement a tant de chance de t'avoir…

Les yeux qu'elle pose sur lui sont brillants. Pleins d'une admiration qui n'a fait que se renforcer jour après jour depuis celui où elle les a rouverts pour la première fois à la suite de sa libération. Elle ne les détourne pas : elle continue à le contempler, les lèvres entrouvertes.

Il pressent ce qu'elle va lui dire ensuite avant qu'elle ne le formule. Il l'a sentie monter peu à peu, cette tension entre eux. Inévitable : ils sont animés par le même combat, la même flamme.

Comment pourrait-il en être autrement ? Je l'ai sauvée ; elle est la plus digne de se tenir à mes côtés alors que je m'élèverai jusqu'à gouverner la France au nom du peuple. L'histoire était déjà écrite.

— Je ne veux pas dormir seule ce soir, souffle-elle.

Comme si elle craignait sa réaction, elle ajoute aussitôt :

— Voilà ce que je suis vraiment venue te faire savoir. Depuis que tu m'as libérée, tu m'attires. Et j'ose croire… que c'est peut-être réciproque.

Thomas ne répond rien. Mais en trois enjambées, il fond sur elle, l'attire contre lui et l'embrasse. Dévorant sa bouche et cherchant sa langue tandis que ses mains se plaquent dans son dos.

Enfin.

Il attendait qu'elle soit prête, lui laissant le soin de faire le premier pas… Cela fait des jours qu'il attend ce moment, cependant. Il note les frôlements fortuits de leurs peaux, avec un peu plus d'acuité chaque fois ; intoxiqué par la proximité qu'ils partagent et qui ne fait que le piéger toujours plus dans les filets du désir – où Marie s'est elle aussi entravée. Elle s'abandonne à son baiser avec ferveur, tandis qu'ils entrent en collision avec toute la puissance du destin qui s'accomplit.

Lorsqu'ils s'écartent l'un de l'autre, c'est cependant avec douceur que les doigts de la jeune femme viennent suivre les lignes de son visage, encore meurtri du passage à tabac qu'il a subi.

— Mon héros… murmure-t-elle.

Il l'embrasse de nouveau, se sentant pousser des ailes. Elle est celle qu'il lui faut, la femme exceptionnelle qu'il a attendue toute sa vie. Celle qui le voit enfin aussi grand qu'il l'est réellement, celle face à laquelle tous ses amours précédents pâlissent.

Un cœur à la hauteur du mien…

— Moi aussi, je te veux, expire-t-il.

Ses paumes remontent le long des cuisses de la jeune femme, sous sa nuisette ; ses mains à elle glissent sous son col. Il la soulève d'un mouvement pour l'emporter hors du bureau jusqu'à sa chambre attenante, avant de basculer avec elle sur le lit.

Le feu embrase son corps, celui de Marie devient son seul horizon.

Et bientôt, la demeure qu'ils partagent s'emplit de leurs soupirs.

Julie

— Bonjour, madame de Noailles. C'est encore Julie Sallemont. Je suis désolée de vous laisser un message de plus, mais j'aurais vraiment besoin que vous me rappeliez. Les employés de Réseau Royal sont inquiets, et je pense qu'il serait dans notre intérêt à tous que vous me fournissiez de quoi apaiser leurs craintes. Je sais que vous avez beaucoup à faire mais… s'il vous plaît, prenez quelques minutes pour moi. Je vous en prie.

Avec un soupir désabusé, Julie met fin à la communication et repose son téléphone devant elle, sur son bureau. Puis elle se penche et prend sa tête entre ses mains. Laissée à elle-même face à la situation.

Depuis plusieurs jours, les rumeurs de guerre avec le Brandebourg font l'objet de toutes les conversations chez Réseau Royal. Au début, ce n'était qu'un bruit parmi d'autres, vite balayé d'un revers de main ; elle a adressé un rapport au gouvernement, qui ne lui a valu qu'un accusé de réception succinct. Mais plus les jours passent, plus le service chargé de la modération constate une augmentation des publications sur ce sujet… Sans que la surintendante des finances, dont elle est censée dépendre, lui transmette la moindre directive.

Mes employés sont des experts : ils savent qu'une bulle ne peut gonfler à partir de rien. Alors ils sont inquiets… et je ne peux les en blâmer : je le suis aussi.

Elle y est descendue, à cet étage où sont filtrés tous les messages que les algorithmes en place sur l'application identifient comme suspects. Cet antre où se côtoient les injures, les délations, les fausses informations, les justes revendications d'un monde meilleur, les images violentes et les voix des opposants. Ses équipes avaient préparé un échantillon des posts d'origines diverses pour les lui montrer.

Elle n'a pas su que leur dire.

Bien sûr, elle s'est mise elle-même dans cette situation. C'est pour gérer ce genre de situations qu'Agnès Lambrou avait été imposée à son côté. Julie l'a défiée jusqu'à la pousser à la démission ; elle doit en assumer les conséquences.

Si Valérie de Noailles ne me répond pas, est-ce parce qu'elle est débordée… ou parce qu'elle souhaite me faire payer mes confrontations avec celle qui travaillait dans son ministère avant de devenir ma directrice adjointe ?

Le résultat est le même : Julie se sent oubliée. Abandonnée. Ces rumeurs, ne sont-elles que cela, et doit-elle rassurer ses employés en leur demandant d'intensifier la modération dont elles font l'objet ? Ou bien un conflit est-il réellement en préparation ?

Ils attendent qu'elle les guide. Qu'elle leur montre le cap à suivre. Si elle leur montre sa peur, elle décuplera la leur.

Or, la peur mène au chaos. Ils pourraient être tentés de se tourner vers le Tennis Club ou, pire, vers le Front Agora… Je ne peux pas les laisser faire. Perdre le contrôle sur l'entreprise que je conquiers pouce après pouce.

Elle jette un regard à son téléphone. Il reste désespérément silencieux. Valérie de Noailles ne semble pas décidée à la rappeler.

Elle se masse une dernière fois les tempes, et réalise qu'elle n'a plus qu'une solution : prendre les devants. Masquer ses propres craintes, pour faire taire celle de ses employés.

Et prier pour que les paroles rassurantes que je vais proférer ne se révèlent pas, plus tard, des mensonges. Louis XX est un lâche ; mais du peu que je l'ai côtoyé, il m'a semblé qu'il était attaché à la paix. J'espère ne pas me tromper en pariant sur l'absence de fondement des bruits qui courent.

Déterminée, Julie se lève et se dirige droit vers la porte de son bureau, laissant son portable derrière elle.

J'ai des rumeurs à démentir…

Louis

Louis s'apprête à passer de sa chambre au cabinet du Conseil lorsque, soudain, son portable vibre dans sa poche. Il le consulte rapidement : c'est sa mère qui l'appelle. Il décroche : il a encore quelques minutes avant l'heure fixée avec ses ministres pour leur réunion.

Autant les mettre à profit...

— Mon fils ! entend-il Georgia s'écrier dans le combiné. Comment vas-tu ?

— Et toi ?

La seule question de sa mère a suffi à ce qu'il contracte les mâchoires. Il ne peut pas y répondre, pas sans mentir ou faire l'aveu qu'il a le sentiment que tout se délite. Alors il a préféré éluder.

Heureusement, Georgia est trop prise par ses propres angoisses pour le noter.

— J'ai peur, déclare-t-elle. Je ne cesse de trembler en guettant les prochaines actualités. Je crains à tout moment qu'on ne vienne m'annoncer une nouvelle effroyable, l'assassinat d'un autre noble en France par ce monstrueux Front Agora, le meurtre d'un deuxième souverain en Europe... La situation dans ton pays me fait froid dans le dos. Elle paraît si explosive... Je ne suis pas rassurée de te savoir à la merci de la colère de ton peuple. À Buckingham, au moins, je ne crains pas pour ma vie. Ne veux-tu pas venir en Angleterre, juste le temps que les esprits s'apaisent un peu et que le sort de Christian XI s'efface des esprits ?

Elle a débité sa tirade d'une traite, comme si elle l'avait préparée. La proposition laisse Louis méfiant.

Lui vient-elle de son inquiétude de mère... ou dois-je discerner derrière ses mots une manigance d'Henry XII ?

Le jeune souverain se doute que son confrère se réjouirait de le voir se réfugier dans son palais : la France contracterait une dette envers lui, et lui reconnaîtrait une force dont elle ne dispose pas. Ce serait cependant un renoncement dont Louis ne reviendrait jamais. Si une part de lui rêve de cette fuite, il a parfaitement conscience qu'il lui est impossible de l'envisager sérieusement.

— Maman, je ne peux pas faire ça, dit-il doucement. J'ai besoin de rester dans mon royaume si je veux le gouverner. Et puis, me détourner face à l'adversité, ce n'est pas ce que Père et toi m'avez enseigné.

— Oh, c'est surtout à François que tu dois ce genre d'idées. Moi, je préférerais que tu te montres moins romanesque si cela peut te sauver la vie.

Un silence tombe entre eux à la suite de l'évocation si frontale du danger de mort qui pèse sur Louis. Il voudrait rassurer sa mère, balayer sa remarque en lui garantissant que le risque n'est pas aussi fort qu'elle le dépeint, mais lui-même n'en est pas convaincu, loin de là.

— Je comprends que tu ne veuilles pas abandonner la France, mais tu y seras peut-être contraint en dernier recours, reprend Georgia. Ce jour-là, ne fais pas l'imbécile, ne choisis pas de mourir sur place. Rappelle-toi mon offre, et viens à Londres.

— Je n'oublierai pas ton invitation. Merci.

Mais Louis ne ressent aucune gratitude. Plutôt un profond malaise. Il met fin rapidement à l'appel, autant parce que l'heure tourne et que ses ministres vont l'attendre que parce qu'il ne tient pas à prolonger cette conversation.

— Pardonnez mon retard, clame-t-il en passant dans le cabinet du Conseil, et en prenant sa place en bout de table. Commençons, si vous le voulez bien.

Il n'a ni à se justifier ni même à s'expliquer : c'est à lui que tous s'adaptent.

— Je viens tout juste de recevoir une nouvelle d'importance, annonce Jean de Berry. Comme nous nous en doutions, le prochain sommet de la Ligue des royaumes d'Europe, qui devait se tenir à Lisbonne, est annulé. La situation au Danemark a inquiété la plupart des souverains membres, qui préfèrent éviter tout déplacement dans un premier temps.

— C'était à prévoir, en effet… Veillez à ce que nous assurions le Vatican de l'attachement de la France à l'organisation. Pas de couronnement en vue pour Thyra, j'imagine ?

— Non : elle n'a toujours pas quitté l'Amalienborg. Elle ne parvient pas à s'affirmer, malheureusement. La situation politique au Danemark est… bloquée.

— Voyons les choses en face : nous nous dirigeons de plus en plus clairement vers une prise de pouvoir des révolutionnaires, affirme le cardinal d'Avignon. D'autant que personne ne prendra le risque de se départir de troupes pour sauver la dynastie des Glücksborg.

— Autre nouvelle qui vient de tomber : Alexandre de Russie, le fils du tsar Nikolaï IV, a annoncé ses fiançailles surprises avec Lidia Bosch, une roturière qui fréquente la même université que lui, reprend Jean. Il dit avoir eu un coup de foudre immédiat pour elle, malgré la différence abyssale de rang qui les sépare.

De l'autre côté de la table du Conseil, Catarina laisse échapper un petit rire.

— Alexandre, faire un mariage d'amour ? C'est étonnant.

L'attention générale s'étant tournée avec elle, elle précise :

— Nikolaï m'avait approchée pour envisager une alliance matrimoniale, et il semblait confiant quant au fait que son fils se plierait à son jugement en la matière. Qu'il souhaitait contribuer à la grandeur de son pays par son union future, et que ce serait l'unique cap guidant ses choix.

— Même si Alexandre avait changé d'avis en rencontrant une demoiselle remarquable, je doute que Nikolaï IV l'aurait soutenu sans réserve comme il le fait actuellement s'il n'avait pas d'arrière-pensées, confirme Jean de Berry. À mon avis, cette Lidia Bosch est une manière de donner une image plus accessible de la famille royale russe. Un stratagème pour détourner l'attention du peuple de ses velléités révolutionnaires.

Louis note la manière dont Catarina se tend. La manœuvre du tsar doit lui sembler peu différente de celle que son oncle a employée : mettre en avant la mucoviscidose de Felipe VII pour donner aux Espagnols un autre sujet de conversation que leur contestation.

— Est-ce efficace ? s'enquiert-il.

— Pour l'instant, l'annonce des fiançailles fait les gros titres en Russie.

— Reste à voir si cet engouement durera plus de quelques jours…

C'est Valérie de Noailles qui a fait cette remarque, défaitiste. Des ministres de Louis, c'est celle que la situation générale affecte le plus ; elle n'a jamais réellement réussi à redresser la tête depuis l'effondrement du pont Guillaume-et-Mathilde, qu'elle considère comme un échec personnel. Elle parle de moins en moins en Conseil, comme si tout lui devenait progressivement égal, trop difficile à supporter.

C'est ma surintendante des finances : ce face à quoi elle est à l'aise, ce sont les colonnes de chiffres. Ce dérèglement général de l'État la laisse désemparée…

— Y a-t-il encore quelque chose de notable du point de vue de la situation internationale, Jean ? demande le jeune roi.

— Non. Enfin… Il y a bien quelque chose, mais j'ignore si je devrais vous inquiéter.

— Qu'y a-t-il ? Parlez !

Malgré l'ordre de Louis, son oncle hésite un instant avant de déclarer :

— Voilà : nous avons reçu plusieurs rapports de la part de Julie Sallemont indiquant qu'une… rumeur enfle sur Réseau Royal, concernant le Brandebourg. Il se prétend que la reine Kerstin envisagerait de profiter de notre faiblesse actuelle pour tenter une offensive militaire.

— Une offensive militaire ? Mais c'est ridicule ! Leur armée est bien moins puissante que la nôtre, et surtout, ils ne disposent pas de la bombe nucléaire…

— C'est bien ce que dicte la logique. Par ailleurs, rien dans les rapports de nos espions à Berlin ne corrobore cette idée. Kerstin n'est pas épargnée par la tempête qui souffle en Europe, pas plus qu'aucun monarque. Elle n'a pas le loisir de planifier une guerre.

— Alors, c'est réglé. Ne prêtons pas d'attention à ces racontars s'ils sont sans fondement : nous avons bien d'autres problèmes à gérer.

— Malheureusement, c'est un peu plus complexe que ça.

Jean de Berry plisse les lèvres, puis ajoute :

— Hier soir, Terrence Dickson prononçait un discours à Albuquerque. Il y a dérivé sur la question de la situation internationale, et il a déploré, ce sont ces termes, « les antagonismes fratricides des monarchies européennes, en particulier le Brandebourg et la France au bord de la guerre ». Qu'il s'exprime à ce sujet précisément maintenant est étonnant, et on peut craindre qu'il ne sache quelque chose que nous ignorons.

— Par ailleurs, ce qui est certain, c'est que fondement ou non, la rumeur prend une ampleur incontrôlable dans le pays, intervient Pierre de Chantilly. Elle nuit grandement à votre popularité. Nombreux sont les Français qui prennent peur, ou qui se scandalisent que vous risquiez d'entraîner le pays dans un conflit qui, à leurs yeux, n'est justifié que par des ambitions personnelles de monarque. Cela surpasse même aux yeux de beaucoup leur horreur face aux actes du Front Agora.

— Mais je ne veux pas la guerre ! s'emporte Louis. Et Kerstin sans doute pas plus que moi, malgré ses provocations passées. Si ces rumeurs déstabilisent le pays, je peux m'exprimer sur Réseau Royal afin d'affirmer mon attachement à la paix. Est-il possible de programmer cette intervention pour aujourd'hui même ?

Pierre pince les lèvres.

— Malheureusement, Votre Majesté, je ne pense pas qu'une déclaration unilatérale de votre part sera suffisante.

— En effet, l'appuie Jean. Les angoisses qui se diffusent ont des contours flous, et nombre de Français estiment que le danger ne vient pas de vous, mais de Kerstin de Brandebourg. Que c'est elle qui cherche à attaquer. Si vous seul vous exprimez, cela sera interprété par beaucoup non pas comme un signe rassurant, mais comme une preuve que vous aussi, vous avez peur.

— Dans ce cas, il faut que nous proposions à Kerstin de nous adresser conjointement à nos peuples.

— Ce n'est pas si simple. Nous sommes en froid avec le Brandebourg, depuis des années. J'ai déjà tenté de prendre contact avec mon homologue chargé des affaires étrangères à la cour de Berlin. Il n'a pas daigné me répondre.

— C'est scandaleux ! s'indigne Louis.

Se tournant vers Avignon, il lui demande :

— Je sais que la Ligue des royaumes d'Europe se fragilise en ce moment, mais le pape Clément XVII n'a jamais cessé d'intervenir pour la collaboration entre les souverains : ne pouvons-nous pas porter l'affaire devant lui, afin qu'il use de son influence sur Kerstin ?

— Malheureusement, Sa Sainteté rencontre déjà énormément de difficultés pour maintenir l'unité de la Ligue après l'annulation du sommet de Lisbonne. Je crains que nous ne puissions compter sur une intervention rapide de sa part.

— Or, les rumeurs qui troublent la France nécessitent une réponse urgente… soupire Louis.

Se redressant et posant ses paumes à plat sur la table du Conseil, il déclare :

— Berlin n'est pas si loin. Je peux m'y déplacer personnellement pour négocier directement avec Kerstin. Il lui sera difficile de m'ignorer si je suis face à elle.

— Majesté, vous n'y pensez pas ! s'écrie Jean de Berry. Vous ne pouvez quitter la France par les temps qui courent, surtout pour vous rendre dans un pays qui n'est pas notre allié. N'oubliez pas que la probabilité existe, même si elle est faible, que les rumeurs soient fondées et que le Brandebourg envisage bel et bien de nous attaquer.

— Alors, allez-y, Jean. Je vous fais toute confiance pour négocier efficacement.

Le duc se rembrunit.

— Non, Votre Majesté. Cela non plus n'est pas possible. En raison de nos mauvais rapports avec le Brandebourg, nous ne disposons pas d'ambassade là-bas. Un ministre français ne serait pas le bienvenu à Berlin ; en réalité, il est probable qu'il serait refoulé à l'aéroport s'il n'a pas été convié dans le pays. Au vu de la réaction de mon homologue lorsque j'ai tenté de l'appeler, j'entretiens d'importants doutes sur ma capacité à obtenir une invitation.

— Mais nous avons besoin de négocier avec le Brandebourg. Nous avons besoin que Kerstin intervienne pour dissiper les rumeurs de guerre entre nos deux pays. Que pouvons-nous faire, si nul d'entre nous ne peut se rendre auprès d'elle ?

Louis balaie ses conseillers du regard. Tous gardent le silence, leur visage crispé dans un rictus préoccupé.

Soudain, une voix déterminée se fait entendre :

— Je pourrais y aller, moi.

Surpris, le jeune roi se tourne vers Catarina, qui poursuit :

— Je suis une princesse espagnole : les relations diplomatiques ne sont pas rompues entre mon pays et le Brandebourg. Si je demande à me rendre à Berlin, Kerstin pourra difficilement me le refuser, d'autant qu'il est avantageux pour elle d'essayer de montrer que Madrid l'appuie. Elle aussi peine à garder le contrôle de son peuple : elle a besoin de paraître forte, entourée d'amis puissants. Dans l'ombre, je pourrais négocier pour la France.

Au fur et à mesure que l'infante parlait, Louis s'est glacé. Saisi par des visions qu'il n'a jamais pu oublier, gravées dans ses souvenirs. La passerelle explosant sous ses pieds à Roissy ; son corps, projeté dans les airs. Les cicatrices striant toujours son corps. Toutes les autres images, celles des meurtres, du sang et du danger, qui se sont imprimées dans son esprit jour après jour. Qui le piègent peu à peu dans une cage aux barreaux de terreur.

La solution de l'infante semble rationnelle, mais elle le plonge dans une angoisse incontrôlable. Il a peur pour elle, peur du danger que représente le Brandebourg, peur qu'il ne lui arrive malheur si elle quitte sa protection.

Peur de la perdre elle aussi, comme je perds peu à peu tout le reste.

— Il doit y avoir une autre solution, Catarina… commence-t-il. Je ne veux pas que tu t'exposes, je…

L'infante secoue la tête.

— Vous venez de réfléchir à d'autres possibilités. Vous n'en avez pas trouvé.

— Son Altesse Royale a raison, l'appuie Jean. Il n'y a guère d'autre voie. Si elle pouvait négocier en notre nom au Brandebourg, cela constituerait sûrement la meilleure solution d'un point de vue diplomatique.

Louis reste silencieux et balaie une nouvelle fois du regard les hommes et les femmes assemblés autour de la table du Conseil. Tous l'observent avec des yeux pleins d'espoir, attendant qu'il prenne ce qu'ils semblent considérer unanimement comme la bonne décision.

Mais ils ne sont pas à ma place. Ils n'éprouvent pas pour Catarina ce que, moi, j'éprouve. Ils ne savent pas ce que je ressens à l'idée de la mettre en danger.

Il sent soudain un contact sur sa main. L'infante a serré sa paume et la presse. Elle aussi le dévisage, une supplique dans les prunelles.

— Pouvons-nous parler quelques instants en privé ? suggère-t-elle.

Les ministres acquiescent. Catarina se lève ; Louis la guide jusqu'à sa chambre, attenante au cabinet du Conseil. Là, sitôt la porte refermée sur eux, il saisit son visage entre ses paumes et l'embrasse à en perdre haleine, en un baiser teinté de désespoir.

— Je ne peux pas te laisser partir, finit-il par souffler contre sa bouche. Je ne peux pas…

— Je reviendrai, Louis… Ce serait juste quelques jours.

— Kerstin est imprévisible. Elle pourrait te retenir à Berlin. Et ton oncle ! Ce serait l'occasion rêvée pour lui de t'atteindre, et…

— Chut…

Doucement, Catarina a posé un doigt sur ses lèvres pour le faire taire.

— Je veux y aller, plaide-t-elle. Tu ne réalises pas à quel point il est difficile pour moi de rester ici, entre les murs de ce palais, et de me sentir… *inutile*. De voir notre monde s'effondrer sans pouvoir rien y faire. Laisse-moi mener ce combat pour nous. J'en ai besoin.

Elle plonge son regard dans le sien. Dans ses prunelles sombres, Louis lit tout le feu qui a été soufflé des siennes, tragédie après tragédie.

Elle, elle y croit encore. Elle voit un autre avenir que la nuit sombre qui me hante… Puis-je vraiment la priver de la possibilité d'agir ? Puis-je aller à l'encontre de sa volonté pour la mettre à l'abri, si je veux conserver son amour ?

Il a mal des mots qu'il va prononcer. Mais ce sont les seuls possibles. Les seuls dignes d'elle.

— Vas-y, cède-t-il. Puis reviens-moi. Je t'en prie, reviens-moi…

Cette fois, c'est elle qui l'embrasse, avec tendresse. Sa langue caresse la sienne, lentement, recréant la bulle qui n'appartient qu'à eux, pleine de promesses et d'amour. Il boit la lumière qu'elle lui apporte, l'optimisme qu'elle parvient encore à ressentir et qui ranime de ses rayons son soleil mourant.

Elle a toujours été mon astre ; maintenant, elle doit s'envoler pour briller. Qu'il en soit ainsi. Je ne serai pas celui qui éteindra son étoile…

CATARINA

Catarina ne peut s'empêcher de frissonner lorsqu'elle pose le pied sur le tarmac de l'aéroport, s'extrayant de la limousine qui l'a conduite ici depuis Versailles. Le souvenir de la dernière fois qu'elle s'est rendue en ces lieux l'emplit, sinistre. Elle partait pour la Russie alors, laissant Louis derrière elle, persuadée qu'elle devait résister à ses sentiments pour lui.

Sauf que le danger, ce n'étaient pas eux…

Des flashs lui reviennent. Le bruit. La chaleur. La douleur. Un léger vertige la saisit et elle est contrainte de s'appuyer un instant à la portière du véhicule qu'elle vient de quitter. Elle se force à inspirer profondément.

Je ne risque rien aujourd'hui. Louis a déployé des moyens importants pour garantir ma sécurité. Mon avion et la passerelle qui y mène ont été inspectés par les services secrets français. Il n'y aura pas de bombe cette fois. Ma peur est irrationnelle.

Elle se le répète, jusqu'à s'en convaincre assez pour mettre un pied devant l'autre et s'avancer vers le jet qui l'attend. Elle a peur, mais elle ne laissera pas ses craintes la retenir. C'est son moment, sa chance de montrer ce qu'elle vaut. Faire ses preuves après tant de temps à jouer le jeu vide de sens du ballet des courtisans de Versailles.

Son vol jusqu'à Berlin durera un peu moins de deux heures ; à l'arrivée, elle sera prise en charge par le gouvernement brandebourgeois.

Comme je m'y attendais, les ministres de Kerstin m'ont renvoyé une réponse enthousiaste lorsque j'ai proposé de me rendre là-bas. Elle veut pouvoir montrer à son peuple qu'elle est puissante en Europe ; je serai bien reçue. Je n'ai aucun lien officiel avec la France, même si mes relations officieuses avec Louis sont connues des cercles diplomatiques : elle peut se permettre de m'accueillir avec les honneurs.

Catarina arrive à la passerelle menant à son avion. Son cœur se serre ; elle hésite un instant avant de s'y engager. Elle monte une marche, puis une autre.

Rien ne se passe.

Malgré tout, elle presse le pas pour rejoindre au plus vite la jeune femme souriante qui l'attend à l'entrée de l'habitacle.

— Bonjour, Votre Altesse Royale, lui dit-elle. Je suis Suzanne, et je serai votre hôtesse tout au long de votre vol. Si vous voulez bien me suivre, je vais vous faire visiter la cabine.

— Merci.

Lorsque la porte de l'avion se referme derrière elle, Catarina se sent mieux.

Le moment que je craignais est passé. Le monde n'a pas explosé autour de moi. Tout va bien.

L'angoisse s'en va, vite remplacée chez l'infante par un autre sentiment : l'excitation.

Enfin, j'ai la possibilité d'agir pour changer quelque chose en Europe, pour tenter d'arrêter la vague de folie qui semble s'être abattue sur le continent. Enfin, je peux faire ce pour quoi je suis née, ce pour quoi j'ai été élevée : gouverner.

La confiance de Louis la touche. Malgré les sentiments qu'il éprouve pour elle, il n'était pas évident pour lui d'accepter de la laisser partir. Catarina a à cœur de faire de son mieux à Berlin pour qu'il ne regrette pas son choix.

Surtout, je reviendrai à lui saine et sauve. Il craint pour ma vie… mais je ne me laisserai pas tuer aussi facilement.

Prenant place sur le siège que son hôtesse lui désigne, l'infante effleure la perle qui pend au bout de son pendentif, contre sa poitrine.

À cet instant, les moteurs de l'avion se mettent à ronfler, et elle s'envole vers le ciel avec tous ses espoirs.

Chapitre 12

Louis

Allongé dans la pénombre, Louis a froid. Sans avoir besoin de tendre le bras, il sait que son grand lit royal est bien trop vide : à sa gauche, la place que Catarina occupe d'habitude est inoccupée. Son absence le perturbe, l'empêche de trouver le sommeil. Il s'est habitué à se raccrocher au souffle régulier de l'infante pour traverser les heures sombres de la nuit, lorsque ses angoisses pour l'avenir le tenaillent et lui susurrent que, malgré ses efforts, il ne parviendra pas à s'extraire de la tourmente qui a saisi la France.

Ma raison sait que c'est pour m'aider que Catarina est partie loin de moi. Mais mon inconscient, lui, ne parvient pas à le comprendre.

Elle lui a envoyé un message dès qu'elle est arrivée à Berlin – sans encombre, heureusement. Et un vocal, plus tard dans la soirée, pour lui raconter qu'elle avait été accueillie personnellement par Kerstin de Brandebourg au palais royal, puis installée dans des appartements de marque.

Elle me répétait qu'elle m'aime, aussi. Il est possible que j'aie écouté plusieurs fois ces dernières secondes, juste pour le plaisir d'entendre sa voix.

Le sommeil le fuyant toujours, Louis se retourne sur le dos. Par les fenêtres de sa chambre, les premières lueurs de l'aube commencent à l'éclairer.

Est-il vraiment nécessaire que je continue à essayer de me rendormir ? Gauthier viendra me réveiller sous peu, de toute façon.

Poussant un soupir, il rejette ses draps et se met debout. Il s'étire brièvement, puis jette un regard à son téléphone éteint, posé sur sa table de chevet. Il devrait l'allumer, ne pas perdre de temps avant de se jeter à corps perdu dans les affaires de l'État, mais il s'accorde le luxe de quelques minutes de répit.

Je sais que dans ce foutu portable m'attendront des mauvaises nouvelles par lots entiers : même la nuit ne les empêche pas d'arriver. Je suis las de tout cela. Je veux avoir l'illusion, rien que pour une heure, que mon monde va bien. Que le temps a suspendu son cours et les blessures qu'il m'inflige.

C'est pourquoi, plutôt que d'allumer l'appareil pour ordonner à son valet de lui monter son petit déjeuner via l'application dédiée, il ouvre la porte de sa chambre pour demander à l'un des gardes en faction devant ses appartements de transmettre ses souhaits aux cuisines. Quelques instants plus tard seulement, Gauthier lui apporte un plateau garni de ses viennoiseries préférées, accompagnées de jus d'orange et de café. Louis les savoure seul, dans le silence, fixant vaguement la cour de marbre à travers sa fenêtre. Il ne peut empêcher son esprit de dériver vers Berlin, vers Catarina, qui lui manque déjà alors que cela fait moins de vingt-quatre heures qu'elle est partie.

Sans elle, je me sens comme un infirme à qui on aurait brusquement retiré sa béquille…

Malgré tout, il préfère se laisser absorber par cette nostalgie plutôt que par les problèmes qui l'attendront sans conteste quand il aura déverrouillé son téléphone… Cependant, une fois sa dernière goutte de café bue, sa dernière miette de croissant avalée, il doit se rendre à l'évidence : il ne peut plus reculer. Avec un manque d'enthousiasme flagrant, il franchit les quelques mètres qui le séparent de sa table de chevet et récupère le rectangle de verre et de plastique noir qui le connecte au monde.

Comme il s'y attendait, ce dernier ne tarde pas à se déverser sur son écran à peine l'a-t-il allumé. Il y a des dizaines de messages de ses ministres, de l'intendance du château, de responsables d'administrations locales… Quelques-uns d'aristocrates dont il est proche, pour prendre de ses nouvelles.

Si je vais bien ? Quelle question… Comment cela serait-il possible ?

Il n'y a pas de notifications mentionnant de l'activité sur son compte Réseau Royal : elles sont désactivées depuis qu'il a pris une *community manager*. Il ne se connecte plus que très peu sur le site, tant la négativité qu'il y lit lui ronge l'estomac.

Il procède avec méthode : il n'a pas le temps d'éplucher tous les messages, et encore moins de répondre à chacun d'eux. Il se rend donc directement dans le sous-dossier où les mails de ses ministres sont automatiquement regroupés, et cherche ceux qui portent la mention « urgent ». Le premier provient de Pierre de Chantilly, et le jeune homme sait qu'il ne va pas aimer ce qu'il va découvrir avant même de lire les quelques lignes rédigées par son conseiller : le mot « Front Agora » apparaît, en gras, dans la première phrase.

Le cœur de Louis se serre. Qui a été ciblé cette fois ? Un autre de ses amis, après Benoît de Jarzé ? L'enfant, le parent de quelqu'un qui lui est cher ? Un aristocrate avec qui il avait peu de liens, mais dont l'innocence suffira à rendre son assassinat révoltant ?

J'en ai assez de ces larmes, de ces drames. Quand cesseront-ils enfin ?

À contrecœur, il parcourt le message de Pierre de Chantilly. Son moral sombre. Oui, la France a été endeuillée, une fois de plus. C'est une femme qui est morte : Liliane d'Hermance. Le jeune roi a envie de pleurer de rage. Il fait tout ce qu'il peut, pourtant. Il déploie ses forces de police à la poursuite de ce Front Agora insaisissable, il soutient toutes les mesures de protection que les nobles mettent en place pour tenter de se mettre à l'abri.

Mais partout, des failles fendillent la cuirasse. Il a des milliers de nobles dans ce pays : des milliers de cibles potentielles. Autant tenter d'arrêter une marée avec un barrage de sable.

De nouveau, le groupuscule a accompagné son acte d'un message menaçant sur Réseau Royal, copié par Pierre.

[Vous n'abdiquez pas ; le sang continuera à couler. Ministres, prenez garde à vous : les soutiens du tyran qui opprime la France sont nos ennemis.]

Le bras de Louis s'abaisse. Les proches de ses ministres, il les connaît bien : Olympe et Diane de Berry, les filles de Jean, sont ses cousines ; Isabelle de Chantilly l'a vu bébé, usant ses premiers biberons ; Jérôme de Noailles, le fils de Valérie, a fait les quatre cents coups avec lui quand il n'était encore que le petit-fils du roi Louis XIX…

Benoît était si souvent avec nous… Lui a déjà payé l'ultime prix pour le seul crime d'être le filleul de Pierre.

Il a envie de pleurer, de crier de rage.

Toutes ces personnes… Ce sont des gens bien. Le Front Agora ne se rend-il pas compte de sa cruauté ? Ils prétendent vouloir lutter pour libérer le pays de la peur mais, en réalité, ce sont eux qui l'inspirent !

Reportant son attention sur son écran, il lit la fin du message de Pierre. Lui aussi, ce nouveau message du Front Agora a dû le secouer. Le renvoyant au deuil de son filleul qu'il masque jour après jour, se plongeant corps et âme dans son travail de principal conseiller royal. Il lui affirme que des mesures de protection supplémentaires ont été décrétées dans la nuit, et que les familles proches de chaque ministre vont être rapatriées à Versailles pour qu'elles puissent bénéficier de la sécurité du château. Son dévouement arrache un soupir à Louis.

Il a fait tant de sacrifices au service de son pays, et il est prêt à en effectuer encore tant d'autres... Quand je pense que Réseau Royal le présente désormais comme un vieil homme cupide agrippé à son pouvoir, cela me révolte. Nous avons de bonnes intentions, nous n'avons jamais voulu que le meilleur pour le royaume... Pourquoi personne ne le voit-il ?

Agacé, le jeune roi lance son portable en direction de son lit, où il s'écrase sans un bruit dans les draps.

Julie

— J'ai un problème.

Comme tous ceux qui me demandent un rendez-vous...

Ronan Topor, le responsable du département de la modération chez Réseau Royal, ne s'est pas embarrassé de circonlocutions en s'asseyant face à Julie. Il en vient directement au fait, ce dont la jeune femme ne s'offusque pas : au contraire, qu'il se montre direct lui convient bien. Ils n'ont pas de temps à perdre, l'un comme l'autre.

Nous avons de quoi remplir chacune de nos journées, largement...

— Dites-moi donc, l'encourage-t-elle.

— Voilà : vous le savez, mon service fait face à une croissance de son activité inédite.

C'est peu de le dire : les messages haineux se multiplient. Toute la France le voit, mais ce n'est que l'infime partie émergée de l'iceberg. Pour un seul qui passe entre les mailles du filet, ce sont des dizaines d'autres que Ronan et ses équipes retiennent...

— Ce n'est pas seulement une question de volume de publications à examiner, poursuit-il. C'est aussi leur violence qui est inédite. Travailler à la modération a toujours été un poste difficile. Votre oncle en avait conscience : depuis des années, une grande attention est portée au bien-être psychologique des employés de mon service, avec un suivi régulier qui leur est proposé.

— Il n'a pas été supprimé, j'espère ?

Cela ressemblerait bien aux décisions qu'Agnès Lambrou aurait pu prendre à mon insu…

— Non, la rassure aussitôt Ronan. Mais il s'avère qu'il n'est plus suffisant. De plus en plus de mes subordonnés démissionnent, à bout mentalement. Et les candidats ne se bousculent pas au portillon pour les remplacer. Ceux qui passent les enquêtes préliminaires auxquelles nous soumettons toutes les recrues potentielles sont encore moins nombreux. Dans ces conditions… je crains de ne pas parvenir à garder inchangée la qualité de notre service de modération. Il faudra nous appuyer davantage sur les algorithmes sans vérification manuelle en nous résignant à une marge d'erreur plus importante, dans un sens ou dans l'autre : celui d'une censure excessive, ou de messages passant entre les mailles du filet.

— Non.

La voix de Julie a fusé sans aucune hésitation. Face à l'air surpris de Ronan, elle précise :

— Je refuse cette alternative. Nous ne pouvons ni réduire la liberté de parole des Français de manière arbitraire, ni risquer que nos utilisateurs ne se trouvent confrontés à du contenu choquant. Nous trouverons une autre voie.

— Sauf votre respect, il n'y en a pas d'autre, mademoiselle Sallemont !

— Ne partez pas défaitiste. Nous allons au moins essayer.

Déjà, l'esprit de la jeune femme est en pleine ébullition.

— Je peux débloquer une prime exceptionnelle pour vos équipes, réfléchit-elle à voix haute. L'argent est un puissant moteur : il devrait aider à limiter les démissions, et vous attirer plus de candidats. Je me note aussi de passer plus de temps dans votre service. Vos subordonnés doivent savoir à quel point j'estime le travail qu'ils effectuent. Je le leur dirai personnellement.

Ronan lui-même semble épuisé ; Julie le regarde droit dans les yeux, déterminée à le galvaniser.

— Vous vous tenez dans l'ombre, mais vous êtes l'un des remparts qui préservent encore ce pays du chaos le plus total. Si toute la violence aveugle qui couve dans les cœurs pouvait se répandre sur Réseau Royal, je ne nous donnerais pas une semaine avant de perdre toute once de raison. Vous êtes des héros, vous et les vôtres ; des soldats de la première ligne. N'en doutez jamais. Je ferai tout ce qui est en mon pouvoir pour vous soutenir et vous permettre de continuer à remplir votre mission. Puis-je vous demander d'inciter vos équipes à garder le cap malgré les difficultés, vous aussi ?

— Je ferai de mon mieux…

— Merci. Je reviendrai vers vous dès que possible avec des solutions concrètes. Avant la fin de la semaine, c'est promis.

Ronan la remercie d'un signe de tête, avant de prendre congé. Elle est heureuse de constater que son pas est plus léger alors qu'il quitte le bureau.

J'ai réussi à le décharger d'un peu de son angoisse pour la prendre sur mes épaules.

Car dès la porte refermée derrière le chef de service, son dos à elle s'affaisse. Pendant l'entretien, elle s'est efforcée de se montrer déterminée et rassurante ; la vérité, c'est que les doutes l'assaillent, jour après jour. Elle croit profondément ce qu'elle a dit à Ronan : Réseau Royal joue un rôle essentiel dans la situation du pays. Raison de plus pour que la pression qui repose sur elle soit écrasante : elle paiera cher la moindre de ses erreurs.

Elle a peur. Elle n'est qu'une jeune femme de vingt ans, et pourtant, elle doit tenir. Les messages que les équipes de modération filtrent, elle se les représente bien. Les images du prétendu corps de son oncle diffusées par le Front Agora la hantent encore, et il y a eu pire depuis. L'exécution en direct de Benoît de Jarzé, les photos du cadavre de Liliane d'Hermance qui ont pu être arrêtées à temps, elles.

Pas étonnant que les employés qui doivent s'y confronter de plein fouet veuillent abandonner. À leur place, moi aussi, je voudrais fuir à toutes jambes.

Elle soupire, se masse les tempes. Sur son bureau, le rapport qu'elle lisait avant d'être interrompue par l'arrivée de Ronan l'attend. Il lui a été adressé par l'équipe acquisitions : pour la première fois depuis la création du site, le nombre d'utilisateurs de Réseau Royal est en baisse.

Il inspire une méfiance croissante : toutes les conversations peuvent être épiées, toutes les données collectées puis analysées ; surtout, la structure des comptes, classés par statut, est un miroir des inégalités que le système politique impose.

Par contraste, SocialWeb connaît un regain d'intérêt. Là, Julie est totalement impuissante…

Les Français croient-ils qu'ils y sont moins surveillés ? Ce sont les États-Unis qui en tirent les ficelles. Même si je veux bien croire que le peuple soit dégoûté de Réseau Royal, une évolution aussi rapide ne me paraît pas naturelle. La Maison-Blanche se mêle des affaires du pays, j'en suis persuadée.

Elle a fait des incursions sur l'application concurrente, et elle a constaté clairement que les contenus révolutionnaires sont mis en avant là-bas.

À lire ce qui est posté, on pourrait croire qu'une guerre avec le Brandebourg est certaine… L'emballement des esprits y est total.

Cela lui donne une idée de ce à quoi le royaume devrait s'attendre si son entreprise échouait à remplir sa mission, et elle ne veut pas de ce monde-là. Depuis toujours, c'est pour le triomphe de la justice qu'elle se bat ; pas celui des mensonges et des mouvements de foule. Elle le veut tellement qu'elle a été prête à lui sacrifier son oncle. Au-delà de la culpabilité, cela lui laisse une responsabilité énorme : veiller à ce que son choix n'ait pas été vain.

Elle se lève, oppressée, et fait quelques pas jusqu'à la baie vitrée constituant le fond de son bureau, surplombant les toits du sud de

Paris. Naïvement, lorsqu'elle a pris sa décision le jour prévu pour l'aboutissement des plans de Marc, elle s'imaginait sauver des vies. Celle du roi, de ses proches, de tous ceux qui auraient dû mourir pour que le nouveau régime puisse s'installer, les coudées franches. Elle a empêché une révolution rapide ; force lui est de constater que cela lui a mis un autre sang sur les mains. Tous ceux qui périssent parce que le mouvement est contré, frustré, auraient-ils été préservés si elle avait pris une autre décision ?

Je ne sais pas…

Sa paume se pose sur le verre froid alors qu'elle se penche, appuyant son front face à la ville qui s'étend sous ses pieds. Son souffle vient déposer une buée à la surface, brouillant le paysage.

Je me pose tant de questions… Pourquoi ? J'étais pourtant si certaine de mes convictions, autrefois.

Marc l'était aussi, absolument persuadé d'être dans son bon droit. Cela semble être également le cas de Thomas Grisons, le président du Tennis Club, qui clame ses idées dans le jardin du Luxembourg soir après soir, entier, Marie à son côté. Elle l'observe, sur Réseau Royal. Il y a un brasier en lui que rien ne semble pouvoir arrêter, une soif prête à tout dévorer pour être étanchée. Et que dire du Front Agora, prêt à tuer pour défendre sa cause ? Cela met Julie si mal à l'aise… Plus le temps passe, plus le monde lui paraît cent fois plus complexe que tout ce qu'elle imaginait adolescente. Plus il lui paraît difficile d'afficher des certitudes, alors même qu'on l'exige d'elle en tant que dirigeante.

Elle se redresse. L'empreinte de sa main reste sur la fenêtre, tracée par la condensation. Un fantôme, luttant contre la brume qui monte.

Elle doit continuer, malgré ses doutes. Parce que ses questionnements lui prouvent l'essentiel : ce qui la guide, c'est toujours sa boussole morale, même si elle a du mal à trouver son Nord. Dans ce monde que ronge la colère vengeresse, c'est plus que beaucoup ne peuvent en dire.

Thomas

Le Tennis Club grouille de monde ce soir. Ils sont des dizaines à vouloir échanger quelques mots avec Thomas, pour des raisons multiples : il y a ceux qui veulent l'assurer de leur attachement à la cause démocratique, ceux qui placent leurs pions dans l'espoir qu'il se souvienne d'eux plus tard, lorsqu'il aura conquis le pouvoir. Ceux qui lui proposent des idées, ceux qui veulent une photo pour leur profil Réseau Royal, ceux qui sont juste curieux…

Il adore cette effervescence. Longtemps, il a souffert de ne pas être reconnu à sa juste valeur. Que tous se tournent ainsi vers lui, c'est l'aboutissement de ses rêves. Il aurait de quoi se laisser absorber pleinement dans ce bain de foule… Pourtant, c'est toujours dans une seule et unique direction que son regard finit par se tourner.

Vers Marie.

Elle n'est jamais loin de lui, radieuse dans la lumière chaude de la mer de bougies au pied du portrait de son père, madone blonde du mouvement révolutionnaire. Voilà quelques jours qu'ils ont cédé au désir qu'ils éprouvaient l'un pour l'autre, quelques jours qu'ils ont entamé une relation entre les murs de sa maison de Saint-Cloud. Il s'endort en la tenant dans ses bras, il se réveille en l'embrassant. Il boit ses sourires, savoure ses baisers. Il y a une sorte d'évidence entre eux qui les rapproche, les place tout naturellement sur la même longueur d'onde. Il aime la manière dont elle lui souffle des mots tendres lorsque leurs corps se joignent, dont ses doigts caressent tendrement son torse lorsqu'ils s'effondrent contre son matelas, repus. Il a eu plusieurs relations avant, de plus ou moins longue durée, quand il menait encore la vie d'un sujet anonyme du royaume de France ; aucune ne ressemblait à celle-là. Aucune ne lui donnait le sentiment que quelque chose de plus grand le traversait, qu'il ne s'accrochait pas seulement à une autre âme pour combler sa solitude mais qu'une pièce qui lui manquait venait de tomber en place.

Nous deux, c'est le tissu dont sont faites les légendes. J'entremêlerai mes fils aux siens pour construire la mienne.

Pour l'instant, ils gardent leur tout nouvel amour pour eux. Leurs mains se séparent lorsqu'ils arrivent au Tennis Club, à contre-cœur. Ce n'est pas quelque chose dont ils ont discuté, seulement un accord tacite.

Comme s'il y avait un risque que nous revenions en arrière… Mais ça n'arrivera pas. Maintenant que j'ai Marie, je ne la laisserai plus jamais partir.

Thomas se projette facilement à ses côtés. Elle sera sa première dame lorsqu'il sera président non plus seulement du Tennis Club, mais de la France entière. Commandant le respect par sa grâce, l'horreur qu'elle a subie et son nom si chargé de poids.

Nous serons tout ce que Louis XX échoue à être : des figures de rassemblement. Ceux que le peuple aura voulus à sa tête.

— … la guerre avec le Brandebourg ? L'irresponsabilité de notre souverain est affligeante. Ne comprend-il pas que nul d'entre nous n'a envie de mourir pour satisfaire ses combats de basse-cour ?

— Je suis bien d'accord avec vous.

Thomas a prononcé ces quelques mots avec détachement. Son interlocuteur, un sympathisant venu de Colmar, évoque ses craintes concernant les tensions internationales actuelles, qui l'ont décidé à basculer définitivement dans la lutte pour la démocratie – encore une preuve, s'il en fallait encore, qu'il a imaginé un coup de génie tactique en lançant ces rumeurs de conflit en préparation avec la complicité des États-Unis. Pourtant, la discussion ne parvient pas à le captiver. C'est à Marie qu'il pense, inlassablement. En ce moment, elle est en train de parler avec Nathan Pommeraye. Il n'entend pas ce qu'ils se disent, mais il la voit soudain rejeter la tête en arrière et rire. Il imagine sans mal le son, cristallin, que toute la France connaît grâce aux nombreuses vidéos qu'elle postait sur Réseau Royal avant son arrestation, mais dont il a appris à saisir chacune des intimes nuances au cours des derniers jours.

— Excusez-moi.

Il a pris congé de son interlocuteur sans vraiment le décider. D'un coup, il se retrouve à marcher vers Marie. Elle est de profil ; pourtant, c'est comme si un fil les reliait : elle se tourne vers lui, instinctivement, et leurs yeux se trouvent.

— Thomas…

Son prénom s'est échappé de ses lèvres lorsqu'il est arrivé devant elle, vibrant, chargé de tout ce qu'elle ressent pour lui.

— Je ne pouvais plus rester loin de toi… lui avoue-t-il.

Le sourire de Marie l'illumine tout entière.

— Alors reste à mes côtés, murmure-t-elle en réponse.

Il ne réfléchit plus. Ses mains se posent sur ses joues, prenant son visage en coupe ; l'instant d'après, sa bouche se pose sur la sienne et il l'embrasse avec fougue, aux yeux de tous.

Son cœur bat fort dans sa poitrine, mais pas suffisamment pour masquer les bruits du monde extérieur. Les applaudissements qui crépitent soudain tout autour d'eux alors que les membres du Tennis Club réalisent ce qui se passe. Ils enflent, euphoriques, à la manière d'un feu d'artifice.

Et alors, les lèvres de Thomas s'étirent contre celles de Marie.

Louis

— Votre Majesté, Mme de Noailles a demandé à vous parler en urgence. Nous l'avons installée dans le cabinet de la Pendule. Elle avait l'air… agitée.

Louis fronce les sourcils, inquiet, à ces propos de Gauthier. Il vient de rentrer dans ses appartements après son dîner, pris avec des membres de sa cour triés sur le volet. Il s'attendait à bénéficier d'un peu de repos après cela, peut-être appeler Catarina si ses propres engagements à Berlin le lui permettent. Mais il se résigne à changer de direction, et lâche :

— Merci. Je vais la retrouver de ce pas.

Que sa surintendante des finances cherche à discuter avec lui en face à face l'étonne : ordinairement, pour les nouvelles urgentes, ses ministres privilégient les messages et les appels, plus rapides.

Cela dit, maintenant qu'ils ont tous emménagé au château avec leur famille pour bénéficier d'une protection renforcée, les choses sont un peu différentes. Ils n'ont plus que quelques couloirs à traverser pour se retrouver en ma présence.

Il craint de découvrir ce dont il peut s'agir. Il a perdu toute naïveté qui le pousserait à espérer autre chose qu'une mauvaise nouvelle. Il ne veut même pas y penser à l'avance : il a dépassé le point où son cerveau est encore capable de se torturer d'hypothèses. À la place, il presse le pas pour atteindre le cabinet de la Pendule au plus vite. À l'intérieur, Valérie de Noailles l'attend, seule. Elle se tient debout, trop nerveuse pour se résoudre à s'asseoir. En voyant Louis, elle déglutit, puis se raidit, prenant une pose déterminée.

— Valérie… On m'a dit que vous souhaitiez vous entretenir avec moi aussi tôt que possible, commence-t-il, de l'inquiétude dans sa voix, en s'approchant d'elle.

— Votre Majesté… Je suis venue vous présenter ma démission.

— Quoi ?

Le jeune roi cligne des yeux. Ce n'est pas la première fois que la duchesse lui propose de rendre sa charge : elle l'a déjà fait à la suite de l'effondrement du pont Guillaume-et-Mathilde, accablée par les critiques populaires reliant la tragédie aux coupes dans les budgets de l'État qu'elle avait supervisées. Il l'avait refusée alors.

A-t-elle commis une nouvelle erreur, qu'elle estime devoir expier ? Si c'est le cas, je ne la laisserai pas partir. Nous faisons tous des faux pas, mais nous avons besoin de nous tenir les uns près des autres si nous voulons continuer à avancer.

— Que s'est-il passé ? s'enquiert-il. Vous savez que je suis très satisfait de votre travail, malgré la période difficile que nous traversons. Face à l'adversité, vous vous attelez remarquablement bien à tenir la barque du royaume.

— Ce n'est pas de gaieté de cœur que je souhaite quitter votre Conseil, Votre Majesté. Et je m'en veux de demander à quitter votre côté au vu des circonstances. Mais…

Le visage de la ministre se décompose, et elle ne parvient pas à maîtriser les tremblements dans sa voix tandis qu'elle admet :

— … j'ai peur.

Ces deux mots, elle les a prononcés à contrecœur, dans un couinement. Sur ses joues, des larmes se sont mises à rouler.

— Cela fait des jours que je lutte, mais je n'y arrive plus. Ces meurtres répétés perpétrés par le Front Agora, ces menaces… Ils me tétanisent. Leur dernier message a été le coup de trop.

— C'est exactement ce qu'ils veulent. Nous déstabiliser.

— Je sais, Louis, répond Valérie, oubliant dans son trouble l'étiquette qu'elle est censée respecter. Je n'arrête pas de me dire que je devrais être plus forte que cette terreur qui me ronge, que démissionner, c'est donner à ces criminels exactement ce qu'ils souhaitent. Cela fait des jours que j'y pense ; depuis l'assassinat de Benoît de Jarzé, en fait. J'ai vu la douleur de Pierre à la perte de son filleul. Je suis moins forte que lui… Dès que je ferme les paupières, je vois Jérôme, mon fils, le cœur de mon cœur, inerte, la gorge tranchée… Je ne parviens pas à repousser cette image. Je suis à mon bureau, j'essaie de travailler, et tout ce à quoi je pense, c'est à ça. C'est fini. Je suis lâche, je le sais. Mais je ne peux pas envisager que ma famille meure parce que je lui ai préféré la France.

— Personne n'exige que vous deveniez une martyre…

Malgré ses paroles apaisantes, Louis est effondré. Il ne peut que comprendre la terreur de sa ministre : il la partage. Ces visions intrusives qu'elle décrit, les mêmes le hantent. Il n'a pas le droit moral de lui ordonner de continuer à exercer ses fonctions : il n'est pas si cruel. Son choix est celui que ferait tout individu poussé au point de rupture : ça y est, Valérie a atteint le sien. Mais il sait aussi que, sans elle, la tâche qui l'attend deviendra encore plus titanesque.

Il y a une seule personne qui soit irremplaçable, une seule personne qui ne pourra jamais abandonner le navire même s'il est certain que la tempête le coulera : moi. Je suis le roi : mon sang écrit mon destin.

Valérie pleure à chaudes larmes, à présent. Ému, Louis la serre contre lui.

— Cela fait des années que je siège au Conseil, sanglote-t-elle. Je ne voulais pas partir, pas comme ça… Mais je ne peux plus… je ne peux plus…

Moi non plus…

Sa conseillère balbutie des indications quant à la passation des responsabilités qu'elle occupait jusque-là, mais Louis ne l'écoute plus. La solitude le ronge, dévorante. Un autre de ses appuis vient de s'effondrer, et il tombe un peu plus profond dans le gouffre qui semble l'avaler depuis qu'il y a des semaines de cela, le peuple s'est massé contre les grilles de Versailles pour lui crier sa haine.

Thomas

Il n'y a plus assez de place sur les courts du jardin du Luxembourg pour accueillir le Tennis Club, désormais. La foule déborde des terrains, s'amassant dans les allées de gravier, débattant entre les parterres. À Lyon, à Lille, à Marseille, dans toutes les principales villes de France, des rassemblements secondaires ont lieu, aiguillonnés par les craintes d'une guerre avec le Brandebourg dont aucune déclaration royale ne vient repousser le spectre.

L'infante Catarina d'Espagne est partie à Berlin il y a plusieurs jours déjà, sans effet… Par les espions américains, je sais que Kerstin la fait attendre sans lui avoir encore accordé d'entretien particulier, ce qui est évidemment excellent pour mon camp.

Pour la première fois la veille, les insurgés du Tennis Club ont été rejoints par des aristocrates.

Pas n'importe lesquels ! Ni des webenants, ni des nobliaux négligés par les hautes sphères du pouvoir : un comte et un couple de marquis. Des puissants, ayant leur entrée à la cour… Ils nous ont juré ne plus vouloir y mettre les pieds, et avoir ouvert les yeux sur l'iniquité de la monarchie.

Thomas n'est pas dupe. Publiquement, il a fait semblant de croire ces trois nouvelles recrues, bien entendu : leur ralliement est valorisant pour son mouvement. Mais leur détermination de façade ne le leurre pas. Au fond, il sait bien que c'est la peur qui les motive.

Le Front Agora continue à frapper, et ils ne veulent pas être les prochaines victimes sur la liste… Cela dit, quelles que soient leurs raisons, je suis satisfait. Les soutiens du roi Louis XX s'érodent un à un : c'est parfait. Quand il sera isolé, il n'aura plus d'autre choix que d'abdiquer. Ce jour-là, je serai là pour récupérer le pouvoir qu'il aura laissé échapper.

Sa main dans celle de Marie, il savoure la vision de cet océan de sympathisants. Il se souvient du jour où il est allé manifester devant les grilles de Versailles, conformément au plan de Marc Sallemont : c'était la première fois que la contestation en France prenait une réalité concrète, et il avait été impressionné par tout ce monde. Désormais, il en convoque autant tous les soirs.

Les réactions à la révélation de sa relation avec la fille de son mentor ont été unanimement positives, et il est convaincu qu'elle joue dans la croissance en popularité du Tennis Club.

Les Français ont été touchés par notre histoire. Elle et moi, c'était inéluctable : eux aussi le voient. Quoi de mieux qu'une belle histoire d'amour pour conquérir les cœurs ?

Il est amusé de voir passer des montages sur Réseau Royal, des bouts de vidéo de Marie et de lui-même ralentis et collés ensemble sur des musiques romantiques. Voir sa vie privée fantasmée de la sorte ne le gêne pas : au contraire, il en est fier. Il a parfaitement conscience que cela l'aide à gagner de nouveaux soutiens.

Et puis, qu'ai-je à cacher ? Je n'ai rien que je ne veuille clamer à la face du monde.

Il se sent libre de laisser ses sentiments s'exprimer désormais. Comme à cet instant, où sa paume remonte le long du bras de Marie pour le caresser. Où il pivote pour humer ses cheveux, se gorger de la manière dont ses lèvres s'incurvent. Où…

Il se fige net. D'un coup, son regard s'est posé sur un visage dans la foule qui l'a immédiatement interpellé. Il plisse les yeux, essayant de déterminer si c'est son esprit qui lui joue des tours.

Mais non. C'est bien elle, en chair et en os au Tennis Club. Si ce n'est pas une surprise…

— Je reviens tout de suite, glisse-t-il à Marie.

Cette dernière hoche la tête. Il la laisse pour fendre la masse humaine rassemblée, dans la direction de la jeune femme qu'il a reconnue. Elle le voit s'avancer, et elle cherche à le fuir… mais elle n'y parviendra pas.

Ce n'est pas anodin qu'elle vienne rôder là. Je saurai ce qu'elle a derrière la tête : il est hors de question qu'elle me file entre les doigts.

Il presse le pas, aidé par son statut de président qui pousse tous ceux sur son passage à s'écarter. Résignée, sa cible finit par s'immobiliser. Quand il se plante devant elle, elle ne peut réprimer un frisson involontaire.

— Claire Tarlier… la salue-t-il.

— Thomas Grisons.

Elle assortit sa réponse d'une moue méprisante qui semble dire « Eh oui, je connais votre nom, à présent ».

Mais tu ne peux rien en faire. Tu ne peux pas révéler publiquement que je t'ai enlevée pour te contraindre à tourner une vidéo hostile à la noblesse, à l'époque où le mouvement révolutionnaire peinait encore à s'imposer. Tu ne peux rien dire, car ce serait renier les propos pour lesquels tu es devenue extrêmement populaire, et tu ne veux pas te couper de l'amour de tes hordes de nouveaux fans.

Comme Thomas le prévoyait, lorsqu'il a relâché Claire, elle s'est résolue à accepter l'image contestataire qu'il l'a forcée à adopter ; c'est désormais d'elle-même qu'elle poste des messages virulents, car c'est ce que ses followers attendent d'elle.

Pour autant, je ne l'avais encore jamais vue au Tennis Club. Je dois toujours lui répugner, bien que, si on y réfléchit, je lui aie rendu service en l'obligeant à ouvrir les yeux sur ce que pense vraiment le peuple.

— J'ai appris que les félicitations étaient de mise, crache la jeune femme. Marie Sallemont, rien que ça… L'as-tu attachée à ton radiateur jusqu'à ce qu'elle te cède, elle aussi ?

L'accusation réveille en Thomas un mélange de colère et de culpabilité mêlées. Brusquement, des images de Claire ligotée lui reviennent en mémoire ; c'est un épisode auquel il préfère ne pas penser habituellement.

C'était un mal nécessaire : cela ne veut pas dire que j'en suis fier…

Pour autant, qu'elle insinue qu'il aurait pu recourir aux mêmes méthodes pour gagner le soutien de Marie le révolte. Dans cette histoire, il est le héros, pas l'inverse. Celui qui a arraché la jeune femme aux griffes de ses bourreaux.

— Non, je n'en ai pas eu besoin, réplique-t-il. Marie a su voir tout de suite qui je suis au fond, contrairement à toi.

— Tu me dégoûtes. Tu ne l'aimes pas, c'est évident. Tu la manipules parce qu'elle t'est utile. Votre relation est trop providentielle pour toi pour qu'il en soit autrement. Tu es devenu plus subtil dans tes méthodes, c'est tout.

Thomas roule des yeux.

— Crois ce que tu veux. Moi, je sais ce qu'il en est réellement.

— J'ai côtoyé Marie à Versailles. Jamais elle ne se serait retournée sur un pauvre type dans ton genre. Elle est sortie avec des fils de comtes, des héritiers de milliardaires.

— Je vaux autant qu'eux. Elle est capable de voir d'elle-même le monde de demain, elle : c'est la différence entre vous.

— Vous n'avez rien en commun. Juste de la poudre aux yeux que tu te plais à lancer. Comment réagira-t-elle quand elle connaîtra la vérité sur ce que tu es capable de faire, hein ?

Thomas fixe Claire, intensément. Hautaine, elle lâche :

— Oui, je suis venue tout lui raconter. La prévenir. Nous étions amies autrefois, autant que la cour permet de l'être. Elle méritait que je me résolve à venir au Tennis Club pour cela.

Le menton dressé, la jeune femme esquisse un mouvement vers Marie… mais Thomas lui saisit le poignet pour la retenir.

— Tu aurais dû écouter ce que j'avais à te dire dès le départ, cela nous aurait fait gagner du temps à tous les deux, gronde-t-il entre ses dents serrées.

— Comment oses-tu…

— N'avais-je pas raison ? Je t'avais affirmé que tu deviendrais la coqueluche du peuple grâce à la vidéo que j'ai écrite pour toi, et regarde-toi aujourd'hui : ta popularité est au plus haut. Si tu avais continué à soutenir le roi, tu serais en bien plus mauvaise posture aujourd'hui.

Claire ne réplique rien, mais Thomas devine que derrière ses lèvres pincées, elle fulmine.

— Tu ne vas rien dire à Marie ni à personne, affirme-t-il. Tu ne voudrais pas qu'on se mette à douter de ta loyauté à la cause, n'est-ce pas ? Si je le voulais, des rumeurs à ton propos pourraient éclater dans l'heure. Ta fureur ne sert qu'à te donner bonne conscience, de toute façon : si tu avais vraiment regretté ce qui s'est passé, tu n'aurais pas progressé de toi-même dans la voie que je t'ai montrée.

— Tu es une ordure. J'espère que la France finira par le savoir.

Claire se dégage vivement, et lui adresse un regard noir. Elle se met en mouvement ensuite… dans la direction opposée à celle où se trouve Marie. Thomas réprime un sourire.

Elle a beau m'insulter, j'ai écarté le danger. Elle se taira.

Il est quelqu'un de bien. Un homme comme le destin n'en appelle qu'un par génération pour changer le cours de l'avenir d'un pays. Il ne laissera personne le salir, ternir son éclat.

C'est elle qui devrait avoir honte d'avoir soutenu si longtemps la monarchie. Elle ne renversera pas la situation.

Satisfait de lui-même, il va tranquillement reprendre sa place près de Marie. Elle l'accueille avec des étincelles dans les yeux qui suffisent à dissiper tous les doutes qui pouvaient lui rester. Et alors, l'esprit apaisé, il se reconcentre sur ce qui mérite d'être son unique préoccupation : la manière dont il peut lutter pour sa juste cause.

CATARINA

Tout le faste du Neues Palais de Potsdam a été déployé ces derniers jours pour accueillir Catarina ; elle n'en attendait pas moins de la résidence officielle des rois et reines du Brandebourg. De soirées en réceptions, de déjeuners en réjouissances musicales dans les jardins, elle a été prise dans un tourbillon qui lui a permis de rencontrer tous les notables de la cour de Berlin.

Elle commence à en avoir assez.

Je les ai tous vus, oui… Sauf celle que je suis venue rencontrer. Kerstin.

La souveraine l'a accueillie elle-même en son royaume, échangeant une poignée de main avec elle à son arrivée au palais. Pour toutes les oreilles qui les écoutaient, elle lui a adressé des paroles de bienvenue chaleureuses. Elle a tardé à lui accorder un entretien particulier, *privé*, cependant.

Le prétexte d'affaires d'État pressantes m'était avancé, inlassablement. Mais Kerstin n'est pas naïve : elle sait que je viens négocier au nom de Louis. Que je suis une ambassadrice d'importance, même si je n'en ai pas le titre. J'aurais dû être l'une de ses priorités… sauf si elle cherche à gagner du temps.

Pourquoi ? Catarina entend bien le découvrir. Elle ne pouvait pas accepter de continuer à être baladée, pas alors que chaque jour qui passe sans que les rumeurs d'un conflit possible entre le Brandebourg et la France soient démenties sape la popularité de celui qu'elle aime. Elle sent sa détresse dans chacun de ses messages, bien qu'il essaie de la dissimuler. Elle ne peut pas le laisser tomber.

Alors elle a fini par entrer dans un bras de fer. Elle a écrit un mot ferme à Kerstin, exprimant son déplaisir à ce que leur entrevue soit sans cesse déplacée. Insinuant qu'elle pourrait s'en plaindre sur Réseau Royal si la situation venait à se prolonger.

Je m'en doutais, elle a besoin de soigner son image. Nous voilà donc…

Kerstin a fini par lui accorder l'entretien tant attendu. Catarina y est prête autant qu'elle peut l'être, parée d'une robe simple mais élégante, qui met ses courbes en valeur malgré son col haut et ses manches longues dissimulant ses cicatrices. Autour de son cou et à ses oreilles brillent des bijoux issus du trésor royal français, sortis pour elle afin qu'elle puisse tenir son rang face à la souveraine du Brandebourg. Elle s'est répété les arguments qu'elle souhaite mettre en avant, a cherché les traductions de certains mots en allemand dans le cas où son interlocutrice souhaiterait mener la discussion dans cette langue.

Mais pour l'essentiel, ce seront mes qualités de diplomate qui compteront. Espérons que je serai à la hauteur…

Elle le saura d'ici quelques minutes : escortée par des gardes du palais, elle est en chemin vers le salon où Kerstin l'attend. Sa respiration est calme : elle s'est efforcée de la maîtriser. Heureusement, elle se sent en forme aujourd'hui : pas de vertiges ni de migraines. Juste un peu de fatigue, et une boule de nervosité au creux de l'estomac, mais rien d'insurmontable. Elle a déjà combattu pire. Elle est une princesse d'Espagne, elle a été élevée ainsi : pour faire preuve de courage face à l'adversité. Elle ne va certainement pas flancher maintenant.

Les hommes qui l'accompagnent s'arrêtent devant une double porte à l'extrémité d'un couloir, qu'ils ouvrent en l'annonçant. Elle en franchit le seuil ; devant elle, Kerstin l'attend, assise sur un canapé tendu de satin jaune.

— Bonjour, Votre Altesse Royale, la salue la souveraine en allemand.

— Votre Majesté, répond l'infante avec une révérence.

Elle prend place sur le siège que son hôte lui indique tandis que les gardes se retirent, fermant la porte derrière eux.

— J'espère que vous appréciez votre séjour à Berlin. J'ai ordonné que tout soit mis en œuvre pour qu'il soit aussi agréable que possible.

— Je vous en remercie. Votre cour est charmante. Il n'y manquait qu'une chose pour que je sois comblée : vous.

Kerstin ne s'offusque pas du reproche à demi-mot, conservant son sourire policé par des années à supporter le poids de sa couronne.

— Vous m'avez tout à vous, à présent. Ce n'est pas votre première visite ici, n'est-ce pas ? Il me semble vous avoir déjà vue dans ce palais à l'occasion d'un sommet de la Ligue des royaumes d'Europe. Vous accompagniez votre père alors. Mais vous étiez encore très jeune.

— Votre Majesté a bonne mémoire.

— Quand on gouverne, c'est nécessaire. Un peu d'instinct est également bienvenu, cependant. J'avoue en avoir manqué concernant l'Espagne.

— Que voulez-vous dire ?

— La maladie de votre frère… Je suis impressionnée que votre famille ait réussi à la dissimuler si longtemps. Cela a dû demander des efforts considérables.

Catarina est déstabilisée. Elle s'était préparée à de nombreuses questions concernant la situation en France, mais elle n'avait pas envisagé que c'est sur le terrain de son pays natal que Kerstin l'attaquerait. Encore moins qu'elle aborderait aussi directement la question de la santé de Felipe.

C'est ma faute : malgré les révélations d'Alfonso, j'oublie qu'il en a fait un sujet public. Après tant d'années à cacher la vérité, c'est devenu un instinct chez moi d'imaginer que jamais elle ne sera mentionnée.

Devant le silence de l'infante, la Brandebourgeoise ajoute :

— Je ne suis pas naïve. Je ne pense pas que le diagnostic de mucoviscidose ait été posé récemment : c'est une maladie qui se détecte dans les premières années de l'enfant, et un fils de roi a forcément subi toutes les batteries de tests médicaux possibles et imaginables. Cela fait très longtemps que vous êtes au courant de l'état de votre frère, j'en suis persuadée. Vous le connaissiez même sans doute avant le décès de votre père.

Catarina ne prend pas la peine de nier : elle sait que ce qu'elle dirait manquerait de conviction.

Et puis, à quoi bon ? Mon oncle a déjà éventé la partie la plus importante du secret. Ce qu'il reste, ce ne sont que des détails.

— Vous n'avez jamais cessé de vous considérer comme la future reine d'Espagne, n'est-ce pas ? poursuit Kerstin. Vous savez que votre frère mourra jeune, et que vous devrez prendre sa suite. Cela explique bien des choses. Par exemple, votre entêtement à poursuivre vos études politiques à l'adolescence, là où de nombreux enfants cadets de souverains se perdent en divertissements futiles. Surtout, le délai dans l'annonce de vos fiançailles avec Louis XX de France. Je comprends maintenant qu'elles ne seront jamais proclamées : cela voudrait dire pour vous perdre vos droits à la Couronne qui pourrait être vôtre. Vous vivez en réalité une tragédie sous les apparences du bonheur, ma pauvre. Vous l'aimez, c'est évident, et il vous aime aussi, mais jamais vous ne pourrez construire votre vie ensemble. Car vous aimez l'Espagne davantage, et vous ne vous résoudrez jamais à la laisser en d'autres mains que les vôtres. J'admire votre esprit de sacrifice.

Kerstin pose sur Catarina un regard perçant, et l'infante se sent mise à nu. Peu de personnes connaissaient jusque-là la réalité de sa situation : Louis, Alba, et c'était tout. Désormais, d'autres peuvent s'emparer de ses secrets, saisir les raisons derrière ses actes. Cela la laisse beaucoup trop vulnérable à son goût. En même temps, elle trouve quelque chose d'agréable dans le portrait que la souveraine du Brandebourg vient de faire d'elle. Il est juste, et elle se sent comprise. Un peu moins seule.

Des tourments comme les miens, Kerstin a dû en vivre. C'est le genre de dilemme que seul le pouvoir génère, et dont seuls les membres de familles royales peuvent vraiment prendre la mesure.

Pour autant, Catarina n'est pas là pour s'épancher sur ses états d'âme. Elle a une mission à remplir, pour le compte de Louis. Elle ne doit pas laisser son interlocutrice lui faire perdre de vue ses objectifs.

Je suis persuadée que c'est ce qu'elle essaie de faire. Elle n'aime pas la France, elle ne veut rien avoir à faire avec son gouvernement. Sans doute préférerait-elle que nous n'abordions même pas le sujet : elle a tout mis en œuvre pour retarder l'inévitable aussi longtemps que possible. Eh bien, je ne lui ferai pas le plaisir de lâcher prise parce qu'elle a tenté de détourner mon attention.

— Je vous remercie pour votre sollicitude à mon égard, annonce l'infante, déterminée. Néanmoins, ce n'est pas pour vous parler de moi ni même de l'Espagne que j'ai souhaité venir à Berlin. C'est au nom du roi Louis XX que je souhaite m'exprimer.

Kerstin éclate d'un petit rire.

— Bien évidemment. Je m'en suis doutée à l'instant même où j'ai reçu votre demande de visite, quelques heures après avoir refusé au gouvernement français de négocier avec ses envoyés. Je dois avouer que la manœuvre est intelligente : cela me permet d'écouter ce que Versailles a à dire sans paraître prêter l'oreille. Et puis, cela piquait ma curiosité de vous rencontrer de nouveau, après notre entrevue écourtée à Londres. Vous êtes un spécimen intrigant,

Catarina d'Espagne. Dévouée à votre devoir, et pourtant aveuglée par l'amour. En exil loin de votre pays, et pourtant adorée par les sujets de votre frère. Contre toute attente, l'annonce de sa maladie a provoqué plus de confiance en l'avenir de leur part, d'après les sondages… Car vous seriez reine alors, et vous êtes plus appréciée que le régent Alfonso. Il doit détester cela, d'ailleurs.

L'infante aurait aimé que son interlocutrice se passe de cette digression supplémentaire, mais elle ne peut réprimer le léger sourire qui étire ses lèvres.

Oui, mon oncle s'est fait prendre à son propre jeu… Mais cela n'est pas de cela que je suis venue parler.

Restant concentrée, elle s'efforce de rediriger une nouvelle fois la discussion, entrant dans le vif du sujet sans prendre la peine de réagir aux dernières remarques de Kerstin :

— Vous n'êtes pas sans savoir que des rumeurs de guerre entre la France et le Brandebourg ne cessent d'enfler. J'ai été envoyée pour traiter de cela avec vous. Louis XX aimerait qu'une déclaration conjointe permette de les faire cesser.

— Parce que ces bruits qui courent alimentent la contestation dans son pays… Oui, je sais déjà cela : j'ai lu les messages que Jean de Berry m'a fait parvenir. Comme je l'ai déjà dit, je ne démentirai pas ces racontars de mon côté.

— Seraient-ils fondés ?

— Non, bien sûr.

— Alors quoi ?

Catarina se permet d'être directe, Kerstin l'étant également depuis le début de leur discussion. Elle est venue chercher des réponses, et le plus simple lui paraît encore de les demander directement.

La souveraine du Brandebourg soupire.

— Vous rappelez-vous comment mon pays est né, Votre Altesse Royale ? Dans la douleur, et sous la contrainte. Après la défaite de l'Empire allemand dans la Grande Guerre, son territoire a été morcelé ; ses habitants, humiliés. Ils n'ont accepté le nouvel ordre européen que par peur de représailles atomiques contre eux. Depuis, la haine de la France constitue l'un des piliers de l'identité de mon peuple. Ils comptent sur moi, leur reine, pour tenir tête à l'ennemi qui a fait tant de mal à nos ancêtres. Ils savent que nous ne disposons pas de la puissance militaire nécessaire pour envisager un conflit. Pour autant, toute idée de collaboration avec Versailles leur est insupportable. J'en suis consciente depuis mon accession au trône : en de nombreuses occasions, j'ai laissé parler ma propre francophobie, je l'ai parfois même accentuée, pour faire écho aux sentiments profonds de mes sujets. Je n'aurais pas lancé les rumeurs de guerre qui courent actuellement de mon propre gré : je crois qu'en des temps comme ceux que nous traversons, il est important que les monarques mettent leurs inimitiés de côté et se soutiennent. Mais maintenant que les bruits circulent, il m'est impossible de les démentir. La perspective d'une vengeance sur la France, même nébuleuse, est la seule chose qui ait fait remonter ma popularité dans les sondages récemment. J'ai attendu de voir comment la situation évoluait ces derniers jours avant de vous laisser me mettre au pied du mur, mais le constat est sans appel. Si je recule, si je parais m'allier à Louis XX, je causerai ma propre chute. Je ne peux pas l'accepter, pas même pour les beaux yeux de celui que vous aimez.

Catarina a dû se concentrer pour suivre toute la tirade de Kerstin sans décrocher, et mobiliser toutes ses compétences en allemand. Maintenant qu'elle a saisi le sens de chacun des termes, elle en mesure les implications.

Elle ne veut pas m'aider. Elle m'a reçue parce qu'elle est curieuse d'écouter ce que j'ai à dire, mais elle n'a aucune intention de négocier avec moi.

Avant son entrée dans le petit salon, l'infante avait envisagé d'avancer prudemment ses arguments un par un pour amener son interlocutrice à faire évoluer ses positions. Elle réalise que cette stratégie sera inefficace : les idées de Kerstin semblent bien arrêtées.

Elle décide donc de jouer une carte parmi les plus agressives dont elle dispose dans son jeu.

— Vous parlez de solidarité entre les monarques, Votre Majesté : il est un peu tard pour l'évoquer. Dois-je vous rappeler qu'alors que le pouvoir de Louis XX était mal assuré, au lieu de lui laisser le temps de s'y accoutumer, vous l'avez attaqué ? Le message que vous avez posté sur le Réseau Royal français a fait forte impression à l'époque, et a contribué à mettre le peuple en ébullition. De France sont ensuite parties les vagues de contestation qui touchent aujourd'hui le Brandebourg. Vous êtes en partie responsable de ce qui vous arrive à présent : la moindre des choses serait d'œuvrer pour réparer le mal que vous avez causé.

— Ah, je me doutais que vous alliez évoquer cet épisode, souffle Kerstin. Empiéter sur l'internet français… Je n'en suis pas fière. Si j'avais su ce qui allait en découler, sans doute ne l'aurais-je pas fait.

— Qu'espériez-vous ? Vous vous doutiez bien que cela allait provoquer des remous !

— Bien sûr, et c'était volontaire. J'étais en contact étroit avec Marc Sallemont à l'époque. Je me suis toujours très bien entendue avec lui ; nous nous sommes rencontrés longtemps avant qu'il ne devienne ministre, lorsqu'il est venu superviser la mise en place de Réseau Royal au Brandebourg. J'admirais son efficacité, son envie de faire évoluer la France : tout cela contrastait fort avec l'arrogance et les postures grandiloquentes des rois Bourbons assis sur le trône de Versailles. Lorsqu'il s'est mis à se rêver à leur place, il m'a contactée, et j'ai accepté de le soutenir. L'idée de le voir remplacer François IV avait de quoi me séduire : mon pays aurait enfin vu la chute de la famille qui l'a humilié au siècle dernier, et je pensais que Marc ferait un excellent souverain, adapté à l'époque moderne. Je ne me doutais pas que la situation échapperait à tout contrôle.

— Quand on joue avec le feu, on finit par se brûler, réplique Catarina d'une voix pleine d'amertume.

Même si elle avait déjà réalisé que Kerstin et Marc avaient dû être en lien, elle est choquée par les révélations de la souveraine. Qu'elle ait froidement comploté en vue de la chute d'un autre monarque européen lui semble contrevenir à tous les codes d'honneur qu'un roi devrait respecter. L'infante est déçue : jusque-là, même si elle n'appréciait pas son aversion démesurée pour la France, elle respectait Kerstin. Désormais, elle lui paraît bien mesquine.

— Marc ne m'a jamais parlé de démocratie, précise-t-elle. Je ne l'aurais pas soutenu si cela avait été le cas. J'ai mes limites.

Mais elles ne sont pas suffisantes…

— Votre conscience ne vous taraude-t-elle pas ? lance Catarina. Sans votre intervention, Louis aurait pu éviter le pire. Ne pensez-vous pas que vous lui devez de vous racheter auprès de lui ? D'au moins effectuer cette déclaration commune qu'il vous réclame ?

— En tant que personne, oui. Mais cela fait bien longtemps que je ne raisonne plus en mon nom propre. Pour le Brandebourg, je ne peux pas me permettre d'avoir de remords ni de laisser parler ce que je ressens. Vous ne pouvez que le comprendre, vous qui étouffez votre amour afin de ne pas laisser le trône d'Espagne vous échapper.

— Ne me comparez pas à vous.

Catarina n'a pu s'empêcher de couper sèchement son interlocutrice. Ses propos la révulsent.

Moi, j'ai toujours cherché à réfléchir plus largement qu'à moi-même. Kerstin, elle, attribue au Brandebourg ses propres instincts égoïstes.

— En refusant votre aide à la France aujourd'hui, vous comprenez bien que vous vous privez de toute alliance avec mon pays pour les années à venir ? lâche l'infante. Car je ne refoule pas mes sentiments autant que vous le pensez. Je n'oublierai pas que vous avez choisi de ne pas tirer un autre monarque européen de l'embarras alors que vous le pouviez. Le Brandebourg est un petit État. Vous parvenez à garder de l'influence sur la scène internationale alors que la France, l'un des royaumes les plus puissants de ce continent, est votre ennemie. Quelle marge de manœuvre vous restera-t-il si l'Espagne vous rejette à son tour ?

— Je dois avouer que je suis impressionnée des ressources que vous apportez à cette discussion, mais je ne me laisserai pas infléchir par des menaces hypothétiques. Si vous succédez à votre frère, ce ne sera que dans plusieurs années ; d'ici là, je ne doute pas que le régent Alfonso et moi entretiendrons des relations tout à fait correctes. Il m'arrive de poser des pions pour l'avenir très en avance, c'est vrai, mais en ce moment, le présent est suffisamment problématique pour que je m'y consacre entièrement. Je préfère m'assurer que ma Couronne survivra aux semaines à venir plutôt que de l'affaiblir en vue de périls futurs.

— C'est votre choix. J'espère au moins que si Louis XX chute, votre conscience vous torturera.

Les dernières interventions de Kerstin ont permis à Catarina de comprendre qu'elle ne parviendrait pas à la faire revenir sur ses positions. C'est un constat amer, qui lui donne envie de hurler de rage et de serrer les poings jusqu'à se faire saigner les paumes de ses ongles.

Mais l'art de la diplomatie, c'est aussi de se montrer lucide sur ce qui est faisable et sur ce qui est impossible. Abattre une muraille à mains nues ne relève pas du champ de mes capacités.

Le ton relativement amical du début de la discussion s'est altéré au fur et à mesure des échanges. De l'électricité crépite désormais entre les deux femmes qui se font face. Lorsque la reine du Brandebourg éclate de rire, il n'y a aucune sympathie dans ses gloussements, mais de l'acide.

— Vous semblez considérer la chute de Louis XX comme la fin du monde, lance-t-elle. Votre capacité à garder la tête froide n'est pas encore parfaite, ma pauvre. Pour moi, la destitution du roi de votre cœur n'est qu'une éventualité comme une autre. Une éventualité à laquelle je me suis préparée.

Catarina garde un silence réprobateur. Son expression renfrognée n'empêche pas Kerstin d'ajouter :

— Souvenez-vous que je conserve un atout dans ma manche quant à la succession au trône de France… Frédéric de Magdebourg, le fils bâtard de Louis XIX, fait toujours partie des pions que je peux avancer. Je l'ai négligé quand j'ai décidé de miser plutôt sur Marc Sallemont, mais je ne l'oublie pas. Si le pays que vous défendez avec tant d'ardeur sombre dans le chaos, et a besoin d'une figure vers laquelle se tourner, je me tiendrai prête à agir. Je ne suis pas la seule, d'ailleurs : d'autres souverains attendent leur heure pour abattre leurs cartes. Alors vous voyez, Votre Altesse Royale, je n'ai pas besoin de sauver votre bien-aimé. Je préfère préparer mes atouts pour la partie qui s'ouvrira quand il aura chu. Vous aussi, vous devriez faire de même, si je peux vous donner un conseil. Vous êtes jeune : vous échouez encore à garder la tête froide pour savoir reconnaître quand une bataille est perdue. Il serait davantage dans votre intérêt de vous désolidariser de Louis XX et de vous replier sur la lutte qui vous attend en Espagne. À vouloir trop en faire, vous risquez la défaite sur les deux tableaux.

Catarina serre les dents. Le cynisme déployé par Kerstin la rend malade. Elle incarne tout ce qu'elle a toujours eu peur de devenir : une politicienne redoutable, certes, mais n'ayant plus que son profit pour seul horizon. Un travers dans lequel Louis, malgré ses failles, n'est jamais tombé.

C'est son cœur qui le guide, inlassablement.

— Je ne l'abandonnerai pas, et vous le savez.

— Oui… Il est votre faiblesse, pour le meilleur et pour le pire.

— Je préfère penser qu'il m'apporte une force différente.

Le silence tombe. Il s'étire quelques secondes avant que Catarina ne devine :

— Vous ne changerez pas d'avis, n'est-ce pas ? Il n'y a aucun argument que je puisse avancer pour vous convaincre de revenir sur vos positions.

— En effet.

— Alors nous n'avons plus rien à nous dire.

Kerstin hoche brièvement la tête avant de déclarer :

— Je vous souhaite un bon retour à Versailles, Votre Altesse Royale. J'espère que vous survivrez à la tempête qui s'y prépare. Notre affrontement ne m'empêche pas de voir que vous avez l'étoffe d'une grande reine… si vous parvenez un jour à mettre la main sur une couronne.

— Au revoir, Votre Majesté.

C'est abruptement que Catarina a prononcé ces derniers mots, et tout aussi abruptement qu'elle se lève. Une dernière révérence, parfaitement conforme au protocole mais pleine de froideur, et elle quitte le petit salon.

La tête haute, mais la bouche emplie du goût amer de l'échec.

Chapitre 13

Catarina

L'avion atterrit à Roissy avec à son bord une Catarina au cœur lourd. Il y a quelques jours à peine, lorsqu'elle s'envolait vers Berlin, elle était pleine d'espoirs et d'ambitions.

Les voilà maintenant déçus…

L'infante aurait tant aimé revenir à Louis avec une bonne nouvelle, un succès pour faire réapparaître un sourire sur son visage marqué par les désillusions successives… Mais elle n'emporte aucun accord avec le Brandebourg dans ses bagages.

Seulement de l'amertume.

Malgré les regrets, elle a dormi pendant tout le trajet retour, épuisée. Le contrecoup de la tension constante qu'elle a vécue au Neues Palais, suppose-t-elle.

Au moins, de retour à Versailles, j'aurai moins besoin de me surveiller à chaque instant…

Tandis que l'avion roule hors de la piste vers la zone de débarquement, Catarina pose tristement une main sur le hublot à côté de son siège. Au-dehors, le soleil brille. De la pluie aurait pourtant mieux reflété son humeur…

Son ventre se noue un peu plus lorsqu'un éclat lumineux attire son attention ; un reflet sur la carrosserie d'une voiture. Devant le véhicule se tient une silhouette que la jeune femme connaît bien : celle de Louis. Pour une fois, elle ne se réjouit pas de le voir : elle a honte de se présenter devant lui dans tout le dénuement de son échec.

Il est déjà au courant que mes efforts n'ont pas été couronnés de succès : je l'ai appelé après mon entretien avec Kerstin. Mais je n'ai pas encore soutenu son regard, lu la tristesse dans ses iris bleus…

Catarina frappe le hublot de la paume. Elle n'a jamais fui devant l'adversité, et ce n'est pas aujourd'hui qu'elle va commencer, même si c'est le jugement de celui qu'elle aime qu'elle doit affronter.

J'assume mes actes. Toujours. C'est l'un des principes que je tiens de feu mon père.

Remerciant d'un signe de tête l'hôtesse de l'air qui l'a accompagnée durant son voyage, elle déboucle sa ceinture et se lève sitôt que l'avion s'est immobilisé, puis elle s'avance vers la porte du cockpit, qu'on ouvre pour elle. Elle s'engage sur la passerelle sans même penser à l'attentat qui l'a visée il y a quelques mois, focalisée sur la chevelure dorée de Louis droit devant elle. En elle, l'impatience remplace soudain l'appréhension : même si elle craint la réaction de celui qu'elle aime, à cet instant, elle a besoin de ses bras pour la réconforter.

Il est celui à qui je souhaite le plus dissimuler mes erreurs, mais aussi le seul capable de me les faire oublier.

Bien qu'elle soit saisie par les émotions, Catarina reste fidèle à elle-même, et c'est d'un pas solennel qu'elle comble la distance qui la sépare de lui : elle n'oublie pas qu'ils ne sont pas seuls, qu'une escorte ainsi que le personnel de l'aéroport les observent. Ils sont toutefois trop éloignés pour l'entendre lorsque, une fois face au jeune homme, elle souffle :

— Je suis désolée. J'aurais tellement voulu revenir avec d'autres nouvelles… Je m'en veux d'avoir échoué, je…

— Chut… Viens là.

Moins sensible au protocole, Louis attire Catarina contre lui et, malgré les regards, elle se laisse faire. Pour une fois, le désarroi est plus fort en elle que sa volonté de se montrer forte.

— Je pensais vraiment y arriver…

— Tu as fait tout ce que tu as pu. Je te connais : je sais que tu t'es donnée tout entière dans la bataille. Si tu n'as pas été couronnée de succès, c'est que c'était impossible.

— Je…

— Tu as essayé.

Le regard du jeune roi se perd à son tour dans le vague lorsqu'il ajoute :

— Parfois, ce n'est pas suffisant, et il faut l'accepter…

Louis

Ce matin, Louis XX ne constitue pas le centre de gravité de son Conseil. Non, c'est plutôt un espace vide qui attire toute l'attention. Un hiatus autour de la table, là où se trouvait auparavant la chaise de Valérie de Noailles – d'ores et déjà partie pour sa propriété de Corrèze.

Ils ne sont plus que quatre ministres à siéger. Pierre de Chantilly, Jean de Berry, Anne de Mortemart et le cardinal d'Avignon. Catarina non plus n'est pas là aujourd'hui, exceptionnellement : n'étant rentrée de Berlin que la veille, elle ressent le contrecoup de son voyage, et a préféré se reposer. Louis la connaît suffisamment pour savoir que si elle en arrive là, c'est qu'elle est réellement à bout de forces.

Elle encaisse mal l'échec de ses négociations face à Kerstin. Elle s'en veut… mais pas moi. Il n'était pas en son pouvoir d'infléchir le destin, voilà tout. Le regard que je porte sur elle est inchangé.

De nouveau, ses yeux se perdent là où s'asseyait habituellement Valérie de Noailles. Déjà, à cinq, les ministres peinaient à abattre tout le travail qu'ils avaient à accomplir.

— À un de moins, nous n'y parviendrons pas, Votre Majesté, annonce Pierre. Il faudra trouver un nouveau surintendant des finances, et vite.

— Les employés du cabinet de Mme de Noailles assurent l'intérim pour l'instant, ajoute Avignon, mais cela ne pourra pas durer éternellement.

— Je sais, je sais… répond Louis. J'étudie actuellement les suggestions de profil que vous m'avez fait passer, mais aucune ne sort du lot.

Sans compter que je me heurte à une difficulté : les menaces qui ont poussé Valérie à démissionner, toute la France en a eu connaissance. Les candidats potentiels ont peur. Eux aussi craignent les représailles du Front Agora.

— Il est vrai que nous ne trouverons pas une nouvelle Valérie, intervient Anne. Elle gérait les finances du royaume depuis des années. Nul dans ce pays ne peut se targuer d'égaler son expérience.

Le ton de la chancelière est amer, et Louis entend le reproche que ses mots dissimulent : elle en veut à son ex-collègue d'avoir démissionné.

À ma place, elle lui aurait sûrement interdit de quitter le Conseil. Valérie est attachée à la Couronne : elle n'aurait pas osé désobéir à un ordre direct de ma part. Mais je ne suis pas un tyran. Ceux qui me suivent, je veux que ce soit de leur plein gré.

— Il y a tant de dossiers en cours dont elle s'occupait, et qui se retrouvent mis en pause forcée… soupire Jean. Notre équilibre budgétaire est fragile depuis la baisse des impôts qu'elle a orchestrée.

Il ne fallait rien de moins que toute l'étendue de ses talents pour nous maintenir à flot.

— Avons-nous des pistes pour renflouer les caisses de l'État ?

Louis a posé cette question sans grand espoir… Pourtant, Avignon déclare :

— À vrai dire, oui, Votre Majesté.

Les sourcils du jeune roi se haussent et, d'un geste, il invite le cardinal à poursuivre.

— Sa Sainteté le pape est très préoccupé de la fragilité actuelle des monarchies en Europe, et a entamé des pourparlers avec les califats moyen-orientaux. Bien qu'ils ne partagent pas notre religion, ils sont très inquiets de ce qui se passe en Occident, et seraient prêts à nous consentir des prêts si cela peut garantir une certaine stabilité politique.

— C'est sûr qu'ils ont les moyens, eux, avec leur pétrole… commente Anne.

— Malheureusement, je ne pense pas qu'accepter leur offre soit une bonne solution, déclare Jean. Une dette aurait des conséquences importantes sur le long terme, avec des intérêts à rembourser qui risqueraient de grever durablement notre budget. Sans compter que cela ferait paraître la France en position de faiblesse sur la scène internationale. Les califats ont toujours rêvé de nous supplanter ; s'ils sortent de leur réserve ordinaire, c'est qu'ils pensent avoir une occasion de le faire.

— Néanmoins, avons-nous vraiment le loisir de penser au long terme ?

La question de Pierre de Chantilly plane, en suspens, dans le silence du cabinet du Conseil. Les regards des ministres se tournent vers Louis, en attente de sa décision.

C'est toujours le même dilemme. Hypothéquer l'avenir, parce que nous ne parvenons pas à nous dépêtrer du présent. J'en ai assez de cette impression de chuter toujours plus bas.

Il prend quelques secondes supplémentaires pour réfléchir, puis annonce précautionneusement :

— Il me semble hasardeux de faire un choix d'une telle importance alors que nous sommes privés du point de vue expert sur l'économie que Valérie de Noailles nous apportait. Nous devons nous garder de nous précipiter dans l'une ou l'autre direction parce que la panique nous aveugle. Je suggère que nous attendions d'avoir nommé un nouveau surintendant des finances pour trancher.

Dans le mutisme de ses ministres, Louis entend une question muette.

Ce remplaçant… le trouverons-nous ?

JULIE

— Combien de temps cela prendrait-il de retirer les icônes d'avertissement qui s'affichent à côté des messages postés par les comptes Terre et Poussière ?

La question de Julie ne demande qu'un instant de réflexion de la part de Matthieu. Il tapote du bout des doigts sur le bureau devant lui, avant de répondre :

— Pas très longtemps. Il faudrait veiller à bien tester avant de déployer, pour détecter d'éventuels effets de bord, mais ce ne serait l'affaire que de quelques jours.

— Et pour leur permettre d'accéder aux groupes par centre d'intérêt ?

— Là non plus, ce ne serait pas très compliqué. Ce serait juste une extension d'une fonctionnalité dont les statuts plus élevés disposent déjà.

— Il faudrait la leur accorder. Ainsi que la capacité de créer de nouveaux groupes, pour les statuts Bois. Lisser la limite sur la taille des messages, aussi, et supprimer le quota de posts quotidiens qui s'applique jusqu'au statut Bronze.

Face au regard sceptique de Matthieu, elle ajoute :

— Tout cela, c'est du même ordre, n'est-ce pas ? Juste des adaptations de l'existant ? Il n'y a rien de complexe là-dedans.

— Non, en effet. Techniquement, en tout cas.

Le jeune homme se penche, s'appuyant sur ses coudes. Son regard est perçant alors qu'il le pose sur Julie.

— Nous savons tous les deux que le problème n'est pas là.

Julie détourne la tête. Ils se font face, assis tous les deux dans son bureau au sommet de la tour de Réseau Royal. C'est le jour de leur point hebdomadaire – pas le seul moment de la semaine où ils se voient, loin de là, mais celui où ils prennent le temps de mettre à plat les sujets en cours. Elle apprécie ces rendez-vous : devant Matthieu, elle a le sentiment qu'elle peut baisser sa garde, constamment levée face au reste de ses employés.

Il me comprend : lui aussi a été projeté dans ses fonctions du jour au lendemain, et n'est pas certain d'avoir les épaules pour les assumer. En lui, je sais que je peux avoir confiance. Il est fou amoureux d'Alba : il n'a pas besoin de me dire quels soirs il la retrouve, je le vois à son sourire. Il ne se laissera jamais tenter par les groupuscules révolutionnaires.

— Les statuts constituent la base même de Réseau Royal, reprend-il. Y toucher ne serait pas anodin. Un séisme politique.

— Je ne parle pas de les supprimer ! Juste d'en estomper certaines différences.

Je ne suis pas naïve : j'ai bien conscience que je ne peux pas faire plus.

— Ce sera remarqué, et commenté de la même manière. As-tu demandé l'aval du gouvernement avant de prendre cette initiative ?

Julie se renfonce dans son siège, croise les bras et soupire :

— Non. Mais cela ne servirait à rien, de toute façon : cela fait des semaines que Louis XX et ses ministres m'ignorent. Valérie de

Noailles ne me répondait déjà plus avant sa démission, et depuis… aucune nouvelle. Ils m'abandonnent : je fais ce que je peux.

— En accédant à ce qui était l'une des revendications du Tennis Club, que nos propres services de modération ont censurées.

— Ce n'est pas parce que l'idée vient d'eux qu'elle est mauvaise.

Face à l'air peu convaincu de Matthieu, Julie plaide :

— La France est au bord de l'explosion. Les esprits sont échauffés, et même le roi l'a reconnu : ma mission ici, c'est de tout mettre en œuvre pour avancer vers l'apaisement. Je pourrais le faire à la manière qu'Agnès voulait imposer, en forçant le peuple entier au silence. Mais ce ne serait pas juste. Je comprends ces gens, leurs protestations. Tous les jours, lorsqu'ils se connectent à Réseau Royal, ils ont l'humiliation de voir un symbole rouge à côté de leur nom, le rappel quotidien de l'opprobre dans laquelle la société les a jetés. On limite leur parole comme si elle avait moins de valeur, on les exclut d'une grande partie des espaces de discussion. Pas étonnant qu'ils basculent en masse vers SocialWeb… Ne me dis pas que cela ne concerne presque personne : les statuts Terre et Poussière, ce sont dix millions d'utilisateurs dans notre pays. Près d'un Français sur six. Bien sûr que cela attise leur colère. Les considérer un peu mieux, cela ne retire rien à personne.

— Les nobles ne le verront pas de cette manière. Ils tiennent à leur différence avec le reste du monde.

— Plus qu'à leur vie ?

Matthieu se passe la main dans les cheveux. Le dernier argument de Julie a fait mouche, elle le voit, mais il paraît encore avoir des réticences.

Je veux les dissiper. Je pourrais lui dire qu'il s'agit d'un ordre, me passer de son avis… mais il m'importe. Nous sommes ensemble dans cette barque.

— Je ne sais pas, Julie… soupire-t-il. Il y a une raison pour laquelle les statuts ont été implémentés à la base, avec des fonctionnalités bien précises.

— Oui. Cette raison, c'est que mon oncle avait besoin de séduire les aristocrates pour qu'ils financent son projet, et qu'il a dû le façonner pour qu'il corresponde à leur vision du monde. Il s'en plaignait souvent en privé, je peux te l'assurer.

— Maintenant, c'est la société entière qui vacille. Est-ce le moment pour la fragiliser davantage ? Louis XX a besoin de notre soutien, pas que nous l'affaiblissions.

— Je ne crois pas que ce soit lui rendre service que de l'aider à rester aveugle à ce que son peuple réclame.

Julie plonge son regard dans celui de Matthieu, le soutient. Nerveux, il ne parvient pas à rester en place. Il se lève, fait le tour de sa chaise pour s'appuyer contre elle, mains sur le dossier… avant de livrer ce qu'il a réellement sur le cœur :

— Tu n'imagines pas à quel point ils ont peur, à Versailles. Alba… Elle est terrifiée. Je ne peux pas lui faire ça. La trahir.

— C'est pourtant l'une de celles les plus à même de comprendre, à la cour. Est-ce qu'elle t'a un jour regardé comme si tu étais moins qu'elle ? Comme si tu devais te taire pour la laisser seule parler ? Non… et moi non plus, elle ne m'a jamais traitée ainsi.

— Tu le ferais vraiment, alors ? Réformer les statuts sur Réseau Royal sans demander l'aval du gouvernement ?

— Oui.

Machinalement, Julie lisse sa jupe de tailleur, dans laquelle elle ne se sent toujours pas pleinement à l'aise.

Cela reste un costume que je n'ai pas choisi, un fardeau dont je fais au mieux pour m'accommoder. Cependant, au bout du compte… je crois que je ne m'en sors pas si mal.

— Le site est d'une importance capitale pour la France, mais il reste une entreprise privée, poursuit-elle. J'en suis la directrice légitime. En mon âme et conscience, je crois qu'il s'agit de la bonne manière d'agir. Alors… je pense que je dois m'écouter.

Garder mon sens moral. Pour que ce au nom de quoi j'ai sacrifié mon oncle ne demeure pas simplement des mots…

Elle observe Matthieu intensément, suspendue à son verdict, retenant son souffle sans le vouloir.

— Je te fais confiance, finit-il par décréter.

Elle hoche la tête, envahie par le soulagement, tandis qu'il ajoute :

— Je me chargerai de faire exécuter tes décisions par les équipes techniques. Je te tiendrai au courant.

— Merci…

Ils échangent un sourire, un silence plein de compréhension mutuelle tombant entre eux… avant d'être brisé, brusquement, par la sonnerie du téléphone de Julie.

— Tu vois, le gouvernement ne t'abandonne pas complètement, note le jeune homme lorsque son regard tombe sur le nom qui s'affiche sur l'écran.

« Pierre de Chantilly ».

Ainsi, le principal ministre de Louis XX a du temps pour moi, finalement…

— Je te laisse tranquille pour lui répondre, articule Matthieu dans un murmure tandis qu'elle porte l'appareil à son oreille.

Elle le remercie d'un mouvement du menton ; sur ce, il bat en retraite jusqu'à la porte du bureau. Lorsqu'il la franchit, Julie aperçoit furtivement, dans le couloir, le garde du corps qui l'accompagne partout désormais, attaché à sa personne par Louis XX, comme elle l'a demandé.

Lui n'a pas protesté de cette mesure de sécurité. Il sait que si sa relation avec Alba venait à être découverte, il deviendrait rapidement une cible… C'est pour la rassurer et la préserver de tout chagrin futur qu'il a accepté d'être accompagné partout ainsi, autant que pour lui-même.

Elle se reconcentre sur son portable. À l'autre bout du fil, elle entend son nom prononcé :

— Mademoiselle Sallemont…

La voix de Pierre est conforme à ce qu'elle a entendu à de nombreuses reprises lors de ses interventions télévisées. Chaude, bienveillante. Fatiguée, aussi.

Il ne pourrait en être autrement, au vu des circonstances.

— Monsieur de Chantilly, lui répond-elle.

— Je tenais à vous appeler personnellement à la suite de la démission de Valérie de Noailles, pour vous prévenir que désormais, c'est à moi que vous devrez vous référer au sein du gouvernement si vous rencontrez des difficultés – du moins, tant qu'elle n'aura pas été remplacée. Je voulais vous en avertir dès que possible, mais malheureusement, je n'en ai pas eu le loisir plus tôt. J'espère que vous me pardonnerez ce délai.

— Oh…

Julie ne s'attendait pas à ça : elle avait supposé que si le ministre prenait la peine de la contacter, c'est parce que quelque chose devait s'être produit. Un incident pour lequel il allait solliciter qu'elle mobilise ses équipes de modération, un ordre à lui transmettre. Pas simplement pour se présenter.

— Vous n'aviez pas à prendre cette peine, déclare-t-elle, hésitante. Voilà plusieurs semaines que Mme de Noailles me laissait… autonome.

Un blanc. Julie se doute que Pierre a compris ce qu'elle essayait de lui dire à demi-mot : qu'elle n'avait plus de nouvelles de sa part.

— Cela ne m'étonne pas, finit-il par soupirer. Valérie n'était… pas en forme ces derniers temps, ce qui a fini par conduire à son départ. J'espère que son silence ne vous a pas laissée dans l'embarras.

— J'ai géré la situation au mieux.

Julie voudrait que sa voix soit assurée, mais elle est tout de même partie dans les aigus, trahissant toute l'angoisse qu'elle a ressentie alors qu'elle essayait inlassablement d'appeler la surintendante des finances. Alors qu'elle devait maintenir une façade de certitudes face à ses employés, quand elle-même était rongée par les questions. C'est seulement maintenant qu'elle réalise à quel point la situation lui a pesé.

— Je n'en doute pas, lui répond Pierre doucement. Vous êtes une jeune femme remarquable, mademoiselle Sallemont, c'est ce que tous ceux qui vous côtoient s'accordent à dire. Vous aimez la France : c'est ce qui guide vos actes. Je ne peux que respecter ceux, trop rares, dont c'est l'état d'esprit.

Elle accueille les paroles du ministre avec circonspection. Elle sait à quel point les puissants aiment à employer la flatterie pour s'élever davantage : son oncle avait compris tout son pouvoir, et lui répétait souvent que c'était en l'employant comme arme qu'il avait réussi à faire son chemin jusqu'à l'entourage le plus proche du souverain.

Mais Pierre a l'air sincère. Si bien que, se remémorant les objections de Matthieu, elle se décide à le prévenir :

— J'ai dû trouver un cap à suivre en l'absence de direction de votre part. J'ai choisi d'essayer d'apporter une réponse aux critiques qui nous sont faites. Je compte demander une réévaluation des fonctionnalités disponibles selon les statuts sur Réseau Royal, pour aller vers plus d'égalité.

De nouveau, le silence s'installe. Le cœur de Julie bat fort. D'un coup, les doutes l'ont rattrapée. A-t-elle bien fait de se confier ainsi ? Pierre va-t-il lui donner l'ordre ferme d'abandonner son initiative, lui laissant le soin de justifier son inaction auprès de ses employés, et de prendre sa conscience à bras-le-corps ?

— Audacieux… commente-t-il enfin. Mais sans doute nécessaire. Nous devons lâcher du lest si nous ne voulons pas nous écraser tout à fait.

Julie respire mieux. Ce n'est pas une approbation franche, mais cela lui suffira.

— Tenez-moi au courant de vos avancées, voulez-vous ? reprend-il. Je n'aurai pas forcément le temps de vous répondre, mais je vous lirai, je vous en fais la promesse.

— Merci, monsieur de Chantilly.

Elle reste prudente. Elle a appris à la dure que les promesses des grands ne valent pas plus que du vent. Mais il y a encore en elle une part qui espère. Qui veut croire que cette fois, on ne la laissera pas seule.

Elle se reproche de sentir un sourire étirer ses lèvres…

Thomas

— Question suivante… Ah, Emma, nous allons prendre la tienne : « Qui de vous deux a fait le premier pas ? » Vous êtes curieux, n'est-ce pas ?

Marie rejette la tête en arrière, amusée, et éclate d'un rire parfaitement calculé pour être charmant. Serré à côté d'elle sur son canapé pour entrer dans le cadre du *live*, Thomas se contente, lui, d'un sourire bref. Voilà plus d'une heure qu'ils sont en direct sur Réseau Royal, pour une session Q&A – maintenant que ses ecchymoses au visage ont fini par s'estomper, c'est l'occasion. Il pensait qu'il s'en tirerait sans mal, lui qui est habitué à haranguer les foules au Tennis Club. Il réalise cependant que c'est un exercice bien différent.

Il ne s'agit pas d'être éloquent, mais d'accepter que des inconnus s'immiscent dans chacun des recoins de ma vie, s'estimant autorisés à poser des questions. Je n'ai rien à cacher mais c'est… perturbant.

Marie, elle, est à son aise. Sachant donner à son ton tour à tour les accents de la sincérité, de la confidence et de la connivence. Il en profite : il sait qu'exploiter ses atouts ne fera que renforcer sa popularité. Il tient moins à l'intimité de leur vie amoureuse qu'à sa marche vers la grandeur.

Quoi qu'en dise Claire Tarlier, ce n'est pas de l'opportunisme. Juste une lucidité sur les atouts dont je dispose. D'ailleurs, c'est Marie elle-même qui a eu l'idée de ce live. *Son ancienne vie en tant qu'influenceuse lui manque.*

Elle pétille comme jamais face à toutes les attentions dont ils sont les objets, là où, au Tennis Club, la proximité du portrait de son père lui confère un vernis tragique dont elle ne se départ jamais. Elle est excellente dans ce rôle, celui de la fille éplorée du martyre ; aujourd'hui, elle veut jouer celui de la femme amoureuse.

Toujours, elle excelle à susciter l'émotion. C'est sa grande qualité.

Pour ce qui est d'enflammer les foules par des discours politiques, c'est Thomas qui s'en charge : elle n'a que peu de goût pour les manœuvres tactiques. Elle préfère les surplomber, s'en tenant aux orientations générales : lorsqu'il lui parle de ses plans, elle a vite fait de le distraire en l'embrassant.

Cela me convient. Nous nous complétons. Au moins, elle me fait confiance pour fixer un cap en la matière.

Elle se tourne vers Thomas et lui prend la main, le visage rosissant ; il la lui abandonne volontiers.

— C'est moi qui ai trouvé le courage de faire le grand saut pour lui révéler mes sentiments, avoue-t-elle à leurs spectateurs. À force de vivre ensemble, je n'en pouvais plus de rester loin de lui.

— Moi non plus… souffle Thomas. Heureusement que Marie a été forte pour nous deux. Une raison de plus de l'admirer et de la chérir.

Sa réplique plaît au public : des dizaines de cœurs explosent au bas de la fenêtre du *live*. Marie se rapproche et dépose un baiser sur sa joue ; il passe un bras autour de son épaule et la caresse, du bout de l'index. Il a du mal à lire les questions qui défilent, mais la jeune femme, elle, n'a aucun mal à en sélectionner une autre.

— La parole à Béryl, cette fois : « Thomas, comment ta famille a-t-elle réagi à l'annonce de ta relation avec Marie ? » Je te laisse répondre, mon cœur ?

Il hoche la tête, mais c'est avec raideur. Quant à son sourire, il s'est fait d'acier.

Je ne veux pas parler d'eux, pas penser à eux. Ils ne le méritent pas, et encore moins de profiter de la moindre parcelle de ma nouvelle notoriété alors qu'ils m'ont tourné le dos quand j'étais tombé au plus bas.

— À votre avis ? Qui ne serait pas absolument enchanté face à Marie ?

Il estime avoir détourné la question habilement ; en tout cas, sa compagne passe à la suivante. Ils en enchaînent ainsi encore une dizaine d'autres, la plupart tournant autour de leur relation amoureuse, avec quelques exceptions – une notamment sur leurs inquiétudes concernant les tensions avec le Brandebourg, à propos desquelles Thomas s'est fait un plaisir d'épiloguer.

Les craintes sont bien enracinées chez les Français, à présent, mais toute insistance supplémentaire est bonne à prendre. Après tout, Marie m'a prévenu que des extraits de notre live *risquaient de tourner sur Réseau Royal une fois que nous l'aurons terminé.*

Il est bientôt l'heure pour eux de partir pour le Tennis Club, cependant. Il le rappelle discrètement à la jeune femme en pressant sa main. Elle lui rend son signal, et conclut le direct par des déclarations d'amour à ses abonnés, les remerciant pour leur soutien et leur adressant mille baisers.

Lorsqu'elle coupe la caméra, d'un coup, son expression change. Le voile exalté qui la couvrait s'estompe ; elle se laisse retomber en arrière contre le canapé avec un soupir.

— Eh bien, pour un retour aux *lives*, c'était intense…

— Ça ne l'est pas toujours ? s'enquiert Thomas.

— Oh, si, mais là, mes followers étaient particulièrement à fond. Ils nous adorent, tous les deux. Tu as vu toutes les questions qu'ils nous ont posées ?

Elle glousse, les yeux pétillants. Elle savoure d'avoir suscité l'intérêt général, c'est manifeste.

— Oui… Je ne pensais pas qu'il y en aurait autant. Je croyais que nous aurions plus d'interrogations sur ce que nous faisons au Tennis Club…

— Moi, je ne suis pas si surprise. Les gens ont besoin de penser à autre chose. Être en colère constamment, ça les fatigue. Il faut aussi que nous les fassions rêver. Ils ne doivent pas seulement vouloir chasser Louis XX : ils doivent aussi nous aimer, avoir envie de nous mettre à sa place.

Marie pivote pour chevaucher Thomas, les genoux repliés de part et d'autre de ses cuisses. Ses cheveux blonds tombent sur ses joues, les chatouillant, alors qu'elle ajoute :

— Ça, le Front Agora ne l'a pas compris. Ou alors, si… Je me demande si c'est pour cela que nous n'avons pas entendu parler d'eux ces derniers jours.

Elle joue avec une boucle brune sur le front du jeune homme. Lui fronce les sourcils.

C'est vrai, ils ont été étonnamment silencieux depuis le meurtre de Liliane d'Hermance… Mais moi, je ne crois pas qu'ils se soient remis en question : la femme qui s'était introduite chez moi ne l'aurait jamais pu. Je pense plutôt qu'ils préparent quelque chose d'encore plus osé. J'ai peur de découvrir jusqu'où ils seront capables d'aller…

Un frisson le traverse alors qu'il repense à la voix acide qui l'a menacé, à la flamme du briquet jouant dans la pénombre de sa chambre. Il presse ses paumes dans le dos de Marie, l'embrasse à pleine bouche pour emplir son esprit d'elle plutôt que de ces réminiscences. Chassant le mépris et l'humiliation par l'adoration sans bornes qu'elle lui voue.

Enfin, ils s'écartent, souffles courts. Elle pose son front contre le sien, sa poitrine se soulevant encore trop vite. Ils devraient partir pour le Tennis Club, mais tant pis, ils seront en retard.

— Il faut que je te parle de quelque chose… chuchote-t-elle alors.

— Dis-moi.

— Réseau Royal. Ça me rend malade que ma connasse de cousine soit toujours tranquillement à sa tête, alors que l'entreprise devrait être à *moi*.

Toute douceur a disparu du ton de Marie : sa voix est venimeuse. Thomas, lui, secoue la tête.

— Nous en avons déjà parlé. Une chose à la fois. Je comprends ta colère, mais ce ne doit pas être notre priorité pour le moment. Tant que Louis XX restera au pouvoir, réclamer que justice te soit rendue restera vain.

La jeune femme serre les poings avant de les poser, crispés, contre la poitrine de Thomas.

— Facile à dire pour toi. Tu as ce que tu veux, avec le Tennis Club qui prospère. Moi aussi, j'ai besoin de mon espace pour briller.

— Parce que nous ne le partageons pas, peut-être ?

— Si, bien sûr. Mais ce n'est pas mon héritage.

— Et nous le récupérerons pour toi. *Plus tard.*

Thomas a appuyé sur ces deux derniers mots : l'insistance de Marie l'agace, tout comme son incapacité à constater qu'il s'agirait d'un mouvement stratégique mal avisé. Ses lèvres se tordent en une moue boudeuse ; il pose un doigt dessus pour la dérider.

— Allons, mon amour. La contrariété ne te va pas.

Un instant plus tard, elle a repris une expression enjouée, la même qu'elle offrait à ses abonnés lors de leur *live*. Joueuse, elle embrasse la pulpe de son index, avant de lâcher :

— Si tu le dis…

— Bien sûr. Ce que je veux, c'est te voir heureuse.

Sur ces mots, il la fait basculer sur le canapé, enfouissant son visage contre son cou.

Oui, décidément… Ce soir, le Tennis Club pourra nous attendre un peu.

Catarina

Recroquevillée dans une posture bien peu princière au fond de l'un des fauteuils de ses appartements, Catarina a le regard rivé sur l'écran de son téléphone. Sur le Réseau Royal espagnol, les mêmes images tournent en boucle : Alfonso, un sourire triomphant aux lèvres, donnant une accolade affectueuse à son fils Leandro, lors de l'inauguration d'un musée dédié au *street art* à Bilbao. L'événement est anecdotique : ce qui compte, c'est la manière dont le régent a parlé de son enfant dans son discours.

Il l'a appelé « el infante ». *L'infant... Le titre normalement réservé aux fils et filles de roi. C'est un signe clair : mon oncle cherche à faire oublier qu'il n'est que le dépositaire temporaire du pouvoir. Et tout le monde s'en accommode...*

Elle aurait aimé que les Espagnols s'insurgent de cette usurpation. Il n'en est rien : elle est passée inaperçue – ou bien tout message la dénonçant a été habilement censuré. Tout juste a-t-elle reçu un mot de la part du comte de Fondao l'assurant de son soutien.

Elle soupire. La manœuvre d'Alfonso est habile : à la suite de la révélation de la maladie de Felipe, leur peuple cherche à comprendre comment s'organisera la succession au trône. Elle ne devrait souffrir d'aucune ambiguïté : à la mort de son frère, c'est Catarina qui devrait en hériter. Mais son éloignement sème le doute, tout comme sa proximité avec Louis XX. Pour combattre les rumeurs, elle devrait occuper le terrain dans son pays natal, prouver qu'elle n'a pas l'intention de l'abandonner.

Sauf que si j'y retourne, mon oncle s'arrangera pour qu'il m'arrive bien vite malheur. J'ai les mains liées.

D'où son abattement face aux images qui défilent sur l'écran, et le relâchement dans sa posture qu'elle s'autorise. Elle n'est pourtant pas du genre à se laisser déstabiliser par les événements, mais ce matin, elle en a assez. Son échec au Brandebourg a déjà fragilisé sa confiance en elle ; c'est là un coup supplémentaire.

Une photo sur laquelle elle scrolle montre Alfonso regardant droit vers l'objectif. Catarina a soudain l'impression que c'est elle qu'il fixe malgré la distance qui les sépare. Il a un sourire qui la fait frissonner, et elle sent les larmes lui monter aux yeux. Elle les essuie d'un revers de main rageur.

Quand suis-je devenue aussi émotive ?

Son bras retombe mollement pour déposer son téléphone sur la console près d'elle, mais elle ne bouge pas de son fauteuil pour autant. Elle se sent lasse, d'un coup.

Je fais de mon mieux depuis des mois ; pour l'Espagne, et aussi pour la France. Mais cela ne suffit pas. Tout semble s'effondrer autour de moi. Il n'y a qu'à voir mon échec face à Kerstin.

Depuis la mort de son père, Catarina s'est toujours dit que si elle ne parvenait pas à ses fins, c'est parce que son oncle l'écartait du pouvoir. Qu'elle a de vraies compétences politiques, mais qu'on l'empêche de s'en servir.

Si je me trompais ? Si je me leurrais sur moi-même ?

De tels assauts de négativité ne sont pas familiers à Catarina. Ordinairement, elle est toujours battante, toujours prête à se relever après un revers. Aujourd'hui, elle se sent fatiguée. Quitter ce fauteuil au fond duquel elle s'est enfouie et trouver une manière de rebondir lui semblent au-dessus de ses forces.

Même mon corps proteste. Je n'ai plus de migraines comme il y a quelques semaines encore, Dieu merci, mais mes muscles, mes organes ne veulent pas oublier qu'ils ont subi un traumatisme il n'y a pas si longtemps. Ils sont engourdis, si lourds…

Distraitement, Catarina caresse la manche longue qui recouvre son bras. Sous le tissu se cachent ses cicatrices, qui ornent toujours sa peau comme pour lui rappeler qu'elle a déjà chuté, qu'on l'a déjà piégée, qu'elle n'est pas aussi habile qu'elle le croit.

Nul n'est infaillible. Nul ne peut prétendre à l'être. Je l'apprends à la dure.

Un long moment se passe. Ce matin, elle est censée se rendre à un brunch organisé par la duchesse de Penthièvre, l'une des seules aristocrates de la Cour de France à se comporter comme si la situation du pays était parfaitement normale. Seule : Alba passe son week-end avec Matthieu, qui l'a emmenée dans une résidence secondaire dont ses parents disposent sur la côte normande.

Une escapade romantique… Autant qu'elle peut l'être avec les gardes qui ont été attachés à leur sécurité, et qui ne les lâcheront pas d'une semelle. Ils font de leur mieux pour tenir le monde à l'écart et s'aimer tout de même. Je les envie…

Encore une profonde respiration. Catarina n'en a aucune envie… mais elle finit par se lever malgré tout.

Il faut bien continuer. Je ne peux pas obliger le monde à tourner selon mes désirs ; cependant, lui ne peut pas m'obliger à baisser les bras.

Debout, elle récupère son portable afin de convoquer via l'application dédiée Adriana et Gloria, ses suivantes, pour qu'elles viennent la préparer. Distraitement, elle va s'asseoir à sa coiffeuse et, en les attendant, dévisse le flacon de son parfum – une fragrance florale, concentré d'œillets.

Une fois n'est pas coutume, l'odeur l'agresse. Elle manque de lâcher la fiole de verre : d'un coup, elle est saisie d'un malaise, comme ce jour où le bruit de ses talons contre le marbre de Versailles a déclenché la pire de ses crises de migraine.

Elle blêmit. Luttant contre ses haut-le-cœur, elle se cramponne au bois du meuble devant elle, attendant qu'ils passent. Autrefois, les manquements de son corps lui inspiraient de la colère ; elle bascule désormais dans le désespoir.

Pourquoi faut-il que ce soit moi que toutes ces afflictions frappent ? Pourquoi ne veulent-elles pas s'en aller ?

Ce sont des bouffées de chaleur qui la traversent ; sous le tissu de sa robe, sa peau la démange. Elle voudrait l'arracher, s'extirper de cette carcasse qui la limite. Laisser derrière elle cette pointe de douleur trop familière qui est revenue sous son crâne.

J'ai compris ma leçon, Univers. Je dois faire taire ma présomption, cesser de me croire invincible. Tu peux mettre fin à ta punition…

Ses nausées refluent. Malgré tout, elle reprend son téléphone pour prévenir Adriana et Gloria que, finalement, elle n'aura pas besoin d'elles. Elle ne se sent pas la force d'assister au brunch de la duchesse de Penthièvre.

Pour l'une des premières fois de sa vie, elle n'en a plus assez.

Mortifiée par ce constat, c'est abattue qu'elle rejoint son lit et se laisse tomber, en position fœtale, contre la soie de ses draps.

Louis

Louis vient de passer deux heures en réunion avec Jean de Berry, à tourner et retourner le problème brandebourgeois en tous sens. La négociation menée par Catarina ayant échoué, et bien que Kerstin lui ait confirmé officieusement que les bruits d'une invasion de la France ne sont qu'une rumeur, il se retrouve contraint à agir en conséquence sur l'échiquier européen : rassembler le soutien de ses alliés, gonfler les plumes pour rentrer lui aussi dans une logique d'intimidation.

Je n'aime pas ça… mais je n'ai pas le choix.

Son oncle est en train de ranger ses dossiers ; Louis l'attend, car ils doivent se rendre ensemble au brunch de la duchesse de Penthièvre, organisé dans les appartements de cette dernière au sein du château.

Les invités étaient attendus il y a une heure déjà, mais l'avantage d'être le roi, c'est qu'on ne me reproche jamais mon retard.

— J'ai eu des nouvelles de Diane, au fait, lance Jean en fermant sa mallette. Voilà plusieurs mois maintenant qu'elle est à Munich, et elle aimerait rentrer à Versailles. La situation en France l'inquiète elle aussi. Elle préférerait se trouver près de nous pour affronter ce qui se produira ensuite… quoi qu'il s'agisse.

La cousine de Louis séjourne en Bavière depuis que la princesse Hermine a quitté Versailles, quand il a annoncé à son père, Othon II, qu'il déclinait tout arrangement matrimonial avec elle.

Mes sentiments pour Catarina étaient les plus forts…

La tristesse l'emplit lorsqu'il repense à cette époque. Son mariage potentiel était sa principale préoccupation alors ; les manœuvres de Marc Sallemont n'avaient pas encore fait éclater le mécontentement populaire au grand jour…

Dire que je me pensais dépassé par mon nouveau rôle de roi… Je donnerais tout désormais pour revenir à la relative paix dont je jouissais à cette période.

— Oui, je serais rassuré moi aussi si elle revenait près de nous, surtout si la situation dégénérait avec le Brandebourg, déclare-t-il. Othon devrait comprendre sans mal que nous demandions son retour, n'est-ce pas ?

— Je l'espère. Il rencontre des difficultés, comme tous les souverains d'Europe. Mais moins que la majorité d'entre eux. Lui et sa famille jouissaient d'une excellente image auprès de leur population avant que le mouvement contestataire ne prenne de l'ampleur : le pays étant relativement peu étendu, cela lui permet de nouer une relation plus étroite avec ses sujets. Elle est mise à mal, mais il fait tout pour la soigner.

— Je suppose qu'il attend que la tempête passe…

Jean acquiesce, son expression se renfrognant cependant.

— Je ne serais pas surpris qu'il profite de sa position relativement privilégiée pour réfléchir à la manière de tourner les événements à son avantage. C'est un grand calculateur.

— Ça, je le sais bien…

Je me rappelle encore comment il a profité du retour de sa fille à Munich pour tirer de moi une contrepartie financière.

— Mais Diane ne doit plus représenter qu'un intérêt stratégique limité pour lui, n'est-ce pas ? enchaîne Louis. À l'origine, il aurait aimé pouvoir l'attacher à sa famille via une alliance matrimoniale, mais maintenant que la France connaît des… troubles, il a sans doute tourné ses regards dans d'autres directions.

— C'est possible.

Le regard de Jean s'humidifie tandis qu'il ajoute :

— Quoi qu'il en soit, je me chargerai de faire revenir ma fille au plus vite. Elle me manque… Elle a raison : en ces temps troublés, on ne sait ce qui peut arriver. Je serai plus rassuré de la savoir près de moi.

— Bien sûr. Comme nous tous.

Oncle et neveu se sourient, puis Louis demande :

— Et Olympe, comment va-t-elle ? Cela fait longtemps qu'elle ne s'est pas montrée à Versailles, il me semble.

Les deux hommes se dirigent vers la sortie de la salle du Conseil. Ils s'engagent dans la galerie des Glaces alors que Jean répond :

— Elle est très angoissée. J'aimerais qu'elle maîtrise mieux sa peur : au vu de son rang, elle devrait montrer l'exemple. Mais je la comprends, je…

Soudain, tout se passe très vite.

Un reflet argenté attire l'attention de Louis dans sa vision périphérique. Il se retourne, entend un cri. Se retrouve face à un homme, le canon d'un pistolet braqué sur lui, reflet d'acier qui se reflète dans le mur de miroirs.

Après un instant interminable, un instant où le jeune roi sent la panique l'envahir sans être pourtant capable de faire le moindre mouvement, le coup part.

Sa détonation fracture le monde. Louis reste tétanisé.

Mais ce n'est pas sa poitrine que frappe la balle. C'est celle de Jean, qui vient de se jeter en avant pour se placer entre son agresseur et lui.

— JEAN !

Louis tombe à genoux, ayant à présent terriblement conscience du temps qui passe, vite, trop vite, des spasmes qui secouent le corps de son oncle, du trou sanglant qui s'ouvre au niveau de son cœur. Autour de lui, des gens crient, les gardes en faction dans la galerie des Glaces ont plaqué le tireur au sol et tentent de le bâillonner, mais pas avant qu'il ne parvienne à crier :

— LA PROCHAINE FOIS, CE SERA TOI, LOUIS !

Il entend ces mots, mais il ne comprend pas leur signification. Tout ce qui compte pour lui, c'est Jean étendu devant lui, inerte à présent, les paupières grandes ouvertes et le regard fixe.

Ça ne veut rien dire. Il va se relever, les médecins doivent déjà être en route.

Il suffoque. Il hallucine, il ne peut en être autrement. Voilà des semaines que des visions de plus en plus morbides l'assaillent. De la foule criant sa haine à Versailles, du pont Guillaume-et-Mathilde brisé, de la gorge tranchée de Benoît de Jarzé. Il se sait au bord de la rupture ; ça y est, son esprit malmené a lâché prise. Les spectres vengeurs en ont pris le contrôle, se jouant de lui et le plongeant dans des visions de cauchemar.

Mais dans ce cas, ne devrait-il pas se réveiller ?

Il sent que ses joues sont humides de larmes, il saisit la main encore chaude de son oncle dans la sienne. Il la secoue, essayant désespérément de provoquer une réaction chez le blessé.

Il faut lui serrer plusieurs secondes l'épaule pour qu'il remarque qu'on cherche à lui parler.

— Votre Majesté, vous ne pouvez pas rester là, lui dit un garde quand il relève enfin la tête, machinalement. Nous devons vous mettre en sûreté.

— Mais Jean…

— Il s'est sacrifié pour vous protéger. Ne rendez pas son geste inutile, laissez-nous veiller sur votre vie.

— Mais…

Louis n'est pas en état de parler, d'exprimer la révolte que lui inspire le discours qu'on lui sert. Il lui est inconcevable de quitter le corps de son oncle, de lâcher sa main. La raison n'a plus de prise sur lui, balayée par l'ampleur du traumatisme qu'il vient de subir.

Il est le roi mais, en cet instant, on décide pour lui ce qui est le mieux. Deux gardes s'approchent de lui et le saisissent par les aisselles pour l'éloigner de Jean, pour le mettre debout et le traîner hors de la galerie des Glaces, dans une partie du palais où il sera moins exposé. Il se laisse faire, hébété : il voudrait crier, protester, mais il n'y parvient pas.

Lorsqu'il baisse les yeux et que son regard se pose sur ses mains souillées du sang de son oncle, c'en est trop pour lui. Ses prunelles se révulsent, et il s'effondre, inconscient, avalé par le noir.

Chapitre 14

Louis

Les grains du sablier du temps se sont figés au moment de l'assassinat de Jean de Berry.

Chaque fois que Louis ferme les yeux, il revoit le sang maculant ses mains, il entend de nouveau la détonation funeste, les cris paniqués. Lorsqu'il a été amené loin de la scène du crime, il était en état de choc, et il lui a fallu un long moment avant de reprendre prise avec la réalité.

Alors, l'horreur de ce qui venait de se passer l'a frappé une seconde fois.

Chaque drame le brise un peu plus. Il se replie sur lui-même pour lutter contre la douleur, mais n'y trouve plus qu'un champ de ruines. Il continue à remplir ses devoirs de souverain, parce qu'il le doit ; mais tout lui paraît vain.

La monarchie atteint son crépuscule. Sa nuit s'apprête à tomber… lorsque moi, l'astre de ce monde qui s'effrite, je cesserai de briller.

Quand il se regarde dans le miroir, il paraît avoir vieilli de dix ans. L'enterrement de Jean, morose, sous une pluie battante, a rongé son moral jusqu'à ce qu'il soit contraint de s'isoler, en larmes, dans une voiture aux vitres teintées, avec les bras de Catarina comme seul réconfort.

Évidemment, il veut voir les assassins de son oncle punis. Il a donc ordonné à Anne de Mortemart d'intensifier les recherches pour démasquer les criminels anonymes constituant le « Front Agora ». Il ne se fait cependant pas d'illusions sur le résultat de l'enquête : au vu de l'état critique dans lequel se trouve l'ensemble des corps gouvernementaux, il se doute que les coupables ne seront pas retrouvés de sitôt, d'autant que l'homme qui a tiré sur Jean a croqué une capsule de cyanure dissimulée dans sa dentition avant de pouvoir être interrogé.

Fut un temps, l'impuissance de la justice m'aurait révolté. Plus maintenant. Il faut croire qu'on s'habitue même à l'insupportable.

La deuxième mesure qu'il a prise, c'est de nommer sa cousine Olympe duchesse de Berry en lieu et place de son père.

S'il m'arrivait quelque chose, c'est maintenant elle qui deviendrait l'aînée de la famille royale. Étant femme, elle ne pourrait devenir reine, mais elle devrait assurer la régence pour mon petit-cousin Xavier, descendant d'un frère de Louis XIX, et âgé de six ans seulement…

L'enfant vivait avec sa mère dans un château en bord de Loire ; son père a été emporté par un cancer il y a trois ans. Elle voulait lui offrir une vie simple, loin de la cour. Ce n'est plus une option. Louis les a fait rapatrier à Versailles tous les deux, pour leur sécurité ; il a aussi imposé que le petit garçon suive désormais les enseignements de précepteurs triés sur le volet.

Pour que, si le pire arrivait, on ne me reproche pas d'avoir négligé de l'anticiper…

Oui, il fait le nécessaire, ce qu'on attend de lui ; le coût, il le paie. Devoir traiter la perspective de sa propre mort prochaine comme un avenir de plus en plus probable l'horrifie. Il se réveille la nuit en hurlant, rêvant de sang et de cercueils se refermant sur lui ; il a sombré dans un état qui oscille entre détachement morbide de tout ce qui l'entoure et bouffées de panique. S'il lutte, c'est parce que sa soumission à une idée plus large de la France a été gravée au fer rouge dans son esprit depuis qu'il est né à l'ombre du trône. Malgré tout, il se fait peu d'illusions sur la capacité de la Couronne à survivre si jamais il venait à trépasser dans les semaines à venir.

Ma succession causerait un vrai chaos, pire que celui qu'a provoqué la mort brutale de mon père. Je ne m'attendais pas à hériter du pouvoir aussi jeune, mais je savais depuis ma naissance que cela arriverait un jour. Xavier, lui, n'est qu'un enfant qui se retrouverait propulsé à la tête d'un pays en plein effondrement.

C'est pourquoi Louis voudrait pouvoir compter sur Olympe pour reprendre les rênes de la France le cas échéant. Surmontant ses angoisses, il l'a convoquée ce matin dans le but de commencer à la former à la tâche qui risque de lui incomber, au nom de l'intérêt supérieur de la continuité de la lignée de Bourbon.

Je n'ai pas un savoir énorme à transmettre, mais je veux faire de mon mieux. Laisser à ma cousine autant d'armes que possible pour résister face à la colère du peuple, lutter contre les complots des démocrates, repousser les tentatives d'usurpation qu'une fragilité de notre sang suscitera sans doute.

Toutefois, il constate avec désarroi que sa cousine se montre peu réceptive à ce qu'il tente de lui enseigner. Ils sont seuls tous les deux dans le cabinet du Conseil, et Louis a étalé devant eux des documents schématisant l'organisation des différents ministères afin d'expliquer à Olympe à quelles personnes précises elle pourrait faire appel. Mais il voit bien qu'elle ne l'écoute pas vraiment : elle passe son temps à balayer la pièce d'un regard anxieux et à se ronger les ongles, au mépris des règles de bonne conduite enseignées aux princes et aux princesses de la maison de France depuis leur plus tendre enfance.

Ils ne sont pas proches, tous les deux. Il s'est toujours mieux entendu avec sa sœur Diane, malgré leur écart d'âge plus important : sa personnalité plus enjouée, extravertie, s'accordait bien avec la sienne en ces temps insouciants où il n'était que l'héritier de son père et ne voyait la cour que comme un terrain de jeu. Olympe, elle, est réservée : elle aime le calme, la lecture et le dessin.

Avant que ma mère ne reparte pour l'Angleterre, elle préférait demeurer avec elle à Trianon plutôt qu'à Versailles. Elle apprécie peu d'être une princesse… mais elle n'a pas plus le choix qu'aucun d'entre nous.

— Il vaudrait sans doute mieux que tu assistes au Conseil à partir de maintenant, afin de te familiariser avec les sujets brûlants, assène-t-il. Je sais que c'est un peu prématuré pour te poser la question, mais te sens-tu une attirance particulière pour l'un des deux ministères vacants ? En reprendre un pourrait constituer une excellente formation aux rouages du pouvoir.

— Hum.

Ce dernier grognement de la jeune femme est la goutte qui fait déborder le vase. Se levant brusquement en repoussant les documents étalés devant lui, Louis explose :

— Putain, Olympe, un peu de bonne volonté ! Crois-moi, si tu te retrouves à hériter de la régence du jour au lendemain, tu seras bien contente d'avoir une petite idée de ce que tu as à faire. Alors arrête de te comporter comme si je t'infligeais quelque chose d'horrible.

Sa cousine regarde fixement les feuilles qui ont volé dans la pièce : certaines sont tombées par terre, sur le tapis. Elle reste silencieuse quelques secondes, puis lâche à son tour, sur un ton plein de colère :

— Mais à quoi bon tout cela ?

— À quoi bon ? C'est de l'avenir de la France que nous parlons !

— Regarde-toi, Louis ! Tu ne maîtrises plus rien dans ce pays. Nous ne savons même pas si tu régneras encore dans deux semaines !

Olympe se met à trembler, et la fureur laisse place dans sa voix à de l'angoisse.

— Je suis terrifiée. Je le suis déjà depuis des semaines, mais peux-tu imaginer dans quel état je suis à présent ? Mon père vient d'être assassiné, ma sœur est loin de moi, dans une cour étrangère, le danger rôde tout autour de nous. Et toi, tu me parles comme si je n'avais pas le droit de me laisser affecter par tout ça, comme s'il fallait que je ne montre aucune faille malgré les choses horribles que je viens de vivre.

— Parce que c'est le cas. La France a besoin de toi.

— Je m'en fiche ! Je ne veux pas être régente. Le trône peut bien s'effondrer, ça m'est égal. Pourquoi t'acharnes-tu à lutter ? Ça te coûtera peut-être la vie.

— J'ai juré de la donner pour le pays lorsqu'on a posé la couronne sur ma tête à Reims. Je tiendrai cette promesse.

C'est cette couronne qui donne son sens à mon existence. Sans elle, je ne suis plus qu'un homme ordinaire… Je ne survivrais pas à sa perte.

C'est le fardeau commun des rois. Celui qui, une fois qu'ils l'ont embrassé, les sépare pour toujours du reste des mortels. Celui que si peu de gens peuvent comprendre… Ce sens du devoir dont il a peiné à s'accommoder, et qui constitue pourtant la colonne vertébrale au plus profond de lui-même, malgré ses erreurs et ses failles. Le même qui guide Catarina, qui les rapproche au-delà de toutes leurs différences.

Il comprend cependant les peurs de sa cousine. Il les a éprouvées quand il s'est lui-même retrouvé brutalement face au pouvoir. C'est sur un ton plus doux qu'il reprend :

— Olympe… Seuls les fous rêvent du trône. Crois-moi, je suis bien placé pour savoir à quel point on se sent piégé lorsqu'il nous appelle. Je me doute que c'est beaucoup à encaisser pour toi. Mais je suis certain que tu y parviendras.

Il le faut.

La jeune femme hésite, saisit un document, l'observe un instant, le repousse. Puis elle se lève, les larmes aux yeux, et déclare :

— Je suis désolée, Louis. Je ne peux pas…

Avant qu'il n'ait le temps de réagir, elle file vers la porte du cabinet de la Pendule et s'enfuit. Poussant un profond soupir, son cousin se baisse et commence à ramasser les feuilles qui se sont éparpillées au sol… avant de se relever et de crier au vent, saisi par un brusque accès de rage :

— ET MOI ? TU CROIS QUE JE PEUX, MOI ?

Olympe est déjà loin ; seul le silence lui répond. Il se laisse glisser au pied de la table du conseil, lâche les documents qu'il avait rassemblés. Ses yeux se ferment ; il court le risque que des réminiscences poisseuses viennent s'inviter dans cette obscurité, mais l'abattement qu'il ressent est trop fort pour qu'il parvienne à lutter.

Il entend des pas légers, le bruissement d'une jupe alors qu'on s'agenouille devant lui. Il croit d'abord que sa cousine est revenue en arrière, mais la tendresse de la main qui se pose sur la sienne le détrompe.

Rina…

— Ça ne s'est pas bien passé…

Son constat est dénué de jugement, simplement attristé. Lentement, Louis rouvre les paupières.

S'il y a une vision que je peux encore supporter, c'est celle de son visage.

Il plonge dans ses prunelles sombres, se perd dans les lignes si gracieuses de ses pommettes, de ses joues – un peu trop creusées ces derniers temps.

— Tu nous as entendus ? suppose-t-il.

Sa propre chambre est attenante au cabinet du Conseil. Catarina dormait encore dans son lit lorsqu'il a retrouvé Olympe.

Nos derniers éclats de voix ont dû attirer son attention.

Elle hoche la tête.

— Elle finira par comprendre, déclare-t-elle, portée par un optimisme que Louis ne ressent plus. Tu dois juste lui laisser du temps.

— Mais si nous n'en avons plus ?

L'infante ne répond rien. Elle s'assied juste à côté de lui, pose sa tête contre son épaule, sa main enfouie dans la sienne.

Ils restent ainsi, immobiles, pendant de longues minutes arrachées à la fin de leur monde.

Julie

Les semaines ont passé, mais Julie ne se sent toujours pas chez elle à l'hôtel particulier des Sallemont. Il est trop vaste pour elle seule ; empli de silence et de fantômes. Elle n'en utilise que quelques pièces, cédant les autres aux souvenirs. La chambre qu'elle a investie – ne pouvant décemment utiliser celle cachée au grenier qui était la sienne autrefois – est l'une des plus petites, dévolue autrefois aux visiteurs de passage. Elle n'y est que peu, de toute façon : l'essentiel de son temps, elle le passe dans les locaux de Réseau Royal. Une partie d'elle serait prête à ne plus les quitter : elle préfère la personne qu'elle est devenue là-bas. Fière d'avoir réussi à grandir face aux défis qui se posaient à elle, à accepter qu'elle ne se débarrasserait jamais de ses doutes et qu'il lui fallait continuer à avancer en dépit des regrets et des remords.

Il est tard ; elle boit un thé directement dans la cuisine de l'office. Elle n'a pas sonné sa gouvernante pour si peu : elle est tout à fait capable de se le préparer elle-même, et pas si oublieuse de son parcours pour considérer que la tâche est désormais indigne d'elle. Accoudée au comptoir en faïence, elle laisse la chaleur de la boisson l'apaiser.

Elle espère que cela lui garantira un sommeil sans rêves. Ces temps-ci, ses nuits sans angoisse se font rares.

Elle a bu la moitié de sa tasse quand soudain, la sonnerie de son téléphone déchire le calme. Elle décroche aussitôt, sans regarder qui cherche à la contacter : peu de gens connaissent son numéro personnel, et aucun ne l'appelle jamais sans bonne raison.

— Allô ?

— Bonjour, ma cousine. Cela faisait longtemps.

Le sang de Julie se glace dans ses veines. Cette voix, elle la reconnaît, bien entendu : c'est celle de Marie. Qui a été arrêtée et jetée en prison à cause d'elle. Qu'elle prétend ne pas reconnaître depuis son évasion.

Lorsqu'elle s'est enfuie, je me suis tenue sur mes gardes pendant des jours, attendant l'inévitable : qu'elle vienne pour moi. Cela ne s'est pas produit, et j'ai cru que j'y échapperais. Mais l'heure de rendre des comptes a bien fini par arriver.

Elle repousse son thé sur le comptoir, la bouche devenue sèche en quelques instants à peine. Elle voudrait raccrocher aussitôt, éviter cette conversation qu'elle ne veut pas avoir. Mais ce serait lâche de sa part. Et s'il y a bien quelque chose qu'elle a appris au cours des mois qui viennent de s'écouler, c'est que le courage est essentiel pour agir conformément à sa conscience.

Elle se méfie néanmoins : Marie peut enregistrer ce qu'elle va dire. Elle ne doit rien laisser échapper qui pourrait ensuite être utilisé contre elle.

La meilleure solution pour moi, c'est donc de parler peu…

— Bonjour, répond-elle simplement, en attendant d'en savoir plus sur les intentions de sa cousine.

— J'espère que tu vas bien.

Elle est surprise de la sympathie dans la voix de Marie : jamais elle ne lui en a démontré autant du temps où elles vivaient toutes les deux chez Marc, avant qu'elle ne soit envoyée à Versailles comme espionne.

La prison est une expérience traumatisante. Peut-être a-t-elle transformé ma cousine…

Elle ressent une pointe de culpabilité à cette idée. Quand Marie s'est évadée, elle l'a automatiquement classée au rang de ses ennemis, et n'a pas cherché à la contacter.

Quel genre de personne cela fait-il de moi ?

Néanmoins, ses remords sont bien vite balayés, car c'est d'une voix pleine de venin que sa parente ajoute :

— Comment pourrait-il en être autrement, alors que tu jouis de ce qui me revient de droit ? La direction de Réseau Royal… Elle devrait être à moi.

Julie inspire. Elle ignore pourquoi Marie a tant tardé à lui faire cette accusation directement, mais elle ne l'a pas attendue pour s'en torturer. Elle a longtemps été mal à l'aise à l'idée d'occuper la place qui était celle de son oncle ; cependant, elle se rend compte à présent que jour après jour, elle s'est affirmée. Désormais, alors que depuis des semaines, elle se bat pour que l'entreprise continue à fonctionner, pour protéger ses employés et transformer le site afin qu'il reflète ses idéaux, l'idée d'abandonner sa position pour la laisser à sa cousine lui paraît ridicule. Elle la connaît, au-delà des apparences qu'elle veut bien laisser filtrer publiquement. L'acier qu'elle a à la place du cœur, sa cruauté, sa volonté de briller quel qu'en soit le prix. Si elle dirigeait Réseau Royal, ce n'est pas le bien commun qu'elle aurait en tête, mais son intérêt personnel.

Julie en est venue à trop l'aimer pour accepter de le laisser entre de telles mains.

Je me suis battue pour conserver ce poste, pour y donner le meilleur de moi-même. Alors ne peut-on pas estimer qu'aujourd'hui, je le mérite ?

D'un ton très calme, elle affirme :

— Il y a plusieurs manières de voir la chose.

— Non, il n'y en a qu'une, rétorque aussitôt Marie. Celle que la loi impose.

— La loi royale ? Il me semble pourtant que tu la dénonces volontiers au Tennis Club, et que tu appelles de tes vœux un ordre nouveau.

— Il me sera favorable. Le sang de Marc Sallemont, le martyr de la révolution, coule dans mes veines.

— Dans les miennes aussi.

Un silence suit cette déclaration de Julie. Puis, à l'autre bout du fil, Marie affirme :

— Un jour, tu regretteras de m'avoir traitée de la sorte quand je suis venue réclamer mon héritage légitime, ma cousine. Car je reviendrai le chercher, sois-en sûre.

— Ce jour-là, tu me trouveras prête à t'attendre.

Oh oui. De pied ferme. Et tu découvriras que je ne suis plus l'adolescente mal assurée que tu as connue autrefois.

— Le rendez-vous est pris, ironise Marie.

— À bientôt.

Des bips réguliers suivent ces derniers mots de Julie. Sa cousine a raccroché.

Mais ce n'était que la première passe d'armes entre nous. D'autres sont à venir, c'est évident.

Elle secoue la tête, repose son téléphone.

Il me faudra remporter chacune d'entre elles pour défendre ce que j'ai construit… Mais je me battrai : j'y suis prête. Après tout ce temps… je crois que j'ai trouvé ma place, et je ne l'abandonnerai pas.

Louis

Louis entre dans le cabinet des communications internationales d'un pas décidé. C'est là qu'est installée la ligne spéciale qui lui permet de contacter directement n'importe quel autre monarque européen. La dernière fois qu'il l'a utilisée, c'est quand il a appelé Alfonso en Espagne, furieux, après l'attentat qui a manqué de coûter la vie à Catarina. Cette fois, c'est vers Munich qu'il entend se tourner.

La mort de Jean de Berry aurait dû accélérer le retour de Diane en France, ne serait-ce que pour qu'elle puisse assister à l'enterrement. Malheureusement, cette affaire n'est toujours pas réglée.

J'en ai assez. Il est temps que je discute avec Othon II de souverain à souverain. En cette période troublée, je veux rassembler autour de moi ce qu'il reste de ma famille.

Il a déjà essayé d'appeler Diane elle-même, sans succès. Pour ce qui est d'Olympe, elles n'ont échangé que des messages succincts. Cela inquiète le jeune roi. Un tel mutisme ne ressemble pas à sa cousine. Il craint que les Bavarois ne lui dissimulent quelque chose la concernant.

Raison de plus de me confronter directement au problème, et de tirer la situation au clair.

Il n'a besoin d'appuyer que sur un bouton du téléphone en bakélite blanc pour lancer l'appel : les différentes cours européennes sont identifiées par un unique numéro. Le 16, pour Munich. Le seul qui manque sur le cadran, c'est le 1 – réservé par la France, et dont les souverains de Versailles n'ont pas l'utilité sur leur propre appareil.

Louis grimace. Oui, fut un temps pas si lointain, son royaume avait la préséance sur tous les autres…

— Ligne officielle de Sa Majesté Othon II de Bavière, entend-il bientôt à l'autre bout du fil, conformément au protocole. Qui le demande ?

— Le roi Louis XX de France.

Le serviteur lui indique qu'il va chercher son maître, et le prie de patienter. Il imagine bien le tumulte à Munich : les valets cavalant à travers le palais de la Résidence, afin de trouver leur souverain au plus vite. C'est une urgence ; l'étiquette internationale veut qu'un appel passé via cette ligne soit honoré toutes affaires cessantes, raison pour laquelle ils sont employés avec parcimonie.

De longues minutes s'écoulent. Louis les passe à observer distraitement les fresques autour de lui. Elles datent des années 1930, lorsque ce cabinet a été aménagé ; on doit leur commande à son aïeul Philippe VII. Elles représentent la technologie en majesté, les principales innovations du début du XXe siècle dépeintes à la manière de muses : sur le mur de droite, l'électricité parée d'éclairs de foudre fait face à la téléphonie réunissant le monde.

Mon ancêtre y voyait un moyen d'étendre le pouvoir royal. Il était loin de se douter que cela se transformerait en orage, et que la modernité ne ferait que diviser toujours plus le peuple de France.

— Louis, bonjour.

La voix d'Othon le tire soudain de ses réflexions. Elle est indéchiffrable… ce qui lui met déjà la puce à l'oreille.

Au vu des circonstances, il aurait dû m'exprimer au moins de la compassion, n'est-ce pas ?

— Bonjour, répond-il. Vous vous en doutez, je vous appelle pour parler du retour de ma cousine en France. Voilà plusieurs jours que le sujet semble bloqué entre nos ministères respectifs, avec déjà une regrettable conséquence, Diane n'ayant pu rejoindre Versailles à temps pour l'enterrement de son père. Vous le comprendrez, cela devient pour moi une urgence personnelle.

— Je l'entends.

— Que désirez-vous pour débloquer la situation, dans ce cas, Othon ? De l'argent ?

C'est ce qu'il m'avait soutiré lorsqu'il avait été question du départ d'Hermine de ma cour. S'il en veut plus, je puiserai dans mes caisses – même si elles sont bien proches du vide. Je ne mettrai pas le bien-être de ma cousine en balance.

Louis estimait pouvoir parler franchement au Bavarois : lorsqu'ils s'étaient vus à Londres, Othon n'avait pas hésité à se montrer direct. Il réagit cependant comme si la proposition l'insultait :

— Non, voyons, il ne s'agit pas de ça. Mademoiselle de Berry ne reviendra malheureusement pas en France pour l'instant.

— Craignez-vous de ne pas être en mesure d'assurer sa sécurité pendant le voyage ? Si c'est le cas, sachez que je suis prêt à en assumer l'entière responsabilité. Je détacherai certaines de mes propres forces et…

— Nous sommes parfaitement capables de déployer les nôtres si nous le désirons.

Le ton du souverain a pris une dureté croissante, si bien que Louis comprend en un instant ce qu'il insinue.

— Vous ne le désirez pas…

— Diane prolongera son séjour parmi nous pour une durée… indéterminée. La nouvelle est toute récente ; je profite donc de vous parler directement pour vous l'annoncer : elle est désormais fiancée à mon neveu Maximillian de Wittelsbach. Le mariage aura lieu rapidement.

— Mais…

La nouvelle ne devrait pas surprendre Louis : s'il a envoyé sa cousine en Bavière, c'est justement dans l'objectif tacite qu'elle y noue une alliance matrimoniale, si son cœur s'y trouvait incliné. Il n'est pas rare au sein des familles royales d'en venir à des noces après quelques semaines seulement de relation – tous étant souvent ravis de capitaliser sur une attirance avant qu'elle ne passe pour obtenir un avantage politique, sans compter les cas de grossesse à scandale à éviter.

Pourtant, il y a quelque chose de discordant dans la manière dont Othon lui transmet cette nouvelle.

Qu'elle vienne de lui, d'abord. Pour un événement d'une telle importance, Diane aurait dû m'appeler elle-même.

Et alors, son silence récent prend tout son sens.

— Vous comptez la retenir contre son gré, déduit Louis. La forcer à épouser votre neveu.

Le silence d'Othon équivaut à un aveu.

— Si vous croyez que cela vous assurera l'amitié de la France, vous faites la pire des erreurs, gronde le jeune roi. Si vous touchez à un cheveu de ma cousine, vous serez mon ennemi. Revenez à la raison. Ce n'est pas ainsi que vous garantirez une alliance privilégiée entre nos deux pays.

Le Bavarois lâche un rire bref, incrédule.

— Vous vous imaginez vraiment que vous avez encore suffisamment d'importance pour que ce soit *ça* que je désire ?

Cette fois, c'est au tour de Louis de rester mutique.

— Vous allez chuter, ce n'est qu'une question de temps. Vous avez manqué d'être assassiné il y a quelques jours à peine, et vous n'avez pas d'héritier direct. Je fais mon devoir de souverain : je regarde la situation telle qu'elle est. J'ai actuellement dans ma manche un atout qui pourrait se révéler inestimable si la succession en France devenait une question. Je m'assure qu'il restera dans mon jeu. N'y voyez rien de personnel.

— Vous voulez utiliser Diane pour tenter de récupérer mon trône s'il m'arrivait malheur ?

Louis sent la colère enfler en lui. Othon le dégoûte. Ce n'est pourtant ni un Christian de Danemark, connu pour son mépris de toute morale, ni une Kerstin de Brandebourg, réputée pour son cynisme extrême. Il pensait que c'était un monarque à son image : soucieux du bien de son pays, mais désireux de garder son sens moral. Pourtant, le voilà prêt à pousser une innocente dans un mariage forcé au nom de ses plans.

Je ne devrais pas m'étonner. Le sang royal est une malédiction : de tout temps, il a fait de ceux dans les veines desquels il coule davantage des pions que des souverains…

— Vous avez des enfants ! plaide Louis. Vous ne les soumettriez pas à un tel sort !

— Je suis désolé, mais je dois penser à mon pays avant tout. Vous feriez de même à ma place.

Non. Non, justement…

— La France n'oubliera pas. Nous ne laisserons pas un tel acte impuni.

Othon soupire à travers le téléphone.

— Soit. Que ferez-vous donc ? Il faut vous rendre à l'évidence : même dans votre propre pays, vous ne contrôlez quasiment plus rien. Vous avez laissé la contestation se développer comme du chiendent : payez-en les conséquences. Lorsque la dynastie de Bourbon périra, mon neveu et moi serons là pour rebâtir la France sur ses ruines.

— Vous savez quoi ? J'espère que vous chuterez vous aussi. Nous sommes des rois : nous sommes censés incarner le meilleur de l'humanité, et vous en montrez le pire. Si c'est le cas, je préfère léguer mon pays à l'enfer qu'à vous.

Pas de retour possible sur ces derniers mots de Louis : il se doute qu'Othon n'acceptera pas l'offense. Il raccroche sans écouter ses protestations. C'est la fureur, flamboyante, qui a pris le contrôle de lui, mais il ne regrette en rien ses paroles. Il sait son indignation légitime.

Cependant, bien vite, c'est la tristesse qui la remplace. Pour Diane ; une autre victime de l'effondrement de sa Couronne.

Elle ne la paiera pas de sa mort, mais peut-être pire : d'une vie entière de prisonnière, où on ne voudra pas faire couler son sang, mais l'usurper…

Elle est partie avec le sourire il y a plusieurs mois, ravie de découvrir le monde ; loin de se douter qu'elle ne reverrait ni son père, ni sa sœur, ni son pays natal.

Enragé, Louis marche jusqu'à la fresque toute proche et, d'un coup, balance son poing dans le téléphone stylisé de la peinture. Il le frappe, encore et encore, malgré la douleur dans ses phalanges, criant sa colère et l'injustice qu'il ressent.

Mais si ses doigts finissent écorchés, cela ne fait rien pour recoudre les plaies béantes dans son âme.

Thomas

La mort de Jean de Berry a poussé la France encore plus loin dans l'insurrection. Le sang appelle le sang ; semblable à une meute de chiens ayant deviné la faiblesse de la proie qu'ils traquent, le peuple sent que l'agonie est proche.

C'est un ministre que le Front Agora a su toucher, l'oncle même de Louis. Quelques centimètres, et c'est lui qu'ils auraient eu.

Tout le monde croit à la révolution, maintenant ; ce sont ceux qui s'imaginent qu'elle échouera qui se voilent la face. Il n'y a plus besoin que de pousser une dernière fois pour que les statues de pierre chutent de leur socle.

Le Front Agora fait peur. Mais Thomas déteste voir que dans les yeux de beaucoup des membres du Tennis Club, c'est de l'admiration qu'il lit quand il est question d'eux. Que leurs réussites sont considérées comme indéniables, qu'on passe au-delà de l'horreur de leurs actes pour en faire l'étoffe d'une épopée.

La France se dote de nouveaux héros, aussi terribles que les tyrans qu'elle cherche à chasser… Un peu plus, et on oubliera tout ce que, moi, j'ai fait.

Devant son ordinateur, il serre les dents. Que lui manque-t-il ? Un certain sens du spectaculaire ? Il le cultive pourtant ; en témoigne la manière dont le Tennis Club est devenu viral en peu de temps à l'échelle du pays.

Ne serais-je donc jamais assez ?

Les dégradations de lieux liés à la noblesse sont devenues si courantes que Réseau Royal ne s'en émeut presque plus : bassement matérielles, elles ne font pas le poids émotionnel face au choc des assassinats. Il y en a une aujourd'hui qui a attiré son attention, cependant ; c'est avec tristesse qu'il regarde l'image du bâtiment vandalisé qui s'affiche sur son écran. Il n'a pourtant rien d'extraordinaire : c'est un restaurant parmi tous ceux installés en métropole lyonnaise, pris pour cible en raison de la clientèle aristocratique qu'il s'efforçait d'attirer.

Thomas n'y a jamais mis les pieds. Il aurait dû : il était invité à son inauguration, avant de devenir indésirable lorsqu'il a été rétrogradé au statut Poussière.

Ce restaurant, c'est celui de son frère.

Sur la façade, en grosses lettres jaunes, est tagué « Mort au roi », ainsi que les initiales « FA » qu'emploient les partisans du Front Agora ; en dessous de l'inscription, un projectile a fait exploser la vitrine.

Il ne s'est jamais résolu à retirer Clément de ses amis ; les photos lui ont donc sauté aux yeux alors qu'il ouvrait son fil Réseau Royal. Depuis, il ne peut en détacher le regard, ce qui l'étonne.

Ma famille m'a rejeté. Je ne devrais plus me soucier de ce qui leur arrive.

Force lui est de constater qu'il est tout de même affecté par ce qu'il voit là. Comme surpris que la révolution n'apporte pas que des bienfaits à ceux qui l'entourent.

Et si tout venait à s'effondrer de nouveau ? Que me resterait-il ?

Cette question lui cause un malaise. Il n'a pas l'habitude de regarder en arrière, et cela le déstabilise.

Sous les photos, Clément a posté un lien : il a lancé une collecte pour financer la réparation rapide de son restaurant, craignant que les assurances débordées ne puissent la prendre en charge efficacement. L'argent n'est plus un problème pour Thomas, en tout cas pas à l'échelle dérisoire de ce que demande son frère : quelques milliers de francs à peine. Alors, pris d'une impulsion subite, il clique sur la cagnotte et y fait le don, anonymement, d'une somme généreuse.

— Eh bien. Tu as l'air morose, aujourd'hui.

Il sursaute en se tournant en direction de la porte de son bureau. Marie vient d'entrer, tout en terminant d'attacher ses cheveux en queue-de-cheval. Elle s'approche et jette un œil à son écran, avant de lancer :

— C'est qui, ça ? Clément Grisons… Ton frère, non ?

Thomas prend la main de Marie. La sensation étrange qui l'a saisi face à la vision du restaurant dégradé ne l'a pas quitté ; une fois n'est pas coutume, il voudrait s'ouvrir, se laisser aller à une vulnérabilité qu'il ressent rarement. À la solitude qu'il a créée autour de lui parce que toujours, il a eu le sentiment que ceux qu'il côtoyait ne faisaient que le tirer vers le bas ; parce qu'il est incapable d'accepter quiconque comme un égal.

Sauf elle, peut-être…

Mais la jeune femme secoue la tête, prenant un air méprisant.

— Franchement, vu ce que tu as raconté de lui, il ne mérite pas que tu t'attardes une seconde sur son sort. Ferme ça, on s'en fout de ce qui lui arrive.

Thomas retrouve son sourire plein de hauteur.

— Tu as raison, lâche-t-il tout en naviguant hors de la fenêtre Réseau Royal.

Marie passe une main dans ses cheveux et attire sa tête contre elle avant de soupirer :

— Décidément, nous n'avons pas de chance avec nos familles, toi et moi. Entre ton frère qui lèche les bottes des nobles et ma cousine qui me crache à la figure…

La remarque pourrait passer pour une énième plainte de la jeune femme vis-à-vis de Julie… mais quelque chose dans sa véhémence fait froncer les sourcils de Thomas.

— Comment ça, elle te crache à la figure ? Tu l'as contactée ?

Il s'écarte vivement pour pouvoir la regarder droit dans les yeux. La manière dont elle détourne le regard lui apprend tout ce qu'il a besoin de savoir.

— Putain, Marie ! On avait dit qu'on s'occuperait de ça *plus tard* ! S'en prendre à ta cousine maintenant, c'est une grosse erreur stratégique !

Elle soupire, bat des cils. Elle a au moins la décence de paraître mal à l'aise.

— Mais je n'en peux plus d'attendre…

Thomas s'adoucit face à son air angélique. Il la comprend, c'est vrai. Lui aussi, s'il avait un prix à la hauteur de Réseau Royal à portée de main, il devrait se retenir de le saisir… Il se lève pour envelopper Marie de ses bras, embrasse la peau tendre sous son oreille en lui glissant :

— Ton heure viendra, c'est promis. Le destin est avec nous.

Pour toute réponse, elle passe ses mains sous son tee-shirt, effleurant ses abdominaux. Leurs baisers s'échauffent, leurs paumes conquièrent de plus en plus de terrain sur leurs corps… quand le téléphone de Thomas sonne.

Il s'écarte de la jeune femme sans une hésitation, malgré son désir frustré. Car sur l'écran de son portable abandonné sur son bureau, il a lu le nom de John Lawrence, l'ambassadeur américain.

Quelle que soit la raison pour laquelle il me contacte… ce peut être crucial pour moi.

Marie en a conscience elle aussi : c'est avec avidité qu'elle l'observe tandis qu'il décroche.

— Allô ?

— Bonjour, monsieur Grisons. Comment allez-vous ?

— Très bien. Je m'attelle à faire progresser le Tennis Club, encore et toujours.

— Réjouissez-vous : j'ai du nouveau pour vous.

Les lèvres du jeune homme s'étirent. Pour que l'ambassadeur ménage ainsi son effet d'annonce, c'est qu'il doit être fier de ce qu'il s'apprête à lui révéler.

C'est forcément une bonne nouvelle…

— Quoi donc ?

— L'assassin de Jean de Berry… Nous avons enquêté à propos de lui. Un certain Grégoire Terrasson. Les services de police français ne sont allés guère plus loin. Pour eux comme pour nous, il semblait évident qu'il appartenait au Front Agora, mais il semblait avoir effacé toute trace d'échanges avec des complices avant son attaque. Même après fouille de son appartement, interrogatoire de ses proches et autres procédures du même acabit, aucune piste sérieuse ne s'est dégagée pour nos homologues.

Je n'ai pas besoin de lui demander comment il le sait : les services secrets américains sont réputés pour leur efficacité. Ils ont des agents infiltrés au sein de leurs équivalents français, c'est évident.

— Mais vous, vous êtes allés plus loin, devine-t-il.

— En effet.

Lawrence marque une pause dramatique avant d'ajouter :

— Le Front Agora se méfie de Réseau Royal, à raison… mais il leur faut tout de même un moyen pour communiquer. Nous avons analysé les données de SocialWeb. Au-delà des actions sur le site, nous avons la possibilité de récolter certaines… informations plus larges concernant ses utilisateurs. Leur historique de localisation, des journaux d'appel, ce genre de choses.

Autrement dit, toutes les rumeurs qui prétendent que SocialWeb est un cheval de Troie permettant un espionnage massif de la part des États-Unis sont vraies… Mais je ne vais pas m'en plaindre aujourd'hui que cela porte ses fruits à mon avantage.

— Je vois, se contente-t-il de commenter.

— Nous avons concentré notre attention sur Grégoire Terrasson. En recoupant toutes les données que nous avons traitées, nous avons réussi à remonter la trace d'une femme que nous soupçonnons fortement d'être la commanditaire de l'assassinat de Jean de Berry ; et, sans doute, de diriger le Front Agora.

— Vous avez son nom ?

La question de Thomas a jailli, impatiente. D'un coup, il est renvoyé à cette nuit où deux silhouettes se sont introduites ici même, dans sa maison de Saint-Cloud. Le fantôme de la peur qu'il a ressentie alors le saisit ; il vibre de l'espoir de la transformer en victoire.

— Oui. Il s'agit d'une certaine Barbara Euler. Je vous envoie sa photo.

Thomas écarte son portable de son oreille pour regarder son écran ; Marie se presse près de lui pour voir elle aussi. Bientôt, un visage s'affiche : celui d'une femme d'une trentaine d'années, les cheveux bruns, l'air dur.

Il n'est pas certain que c'est elle qui est venue le menacer dans la nuit : une cagoule dissimulait ses traits. Mais il n'a aucun mal à l'imaginer.

Il suffit d'observer sa photo pour lui trouver quelque chose de… dérangeant.

Il sourit. Sur l'image, Barbara regarde la caméra avec un air de défi, comme si rien ne pouvait l'arrêter, contrecarrer ses plans.

Mais moi, je suis là, maintenant. L'heure de rendre les coups a sonné. Connaître ses ennemis est la première étape pour les vaincre… À présent, je peux devenir le prédateur.

— J'ai pensé que cette information vous serait utile, ajoute Lawrence.

— Très. Merci beaucoup, monsieur l'ambassadeur. J'en ferai bon usage…

Louis

[Si tu venais à te sentir en danger à Montaigu… promets-moi que tu me le dirais. Je ne suis pas en mesure de protéger tous les nobles de France, mais je peux encore m'arranger pour qu'il ne t'arrive rien.]

[Merci, Louis. Je me fais discrète… Pour l'instant, j'ai l'impression que cela suffit. Dans l'Ouest, les troubles sont moins importants qu'ailleurs, heureusement.]

[Quand même, prends soin de toi.]

Louis range son téléphone dans sa poche après avoir envoyé ce dernier message à Annette, continuant sa marche à travers le palais. Lorsqu'ils ont mis fin à leur relation et qu'elle est retournée en Vendée, là où se trouve le manoir de sa famille, ils pensaient tous les deux qu'elle y retrouverait le calme pour lequel elle a bien plus de goût que pour le faste de Versailles. Au vu de l'embrasement qui s'est emparé du pays, il n'a pu s'empêcher de s'inquiéter pour elle, et de lui écrire, anxieux, pour prendre des nouvelles.

Le Front Agora est insaisissable. J'ignore où ils pourraient frapper ensuite. Elle était liée à moi : elle pourrait être une cible…

Comme tant d'autres. Il est dévoré par la crainte d'avoir oublié quelqu'un, de laisser vulnérable une personne à laquelle il tient ; qui se retrouvera bientôt à payer le prix de ses manquements.

Ils sont nombreux à se barricader dans leurs domaines, espérant que la tempête passera au-dessus d'eux sans les atteindre.

Ils ont cet espoir, eux… Moi, je sais que le cyclone vient pour moi, et que je n'ai plus aucun moyen de l'éviter.

Pourtant, il continue de jouer le jeu de la cour comme si rien n'avait changé. Il revient du salon de Vénus où, ce matin, son petit déjeuner a été dressé en public, ducs, comtes et marquis s'étant disputé l'honneur de manger leurs viennoiseries à sa table. Lorsque Gauthier est venu le trouver, comme convenu, pour lui indiquer que ses ministres étaient réunis et l'attendaient, c'est avec soulagement qu'il a pris congé de cette assemblée trop frivole.

Afin de me replonger, très bientôt, dans des discussions trop graves…

— Avez-vous peur, Gauthier ? interpelle-t-il soudain son valet, alors qu'ils ont presque atteint le cabinet du Conseil.

L'intéressé reste imperturbable… ou presque. De sa part, son léger haussement de sourcil est une marque d'émotion intense.

Nous n'avons jamais ce genre de conversations personnelles. J'imagine cependant toutes les pressions qu'il doit subir, au vu de ses fonctions à mes côtés.

— Je ferai mon devoir jusqu'au bout, Votre Majesté.

Louis est contraint de noter que ce n'est pas réellement une réponse à la question qu'il a posée… Mais déjà, ils arrivent devant la porte du cabinet du Conseil, que Gauthier se charge de lui ouvrir.

Il y pénètre, le cœur lourd.

Ils étaient six quand Louis est arrivé au pouvoir. Six ministres sur lesquels il pensait pouvoir compter quelles que soient les difficultés qu'ils auraient à affronter ensemble. Aujourd'hui, ce nombre s'est réduit de moitié. Trois d'entre eux sont partis. Le premier par trahison, la deuxième par effroi, le troisième par la mort. Si bien que la pièce lui semble désormais trop vide. Et ce n'est pas Olympe de Berry, terrifiée et crispée, qui peut prétendre à remplacer ceux qui ne sont plus là.

Elle fuirait si elle le pouvait. J'ai dû employer la menace et la contrainte pour qu'elle consente ne serait-ce qu'à assister à cette réunion. Son état d'esprit n'a pas évolué depuis notre houleuse discussion.

Catarina aussi fait piètre figure, même si elle essaie de le dissimuler. Elle est pâle… et si elle s'imagine que Louis ne l'a pas entendue vomir dans la salle de bains attenante à leur chambre ce matin, elle se trompe.

Elle ne veut pas m'inquiéter… mais les conséquences de son traumatisme crânien la rattrapent, nous le savons tous les deux.

Le pessimisme s'est emparé du Conseil ; aucun des ministres n'ose le dire explicitement, mais une conclusion sous-tend aux échanges : la situation a atteint un point de non-retour. Il est inutile d'espérer la redresser.

Quand a-t-elle basculé définitivement ? Avec la mort de Jean ? De Benoît ? De Marc Sallemont ? Avec la première manifestation devant Versailles ? Aurais-je pu empêcher que l'Histoire n'emprunte ce cours, ou bien tout cela n'était-il qu'une tragédie à l'issue inévitable ?

Ils ne parlent plus de plans, seulement de manières de gérer l'avenir à très court terme.

Nous avons conscience d'avoir échoué. Mais renoncer nous est interdit. Advienne que pourra.

Ils n'ont plus d'énergie pour les salutations et les formules de politesse. À peine Louis s'est-il assis qu'Anne de Mortemart entre dans le vif du sujet, poussant un document devant elle.

— Votre Majesté, Pierre et moi avons passé en revue les événements auxquels vous étiez censé assister au cours des semaines à venir. Au vu de… ce qui est arrivé à Jean, nous avons réévalué l'intérêt de chacun d'entre eux, en le mettant en rapport avec les difficultés que nous aurions à garantir votre protection. Comme vous pouvez le voir, nous vous suggérons de réduire drastiquement le nombre de vos apparitions publiques.

Louis baisse le regard sur la feuille devant lui. En effet, sur le planning qu'il découvre, les plages barrées d'un grand trait rouge sont nombreuses. Trop à son goût.

Si je deviens un souverain barricadé dans son château, comme Thyra de Danemark, quel pouvoir me restera-t-il ?

— Nous savons que cela fait beaucoup d'annulations, intervient Pierre, comme s'il lisait dans ses pensées. Mais le plus important, c'est de vous garder en vie, Votre Majesté. Si vous mourez, il n'y aura plus aucun retour possible. Ce pays basculera dans le chaos. Vous êtes le seul rempart permettant de l'empêcher : vous ne devez pas tomber.

Louis jette un regard à sa cousine Olympe, crispée sur son siège. Tétanisée à l'idée de se retrouver, peut-être, à la tête de l'État.

Elle n'est pas prête. Pierre a raison, je ne dois pas prendre de risques. Il y a trop en jeu.

Il lit et relit l'emploi du temps, hésitant malgré tout. Il n'aime pas l'idée de se retrancher à Versailles : cela ressemble trop à une défaite à ses yeux.

— Validez-vous ce nouveau planning ? insiste Anne lorsqu'il pousse un profond soupir.

Il relève les yeux et se résigne enfin.

— Je le valide.

— Bien. Dans ce cas, passons au point suivant. Monseigneur d'Avignon a quelque chose à vous dire, ce me semble.

Elle se tourne vers son collègue pour le fusiller du regard, ce qui inquiète Louis. Il pressent qu'il ne va pas apprécier ce qu'il s'apprête à entendre… Réprimant un soupir, il fait signe à son ministre de parler. Ce dernier, un peu trop raide sous sa soutane rouge, se fend d'une grimace avant d'annoncer :

— Sa Sainteté le pape m'a appelé hier soir.

Ah… Que se passe-t-il ? Perdons-nous son soutien ? A-t-il échoué à garder Kerstin de Brandebourg dans les limites de la raison ?

Plus rien, même le pire, ne pourrait plus surprendre Louis.

— Comme vous le savez, j'ai été détaché aux côtés de votre père pour l'aider à gouverner la France selon les valeurs de la chrétienté il y a de nombreuses années. Ce n'est cependant pas à la Couronne que je réponds en priorité, mais au Saint-Siège. Je suis tenu d'obéir à ses ordres, quels qu'ils soient. Or, Clément XVII m'a fait la demande expresse de regagner le Vatican au plus vite. Je serais volontiers resté pour vous épauler au péril de ma vie, mais Sa Sainteté estime que le risque est désormais trop important pour moi. Je suis donc contraint de vous annoncer mon départ. J'ai d'ores et déjà laissé à Pierre un mémo concernant les affaires les plus brûlantes dont j'étais chargé.

Le ministre confirme d'un signe de tête. Pour ce qui est de Louis, il reste silencieux. Lentement, il tourne la tête, et son regard se perd dans le vague, loin derrière les fenêtres du cabinet du Conseil, là où dans le ciel, des nuages gris se massent pour étouffer toute lumière.

— Votre Majesté ? l'appelle le cardinal, visiblement inquiet de son absence de réaction.

Le jeune roi reporte son attention sur lui, et soupire :

— Allez-y, Avignon. Vous n'avez pas le choix, de toute façon. Vous m'avez bien servi.

— Cela restera l'une de mes fiertés.

Le cardinal se lève.

Voilà : il ne fait plus partie du Conseil.

Il s'incline une dernière fois face à Louis, puis à ses ex-collègues, avant de quitter le cabinet de la manière dont il a exercé ses fonctions : sobrement. Le jeune roi le regarde partir sans réagir, sonné. Il en est à un point où l'espoir l'a fui. Où il ne croit plus à la possibilité de bonnes nouvelles, de sentir la joie l'envahir à nouveau.

Car quel événement pourrait gommer en un instant les épreuves cruelles que j'ai traversées ces derniers mois ? M'apporter un bonheur sincère que je désespère de retrouver ? Aucune lueur ne viendra donc plus éclairer ma nuit ?

Dehors, les nuages sombres éclatent en une averse torrentielle, venant noyer en un instant la cour de marbre.

Avec eux, c'est le cœur de Louis qui sombre un peu plus profondément.

Catarina

Catarina est contrainte de se rendre à l'évidence : de nouveau, sa santé se dégrade.

Ses nausées ont empiré : la moindre odeur un peu trop forte les déclenche désormais. Elle se sent fatiguée, des vertiges la saisissent, elle a des douleurs dans le dos et dans le ventre ; trop de symptômes qui s'accumulent et qu'elle ne peut plus ignorer.

Je le voudrais, mais j'ai fini par comprendre que c'est une erreur. Ma volonté seule ne peut suffire à combler les failles de mon corps. Et puis, il n'y a pas que moi en jeu : Louis n'a pas besoin d'inquiétudes quant à mon état en ce moment, en plus de tout le reste.

La mort dans l'âme, elle s'est résolue à s'en ouvrir au docteur Legris, le médecin royal. Il l'a écoutée avec attention, avant de lui faire passer toute une série d'examens : auscultation, prise de sang, prélèvement urinaire… À présent, assise sur la chaise pourtant moelleuse de son cabinet, c'est dans l'inconfort qu'elle attend les résultats. Elle craint qu'on ne lui ait découvert une affection incurable comme celle de son frère, qu'elle doive revoir définitivement ses ambitions politiques à la baisse.

J'ai tant sacrifié pour elles… Je ne supporterais pas que tout soit remis en jeu par un coup du destin aussi injuste.

Tandis que le médecin prend place derrière son bureau, plusieurs documents à la main, elle le fixe avec angoisse, tentant de déchiffrer son expression. Mais elle est impénétrable.

Libère-moi. Dis-moi ce que j'ai. L'ignorance me tue à petit feu.

— Votre Altesse Royale… commence-t-il.

Catarina se crispe. N'y tenant plus, elle s'exclame :

— Vous avez trouvé quelque chose, n'est-ce pas ? Qu'y a-t-il ?

— Oui, vos analyses sont positives, confirme le praticien.

Un des vertiges contre lesquels l'infante cherche à lutter s'empare d'elle. Elle s'agrippe à l'accoudoir de son fauteuil pour se forcer à rester en prise avec la réalité.

— Que révèlent-elles ? lâche-t-elle dans un souffle.

— Pas ce que vous craignez, rassurez-vous.

Catarina inspire, sans se détendre toutefois. Et le médecin lui avoue :

— Votre Altesse Royale… Vous êtes enceinte.

CHAPITRE 15

CATARINA

Il suffit que Catarina ferme les yeux pour qu'elle les voie, avec une précision étonnante. Cette petite fille aux boucles blondes si semblables à celles de Louis, titubant sur ses jambes potelées encore mal assurées. Ou ce garçonnet aussi brun qu'elle, éclatant d'un rire cristallin chaque fois qu'une vague s'écrase devant lui sur le sable d'une plage. Leurs deux parents, heureux, amoureux, les couvant d'un regard tendre.

Cet avenir a la douceur d'un rêve. Une perspective qui ressemble au paradis, comparée au chaos qui s'est emparé de leur existence. Un avenir lumineux et plein d'espoir, où ils pourraient ne plus se concentrer sur rien d'autre que la joie qu'ils partageraient ensemble.

Sauf que je ne peux pas me permettre de me bercer d'illusions.

La réalité, ce sont tous ces enjeux qui dépassent sa simple personne, son sang royal qui transforme chacun de ses gestes, chacun de ses choix en manœuvre politique. Tout cela ne s'est pas miraculeusement dissipé parce que dans son ventre germe le fruit de son amour pour Louis. Elle ne peut toujours pas l'épouser, au risque de laisser le champ libre à Alfonso pour s'emparer du trône d'Espagne, et pour appliquer dans son pays natal des mesures qui feront souffrir le peuple. Elle ne peut pas non plus envisager d'avoir un enfant hors mariage : les cours d'Europe encore très conservatrices ne l'accepteraient pas. Catarina est pratiquement sûre que l'annonce de sa grossesse suffirait à son oncle pour faire pression afin de l'écarter définitivement de la ligne de succession, avec l'appui du Vatican.

L'espace d'un instant, une question se glisse, insidieuse, dans son esprit.

À quoi bon continuer à lutter ? J'ai déjà tant donné… N'y a-t-il pas un seuil au-delà duquel nul ne peut me demander d'aller ? Que suis-je prête à sacrifier pour accomplir mon devoir ?

La réponse s'est imposée à elle.

Tout.

Alors elle ravale ses émotions. Avec plus de difficulté que jamais auparavant. Ignorant la boule d'angoisse qui grossit dans sa trachée, ne pensant plus qu'avec la partie strictement rationnelle de son cerveau, elle demande au médecin :

— Depuis combien de temps ?

— Presque deux mois.

Cette réponse la choque un peu plus. Comment a-t-elle pu manquer les signes ? Elle repense à ses nausées, à ses douleurs au ventre, et elle se sent stupide de ne pas avoir fait le lien plus tôt. Elle reste cependant imperturbable, pour continuer à poser les questions qu'il lui est nécessaire d'aborder.

— Comment cela se fait-il ? J'ai pris mes précautions…

— Je vous crois, Votre Altesse Royale. Mais aucun moyen de contraception n'est fiable à 100 %, malheureusement.

Lui adressant un sourire bienveillant, le docteur Legris poursuit :

— Le suivi des grossesses n'est pas ma spécialité, mais je vais vous mettre en relation avec mon collègue le gynécologue des reines de France. Vous aurez besoin d'une autorisation du souverain pour recourir à ses services, néanmoins je ne doute pas que…

— Ce ne sera pas nécessaire, le coupe Catarina.

— Votre Altesse Royale, il est important que vous receviez l'accompagnement approprié, surtout au vu de votre état de santé général ! Vous en passer pourrait présenter des risques pour vous comme pour le bébé.

— Il n'y aura pas de bébé.

Le visage du praticien se décompose tandis qu'elle ajoute, dure, étouffant au fond d'elle le maelström qu'elle ressent :

— Je ne doute pas que vous disposiez des contacts appropriés pour mettre fin à cette grossesse. J'aimerais que vous planifiiez cela pour moi.

— L'avortement est interdit par la loi française.

Le rappel du médecin ne fait pas frémir Catarina. Elle est consciente de ce fait : c'est le cas dans la majorité des monarchies européennes, sous l'influence du Vatican. Il n'est cependant un secret pour personne que les femmes de la noblesse y ont recours discrètement en cas de situation fâcheuse.

Il faut savoir à qui s'adresser, voilà tout.

— J'en prends l'entière responsabilité, déclare-t-elle. C'est un ordre que je vous donne, docteur Legris.

Il incline la tête, une fois.

— Il en sera fait selon votre volonté, Votre Altesse Royale. Il y a effectivement une clinique de ma connaissance où je peux vous avoir un rendez-vous.

— Bien. Veillez à ce que cette affaire soit traitée avec discrétion. Personne ne doit apprendre ce que vous avez découvert aujourd'hui.

Legris acquiesce, mais Catarina insiste :

— *Personne*, sans exception. Pas même Sa Majesté. Me suis-je bien fait comprendre ? Je requiers de vous le secret médical le plus absolu.

— Je connais mes devoirs, Votre Altesse Royale. Il n'est pas utile que vous me les rappeliez.

Son expression s'adoucit alors qu'il ajoute :

— Il n'y a pas si longtemps, je vous ai dit ce que je pensais de la manière dont la couronne écrase ceux qui la portent. Je ne me permettrais pas de juger les décisions que vous êtes contrainte de prendre.

— Merci…

La gorge nouée, elle se lève, et s'en veut de porter instinctivement sa main à son ventre.

— Prévenez-moi lorsque le rendez-vous sera fixé. Au plus vite qu'il vous sera possible.

Sur ce, elle quitte le cabinet, le cœur si lourd qu'il lui paraît changé en pierre.

Julie

C'est la fin de partie. Julie le sent.

La monarchie n'a jamais été aussi faible, les révolutionnaires jamais aussi virulents. Il ne se passera plus très longtemps avant qu'un événement définitif n'ait lieu.

Elle n'a aucune preuve de ce qu'elle avance, bien sûr, mais elle fait confiance à son instinct. La France est sur le point de basculer dans… autre chose.

Reste à déterminer quoi.

Toutes les factions en présence, le Tennis Club, le Front Agora, et même elle à la tête de Réseau Royal, se posent comme les héritiers de Marc Sallemont et affirment qu'ils réaliseront ce qu'il rêvait pour le pays. Le contenu qu'ils mettent derrière ces assertions varie cependant beaucoup.

Thomas Grisons et ma cousine Marie parlent de démocratie, mais jamais mon oncle n'avait envisagé cette option. Le Front Agora a basculé dans une violence qu'il n'aurait pas cautionnée à ce point, même s'il était prêt à beaucoup pour la cause. Quant à moi… je crois agir selon les idéaux qu'il m'a légués, mais je suis aussi celle qui l'a trahi.

Derrière la figure du martyr que tous révèrent, ce sont des portraits bien différents de l'homme qui se dessinent. Celui d'un amoureux du peuple avant-gardiste, d'un révolutionnaire endurci et déterminé, d'un homme d'État réaliste et modéré… Chaque parti a construit le Marc Sallemont qui arrangeait ses propos.

Je le connaissais bien, je faisais partie des personnes dont il était le plus proche… et pourtant, maintenant qu'il a disparu et que sa mémoire est un champ de bataille, je ne sais plus qui il était.

Il y a quelques semaines, Julie a fait vider son hôtel particulier des effets personnels de sa famille. Pour se débarrasser du fantôme qui s'attachait à ses pas afin d'aller de l'avant et de remplir le nom de Sallemont d'une manière nouvelle : la sienne. Aujourd'hui, alors qu'elle se rend dans l'ancien bureau de Marc, qu'elle évite d'habitude, elle le regrette presque. Ici comme ailleurs, il n'y a plus de traces de lui. Plus de signes tangibles. Les murs sont blancs, nus. Comme une feuille de papier prête à accueillir n'importe quel récit.

Ou un écran sur lequel sa mémoire peut se projeter.

Elle se souvient que dans cette même pièce, son oncle a fait vivre pour elle le rêve d'un avenir meilleur, qu'il a allumé en elle une soif de justice sociale qui ne s'est jamais éteinte.

Elle se souvient du cynisme dans sa voix lorsqu'il lui a annoncé que, pour la cause, elle ferait bien de céder aux avances que lui faisait le vicomte de Saint-Florentin.

Elle se souvient de ses heures de lents calculs et de ses préparations de longue haleine en vue d'un jour qui ne se produirait que de nombreuses années plus tard.

Il était plus que ce à quoi quiconque tente de le réduire aujourd'hui… Il avait de multiples facettes, et bien malin celui qui pourrait dire avec certitude quelle faction il soutiendrait aujourd'hui.

La monarchie va tomber, Julie en est pratiquement sûre. Mais par quoi sera-t-elle remplacée ? Le Tennis Club est motivé par l'ambition personnelle de ses dirigeants, le Front Agora par une volonté de vengeance sanguinaire envers les anciennes élites, et elle-même…

Par mes convictions, je suppose. Mais c'est sans doute ce que se dit chacun des leaders.

Elle sait qu'elle a une voix, que certains l'écoutent. Ses discours à ses employés ont largement été diffusés sur l'internet français, les décisions qu'elle prend au sein de son entreprise ont également été médiatisées, dans une moindre mesure. Dans les luttes de pouvoir qui s'annoncent, il lui faudra cependant s'imposer davantage. Tenir face à ceux qui viendront pour elle, sa cousine en première ligne.

Elle a essayé de devenir la digne héritière de son oncle, une figure capable de rassembler autour d'elle.

Y suis-je parvenue ?

Ce qui est certain, c'est qu'elle veut le devenir. Plus seulement par défaut, mais parce que toutes ces semaines lui ont permis de faire la paix avec ses choix. C'est ce qu'elle affirmé à Marie, ce qu'elle défendra désormais.

Dans le bureau vide, ses questions tournent malgré tout en boucle. Julie se demande si, assis à cette même place, Marc a parfois dû affronter autant d'interrogations qu'elle.

Il avait l'air si sûr de lui. Sûr de ce qu'il était, de ce qu'il voulait. Comment son image a-t-elle pu être étirée à ce point ? Et laquelle l'Histoire retiendra-t-elle ?

Julie soupire.

Je sais que c'est moi qui ai causé sa chute, à cause de parties de lui que je ne pouvais plus cautionner… Mais d'autres vivent encore en moi : les convictions qui l'ont poussé à agir à l'origine. Je ne peux qu'espérer que c'est cet héritage qui persistera, et non l'autre.

Elle se lève et se dirige vers la sortie du bureau. Juste avant de le quitter, elle jette un dernier regard en arrière. Contemple le fauteuil, vide de son occupant.

Puis elle éteint la lumière et ferme la porte de la pièce.

Louis

Catarina est troublée ce matin, Louis le sent.

Voilà plusieurs nuits qu'elle dort mal. Elle tourne et retourne dans le lit qu'ils partagent ; étant donné qu'il a lui aussi de la peine à trouver le sommeil, il s'en rend compte sans mal. Plusieurs fois, il l'a attirée contre lui, espérant que le contact de leur peau leur procurerait un peu de réconfort.

Malgré tout, lorsque la lueur du matin lui permet de discerner ses traits, ses cernes et ses yeux battus trahissent son échec. Elle essaie de se lever sans le réveiller, mais il n'est que somnolent ; il se redresse et l'entoure de ses bras, dépose un baiser sur la peau fine de son cou. Elle soupire, avant de s'abandonner contre lui.

— Qu'est-ce qu'il y a ? lui chuchote-t-il. Qu'est-ce qui ne va pas ?

— Chut… Je n'ai pas envie d'en parler. Serre-moi juste contre toi.

Louis s'exécute, sans la moindre hésitation, tentant de faire passer dans leur étreinte tout l'amour qu'il ressent pour elle, toute la force qu'il n'a plus pour lui-même et qu'il veut lui communiquer. Un long moment s'écoule dans le silence, pendant lequel il la sent frissonner entre ses bras.

— Ce sont encore tes problèmes de santé qui te tourmentent ? suppose-t-il.

Plusieurs secondes passent, suspendues, avant que Catarina n'avoue, regard baissé vers le sol :

— Oui… Mais j'ai un rendez-vous ce matin. Il devrait… améliorer la situation. Les empêcher de continuer à me troubler.

— Eh… C'est une bonne nouvelle !

Louis incite l'infante à se tourner pour lui faire face, mais il ne découvre aucun sourire sur son visage. Il devine la cause de son angoisse.

Elle craint que cela ne soit pas efficace, sans doute. Qu'elle ne connaisse qu'un mieux provisoire, avant de rechuter…

Doucement, il s'approche d'elle et dépose un baiser sur son front.

— Tout va bien se passer, affirme-t-il. Je t'aime, Rina.

Elle sourit faiblement, avant de se détourner.

— Je dois passer dans mes propres appartements pour me préparer…

Elle se lève, et sa main glisse hors de la sienne. Louis a l'instinct confus qu'il devrait la retenir, qu'il se joue là quelque chose qu'il ne comprend pas. Qu'il y a trop de tristesse dans le pas de l'infante.

Pourtant, il la laisse s'éloigner. Quitter la chambre, pour regagner la sienne – malgré tout, ils font en sorte de préserver les apparences autant que possible. D'agir comme s'ils ne dormaient pas ensemble chaque nuit, même si les bruits de la cour savent bien ce qu'il en est.

Resté seul, il retombe contre son matelas, sur le dos. Ce qui l'attend aujourd'hui ne l'enchante guère. Une nouvelle session avec Olympe, ressemblant davantage à un bras de fer qu'aux leçons qu'il voudrait lui transmettre. Un point avec Pierre de Chantilly et Anne de Mortemart, qui doivent lui proposer des noms de nouveaux ministres potentiels ; il n'a plus d'autre choix que d'en nommer.

Il pousse un profond soupir en contemplant les motifs de fleurs de lys brodés au-dessus de lui, sur le tissu de son baldaquin, avant de se résoudre à récupérer son téléphone pour que Gauthier lui monte son petit déjeuner.

Aujourd'hui, Dieu soit loué, je suis censé le prendre en privé. C'est au moins ça…

Il prend son temps en buvant son café et en mangeant ses croissants : c'est autant de minutes qu'il vole désespérément au reste de sa journée. Mais vient infailliblement le moment où il en a terminé. Il rappelle alors son valet afin qu'il vienne débarrasser son plateau ; avec lui monte dans sa chambre le docteur Legris. Il est de coutume que le médecin royal l'ausculte une fois par semaine, sa santé étant, comme tout ce qui le concerne, une affaire d'État. Il lui tend son bras par habitude ; le praticien l'entoure d'un tensiomètre, et grimace en découvrant les chiffres.

Ils sont trop élevés, sans surprise… Voilà des mois que le stress me ronge.

Legris ne fait pas la moindre remarque, cependant. En fait, il reste parfaitement silencieux pendant tout le temps que durent ses examens routiniers. Si bien que lorsqu'il en a terminé et range ses instruments dans sa mallette, c'est Louis qui l'interroge :

— Vous êtes bien taciturne, docteur. Y a-t-il quelque chose qui vous préoccupe ?

Le médecin hésite un instant avant de répondre, gravement :

— Juste… La question de mon devoir, Votre Majesté. Et d'où il se place.

Louis se fend d'un sourire désabusé.

— Je devrais sans doute vous faciliter la tâche et vous dire qu'il consiste à me servir. Mais à la vérité, votre conscience sera certainement une meilleure guide que moi.

Legris hoche la tête, pensif ; puis, ses affaires à la main, il s'incline et prend la direction de la sortie de la chambre.

Qu'est-ce qui lui pesait exactement ? Je ne le saurai pas, mais je lui souhaite de résoudre son conflit intérieur et…

— Votre Majesté.

Louis se tourne vers le médecin. Il s'est arrêté juste avant de quitter la pièce. Son visage est rougi, son regard s'est agité.

— Il y a quelque chose que je dois vous dire, ajoute-t-il.

— Je vous écoute.

Le docteur déglutit, avant d'annoncer d'une traite :

— Cela concerne Son Altesse Royale l'infante Catarina. Elle est enceinte.

Quoi ?

Passé le premier instant de sidération, c'est une joie pure qui envahit le jeune roi. Une vague de bonheur si puissante qu'il se sent flotter. Un enfant, né d'eux… Il n'a besoin que d'une fraction de seconde pour l'aimer déjà, profondément. Pour que son univers se réorganise autour d'un nouvel axe, prenne un nouveau centre.

Le monde peut bien s'effondrer… Il reste du beau pour moi parmi les ruines. De quoi m'éclairer encore, me redonner une raison d'espérer l'avenir.

Il note tout juste que le visage de Legris est fermé alors qu'il ajoute :

— Elle a rendez-vous ce matin à la clinique Adélaïde-Muletier de Clamart. Pour avorter.

Ces quelques mots suffisent à ce que son être entier se fissure.

Catarina

Dans un instant, un médecin entrera dans la salle d'attente, pour venir chercher Catarina. Elle ignore comment elle trouvera la force de se lever pour le suivre.

Je le dois. Je suis Catarina de Borbón y de Glücksborg, infante d'Espagne, princesse des Asturies, de Gérone et de Viane, duchesse de Montblanc, comtesse de Cerbère et dame de Balaguer, fille du feu roi Fernando VIII et sœur du roi Felipe VII, et je suis plus forte que tout ceci… mon propre cœur y compris.

Elle n'a pas le choix, c'est ce qu'elle a établi dès les premiers instants, dès que le docteur Legris lui a révélé qu'elle était enceinte.

Il y a un seul chemin qu'elle peut suivre, et c'est celui-là. Elle n'a pas le droit de renoncer, pour l'Espagne.

Pourtant, sa raison ne parvient pas à faire taire sa souffrance. Depuis des jours, elle saigne de l'intérieur, pour cet avenir qui ne sera pas, cet enfant qu'elle n'aura pas.

Ce monde où l'amour ne suffit pas, où le bonheur n'est jamais vainqueur.

Je n'y arriverai pas. Je ne parviendrai pas à entrer dans cette chambre, à me coucher sur ce lit d'hôpital. Au dernier moment, je flancherai. Aller au bout me tuerait.

Elle vacille au bord d'un puits sombre, celui de sa propre détermination. Qu'elle a toujours perçue comme sa plus grande qualité, mais qui, à cet instant, lui paraît la bouche terrible d'un monstre. Prête à dévorer tout le reste.

Je ne peux pas. Ma limite est là. Je l'ai atteinte.

C'est ce qu'elle se dit ; malgré tout, elle reste assise, attendant qu'on vienne la chercher. Tout comme elle est montée dans la voiture qui devait l'emmener à la clinique, un peu plus tôt ce matin ; comme elle a laissé venir ce jour sans contacter le docteur Legris pour décommander.

Les secondes s'écoulent. Elle les laisse passer, une main sur son ventre. Elle ferme les yeux, tendue à l'extrême, lorsqu'elle entend des pas dans le couloir par lequel elle est arrivée.

Le moment est arrivé. Le dernier moment…

La porte de la salle d'attente s'ouvre, à la volée. Trop brusquement pour qu'il s'agisse d'un médecin.

— Putain, Rina !

Elle rouvre les paupières, juste à temps pour voir Louis se précipiter vers elle. Elle comprend en un instant ce qui s'est produit : comme elle le craignait, le médecin royal l'a trahie et lui a tout révélé. Il est là pour l'arrêter.

La seule chose qu'elle ressent, c'est un soulagement immense.

D'un coup, les larmes brisent tous ses barrages. La tension qu'elle réprimait la submerge ; elle éclate en sanglots dans les bras de Louis qui l'entourent pour la soutenir.

— Dis-moi qu'il n'est pas trop tard, souffle-t-il contre elle. Que je suis arrivé à temps.

Elle hoche la tête frénétiquement, le visage niché contre son cou. En réponse, il la serre un peu plus fort.

— Pourquoi tu ne m'as rien dit ? enchaîne-t-il.

— J'allais briser mon cœur. Je voulais au moins sauver le tien.

Je ne savais pas si j'allais être capable d'aller au bout dans le secret. Sous ton regard, cela me sera impossible.

— Mon cœur, c'est pour toi qu'il bat. Je ne veux pas que tu le sauves : je veux juste être à tes côtés, quoi qu'il arrive.

Sa voix s'emplit de douleur alors qu'il ajoute :

— Tu allais vraiment avorter… Nous priver de notre enfant, sans même m'en parler ?

— Je ne sais pas…

C'est vrai. C'est ce qui tourmente le plus Catarina : elle n'a aucune idée de ce qu'elle aurait décidé une fois qu'elle se serait retrouvée seule, à l'instant fatidique.

— Je n'arrivais pas à m'y résoudre, renifle-t-elle. Même si je sais que c'est le bon choix. Le seul choix.

— Non.

Lui tenant les mains, Louis s'agenouille devant elle. Depuis des semaines, il s'éteint de plus en plus, mais à cet instant, devant elle, un feu nouveau l'a envahi.

— Est-ce que tu veux cet enfant ?

— Une grossesse hors mariage, c'est exactement ce qui risque de permettre à mon oncle de m'évincer définitivement de la ligne de succession espagnole. Pour la sécurité de mon frère, pour le bien de mon pays, je ne peux pas…

— Ce n'est pas ce que je t'ai demandé, Rina. Je ne te parle pas de politique. Je te le répète : est-ce que tu *veux* cet enfant ?

De nouveau, des flashs l'assaillent. Les mêmes qui la hantent depuis l'annonce de Legris. Une petite fille aux boucles blondes, un garçonnet souriant. Le futur potentiel lové dans son ventre. Elle ne peut rien faire d'autre que d'admettre la vérité au fond d'elle-même :

— Oui. Si c'était possible, je…

— Ça l'est. Si nous le décidons, ça l'est.

— Tu es roi, et je suis héritière d'un trône. Ce que nous voulons ne compte pas.

— Bien sûr que si, nous comptons ! explose Louis. Je veux compter ! On ne peut pas exiger tant de nous, on ne peut exiger que nous sacrifiions notre enfant, même au nom de notre pays. Il y a des limites que nul ne devrait avoir à franchir. Celle-ci en fait partie.

Il se redresse pour poser une main sur sa joue, tendrement. Ses yeux bleus l'observent intensément, deux lacs dans lesquels elle se plonge. Capables à eux seuls de lui ouvrir un univers différent.

— Je ne veux pas me battre pour un monde où il en serait autrement, souffle-t-il. Nous trouverons une solution. Nous nous dresserons contre ton oncle, nous dirons à tous ceux qui nous adresseront des reproches d'aller se faire foutre. Et nous aimerons cet enfant, ensemble.

Un sourire revient sur les lèvres de Catarina. Malgré tous les tombereaux de boue que le monde a déversés sur Louis, elle retrouve là celui vers qui son être a toujours tendu. Celui qui, envers et contre tout, reste puissamment humain. Prêt à retourner ciel et terre parce que son âme le guide. Qui refuse de se plier aux règles du jeu des rois si elles impliquent qu'il se perde lui-même.

Moi, j'ai toujours su naviguer avec elles… mais il tient ma main pour m'empêcher de m'y égarer.

— Viens, rentrons à Versailles, la supplie-t-il. La décision t'appartient, mais j'espère vraiment que tu choisiras l'espoir.

Sa paume retombe, tendue vers elle. Un instant suspendu, puis elle la saisit.

Ma décision était prise dès l'instant où il est apparu dans cette salle d'attente…

Louis serre ses doigts entre les siens. Elle est terrifiée, mais c'est ensemble qu'ils quittent la clinique, prêts à plonger dans l'inconnu.

Thomas

[Je sais qui tu es.]

Voilà les cinq petits mots que Thomas vient d'envoyer à Barbara Euler via SocialWeb. Il les fixe avec intensité, espérant que son interlocutrice les reçoive avec le mélange de surprise et de panique qu'il espère susciter chez elle.

À la suite des révélations de John Lawrence, il a longtemps réfléchi à ce qu'il devait faire de l'identité de la dirigeante du Front Agora. La garder pour plus tard, la livrer aux autorités pour se débarrasser de cette frange révolutionnaire efficace mais embarrassante, s'occuper lui-même de capturer la terroriste pour montrer que désormais, la justice du Tennis Club est plus fiable que celle du roi…

Finalement, il a décidé de la contacter ; il n'a pas résisté à la tentation.

Il y a des semaines, elle s'est introduite chez moi pour me cracher son mépris au visage, et proférer ce qui ressemblait bien à des menaces. Je veux lui prouver qu'à présent, la peur a changé de camp ; que maintenant, c'est moi qui la tiens à la gorge. Je sais qui elle est ; un mot de moi, et le roi le saura aussi.

Il peut se montrer froid quand c'est nécessaire. Il a conscience que le Front Agora a prouvé, par ses actions, qu'ils disposaient d'une organisation et d'une efficacité paramilitaire ; là où le Tennis Club n'a pour lui que la foule et l'éloquence.

Avec un bras armé, je pourrais faire bien davantage. Mais pour cela, il faut que je convainque Barbara de plier devant moi, par le chantage si nécessaire.

Son cœur manque un battement quand son message passe en « vu ». Fébrile, il attend la réponse qui ne tardera pas à lui arriver.

À moins que Barbara ne préfère la lâcheté et ne choisisse de m'ignorer ? Je ne la laisserai pas faire : elle ne m'écartera pas comme quantité négligeable, pas une seconde fois.

Il est pourtant pris par surprise quand plutôt que des mots, c'est une fenêtre d'appel qui apparaît sur son écran, faisant vibrer son téléphone sur son bureau. La photo de Barbara s'affiche, en grand ; il fait glisser son doigt sur le bouton vert juste en dessous en carrant les mâchoires.

Elle préfère aller à la confrontation directe, alors… Ainsi soit-il.

— Thomas Grisons, entend-il à l'autre bout du fil. Cela faisait longtemps.

Un frisson parcourt son dos. Cette voix, il la reconnaîtrait n'importe où : ses accents corrosifs se sont imprimés durablement dans son esprit. C'est elle qui l'a tourmenté dans la nuit de Saint-Cloud ; elle dissipe tous les doutes qu'il pouvait encore avoir quant à l'identité de son interlocutrice.

— Je sais tout, lui renvoie-t-il avec dureté. Tu es à la tête du Front Agora.

Barbara se fend d'un rire bref, cinglant. À l'opposé de la réaction que Thomas cherchait à provoquer.

— Très bien. Suis-je censée paniquer à présent à l'idée que tout soit révélé à la police ?

Il déglutit, mal à l'aise. Qu'elle se montre si désinvolte le déstabilise.

Elle doit avoir un atout que j'ignore, quelque chose qui lui permet de ne pas craindre les moindres représailles. Mais quoi ?

— Nous n'avons pas à en arriver là, avance-t-il. Il est peut-être temps que nous discutions, n'est-ce pas ?

— Pourquoi en aurais-je besoin ?

— Cela me semble pourtant évident. Votre groupuscule n'a aucune légitimité politique, contrairement à moi. Vous ne représentez personne en dehors de vous-mêmes. Moi, j'ai une vraie voix.

De nouveau, Barbara pouffe.

— C'est ce que tu te dis pour justifier de prendre un ton si plein de morgue ? Je maintiens ce que j'ai toujours pensé : tu ne fais que brasser du vent. Tu te voiles peut-être la face, mais c'est la vérité.

— J'ai créé le Tennis Club. Le fer de lance de la révolution.

— Qu'a-t-il accompli, concrètement ? Louis XX s'est pour une bonne part détruit seul, par son incompétence ; le reste, c'est aux miens que vous le devez. Qui a eu le cran d'incriminer réellement les aristocrates et les ministres, hein ? La vraie révolution, celle qui implique de prendre les armes pour que les choses changent, c'est le Front Agora qui la mène. Vous ne faites que vous gonfler de votre propre importance.

— Votre soif de sang va se retourner contre vous. Elle vous aliène la sympathie de bien des Français.

— Ils finiront par nous aimer lorsque nous les débarrasserons du tyran qui les oppresse. L'attaque qui a tué Jean de Berry n'était qu'un début. Nous sommes mieux préparés cette fois-ci. Nous ne renoncerons pas avant d'avoir atteint notre objectif.

Thomas s'agite sur son siège, sans arguments. Cela lui arrive rarement, mais il est pris de court. Lorsqu'il s'agit de gagner des batailles d'éloquence, de déployer des talents de persuasion, il est habituellement excellent ; mais pour cela, il a besoin d'une première prise chez son adversaire. Barbara ne lui en laisse aucune. Elle est absolument sûre d'elle-même, de ce qu'elle avance, de son inutilité à ses yeux.

Elle profite de son silence pour lui asséner encore un coup :

— Je déteste les gens comme toi, prêts à accaparer les combats des autres pour s'élever eux-mêmes. Qui refusent de se salir les mains, mais qui voudraient tout de même ramasser les lauriers.

Tu te poses en représentant des opprimés, mais je me suis renseignée à ton propos. Tu étais au statut Bronze, tu as toujours fait partie des privilégiés – jaloux de ceux qui étaient encore au-dessus de toi, voilà tout. Tu es comme Louis XX : tu n'as jamais rien eu à sacrifier. Tu es mon ennemi autant que lui.

— Alors quoi ? Nous allons nous battre ?

— Même pas : tu te contenteras d'assister à ma victoire, très bientôt. Sur ce, bonne journée, Grisons. J'ai plus pressant à gérer que la poursuite de cette conversation. Tu le découvriras vite.

— Att…

Thomas n'a pas le temps de protester davantage : Barbara a déjà raccroché. Un instant plus tard, l'icône indiquant qu'elle est connectée à SocialWeb disparaît.

Il respire trop vite. Cette conversation est partie en vrille, échappant à son contrôle. Il rêvait de soumettre le Front Agora à son autorité ; quelques minutes, et c'est la peur qui a remplacé cette illusion.

Il bloque en particulier sur un bout de phrase que Barbara a prononcé.

« Nous sommes mieux préparés cette fois-ci. » Que veut-elle dire ? Que s'apprête-t-elle à déchaîner ?

Aveugle, il en est réduit à allumer aussi vite que possible les sites d'information en continu, attendant d'apprendre par eux la suite des événements.

Impuissant.

Catarina

Catarina pousse sur ses jambes au bout du bassin avec force, se propulsant loin dans l'eau. Elle a besoin de ça pour mettre ses pensées en ordre : faire brûler ses muscles.

Habituellement, je me serais défoulée sur un court de tennis. Mais il vaut mieux que j'évite ce sport en ce moment, à cause… du bébé.

La pensée est une nouvelle déflagration dans son esprit, mélange d'euphorie et d'effroi. Elle n'en revient pas d'oser emprunter le chemin qu'elle appelait de ses vœux, celui qui s'engage à l'encontre de tout ce que sa raison lui dicte. D'avoir ce courage, de croire qu'elle parviendra à mener encore un autre combat de front.

Mais alors elle se représente, heureuse, tenant son enfant dans les bras. Louis près d'elle, posant sur eux un regard où l'amour aura réussi à vaincre les tourments. Elle a envie de s'accrocher à cette vision, de l'imaginer possible.

Sa tête crève la surface alors qu'elle avale de l'air, essoufflée. La piscine de Versailles est installée dans une aile de ce qui a longtemps été l'orangerie, creusée à la fin des années 1950 en guise de cadeau d'anniversaire de mariage de la part du roi François III à son épouse, l'ex-actrice Meredith Mayer ; l'aménagement s'est efforcé de respecter l'architecture originale du lieu, avec sa pierre blanche et ses lignes épurées. Catarina l'a fait privatiser cet après-midi, pour elle et pour Alba : elle a besoin d'un peu de solitude.

Avec les courtisans autour de moi, il me serait impossible d'espérer faire une seule longueur sans interruption…

Et puis, elle ne souhaite pas qu'ils voient son corps. Ses cicatrices, que son maillot de bain noir laisse apparentes, boursouflant sa peau. Son ventre, aussi. C'est peut-être une projection de son esprit, mais il lui paraît déjà plus rond, comme si la conscience de sa grossesse lui avait fait prendre une douce inflexion en quelques jours à peine. Elle ne veut pas que tous autour d'elle se mettent à spéculer, à répandre la rumeur sans qu'elle puisse la maîtriser.

Elle ignore encore quelle sera la meilleure manière pour Louis et elle d'annoncer la nouvelle. Comment ils pourront la tourner pour qu'elle ne se transforme pas en scandale immédiat, pour que son oncle ne s'en empare pas pour en faire une arme. Quels soutiens ils pourront glaner, sur quelles sympathies ils pourront s'appuyer. Sur ce problème, comme sur tant d'autres, son esprit bute.

Arrivée au bout de la piscine, elle ne repart pas immédiatement, se laissant aller en arrière à flotter. Sous son crâne, les pensées fusent… Deux mains apaisantes se posent alors de part et d'autre de ses tempes.

— Encore tourmentée ? lui souffle Alba.

— Le jour où ce ne sera pas le cas, c'est que je ne serai plus moi-même.

Elle se retourne pour reprendre pied. Sa cousine l'observe avec compassion.

— Tu devrais apprendre à être heureuse quand tu le peux. Au vu de ce que la vie n'arrête pas de nous projeter à la figure, c'est ce qui nous permet de tenir…

— Je suis heureuse. J'essaie.

Comment ne pas l'être, alors qu'enfin Louis respire de nouveau ? Qu'il irradie de cette lumière qui m'a toujours attirée vers lui ?

Ils sont comme aimantés l'un à l'autre. Ils s'effleurent dès qu'ils le peuvent, au mépris des regards de la cour. Dans l'intimité de ses appartements, leurs baisers sont des brasiers, oublieux de tout le reste. Louis a toujours peiné à endosser son rôle de roi, mais celui de futur père, de l'amour de sa vie, elle ne verrait personne d'autre à sa place. Il a cette conviction, ce ravissement dans la voix quand il lui dépeint le petit bout d'avenir qu'ils réussiront à se construire tous les deux, leur bulle dans le chaos montant… Près de lui, elle retrouve sa capacité à rêver. À refuser la cruauté de leur présent pour construire une autre réalité.

La révolte en France, la répression en Espagne… Tout ce qui pèse si lourd sur nos épaules.

— Louis… C'est la seule chose que j'aie jamais voulue pour moi-même. Tout le reste, je l'ai sacrifié à mon devoir.

Je veux ça, juste ça… Il a raison : l'Univers ne peut pas tout *nous prendre.*

— Profites-en, lui conseille Alba. Vaincre Alfonso ou non, ce n'est pas en ton pouvoir. Tu fais de ton mieux, tu continueras à le faire mais, pour une bonne part, c'est le destin qui tranchera. Tu trouveras le moyen d'avoir ce bébé, et de l'aimer furieusement, et qu'il ne te contraigne pas à renoncer à ce pour quoi tu te bats. Regarde-moi : j'ai sauté dans le vide parce que c'était Matthieu que je voulais, en dépit de tout le reste… et malgré toutes les difficultés que nous avons rencontrées, nous sommes heureux aujourd'hui.

Mais l'avenir de votre pays ne dépend pas de vous…

Catarina garde cette remarque pour elle. C'est son angoisse qui parle, elle le sait. Au fond, l'optimisme d'Alba lui fait du bien. Sa cousine sait tout ce par quoi elle est passée, ce qu'elle a traversé.

Si elle croit en moi… alors je le devrais, moi aussi.

— Je vous souhaite de l'être encore longtemps.

Le sourire d'Alba se fait pétillant, tandis que son regard se lève vers l'horloge accrochée au mur de pierre.

— En parlant de ça… Il faut que je remonte me préparer, si je veux le retrouver à l'heure ce soir. Tu viens avec moi ?

— Non, je vais rester encore un peu, faire quelques longueurs de plus.

— Ne t'épuise pas non plus, d'accord ? Pense au petit joyau.

Alba ponctue son conseil d'un clin d'œil et d'un tapotement sur son ventre… avant d'éviter la gerbe d'eau que Catarina lui envoie de la main. Elle nage ensuite vers l'extrémité du bassin, tranquillement, en sort et récupère ses affaires abandonnées sur une chaise longue, avant de laisser l'infante seule. Le silence revenu, cette dernière se remet à nager ; un crawl plus lent que celui avec lequel elle faisait brûler ses muscles. Les réflexions s'emmêlent en elle comme les courants que ses bras suscitent. De la crainte, de l'excitation, des calculs, de l'anticipation…

Ce qui est certain, c'est que je ne viendrai pas à bout de cet écheveau aujourd'hui…

Une demi-heure se passe, au bout de laquelle, la fatigue commençant à la rattraper, elle rejoint l'échelle au bout de la piscine elle aussi. Elle s'enveloppe dans l'une des larges serviettes laissées à disposition sur un présentoir, avant de s'asseoir au bout d'une chaise longue inoccupée, le temps de se sécher. Elle veut profiter encore un peu du calme qui règne ici, de la vue sur le parterre de l'orangerie à travers les baies vitrées ; la lumière de fin d'après-midi, rasante, donne une coloration dorée à tout ce qu'elle touche.

Parmi ses affaires, elle récupère son téléphone, qu'elle avait mis en mode silencieux pour ne pas être dérangée. Lorsqu'elle l'allume, elle est surprise de constater le nombre d'appels manqués, dont plusieurs en provenance de l'intendance. Un message attire son attention.

[Alerte : des individus armés se sont introduits dans Versailles. Nous conseillons à tous les résidents de...]

Elle n'ouvre pas la bulle pour le lire en entier. Déjà, elle est sur le qui-vive, glacée. Elle vient d'entendre un cri, lointain. Et il lui semble percevoir du bruit en provenance du passage souterrain qui relie le corps principal du château à l'aile secondaire où elle se trouve.

Son cerveau se met aussitôt en branle, cherchant une issue.

Quelques instants plus tard, un pied botté envoie valser la porte de la piscine.

Louis

— Nous pourrions appeler André Forestier aux affaires étrangères en remplacement de Jean de Berry, suggère Pierre de Chantilly. Il était son second depuis plusieurs années déjà, et sa loyauté ne fait aucun doute. Par ailleurs, il est roturier, ce qui serait perçu comme un signe d'ouverture certain.

— Mais son manque de charisme est notoire, rappelle Anne de Mortemart. Dans les négociations internationales en direct, il risque de perdre du terrain facilement.

— C'est une donnée à prendre en compte. Cependant…

— Votre Majesté !

Louis pivote, surpris, en direction de la porte reliant le cabinet du Conseil à la galerie des Glaces. Deux gardes viennent de faire irruption dans la pièce, de la panique dans le regard. Sans se soucier d'interrompre la discussion entre le souverain et ses ministres, celui qui vient de l'interpeller ajoute :

— Un commando armé a réussi à s'introduire dans le château. Nous les retenons, mais il faut vous mettre à l'abri, et vite !

Non…

Louis a beau chercher à bouger, il est paralysé. Prisonnier de sa terreur qui se réveille, des images qui éclatent devant ses yeux. La manière dont Jean de Berry s'est effondré, à quelques mètres d'ici seulement. Son sang, coulant entre ses doigts.

Le cri de son meurtrier.

LA PROCHAINE FOIS, CE SERA TOI…

C'était une promesse. Elle vient s'accomplir aujourd'hui.

Il serait prêt à se laisser mourir là, rattrapé par les abysses. Heureusement, ses gardes, eux, ont davantage de présence d'esprit que lui. Envoyant valser le protocole, ils le saisissent par le bras pour l'entraîner aussi rapidement qu'ils le peuvent vers l'escalier menant directement à la *panic room* aménagée justement pour ce genre de situation de crise. Pierre et Anne le suivent de près ; avant qu'il n'ait pu pleinement réaliser ce qui se passe, il est à l'abri, un commando entier de défenseurs déployé autour de lui pour assurer sa protection. Les résidents du palais identifiés comme prioritaires sont amenés en l'espace de quelques minutes, eux aussi : Xavier et sa mère, Olympe de Berry, Isabelle de Chantilly…

Mais pas Catarina.

Dès que Louis fait ce constat, sa peur, qui avait légèrement reflué, revient au galop. Affolé, il se précipite vers Alba et lui saisit le bras, enfonçant malgré lui ses doigts crispés dans sa chair.

— Rina… Où est-elle ?

Le visage de l'Espagnole est tordu par l'angoisse alors qu'elle lui répond :

— Nous étions ensemble à la piscine du château. Je suis remontée sans elle, je ne pensais pas que… que…

— Elle est seule ?

Le hochement de tête d'Alba envoie une main glacée serrer le cœur du jeune roi.

Elle est seule… sans défense face à ces assassins qui déferlent sur le palais.

— Nous essayons de la joindre, Votre Majesté. Sans succès pour l'instant.

Louis pivote. C'est Sophie Névé qui vient de lui adresser la parole, son téléphone à la main. Elle fait partie des quelques membres du personnel de Versailles jugés cruciaux qui ont été rapatriés ici en même temps que les nobles de plus haut rang – c'est le cas également de Gauthier. Ce n'est pas seulement pour assurer sa protection personnelle, mais aussi parce qu'elle joue un rôle majeur dans le protocole de réponse à une attaque : depuis l'application de l'intendance, elle coordonne tous les mécanismes d'alerte qui doivent permettre l'évacuation d'un maximum de courtisans.

— Continuez, lui ordonne-t-il. N'arrêtez pas, sous aucun prétexte.

Il ne s'attarde pas pour attendre la réaction de sa servante : il fonce droit vers le chef du commando déployé là.

— Envoyez des hommes à la piscine du château, ordonne-t-il sans préambule. L'infante Catarina est là-bas, vous devez la ramener ici saine et sauve !

— Malheureusement, les terroristes ont pris le contrôle de l'aile du Midi. Nous ne pourrons pas accéder au passage souterrain avant de les avoir délogés.

— Il y a bien quelque chose qui doit être en pouvoir !

L'être entier de Louis sombre lorsque l'homme lui renvoie un regard désolé… sans lui répondre.

C'est le coup fatal. Le jeune roi s'effondre, à genoux. Le cri qu'il pousse, celui d'une bête blessée, résonne entre les murs de la *panic room*, lugubre.

Non… Catarina ne peut pas m'être arrachée, pas ainsi. Pas alors qu'elle porte notre enfant, que nous avions enfin l'espoir de toucher du doigt un peu de bonheur…

Les sanglots le secouent, et tant pis pour tous ceux qui peuvent l'observer. Il ne les voit pas. Il est tourné en lui-même, tentant désespérément de proposer un marché à l'Univers.

Prenez-moi à sa place, prenez ma couronne, ma vie. Mais pas elle, mon Dieu, pas elle. Pas la seule chose autour de moi que le monde n'a pas encore souillée de sa fange…

Il sent une main se poser sur son épaule. Alba, qui s'est agenouillée près de lui. Doucement, elle l'aide à se relever, l'entraîne vers des chaises disposées contre un mur. Les nobles qui les avaient investies se lèvent promptement pour les leur laisser. Louis s'assied, vacillant au bord de l'effondrement. Ses doigts serrent ceux d'Alba si fort que ses jointures blanchissent.

Des talkies-walkies grésillent. Des nouvelles leur parviennent peu à peu. Terribles. Les forces du château luttent, progressent pour chasser les assaillants, mais il y a des pertes. Le commando auquel ils font face est extrêmement organisé, paramilitaire. Surtout, il n'a aucune pitié. Sur leur chemin péniblement reconquis, les soldats royaux trouvent des cadavres. Des nobles qui n'ont pas pu se mettre à l'abri à temps, retrouvés massacrés.

La vision qui se superpose au regard de Louis se précise. Tremblant, il ne parvient pas à la chasser.

Catarina, la gorge tranchée. Gisant dans la mare de son sang…

Le malheur appelle le malheur. Je semble destiné à perdre tout ce qui m'est cher. Je n'ai pas pu empêcher mon peuple de se soulever, mon père et mon oncle d'être assassinés… Et maintenant, c'est son tour.

— Elle va bien, lui glisse Alba. Elle a survécu à tant de choses… Je ne peux pas croire qu'elle se serait laissé piéger.

Louis n'a aucune réaction. Il voudrait se dire que la princesse a raison, que Catarina est vivante quelque part, qu'elle est parvenue à se tenir à l'écart des combats…

Mais il a trop espéré ces derniers temps pour rêver encore à des miracles.

Catarina

Il règne à l'intérieur du sauna une chaleur étouffante. Il est plongé dans l'obscurité, intoxiquant Catarina de son odeur d'eucalyptus et d'agrumes. Derrière sa porte de verre dépoli, elle espère que sa silhouette se confond dans la pénombre.

C'est la seule cachette qui lui est venue à l'esprit lorsqu'elle a compris que quelqu'un approchait depuis le passage souterrain. Elle s'y est précipitée, juste à temps pour disparaître avant que l'intrus ne fasse irruption dans la piscine.

Maintenant, à travers la vitre, elle distingue les contours flous d'un homme. Tenant dans ses mains une longue forme allongée qui ne peut être autre chose qu'un fusil d'assaut. Elle entend le son de ses pas, les seuls à briser le silence avec le clapotis de la piscine toute proche.

Elle se force à rester parfaitement immobile. À respirer aussi lentement que possible.

Danger. Danger. Danger.

Son instinct lui crie que les instants qui vont suivre peuvent lui être fatals. À elle, autant qu'à l'embryon de vie qu'elle porte. Elle n'a pas le droit de céder à la panique. Le moindre bruit involontaire, le moindre soupir, le moindre craquement du bois du sauna, et elle peut être repérée.

Sa peau est moite, transpirant sous l'effet tant de la température que de la tension qui l'habite. Elle sent des gouttelettes de sueur se former sur son front.

De l'autre côté de la porte vitrée, un talkie-walkie grésille.

— Louis XX a réussi à se replier. Échec de la mission. Retraite. Ne vous laissez pas prendre vivants.

Catarina déglutit. Ce qu'elle vient d'entendre, ce sont de bonnes nouvelles : elle est rassurée quant au sort de Louis. Et puis, étant donné les ordres qu'il vient de recevoir, l'assaillant ne va sans doute pas s'attarder ici.

Quelques secondes. C'est tout ce que j'ai encore à tenir.

Elle a trop chaud. Sa respiration est douloureuse, sa gorge brûlante.

Sur son visage, une goutte de transpiration roule, atteint la ligne de sa mâchoire. Elle reste suspendue là, juste un instant… puis se décroche.

Ploc.

Un frisson dévale son dos. C'est un bruit si ténu… L'homme de l'autre côté de la porte ne peut pas l'avoir capté. Il va s'en aller, d'un moment à l'autre. Il ne peut pas en être autrement.

Pourtant, sa silhouette s'est immobilisée. Droit en face de la porte vitrée.

Il paraît hésiter.

Une seconde interminable s'écoule.

Puis il fait un pas en avant.

Regarder la mort en face pour la première fois est une expérience tétanisante. La peur paralyse, fait perdre tous moyens, empêche de trouver une issue afin d'échapper à son destin. Pour cette raison, beaucoup ne l'affrontent qu'une seule et unique fois.

Mais Catarina n'est pas de ceux-là. Elle a survécu à deux tentatives d'assassinat. Elle sait lutter pour sa vie.

Avant de se précipiter à l'intérieur du sauna, elle a récupéré une seule chose dans ses affaires. Pas son téléphone, pour appeler à l'aide. Non : le couteau qu'elle porte en permanence sur elle depuis cette nuit à Madrid où un meurtrier envoyé par son oncle s'est introduit dans sa chambre. Sa main est crispée autour de sa garde. Ferme malgré sa paume poisseuse.

Dénudée, vulnérable, elle n'a droit qu'à une unique chance lorsque l'homme ouvre la porte vitrée, canon de son arme devant lui. Elle n'a que l'effet de surprise pour elle ; sans lui, elle n'est qu'une princesse brandissant une lame ridicule, face à un soldat entraîné.

Elle n'hésite pas et vise droit vers la jugulaire.

Un coup de feu part, assourdissant. Il ne la touche pas.

Elle, en revanche, n'a pas raté son attaque. Du sang jaillit, éclaboussant son visage de gouttelettes chaudes. Trop galvanisée pour ressentir du dégoût, elle tourne son couteau pour agrandir la blessure.

L'homme tombe à genoux en se tenant la gorge, des borborygmes lui échappant en même temps que la vie. Catarina aussi se laisse glisser au sol.

Choquée, mais vivante.

C'est dans cette position que des gardes du palais la retrouvent plus tard, à un mètre à peine du cadavre de son assaillant, agenouillée dans une flaque d'un sang qui n'est pas le sien. En les voyant, elle se rend compte que ses pensées ont dérivé dans un lieu hors de ce monde, et qu'elle a perdu toute notion du temps.

Elle se relève. Le couteau tombe de sa main contractée, chute au sol dans un bruit qui résonne entre les murs de pierre.

— Je vais bien, affirme-t-elle face aux regards horrifiés des nouveaux arrivants.

Elle cligne des paupières, puis ajoute :

— J'ai fait ce qu'il fallait.

Chapitre 16

Louis

Louis a perdu tout espoir. Près d'un quart d'heure a passé depuis qu'on lui a annoncé que les assaillants avaient fui Versailles, et il n'a toujours aucune nouvelle de Catarina. La poitrine oppressée, il attend qu'on vienne lui confirmer l'inévitable.

Qu'elle a péri. Qu'on a retrouvé son cadavre étendu dans un couloir du palais, comme tant d'autres. Que jamais plus elle ne se tiendra à mes côtés, que jamais plus je ne la verrai sourire.

Éperdu, il regarde autour de lui. Où que ses yeux se posent, les courtisans manifestent leur soulagement quant à l'échec de l'attaque terroriste. Lui se sent mourir à l'intérieur.

Et puis elle apparaît. Escortée par deux gardes. Des gouttes de sang sur le visage, les cheveux collés à sa peau en mèches encore humides, dans un peignoir en éponge brodé des armoiries de la Couronne de France.

Vivante.

Il se lève. Court vers elle, sans se soucier de ce qu'en penseront les nobles qui les entourent. Il l'étreint malgré le liquide poisseux qui la macule ; le soulagement qui l'envahit est si puissant qu'il ne peut penser à rien d'autre.

— Tu as survécu… murmure-t-il.

— Je ne suis pas si facile à tuer.

Submergé par ses émotions, qui le privent de mots, Louis serre fort la main de l'infante dans la sienne, tandis que Pierre de Chantilly s'approche d'eux.

— Votre Majesté, nos troupes sont en train de patrouiller dans le château afin de vérifier qu'aucune menace n'y subsiste… et d'établir une liste des disparus. Nous allons retenir les courtisans un maximum ici afin que personne ne tombe par mégarde sur un spectacle malheureux. Vos appartements ainsi que ceux de Son Altesse Royale sont déjà sécurisés. Il vaudrait sans doute mieux que vous vous y retiriez.

Le regard que le ministre pose sur Catarina est transparent : il craint que son état n'affole les aristocrates déjà bien secoués. Louis acquiesce sans aucune difficulté : se retrouver seul avec l'infante est son plus cher désir à cet instant. Accompagnés par un contingent de gardes, ils gagnent la chambre royale. À peine la porte s'est-elle refermée sur eux qu'ils se jettent l'un sur l'autre, exprimant en un baiser furieux toute la puissance des émotions qui les ont traversés au cours de la dernière heure.

La peur. L'incertitude. L'appréhension. La gratitude.

Lorsqu'ils se séparent, Louis a un goût de fer sur les lèvres. Celui du sang qui avait séché sur la bouche de Catarina.

— Je crois que tu as besoin d'un bain… dit-il.

— En effet.

Avec des gestes précautionneux, il l'aide à dénouer son peignoir, puis à retirer son maillot. Ils atterrissent en pile sur le sol.

J'ordonnerai à mes serviteurs de les brûler. Je ne veux pas qu'il reste le moindre souvenir du jour où j'ai cru perdre celle que j'aime.

Il entraîne ensuite l'infante dans sa salle de bains, où il tourne un robinet afin que sa baignoire se remplisse. Catarina se glisse à l'intérieur tandis qu'il ajoute du savon pour créer de la mousse. Puis, armé d'un gant, il entreprend de la laver, comme si par la douceur de ses gestes, il pouvait effacer l'horreur de ce qu'elle a dû traverser. Ses manches sont rapidement trempées, mais il ne s'en préoccupe pas.

Je ne suis pas la priorité. C'est elle.

Alors que les traces de sang s'estompent, ce sont d'autres sillons qu'il remarque. Ceux des larmes, qui coulent sur ses joues sans interruption. Son cœur se brise. Catarina a les bras repliés autour de ses genoux, le rideau de ses cheveux noirs encadrant son visage.

— Louis… murmure-t-elle, une souffrance incommensurable dans la voix.

Il sait. Il a déjà compris. Il est parvenu aux mêmes conclusions, même s'il refuse encore de les voir en face.

— Nous ne pouvons pas avoir un enfant dans ce monde, poursuit l'infante, scellant l'inévitable.

Ses paroles font exploser le dernier vernis d'illusion que Louis maintenait encore. Ce à quoi il s'est raccroché depuis qu'il a découvert la grossesse de Catarina, ce n'est rien d'autre qu'une rêverie. Une projection d'un bonheur auquel ils n'ont pas droit.

La vérité, c'est qu'un bébé ne serait qu'une cible de plus pour leurs ennemis. Son âge, son innocence ne le protégeraient en rien : au contraire, il n'en serait que plus vulnérable.

Sa naissance seule suffirait à ce qu'il soit déclaré coupable. À en faire une cible.

Au fond de son être, Louis sait tout l'amour qu'il aurait à offrir à cet enfant. À quel point il le désire.

Mais l'Univers, lui, l'accueillerait avec haine. Le blesserait plus que tout ce que je pourrais déployer comme bouclier.

L'angoisse qu'il a vécue cet après-midi lorsqu'il ignorait si Catarina avait survécu, il l'imagine multipliée au centuple, pour la chair de sa chair. Permanente. Celle de tout parent, en bien plus cruelle. Tangible, car son enfant naîtrait avec des assassins sur sa piste.

On voudra atteindre la monarchie à travers lui. Me percer le cœur en visant le sien.

Et puis, quelle vie auraient-ils à lui offrir ? Louis a accueilli la perspective de cette naissance comme une lumière dans sa nuit… mais ce serait faire venir au monde ce nouvel être pour le plonger dans l'obscurité. Le promettre à un poids qui sera trop lourd pour ses épaules. L'écraser sous la douleur, les sacrifices et la peur, comme lui-même a été écrasé.

Si je l'aime vraiment, je ne peux pas le condamner à ça. Je dois continuer à porter mon fardeau, pour l'en préserver.

Quelque part au fil de ses réflexions, il s'est effondré. Catarina et lui pleurent dans les bras l'un de l'autre, à présent, malgré l'eau qui trempe ses habits. Ils se cramponnent, fort ; mais pas assez pour retenir les cendres de leurs rêves.

— Pourquoi nous ? chuchote-t-il, la voix écorchée.

— Parce qu'il faut bien quelqu'un…

— Est-ce que ça en vaut la peine ?

Il s'écarte de l'infante, plonge droit dans ses yeux rougis.

— Nous avons tout sacrifié à la Couronne, Rina. *Tout*. Dis-moi que cela aura un sens au bout du compte.

— On ne mène pas un combat parce qu'on est certain de le gagner. Mais parce qu'on le doit.

Et tu penses que nous l'avons déjà perdu…

Après cela, c'est le silence qui retombe entre eux, jusqu'à ce que l'eau de la baignoire devienne froide, jusqu'à ce que la nuit noire tombe derrière les fenêtres de Versailles. Il n'y a plus rien à dire, plus rien à ajouter. Plus que leurs mains qui ne veulent pas se lâcher, leurs têtes qui s'appuient l'une contre l'autre.

Et les enveloppes spectrales de ceux qu'ils étaient autrefois.

Catarina

Le bas-ventre de Catarina s'engourdit, lentement.

Le spécialiste convoqué à Versailles vient de lui injecter un produit anesthésiant, avant de se retirer de l'infirmerie du château pour quelques minutes, le temps que la substance fasse effet. Allongée en chemise d'hôpital, elle attend, perdant peu à peu toute sensibilité dans la partie inférieure de son corps. Elle se raccroche d'autant plus fort à la main de Louis, la serrant dans la sienne comme sa dernière bouée dans un naufrage. Elle n'a pas besoin de le regarder pour savoir qu'il pleure, lui aussi. Malgré tout, il sera là, jusqu'au dernier moment.

Aurions-nous dû rechercher notre bonheur à tout prix, même celui de ce bébé ? Même celui de mon peuple entier, que j'aurais été contrainte d'abandonner au joug d'Alfonso ?

Elle ferme les yeux. De nouveau, elle les voit, ces enfants qui auraient pu naître. Ce qui n'est encore qu'un amas de cellules dans son ventre, mais déjà la potentialité d'une vie. La petite fille aux boucles blondes, le garçonnet brun, entre eux au bord de la mer.

Je construirai un avenir où vous pourrez nous rejoindre, je vous le promets. Un temps où nous serons en mesure de vous accueillir comme vous le méritez.

La petite fille chute, ses jambes se dérobant sous elle. Le garçonnet est emporté par les vagues.

— Votre Altesse Royale ? Nous allons pouvoir procéder.

Catarina rouvre les paupières pour poser son regard sur le gynécologue qui vient d'entrer dans la pièce.

— Faites, lui murmure-t-elle.

Tandis que ce qui aurait pu être est aspiré hors de son corps, elle a l'impression que toute la lumière de la pièce s'enfuit aussi.

Louis

Quand il est monté sur le trône, Louis avait une seule aspiration pour son règne : parvenir à conserver son humanité malgré sa couronne. Maintenant, il est sur le point de perdre l'une et l'autre.

Il déteste celui qu'il est devenu. La somme de ses mauvais choix, de ses erreurs, de ses lâchetés, de ses peurs. De ses espoirs déçus et de ses illusions. De ses rêves au goût d'amertume et de ses renoncements qui ont laissé en lui un gouffre aux bords rongés par l'acide.

On le hait, désormais, presque unanimement. Les Français le détestent avec autant d'intensité que les Danois rejetaient leur propre souverain, qu'ils ont fini par tuer.

Finalement, il les accueillerait avec fatalité s'ils venaient le prendre.

Il aimerait se justifier, crier à la face du monde qu'il n'est pas ce monstre qu'on dépeint, mais à quoi bon ? Nul ne l'écouterait. Il est condamné au silence. Sa dernière blessure intérieure, l'avortement de Catarina, il doit la porter seul avec l'infante – car si les faits venaient à s'ébruiter, nul doute qu'ils seraient exploités pour le conspuer davantage. Alors il se tait. Prétend face à son peuple qu'il n'y a rien d'autre chez lui que cette indifférence qu'il est peu à peu devenu contraint à afficher. Assiste à son conseil des ministres – réduit à peau de chagrin – et fait comme s'il existait encore une voie hors du chaos. Comme si les derniers piliers qui s'obstinent à tenir n'allaient pas céder d'un jour à l'autre.

Il soupire, se laisse aller contre le dossier de son siège, à l'intérieur de la voiture qui le transporte. Les rues de Paris défilent derrière sa vitre. Elles ont été dégagées pour son passage, aussi les parcourt-il à toute allure. Pas assez vite, cependant, pour qu'il ne puisse remarquer les visages hostiles qui observent sa voiture d'un œil mauvais.

S'ils pouvaient cracher sur le drapeau royal qui orne mes portières, ils le feraient…

Il est en route vers le tout nouvel hôpital pour enfants Staël, un grand projet de la Couronne lancé sous le règne de François IV et qui voit enfin l'heure de son inauguration arrivée. Au vu de l'attaque meurtrière lancée par le Front Agora sur le château de Versailles – qui a fait trente-neuf morts, bien que l'objectif principal des terroristes, le toucher personnellement, n'ait pas été atteint –, Pierre de Chantilly comme Anne de Mortemart ont tenté de le dissuader de maintenir cette visite. En fait, ils lui ont même enjoint d'abandonner le palais pour trouver refuge dans un autre des domaines royaux, plus facile à défendre, arguant que la violence des révolutionnaires ne tarderait certainement pas à le viser de nouveau.

Il a refusé de les écouter.

— Nous devons nous rendre à l'évidence : je ne suis plus en sécurité nulle part, a-t-il soupiré. Faut-il que je renonce à gouverner parce que cela devient trop dangereux ? À quoi bon n'être plus qu'une ombre retranchée dans mon palais ? C'est le choix qu'a fait Thyra de Danemark, et regardez-la maintenant !

Il ne veut pas de cette vie, de cette longue torture se prolongeant.

Autant en arriver tout de suite au dernier acte.

Catarina aussi a essayé de le supplier de changer d'avis, dans l'intimité de leur chambre. Plaidant également qu'il devait éviter de prendre le risque de s'exposer.

Malheureusement pour elle, je connais parfaitement le langage auquel elle est sensible, celui du devoir…

— Je fais ce qui est nécessaire, lui a-t-il répondu. Il faut que je montre aux Français que je suis toujours là, que les révolutionnaires n'ont pas réussi à m'effrayer. Peut-être cela donnera-t-il à ceux qui désapprouvent leurs actes le courage de faire entendre leur voix.

Elle est plus optimiste que lui : elle y a cru. Elle l'a même regardé avec admiration, s'imaginant qu'il se révélait face aux ultimes épreuves.

La réalité… c'est que je capitule. Puisque je ne peux échapper à mon destin, je le précipite.

Assis dans cette voiture, il est terrifié malgré tout. Quand il a affirmé à ses ministres qu'il refusait de se terrer dans son château, il s'est senti brave. À présent, il se demande où le courant de détermination qui l'animait alors a fui.

Il est seul. Pas littéralement : un convoi entier de militaires l'accompagne et, sur place, un autre détachement l'attend déjà. Mais il lui manque ses appuis : Catarina ainsi que ses conseillers sont restés à Versailles, et l'ont salué avec crispation au moment de son départ.

Personne ne l'a dit explicitement, mais ce qu'ils pensaient était clair : ils ne sont pas certains de me revoir. Je vais au-devant du danger, et nous sommes arrivés au bout des moyens de m'en préserver.

Les visages des Parisiens l'effraient. N'importe lequel de ces gens pourrait être davantage qu'un simple opposant. Un meurtrier en puissance, prêt à saisir la moindre occasion pour s'en prendre à lui.

À ce stade, il n'est pas encore obligé de s'exposer. Il peut toujours prévenir son chauffeur que tout compte fait, il préfère retourner au palais. Le mot serait passé aux autres véhicules du convoi ; il ferait demi-tour avec l'ensemble de ses gardes.

Mais il reste immobile. Muet. Se laissant porter jusqu'à ce rendez-vous avec le peuple qu'il craint tant.

Sa voiture se gare devant l'hôpital qu'il est venu visiter. Devant, une ligne de médecins en blouse blanche l'attend. Ils ont été triés sur le volet après une enquête approfondie ; pour plus de sûreté, ils sont surveillés par des soldats au moins trois fois plus nombreux qu'eux. La *community manager* royale, Floriane, est déjà arrivée, et cherche à se placer d'une manière qui lui permettra de prendre des photos sous un angle qui masquera cette ambiance oppressante.

Elle voudrait me montrer rencontrant mon peuple sans crainte... C'est peine perdue. Elle devra se contenter de gros plans sur les docteurs.

On vient ouvrir la portière de Louis. Il sort, plaquant sur son visage un sourire malgré son appréhension. Son expression ne veut plus rien dire : c'est devenu un masque qu'il porte jour après jour, contraint de faire bonne figure. Dans un état second, il serre la main à chacun des médecins, emboîte ensuite le pas à l'homme qui se présente comme le directeur de l'hôpital et qui se propose de lui faire visiter les lieux.

— C'est parfait, déclare-t-il mécaniquement. J'ai hâte de découvrir vos toutes nouvelles installations.

Il se laisse mener à travers la section de cardiologie, puis de cancérologie. Le matériel médical est flambant neuf, et Louis s'efforce de hocher la tête avec sérieux à ce que lui dit son guide, même s'il ne comprend pas tout à son jargon scientifique.

— Maintenant, Votre Majesté, nous allons passer à l'étage supérieur, où des chambres ont été aménagées afin que les parents des enfants en séjour ici puissent passer la nuit auprès d'eux.

Le groupe se dirige vers un ascenseur. Il entre dans la cabine avec trois soldats ; le reste du détachement de gardes qui l'accompagne, lui, rejoint l'escalier afin de l'attendre à destination. Le directeur de l'hôpital presse le bouton de montée ; les portes mécaniques se referment. L'ascenseur s'ébranle…

Mais pas dans le bon sens.

Tous les occupants de la cabine échangent des regards étonnés en se rendant compte qu'ils sont en train de descendre. Les gardes du corps de Louis, prompts à l'action, repoussent le roi et le médecin vers l'arrière et se postent en avant, prêts à faire feu.

Les portes s'ouvrent.

Les trois soldats ne font pas le poids face à ceux qui les attendent. Des balles les visent droit à la tête, létales. Louis les voit s'effondrer, et il réalise, résigné, qu'il va mourir ici. Que d'un instant à l'autre, les terroristes vont pénétrer dans la cabine et l'abattre à son tour.

Ou pas. Ils voudront un trophée à exposer. Ils me décapiteront plutôt.

Le détachement avec lequel cette pensée lui vient l'effraie, presque autant que la situation. C'est comme s'il était passé au-delà de la peur, pour entrer dans la fatalité.

Tout mon parcours, tous mes mauvais choix de ces derniers mois m'ont mené là. Il était inévitable que ma chute me mène jusqu'à la mort.

Les échanges de tirs ont cessé ; le combat a pris fin, quelques secondes seulement après son commencement. On n'entend plus que les gémissements du directeur de l'hôpital, recroquevillé dans un coin de l'ascenseur. Une part de Louis voudrait l'imiter, mais il la repousse.

Si je dois périr, je veux ma dignité comme linceul.

Des hommes vêtus de noir entrent dans la cabine, s'approchent de lui. Leurs visages sont masqués par des cagoules, des lunettes tactiques leur couvrent les yeux. L'un d'eux braque son arme sur lui. Instinctivement, il lève les bras en l'air.

J'avais tort. Ils vont m'achever, ici et maintenant.

L'homme agite son fusil d'assaut en un geste agacé, et le jeune roi se rend compte qu'il est en train de lui parler. Qu'il lui a sûrement déjà dit quelque chose, mais que son esprit s'est trop déconnecté pour imprimer les mots qu'il a prononcés. Il les répète :

— Avance ! Maintenant !

Louis n'est pas un guerrier. Il ne tente pas de geste héroïque, d'action brillante pour lutter coûte que coûte. Il obéit : il se met en marche. Hors de l'ascenseur, il découvre un parking éclairé par des néons, dans lequel une vingtaine de combattants sont déployés. Une camionnette est garée, portière arrière ouverte ; on le pousse à l'intérieur sans ménagement. Pour lui qui est habitué à ce qu'on le traite en toutes circonstances avec égard, c'est un choc. Jamais encore il n'avait été brutalisé physiquement. Des hommes s'entassent dans le véhicule avec lui ; l'un d'eux le fouille pour arracher son téléphone à la poche intérieure de sa veste. L'appareil est balancé à l'extérieur, où il s'explose sur le béton.

— Merde ! Ils arrivent ! s'exclame l'un des terroristes.

Aussitôt, la camionnette démarre, tandis que s'élèvent des cris. Des balles fusent, avant qu'une exclamation ne les stoppe net.

— Arrêtez ! Vous risquez de blesser le roi !

De la lumière aveugle soudain Louis. Le véhicule a quitté le parking, rejoignant les rues de Paris. On entend déjà des sirènes hurlantes ; avec espoir, il voit une voiture de police foncer vers lui, gyrophare allumé.

Sa course est coupée quand un 4x4 posté en embuscade la percute.

Ils sont organisés. Ils ont tout prévu.

Combien de taupes dans les rangs de l'armée a-t-il fallu radicaliser pour monter cette opération ? Combien d'heures à pirater le système de sécurité informatique de l'hôpital ?

Mes ennemis ont réussi à s'introduire à Versailles… Comment ai-je pu imaginer une seconde qu'un bâtiment civil leur résisterait ?

La camionnette file à travers Paris sur les chapeaux de roues.

— Ne tentez rien contre nous, n'essayez pas de nous suivre, ou le roi mourra ! annonce l'un des hommes à travers une radio.

La menace doit être efficace, car plus personne ne prend la camionnette en chasse. Dans une rue couverte que Louis devine dépourvue de caméras de surveillance, on le fait changer de véhicule. Il est transféré encore quatre fois avant d'arriver à destination : un bâtiment de banlieue que rien ne distingue de ses voisins. On l'entraîne à l'intérieur ; une femme l'y attend, un sourire glaçant sur les lèvres.

— Bonjour, *Votre Majesté*, le salue-t-elle. Le Front Agora vous souhaite la bienvenue…

À cet instant, Louis a la certitude qu'il vit ses dernières heures.

Julie

L'appel d'Anne de Mortemart prend Julie par surprise alors qu'elle est en train de relire la dernière version du communiqué devant accompagner les ajustements qu'elle a ordonnés dans les statuts de Réseau Royal. Elle décroche aussitôt, se demandant ce qu'il peut bien y avoir de prioritaire pour que le gouvernement pense à la contacter dans la pagaille ambiante.

— Madame la ministre, je...

— Sa Majesté le roi Louis XX vient d'être enlevé, la coupe la conseillère, de l'urgence dans la voix. Je veux que vous affectiez immédiatement l'intégralité des ressources de votre entreprise à sa recherche.

— Quoi ?

Julie a du mal à croire à la nouvelle qu'elle vient d'apprendre. Elle est au courant de l'attaque qui a visé Versailles, bien sûr, et elle savait que le souverain devait effectuer une rare sortie publique aujourd'hui, mais de là à être kidnappé ?

C'est un séisme.

À l'autre bout du fil, Anne de Mortemart aligne les informations avec le débit d'une mitraillette.

— Nous pensons que le Front Agora est derrière l'opération. Les services secrets sont déjà mobilisés : je vous ordonne de coopérer à toute demande qu'ils pourront vous faire. Ils vous donneront les informations dont nous disposons. Si vous obtenez des résultats, ne tentez rien de votre côté sans m'avoir préalablement consultée : la vie du roi est menacée.

— Savons-nous ce que veulent les ravisseurs ?

— Non. Et je crois que nous n'avons pas envie de le découvrir. Faites tout ce qui est en votre pouvoir, mademoiselle Sallemont. L'avenir de la France en dépend.

Sur ce, la ministre raccroche. Julie reste immobile, le téléphone près de son oreille, stupéfaite.

J'ai déjà déjoué un complot visant le roi... Maintenant, on me demande de recommencer.

Mais rien dans les circonstances n'est identique. Elle faisait partie des conspirateurs à l'époque ; elle est aveugle désormais. Elle avait pris sa décision en son âme et conscience, à l'issue des réflexions qui l'avaient déchirée ; Anne de Mortemart la presse cette fois d'agir dans l'urgence. Elle pensait que ses convictions lui permettraient toujours d'entrevoir le bon chemin ; elle ne fait que discerner, jour après jour, à quel point le monde est infiniment plus complexe qu'elle le pensait autrefois. La chancelière a agi avec tant de certitude… Comme si Julie ne pouvait faire rien d'autre que s'incliner devant les ordres, comme si sa volonté de coopérer était certaine. Mais la jeune femme doute.

Oui, j'ai déjà empêché une révolution d'aboutir, et il est possible que j'en garde sur les mains bien plus de sang que ce qui aurait coulé sinon. Si je tente une nouvelle fois de m'interposer entre Louis XX et le destin, qui en paiera le prix ?

Et puis, mérite-t-il d'être sauvé ? Il a trahi la seule promesse qu'elle lui avait demandé de faire, celle de garantir un procès à son oncle. Il a échoué à changer la France, que ses efforts aient été vains ou insuffisants. Agir, ce serait se mettre en porte-à-faux vis-à-vis de ses employés, qui pour la majorité n'entretiennent aucune sympathie à l'égard de ce roi qui les a abandonnés.

L'espace d'un instant, elle envisage de ne rien faire. D'ignorer l'appel de la ministre, de laisser l'Histoire suivre son cours.

Avant de se ressaisir.

La victoire de ce en quoi je crois, je la veux sur le terrain des idées, pas à travers la mort de mes adversaires. Louis n'est pas le tyran cruel que le Front Agora voudrait dépeindre. S'il est tué, c'est une certaine vision de la justice qui périra avec lui. Je ne peux pas laisser cela se produire sans intervenir. Il est temps de me replonger dans la bataille.

Elle se concentre. Il lui faut procéder avec ordre et méthode si elle veut espérer obtenir des résultats. Fermant le communiqué sur lequel elle était en train de travailler, elle quitte son bureau et rejoint celui, tout proche, de son secrétaire, Armand. Elle lui demande de convoquer en son nom l'ensemble des chefs de service dans la salle de réunion Blaise-Pascal dès que possible. Elle poursuit ensuite son chemin jusqu'à la porte de Matthieu, contre laquelle elle frappe.

— Entrez !

Elle la franchit avant de la refermer aussitôt derrière elle, fébrile. Elle s'y adosse, le souffle court, tandis que son directeur technique se lève, inquiet.

— Louis XX a été enlevé, lui révèle-t-elle.

À la manière dont il blêmit, elle devine qu'Alba ne l'avait pas encore prévenu.

— Le gouvernement compte sur nous pour le retrouver, ajoute-t-elle. Si nous n'y arrivons pas…

— Je n'ose pas penser au monde dans lequel nous nous réveillerons demain.

Le ton de Matthieu est grave. Lui aussi a pleinement conscience de l'importance de la mission qui leur incombe.

Il y a plusieurs semaines, c'est lui qui, quasiment seul, avait empêché que les défenses numériques de Versailles ne tombent. J'ai besoin de lui à mes côtés pour mener ce nouveau combat.

— Aide-moi, souffle-t-elle. S'il te plaît…

Il est le seul dans cette entreprise en qui elle a pleinement confiance. Elle n'envisage pas de surmonter cette nouvelle crise sans son épaule sur laquelle s'appuyer, pour la stabiliser alors qu'elle s'apprête à rentrer une seconde fois dans la tourmente.

Son hochement de tête lui permet de se sentir immédiatement un peu plus légère.

— Bien sûr. Nous allons affronter ça ensemble. Je ne vais nulle part.

Moins d'un quart d'heure plus tard, c'est en ayant préparé une ébauche de stratégie qu'ils parviennent à se présenter devant les chefs de service : ils ont réussi à se montrer efficaces. Ils les trouvent fébriles : la nouvelle de l'enlèvement de Louis XX n'est pas encore publique, et tous spéculent sur la raison de cette cellule de crise. En évitant de prendre un ton catastrophiste qui les plongerait dans une panique peu souhaitable, Julie leur livre les quelques informations qu'elle a obtenues d'Anne de Mortemart, et elle embraie immédiatement sur ce qu'elle attend d'eux :

— Je veux en premier lieu que vous préveniez vos subordonnés de ce qui se passe, et que vous veilliez à ce que chacun ait conscience de l'importance du rôle que notre entreprise a à jouer dans les prochaines heures. Ensuite, vous assignerez vos équipes aux missions suivantes. Ronan, vous vous chargerez d'effectuer des recherches dans les logs des messageries privées de notre site afin d'y détecter de potentiels échanges préparatoires à l'opération qui a eu lieu. Pauline, les services secrets vont vous donner accès au système informatique de l'hôpital Staël, qui a manifestement été piraté ; vous essaierez de remonter ce fil. Jana…

Méthodiquement, Julie annonce la répartition des équipes qu'elle a préparée avec Matthieu quelques minutes plus tôt, en fonction des compétences de chacun et de chacune. Lorsqu'elle a terminé, elle conclut en indiquant qu'elle-même se chargera de faire la liaison avec le gouvernement ainsi que de la coordination des objectifs, et qu'elle doit être informée sur-le-champ de toute avancée.

Il y a un temps de latence quand elle en a terminé. Le poids des regards silencieux sur elle, elle commence à le connaître. Elle l'a anticipé ; toutes les interrogations qui s'agitent dans ces prunelles, elle s'attendait à les y trouver. Elle a compris que c'est là qu'elle peut faire la différence, plus encore que sur le fond des ordres qu'elle vient de donner, à propos desquels Matthieu a davantage de mérite qu'elle.

C'est mon rôle en tant que dirigeante : transmettre ma vision. Convaincre mes subordonnés que la direction dans laquelle je souhaite les emmener est la bonne. Faire naître un feu en moi, et le leur transmettre.

Finalement, les doutes auxquels elle est elle-même confrontée constituent un avantage… car, étant donné qu'ils les partagent, elle est en mesure de leur montrer la voie pour les surmonter.

— Je sais que plusieurs d'entre vous doivent hésiter à consacrer leurs efforts pour aider Louis XX, conclut-elle. Que cela vous heurte, même. Ne le faites pas pour le roi. Faites-le pour vous-mêmes. Pour votre conscience. Pour pouvoir continuer à vous regarder dans un miroir en affirmant que vous n'avez pas été complices d'un meurtre.

Ce n'est plus mon cas... si bien que je sais que c'est un poids dont on ne se débarrasse jamais.

Sa voix se meurt sur ses lèvres ; son expression déterminée se fendille. Elle la laisse se dissiper, dévoilant à ses employés à quel point elle est fragile sous sa carapace. C'est son dernier atout : sa sincérité.

Ils hochent la tête, un par un. Se lèvent, pour aller remplir les missions qu'elle leur a assignées.

Sa respiration se relâche, alors qu'une longue attente commence. Dépourvue de réelles compétences techniques, elle ne peut pas faire grand-chose d'autre que patienter en attendant que ses employés fassent des découvertes. Celles-ci sont si ténues... Il suffit d'une heure pour qu'elle réalise qu'ils sont en train de ne rassembler que des miettes.

Le Front Agora est extrêmement bien organisé : ils ont couvert leurs traces... Tout ce que nous arrivons à grappiller ne constitue même pas le commencement d'une piste. Que la voiture transportant le roi apparaît en arrière-plan d'un selfie posté tout à l'heure par des touristes en visite à Paris, par exemple, ou que les vues du profil du directeur de l'hôpital ont été inhabituellement hautes au cours des deux semaines qui viennent de s'écouler...

Elle ne parvient pas à rester à son bureau ; elle navigue entre les différents étages, pour sentir battre le cœur de l'entreprise. Espérer être là au moment crucial, celui qui changera tout... s'il arrive.

— Mademoiselle Sallemont ?

Elle se retourne alors qu'elle faisait les cent pas, nerveuse, près du bureau de Ronan Topor. C'est Armand qui est descendu de leur étage pour la rejoindre.

— Oui ?

— Il y a des visiteurs pour vous en bas.

— Aujourd'hui ?

Je ne connais pratiquement personne en dehors des murs de cette entreprise… et il faut que quelqu'un se présente au beau milieu de la pire urgence que j'ai jamais eu à affronter, évidemment.

Son secrétaire acquiesce, avant de lui révéler :

— Il s'agit des princesses Catarina et Alba d'Espagne. Accompagnées de leurs gardes du corps, évidemment.

— Oh.

Bien sûr : elles veulent être au plus près de l'action. Catarina a peur pour l'homme qu'elle aime, et Alba est là pour elle, comme toujours.

— Faites-les monter, ordonne-t-elle à Armand.

— Tout de suite.

Elle lui emboîte le pas jusqu'à l'ascenseur, pour remonter avec lui jusqu'au dernier étage et rejoindre son bureau, le plus adapté pour accueillir les deux princesses. Pour elles aussi, Julie veut réussir. Leur éviter un deuil de plus.

Le destin du pays entier va se jouer à très court terme. Sur un coup de dé. Une prouesse dont elle est personnellement incapable, mais que les virtuoses de l'informatique sous ses ordres vont tâcher d'accomplir.

Mais un regard à sa montre, et son cœur se serre.

Tic, tac… Le temps s'écoule et, malheureusement, il ne joue pas en notre faveur…

Catarina

Le cocktail d'émotions qui tourmente Catarina est si puissant qu'elle ne parvient pas à apaiser sa fébrilité. Il y a la peur, d'abord, paralysante, glaçante, qui lui susurre que c'est terminé, qu'elle ne reverra jamais Louis, que les terroristes du Front Agora vont l'abattre comme un chien avant de prendre le contrôle du pays par la force. Il y a la culpabilité, ensuite : elle ne peut repousser ce moment qui tourne en boucle dans son esprit, quand elle a regardé partir celui qu'elle aime tout à l'heure sans le retenir. Un mauvais pressentiment la tenaillait, et pourtant, elle n'a rien dit. Rien fait pour qu'il reste à Versailles, près d'elle, plutôt que de se jeter dans la gueule du loup. Il y a aussi de l'espoir et du désespoir alternativement, de la tristesse, de l'impatience… Un maelström qui la pousse dans ses derniers retranchements. Jamais elle n'a été aussi près de s'effondrer qu'aujourd'hui, après tout ce qu'elle a dû traverser en si peu de temps.

Mais le couperet n'est pas encore tombé. Alors je m'accroche. Pour l'instant.

Dans la cabine d'ascenseur qui l'amène au sommet de la tour de Réseau Royal, Alba prend sa main pour la serrer, lui communiquer un peu de force. Elle s'est déjà rendue dans le bâtiment de l'entreprise, pour le bal que Marc Sallemont y avait organisé, il y a une éternité de cela ; c'est cependant la première fois qu'elle en visitera l'étage de direction. Tout lui paraît si épuré ici, d'une élégance sobre et moderne qui contraste avec l'opulence exubérante de Versailles… Mine de rien, cela l'aide à se sentir un peu moins défaitiste. Au palais, un sentiment d'impuissance la torturait. Ici, elle doute de pouvoir se montrer plus utile… mais au moins, elle sera au plus près de l'action. Pas condamnée à tourner dans un salon doré alors que Louis est peut-être en train d'être mis à mort.

Ses yeux la piquent à cette pensée. Elle ferme les paupières pour retenir ses larmes.

Elle les rouvre lorsque le « ping » de l'ascenseur lui indique qu'elle est arrivée à destination. Les portes s'ouvrent ; face à elle, elle découvre une salle d'attente meublée de fauteuils dans le bleu emblématique de Réseau Royal. Mais c'est vers la silhouette qui les attend debout, Alba et elle, que son regard est immanquablement attiré. Julie a changé depuis l'époque où elle était leur servante, et pas seulement parce qu'elle a troqué l'uniforme du personnel de

Versailles contre un tailleur et des escarpins lustrés. Elle se tient droite, assurée ; prête à assumer le poids de tous les yeux posés sur elle. Ses cheveux roux sont retenus en un chignon strict, et une pointe de maquillage accentue les traits de son visage. En observant la manière dont elle carre ses mâchoires, dont ses yeux se posent sur les nouvelles arrivantes, scrutateurs, Catarina se demande comment elle a pu manquer autrefois ses similitudes physiques avec son oncle.

Elle n'est plus une ombre aux confins de la cour ; elle a appris à devenir une joueuse à part entière.

— Votre Altesse Royale, Votre Excellence, les salue-t-elle.

Même sa révérence est différente : brève, efficace.

— Matthieu est avec ses équipes, informe-t-elle Alba. Il nous rejoindra dès que possible.

— Non, qu'il fasse son travail. Nous aurons largement le temps de profiter l'un de l'autre plus tard, quand Louis sera de nouveau parmi nous.

Catarina sourit faiblement. Sa cousine affiche une confiance de fer, pour pallier celle qu'elle sent la fuir un peu plus à chaque minute qui passe.

— Venez, reprend Julie. Je vais vous installer dans mon bureau, vous y serez mieux.

Elle leur ouvre la marche jusqu'au bout du couloir, où une porte est ouverte sur la pièce en question ; vaste, dotée d'une baie vitrée surplombant les toits de Paris. Elle est à l'image du reste du bâtiment : dépouillée du moindre ornement. Catarina ne peut s'empêcher de noter que son ancienne servante n'y a pas apporté sa touche personnelle.

Elle a toujours préféré garder pour elle les secrets de son âme… jusqu'au jour où elle a décidé de changer le destin de ce pays en me les confiant.

— Avez-vous découvert du nouveau ? demande l'infante, fébrile, dès qu'Alba et elle ont pris place dans les fauteuils faisant face à celui de Julie.

Cette dernière secoue la tête, les lèvres pincées.

— Malheureusement non. Jusque-là, tout ce que nous avons réussi à réunir, ce sont des bribes de piste. Rien de concret concernant la localisation de Sa Majesté.

Catarina s'en doutait – s'il en avait été autrement, l'expression de Julie n'aurait pas été si morose –, mais l'entendre la frappe tout de même d'un coup en pleine poitrine. Instinctivement, elle porte la main à la perle en pendentif autour de son cou, le cadeau que lui a fait Louis et dont il porte la jumelle. Le lien entre eux se distend ; elle jurerait pouvoir le sentir arraché à elle, emportant son cœur.

Non… Ce n'est que mon angoisse qui parle. Nous allons le retrouver. C'est encore possible…

Un silence tombe sur le bureau. Il n'y a pas grand-chose à dire ; ce qui règne entre les trois femmes, c'est une tension électrique. De nouveau, Catarina observe Julie. Habituellement, c'est elle qui se targue de sa capacité à conserver un visage impassible en toutes circonstances. Aujourd'hui, ses traits sont défaits, mais ceux de son ancienne servante sont indéchiffrables. Poussant l'infante à s'interroger sur ce qui, nécessairement, s'agite sous la surface.

Elle sait que la réponse à sa question pourra lui faire mal. Elle ose la poser tout de même :

— Tu rêvais de justice sociale, tu voulais faire chuter la monarchie à l'époque où tu as rejoint Versailles. Dis-moi… Est-ce que tu te réjouis de ce qui se passe en ce moment ? Est-ce cela que tu souhaitais ?

Julie réfléchit plusieurs secondes avant de déclarer, d'un ton prudent :

— C'est vrai, autrefois, j'appelais de mes vœux une révolution. Mais pas le chaos.

Elle secoue la tête avant d'ajouter :

— D'ici, j'espérais pouvoir contribuer à l'éviter. Faire prévaloir la raison sur le tumulte. Ça n'a pas suffi.

Ce sentiment, Catarina le partage. Tous ces efforts qu'elle a fournis ces dernières semaines, tous ces Conseils d'État où elle a vu le gouvernement glisser lentement vers la catastrophe…

Qu'aurions-nous pu faire de différent ? Des mois durant, j'ai vu Louis colmater les brèches qui s'ouvraient une à une… sans succès. J'aurais dû le pousser à être plus audacieux, certainement. À prendre des mesures qui auraient vraiment permis de changer les choses.

Elle sent le goût amer de l'échec dans sa bouche. Désabusée, elle souffle :

— Penses-tu que tout soit perdu pour Louis à présent ?

Elle a besoin de l'avis sans filtre de quelqu'un qui est moins impliqué émotionnellement qu'elle. Qui peut analyser la situation sans biais. Le couperet ne tarde pas à tomber. Julie se montre honnête, comme Catarina l'a toujours encouragée à l'être avec elle :

— Peut-être réussira-t-il à sauver sa vie. Mais son trône ? À présent, cela me semble hautement improbable. Au fond de vous, je pense que vous le saviez déjà, n'est-ce pas ?

L'infante essuie rageusement ses yeux. Malgré sa vision brouillée, elle distingue tout de même le sourire compatissant que Julie lui adresse.

— Ce n'est pas votre faute. En une tout autre époque, vous auriez été une grande reine, j'en suis convaincue. Mais c'est le peuple entier qui réclame sa liberté. Vous n'aviez aucune chance de l'arrêter.

— Moi aussi, j'aurais voulu être une barrière contre le chaos.

J'aimerais croire que si la couronne de France avait été posée sur ma tête, j'aurais pu accomplir l'impossible, contenter le peuple sans qu'il aille jusqu'à la révolution. Et peut-être, dans un monde parallèle, y suis-je parvenue…

— Il nous reste une dernière chance, fait remarquer Alba. Si Louis est sauvé… nous n'aurons pas perdu tout à fait.

Toujours l'optimisme de sa cousine, tenant bon malgré les difficultés… Julie comme Catarina ne parviennent pas à renchérir sur sa remarque.

Je veux y croire, encore. Mais j'ai un funeste pressentiment. Et mon instinct me trompe rarement…

THOMAS

Thomas déteste Louis XX, de tout son être. C'est l'incarnation même du système politique qu'il rejette ; un tyran, se gargarisant de sa prétendue supériorité du seul fait de sa naissance. Un incapable, pathétique dans ses déclarations publiques, dépassé par les fonctions qu'il occupe indûment.

Pourtant, depuis qu'il a appris par ses informateurs qu'il venait d'être enlevé à l'hôpital Staël, il éprouve plus de malaise que de jubilation.

C'est une action forte, symbolique, qui pourrait signer l'arrêt de mort de la monarchie en France. Une action comme seul le Front Agora a pu l'organiser, et qui risque bien d'offrir aux hommes et aux femmes qui le composent une position dominante dans le paysage politique remodelé. Thomas panique rien que de l'imaginer. Déjà, la situation lui échappe. Même au Tennis Club, il sent sa voix perdre de son poids, les sympathisants de la cause révolutionnaire s'échauffant pour les agissements bien plus flamboyants de ses rivaux. Certains viennent avec des foulards, prêts à dissimuler leur visage pour se disperser dans la nuit et y allumer des brasiers en réponse aux appels de Barbara Euler et de ses sbires. Le jeune homme l'observe avec crispation.

À quoi ressemblerait un pays dirigé par un groupuscule terroriste qui a démontré au cours des dernières semaines jusqu'à quelles extrémités il est prêt à aller ? Ce n'est certainement pas ça *que je veux. Pas être mis de côté, assister, impuissant, à leur triomphe haineux.*

Thomas tout comme la dirigeante du Front Agora affirment défendre les mêmes idées, la démocratie et la justice sociale, mais ils ont une vision fort différente de la manière de les appliquer…

Il a retenu son souffle pendant toute la durée de l'attaque contre Versailles, quelques jours plus tôt. Se demandant, comme aujourd'hui, comment les fils du destin allaient se tresser, sans pouvoir agir d'une quelconque manière pour influencer le résultat. Lorsque les médias ont annoncé que les assaillants avaient été repoussés et que le roi était sain et sauf, il s'est surpris à se sentir soulagé plutôt que déçu. Il aurait dû vouloir que le tyran qu'il combat depuis des mois chute, mais il ne le désirait pas si ce n'était pas en conséquence de sa propre action. Cela aurait signifié plonger dans un monde nouveau dont il n'aurait pas maîtrisé les règles. Où, de nouveau, il aurait été en proie à la peur et à l'insignifiance.

Aussi, même s'il n'est pas derrière l'enlèvement de Louis XX, il reste en alerte. À l'affût de la moindre information. Il est notamment en relation avec John Lawrence, à l'ambassade des États-Unis ; mais pour l'instant cependant, même les Américains ne parviennent à découvrir quoi que ce soit de concluant.

À ses côtés, Marie exulte, elle. Ce qu'elle a subi en prison a forgé en elle une haine violente du roi, et elle se réjouit sans mélange de son malheur. C'est cependant sans entrain que Thomas accueille ses sourires ; la sentant, elle aussi, glisser entre ses doigts pour se laisser engloutir gaiement par le tumulte exalté éveillé par le Front Agora.

Il y a plus en jeu aujourd'hui que la chute de la monarchie, merde ! C'est aussi le monde de demain qui se dessine. Et je n'aime pas les contours qu'il est en train de prendre.

— Je vais faire du café, tu en veux ? lui propose-t-elle alors qu'il est en train d'échanger – virtuellement – avec Nathan Pommeraye sur la meilleure manière dont ils pourront gérer la réunion du Tennis Club de ce soir.

Il acquiesce distraitement. Il n'a pas vraiment soif, mais l'enthousiasme de sa compagne l'use de plus en plus, et préparer deux tasses la tiendra éloignée dans la cuisine pendant plusieurs minutes… Il souffle l'espace d'une seconde lorsqu'elle quitte la pièce, et reporte son attention sur son écran. C'est alors qu'une notification lui indiquant l'arrivée d'un nouveau message sur SocialWeb fait son apparition.

Son sang lui fouette les tempes lorsqu'il réalise qu'il ne lui vient pas de Nathan.

Mais de Barbara Euler…

Thomas se précipite sur la fenêtre de discussion, délaissant sa conversation en cours. Découvrir ce que lui veut sa rivale est sa priorité absolue.

[À ce stade, vous devez savoir ce que j'ai accompli. Je ne suis pas rancunière : j'admets que votre Tennis Club a préparé les esprits à l'avenir qui s'ouvre, à défaut d'avoir eu une action concrète. En signe de réconciliation, je vous invite à assister à l'enterrement du passé ce soir, à vingt et une heures, en place de Grève. Ce sera l'occasion de discuter du rôle que vous pourrez jouer dans le monde de demain.]

Barbara s'exprime à demi-mot, mais son message est clair.

D'ici quelques heures, Louis XX périra…

Ce n'est pas une surprise : depuis qu'il a appris son enlèvement, Thomas prévoyait cette issue. Ce qui l'étonne en revanche, c'est que la dirigeante du Front Agora prenne la peine de l'informer de la suite des événements et de l'inclure dans ses plans. Son premier instinct est de s'en rengorger.

Enfin, elle a compris qu'elle ne pourrait gouverner sans le soutien du Tennis Club. Que je constituerais une opposition de taille si on ne me ménageait pas.

Le message qu'il vient de recevoir laisse envisager pour lui une position de choix, au plus proche du pouvoir. Un instant, Thomas s'imagine dans les bureaux de Pierre de Chantilly ou d'Anne de Mortemart, et il esquisse un sourire.

Ce serait une belle récompense pour tous mes efforts…

Il se laisse bercer par cette belle perspective… jusqu'à ce qu'il se représente Barbara triomphante. Le cinglant de sa voix acide, la même qui a laissé une trace indélébile dans ses cauchemars.

Au mieux, elle récolterait pour elle-même les honneurs les plus remarquables, et condescendrait à contrecœur à m'en rétrocéder un peu. Au pire… je ne pourrais que vivre dans la peur que son mépris ne reprenne le dessus, et que la lance de sa justice sauvage ne se tourne vers moi.

Mais comment peut-il agir ? Il n'a pas les moyens de monter un commando capable de rivaliser avec les forces du Front Agora. Et puis, même s'il exfiltrait le roi, qu'en ferait-il ? Il ne pourrait le garder prisonnier très longtemps sans que les services secrets le retrouvent ; bien qu'affaiblis, ils ne montreraient aucune pitié face à toute personne qui aurait osé toucher à un cheveu du souverain.

Ne puis-je pas laisser Euler aller au bout de ses projets, et me tenir prêt à agir ensuite ? Le Tennis Club a un poids certain : je pourrais le mettre en mouvement pour m'assurer que le pouvoir ne sera pas confisqué par la fraction violente des révolutionnaires.

Trop d'incertitudes. Thomas aime suivre des plans clairs, maîtriser la situation. S'il laisse sa rivale jouer avec un coup d'avance sur lui, il doute de pouvoir ensuite la rattraper.

Elle ne doit pas prendre l'avantage… Quitte à ce que je le redonne à un autre joueur, que je sais perdant sur le long terme.

Il ne perdra pas cette course. Il ne laissera personne en position de l'écraser de nouveau, comme la monarchie l'a fait si longtemps.

Soudain, il sait ce qu'il doit faire.

— Voilà les cafés ! s'exclame Marie en revenant dans la pièce.

— Merci.

Thomas s'empare de sa tasse tout en appuyant sur la touche « Entrée » afin d'envoyer le court message qu'il vient de rédiger.

Le sort en est jeté. Un coup de pouce au destin, pour en infléchir le cours…

Julie

Le temps file. Il est déjà près de vingt heures. Et ni les employés de Réseau Royal ni les services secrets français n'ont réussi à obtenir la moindre nouvelle de Louis XX.

C'est toujours mieux qu'une vidéo montrant son exécution, j'imagine… Le Front Agora n'aurait pas attendu une seconde avant de la mettre en ligne.

Julie n'ose le dire à Catarina, mais elle s'attend à ce que son service de modération intercepte une telle publication d'un moment à l'autre, maintenant. Cela fait une demi-journée entière que le groupuscule détient le roi ; quels que soient ses plans, il peut les suivre sans entraves. S'il n'est pas encore passé à l'action, c'est qu'il prépare quelque chose de spectaculaire.

Nous serons tous brisés par le bouquet final qu'il nous réserve…

Elle jette un regard peiné à l'infante. Alors que les heures passaient, l'armure dont elle s'enveloppe n'a fait que se fendre. Elle pleure désormais sans discontinuer, la tête appuyée contre la poitrine d'Alba, qui la berce et lui caresse les cheveux bien que ses propres yeux soient humides.

Julie serait tentée, elle aussi, de céder au découragement. Elle a conscience que les investigations sont trop longues, que si une avancée décisive avait dû être faite, cela aurait été bien plus tôt. Mais elle est perpétuellement dans l'action, sans cesse en train de répondre au téléphone, de passer d'un service à l'autre pour s'enquérir de leurs avancées, de transférer des mails de chef d'équipe en chef d'équipe. À ses côtés, Matthieu, infatigable, la conseille et l'épaule autant qu'il le peut ; sur toutes les questions techniques, il lui est d'une aide inestimable.

Pour quoi, au bout du compte ? Rien de tangible.

Son compte Réseau Royal est ouvert dans l'un des onglets de son navigateur ; elle ne le consulte pas vraiment, mais des indices ténus sont parfois repérés sur certaines des publications mises en ligne, alors cela lui permet d'aller les voir plus vite. Si elle remarque immédiatement la notification qui lui indique l'arrivée d'un nouveau message privé par ce biais, c'est uniquement un coup de chance : elle vient de raccrocher avec Anne de Mortemart, et le point vert s'est mis à clignoter pile au moment où elle avait l'œil dessus.

Elle ne connaît pas la personne qui cherche à la contacter. De toute façon, c'est probablement un faux compte : pas de relations indiquées, pas de photos, aucun contenu posté.

Il n'est plus possible de se créer de deuxième profil, mais je suppose que ceux à qui mon oncle avait laissé des accès privilégiés en ont gardé quelques-uns en réserve, qu'ils avaient inscrits avant que la faille ne soit corrigée.

Cela incite Julie à prendre le message qu'elle vient de recevoir très au sérieux. Car il provient forcément de ceux que Marc Sallemont voyait comme ses plus proches alliés.

Des adversaires acharnés de la monarchie, donc.

Pourtant, les quelques mots qui s'affichent noir sur blanc sur son écran semblent lui donner sans détour la solution au problème qu'elle cherche à résoudre depuis des heures.

[Vingt et une heures, place de Grève. Ils veulent l'exécuter.]

Conflits internes dans le camp des révolutionnaires ? Remords d'un individu face au meurtre programmé ? Julie n'a pas le temps de se poser la question. Bondissant, elle appelle Catarina et Alba :

— Venez ! J'ai quelque chose !

Les deux Espagnoles se précipitent vers elle, et découvrent en même temps le message toujours affiché. L'infante pâlit, se retient à sa cousine, déglutit. Puis déclare d'une voix blanche :

— Au moins, nous avons une chance d'agir.

Julie approuve. Matthieu, qui s'est également approché, annonce :

— Je m'occupe de mettre des équipes sur le coup, histoire de vérifier l'info. Ça pourrait être un piège destiné à détourner notre attention.

— C'est vrai. Il n'empêche que je vais prévenir le gouvernement tout de suite. Si ce message est une réelle alerte, nous n'avons pas beaucoup de temps.

Matthieu acquiesce, avant de sortir du bureau en trombe pour remplir la mission qu'il s'est fixée. Julie, elle, appuie sur le bouton de rappel de son téléphone, sous l'œil scrutateur de Catarina et d'Alba.

— Mademoiselle Sallemont, du nouveau ? l'interroge Anne en décrochant. Nous nous parlions il y a deux minutes à peine.

— Nous ne savons pas où Sa Majesté se trouve actuellement, mais on nous a prévenus de ce que le Front Agora compte lui faire sous peu.

Elle lit à la chancelière le message qu'elle a reçu, avant de lui expliquer brièvement la manière dont il lui est parvenu.

— Vingt et une heures ! s'exclame la ministre. Il ne reste même pas cinquante minutes pour monter une opération de libération, mon Dieu.

— Il faut que cela suffise.

— Oui, je le sais bien. Heureusement, nos forces armées sont sur le pied de guerre depuis ce matin. Mais tout de même…

— Il n'y a pas de temps à perdre. Vous savez ce que vous avez à faire, agissez.

Sur ce, Julie raccroche… et se rend compte seulement à cet instant du ton autoritaire qu'elle vient d'employer avec Anne de Mortemart, l'une des femmes les plus importantes du royaume, à des années-lumière au-dessus d'elle en termes de rang.

Tant pis. C'était nécessaire au vu des circonstances. Hors de question de tergiverser.

Tournant la tête, elle trouve le regard de Catarina. Malgré le rebondissement qui vient d'avoir lieu, le visage de l'infante est toujours empreint des mêmes tristesses et inquiétudes qui l'accablent depuis qu'elle est arrivée dans les locaux de Réseau Royal.

— Penses-tu qu'il va être sauvé ? demande-t-elle, de la supplique dans la voix.

— Je l'espère. Mais Anne de Mortemart ne semblait pas optimiste.

Prenant la main de Catarina dans la sienne – à cet instant, la distance sociale qui les sépare semble moins importante que le réconfort dont l'Espagnole a besoin –, Julie ajoute :

— Nous ne pouvons plus rien faire à présent. La suite appartient au destin.

Dans le bureau, le temps qui semblait s'écouler à toute allure quelques minutes plus tôt paraît désormais s'étirer.

Mais il avance, irrévocablement. Et quand vingt et une heures sonneront, l'avenir de la France se jouera une fois de plus au cours de quelques minutes fatidiques…

Louis

La pièce dans laquelle Louis se trouve est petite et dépourvue de fenêtres. Ce n'est pas à proprement parler une cellule : les cartons pleins de ramettes de papier entreposés dans un coin prouvent qu'elle sert habituellement d'espace de stockage. Aujourd'hui, cependant, elle est aussi efficace que n'importe quelle geôle de la Bastille pour l'empêcher de s'échapper. Il n'y a qu'une issue, une porte donnant sur un sous-sol dans lequel une dizaine d'hommes armés sont postés. Le jeune roi n'envisage même pas de tenter de leur fausser compagnie. Il n'a rien d'un super-héros ; il sait que seul l'échec récompenserait ses essais.

Alors il attend. Cela le désespère, lui donne envie de hurler, mais il n'a pas d'autre chose à faire. Il sait pourtant qu'il vit sans doute ses dernières heures : les sarcasmes qu'il a entendus sur son passage lorsqu'il est arrivé dans le bâtiment où il est retenu lui laissent peu d'illusions sur le sort que ses ravisseurs lui réservent. Cependant, il est entièrement impuissant à changer son destin.

Je suis le roi de France, mais je n'ai pas le moindre pouvoir ici, pas même celui de sauver ma vie.

Entre les murs de sa prison de fortune, il n'est qu'un captif comme un autre.

Et encore. Même dans sa cellule, Marc Sallemont conservait en lui une flamme indomptable qui me donnait le sentiment étrange et désagréable qu'il était de nous deux le vainqueur malgré tout. Moi… je n'ai que les regrets pour me tenir compagnie.

Ils sont nombreux. Seul avec lui-même, Louis a davantage l'occasion de réfléchir que n'importe quand au cours des mois agités qu'il vient de traverser. Il fait le compte de ses erreurs, de ses faux pas, de toutes les décisions qu'il a prises et qui l'ont amené jusque-là. Il revoit le pouvoir lui glisser jour après jour entre les doigts.

J'étais un monarque absolu, et désormais j'en suis à peu près l'inverse.

Cela lui inspire un écrasant sentiment de fatalité. Il a l'impression que depuis le premier rassemblement populaire devant les grilles de Versailles, il n'a fait que se voiler la face, s'accrocher à l'espoir illusoire que la situation finirait par s'arranger. Il a pris la décision d'exécuter Marc, rogné sur les budgets de l'État, menti à son peuple… pour rien.

Maintenant, alors que la vérité se révèle à moi, je me rends compte que je l'accepte, car je la connaissais déjà au fond de moi depuis longtemps.

L'Histoire se souviendra de lui, comme il en rêvait au début de son règne, mais pas comme le souverain éclairé qu'il souhaitait devenir.

Comme le dernier de la lignée. Celui qui n'aura pas su porter le fardeau de ses ancêtres, de son grand-père, de son père.

L'image de François IV s'effondrant en pleine galerie des Glaces lui revient en mémoire.

Il était fort, et il a été frappé en plein vol. Ma chute à moi a été une lente dégringolade.

Il déglutit, une énorme boule d'angoisse lui nouant la gorge. Ce n'est pas seulement à la Couronne qu'il pense, mais aussi à lui-même. Louis de Bourbon, vingt-six ans à peine, qui mourra bientôt. Jeune, trop jeune pour accepter de partir.

Tout le monde se souviendra que, ce jour, le roi de France aura été exécuté. Mais qui pensera que c'est aussi une vie humaine qui aura pris fin ?

Assis entre deux cartons, les genoux ramenés contre son torse, il pleure. Il ne se soucie plus d'être digne : il n'est plus temps.

J'ai passé mon existence à trop sacrifier, à puiser dans mes forces même quand je me sentais faible, et tout ça pour quoi ? Mon peuple veut ma mort, de toute façon.

Il aurait aimé passer ses derniers moments en compagnie de Catarina, la personne au monde qui lui est la plus chère, mais cela aussi lui est refusé. En désespoir de cause, il tente de se représenter son visage, de se souvenir des moments si précieux qu'il a vécus avec elle. Instinctivement, sa main se porte au pendentif à la perle qui repose près de son cœur. Il s'y raccroche comme à une bouée, comme à la dernière étincelle de lumière dans un monde qui devient nuit. Angoisse trop importante ou imperfection de la mémoire humaine, il ne parvient cependant pas à se représenter exactement le visage de l'infante ni à évoquer le timbre précis de sa voix. Cela le mine, en plus de tout le reste.

Je t'aime, Rina. Pardonne-moi…

Il relève la tête et balaie la pièce du regard. Au début, il la détestait mais, les heures passant, il en est venu à chérir ses murs.

Car si je les quitte, ce sera pour marcher vers la mort.

Il se crispe soudain. Car la porte sur laquelle ses yeux s'étaient posés vient de s'ouvrir. Une silhouette se découpe dans l'encadrement.

Des secours ?

Non. C'est la femme au sourire froid qui l'a accueilli lorsqu'il est arrivé dans le bâtiment un peu plus tôt. Barbara, d'après ce qu'il a cru comprendre.

— C'est l'heure, *Votre Majesté*, lâche-t-elle de son ton empli d'une déférence ironique.

— L'heure de quoi ? trouve-t-il le courage de demander.

Quitte à affronter son destin, il préfère le fixer droit dans les yeux. Cependant, plutôt que de lui répondre, la femme se contente de hausser les épaules.

— Vous vous en doutez, j'en suis sûre.

Une pause, puis elle ajoute :

— Celle de vérifier que vous avez le sang aussi bleu qu'on le dit…

Chapitre 17

Louis

Il y a plusieurs mois, au début de son règne, Louis a fait le choix de condamner un homme à mort. Le premier, avant Marc Sallemont dont il a ordonné la disparition dans le silence.

Je m'en souviens encore. Il s'appelait Jonathan Vasseur. Il menait une équipe de hackeurs qui avait réussi à pirater mon compte sur Réseau Royal.

En ordonnant son exécution, le jeune roi avait conscience de prendre une décision grave. Il s'est astreint à regarder les images du prisonnier marchant vers la potence, afin de prendre la mesure de son geste. À l'époque, il a eu l'impression de comprendre toutes les implications de ce qu'il venait de faire.

J'étais si loin du compte…

Alors que c'est lui qu'on conduit à la mort, il expérimente des tourments qu'il n'avait pas même pressentis. De la détresse, de l'espoir fou qu'on vienne le libérer sur le fil ou qu'on le gracie, un profond sentiment d'injustice, de la frustration face à tout ce qu'il aurait voulu accomplir et qu'il ne réalisera pas, du regret quant à toutes les années qui vont lui être volées, de la colère, de la nostalgie, de la peur, de la tristesse…

Face à l'exécution de Jonathan, il avait considéré principalement le problème qu'il devait résoudre, la justice qu'il devait rendre, l'injure qu'avait subie le statut royal et la punition qui devait tomber afin de préserver l'intégrité de la Couronne. Face à Marc, c'est l'impossibilité de lui donner de nouveau une tribune publique qui l'a rattrapé.

Les deux fois, j'ai vu la situation comme le fardeau des souverains : donner des ordres dépassant les responsabilités que l'humain est censé endosser.

Alors que, coincé entre deux hommes armés à l'arrière d'une voiture aux airs de corbillard, il roule vers un destin funeste, il réalise vraiment ce qu'il a fait. Il a mis fin à des vies humaines, dans toute leur complexité, leur richesse et leur profondeur.

Est-ce que cela en valait vraiment la peine ? Je n'en suis plus sûr. La pendaison de Jonathan n'a rien changé au bout du compte, ni la mort de Marc. L'image du trône que je tenais tant à défendre a fini par être souillée bien au-delà de ce que n'importe quel pirate informatique aurait pu accomplir ; le mouvement que mon ex-ministre avait mis en branle ne pouvait plus être arrêté. Vais-je maintenant devoir payer de ma vie pour celles que j'ai prises ? Est-ce que l'Univers me fait comprendre que j'ai beau être roi, mon existence n'a pas plus de valeur que celle de n'importe quel autre être humain ?

Un rire fantomatique résonne à ses oreilles. Un rire qu'il connaît bien, car il le hante depuis des mois. Le dernier rire de Marc dans sa cellule.

Comment l'ombre d'un défunt peut-elle continuer à peser autant sur les trajectoires des vivants ? Comment peut-il paraître vainqueur alors même qu'il a rendu son dernier souffle ?

Il l'avait prédit, lorsque je suis venu le voir en prison. Il avait prédit que je courais à ma perte, même si j'avais déjoué son complot.

Comme Louis regrette son arrogance d'alors, ses certitudes qu'il allait sortir grandi des épreuves qui avaient entaché le début de son règne…

Je me berçais d'illusions. Aujourd'hui, je vais finir exactement comme Marc : le cadavre raidi au fond d'une tombe.

Il jette un bref regard aux gardes qui l'encadrent dans la voiture. Il n'a aucun doute quant au fait qu'ils sont parfaitement convaincus par les idéaux qu'ils défendent, qu'ils ne remettent pas en question l'acte qu'ils vont accomplir, parce qu'ils pensent qu'il est nécessaire pour faire advenir le monde meilleur tel qu'ils le rêvent.

Ils ne voient pas un homme en moi : ils voient le roi. Peu leur importe que je mérite ou non de mourir, que je sois une bonne personne ou non. C'est après ma couronne qu'ils en ont.

Était-il si différent lorsqu'il a ordonné ces exécutions qui reviennent tourmenter sa conscience ? Il défendait d'autres idées, c'est tout.

Peut-être avais-je tort d'agir comme je l'ai fait. Mais il est trop tard pour les regrets. Même si j'essayais d'expliquer mon point de vue à mes bourreaux, ils me riraient au nez. Ils auraient raison : il est trop facile de ne comprendre la victime que lorsqu'on se retrouve soi-même dans sa position.

Alors il reste silencieux, hébété, paralysé par la sensation que son destin s'accomplit, que le chemin qu'il a choisi d'emprunter s'est dévoilé lentement jusqu'à l'impasse finale dans laquelle il se trouve. Ce sont les dernières minutes qu'il a à vivre ; une partie de lui voudrait hurler, tenter le tout pour le tout, puisqu'il n'a plus rien à perdre, de toute façon. Mais il ne bouge pas, ne supplie pas, ne pleure même pas.

Pas parce que je cherche à conserver une quelconque dignité. Juste parce que la torpeur est trop forte.

Il a cependant un sursaut lorsqu'il reconnaît l'endroit près duquel la voiture ralentit. Un lieu tristement célèbre à Paris.

La place de Grève…

Dans la pénombre du soir qui tombe, l'échafaud dressé en son centre paraît encore plus lugubre. Une corde terminée par un nœud coulant pend, attirant tous les regards, s'agitant doucement au gré du vent à la manière du balancier d'une horloge, comme si elle égrenait le peu de secondes qu'il reste à vivre à Louis.

Ce dernier sent un picotement sur sa nuque, une prémonition de son supplice à venir.

C'est donc ainsi que tout va se terminer…

Lugubre, coincée entre des bâtiments médiévaux et la Seine, la place est délaissée des Parisiens. Jamais la potence n'est retirée de son centre, censée constituer pour tous les Français un rappel permanent de ce qui les attend s'ils outrepassent les lois royales. À sa lisière s'élevait autrefois l'ancien Hôtel de Ville de Paris, détruit pendant les Années d'Apocalypse, le soulèvement populaire qui a agité la France à partir de 1789 ; ses pierres ont été employées pour surélever le gibet, matérialisant le triomphe du pouvoir sur les révoltés.

Ironie de l'Histoire, il y a deux siècles, Louis XVI faisait bâtir ici la scène pour mon propre trépas…

Depuis la voiture, le jeune roi ne voit quasiment personne autour de l'échafaud, juste des membres du Front Agora armés jusqu'aux dents ayant investi les lieux. C'est une opération éclair, il le devine, la conclusion du coup de force du groupuscule : l'amener au centre de Paris au nez et à la barbe de ses services secrets, et l'exécuter dans ce lieu même où tant d'opposants à la monarchie ont péri par le passé… avant de diffuser la scène sur Réseau Royal pour que tous les voyeurs de France puissent l'observer.

Le véhicule dans lequel il est assis s'arrête soudain. Il sent le sang battre à ses tempes, sa vision se brouiller. Les hommes installés à ses côtés l'empoignent tandis que d'autres, dehors, ouvrent les portières ; on le fait sortir. Il y a du bruit tout autour de lui – une clameur ?

des sifflets ? –, mais il ne l'entend pas. Une seule chose retient son attention : cette potence dont il se rapproche inexorablement, hypnotisante et tétanisante. S'il n'était pas retenu à sa droite et à sa gauche par ses deux gardes, sans doute s'effondrerait-il, ses jambes refusant de le porter. Mais il est poussé vers l'avant, forcé à marcher à vive allure.

Ils ne veulent pas perdre de temps : s'ils tardent trop, ils courent le risque que mes soldats ne fondent sur eux pour m'arracher à leurs griffes. Je peux oublier tout espoir d'un sursis : je serai mort dans quelques minutes.

Il voudrait lever les yeux vers le ciel, profiter une dernière fois de cette vision de l'immensité et y trouver le signe qu'une vie l'attend dans l'au-delà, mais la potence exerce sur lui une attraction dont il ne parvient pas à se libérer. Si bien que lorsqu'il arrive au bas des marches qui mènent en haut de l'estrade sur laquelle elle est dressée, il trébuche, n'ayant pas vu l'obstacle.

C'est alors que le monde explose.

Une détonation retentit, assourdissante. Louis perd l'équilibre : les deux hommes qui lui agrippaient les bras se sont effondrés, à l'exact même moment. Il regarde sans comprendre la bouillie rougeâtre qui s'étale sur le sol devant lui, là où devrait se trouver la tête de celui de gauche. Ses épaules sont là, son cou aussi, mais ensuite… il n'y a plus qu'une masse poisseuse de sang.

Que…

Un choc le projette à terre : quelque chose vient de le percuter. Quelqu'un, plutôt. Une personne qui l'écrase maintenant de son corps et semble décidée à l'immobiliser.

— Couvrez le roi ! s'exclame-t-on non loin. Le protéger est la priorité absolue !

D'autres tirs fusent, des moteurs ronflent, des cris sont poussés. Louis ne voit rien, toujours plaqué contre les pavés ; seulement des rangers, ceux qui font partie de l'uniforme réglementaire de l'armée française. Ils se massent devant ses yeux, faisant barrage entre ses ennemis et lui. Parfois, l'un des soldats à qui une paire appartient tombe ; rapidement, une autre la remplace.

Un crissement de pneus. Ils viennent quelques secondes plus tard obstruer la vision de Louis. L'homme qui le maintenait à terre se relève ; on lui saisit le bras avec rudesse pour le remettre debout et le pousser en direction du véhicule. Un fourgon blindé, semblable à ceux qui sont employés habituellement pour le transfert de fonds d'une banque à l'autre. Le coffre est ouvert ; en une seconde, le jeune roi est projeté à l'intérieur. Juste avant que la porte ne se referme, il a le temps d'entendre :

— Retraite ! Retraite !

Puis le sol se met à trembler. Incapable de garder son équilibre dans ce démarrage brutal, Louis bascule en avant, et chute durement. Ses paumes accusant le choc, il ne cherche pas à se redresser immédiatement. Pas parce qu'il s'est fait mal ; parce que, enfin, il prend conscience de ce qui vient de se produire.

J'ai été sauvé in extremis. *Mes soldats sont venus pour me libérer. Je ne mourrai pas aujourd'hui.*

Son souffle est court, son rythme cardiaque toujours rapide. Une partie de lui ne parvient pas à croire à ce dénouement inespéré.

Mon exécution semblait si inéluctable… Mon esprit n'est-il pas en train de s'illusionner afin de fuir la réalité ?

Il s'attend à tout moment à ce que le fourgon pile, que les hommes du Front Agora en rouvrent la porte et le tirent à l'extérieur pour terminer ce qu'ils avaient commencé. Mais les secondes passent sans que rien de tout cela se produise.

— Votre Majesté ? Êtes-vous blessé ?

Louis lève la tête. Un soldat des forces spéciales d'intervention françaises le dévisage avec sollicitude.

— Non… Je ne crois pas… souffle-t-il en réponse.

Il prend appui sur ses avant-bras pour s'asseoir sur le sol du camion, balaie ce qui l'entoure du regard : plusieurs hommes sont postés autour de lui dans la pénombre du véhicule. Tous sur leurs gardes, prêts à agir au moindre signe d'un retour du danger.

Louis doit toujours sembler hébété, car le soldat qui s'était déjà adressé à lui insiste :

— Aucune douleur nulle part, vous êtes sûr ? Si besoin, nous pouvons rouler directement vers un hôpital.

Non. Surtout pas. La visite que j'y ai faite un peu plus tôt aujourd'hui s'est beaucoup trop mal terminée…

— Ce ne sera pas nécessaire, confirme-t-il, avec plus de fermeté cette fois.

Cela paraît suffire à convaincre son interlocuteur, qui lui sourit.

— Parfait. Vous êtes libre à présent. Tout va bien se passer, nous vous avons tiré du cauchemar.

Louis ne peut retenir un rire nerveux.

Tiré du cauchemar ? Si seulement…

Thomas

Les poumons en feu, Thomas essaie désespérément de reprendre son souffle, plaqué sous une poterne de la rue Brunswick. Il vient de courir pour sa vie ; dès que les échanges de tirs ont commencé en place de Grève, il a sprinté pour s'en éloigner aussi vite que possible. Dans la confusion générale, il a réussi à se tirer d'affaire sans être blessé ou tué ; maintenant, il a pour plan de rester dans sa cachette de fortune aussi longtemps que possible, jusqu'à être certain qu'il pourra en sortir sans risque.

Il savait à quoi il s'exposait en se rendant au rendez-vous que lui avait fixé Barbara Euler. Il avait conscience que le message qu'il a envoyé à Julie Sallemont a mis en branle des forces qui le dépassent, courant à l'affrontement. Il a ravalé son appréhension, et a choisi de s'exposer tout de même.

Je ne pouvais pas me permettre d'être absent. Si le Front Agora était parvenu à ses fins malgré l'alerte que j'ai donnée, j'aurais définitivement perdu toute chance de me creuser une place dans le monde nouveau qu'ils s'apprêtaient à construire. Mais c'est surtout leur échec que j'anticipais : bientôt, ils vont chercher des traîtres… et je serai encore plus en danger si c'est sur moi que leurs soupçons se portent.

Il est arrivé une dizaine de minutes avant l'heure dite, seul. Il a préféré ne rien dire à Marie : il est certain qu'elle aurait désapprouvé son choix d'avertir le pouvoir royal.

Surtout en passant par sa cousine…

Quand il a reçu l'invitation de Barbara, il n'avait que quelques minutes pour agir avant le retour de sa compagne à ses côtés, et c'est à Julie qu'il a immédiatement pensé. Il savait que ses équipes étaient directement mobilisées pour retrouver le roi, ses informateurs l'en avaient averti ; et il lui fallait quelqu'un qui prêterait attention à un message anonyme – il était hors de question de dévoiler son identité.

J'avais le pressentiment qu'elle en serait capable. Elle dirige Réseau Royal ; elle sait ce que signifie un faux compte comme celui que j'ai employé. Ce que cela dit de mon lien avec Marc.

Sa respiration ralentit, peu à peu. Dos à la pierre froide de la poterne, il tend l'oreille. Du côté de la place de Grève, les échanges de tirs semblent s'être calmés. Il ne bouge pas pour autant.

Il a bien cru que son message était arrivé trop tard. Quand Louis XX a été extirpé de la voiture qui l'a amené, entre deux hommes du Front Agora, il n'en a pas cru ses yeux, même s'il s'y attendait. C'était vraiment le roi, là, marchant vers la mort. Ses cheveux blonds décoiffés, son visage blême, ses yeux suppliants. Thomas avait beau s'être posté, prudemment, dans un angle de la place, il n'a rien manqué de son avancée vers l'échafaud. Pas plus que de la manière dont les soldats royaux sont tout à coup passés à l'assaut : les hommes encadrant le souverain se sont soudain effondrés, abattus d'une balle dans la tête tirée par les snipers qui devaient être postés sur les toits des bâtiments alentour.

La dernière chose qu'il a vue avant de fuir, c'est Barbara Euler, levant rageusement son arme pour riposter. Il n'a pas eu de mal à la reconnaître, même de loin ; il l'avait aperçue dès qu'elle était sortie de la voiture suivant celle de Louis XX. Son regard a scanné la place lorsqu'elle s'en est extraite ; malgré la distance les séparant, elle a bloqué sur lui. Sur le coup, cela a fait courir un frisson le long de sa colonne vertébrale ; maintenant, il en éprouve plutôt du soulagement.

Elle m'a vu. Elle sait que j'étais là, croit sans doute que ce sont ses promesses d'une position sous ses ordres qui m'ont attiré. J'ai joué les cartes qu'il fallait pour dissimuler mes manœuvres.

Malgré tout, il espère qu'il n'en aura pas besoin. Que le problème de l'hostilité que Barbara éprouve à son encontre aura été beaucoup plus radicalement supprimé aujourd'hui, parce qu'elle aura succombé dans l'attaque des forces royales. Il est peu optimiste, cependant.

C'est une combattante aguerrie. Elle avait sans doute dressé des plans pour battre en retraite. Elle aussi doit être en train de reprendre son souffle en ce moment même, comptant ses pertes et se projetant déjà dans la suite.

Thomas ne sait ce qu'il adviendra du Front Agora après l'échec qu'ils viennent de subir. Il se doute qu'il y a eu des morts dans leurs rangs : au vu de la durée des échanges de coups de feu, c'est inévitable. Cependant, comme il ignore à combien se montent les rangs des terroristes, il ne peut estimer à quel point cette soirée aura un impact sur leur mouvement.

Ce qui est certain, c'est qu'ils vont traverser une phase de doute. Jusque-là, ils avaient réussi toutes les opérations qu'ils avaient entreprises, ou bien s'en étaient tirés sans trop de dommages. Maintenant… peut-être qu'Euler montrera un peu moins d'arrogance lorsqu'elle s'adressera à moi.

Cette pensée lui arrache un sourire, le pousse en avant. Enhardi par le silence, il quitte précautionneusement son abri, renverse la tête en arrière et s'imprègne de la vision du ciel qui se remplit d'étoiles.

Elles brillent pour moi ce soir. Car mes ennemis, le roi et le Front Agora, ont été affaiblis tous les deux aujourd'hui, sans que je connaisse ma part de revers. C'est encore un signe de l'Univers pour me montrer qu'il me favorise.

Il se dit que, peut-être, il a changé. Que le Thomas d'hier, qui avait pour objectif ultime de voir la France libérée de la tyrannie de Louis XX, aurait laissé Barbara aller au bout de ses projets.

Aujourd'hui, je ne veux plus la mort du roi à n'importe quel prix. Je ne me débarrasserai pas d'un maître pour en retrouver un nouveau.

Ce soir, il en a conscience, la monarchie a jeté ses derniers feux. Thomas voit mal comment elle pourrait se relever des coups qui lui ont été portés, même si Louis XX est encore en vie.

Il sortira de l'épreuve traumatisé, bien incapable de tenir encore les rênes du pays. Son temps est terminé. Mais pour moi, ce n'est pas la fin de la lutte.

Dans le monde nouveau dont l'aube se lèvera demain, il lui faudra se battre pour ses idées, pour sa vision de l'avenir, pour sa place au sommet.

J'y suis prêt. Cette guerre, je l'emporterai. Tout ce chemin ne peut mener qu'à la victoire… Ma victoire.

Louis

Les grilles de Versailles se profilent à travers les vitres de la voiture qui transporte Louis. Dorées, brillant de mille feux sous les projecteurs braqués sur elles dans la nuit, elles semblent l'accueillir avec leur lot de promesses de sécurité.

Il ne les croit plus. Il a beau être de retour dans son palais, entouré d'un contingent entier de son armée, il a toujours l'impression d'être plongé dans un cauchemar dont il ne parvient pas à se réveiller.

Le détachement contourne le château pour le déposer devant une entrée secondaire, moins exposée. C'est hébété qu'il rentre dans le palais, se laissant guider par son escorte à travers les couloirs. Il n'y a pas de comité d'accueil à proprement parler pour l'attendre ; malgré tout, il croise quelques courtisans sur son passage. Aux exclamations de soulagement que ceux-ci poussent en le voyant, il répond avec des saluts d'automate. À tout moment, il s'attend à ce que n'importe lequel des nobles sur son chemin s'effondre, la poitrine percée d'une balle, comme Jean de Berry est mort sous ses yeux ; que des hommes en noir armés surgissent de nulle part pour le ramener en place de Grève.

Ce n'est pas fini. Ma libération n'est pas un happy end. *Juste un sursis avant davantage d'horreurs.*

Il le sait à présent : chaque fois qu'il pense avoir atteint le fond, il coule encore un peu plus. Dans les eaux troubles de la Seine, avec toutes les victimes de l'effondrement du pont Guillaume-et-Mathilde ; dans le sang des aristocrates assassinés par le Front Agora ; dans les larmes qu'il a versées, sa main dans celle de Catarina, lorsqu'ils ont fait le choix de sacrifier ce qui aurait pu être leur avenir.

Les images affluent en lui et, alors qu'il approche de ses propres appartements, il a le sentiment de se noyer. L'air lui manque, il commence à hyperventiler. Sa vision se piquette de points noirs, ses jambes se font flageolantes… Mais son ouïe fonctionne toujours, et il entend soudain ce cri non loin :

— Louis !

C'est une voix qu'il reconnaît aussitôt. Qui a un effet apaisant immédiat sur son esprit. Une voix qui lui rappelle que l'espoir existe, qu'il lui reste des lueurs auxquelles s'accrocher, qu'il est encore vivant.

Catarina…

Sa vue retrouve son acuité, à temps pour qu'il découvre la jeune femme courant vers lui. Son visage est envahi par l'émotion, sa coiffure est défaite, des pleurs mal séchés maculent ses joues. Une seconde de plus, et elle est contre lui, le serrant dans ses bras. Il peut sentir son odeur, qui l'aide à s'endormir quand ils se couchent le soir, se réchauffer à son étreinte.

— Tu es vivant… souffle-t-elle.

— Il paraît.

Elle s'écarte. Il la retient par la main. Maintenant que leur monde s'effondre, il ne se préoccupe plus des apparences. Il veut juste son réconfort. Se perdre dans ses yeux noirs et y oublier tout le reste.

Un toussotement le rappelle cependant à la réalité. Il tourne la tête ; devant lui se tiennent Pierre de Chantilly et Anne de Mortemart, ainsi qu'Alba, un peu en retrait.

— Votre Majesté, nous sommes ravis de vous retrouver sain et sauf, déclare son principal ministre.

Ses paroles sont formelles mais, dans son ton, Louis sent toute la peur que son conseiller a éprouvée au cours des dernières heures, et toute sa joie quant au fait qu'il ait survécu à son enlèvement.

— Il s'en est fallu de peu.

— Vous pourrez remercier Julie Sallemont, l'informe Anne. Sans elle, votre libération n'aurait pas été possible.

— Je n'y manquerai pas.

Reprenant la maîtrise de ses émotions pour arborer un air grave, Pierre lui dit :

— Même si nous ne souhaiterions rien tant que vous laisser vous reposer afin de vous remettre des épreuves que vous avez traversées, il y a certaines affaires dont nous devons discuter sur-le-champ, Votre Majesté.

La main de Louis se crispe dans celle de Catarina. Il aurait dû s'en douter : non, il ne pourra pas simplement se terrer dans sa chambre pour oublier tout le reste. Il ne l'a jamais pu depuis que son pays a commencé à partir en vrille. Sans cesse, de nouvelles décisions seront exigées de lui, de nouveaux mauvais choix potentiels qui entraîneront d'autres catastrophes.

Non, le cauchemar n'est pas terminé…

C'est dans le cabinet du Conseil qu'il a été mené ; il ne lui reste plus qu'à s'asseoir. Alba s'éclipse, et des gardes se postent à toutes les issues. Ses ministres, l'infante et lui s'installent à leur place habituelle.

Comme si rien n'avait changé. Comme si le monde était toujours le même, malgré les fantômes des quatre absents qui hantent cette pièce, malgré les clameurs dehors et les tremblements incontrôlables de mes doigts.

Il est présent physiquement, mais il a bien du mal à s'ancrer dans la réalité. Les mots d'Anne glissent sur lui alors qu'elle se lance dans un résumé des dernières heures : comment l'enlèvement a pu se produire, les recherches qui ont été aussitôt enclenchées, leur échec jusqu'à l'information reçue de justesse par Julie Sallemont, l'opération de sauvetage montée dans l'urgence.

C'est le passé. Il est intéressant, éclairant, mais il ne peut être modifié. La vraie question à présent, c'est de déterminer quel avenir est possible. Je n'en ai pas la moindre idée, et je ne sais pas si c'est le cas de quiconque autour de cette table.

Lorsque la chancelière cesse de parler, un grand silence se fait dans la pièce. Louis, Catarina et les deux ministres se regardent, indécis. Puis Pierre formule à haute voix l'interrogation qu'ils partagent tous :

— Et maintenant ?

Nouveau blanc. Nul n'ose prendre la parole en premier pour énoncer l'évidence.

La situation est catastrophique.

C'est finalement Anne qui trouve le courage de se lancer :

— Les événements du jour, tout comme l'attaque du palais de Versailles la semaine dernière, ont prouvé que nous ne sommes plus en mesure de garantir efficacement votre sécurité, Votre Majesté.

— Il est également vain de s'illusionner quant à notre capacité de décision en France, ajoute Pierre. Désormais, tout ordre en provenance du gouvernement n'est plus appliqué que par une administration sur deux ; trop de régions, d'institutions, d'employés ont adopté une inertie attentiste, qu'ils conserveront jusqu'à ce que le dénouement du conflit civil soit connu. Et ça, c'est compter sans ceux qui ont basculé dans une rébellion ouverte. Nous avons encore des leviers d'action, bien sûr, mais ils se réduisent de jour en jour et je doute qu'ils puissent nous suffire à renverser les tendances.

— Alors que dois-je faire ? demande Louis. Reconnaître ma défaite ? Renoncer ? Abdiquer ?

Il l'envisage sérieusement… avant de chasser cette hypothèse de son esprit.

— Vous connaissez comme moi la soif du sang du Front Agora, reprend-il. Si je me livre à eux, ils ne m'épargneront pas.

Des flashs de ce qui s'est passé quelques heures plus tôt éclatent sous son crâne.

La corde se découpant à la verticale sur le ciel. Les cadavres étendus sur les pavés. Les échanges de coups de feu.

Il doit serrer les poings et se concentrer pour reprendre le contrôle de lui-même, tandis qu'Anne affirme, optimiste :

— Il y a deux ans, la monarchie semblait inébranlable. Peut-être existe-t-il une manière de la réhabiliter que nous ne voyons pas encore. Ce qui est certain, c'est que nous ne la trouverons pas si nous abandonnons.

Oui… je dois continuer. Je ne peux pas admettre que tout ce que j'ai traversé n'avait aucun sens, que j'aurais dû me retirer du jeu bien plus tôt. Je ne veux pas avoir tant souffert en vain.

— Toutefois, je ne pense pas que nous puissions rester à Versailles, reprend la ministre. Tant que vous siégez dans ce palais, symbole du pouvoir royal depuis des siècles, vous serez pris pour cible. Nous avons réussi à vous sauver de justesse aujourd'hui, mais ce ne sera pas éternel. Le Front Agora ne s'arrêtera pas avant d'avoir obtenu votre tête… à moins que vous ne leur paraissiez moins menaçant.

— Vous me conseillez donc de fuir ?

— Je préfère penser à la manœuvre comme à une retraite stratégique.

— Mais où irions-nous ? À l'étranger ? Les cours européennes ont déjà leurs propres problèmes et refuseraient de nous recevoir, sans oublier que déserter la France serait l'équivalent d'une reddition. En province ? Si nous ne parvenons déjà pas à assurer la sécurité de Versailles, comment pourrions défendre un château que nous connaissons moins bien ?

— Certaines régions restent plus favorables à votre cause que d'autres, intervient Pierre. Dans celles-là, le danger serait moindre. En Bretagne, par exemple. Ou en Aquitaine.

— À Biarritz, par exemple.

Tous les regards se tournent vers Catarina. Celle-ci s'explique :

— C'est une cité qui a fait fortune sur les bains de mer : les aristocrates ont enrichi les habitants et ceux-ci leur en sont reconnaissants. La Couronne a un palais là-bas, la résidence Reine-Amélie. De plus, la ville est proche de la frontière espagnole : j'exercerai une influence là-bas, quoique modeste.

Pierre acquiesce, un pli concentré entre les sourcils.

— En effet, la sympathie de la ville à l'égard de la monarchie est connue, si bien que de nombreux nobles s'y sont réfugiés depuis que la cour n'est plus sûre.

— La résidence Reine-Amélie est construite sur un promontoire, déclare Anne. Cela rend sa défense plus aisée que celle d'autres châteaux… C'est un bon choix.

— Alors c'est décidé ? Nous abandonnons Versailles ?

Louis a du mal à le croire. Ce palais est sa maison, le berceau qui l'a vu naître. C'est là que ses ancêtres ont vécu, pendant plus de trois siècles. Il éprouve une profonde répugnance à laisser ce lieu si cher à son cœur aux mains des révolutionnaires qui vont, il le sait, le profaner. L'outrager.

Mais mieux valent des pierres que mon cou…

Encore un flash de la corde qui se balance dans le vent. Suivi de la vision de ruines en flammes.

Ne pas penser à ce que je sacrifie. Me concentrer sur ce que je peux sauver.

— Oui, confirme Anne. Je vais de ce pas donner les ordres nécessaires pour assurer notre transport vers le Sud, ainsi que la sécurité de Biarritz et de ses alentours.

— Déclenchez également la procédure Phénix.

Les yeux de la chancelière s'écarquillent.

Oui, c'est bien la destruction de l'arsenal atomique français que je lui ordonne…

— Je ne veux pas permettre aux révolutionnaires de disposer d'un pouvoir de nuisance plus important que celui qu'ils possèdent déjà, explique Louis. Je le dois aux autres souverains d'Europe.

— Bien, Votre Majesté. Il en sera fait selon vos ordres.

Le jeune roi hoche la tête, puis soupire.

— Je crois qu'il ne nous reste plus qu'à nous préparer à partir. Pour le reste, nous verrons là-bas. Je vous laisse aller régler vos affaires à vos ministères et sélectionner ceux de vos employés que vous pensez suffisamment dignes de confiance pour nous accompagner.

Catarina et Anne reculent leur chaise, s'apprêtant à se mettre debout, quand Pierre annonce :

— Sauf si vous me sommez de vous suivre, Votre Majesté, je souhaite rester à Versailles.

— Quoi ? Mais pourquoi ?

Louis est stupéfait. Il ne s'attendait pas que la petite cellule constituée par son Conseil se divise encore, à perdre maintenant un autre de ses soutiens. À l'idée d'avancer sans lui, il se sent vaciller.

Je vais finir seul. Sans plus aucun allié à mes côtés. Comme je l'étais tout à l'heure entre les murs de la prison improvisée où m'avait jeté le Front Agora.

Ce n'est pourtant pas de la lâcheté ou de la peur qui s'affiche sur les traits de Pierre de Chantilly. Plutôt de la détermination, qui se perçoit aussi dans sa voix lorsqu'il déclare :

— Il vous faut quitter Versailles, Votre Majesté, parce que vous êtes indispensable. Si vous mourez, la continuité du pouvoir royal ne sera plus assurée. Il n'y aura plus d'étendard auquel les partisans de la monarchie pourront se rallier. Tandis que moi… je suis un vieil homme. S'il m'arrive malheur, mes proches me pleureront, mais je ne suis pas un symbole. Cependant, je peux encore tenter de faire office de dernière barrière entre l'ordre et le chaos. Il faut que j'essaie. Ici, je pourrai demeurer au contact du terrain. Vous en aurez besoin.

— Mais, Pierre… Vous faites partie des cibles du Front Agora. S'ils mettent la main sur vous, ils vous tueront. Je ne peux pas vous laisser braver un tel danger.

Toujours la même corde. Cette fois, c'est Chantilly qui pend au bout.

— C'est mon devoir.

Sa gorge. Tranchée.

Les mains de Louis se mettent à trembler. Son ministre se penche en avant pour lui en prendre une entre les siennes.

Son corps. Inerte. Percé d'une balle à la poitrine.

— Et c'est mon choix, ajoute le conseiller. Je le fais librement, en toute connaissance des enjeux et des risques. Vous savez que c'est le mieux pour la France. Laissez-moi la servir comme je l'ai toujours fait.

Louis voudrait refuser, pour préserver Pierre, pour égoïstement le garder à ses côtés, pour continuer à bénéficier de sa présence apaisante. Mais il sait qu'il n'en a pas le droit. Par respect pour le vieil homme, et par cohérence dans son combat pour la monarchie.

— Promettez-moi de veiller autant que possible à votre sécurité, demande-t-il malgré tout.

— Bien sûr.

— Alors faites au mieux. Mais restez en vie, je vous en supplie.

Le jeune roi, l'infante et les deux ministres se lèvent. Avant de se séparer pour vaquer chacun aux préparations du départ à Biarritz, ils se regardent en silence un instant.

C'est la fin d'une époque. Un adieu. Même si nous préférons tous penser que ce n'est pas le cas.

Anne est la première à se détourner. Suivie par Pierre. Enfin, Catarina reprend la main de Louis et, à leur tour, ils laissent derrière eux le cabinet du Conseil.

Prêts, malgré eux, à entrer dans une nouvelle ère.

Julie

— Très bien, madame la ministre. Je… vais prendre mes dispositions.

Des sonneries résonnent à l'autre bout du fil, indiquant qu'Anne de Mortemart a mis fin à l'appel. Julie repose son téléphone, sonnée.

— Alors ? lui demande Matthieu.

— Le roi et le gouvernement quittent Versailles. Ils partent pour Biarritz.

Le dire à haute voix ne retire rien au choc de cette nouvelle.

La monarchie est une constante en France depuis des siècles. J'ai voulu qu'elle se craquelle… mais le voir se produire, c'est un coup de tonnerre.

Il est tard, mais aucun des deux jeunes gens n'a quitté les locaux de Réseau Royal – même quand Catarina et Alba ont choisi, elles, de rejoindre Versailles pour y attendre Louis. Ils sont restés suspendus aux nouvelles qui leur sont arrivées par à-coups au cours de la soirée, conséquences du message anonyme transmis par Julie à la chancelière. Prêts à remobiliser leurs équipes si la situation connaissait un nouveau rebondissement malheureux. Et la voilà, la conclusion de cette journée de tension… La fuite de Louis XX. La jeune femme ne sait pas encore pleinement ce qu'elle doit en penser.

— Tu vas les suivre ? demande Matthieu.

— Anne de Mortemart me l'a proposé, oui.

Partir serait l'option la plus raisonnable. Dès que Louis XX se sera éloigné, le Front Agora et le Tennis Club vont se jeter sur le pouvoir. Et je n'ai aucun doute quant au fait que ma chère cousine en profitera pour tenter de me reprendre la direction de Réseau Royal. Je ne peux que devenir une cible.

Le positionnement ambigu de Julie risque de lui valoir de sérieux ennuis si elle reste dans la capitale – surtout si les révolutionnaires découvrent que c'est elle qui a trahi Marc Sallemont.

Ce serait si simple de m'en aller. Je n'aurais qu'à me laisser porter, en laissant derrière moi ces responsabilités qui pèsent sur mes épaules depuis que j'ai été propulsée à la tête de Réseau Royal. Ce serait reposant…

Sauf que Julie n'a jamais pris en compte la facilité dans ses choix. Ce sont ses convictions qui l'ont toujours guidée, même si c'est dans l'ombre qu'elle a le plus souvent agi. Même si elle est mal à l'aise quand elle doit s'affirmer, même si elle a encore du mal à croire aux progrès qu'elle a faits et à la loyauté qu'elle a réussi à inspirer chez ses employés.

Aujourd'hui, je sais ce que je ne veux pas. Je ne veux pas que Marie vienne usurper la place chez Réseau Royal que j'ai mis des mois à mériter. Je ne veux pas laisser le champ libre aux terroristes du Front Agora et aux opportunistes du Tennis Club pour gouverner la France. Depuis la position qui est devenue la mienne, je peux tenter d'exercer un contre-pouvoir. Ce sera difficile, risqué et épuisant. Mais j'ai été prête à sacrifier trois ans de ma vie pour disparaître des radars lorsque j'étais adolescente. J'ai la peau dure. Je me sens légitime là où je suis : c'est la seule chose qui compte.

Le silence de Julie se prolongeant, Matthieu lui demande :

— Vas-tu accepter cette offre ?

— Non. Je ne pense pas.

Il n'y a plus trace de doute dans sa voix. Elle a décidé du chemin qu'elle devait emprunter, et son esprit est déjà passé à l'étape suivante : déterminer les conséquences de sa décision et les actions concrètes qu'elle doit entreprendre. À voix haute, elle commence à réfléchir :

— Il va falloir que je rappelle Mme de Mortemart pour la prévenir. Je ne pense pas qu'elle fera de difficultés : cela l'arrangera sûrement que je reste pour empêcher que Réseau Royal ne tombe aux mains des révolutionnaires. En revanche, nous allons devoir préparer soigneusement la manière dont nous présenterons la situation aux employés. Dès demain, il nous faudra leur parler. Nous…

— Julie.

Matthieu a prononcé le prénom de la jeune femme d'une manière qui l'inquiète. Elle sent qu'il y a dans son intervention davantage qu'une volonté de la calmer avant que les rouages de son cerveau ne s'emballent trop. Il a réellement quelque chose à dire.

Quelque chose qu'il a du mal à assumer. Je le sens à son regard gêné, à son hésitation avant de poursuivre.

— Qu'y a-t-il ? l'encourage-t-elle.

— Tu parles de « nous »… mais je ne resterai pas à Paris. Je vais partir à Biarritz avec la cour.

Ces quelques mots font à Julie l'effet d'un uppercut. Le souffle court, elle s'appuie contre son bureau pour encaisser le choc. Pendant ce temps, Matthieu se sent obligé de se justifier :

— Ce n'est pas que je désapprouve ce que tu vas tenter de faire ici. Au contraire, je t'admire d'avoir le courage de te dresser face au danger. Mais tu as une chance de t'en sortir : jamais les révolutionnaires n'oseront s'en prendre à une Sallemont. Même le Front Agora n'ira pas jusque-là. Pour ce qui est de moi, en revanche… je n'ai pas ce genre de bouclier. Pire : j'ai une cible dessinée sur le front, à cause de ma relation avec Alba. Je suis désolé…

Mais chacun des mots qu'il vient de prononcer a sapé un peu plus le moral de Julie. Parce qu'elle va perdre son ami, son plus proche collaborateur. Le soutien sur lequel elle pouvait compter lorsqu'elle se sentait vaciller.

— Je ne peux pas rester loin d'elle, poursuit-il. Quand j'étais prisonnier tous ces mois dans une cellule obscure de la Bastille, elle était ma lumière. Mon étoile. Celle à laquelle je pensais lorsque je désirais m'évader. Mon rêve de liberté, mon espoir. Je sais qu'il en est de même pour elle. Je lui permets de sortir du carcan de la cour, d'être une femme au-delà d'une princesse. Je ne suis pas un héros : je veux juste être heureux, avec elle. Mon combat s'arrête là.

Les yeux de Matthieu brillent alors qu'il parle. Ceux de Julie aussi : de larmes.

— Je n'y arriverai pas sans toi, souffle-t-elle. Je vais m'écrouler sans ton soutien.

— Tu resteras debout, je te l'assure. Tu es plus forte que tu ne le crois. Nous nous sommes rencontrés alors que tu te trouvais dans une période de grande incertitude, et tu t'es appuyée sur moi pour la traverser. Mais je suis loin de t'être indispensable. Nos routes auraient fini par diverger, de toute façon : je suis monarchiste, et toi… pas vraiment. Je te connais, Julie, j'ai eu des mois pour t'observer. Je sais que tu n'as besoin de personne. Tu es ton propre roc. Tes peurs, tu les surmontes. Les défis, tu les relèves.

— Uniquement parce que j'y ai été obligée.

— Tous ne sont pas capables de résister à l'adversité. À une position de pouvoir comme la tienne, il faut une personnalité hors du commun pour ne pas se laisser ballotter par les événements. Tu l'as. Pas parce que j'étais à tes côtés : parce que c'est en toi.

Julie détourne le regard, amère. Oui, peut-être est-elle aussi forte que Matthieu le pense… Il n'empêche que c'est un nouveau vide qui s'ouvre en elle.

Je n'ai plus de parents, plus de famille, et voilà que la seule personne avec qui j'avais réussi à tisser des liens solides me quitte à son tour. Quand le trouverai-je, celui qui restera à mes côtés envers et contre tout ? Celui qui ne m'abandonnera pas ?

— Vas-y, encourage-t-elle Matthieu, déjà retranchée en elle-même. Tu vas avoir une montagne de choses à préparer si tu dois t'envoler pour Biarritz demain matin.

— Julie…

— Vas-y !

Le jeune homme fait un pas en direction de la sortie du bureau… avant de se raviser et de revenir vers elle. La prenant par surprise, il l'attire dans ses bras et la serre contre lui.

— Bon courage, lui glisse-t-il. S'il y a bien une personne capable d'affronter ce qui t'attend, c'est toi.

Ses mots, ainsi que leur étreinte, adoucissent quelque peu Julie. C'est un sourire qu'ils partagent alors qu'il quitte la pièce.

Restée seule, elle se rassied, lentement, dans son fauteuil. Rallume son ordinateur, qui s'était mis en veille. Prend son téléphone pour rappeler Anne de Mortemart. Plus calme qu'elle ne l'aurait cru.

Peut-être Matthieu a-t-il raison. Peut-être que je n'ai besoin de personne. Peut-être que je peux continuer à lutter même sans lui, même sans le gouvernement qui s'en va à Biarritz. Peut-être que j'ai cette force en moi, celle qui va me permettre de me battre en solitaire, de défendre Réseau Royal malgré le siège qui s'annonce. Et de mener mes propres campagnes…

Louis

L'aube se lève sur Versailles, déversant à travers les fenêtres du palais une lumière blême qui n'est pas synonyme d'espoir.

Sa pâleur semble revêtir le château d'un linceul. Sans la cour, certes, ses murs resteront, mais son âme s'en sera allée.

Pour sa dernière nuit dans la chambre royale, Louis n'a pratiquement pas dormi. Parce qu'il a veillé tard afin d'indiquer à Gauthier et à plusieurs autres valets dépêchés pour l'aider lesquelles de ses affaires il voulait emporter et qu'il fallait donc empaqueter ; mais aussi parce qu'il a l'esprit tourmenté. Il ressent toujours l'écho de la peur qu'il a éprouvée lorsqu'il était entre les mains du Front Agora et, dès qu'il lâche la bride à son esprit, elle grignote sa sérénité.

La corde qui pend revient immanquablement s'imprimer devant ses yeux. Hypnotisante.

Tremblant, c'est au contact du corps de Catarina qu'il a tenté de se raccrocher, en vain ; son odeur est sa seule ancre dans la réalité alors que le matin se déploie. Aux fantômes du passé qui ne le lâchent plus se conjugue une terreur de l'avenir qui l'écrase.

Ma fuite de Versailles est une défaite. S'imaginer autre chose serait s'illusionner.

L'Histoire lui offre pourtant l'exemple d'un roi de France ayant dû quitter son palais sous la menace du peuple avant de revenir plus fort et victorieux : Louis XVI, pendant les Années d'Apocalypse.

Y croyait-il encore, lui, quand il est parti ? Craignait-il qu'on ne le rattrape dans sa fuite, à Bondy, Montmirail ou Varennes, pour le renvoyer à un destin qu'il imaginait inéluctable ? Se disait-il toujours que la lumière était au bout du chemin ? Ou a-t-il été surpris au bout du compte de sa propre réussite ?

Pensif, Louis laisse son regard se perdre sur le grain du plancher de sa chambre, que l'aurore couvre de reflets. Il tente de mémoriser chacun des détails de cette pièce qu'il connaît par cœur, mais que l'éloignement risquera d'effacer peu à peu de son esprit.

Pourtant, je veux me rappeler ces lieux. Ils sont plus que des murs : ils représentent le sanctuaire de ma lignée, le symbole de leur héritage qui s'effondre avec mon départ. Bientôt, les révolutionnaires vont le souiller, et cette pensée m'est insupportable.

Ce palais, c'est sa maison, l'écrin de ses souvenirs. Les rebelles placarderont-ils un portrait de Marc Sallemont là où son père s'est effondré ? Brûleront-ils le couloir où Catarina et lui se sont embrassés pour la première fois ? Se coucheront-ils ici, par jeu, dans son propre lit ?

Je ne veux pas partir à Biarritz. Je le dois, mais jamais je ne me sentirai chez moi ailleurs qu'à Versailles.

Un vrombissement le tire de ses pensées. Il se lève, fait quelques pas pour aller observer ce qui se passe au-dehors par la fenêtre : deux hélicoptères se sont posés devant le château, dans la cour royale.

Ils viennent me chercher pour m'emmener à l'aéroport, en même temps que Catarina, Anne de Mortemart et quelques autres. Nous sommes trop importants et les routes trop peu sûres pour que nous soyons transportés en voiture…

C'est le moment, Louis le sait. Il doit dire au revoir à son palais. Le quitter, peut-être pour toujours. Faire ses adieux au monde d'hier.

Mais comment le puis-je ? Il fait partie de moi. Je suis *ce monde qui se meurt.*

Quand on vient lui signaler que c'est l'heure de partir, la seule manière qu'il trouve pour se résoudre à mettre un pied devant l'autre, c'est de se répéter qu'il reviendra. Qu'il se battra pour que cette nuit dans sa chambre qui constitue le centre du château n'ait pas été la dernière. Sinon, il s'effondrerait, prêt à se laisser ensevelir dans ce bastion qu'il va abandonner à l'ennemi.

Encore une chose qui m'est chère et dont on me dépouille. Je n'ai conservé ma vie que parce qu'il restait des parties de moi à m'arracher avant de me la prendre.

Lorsqu'il arrive dehors, il découvre le personnel de Versailles – du moins ce qu'il en reste après les défections des dernières semaines – aligné devant la façade, silencieux. Un pas devant sa petite armée, Sophie Névé se tient debout, l'air grave.

Elle aussi partira à Biarritz – mais pas tous les serviteurs qu'elle dirige, juste quelques-uns triés sur le volet. S'il y a bien quelqu'un qui doit comprendre mon trouble du moment, c'est elle : le palais était sa vie.

— Votre Majesté, déclare-t-elle lorsque Louis se poste devant elle.

Puis elle s'incline, suivie par l'ensemble des valets et des bonnes.

Voilà leur adieu. Un dernier moment de solennité, pour m'accompagner dans ma fuite qui n'a rien de grand.

— Merci, répond-il, suffisamment fort pour que chacun dans la cour royale puisse l'entendre. Vous m'avez bien servi.

Quelques secondes encore pour contempler ces sans-noms qui lui sont pourtant restés fidèles jusqu'au bout, malgré les dangers et les pressions, puis il se retourne vers les hélicoptères. Catarina et Anne l'attendent près de l'un d'eux. Il prend la main de la première, adresse un signe de tête à la seconde, grimpe ensuite avec elles dans le vaisseau d'acier qui doit les emmener vers d'autres cieux, qu'ils espèrent plus cléments. Un instant plus tard, ils s'élèvent dans les airs ; par la fenêtre du cockpit, Louis voit la façade de pierres rouges de Versailles rapetisser, ses toits noirs se dévoiler. Puis disparaître quand le pilote donne un coup de manche pour faire virer l'appareil de bord.

Face au ciel bleu et vide, le jeune roi se fait une promesse.

Je reviendrai livrer bataille pour mon foyer. Ma fuite n'est pas une défaite… juste une retraite.

Catarina

Alors que Catarina était dans l'avion pour Biarritz, à plusieurs kilomètres au-dessus du sol, un terrible pressentiment l'a soudain saisie, sans qu'elle puisse se l'expliquer ou déterminer d'où venait le danger qu'elle redoutait. Elle avait pourtant réussi à maîtriser sa peur au moment de monter dans l'appareil à l'aéroport de Paris : si elle n'a pu s'empêcher de se remémorer son attentat, elle s'est forcée à ignorer les picotements qui ont parcouru ses cicatrices et à s'engager sur les marches de la passerelle d'embarquement.

La main de Louis dans la mienne et le sourire encourageant d'Alba m'ont aidée à aller de l'avant…

Une fois dans l'avion, elle s'est assoupie rapidement, épuisée qu'elle était après la courte nuit qui avait précédé. Rien ne la prédisposait à se réveiller soudain en sursaut, persuadée que quelque chose de grave allait bientôt se produire. Le vol se déroulait sans encombre, sans même une turbulence. Les moteurs ronronnaient régulièrement, les nuages défilaient sous le cockpit avec la placidité des moutons dont ils partagent l'aspect cotonneux…

Non, rien d'inquiétant.

Et pourtant. Il y avait dans le ventre de l'infante une acidité et dans sa salive une amertume qui semblaient ne pas vouloir renoncer à la mettre en alerte.

Elle s'est obligée à faire appel à sa raison : sans doute était-ce là un contrecoup de la terreur qui l'avait tenaillée moins de vingt-quatre heures plus tôt, quand Louis était encore aux mains du Front Agora. Elle a inspiré et expiré profondément, espérant que réduire le rythme de sa respiration l'aiderait à chasser son angoisse irrationnelle.

En vain.

À présent que l'avion a atterri, que le directeur de l'aéroport fait un petit discours pour saluer le roi de France tandis que ses employés approchent les voitures qui amèneront bientôt le souverain et sa suite vers la résidence Reine-Amélie, Catarina se sent un peu mieux. Nulle bombe n'a explosé durant le vol et, manifestement, nulle catastrophe ne s'est produite non plus dans le pays depuis qu'ils ont quitté Paris.

Sinon, l'accueil que nous recevons aurait été empreint de bien davantage de panique.

Le directeur ayant terminé son allocution de bienvenue, le groupe se dirige vers les véhicules, et l'infante parvient enfin à se convaincre que ses inquiétudes n'avaient aucun fondement.

Soudain, son téléphone sonne.

Ses sourcils se froncent. Elle sort son portable de sa poche et jette un bref regard à l'écran. Son angoisse revient au galop, car c'est le nom de son oncle qui s'affiche. Son oncle, qui ne la contacte que quand il a une idée derrière la tête. Qui l'a laissée dans le silence depuis des mois pour la punir de ses velléités d'insoumission.

Elle se tend. Un instant, elle hésite à rejeter l'appel, à repousser sa confrontation avec Alfonso. Elle est en plein aéroport, pas vraiment dans les conditions idéales pour une passe d'armes. Mais s'il y a bien une chose qu'elle a apprise dans ses rapports avec le régent, c'est qu'il déteste être contrarié.

Si je le fais patienter, je risque de le payer par la suite… Je préfère m'éviter des difficultés supplémentaires.

Faisant glisser son doigt sur son écran pour décrocher, elle s'éloigne de quelques pas du groupe pour se ménager un peu d'intimité. Louis, inquiet, la suit, indiquant d'un geste de la main à leurs accompagnateurs de rester en arrière.

Il a vu qui m'appelait, il sait comme moi que ce n'est pas bon…

— Allô ? dit-elle.

— Oh, Rina, je tenais à t'annoncer la nouvelle moi-même…

Comme d'habitude, la sollicitude est absente de la voix d'Alfonso. Sous ses hypocrites accents mielleux, on sent une jubilation malsaine qui fait frissonner l'infante.

— Qu'y a-t-il ? demande-t-elle, glacée.

— Toutes mes condoléances.

Non…

Il n'y a plus qu'une personne dont Catarina soit proche à Madrid. Une personne qu'elle aime profondément, qu'elle a toujours voulu protéger, prête à tous les sacrifices dans ce but.

Felipe…

— Ton frère… assène Alfonso. Il nous a quittés ce matin, malheureusement.

NON !

Terrassée par un chagrin aussi soudain que violent, elle tombe à genoux au sol, à même le bitume, tandis qu'à l'autre bout du fil, son oncle poursuit :

— Sa maladie l'a finalement emporté. Il est parti il y a moins d'une heure, dans son lit. J'étais à ses côtés.

Ces quelques mots sont moins insupportables à Catarina que la froideur dont le régent fait preuve pour les prononcer.

Il ne cherche pas à atténuer ma peine, mais à me faire souffrir. Et il y parvient. Cette nouvelle… c'est la pire chose qu'il pouvait m'apprendre.

— Pourquoi ne lui avez-vous pas permis de m'appeler ? sanglote-t-elle. J'avais le droit de lui dire adieu.

— Il était trop affaibli. Ce n'était pas possible.

— Comment cela se fait-il ? Ses nouveaux traitements étaient efficaces, il me l'avait dit. Comment son état a-t-il pu se détériorer si vite ?

— Oh, Rina… Les maladies sont imprévisibles, tu devrais le savoir.

C'est alors qu'elle comprend. Que ce n'est pas le destin qui est derrière ce coup du sort. Mais une autre main, humaine et malveillante.

Celle de l'homme à qui je suis en train de parler en ce moment même.

— Vous l'avez tué ! gronde-t-elle, ne se préoccupant plus de prudence.

Tout ce qui compte pour elle à ce moment, c'est d'exposer l'ignominie du monstre dont elle a honte de partager le sang.

— Eh bien, quelles accusations ! ironise-t-il.

Il a l'outrecuidance de se montrer amusé…

— Vous l'avez tué, répète-t-elle. Parce que la régence ne suffisait plus, parce que vous vouliez vous approprier la couronne, quitte à passer par le meurtre d'un enfant pour cela.

Ma fuite hors d'Espagne était pourtant censée préserver Felipe d'un tel sort… Car tant que je vis, mon oncle ne peut pas s'asseoir sur le trône sans l'usurper. Pourquoi cela n'a-t-il pas suffi ?

À l'autre bout du fil, Alfonso reste silencieux. Ne nie pas les accusations de Catarina. Cela augmente la colère de cette dernière.

— J'exposerai vos manœuvres, affirme-t-elle. Il n'y a rien que vous puissiez faire pour m'empêcher de clamer la vérité. Je préservais les apparences entre nous pour le bien de mon frère, mais maintenant que vous l'avez assassiné, ne comptez plus sur moi pour me tenir tranquille. Je vous dénoncerai, vous pouvez en être sûr.

— Penses-tu vraiment qu'on t'écoutera ? Tu n'as aucune preuve. De plus, dois-je te rappeler la situation ? Le roi de France, sur lequel tu avais tant misé, vient de fuir son château, et toi avec. Tu as son appui, mais que vaut-il ? Plus rien… En tout cas, rien qui puisse m'ébranler.

— Je n'ai pas besoin d'exposer vos mensonges pour contrer vos plans. Il me suffit d'être celle que je suis. Dois-je vous rappeler que l'héritière légitime du trône d'Espagne, c'est moi ?

— Le pays a peur. Les troubles agitant l'Europe inquiètent notre noblesse. Qui crois-tu qu'ils soutiendront dans ce contexte ? L'homme fort qui les a gouvernés ces dix dernières années et qu'ils savent capable de tenir les rênes du pouvoir d'une main de fer… ou une jeune écervelée éperdue d'amour qui n'a pas mis les pieds dans son propre pays depuis des mois ? Tu es pratiquement fiancée à Louis XX, tout le monde le sait. Cela suffira à justifier qu'on t'écarte de la ligne de succession.

— Je ne me laisserai pas faire.

— Je sais bien. Mais si tu crois que cela m'effraie, tu te trompes.

— Vous devriez avoir peur, pourtant. Je suis la reine d'Espagne à présent, et je viendrai réclamer ce qui est mien.

— C'est cela. Maintenant, va t'amuser à découvrir Biarritz, tu veux bien ? J'ai un couronnement à organiser.

Alfonso raccroche brusquement. Catarina reste quelques secondes immobile, secouée par l'échange qui vient d'avoir lieu… et par sa pleine prise de conscience de son nouveau statut.

Je ne suis plus infante. Je suis souveraine. Un pays compte sur moi.

Se remettant debout, elle lève les yeux vers le ciel.

Je sais que, de là-haut, toi aussi tu comptes sur moi, Felipe. Ton meurtre ne restera pas impuni, sois en certain.

— Longue vie à la reine, lâche Louis.

Catarina tourne la tête vers lui. Absorbée par sa discussion avec son oncle, elle en avait oublié sa présence.

Nous sommes égaux à présent. Deux monarques… quoiqu'en exil l'un comme l'autre, privés de notre trône.

— Je suis désolé pour Felipe… ajoute-t-il d'une voix rauque.

Lui est sincère, contrairement à Alfonso…

— Il sera vengé, affirme Catarina.

Jamais encore elle n'avait ressenti une telle détermination. L'annonce de son oncle aurait pu la briser, mais il n'en est rien : elle est prête à partir en croisade. Portée par une résolution aussi solide qu'une armure d'acier, par une volonté aussi tranchante qu'une épée, elle déclare :

— Nous avons trop perdu. L'heure est maintenant venue de la reconquête.

À SUIVRE

Remerciements

Quelle aventure encore que ce tome 2 de *Réseau Royal* ! Écrire un roman est déjà un challenge, écrire une saga en est un nouveau. Il faut trouver les ressources d'endurance pour continuer à approfondir le monde introduit dans le premier volume, plonger un peu plus dans le voyage intérieur des personnages, reprendre tous les fils d'intrigue pour poursuivre leur tissage… J'espère que vous avez apprécié de découvrir la suite des aventures de Louis, Catarina, Julie et Thomas – aussi douloureuses soient-elles dans ce deuxième tome. Si le premier exploitait à fond l'imagerie brillante des bals, celui-ci s'apparente plutôt à une longue tragédie – ce qui l'a parfois rendu complexe à écrire, et encore plus à réécrire, les émotions m'ayant particulièrement saisie à la gorge dans cette phase de retravail.

Heureusement, même si je suis seule face à mon écran pour coucher mot après mot sur le manuscrit, je peux compter sur de nombreuses personnes autour de moi pour m'épauler lorsque je lève le nez, et je tiens à leur exprimer toute ma gratitude.

Merci d'abord à l'ensemble de l'équipe des éditions Château d'âmes pour leur confiance dans cette série et pour m'accompagner afin de la porter auprès des lecteurs – jusqu'au château de Versailles pour le plus magique des lancements ! Merci notamment à Charlène pour ses vocaux uniques et à Laura, dont je crois bien avoir brisé le cœur avec ce deuxième tome (désolée). Vous avez offert à *Réseau Royal* le plus beau des écrins (le premier tome est, en toute objectivité, le livre le plus magnifique de ma bibliothèque), et j'ai hâte de tenir cette suite entre les mains, elle aussi.

Merci à mes agentes chez Wattpad Webtoon Studios, Nina et Mónica, de croire à *Réseau Royal* et de chercher à l'amener encore plus loin, au-delà des frontières.

Merci à tous les libraires qui m'ont accueillie en dédicace pour le premier tome ; en particulier à Jo-Anny de m'avoir permis de fêter sa sortie à Vendargues lors d'un week-end qui reste parmi les plus incroyables de ma vie d'autrice, et à Christel à la librairie Personnali'Thé de Versailles pour le lancement des éditions Château d'âmes ; sans oublier Artemis, Cécilia, Agnès et Louise, Priscillia ainsi que Jeanne !

Merci à celles et ceux qui me suivent sur Wattpad, qui ont été décisifs pour m'insuffler l'énergie d'écrire ce deuxième tome lorsque j'y ai posté le premier jet il y a quelques années, et qui continuent à m'emplir de joie à chacun de leurs commentaires sur mes projets.

Merci à tous mes proches, ma famille et mes amis, qui m'apportent tant d'amour. Je ne pourrais tous vous citer ici, mais j'espère vous le rendre autant que vous le méritez.

Merci à Claire et Mélanie d'avoir accepté de me voir métamorphosée en ours dans sa tanière pendant ces dernières vacances d'été alors que ma *deadline* de réécriture se profilait à l'horizon. Heureusement que les Jeux olympiques (surtout les épreuves de natation) permettaient de m'attirer un peu en dehors du bureau.

Merci à Marine pour tes conseils toujours pertinents lorsqu'il s'agit de romans et d'édition, pour ton soutien et pour ton enthousiasme à la lecture de *Réseau Royal.* Je ne te pousserai pas hors de mon traîneau (surtout maintenant que le tien s'est envolé !).

Merci à Céline pour être toujours prête à discuter d'écriture et pour la richesse de nos conversations. J'espère vraiment que j'écrirai ce projet impliquant une langue imaginaire dont il faudra définir la syntaxe.

Merci à Sébastien de rendre ma vie un peu plus belle tous les jours et, plus spécifiquement pour ce roman, de t'être résigné à patiemment m'écouter te raconter à peu près chaque scène au sortir de mes sessions d'écriture, parce que j'ai trop besoin d'en parler à quelqu'un ; le pire, c'est que je sais que je me répète d'une fois sur l'autre !

Enfin, si ce livre est né sous mes doigts d'autrice, je voudrais remercier ceux entre les mains desquels il finit et sans qui il n'existe pas pleinement : vous, mes lecteurs. Merci d'avoir réservé un tel accueil au tome 1 de *Réseau Royal*, pour vos retours, vos chroniques, vos théories. Merci d'avoir été au rendez-vous une fois encore pour ce tome 2. Je vous aime… et j'ai hâte de vous retrouver très bientôt pour le troisième volume de la série !

Réseau Royal a été découvert grâce à

wattpad

Suivez Camille Versi sur les réseaux sociaux

versicamille

versicamille

versicamille

versicamille

Camille Versi

Et retrouvez-la sur Wattpad sous le pseudonyme Versipellis pour découvrir ses nouvelles histoires en avant-première !

Découvrez également

Sylphide

Tiphaine Bleuvenn

Poussez les portes d'un château hanté et laissez-vous envoûter par l'univers des sylphes, ces esprits de l'air aussi séduisants que manipulateurs…

400 pages – 26,95 €